SANGUINE SUR LA BUTTE

DANSE MACABRE
AU MOULIN-ROUGE

MEURTRE AU CINÉMA FORAIN

RENÉE BONNEAU

SANGUINE SUR LA BUTTE

DANSE MACABRE
AU MOULIN-ROUGE

MEURTRE AU CINÉMA FORAIN

ÉDITIONS FRANCE LOISIRS

Édition du Club France Loisirs,
avec l'autorisation de Nouveau Monde éditions.

Éditions France Loisirs,
123, boulevard de Grenelle, Paris.
www.franceloisirs.com

SANGUINE SUR LA BUTTE :
Avertissement : cette édition de *Sanguine sur la Butte* est la version intégralement remaniée de la première édition parue en 2001 aux éditions Bargain.
© Nouveau Monde éditions, 2010.

DANSE MACABRE AU MOULIN-ROUGE :
© Nouveau Monde éditions, 2007.

MEURTRE AU CINÉMA FORAIN :
Maquette Farida Jeannet.
© Nouveau Monde éditions, 2011.
ISBN : 978-2-298-07209-9

Chers lecteurs.

En me lançant dans l'écriture de romans policiers après une carrière de professeur de lettres, je n'ai pas renoncé au goût d'apprendre et de transmettre. J'ai donc choisi de vous offrir, outre le divertissement d'intrigues où j'espère vous égarer assez longtemps, le tableau d'une époque où s'inscrivent mes histoires et le portrait des grands artistes dont je fais mes héros. C'est le Paris de la fin du XIXème siècle et du début du XXème, avec ses affaires politiques, ses faits divers, la vie foisonnante des nouvelles techniques, des arts et du spectacle. Les artistes, après Claude Monet à Giverny, ce sont Toulouse-Lautrec à Montmartre, et Georges Méliès dans son atelier de prises de vues de Montreuil. Tout en respectant scrupuleusement leur biographie — ce dont ont témoigné leurs descendants, directs ou indirects —, je les lance dans une enquête dans laquelle eux et leur œuvre jouent un rôle déterminant (et très plausible !.)

Je souhaite, chers lecteurs, que vous preniez autant d'intérêt et de plaisir à ces hommages que je leur rends que j'en ai eu à les écrire.

Renée Bonneau

SANGUINE SUR LA BUTTE

À Carolyne

1

22 décembre 1894

Ce n'était un secret pour personne – pas même la police – que la grille du vieux cimetière s'ouvrait à la plus légère pression et que, si l'on en accompagnait l'ouverture en la soulevant quelque peu, son grincement se perdait parmi les miaulements des chats errants.

Quatre ou cinq prostituées de bas étage y satisfaisaient les goûts morbides de leurs clients, allongées sur le marbre froid des monuments. Vieillies, le corps alourdi et le visage bouffi, elles n'auraient pas trouvé preneur à la lumière des réverbères des boulevards, mais elles avaient au moins gagné leur liberté, leurs souteneurs les ayant abandonnées parce qu'elles n'étaient pas assez rentables.

Leur travail fini, quand aucun pas d'homme ne résonnait plus sur les pavés, elles remontaient la rue des Saules pour rejoindre leurs mansardes toutes proches où elles se réchaufferaient d'un bol de soupe et d'un verre de vin, assises auprès du poêle, après avoir compté et rangé leur maigre butin.

Préférant ne pas rentrer seules, elles attendaient généralement qu'une de leurs collègues eût terminé avec son client pour quitter avec elle ce sinistre lieu.

Car la peur ne les quittait plus. Même si aucun crime ne s'était produit depuis bientôt un an dans le quartier, elles avaient encore en mémoire la vision de ce corps de femme découvert par l'une d'entre elles à minuit. Elle gisait à demi adossée au mur, une large flaque de sang étalée sur sa jupe grise. Le visage, joli mais blafard, était celui d'une toute jeune fille dont les yeux fixaient la pleine lune. C'était celui de Rose, la petite blanchisseuse, qu'elles rencontraient parfois, enlacée avec son amant contre le mur du cimetière, et qui les saluait toujours d'un gentil sourire.

L'enquête n'avait pas été longue. Malgré ses dénégations, l'homme, sans alibi, sur le seul témoignage de deux voyous d'une bande rivale, avait été condamné à mort et exécuté à la Roquette l'été suivant, hurlant son innocence jusqu'au pied de la guillotine. On disait dans le quartier qu'il avait payé pour un autre et que l'assassin véritable rôdait encore.

L'affaire aurait été sans doute vite oubliée si Aristide Bruant ne l'avait chantée dans son cabaret *Le Mirliton*, accréditant le crime du souteneur :

> *Mais le dit Jules était de la tierce*
> *Qui soutient la gerce*
> *Aussi l'adolescent*
> *Voyant qu'elle marchait pas au pantre*
> *D'un coup de surin lui troua le ventre*
> *Rue Saint-Vincent.*

Ce soir, Marie la Fine, qui devait son surnom moins à son ancien tour de taille qu'à sa boisson préférée, quand elle trouvait, du temps de sa jeunesse, un micheton assez généreux pour l'en régaler, quittait le cimetière avec la Grande Berthe. Elles partageaient une mansarde rue des Trois-Frères, comme c'était le cas, pour raison d'économie et de sécurité, pour nombre de prostituées du quartier.

Elles avaient décidé qu'en cette nuit glaciale de décembre il était inutile d'espérer la venue de clients. Leurs deux collègues, plus optimistes ou vraiment aux abois, étaient restées à attendre encore un peu.

Grelottantes, Marie la Fine et Berthe se hâtaient dans les rues sombres, en bavardant, évoquant une fois de plus les verres de vin chaud à la cannelle qu'elles buvaient dans leur jeunesse au Moulin de la Galette, tout en haut de la Butte. Berthe avait même posé pour le tableau de Renoir, tournant joyeuse, au second plan, dans les bras d'un danseur à canotier, sous les branches des arbres de la guinguette dont les branches filtraient la lumière du soleil. Il y aurait de cela bientôt vingt ans.

Depuis, Renoir l'avait croisée un jour rue des Martyrs, sans la reconnaître. Et elle, malgré son urgent besoin d'une aumône qu'il ne lui eût sûrement pas refusée, n'avait pas voulu l'aborder. Elle préférait qu'il ne se souvînt que de la grisette qui souriait en valsant sous la tonnelle, un bel après-midi d'été. Ce soir-là, sa soupe et son quignon de pain avaient eu un goût plus amer.

15

Maintenant, depuis que l'affiche et les tableaux d'un autre peintre, cet infirme à binocle qu'elles voyaient souvent dans le quartier, en avaient fait la gloire, c'était en bas, sur la place Blanche illuminée, que les ailes du Moulin-Rouge attiraient les fêtards de tous milieux. Clientèle de choix pour les filles qui racolaient sans vergogne parmi les spectateurs, une fois le spectacle fini. Elles « faisaient le pilon », réclamant le petit billet que glissaient dans leur bas les bourgeois généreux et allumés par le spectacle du chahut.

Les deux pierreuses s'arrêtèrent soudain de bavarder.

Depuis la rue Saint-Vincent le bruit d'un fiacre roulant à toute allure résonnait jusqu'à elles. Un fiacre là-bas à cette heure ? Leurs clients n'usaient guère de ce moyen de transport. Elles se regardèrent un moment, prises d'inquiétude. Rolande et Lucie était toujours là-bas.

— On redescend voir ? suggéra sans conviction Marie la Fine.

— Attendons un peu. Elles vont arriver. Et puis, c'est peut-être un micheton qui a trop froid dans le cimetière, et se fait réchauffer par toutes les deux dans sa voiture !

La Grande Berthe préféra s'en tenir à cette hypothèse rassurante.

Mais trois minutes plus tard, leurs deux collègues apparurent, échevelées, à bout de souffle, titubantes. Lucie se laissa glisser par terre comme une poupée de son. Elle aurait été grotesque avec son

16

chapeau de travers si son visage n'avait exprimé une immense terreur.

Rolande réussit enfin à parler :

— Au cimetière... un fiacre... a jeté un corps... C'est horrible... On dirait que c'est... une petite fille !

2

Toulouse-Lautrec dînait ce soir-là chez sa mère rue de Douai. La comtesse quittait de temps en temps son château de Malromé, en Gironde, pour venir à Paris retrouver son fils auquel l'unissait une profonde affection. Elle se reprocherait toute sa vie ce mariage consanguin avec son cousin, cause de l'infirmité d'Henri contre laquelle aucun des traitements douloureux infligés à l'enfant n'avait été efficace ! Elle vivait désormais séparée de ce mari fantasque, épris de chasse et de femmes, qui n'avait jamais accepté ce fils contrefait, véritable branche morte dans l'arbre généalogique des comtes de Toulouse.

C'est elle qui se chargeait d'Henri dont elle n'ignorait pas la vie dissipée. Elle avait confié l'entretien de son atelier à Marie, la fidèle bonne, avec mission de le protéger de lui-même, ce qui n'était pas une sinécure, et de l'avertir en cas de graves abus. Le peintre n'appréciait guère cette surveillance, et la pauvre Marie se faisait souvent rudoyer. Mais c'était la condition édictée par la comtesse pour qu'il reçoive chaque mois sa pension et une caisse de vin du château familial.

À la fin du dîner, sa mère se risqua à faire allusion aux « mauvais lieux » fréquentés par son fils. Elle pensait au bordel de la rue des Moulins dont Lautrec faisait depuis six mois sa deuxième demeure, mais le mot aurait écorché les lèvres de la comtesse.

Lui, qui évitait d'ordinaire de reprocher à sa mère d'avoir fait de lui un infirme, ne put s'empêcher de répliquer :

— Ma mère, si vous m'aviez fait moins laid, je n'aurais pas besoin d'aller chercher là-bas des complaisances que je ne peux espérer d'aucune femme convenable. Quant aux danseuses, si elles font l'amour avec le même brio qu'elles mettent à danser, elles briseraient ma pauvre carcasse.

La comtesse rougit et baissa les yeux sans rien dire. Quel droit avait-elle de lui reprocher de trouver chez ces femmes ce qu'aucune autre ne pourrait lui donner ?

Une seule fois, pourtant, il avait cru pouvoir être aimé pour lui-même, du moins pour son talent. Suzanne Valadon, modèle de Degas, de Renoir et de Lautrec, peintre elle-même, était devenue sa maîtresse. Elle rêvait de se faire épouser, mais comme il n'avait manifestement pas l'intention de lui donner son nom, elle avait tenté le chantage au suicide. Malheureusement, le stratagème avait été découvert par le peintre qui en avait été profondément blessé, et découragé à jamais de trouver d'autres amours que vénales.

La présence assidue de Lautrec dans la maison de la rue des Moulins avait aussi une autre cause. Le peintre avait entrepris une série de dessins et de tableaux consacrés à la vie des filles de maison dans leur triste quotidien : le déjeuner du matin, autour de la table, avec Madame, les parties de cartes aux heures creuses de la journée, les moments de plaisir dans le lit qu'elles partageaient avec une compagne pour oublier à quel morne service s'emploierait leur corps toute la soirée.

Lautrec avait, entre autres privilèges, celui d'être admis parfois à cette intimité qu'il observait davantage en peintre qu'en voyeur. Il ne représentait ces femmes que dans des poses de tendre abandon, très loin de l'érotisme provocant des toiles de Courbet où se pâment des amantes nues et enlacées.

Mais même pour justifier sa présence là-bas, il n'était pas question de parler de ce projet à sa mère. Ces dessins qui devaient paraître l'année suivante dans un album intitulé *Elles* ne seraient pas exposés en galerie, sinon à un public d'intimes, et la comtesse ne les verrait jamais. Pas plus que la grande toile *Le Salon de la rue des Moulins* à laquelle il travaillait.

Un silence s'était installé. Lautrec se leva et embrassa tendrement sa mère pour faire la paix. Ils bavardèrent encore quelque temps, échangèrent des nouvelles familiales, puis il prit congé.

De la fenêtre, la comtesse regarda son fils s'éloigner en boitillant, canne en main, sur le trottoir où la lumière des réverbères allongeait ironiquement l'ombre de sa petite silhouette.

3

Lautrec remonta vers la place Blanche et s'arrêta un instant pour contempler la foule quittant le Moulin-Rouge.

Il y a trois ans, La Goulue y triomphait dans le cancan. L'affiche célèbre de Lautrec, qui avait fait sa gloire, la représentait au moment où elle se lançait dans la danse, avec son petit chignon blond, son tour de cou de velours, ses jambes gainées de bas noirs dans la blancheur virevoltante de ses jupons. Mais empâtée à cause de ses excès, elle commençait à perdre de son agilité et de son entrain légendaire, elle dansait moins bien et, un soir, elle avait terminé son cancan sur un grand écart raté. Elle lui faudrait bientôt quitter la piste du Moulin-Rouge avant d'être sifflée.

C'est sans elle que danseraient Grille d'Égout, Rayon d'or, la Môme Comète et Valentin le Désossé. Celui-ci avait conseillé à sa partenaire de mettre de l'argent de côté, pour l'avenir. Mais la Goulue n'avait rien d'une fourmi, elle était plutôt du genre cigale et elle allait bientôt se retrouver sans un sou, ou presque. Aussi, comptant sur sa célébrité pour attirer les foules, elle avait acheté une baraque pour se produire dans un nouveau numéro de danse au mois d'avril. À la Foire du

Trône, elle aurait, avait-elle écrit à Lautrec, « une très bonne place et serait contente s'il acceptait de lui peindre quelque chose ».

« Peindre quelque chose. » Pourquoi pas ? Lautrec avait promis, il viendrait la trouver bientôt, chez elle, pour convenir du thème des panneaux. Mais il craignait que la pauvre fille ne se fît des illusions. Qu'importe ! Il ne pouvait refuser ce service à sa vieille amie, et l'idée de cette exposition en plein air l'amusait, même si elle devait faire froncer le sourcil à ses galeristes.

Une voix connue le tira de ses pensées.

— Henri ! Enfin ! On ne te voit plus ! Je suis passée hier à ton atelier et j'ai trouvé porte close !

C'était Jeanne Avril, l'autre vedette du Moulin-Rouge, où elle venait de se produire. Qui aurait reconnu la danseuse effrénée tournant sur elle-même, telle « une orchidée en délire », dans cette bourgeoise solitaire et pensive, élégante dans son long manteau bleu à col de fourrure, son sac de soie jaune pendu au bras ? C'était l'antithèse de la Goulue : mince, racée, elle dansait, sans sourire, et sans lever la jambe au-delà de ce que permettait la décence.

— Tu m'avais promis de m'emmener chez ton graveur voir la lithographie que tu as faite pour *La Revue blanche*.

— Pardonne-moi, ma chère, s'excusa Lautrec. Je peignais ailleurs, comme on dit, « sur le motif ». Mais après-demain, si tu es libre, disons vers midi, je t'emmène chez Ancourt. La lithographie sera prête, j'espère. On peut se retrouver boulevard de Clichy à l'arrêt des fiacres ?

— Entendu, avec plaisir.

— Veux-tu que je t'accompagne jusque chez toi ? Le quartier n'est pas sûr, depuis quelque temps.

— Pas la peine, merci, c'est à deux pas, et je n'ai pas peur...

La danseuse s'arrêta, craignant que son refus ne parût désobligeant à son ami. Mais celui-ci la devança avec son humour coutumier :

— Pourtant j'aurais pu être ton chevalier servant, j'ai mon épée ! dit-il en agitant sa canne.

Ils se séparèrent. Jeanne Avril traversa le boulevard de Clichy tandis que Lautrec entamait péniblement la montée de la rue Lepic, épreuve quotidienne pour ses pauvres jambes claudicantes. Il regagna son appartement-atelier au coin de la rue de Tourlaque et de la rue Caulaincourt, et se mit tout de suite au lit.

Il voulait se lever tôt le lendemain pour donner les dernières touches à sa toile *Le Blanchisseur de la Maison*. Il y représentait la sous-maîtresse, carnet en main, pointant le linge souillé qu'emporte, courbé en avant sous le poids de l'énorme ballot, un homme à casquette au visage inquiétant.

4

Brenaud, le gardien de la paix, au bord du malaise devant le spectacle qu'il venait de découvrir, se précipita dans le commissariat de la rue Caulaincourt et entra, sans même frapper, dans le bureau de Lepard.

Celui-ci était resté, malgré l'heure tardive, avec un inspecteur pour dresser le bilan des dernières affaires inscrites sur la main courante par le secrétaire : plaintes non abouties, vols non élucidés, dénonciations anonymes sur de supposés groupes anarchistes.

Le planton de garde n'eut même pas le temps d'arrêter le gardien de la paix ni de l'interroger au passage. Quelle nouvelle avait pu bouleverser ainsi ce policier chevronné, habitué aux pires violences des bas-fonds du quartier ?

Le commissaire leva la tête et devant la figure ravagée de l'homme, s'abstint de lui faire remarquer ce que son irruption avait de peu protocolaire.

— Eh bien, gardien Brenaud, que se passe-t-il ? Asseyez-vous, et reprenez vos esprits.

— Rue Saint-Vincent. Une fillette... morte.

— Un accident ?

— Je ne sais pas. Elle semble intacte. Pas de sang

par terre autour d'elle. Mais je n'ai pas osé la toucher. Mon collègue est resté à côté d'elle.

— Qui l'a trouvée ?

— Deux pierreuses.

— Des témoins ?

— Personne encore. Un fiacre aurait été entendu, qui se serait arrêté dans la rue, le temps peut-être de jeter le corps.

— Quel âge ?

— Environ neuf, dix ans.

— C'est peut-être une enfant du maquis, morte de misère ?

— Oh non ! Elle est habillée comme... comme une poupée !

— Bon. Repartez là-bas, l'inspecteur Santier vient avec vous.

Le gardien de la paix ne semblait guère enthousiaste à l'idée de retourner sur les lieux et de revoir le petit corps, mais il n'avait pas le choix.

— Santier, dit Lepard, faites les premiers constats et revenez me rendre compte.

Henri Santier était un pilier du commissariat. Intelligent, dévoué, courageux, il avait longtemps fait équipe avec son collègue, l'inspecteur Louis Berflaut, promu depuis un an inspecteur à la Sûreté. Ils avaient résolu ensemble des affaires délicates, et souvent dangereuses.

Louis Berflaut habitait tout près, au bas de la rue Caulaincourt, et passait régulièrement revoir ses collègues. Chaque fois qu'une affaire criminelle délicate se présentait à Montmartre, c'était à lui que Goron, le chef de la Sûreté, la confiait en priorité en raison de sa connaissance du terrain et des indicateurs qu'il avait conservés dans le quartier. Lepard, son ancien supérieur, devait donc, bien qu'il en coûtât à son orgueil, tenir le commissariat à sa disposition comme camp de base pour ses enquêtes. Il n'avait sur elles aucun droit de regard, mais Berflaut, trop diplomate pour froisser sa susceptibilité, s'arrangeait toujours pour le tenir au courant de ses recherches, voire à l'y associer.

Santier et lui allaient donc probablement être appelés à travailler ensemble à nouveau. Les deux hommes éprouvaient l'un pour l'autre une véritable amitié. Ils se ressemblaient : même âge – quarante-cinq ans – cheveux et moustaches bruns, costauds, même démarche, mais Berflaut était un peu plus grand, et surtout plus sportif. Il gardait la forme en allant courir le dimanche matin dans le bois de Vincennes, alors que Santier se laissait aller à son bel appétit et commençait à souffler un peu lorsqu'il devait poursuivre un voyou. Son seul exercice physique consistait, à la belle saison, à aller danser dans les guinguettes en espérant y trouver une jolie fille pas trop farouche avec laquelle finir la journée.

Santier était célibataire, Berflaut était veuf. Il avait une amie, Marguerite, qui travaillait dans l'équipe des costumiers de la Comédie-Française, mais c'était « en tout bien tout honneur », car Marguerite vivait dans le souvenir de son fiancé fusillé pendant la Commune et elle allait chaque Toussaint déposer son bouquet au cimetière du Père-Lachaise, au pied du mur des Fédérés. Berflaut attendait patiemment que ses fidèles et discrètes assiduités la décident un jour à devenir sa femme. Elle avait la quarantaine, un visage plaisant. Sans être une beauté, elle était élégante, douce et gaie, et bonne cuisinière de surcroît !

Voisine de palier de Toulouse-Lautrec, Marguerite l'invitait souvent à dîner avec l'inspecteur Berflaut. Le peintre apportait une bouteille du vin familial et le policier un beau bouquet ou des pâtes de fruits dont Marguerite était friande. Les deux hommes avaient très vite sympathisé, ainsi qu'avec le neveu de Marguerite, Robert Fresnot, un jeune Tourangeau préparant une licence d'anglais à la Sorbonne et qu'elle hébergeait le temps de l'année scolaire. Le jeune homme, un grand et mince garçon, aimable et vif, rendait quelques services à Lautrec, lui faisait des courses et lui remontait de temps à autre un seau de charbon de la cave.

Robert Fresnot était fasciné par la littérature policière, Gaboriau et Conan Doyle. Il avait lu dans le texte les aventures de Sherlock Holmes, questionnait avidement Berflaut au sujet de ses enquêtes et se serait bien proposé pour être son docteur Watson. L'inspecteur lui avait promis de lui faire visiter le Service d'identité judiciaire du Quai des Orfèvres, créé trois ans auparavant par le préfet Lépine et dirigé par Alphonse Bertillon.

Grâce à ces informations de première main, lecteur assidu des faits divers relatés chaque dimanche dans *Le Petit Journal illustré*, bien qu'il n'appréciât pas le style ampoulé des chroniqueurs, Robert Fresnot avait décidé d'écrire un roman policier. Il avait déjà inventé son héros, un jeune inspecteur qui lui ressemblait comme un frère, et qu'il allait lancer dans de passionnantes aventures.

Mais pour le moment, c'était une affreuse réalité qui allait s'imposer à son ami Berflaut et bouleverser Paris pendant de longues semaines.

5

Henri Santier et le gardien Brenaud montèrent en silence jusqu'à la rue Saint-Vincent. La lueur d'un bec de gaz projetait sur le trottoir l'ombre de l'autre gardien de la paix qui attendait debout auprès d'un petit corps.

Santier, malgré dix années de service dans ce quartier marqué par une violence presque quotidienne, ne put réprimer un sentiment d'horreur et de pitié devant le spectacle. Il s'accroupit pour examiner, sans la bouger, la fillette, tâta ses bras et ses jambes potelés. Ils étaient glacés. Pas de rigidité cadavérique. Donc soit la mort était très récente – moins de quatre heures – soit elle remontait à deux ou trois jours. L'enfant était apparemment bien nourrie et ses jolis vêtements étaient comme neufs. Le visage était intact, mais étrangement maquillé.

Un moment retenu par une pudeur qu'il n'aurait peut-être pas éprouvée devant une victime adulte, il hésita à regarder sous les vêtements. Mais il le fallait. En soulevant délicatement le haut des pantalons à volants brodés dépassant de la jupe de taffetas bleu, il aperçut une blessure au ventre, mais, chose étonnante, aucune tache de sang n'avait souillé le corps ni les dessous. L'assassin l'aurait-il lavée et rhabillée ? Mais pourquoi ? Quel monstre avait pu faire cela, avant de la jeter d'un fiacre comme un sac de chiffons ? À quel père, à quelle mère faudrait-il apprendre la nouvelle le lendemain ?

Aucun objet ne permettait d'identifier la petite victime, ni plaque de naissance au poignet, ni médaille au cou. En tout cas, il ne s'agissait pas d'une de ces enfants des rues comme il en traînait si souvent dans le coin. Sa tenue laissait supposer qu'elle venait d'un milieu aisé. Il ne faudrait pas attendre longtemps pour que sa famille la recherche, et sans doute ses parents, fous d'angoisse, avaient-ils déjà signalé sa disparition.

Il se redressa en soupirant.

— Que l'un de vous deux attende ici. Je redescends prévenir le commissaire, il télégraphiera à la morgue qui enverra un fourgon.

Les deux gardiens de la paix se concertèrent. Finalement c'est Brenaud qui monterait la garde. L'autre retournerait au poste avertir leur chef.

Santier redescendit avec lui. Ils se quittèrent rue Caulaincourt sans avoir échangé une parole : ils étaient bouleversés par ce qu'ils avaient découvert.

Au commissariat, Lepard attendait le retour de son inspecteur pour savoir quelle décision prendre. C'était un homme d'une quarantaine d'années, qui compensait une taille assez petite par l'air d'autorité que lui donnaient sa petite moustache blanche, ses lunettes d'intellectuel et une diction cassante qu'il avait dû travailler en secret afin d'en imposer à ses collègues. Parent du préfet Lépine, dont il avait épousé la nièce, il avait pu obtenir le privilège d'équiper son commissariat – par ailleurs assez délabré – du télégraphe et du téléphone, avantage qu'aucun autre ne possédait encore, alors que les postes de gardiens de la paix en étaient pourvus. De même la direction de la Sûreté, Quai des Orfèvres, devait passer par le service de la police municipale, situation absurde qui était une permanente occasion de conflits.

Soucieux de son confort, il avait apporté son bureau personnel et un fauteuil pivotant garni de cuir, qu'il faisait tourner sans cesse de droite à gauche pendant les entretiens. Ses inspecteurs étaient habitués à cette manie, mais les prévenus qu'on lui amenait étaient vite déstabilisés par ce va-et-vient qui jouait avec leurs nerfs.

Lepard écouta sans rien dire le rapport de Santier. Il s'agissait bien d'un crime par arme blanche, blessure au ventre.

— Je télégraphie à la morgue et j'avertis la Sûreté. Je demanderai qu'on nous envoie Berflaut.

— Il faudrait qu'il voie le corps, avant qu'on l'enlève.

— D'accord. Allez le chercher.

Cela n'avait rien de réglementaire, puisque le parquet ne désignerait que demain le juge qui instruirait l'affaire et l'inspecteur qui en serait chargé. Mais Lepard, comme Santier, savait que Berflaut serait probablement affecté à l'enquête et que, père d'une petite fille du même âge que la victime, il emploierait toute son intelligence, son intuition et sa ténacité pour identifier au plus vite le coupable. Lui donner de l'avance en lui montrant le corps *in situ* s'imposait.

Santier descendit en hâte la rue Caulaincourt, sonna à la porte cochère et se nomma. Le concierge, reconnaissant sa voix, ouvrit la porte. Santier monta au second étage et frappa. Au bout d'un moment, des pas se rapprochèrent. Berflaut apparut, en robe de chambre, et, découvrant la mine défaite de son ami, comprit ce réveil en pleine nuit.

— Viens ! Rue Saint-Vincent : une petite fille assassinée ! C'est très bizarre.

— Quoi ?

— Tu verras.

— Cinq minutes, et j'arrive.

Santier resta dans le couloir tandis que son ami, sans faire de bruit pour ne pas réveiller sa fille, s'habillait rapidement. Il sortit en tirant doucement la porte. Santier lui décrivit l'horrible découverte tandis qu'ils descendaient l'escalier. Ils remontèrent la rue Caulaincourt, Berflaut, d'un pas rapide, Santier peinant un peu à suivre son collègue.

Dix minutes après, les deux policiers contemplaient le petit cadavre. Le gardien Brenaud eut la permission de s'en aller. Il ne se fit pas prier.

Berflaut s'accroupit au près du corps. Il le regarda longtemps, puis, avec délicatesse, refit les gestes qu'avait faits son collègue, examina la blessure. Remarqua l'absence de *rigor mortis*.

— Pas de sang, tu as vu ? dit Santier.

— En effet. C'est curieux. Comme si l'assassin lui avait fait sa toilette. Même les pantalons sont intacts.

Quelque chose de bizarre, d'anachronique aussi, le frappait. Ces anglaises, retenues par un ruban de velours bleu, encadrant un visage de poupée aux joues roses de fard et aux lèvres peintes, les pantalons de broderie anglaise dépassant de la jupe à volants de taffetas bleu. C'est ainsi qu'étaient habillées les fillettes sous le Second Empire. L'enfant paraissait déguisée et maquillée comme pour un bal costumé, sauf les pieds nus et souillés de boue.

Une petite fille modèle ! Oui, c'est cela, se dit-il, elle pourrait être Camille ou Sophie, les héroïnes de la comtesse de Ségur, dont sa fille Madeleine relisait sans se lasser les aventures dans la Bibliothèque rose. Mais de quel livre noir était sorti son assassin ?

Madeleine... Elle était en ce moment en train de dormir, gardée par sa belle-mère qui, depuis la mort de sa femme, cinq ans auparavant, était venue habiter avec eux. Chaque jour, elle la conduisait à l'école communale toute proche et allait l'y rechercher, sauf quand le service de son gendre lui permettait de le faire lui-même. La petite fille n'appréciait guère cette escorte, la plupart de ses camarades n'étant plus accompagnées, et elle en avait souvent demandé la raison. Son père l'avait mise en garde contre les risques du quartier, mais elle était encore un peu trop jeune pour qu'il les lui expliquât et il la prévînt contre certains ogres qui rôdaient à la recherche de chair fraîche.

— Tout de même, c'est étrange, remarqua Santier.

— Les vêtements ? Tu penses comme moi ? Un déguisement ?

— Oui, je pensais à un bal costumé. Mais les pieds nus, et salis par la boue ? Les bals costumés ne se donnent pas en plein air, en cette saison !

— À moins qu'elle ne se soit soudain enfuie du bal, perdant ses souliers, comme Cendrillon !

— Si c'est un bal... Ce pourrait aussi bien être le costume de scène d'une petite actrice de théâtre pour enfants. Cela expliquerait les joues fardées et les lèvres peintes. Mais pas les pieds souillés, en effet.

Ils restèrent silencieux, jusqu'au moment où un bruit de roues et de sabots annonça l'arrivée du fourgon. Deux hommes en sortirent, saisirent délicatement la fillette, la placèrent sur un brancard.

Berflaut donna ses consignes. Tant que le juge d'instruction n'aurait pas été saisi, le petit corps serait conservé dans un tiroir de la « glacière » de la morgue en attendant l'autopsie. Si personne ne se manifestait ensuite pour le réclamer, on l'exposerait dans la salle d'identification. Berflaut faisait des vœux pour que cet outrage fût épargné à la petite victime : ce couloir où se pressaient, le dimanche, les badauds en quête d'émotions fortes, devant les corps alignés de l'autre côté de la vitre, leurs vêtements pendus à des cintres, les rires nerveux, les commentaires salaces[1]... Il fallait éviter cela à l'enfant.

---

1. Voir *Thérèse Raquin*, de Zola.

Ils retournèrent rue Caulaincourt. Berflaut annonça au commissaire qu'il saisirait le parquet dès le lendemain à la première heure. Le juge d'instruction une fois désigné, il obtiendrait sans mal de se faire charger de l'enquête. Cette affaire était déjà devenue la sienne.

6

Le procureur désigna le juge d'instruction Maubécourt pour instruire l'affaire. C'était un homme assez jeune, grand et mince, affable, sauf s'il se trouvait en face de criminels endurcis ou de pervers odieux. Le magistrat avait déjà travaillé avec Louis Berflaut qu'il appréciait, et il demanda au chef de la Sûreté Goron qu'on lui confiât l'enquête, ce qui lui fut accordé immédiatement. L'inspecteur se ferait assister de ses anciens collègues du commissariat de la rue Caulaincourt et il passerait faire son rapport quotidien au Palais de justice et au Quai des Orfèvres.

La nouvelle de l'assassinat s'était très vite répandue. Les petits vendeurs de journaux s'époumonaient :

« Horrible meurtre ! Une petite fille éventrée rue Saint-Vincent ! »

Aucune disparition d'enfant n'avait encore été signalée. Le fait que personne ne l'eût réclamée rendait encore plus pitoyable le sort de cette petite martyre inconnue morte dans son costume de fête.

Le porte-à-porte des deux gardiens de la paix envoyés en début de matinée interroger les habitants de la rue des Saules et de la rue Saint-Vincent, pour savoir si l'un d'entre eux avait aperçu quelque chose, ne donna rien. Le fiacre fantôme était apparu et avait disparu sans que personne ne le remarquât.

Une vieille femme logeant au rez-de-chaussée avait bien entendu des cris, mais c'étaient ceux des pierreuses qui avaient découvert le corps. Elle avait entrouvert ses persiennes et, voyant leurs silhouettes gesticulantes, avait cru à un crêpage de chignon ou à un de ces règlements de comptes habituels, et avait prudemment refermé sa fenêtre.

— Voyez-vous, monsieur l'agent, ces choses-là, mieux vaut ne pas s'en mêler.

Il était dix heures. Santier attendait au commissariat le passage de Berflaut. Lepard n'était pas là. Il participait à la préfecture à une réunion consacrée au bilan de la lutte contre le mouvement anarchiste qui semblait éradiqué depuis le vote par l'Assemblée des dernières lois répressives destinées à garantir l'ordre public.

On frappa un coup discret à la porte. Le planton passa la tête :

— Il y a des dames qui voudraient parler au commissaire. Elles disent qu'elles sont des mères d'enfants de l'école communale de filles de la rue Durantin. C'est urgent.

— Faites-les entrer.

Trois femmes pénétrèrent dans le bureau des inspecteurs. Elles semblaient très affairées, et pressées de parler.

— Le commissaire est absent, mais je vais vous recevoir. Asseyez-vous, mesdames, et dites-moi la raison de votre visite.

La plus âgée, une brune bien en chair, l'air décidé, s'en chargea.

— Monsieur l'inspecteur, c'est au sujet de la petite fille assassinée. Il y a un homme bizarre dans le quartier. Il stationne presque tous les jours devant l'école, sur le trottoir d'en face.

— Il attend peut-être une enfant ?

— Non, justement. Aucune ne le rejoint. Il regarde, et c'est tout.

— Avez-vous remarqué s'il suivait des fillettes qui rentraient seules ?

— Non, mais il part sans doute bien après nous, et nous n'avons pas osé l'attendre. Il nous aurait sûrement remarquées.

— Pourriez-vous le décrire ?

Elles s'y employèrent, non sans quelques contradictions entre elles sur l'âge, la couleur des cheveux, la taille approximative. Grand ? Moyen ? Petit ? Droit ? Voûté ? Jeune ? Vieux ? Elles n'étaient pas d'accord. Si on avait confié à un spécialiste de l'Identité judiciaire le dessin de ce « portrait parlé », il lui aurait fallu une bonne gomme. Il ressortit toutefois au bout d'un moment que l'homme avait la cinquantaine, était vêtu en bourgeois avec un manteau à col de fourrure, et qu'il avait une canne.

Santier promit aux trois femmes que le commissaire serait prévenu et prendrait les mesures nécessaires pour faire surveiller ce suspect.

Il les raccompagna à la porte pour mettre un terme à leurs commentaires sur l'horrible crime, l'inconscience des parents qui laissaient leurs enfants sortir seules dans un quartier aussi mal fréquenté, en renchérissant sur les peines atroces que méritait l'assassin.

Ce n'est qu'en fin d'après-midi que Berflaut apparut, la mine sombre, sans répondre, chose inhabituelle, au salut du planton.

Il n'avait guère dormi, pas plus de six heures en deux nuits. Son ulcère à l'estomac s'était rappelé à lui, ce qui n'était pas arrivé depuis la mort de sa femme. Et, dans les rares moments de sommeil, lui, dont l'imagination nocturne était d'ordinaire proche du degré zéro, mêlait dans ses cauchemars les images de la petite morte avec celles de sa propre fille. Il était entré sur la pointe des pieds dans sa chambre, s'était penché sur le lit pour écouter son souffle, et, rassuré, mais pas détendu pour autant, était allé se verser un verre de lait avant de se coucher en attendant l'aube.

Il y avait encore quelques jours, une autre enfant dormait, innocente, ignorant la mort qui lui était réservée. Qui était-elle ? Pourquoi ce déguisement ? Pourquoi l'avait-on tuée ? Pourquoi l'avoir transportée jusqu'au vieux cimetière ?

Ce qui expliquait aussi l'air bouleversé de l'inspecteur, c'est qu'il venait de passer à la morgue et avait appris avec horreur les résultats de l'autopsie qu'il avait demandée en priorité. Il montra à Santier le rapport du légiste.

— Regarde. C'est encore plus sordide qu'on ne le pensait.

La mort remontait à deux jours. Mais la blessure au ventre n'en était pas la cause, elle avait été infligée *post mortem*. Ce qui expliquait l'absence de saignement. L'enfant avait été noyée.

Et surtout, la fillette n'était plus vierge. Il n'y avait toutefois pas de signe d'un viol récent ni de traces de lutte. Ce qui impliquait, selon le légiste, que des viols répétés lui avaient sans doute été infligés.

Le quartier où ils avaient mission de faire régner l'ordre les avait déjà habitués aux pires spectacles, mais jusqu'ici, à part des crimes crapuleux commis sur de pauvres rentiers ou des gardiens d'immeuble le jour du terme, tout se passait, ou presque, dans le milieu de la pègre : règlements de comptes entre voyous ou « punitions » de prostituées. Les affaires de mœurs s'étaient jusqu'ici réduites à l'arrestation de faiseuses d'anges, ou de quelques vieux marcheurs repérés par leur assiduité auprès de très jeunes filles, tels que les épinglait le célèbre dessin en première page du *Mirliton*[1] :

> — *Quel âge as-tu, fillette ?*
> — *Quinze ans, monsieur.*
> — *Hum ! Un peu trop vieille.*

Mais jamais encore ils n'avaient été confrontés au meurtre d'un enfant.

Santier rendit le rapport à Berflaut.

— C'est horrible. Ont-ils suggéré des pistes ?

— J'ai demandé au légiste d'envoyer un échantillon de l'eau prélevée dans les poumons de la

---

1. *Le Mirliton* est la revue dirigée par Aristide Bruant, du nom de son cabaret. Ses couvertures étaient illustrées souvent par Steinlen et par Lautrec.

gosse au biologiste du service scientifique ; l'analyse des bactéries permettra peut-être de déterminer l'endroit où elle a été noyée. Ce serait déjà une piste.

Deux ans auparavant, les techniciens du laboratoire scientifique étaient parvenus à établir, par l'étude comparée des fragments de terre souillant le pantalon d'une victime et de celle qui était incrustée dans les semelles de l'un des suspects, sa présence sur les lieux du crime. On pouvait penser raisonnablement qu'il serait possible de remonter jusqu'à l'endroit où était morte l'enfant, et, du moins fallait-il l'espérer, jusqu'à ses bourreaux. Les policiers allaient se lancer dans une impitoyable chasse au monstre, prêts à fouiller tout Paris pour le retrouver.

7

Lautrec croisa, en descendant de chez lui, l'inspecteur Berflaut, au moment où celui-ci, la mine sombre, quittait le commissariat.

— Que faites-vous là, cher ami ? Vous êtes sur l'affaire de la fillette de la rue Saint-Vincent ?

— Oui. C'est terrible. Terrible et sordide. Pour le moment je ne peux rien dire de plus. Au fait, pouvez-vous avertir Marguerite que je ne pourrai venir dîner demain soir ? Elle est à son travail en ce moment, je lui mettrais bien un mot sous la porte, mais puisque vous êtes son voisin, quand elle rentrera, présentez-lui, je vous prie, mes excuses et mes regrets. Tant que l'affaire ne sera pas résolue, je n'aurai guère de temps à moi.

— Promis, inspecteur. À bientôt.

Ils se serrèrent la main. Berflaut descendit la rue Caulaincourt de son pas rapide, tandis que, plus lentement, le peintre se dirigeait vers le boulevard de Clichy pour son rendez-vous avec Jeanne Avril. Il aperçut de loin, venant dans sa direction, une jeune femme qu'il reconnut. C'était Rosa la Rouge. Carmen Gaudin devait son surnom à une abondante crinière couleur de feu. Lautrec l'avait remarquée dix ans auparavant à cause de sa chevelure – il avait toujours eu une prédilection pour les rousses – et en avait fait son modèle. Il l'avait représentée sur plusieurs toiles, *La Blanchisseuse*, *La Rousse au caraco blanc*, *Carmen la Rousse*, avec son visage buté, son regard sévère, sous le casque de cheveux cuivrés.

Un tableau, surtout, était frappant : elle se tenait dans l'encadrement d'une porte, en camisole blanche, les bras ballants, le visage de trois quarts presque caché sous ses cheveux[1]. Le tableau s'intitulait *À Montrouge, Rosa la Rouge*.

Elle était maintenant entre les mains d'un alphonse connu dans le quartier et mêlé, paraît-il, aux trafics louches d'une bande des barrières. De temps en temps, Lautrec lui offrait un verre d'absinthe dans un café de la rue des Martyrs où ils bavardaient un peu.

Mais, pour la première fois, Rosa la Rouge croisa le peintre sans le saluer.

— Rosa ! Où cours-tu ?

Elle ne s'arrêta même pas. Son fichu lui cachait une partie du visage, assez mal cependant pour que Lautrec n'aperçût pas sous l'œil droit un énorme coquard.

Le peintre soupira et poursuivit sa marche jusqu'au lieu du rendez-vous. Jeanne Avril était arrivée la première. Ils prirent un fiacre qui les déposa boulevard Saint-Denis devant l'atelier du lithographe-imprimeur Ancourt.

Lautrec raconta à la danseuse sa rencontre avec Rosa et l'étrange comportement de cette dernière. Jeanne n'était pas étonnée. On disait que Rosa,

---

1. Ce tableau figure dans la collection Barnes.

43

depuis quelque temps, était en froid avec son mac, et que ça risquait de mal finir.

— Et la Goulue, tu l'as vue ?

— Non, elle m'a écrit qu'elle va se produire dans les foires. Elle voudrait que je décore sa baraque.

— Quel toupet ! Pour qui te prend-elle ? Tu ne vas tout de même pas...

— Je crois que si. La pauvre a besoin qu'on l'aide. Et puis ça m'amuse.

— Henri, tu seras toujours trop bon. Je saurai m'en souvenir si je me retrouve à la rue un jour !

— Ça ne risque pas d'arriver, Jeanne, je te fais confiance !

Ils pénétrèrent dans la salle des presses où un vieil ouvrier, le père Cotelle, montra à Lautrec et à son amie les épreuves pour lesquelles le peintre avait signé la semaine précédente le bon à tirer.

C'était une affiche pour *La Revue blanche*, qui représentait une jeune femme élégante, en redingote noire piquée de rouge, étole et manchon de fourrure blanche, un petit canotier surmonté d'un curieux panache de plumes noires.

— Amusant, ces plumes, dit Jeanne. C'est pour rappeler l'Hirondelle ?

— Bien vu !

C'était en effet le surnom donné par Lautrec à Misia Natanson, l'épouse du directeur de la revue, dont il était, comme tant d'autres, secrètement épris et qui avait pour lui beaucoup d'amitié. Il faisait partie, avec Vuillard, Bonnard, Pierre Louÿs, et leur voisin Mallarmé, du cercle des intimes invités dans leur maison de Valvins, près de Fontainebleau, monde d'artistes et d'intellectuels, dans lequel le peintre était aussi à l'aise qu'au milieu des danseuses ou des filles de maison. Jeanne Avril devait à sa distinction naturelle de fréquenter avec aisance les milieux littéraires et artistiques parisiens.

Jeanne Avril prit en main l'épreuve et la contempla.

— Très joli. Misia et Thadée seront contents.

— Je l'espère.

— Je voulais te dire, je suis engagée pour une saison, à Londres, au Palace Théâtre. Pourrais-tu me peindre une affiche ? Bien sûr, si la Goulue te laisse du temps !

Elle plaisantait, mais on sentait tout de même un peu d'acidité dans la remarque. Si elle n'avait jamais contesté ses talents de danseuse, elle n'appréciait ni sa vulgarité ni l'orgueil de son comportement du temps de sa gloire, et encore moins sa calèche personnelle lorsqu'elle s'autoproclamait « reine de Paris » !

— Tu danses en soliste ?

— Non, nous sommes quatre, appelées – tiens-toi bien ! – « la troupe de Mademoiselle Églantine ! » En dépit de tous les Anglais qui sont venus au Moulin-Rouge, mon nom n'est pas assez célèbre là-bas pour justifier à lui seul un spectacle !

— Tu me préviendras quand vous répéterez, que je fasse quelques croquis. Tu quittes donc le Moulin-Rouge, toi aussi ?

— Oui, je vais faire du théâtre. Je joue une pièce d'Ibsen à l'Œuvre.

— Oh, là, là ! Pas le genre drôle !

— En effet. C'est un rôle dansé, mais j'espère

45

que le public me prendra au sérieux et n'attendra pas de moi des entrechats !

— Ma foi, cela égaierait un peu la pièce !

Les deux amis éclatèrent de rire. Ils avaient toujours été complices. Jeanne Avril avait, dès le début, apprécié le talent du peintre, et celui-ci avait deviné quelle âme secrète et blessée vivait à l'intérieur de la danseuse effrénée.

En sortant de chez l'imprimeur, ils se séparèrent. Lautrec étant trop petit pour embrasser Jeanne et trop homme du monde pour lui faire un baise-main en pleine rue, il souleva son melon en lui disant :

— Au revoir, ma belle. Toujours d'accord pour aller écouter Yvette mardi soir aux *Ambassadeurs* ?

— Bien sûr ! On se retrouvera là-bas, j'y vais avec Barrès.

— Fichtre ! Tu es toujours sa « Petite Secousse[1] » ?

— Non, notre histoire est terminée, mais nous restons amis. Au revoir, Henri !

Tandis qu'elle s'éloignait, Lautrec héla un fiacre.

— 6 rue des Moulins, lança-t-il au cocher, en escaladant le marche-pied avec plus d'aisance qu'on ne pouvait s'y attendre.

Le cocher, à qui l'adresse n'était évidemment pas inconnue, sourit dans sa moustache et fouetta légèrement son cheval.

---

1. C'est sous ce surnom que Jeanne Avril apparaît dans *Le Jardin de Bérénice* de Maurice Barrès.

8

L'hypothèse selon laquelle la petite victime aurait été soumise à des abus sexuels répétés orienta évidemment l'enquête vers des établissements spécialisés dans ce sordide commerce, notamment un bordel de la rue Rochechouart dont la tenancière avait été condamnée à cinq ans de prison et une énorme amende pour prostitution de mineures. Pourtant, il était peu probable qu'ayant purgé sa peine et sous la menace permanente d'une descente de la police des mœurs, elle prît le risque de recommencer.

Berflaut et Santier décidèrent pourtant de se présenter à la maison close en début de soirée. La sous-maîtresse, qui ne les connaissait pas, les prenant pour deux bourgeois en goguette, les introduisit au salon.

— Ce n'est pas encore tout à fait l'heure, mais si vous désirez patienter...

— Appelez la patronne, dit Berflaut.

Le sourire de la femme se figea devant ce ton autoritaire. Elle quitta la pièce, et, un instant après, apparut la tenancière. Tenue de matrone respectable, chignon austère, jabot blanc sur sa stricte robe noire, elle avait la tête de l'emploi. Elle identifia sans peine les deux hommes. Ils accompagnaient leur collègue des Mœurs lors de son arrestation.

— Que voulez-vous, messieurs ?

Le ton était poli, mais la rancune et la méfiance se lisaient dans son regard. Le contrôle sanitaire n'était pas de leur ressort, et de toute façon elle était en règle.

— Nous voudrions évoquer avec vous quelques souvenirs de votre ancienne activité... Plus de fillettes jouant à « mon petit papa chéri », naturellement ?

— Vous savez bien que c'est fini ! Ça m'a coûté assez cher ! Mes filles sont toutes majeures. Voulez-vous voir leur carnet ?

— Pas pour le moment. Mais vous connaissez sans doute quelqu'un qui n'a pas vos... scrupules ? Il y a toujours des amateurs pour ça !

— Comment voulez-vous que je le sache ? Demandez aux Mœurs, plutôt, c'est leur travail ! Mais que cherchez-vous au juste ? Une fillette disparue ?

Impossible de lui parler de ce qu'avait établi le rapport du médecin légiste. Pour le public et les journaux, le secret n'avait pas filtré : la petite victime de la rue Saint-Vincent n'était – si l'on peut dire ! – qu'une enfant assassinée. On ignorait les violences qu'elle avait subies auparavant. Par respect pour la petite morte, les policiers avaient voulu éviter qu'elle fût l'objet de fantasmes morbides. En outre, la discrétion devait faciliter leur enquête.

— Vous n'avez aucune adresse, aucun nom à nous donner ?

— Aucun. Et je vais vous dire, après ce qui m'est arrivé, je ne crois pas que quelqu'un d'autre s'y risquerait... du moins par ici.

— Pourquoi dites-vous « par ici » ?

La femme sembla aussitôt regretter ces derniers mots. Elle se pencha pour remettre une bûche dans un feu qui n'en avait nul besoin.

— J'ai dit ça comme ça. Je ne sais pas ce qui se passe ailleurs.

— Naturellement ! Mais si l'une de vos filles apprenait quelque chose d'un client – il y en a, paraît-il, qui se confient dans le feu de l'action –, ne manquez pas de nous en avertir. Nous préférons l'apprendre de vous plutôt qu'indirectement. Vous ne voudriez pas vous exposer à être accusée d'entrave à la justice, n'est-ce pas ?

La tenancière leur jeta un regard noir, mais promit de se renseigner.

— Maintenant, messieurs, excusez-moi, mais ces dames vont bientôt descendre au salon, et je ne pense pas...

— En effet. Au revoir, madame.

Les deux policiers redescendirent l'escalier et se séparèrent en se promettant de faire de temps en temps une petite visite de rappel à la matrone, discret harcèlement qui lui raviverait peut-être la mémoire.

Berflaut décida d'aller voir seul, Madame Zoé. C'était sa meilleure indicatrice. Elle tenait une baraque de diseuse de bonne aventure sur le terre-plein du boulevard de Clichy à la hauteur du cirque

Fernando. Elle lui était reconnaissante d'avoir sauvé son fils aîné d'une mauvaise passe où l'avaient conduit ses fréquentations, et depuis Berflaut pouvait compter sur sa collaboration inconditionnelle.

9

Comme ils en étaient convenus, Toulouse-Lautrec et Jeanne Avril se retrouvèrent avenue Gabriel, pour écouter Yvette Guilbert, que la presse appelait « la Sarah Bernhardt des fortifs ».

La chanteuse n'appréciait d'ailleurs pas tellement ce surnom : « Sarah Bernhardt » oui, mais pas « des fortifs », d'autant que, son renom s'étendant, elle se flattait de ne plus réserver son talent à Montmartre, et d'être passée du *Divan japonais* de la rue des Martyrs au *Jardin de Paris* et aux *Ambassadeurs* où venait l'applaudir un public élégant.

L'année dernière, la chanteuse et le peintre avaient été en froid un certain temps. Elle n'avait pas apprécié ses projets d'affiche, à la limite de la caricature, la représentant en train de saluer son public, poitrine plate et tombante, visage blafard, bouche pincée, nez en pied de marmite sous un toupet de cheveux roussâtres. Elle lui avait jeté publiquement :

— Petit monstre ! Vous avez fait une horreur ! Vous êtes le génie de la déformation !

Parole malheureuse que Lautrec avait relevée en souriant :

— Mais évidemment !

Le peintre ne lui en avait pas voulu. Il avait pour « son étoile » trop d'admiration, et en ce qui le concernait trop d'humour pour lui garder rancune, même lorsqu'elle lui avait préféré pour son spectacle l'affiche, plus flatteuse mais moins expressive, de Steinlen.

Depuis, Lautrec avait compris : sur la couverture du recueil de ses succès, évitant le danger, il avait choisi pour icône la célèbre paire de longs gants noirs qui gainaient ses bras et ses mains expressives. C'était beaucoup plus évocateur, et sans risque de froisser Yvette.

Le spectacle commença par une nouvelle chanson dont les paroles étaient de Maurice Donnay : *Le Jeune Homme triste*.

La diction précise, la voix acide, détaillaient les couplets :

> *Il était laid et maigrelet*
> *Ayant sucé le maigre lait*
> *D'une nourrice pessimiste.*
> *Et c'était un nourrisson triste...*

Puis elle enchaîna avec, du même auteur, la chanson osée que la salle attendait, *Éros vanné*, allusion aux amours saphiques dont la chanteuse savait faire passer, rapidement et avec esprit, les doubles sens scabreux.

Le tour de chant se termina naturellement par la déjà célèbre *Madame Arthur* :

Madame Arthur est une femme
Qui fit parler, parler, parler d'elle longtemps
Sans journaux sans rien sans réclame
Elle eut une foule d'amants.
Chacun voulait être aimé d'elle
Chacun la courtisait. Pourquoi ?
C'est que sans être vraiment belle
Elle avait un... je ne sais quoi.

De couplet en couplet, le fameux « je ne sais quoi » se chargeait d'un sens évident, et le public se régalait.

À la fin du spectacle, Toulouse-Lautrec emmena Jeanne Avril et Yvette Guilbert, rue Royale à l'*Irish Bar*, goûter les nouveaux cocktails de Ralph le barman, ce que le peintre entreprit avec ardeur.

— Ne t'inquiète pas, dit-il à Jeanne Avril, qui avait posé doucement la main sur son bras. En février je tiendrai le bar chez les Natanson, pour trois cents personnes. Il faut bien que je me documente !

Bel alibi. Ses deux amies eurent bien du mal à empêcher le peintre de se faire servir toute la carte : il prétendait que c'était juste pour étudier les variations de couleurs ! Au bout d'une heure, elles réussirent à le hisser à moitié endormi dans le fiacre qui le ramena chez lui.

10

À la suite d'un accord entre le commissaire Lepard et l'officier de paix du quartier, le gardien de la paix Lebel avait été préposé, dès la fin des vacances de Noël, à la surveillance de l'école des filles.

Arrivé, malgré une pluie battante et glacée, une demi-heure avant la sortie, il se posta au coin de la rue Durantin, sans s'apercevoir que la vue de son uniforme avait fait s'envoler comme une volée de perdreaux les gamins du « maquis », ce labyrinthe de venelles où vivait dans des baraques tout un peuple de chiffonniers, mendiants et rapins faméliques. L'été, la misère s'y cachait sous les glycines et les lilas.

Les mères arrivèrent, presque toutes ensemble, une armée de parapluies noirs qui pourraient se transformer en armes en cas de rencontre avec le présumé assassin. Lebel avait pour consigne de ne pas communiquer avec celles qu'il avait introduites la veille au commissariat, et les trois femmes de leur côté s'abstinrent de tout signe de reconnaissance. Il ne fallait pas mettre l'homme en alerte.

Lorsque la cloche sonna et que les portes s'ouvrirent, les petites filles sortirent en rang et rejoignirent leurs mères. Certaines repartirent, seules ou en petit groupe. Lebel s'était rapproché, l'air indifférent, et dévisageait tous les hommes qui passaient sur le trottoir.

Les trois mères avaient attendu un moment dans l'espoir de voir leur suspect à sa place habituelle. Mais il n'était pas là. Déçues, elles craignaient qu'on ne les prît pour des affabulatrices. C'est la première fois en huit jours qu'il n'était pas au rendez-vous. La pluie, peut-être ? Ou bien la vue du policier en tenue l'avait-elle alerté ?

Elles s'en allèrent à regret, se retournant à plusieurs reprises. Lebel attendit que la rue fût vide pour retourner au commissariat faire son rapport.

— Alors ? demanda le commissaire.

— Personne. Peut-être a-t-il eu peur s'il m'a vu...

Lepard le regarda et se leva de sa chaise en hurlant :

— Vous n'y êtes tout de même pas allé comme ça, en uniforme !

— Mais l'officier de paix ne m'a pas dit de me mettre en civil !

— Bon Dieu ! Mais c'était évident ! Pourquoi aussi ne pas avoir débarqué en fourgon de police avec dix collègues ! Je vous avais dit *discrètement,* gardien Lebel ! *Discrètement !* Je croyais que vous aviez compris !

— Commissaire, c'est noté, j'y retournerai demain en civil.

— J'y compte bien ! Mais notre gibier risque d'être définitivement perdu ! Vraiment, gardien Lebel, quelle stupidité !

Lebel ne savait que faire pour rentrer en grâce.

— Voulez-vous que ce soir, après mon service,

j'aille faire un tour dans le quartier, interroger les gens ?

— Non, surtout pas ! Ça suffit comme ça ! Demain, *en civil*, et ne vous postez pas juste devant l'école ! Marchez, lisez les affiches, le journal, ou, mieux, asseyez-vous à une table dans la boutique du marchand de vins au coin de la rue, d'où on voit très bien l'école. Vous serez au chaud, et pourrez boire un coup si vous voulez.

— Mais je ne peux pas boire, je serai en service !

— Non, Lebel ! Considérez que vous ne le serez pas ! Peut-être réussirez-vous à passer inaperçu ! Si l'homme se montre, suivez-le discrètement, et tâchez de voir où il habite. Et *rien* de plus. Puis vous reviendrez me faire votre rapport. Et souvenez-vous, demain, *en civil*, Lebel, *en ci-vil* !

Lebel piqua du nez. Selon son chef l'officier de paix, il était réputé pour son zèle – jamais une absence en quinze ans de carrière – mais aussi pour un manque d'initiative dont il venait de faire preuve une fois de plus.

Berflaut ne sera pas content quand il apprendra l'histoire, se dit Lepard. *Ils n'ont pas trop de pistes pour l'instant, celle-ci risque de disparaître à cause de la sottise de ce pauvre type.*

11

— Mesdames ! De la visite ! Monsieur le comte ! cria Madame en reconnaissant le martèlement de la canne dans l'escalier et la voix sonore chantant – faux – le *Chant du Départ*.

D'ailleurs, lui seul pouvait venir à cette heure-ci. En ce début d'après-midi, les pensionnaires, encore vêtues de leur déshabillé matinal, profitaient de leur moment de liberté avant la toilette et le passage du coiffeur – pour celles qui pouvaient se l'offrir –, en jouant aux cartes ou en bavardant dans un des petits salons. On entendait de temps en temps un rire étouffé, sans doute une de ces anecdotes scabreuses qu'elles échangeaient sur les manies de leurs clients.

Lautrec venait travailler sur place à sa grande toile *Le Salon de la rue des Moulins*. Aussi, à l'appel de la sous-maîtresse, Marceline, Gabrielle, Rolande, Marthe, Mathilde et Mireille s'habillèrent et rejoignirent Madame qui les attendait avec Lautrec. Elles reprirent leur place et leur pose sur les fauteuils et le grand canapé rouge.

Mireille était la préférée du peintre. C'était une fille du Midi, gaie et ouverte, qui consacrait sa journée de sortie hebdomadaire à rendre visite à sa jeune sœur Louise, placée comme bonne chez de grands bourgeois boulevard de Courcelles. De temps en temps, Lautrec achetait à Madame un jour entier pour que Mireille vienne poser dans son atelier. Il préférait les filles du salon aux modèles professionnels, qui se louaient le dimanche matin autour de la fontaine de la place Pigalle, et qu'il jugeait « empaillées ». Il lui payait généreusement les séances, lui offrait gâteaux et verres de vin aux moments de repos, sans que jamais ces instants ne les fissent dériver vers le canapé. C'était rue des Moulins que monsieur le comte pouvait acheter le corps de Mireille. Rue de Tourlaque, Lautrec ne payait que sa lourde beauté et la sensualité lasse de ses gestes.

— Tu viens jeudi, Mireille ? dit le peintre en s'asseyant devant son chevalet, tandis que Madame, qui suivait avec intérêt l'évolution de la toile, prenait place derrière lui en tricotant, comme une mère chaperonnant ses filles au bal.

— Oui, monsieur le Comte, si Madame est d'accord.

Madame acquiesça.

— Louise va bien ?

— Elle s'habitue. Les patrons ne sont pas trop durs, et le personnel l'a déjà adoptée. C'est sa première place, elle ne sait pas grand-chose encore, mais sa patronne a dit qu'elle la formerait.

— Ta sœur sait-elle ce que tu fais ?

— Non. Elle croit que je travaille comme blanchisseuse. C'est ce que j'ai dit à ses patrons. Et j'ai donné l'adresse d'une amie au cas où ils voudraient me joindre. On ne sait jamais.

La séance se poursuivit. Personne ne parla plus, on n'entendit que le crépitement du feu, le cliquetis des aiguilles de Madame, et le frottement du large pinceau sur la toile.

12

Sur la couverture en couleurs du *Petit Journal*, un dessin dramatique montrait, éclairé par un réverbère, un corps de fillette gisant sur un trottoir. Pour faire bonne mesure, l'artiste avait ajouté une petite mare de sang. Au-dessus s'étalait le titre :

**QUI A TUÉ LA PETITE FILLE
DE LA RUE SAINT-VINCENT ?**

L'article des pages intérieures, consacré au récit de la découverte du crime et à de vagues hypothèses sur les mobiles et les coupables possibles, se terminait par un appel à témoins.

Le directeur de la Sûreté décida de faire afficher dans les commissariats la photographie de la fillette prise par l'Identité judiciaire. La mort n'avait pas encore trop creusé les traits de l'enfant que l'on pouvait croire seulement endormie, car sur le cliché sépia on ne voyait pas la pâleur cireuse du visage.

L'enquête menée sur d'éventuels bals d'enfants n'avait rien donné encore. Berflaut et Santier se partagèrent le tour des loueurs de costumes parisiens, mais aucun n'avait entendu parler d'une fête de ce genre : on n'était pas en période de carnaval.

L'un d'eux, pourtant, se souvint d'avoir loué un déguisement de petite fille modèle, mais il y avait quelque temps déjà. Il n'avait pas noté le nom du client – c'était en effet un homme – mais aucune fillette ne l'accompagnait. Il avait d'ailleurs trouvé bizarre qu'elle ne fût pas venue essayer la robe. En tout cas le costume avait bien été rapporté, en bon état.

Le loueur passa dans une autre pièce et revint un moment après.

— Tenez, le voici, dit-il.

Berflaut constata que la couleur n'était pas la même – la robe était rose – et que la taille était beaucoup plus petite. Elle aurait convenu à une enfant de sept ans tout au plus, estima le policier. Or la jeune victime était plus grande. Elle devait avoir dix ans, l'âge de sa fille Madeleine. Il faudrait donc chercher ailleurs. Pourtant cette visite était étrange : un père venant seul louer un costume de fillette sans qu'elle l'essaye !

Quant à l'homme repéré devant l'école de la rue Durantin, il ne s'était plus manifesté. Peut-être, s'il était le coupable, la vue du gardien de la paix l'avait fait fuir et changer de lieu de chasse. La surveillance de Lebel se poursuivrait encore quelque temps. Peut-être finirait-il par reparaître. C'était presque la seule piste dont ils disposaient pour le moment.

Ils avaient aussi pensé aux exhibitionnistes du quartier, à deux d'entre eux, surtout. Le premier était un jeune homme un peu débile, connu pour fréquenter les squares aux heures de sortie d'école, mais la concierge de son immeuble et son mari, gardien de la paix, lui fournirent un solide alibi : rongé par la fièvre à cause d'une grosse bronchite, il était alité depuis huit jours. Quant à l'autre, il était en prison pour avoir suivi de trop près dans les escaliers ses jeunes voisins.

Outre l'horreur que le crime leur inspirait, les policiers n'arrivaient toujours pas à comprendre le mystère de cette petite inconnue, déguisée en petite fille modèle, d'une mort par noyade maquillée en blessure au couteau, et de ce corps qu'on était venu jeter en fiacre jusqu'à ce trottoir de Montmartre.

Le préfet de Police Lépine suivait de près l'affaire. Il ne voulait pas qu'au moment où la terreur des attentats anarchistes était enfin éloignée lui succédât la panique qui, il y a huit ans, avait saisi Londres au moment des sinistres exploits de Jack l'Éventreur. Les deux crimes de la rue Saint-Vincent étant de nature semblable aux siens, il n'en faudrait pas beaucoup pour que la même psychose gagnât Montmartre. Et cela, il fallait l'éviter à tout prix.

13

Remontant la rue des Abbesses, courbée sous le vent glacée de ce début janvier, Rosa la Rouge pressait le pas. Elle avait quitté le boulevard plus tôt que d'habitude, n'ayant trouvé aucun client. Son visage était encore tuméfié par le coup porté par Marcel qui l'accusait de « lui avoir manqué », accusation vague mais commode quand on avait envie de taper sur une fille.

Elle avait hâte de retrouver Nanette, qui partageait sa chambre. Depuis huit jours, son amie était alitée. La syphilis s'était déclarée l'été dernier. Elle avait provoqué de tels ravages que la malade avait à peine la force de sortir du lit pour faire sa toilette et prendre le petit repas que lui préparait Rosa. Quand celle-ci était absente, elle vivait dans l'angoisse, redoutant d'entendre un agent du service des mœurs frapper à sa porte. Elle avait jusqu'ici réussi, en déclarant qu'elle était partie en voyage « chez ses vieux », à se dérober à la visite obligatoire. Elle savait que, dans son état, elle était bonne pour Saint-Lazare.

— Trop tard, disait-elle, j'en sortirais les pieds devant.

Rosa n'insistait plus, et, en bonne fille, elle avait décidé de garder jusqu'au bout sa compagne, dût-elle en payer les frais si on la découvrait.

Justement, un gardien de la paix surgit à sa rencontre, au coin de la rue Tholozé.

— Alors, Rosa, je viens de chez toi. Je cherche pour les collègues des Mœurs ta copine Nanette. Elle est toujours à la campagne ? Où donc, déjà ?

— À Beauvais, je crois.

— C'est curieux, j'ai cru voir de la lumière à ta fenêtre.

— Vous vous êtes trompé de fenêtre, voilà tout. Au revoir, j'ai froid, je suis pressée.

— Attends un peu, Rosa.

Le policier s'approcha, tourna le visage de la fille vers la lumière d'un réverbère, et examina son œil tuméfié, avant qu'elle pût baisser la tête.

— Dis donc Rosa, tu es bien amochée !

— Je suis tombée dans les escaliers.

— Bien sûr, tu es tombée. C'est fou ce que les escaliers de Montmartre sont glissants ! Et Marcel n'y est pour rien, naturellement ?

— Mais non ! Quelle idée ! Et d'abord, qu'est-ce que vous me voulez ? Je suis en règle, pas vrai ?

— Oui, Rosa, tu es en règle. Mais pas Nanette. Donc quand tu la verras, dis-lui que si elle ne se présente pas à la visite, c'est moi qui viendrais la chercher. En panier à salade, s'il le faut.

— Entendu. Je lui dirai dès qu'elle rentrera. Au revoir.

— À bientôt, Rosa.

L'agent des Mœurs rebroussa chemin, et Rosa, libérée, se hâta de rentrer chez elle. Il fallait qu'elle avertisse Nanette de redoubler de prudence. Mais surtout elles devaient parler encore de la découverte qui l'avait bouleversée et de la visite qu'elle comptait faire le lendemain.

14

Nanette avait bien entendu des pas d'homme monter l'escalier, et, quand on avait frappé à la porte, elle s'était instinctivement tapie sous la couverture, le cœur battant. Il faisait glacial dans la chambre car, par prudence, elle n'avait pas osé allumer le poêle dont la lueur et le ronronnement auraient risqué de trahir sa présence. Elle avait également baissé au maximum la mèche de la lampe à pétrole en attendant le retour de Rosa.

— Ouvrez, police ! avait dit une voix. Après quelques instants de silence, les pas avaient redescendu l'escalier.

Nanette respira. Elle regarda l'horloge : 23 h 30. Son amie allait bientôt arriver. Le feu allumé, elles prendraient un peu de bouillon et parleraient de ce qui bouleversait Rosa et de ce qu'elle se proposait de faire, malgré le danger que cela comportait pour elle. Grelottante de fièvre et de froid, elle guettait les bruits de pas sur les pavés, mais la rue restait silencieuse.

Rosa pourtant lui avait promis de rentrer tôt. Peut-être Marcel l'avait-il obligée à faire le trottoir malgré sa figure marquée, ou bien avait-elle rencontré son ami le peintre qui lui aurait offert un verre ?

Nanette aussi l'avait bien connu, M. Lautrec, quatre ans auparavant, bien qu'elle n'eût jamais posé pour lui, ni dansé au Moulin-Rouge. Mais elle aimait, quand elle rôdait au promenoir, qu'il lui permît parfois de s'approcher de sa table pour le regarder, devant son absinthe, faire ses croquis. Fascinée, elle voyait apparaître le mouvement des jupes, les grands écarts, la cambrure de Valentin, le profil des spectateurs debout autour de la piste, la silhouette épaisse de la Môme Fromage accrochée au bras de la Goulue. Tout, d'un simple trait de son crayon, prenait vie.

— Vois ça ! C'est-y-pas beau, Nanette ? disait-il en se tournant vers elle, binocle sur son gros nez, cigare vissé entre ses lèvres épaisses. Et il lui faisait servir un verre.

Minuit. Un claquement familier de bottines se rapprochait, et s'arrêta soudain. Une sorte de cri étouffé, un bruit de chute, et des pas qui s'éloignaient rapidement. Prise d'un pressentiment, et rassemblant ses pauvres forces, la jeune femme s'enroula dans la couverture, entrouvrit la fenêtre et se pencha.

La rue était déserte. Sauf tout en bas, sur le trottoir, où la lueur du réverbère éclairait une masse sombre, et le rouge d'un châle qu'elle reconnut aussitôt.

— Non ! cria-t-elle, horrifiée.

Nanette avait compris que Rosa ne remonterait jamais la rejoindre.

Oubliant le danger qu'elle courait en se montrant dans l'immeuble, et sans mesurer l'effort que ces cinq étages allaient lui coûter, elle descendit lentement, en s'accrochant à la rampe, traversa la cour, ouvrit la porte donnant sur la rue et découvrit Rosa allongée sur le trottoir. Sa main pressée sur son ventre était rouge de sang.

Elle ouvrit les yeux en entendant approcher son amie, qui s'agenouilla près d'elle, lui souleva doucement le buste, approcha son visage du sien.

La mourante lui murmura quelque chose, mais ses lèvres bougeaient à peine. Un dernier souffle, sa tête retomba en arrière. C'était fini.

Nanette, épouvantée, se releva, et, en chancelant, alla frapper aux volets du rez-de-chaussée.

— Au secours !

Des fenêtres s'ouvrirent, des têtes apparurent ; on regarda, on s'interpella. Des hommes sortirent sur le trottoir, contemplèrent le corps. L'un d'eux courut vers le boulevard pour prévenir les gardiens de la paix qui y faisaient leur ronde. Le jeune rapin, voisin de mansarde de Rosa, reconnut Nanette qui chancelait et l'arracha au spectacle.

— C'est fini, vous ne pouvez plus rien pour elle. Il faut remonter là-haut. Venez, je vais vous aider.

Il soutint la malade et l'entraîna dans l'escalier. La remontée du premier des cinq étages était si lente qu'il décida de la prendre dans ses bras : elle ne pesait plus guère, maintenant.

Quand ils parvinrent dans la chambre, il l'allongea sur le lit et la recouvrit.

— Je reviendrai plus tard. La police va sûrement monter.

Nanette comprit que pour elle aussi, c'était fini. Quand ils viendraient inspecter la chambre, ils la trouveraient et l'embarqueraient à Saint-Lazare.

Après tout, cela valait peut-être mieux. Elle risquait ici le même sort que Rosa, maintenant qu'elle savait.

Elle se releva pour rassembler ses hardes et quelques effets de Rosa, qu'elle emporterait, en souvenir. Chaque geste coûtait à son corps épuisé. Puis elle prit une feuille de papier et un crayon, écrivit quelques lignes et, faute d'enveloppe, replia en quatre la feuille sur laquelle elle inscrivit une adresse.

Au même moment, la porte s'ouvrit. Un gardien de la paix et l'agent des Mœurs entrèrent, suivis du jeune voisin. Elle eut le temps de lui glisser discrètement la lettre sans qu'ils l'aperçoivent. Il lui fit, du regard, signe qu'il avait compris, et quitta la pièce.

Nanette s'assit au bord du lit, les policiers debout devant elle.

L'interrogatoire commença. Elle était le seul témoin, mais, naturellement, ne savait rien. Non, elle ne voyait pas d'ennemis à Rosa. Son mac ? Il la cognait un peu, de temps en temps, comme tous, mais de là à la tuer... Non vraiment, elle ne voyait pas.

Sentant qu'elle n'en dirait pas davantage, les policiers abandonnèrent. L'agent des Mœurs partit annoncer à ses collègues du commissariat rue Caulaincourt la découverte de ce nouveau corps, et dit au gardien de la paix de rester auprès de Nanette en attendant le panier à salade qui l'emmènerait à Saint-Lazare.

Une demi-heure plus tard, dans la rue bruissant des rumeurs du nouveau crime, un fourgon s'arrêta, des employés en descendirent, chargèrent sur une civière le corps de Rosa, qui allait rejoindre à la morgue celui de la petite inconnue. Un peu plus tard, deux hommes descendaient Nanette, chancelante, et la poussaient dans la voiture de police qui devait la conduire à Saint-Lazare.

15

Quand il apprit ce nouvel assassinat, qui risquait d'accréditer la rumeur de l'Éventreur, Lepard s'agita dans son bureau. Il fallait savoir si les deux crimes étaient liés, et trouver le ou les coupables au plus vite, sinon le préfet Lépine allait encore le harceler par téléphone.

Qu'y pouvait-il ? Pas question de dire à Berflaut, n'étant pas son supérieur, d'activer son enquête, d'ailleurs l'inspecteur n'avait pas besoin de relances pour agir.

Berflaut n'avait pas pu voir le corps de Rosa, tout de suite retiré de la scène de crime. Il irait donc à la morgue interroger le légiste, mais seulement après avoir été trouver Madame Zoé, son indicatrice.

Celle que Lautrec appelait plaisamment « la Sibylle de Montmartre » était au courant de bien des histoires, comme si la vie du quartier se reflétait dans sa boule de cristal. Ses prévisions étaient toujours assez floues pour ne pas être démenties par la réalité ; elle excellait à faire parler les gens, surtout les filles de trottoir qui venaient chercher auprès d'elle l'assurance d'un avenir moins sombre et, sans s'en rendre compte, laissaient échapper parfois de précieux renseignements.

Santier, de son côté, irait trouver Léon, un bistrotier qui lui servait d'indicateur et qui ferait le tour des filles du quartier pour essayer de glaner une information sur Rosa, sans grand espoir, d'ailleurs. Quand bien même elles sauraient quelque chose, elles auraient sûrement trop peur de subir le même sort si elles parlaient. Si Berflaut obtenait de son indicatrice des pistes plus précises, il les transmettrait à son collègue.

Le policier arriva devant la baraque décorée sur son frontispice d'un portrait de la voyante enturbannée : *Madame Zoé, extra-lucide, tarots, marc de café, lignes de la main, voyance de toutes sortes.* Il s'assit sur le banc le plus proche et déplia un journal, en toussotant à plusieurs reprises. C'était leur habitude pour communiquer.

Le rideau rouge s'entrouvrit légèrement : Madame Zoé ne sortirait pas, mais l'inspecteur savait qu'elle l'écoutait.

— Rosa la Rouge. Tu sais quelque chose ?

— Pas encore, murmura la voix de Zoé.

— Son souteneur ?

— Marcel Jargot ? Possible.

— Ce Jargot, où habite-t-il ?

— On l'a vu souvent entrer rue Véron. La porte à côté d'un bougnat. Mais il doit loger ailleurs. Je vais me renseigner.

— Rien d'autre ?

— On dit qu'elle voulait s'affranchir et commençait à prendre le large. Une semaine entière elle a refusé de travailler. Mauvais exemple pour les autres ! Marcel a bien dit qu'il la punirait, mais de là à... On ne l'a pas vu depuis deux jours, dans le quartier. Voyez l'autre fille.

— Laquelle ?

— Jeanne la Toupie. Elle tapine devant *Le Rat Mort*.

— Merci, Zoé. Je repasserai.

Berflaut revint au commissariat et laissa un mot à Santier avec l'adresse présumée du souteneur rue Véron, le nom de la fille et l'endroit où elle travaillait, puis il se fit conduire en fiacre à la morgue.

16

Santier se rendit rue Véron à la nuit tombante, accompagné de Lebel qui avait fini sa garde devant l'école et s'était proposé pour faire oublier son impair de l'autre jour.

L'immeuble était vétuste, mais sa porte cochère avec sonnette indiquait la présence d'un concierge. Quand la porte s'ouvrit et qu'ils pénétrèrent sous le porche, une tête d'homme apparut à la fenêtre de la loge.

— Qui cherchez-vous ?

— Police. Marcel Jargot habite bien ici ?

— Connais pas. Comment il est, ce Marcel ?

— Costaud, brun, des rouflaquettes, la quarantaine.

— Ah ! Le maquereau !

— Alors, vous le connaissez !

— De vue, mais pas son nom. Il vient parfois, avec des amis, des brocanteurs, qu'ils m'ont dit. Ils ont loué le local au fond de la cour. Mais ce n'est pas un appartement, juste une remise. Même qu'ils font assez de bruit la nuit en déménageant leurs meubles, comme s'ils ne pouvaient pas le faire pendant la journée ! Les locataires se plaignent, ils m'ont dit d'en parler à l'officier de paix. C'est pour ça peut-être que vous êtes venus ?

Il ignorait apparemment la mort de Rosa. Ou du moins qu'elle faisait partie de l'écurie du souteneur.

— Nous voulons voir ce local, justement, dit Santier.

Le concierge sortit de sa loge.

— C'est au fond, mais je n'ai pas la clé, vous pensez bien !

Santier et Lebel se dirigèrent vers le local au fond de la cour. Ils regardèrent à travers les vitres poussiéreuses. On apercevait des meubles entassés, des matelas debout contre le mur, des cadres empilés, quelques chaises. Ce n'était sûrement pas là un logement pour Marcel. Il était décrit comme un souteneur portant beau, exhibant montre en or et portefeuille bourré d'argent, s'offrant des dîners fins et, de temps en temps, des parties de campagne avec son cheptel, quand celui-ci l'avait mérité. Toutefois, on apercevait au fond du local, une porte, à demi-cachée par une armoire. Y avait-il une autre pièce ?

Ils retournèrent s'en enquérir auprès du concierge qui ne les avait pas quittés des yeux. Il n'en savait rien, n'ayant jamais pénétré là-bas.

Ils devraient donc revenir plus tard avec un serrurier.

— Marcel Jargot est-il passé ces derniers jours ?

— Je ne l'ai pas vu. Ni les autres, d'ailleurs. Pourquoi ? Il a fait quelque chose de mal ?

Son regard s'était soudain allumé. Il ne lui aurait manifestement pas déplu d'apprendre que ce locataire indésirable avait des ennuis.

— Nous le cherchons, c'est tout. Si vous le voyez,

dites-lui de se présenter au commissariat, ou faites-
le prévenir par ses associés. À propos, pourquoi
avez-vous dit « le maquereau » ? Il amène des filles
ici ?

— Ici ! Oh non ! C'est une maison convenable !
Mais ça se sait dans le quartier.

— Vous ne savez pas où il habite, par hasard ?

— Non. Je vous le dirais, si je le savais, vous
pensez bien !

On sentait en effet qu'il était tout prêt, s'il l'avait
eue, à donner l'adresse de Marcel, et surtout qu'il
brûlait d'en savoir davantage sur ce qu'on lui
reprochait. Mais les policiers, après un bref merci,
étaient déjà repartis.

Quand Santier se pointa devant *Le Rat Mort*,
Jeanne la Toupie, une ancienne danseuse de
cancan, faisait les cent pas sur le trottoir. Il la
reconnut pour l'avoir vue à plusieurs reprises
monter dans le panier à salade. Elle avait vieilli mais
son visage restait assez plaisant sous son maquillage
outrancier. L'œil était vif, mais méfiant et même
apeuré quand il s'approcha.

Oui, Marcel Jargot était son protecteur, non, elle
ne l'avait pas vu depuis deux jours, mais ça lui
arrivait de quitter le quartier de temps en temps.
Bien sûr qu'elle savait pour la pauvre Rosa, mais
ce n'était sûrement pas Marcel : c'était une bonne
gagneuse, il n'allait pas la tuer ! D'ailleurs ce n'était
pas son genre, le couteau. Il lui arrivait bien, c'est
vrai, de taper un peu, mais de là à saigner une
femme ! Où il habitait ? Elle ne savait pas.

— Tu es sûre, Jeanne, vraiment sûre que tu ne

sais pas où il loge ? C'est vraiment curieux ! Tu sais, c'est son intérêt de se montrer au plus vite, s'il n'est pour rien dans cette histoire. Et c'est le tien aussi. À propos, d'après l'agent du service de santé, tu ne t'es pas présentée à la dernière visite. Tu sais ce que ça veut dire ?

Au bout d'un bref moment, la perspective de Saint-Lazare rendit la mémoire à Jeanne.

— Attendez ! Je crois me souvenir que c'est passage de Clichy. Le numéro, je ne sais pas. Un petit numéro, 3, ou 5 ou 7, peut-être bien. Il a dit une fois que dans sa vie il n'y a que des chiffres impairs. Mais, s'il vous plaît, ne lui dites pas que c'est moi. Et je vous répète, c'est pas lui, pour Rosa. C'est l'Éventreur, D'ailleurs on a toutes peur, maintenant, personne ne va plus traîner là-haut.

— L'Éventreur n'a rien à voir là-dedans, crois-moi. Tu peux le dire à tes copines. Au revoir, Jeanne. Et n'oublie pas la visite.

Jeanne le regarda s'éloigner, pensive. Elle repéra parmi la clientèle qui sortait du *Rat Mort* un de ses clients, un bourgeois pas exigeant et payant bien. Elle se dirigea vers lui de son pas chaloupé d'ancienne danseuse.

77

17

Comme le craignait le préfet Lépine, l'assassinat de Rosa réveilla immédiatement la psychose. La couverture du *Petit Journal illustré* offrait une silhouette d'homme, inquiétante, tapie à l'angle d'une rue, un couteau à la main, au-dessus du titre en grosses lettres :

JACK L'ÉVENTREUR À MONTMARTRE

Le journaliste rappelait que jamais l'assassin des prostituées de Londres n'avait été identifié. Depuis six ans, il avait disparu, mort ou arrêté peut-être pour quelque autre délit, sans qu'on fît le rapport avec la série de crimes qui l'avait rendu célèbre.

Et voici qu'à Montmartre ses sinistres exploits semblaient devoir reprendre. À moins qu'il n'eût fait un émule. Car pour l'assassinat de Rosa la Rouge comme pour celui de la fillette, le processus criminel semblait porter sa signature.

La police ne pouvait faire état dans un démenti – sous peine de compromettre l'enquête – que la blessure *post mortem* de la petite noyée excluait cette hypothèse, et que l'Éventreur ne s'en prenait qu'aux prostituées, pas aux fillettes. Il s'agissait peut-être d'une manœuvre maladroite pour égarer les policiers. C'était sous-estimer la compétence des spécialistes de l'Identité judiciaire.

Berflaut avait vu le légiste et s'était fait montrer le corps de Rosa. Les deux hommes convinrent que les deux crimes n'étaient pas signés de la même main : les blessures étaient différentes, celle de la fillette avait été faite avec un petit couteau et, peu profonde, elle n'avait atteint aucun organe vital. C'était l'ouvrage d'un amateur. En revanche, celle de Rosa était mortelle, l'assassin avait frappé en plein dans le cœur : un travail de professionnel. Elle n'avait pas dû survivre plus de cinq minutes.

Pourquoi Berflaut voulut-il revoir la petite fille ? Il savait qu'il allait s'infliger un spectacle éprouvant. Il demanda à l'employé de la morgue de rhabiller l'enfant, par respect d'abord pour le petit corps déjà trop profané et ensuite pour retrouver la petite fille modèle telle qu'il l'avait découverte. Peut-être cette seconde vision l'aiderait à trouver une explication à cette macabre mise en scène.

Il n'aurait pas dû. La mort avait fait son œuvre, et il reconnut à peine dans cette poupée au masque creusé et affreusement blême – on l'avait démaquillée pour l'examen – la jolie enfant découverte sur le trottoir de la rue Saint-Vincent, et qui semblait endormie. Cette vision allait désormais hanter ses nuits.

La gorge nouée, il fit un signe. L'employé s'approcha et emporta le chariot. Berflaut entendit le tiroir de la glacière se refermer avec un bruit sinistre.

Le policier, en quittant la morgue, dut s'arrêter au café le plus proche, et, chose inhabituelle, et au mépris de son ulcère qui se réveillait, se fit servir un alcool pour trouver la force de rentrer chez lui.

18

Lorsque Toulouse-Lautrec entra dans la salle enfumée du *Mirliton,* Aristide Bruant l'accueillit en lui apprenant la nouvelle de l'assassinat de leur amie commune. La pauvre fille ne méritait pas ce destin.

— Voilà donc pourquoi elle ne s'était pas arrêtée quand je l'ai croisée l'autre jour ! dit Lautrec. Elle semblait affolée.

— C'est sans doute son jules qui l'a piquée. La police le cherche, mais il est introuvable. On dit qu'il se cache chez quelqu'un de sa bande. S'il est innocent, ce n'est pas malin de sa part.

— C'est une brute, dit Lautrec. Il la frappait ; j'ai bien vu qu'elle était marquée. Mais pourquoi la tuer ? Elle lui rapportait pas mal en faisant le pilon au Moulin-Rouge. Elle plaisait avec sa crinière rousse et son air carne. Elle était fière d'avoir posé pour moi et ne manquait pas de le dire à ses clients.

— Façon pour eux de s'acheter un Lautrec !

Bruant plaisantait, mais le cœur n'y était pas. Il avait même oublié de saluer l'arrivée de son public venu pour écouter son traditionnel : « Ah, ct'e gueule, c'te gueule, c'te binette ! »

Il arpentait l'allée de son cabaret, la mine sombre, vêtu de son costume de velours noir, de

80

son chapeau aux larges bords et de son écharpe rouge.

Soudain, il leva son verre de bière et réclama le silence.

— Ce soir, je vais vous chanter une chanson que j'ai faite y a pas si longtemps pour une fille, oui, mesdames les emperlousées, une fille qu'aucune de vous ne vaudra jamais. Elle a pris avant-hier un coup de surin dans le ventre, et dans trois jours on va la jeter à la fosse commune, sans cureton, sans croque-mort et sans discours. Alors on va tous ensemble la lui faire, sa fête d'adieu, à Rosa la Rouge. Et après, mon ami le peintre passera parmi vous et vous mettrez dans son chapeau de quoi lui offrir des fleurs, elle les mérite. Et gare aux radins, je les fous à la porte d'un coup de pied au cul, même vous, les grenouilles ! Et que tout le monde chante !

Et sa voix sonore entonna :

> *C'est Rosa, j'sais pas d'où qu'all vient*
> *All'a l'poil roux, eun tête de chien,*
> *Quand all pass' on dit : Vl'à la Rouge*
> *À Montrouge...*

Lautrec monta sur une table, s'improvisa chef de chœur et fit reprendre le refrain à l'assistance.

La chanson finie, il circula dans la salle, tendit son melon devant chaque bourgeois qui fouilla dans son gousset ; il les surveillait de son terrible regard noir, prêt à fustiger de sa canne les réfractaires.

Le chapeau revint vers Bruant, bien rempli. Lautrec y ajouta, discrètement, un gros billet, Bruant l'imita, en moins discret et en moins généreux.

Quand le cercueil de Rosa quitterait la morgue, il serait couvert, malgré l'hiver, malgré la pauvreté, d'un beau coussin de roses rouges.

19

Ce matin-là, Lautrec était de méchante humeur, et sa bonne en faisait les frais, comme toujours.

— Marie, vous savez bien que je vous défends de balayer mon atelier ! Vous allez encore bousculer mes tableaux, déménager mon chevalet, je ne m'y retrouverai plus ! Allez donc chez ma mère, si votre chiffon vous démange !

— Mais, monsieur, madame la comtesse m'a dit...

— Madame la comtesse n'a rien à voir ici. Préparez donc un repas pour deux, et descendez acheter une bouteille de bordeaux, puisque ma mère n'a pas encore fait livrer le nôtre.

La bonne soupira, habituée aux algarades du peintre. Mais elle ne put s'empêcher de questionner, bien qu'elle connût déjà la réponse :

— Vous attendez quelqu'un à midi ?

— Évidemment, Mireille, vous le savez bien.

— Ah !

Ce « ah ! » et le soupir qui l'accompagnait en disaient long sur les sentiments de Marie à l'égard de la jeune femme.

— Oui, Mireille ! Cette « créature » comme vous dites, ma mère et toi, a faim.

— Et soif aussi, sans doute !

— Pas d'insolence, Marie, sinon...

Il avança vers elle, feignant de la menacer de sa canne, et se contenta de la pousser dehors, avec son balai et son chiffon.

Libéré de sa présence, il en effaça les traces en refaisant l'empilement désordonné des coussins sur le sofa, et déplaçant, rien que pour le principe, quelques bibelots. Il s'empara du chapeau de clown qu'elle avait accroché à une patère, s'en coiffa, se posta devant la glace, fit un pied de nez à son image, et jeta le chapeau dans un coin, contre un paravent. Puis il alluma le poêle.

Il fallait que la pièce fût bien chaude quand Mireille se déshabillerait. Il devait achever la *Femme tirant son bas*, où elle était vêtue seulement d'une écharpe bleu pâle enroulée autour de son cou, qui rehaussait la rousseur de la chevelure ; elle se penchait vers sa jambe droite légèrement pliée, pour remonter son bas noir. Toulouse-Lautrec contempla, satisfait, la jolie silhouette. Il ne faudrait que quelques minutes de pose à Mireille pour que le tableau fût achevé ; s'il voulait laisser l'impression de l'instantané du geste, il devait rester au stade d'une rapide esquisse.

Le peintre regarda la pendule : onze heures, et Mireille n'était pas encore arrivée. C'était la première fois qu'elle était en retard. Que se passait-il ? Madame l'aurait-elle retenue ? Il lui avait pourtant payé sa journée.

À sa mauvaise humeur croissante s'ajoutait la tristesse que lui avait causée la mort de Rosa la Rouge, dont il contempla un des derniers portraits qu'il avait faits d'elle, il y a déjà dix ans. Bien qu'il n'eût plus de relations avec elle, il aimait bien cette fille, dont l'air sauvage et le regard par-dessous, dans un visage barré de mèches rousses, l'avaient attiré.

Pauvre Rosa, probablement tuée par son souteneur, car Lautrec ne croyait guère à la piste d'un nouvel Éventreur, malgré le parti pris de la presse à entretenir le mythe du monstre dont la ville de Londres semblait débarrassée.

On frappa. Lautrec alla ouvrir.

Mireille, échevelée, haletante, en larmes, se tenait sur le seuil.

— Qu'as-tu, Mireille ?

— Louise !

— Eh bien, Louise ? Qu'est-il arrivé ?

Ses sanglots l'empêchaient de répondre.

Le peintre conduisit jusqu'au divan la jeune femme, enveloppée dans son grand châle où restaient accrochés les flocons de la première neige qui tombait depuis le matin.

— Enfin parle, Mireille ! Qu'est-il arrivé à ta sœur ?

Il craignait le pire. La jeune fille serait-elle la nouvelle victime ? Pourtant, elle habitait chez ses patrons dans un hôtel particulier du boulevard de Courcelles bien loin du milieu dangereux de Montmartre.

— Elle a disparu, hoqueta Mireille.

— Comment « disparu » ? De chez ses patrons ? Une fugue, alors ?

— Oh non, monsieur le Comte, elle en était incapable ! Je suis sûre qu'on l'a... on l'a... enlevée !

— Allons, Mireille, calme-toi, et raconte. Quand est-ce arrivé ? Comment l'as-tu appris ?

Les sanglots de Mireille se calmèrent, mais elle tremblait en racontant son histoire.

Elle avait été prévenue seulement le matin par des policiers arrivés rue des Moulins. Ils avaient mis trois jours pour la retrouver, car Yolande, l'amie dont elle avait donné l'adresse aux patrons de Louise pour ne pas laisser la sienne, s'était absentée pour aller voir sa famille. Apprenant d'elle à son retour où travaillait Mireille, les policiers étaient allés rue des Moulins avertir la jeune femme de la disparition de sa sœur. Mireille, épouvantée, s'était précipitée chez les patrons de Louise, boulevard de Courcelles, pour en savoir davantage.

Sa sœur avait disparu dans la nuit du 2 janvier, au moment du cambriolage de l'hôtel particulier des Jolié-Pastre. Ceux-ci étaient partis pour Deauville le samedi matin, en donnant congé à leur personnel. Seule Louise, qui avait une grosse bronchite, était restée. Elle n'avait pas peur d'être seule dans cette grande maison, et ils avaient fermé toutes les fenêtres et volets sur rue, et sur jardin, exception faite de celle de l'office, où Louise se préparerait ses repas, et celle de sa chambre, au second étage.

Les cambrioleurs étaient entrés par la porte de service, située sur le flanc de l'hôtel, dont ils avaient fracturé la serrure. Le salon avait été entièrement vidé de ses tableaux, bronzes, bibelots et argenterie, et les bijoux imprudemment laissés dans la commode de sa chambre par Mme Jolié-Pastre avaient disparu. Louise aussi, que ses patrons avaient cherchée partout, espérant la voir vivante, même ligotée et bâillonnée, dans l'hypothèse où elle aurait surpris les malfaiteurs. Il semblait hélas impossible qu'elle eût réussi à fuir sans se faire remarquer : la porte du jardin était fermée de l'intérieur, comme la fenêtre de l'office. Et surtout, des chaises renversées dans le salon et jusque dans l'entrée, jonchée des morceaux d'un grand vase de Sèvres, montraient que la jeune fille avait tenté de s'échapper et que ses poursuivants avaient tout bousculé sur leur passage. Réalité ou mise en scène ? Dans ce cas, Mireille l'avait compris, bien que Mme Jolié-Pastre eût assuré qu'elle avait toute confiance en sa petite bonne, les policiers pouvaient soupçonner Louise d'être complice des cambrioleurs.

Mireille s'interrompit un instant, secouée cette fois par la colère :

— Ma pauvre Louise ! Et pourquoi pas moi aussi, pendant qu'ils y sont ! D'ailleurs ils m'ont bien demandé où j'étais samedi et dimanche, si j'avais vu ma sœur, et quoi encore, je ne sais plus ! Il a fallu que Madame me fournisse un alibi ! D'ailleurs, ces deux nuits, je ne sais vraiment pas comment j'aurais fait pour m'échapper ! J'ai travaillé, sans relâche, croyez-moi, pendant qu'elle...

Les sanglots la reprirent.

— Tu sais, Mireille, ils font leur métier ! Ils ont besoin de tous les renseignements possibles pour retrouver ta sœur. Vous auriez pu parler ensemble de quelque chose qui leur fournirait une piste, ou, si elle avait fait une fugue, elle aurait pu t'en avertir. Ils chercheraient dans d'autres directions, tu comprends ?

— Une fugue ! La pauvre petite ! Où serait-elle allée ? Je suis sa seule famille, elle n'a pas d'argent, et d'ailleurs elle était heureuse de cette place, elle était bien traitée. Pourquoi se serait-elle sauvée ? Non, j'en suis sûre, ils l'ont enlevée, peut-être tuée, pour qu'elle ne parle pas ! Mon Dieu ! Mais que fait la police ! Il faut qu'elle trouve ces bandits, vite, avant que... J'ai peur, depuis cette petite fille qu'ils ont retrouvée rue Saint-Vincent...

— Pardonne-moi, Mireille, il faut que je te pose une question bien difficile. Ils ne t'ont pas emmenée la voir, ni montré sa photographie ?

Lautrec s'en voulut immédiatement de ce que suggérait cette phrase, mais la réponse de Mireille le soulagea :

— Non ! Bien sûr, j'y avais pensé, sur le coup, et eux aussi, sans doute. Je n'ai pas voulu aller à la morgue mais j'ai quand même regardé la photographie. Pauvre gosse ! Elle était bien plus jeune, ce n'est pas Louise, et de toute façon, pour les dates, ça ne colle pas. Ce n'est que samedi que Louise a disparu. La petite fille était déjà morte ; je l'avais d'ailleurs vu sur le journal, bien avant.

Elle se tourna vers Lautrec, lui prit les mains :

— Monsieur le Comte, un homme comme vous, ça doit connaître des gens importants, le préfet de police, peut-être. Moi, une fille de maison, vous comprenez bien que je ne peux pas aller le trouver, mais à vous peut-être qu'il pourrait dire des choses, vous promettre qu'on ne va pas bâcler l'enquête ! Vous savez, des enfants qui disparaissent, à Paris, il y en a qu'on ne retrouve jamais, et on ne les cherche pas longtemps ! Mais Louise, on peut encore, peut-être...

— Ma pauvre Mireille, je voudrais bien t'aider, mais je ne vois pas encore comment. Le préfet ne dirait rien d'une enquête en cours, pas plus à moi qu'à toi. Il faut que tu fasses confiance à la police. Tu sais, ils ont des indicateurs qui peuvent les mettre sur la piste des cambrioleurs. Et rassure-toi, ces cambrioleurs, du moins de ce genre-là, le haut du pavé apparemment, car ils ont fait un beau coup, sont rarement des assassins, ils ont trop à y perdre.

Elle le regardait, pleine d'espoir.

— Tu vois, Mireille, à Montmartre un ivrogne étranglera une petite vieille pour son bas de laine, un apache donnera un coup de surin à un rentier récalcitrant croisé sur le boulevard. Mais pas là-bas, Mireille. Pas dans les quartiers bourgeois. Ce sont des professionnels, ils ne prendraient pas un tel risque. Crois-moi, s'ils ont enlevé Louise ce sera pour la lâcher dans la nature une fois le coup fait.

Tout en la rassurant, il se disait qu'il n'était tout de même pas impossible qu'ils aient eu à supprimer un témoin gênant.

Il lui glissa un billet dans son petit sac.

— Prends un fiacre, rentre rue des Moulins. N'oublie pas que tu as congé aujourd'hui, j'ai payé ta journée à Madame. Repose-toi, et attends des nouvelles de la police. Ils sont peut-être déjà là-bas pour te dire qu'ils ont retrouvé Louise.

Mireille, les larmes aux yeux, mais un peu rassurée, promit de le tenir au courant. Elle était déjà sur le pas de la porte quand elle hésita, se pencha vers le peintre, et, chose qu'elle ne s'était jamais permise, l'embrassa sur les deux joues.

— Merci, monsieur le comte. Vous êtes bon.

— Au revoir, Mireille. Je viendrai demain aux nouvelles.

20

Quatre jours auparavant, le dimanche 3 janvier, l'inspecteur du commissariat du 17ᵉ arrondissement se rendit chez les Jolié-Pastre pour constater le cambriolage et la disparition de leur petite bonne. Il examina longuement les lieux, visita les deux étages de l'hôtel particulier, pièces, dépendances, jusqu'aux moindres recoins.

La chambre de Louise ne montrait aucun signe de désordre. Le lit entrouvert laissait penser que la jeune fille s'était relevée en entendant du bruit. Ses vêtements étaient soigneusement pliés sur sa chaise : elle était en chemise de nuit quand ils étaient entrés, et c'est probablement dans cette tenue qu'elle avait disparu. On retrouva l'un après l'autre ses chaussons, dans l'escalier. Elle avait dû les perdre dans sa course.

Le policier remarqua en passant les bagages abandonnés dans le hall d'entrée, tels que les patrons de Louise les avaient déposés en rentrant de voyage. Dans leur surprise et leur angoisse ils n'avaient pas encore songé à les enlever. Des morceaux de vase jonchaient le sol, un guéridon avait été renversé.

Maintenant, assis dans le salon avec les maîtres

de maison, le policier commença à recueillir leur témoignage.

Mme Jolié-Pastre, une femme mince et pâle, âgée d'environ trente ans, était encore en tenue de voyage, une robe de lainage marron. Elle avait jeté une étole sur ses épaules et frissonnait. La mine défaite, affalée sur le sofa, elle jetait des regards vagues sur la pièce bouleversée, comme si elle ne la reconnaissait pas.

La disparition de Louise l'affectait plus, de toute évidence, que le vol lui-même. C'était d'ailleurs la première chose qu'elle avait dite aux policiers, en pleurant :

— C'est de ma faute, jamais je n'aurais dû laisser cette enfant seule. Sa sœur me l'avait confiée...

— Mais ma chère Émilie, intervint son mari, elle était malade, c'est elle qui a voulu rester ! Et rappelez-vous que nous n'avons pu joindre sa sœur à temps pour l'avertir, il n'y avait personne à l'adresse indiquée. Elle aussi a dû s'absenter. Que pouvions-nous faire d'autre ?

— On va retrouver Louise, n'est-ce pas, monsieur l'inspecteur ?

— Nous ferons tout notre possible, madame. Je vous demanderai de bien vouloir passer demain au commissariat. Sur vos indications, notre collègue spécialiste des portraits parlés établira son signalement afin que nous le diffusions. Vous excluez, je pense, que Louise ait pu être complice des malfaiteurs ?

— Oh, monsieur ! C'est impensable ! Elle était honnête, et la pauvre enfant n'a jamais quitté la maison, sinon pour aller se promener au parc

Monceau avec sa sœur ! Où aurait-elle connu des malfaiteurs ?

De fait, le policier ne pouvait envisager non plus que Louise fût autre chose que la malheureuse victime des cambrioleurs, et craignait, sans le dire, qu'ils n'aient déjà supprimé ce témoin.

Le policier se tourna vers M. Jolié-Pastre.

— Maintenant, je voudrais que vous me disiez, monsieur, comment les malfaiteurs ont appris votre départ, puisque, à ce que vous m'avez dit, vous ne vous êtes décidés que la veille. Aviez-vous parlé de votre projet à quelqu'un ?

M. Jolié-Pastre, un homme râblé, très brun, avait le teint hâlé des sportifs. Il possédait un élevage de pur-sang et montait régulièrement. La question posée le fit soudain pâlir. Il sembla réfléchir, son regard évitait celui du policier. Il semblait préoccupé par autre chose.

Sa femme répondit à sa place.

— Seulement aux amis qui nous avaient priés à dîner pour le samedi et auprès desquels nous nous sommes excusés. Nous devions nous rendre chez mes beaux-parents, car la santé de mon beau-père nous donnait de grosses inquiétudes. C'est tout.

— Votre petite bonne en aura peut-être parlé à sa sœur ? Mireille, avez-vous dit ?

— Impossible, répondit cette fois M. Jolié-Pastre. Louise n'a appris notre départ que la veille au soir.

— Votre femme de chambre, peut-être ?

— Nous lui avions donné deux jours de congé pour aller retrouver son fiancé au Havre. Elle ne savait rien quand elle est partie.

— Alors, votre cuisinière ?

Cette fois, Mme Jolié-Pastre sembla, malgré la gravité de la situation, sur le point de sourire :

— Notre cuisinière ! Quand elle sort pour faire le marché, elle est bien trop renfrognée pour lier conversation avec quiconque. Si elle ouvre la bouche, c'est pour se plaindre de la qualité de ce qu'on lui a vendu, ou pour marchander sur les prix. Elle était au service de mes parents et je suis sûre de sa discrétion. Elle sait bien qu'on ne parle pas en ville de la vie de ses maîtres. Vous pourrez l'interroger demain quand elle rentrera, si vous voulez. Mais faites attention, elle est susceptible !

Puis les deux hommes firent ensemble l'inventaire des objets volés. Parmi les tableaux, il y avait une petite étude de danseuse de Degas et *La Gare Saint-Lazare*, un superbe Monet, acheté l'année précédente chez Durand-Ruel. Belle prise, car la cote du maître ne cessait de monter. Depuis qu'à Giverny il se consacrait à ses « nymphéas », il devenait avare de ses productions.

Les voleurs étaient des connaisseurs, ou avaient été bien renseignés, car ils avaient laissé aux murs trois petits paysages romantiques ravissants mais non signés. Ils n'avaient en revanche pas négligé l'argenterie ancienne, de facture anglaise, exposée dans la vitrine du salon.

Tous les bijoux qui se trouvaient dans la chambre de Mme Jolié-Pastre avaient disparu : le solitaire, des bagues de rubis et d'émeraude, un bracelet de perles à trois rangs et le sautoir assorti ainsi qu'une superbe broche, un bijou de famille.

M. Jolié-Pastre se leva et prit sa femme par les épaules.

— Croyez-moi, ma chère Émilie, vous devriez monter vous reposer. Je pense que monsieur l'inspecteur n'a plus besoin de vous, et je suis sûr qu'il vous excusera de nous quitter, après les fatigues du voyage et le choc que vous venez d'éprouver.

Le policier comprit que c'était une façon polie de lui donner congé, et, bien qu'il sentît que l'homme n'avait pas tout dit, il préféra attendre le lendemain, au commissariat. Il aurait l'occasion de le prendre à part et de lui faire dire ce qui semblait le préoccuper. Il salua M. et Mme Jolié-Pastre et se retira en les assurant que tout serait fait pour retrouver Louise ainsi que leurs cambrioleurs.

21

Le préfet Lépine, exaspéré par la presse qui exploitait les deux tragiques faits divers pour entretenir le mythe de l'Éventreur et déplorer l'impuissance de la police, n'appréciait pas de voir les deux enquêtes piétiner. Il le fit savoir au directeur de la Sûreté et au juge d'instruction Maubécourt.

Celui-ci, après avoir comme chaque matin fait le point avec Berflaut dans son bureau du Palais de justice, pouvait assurer au préfet que si aucune piste n'apparaissait encore dans l'enquête sur le meurtre de la fillette de la rue Saint-Vincent, en ce qui concernait l'affaire de Rosa la Rouge, l'arrestation de Marcel Jargot, son souteneur, n'était qu'une question de jours.

Santier continua, aidé par le gardien Lebel, à sillonner Montmartre à la recherche d'informations permettant de retrouver Jargot. Ils rencontrèrent des indicateurs, interrogèrent les prostituées, mais n'obtinrent pas grand-chose. Pourtant la mort de Rosa la Rouge aurait dû délier les langues des autres filles qui devaient se sentir menacées.

Ils se rendirent passage de Clichy et, après avoir interrogé les concierges des numéros 3 et 5, comme l'avait indiqué Jeanne la Toupie, ils apprirent que le souteneur habitait au 5, au deuxième étage, et ils se firent ouvrir son appartement.

Il n'y avait aucune trace de sa présence. Le concierge ne l'avait pas vu depuis trois jours. Santier inspecta la chambre et la salle à manger, propres et bien rangées, ouvrit l'armoire, examina les trois vestons pour voir s'ils portaient des traces de sang. Mais il se doutait que si tel avait été le cas, Jargot ne les aurait pas conservés. Rien que de banal dans les tiroirs, aucun « surin » suspect, un peu de monnaie en vrac, mais de billets ou de grosses pièces, point. Où cachait-il le produit du travail de ses filles ? Rien sous le matelas, rien dans le poêle ni le four de la cuisine, mais dans la boîte à sel, un petit carnet rempli de chiffres écrits au crayon. Sans doute la comptabilité du souteneur. Il la tenait scrupuleusement jour après jour, et chacune de ses filles avait une page à elle. Mais alors que la page de Jeanne la Toupie était remplie jusqu'à la veille de l'assassinat de Rosa, le compte de Rosa s'arrêtait huit jours auparavant. Malade ou enfuie ? C'est ce qu'il fallait savoir. Ils redescendirent, sans répondre aux questions du concierge qui les avait suivis dans l'appartement et qui brûlait d'en savoir davantage.

Quant au bistrotier Léon, qui avait promis d'écouter ce qui se disait chez lui, il n'avait, lui non plus, rien appris de nouveau, sinon que, malgré les apparences, le « milieu » se refusait à croire que le souteneur eût assez de cran pour devenir un assassin.

Restait la « planque » de la rue Véron. Santier n'avait pas besoin de Lebel, dont le bavardage zélé l'agaçait ; il le congédia et se rendit sur place accompagné d'un serrurier. Il inspecta le hangar des prétendus brocanteurs, mais ne trouva que de vieux meubles et des bibelots sans valeur. Quant à la porte du fond qui les avait intrigués et pouvait faire espérer une cache, elle n'ouvrait que sur un réduit encombré de caisses de vaisselle et de piles de vieux bouquins. Le concierge, à qui consigne avait été donnée de surveiller les lieux, n'avait décelé aucune présence depuis leur dernière visite.

— Voyez, ajouta-t-il avec un air compétent, j'avais collé un fil invisible sur la porte, et il est intact. Notre gibier n'est pas revenu.

Le « notre » indiquait qu'il se considérait à présent comme partie prenante de la traque. Depuis deux jours, il promenait dans les bars du coin un air de conspirateur auquel personne ne prêtait attention.

— Merci, lui dit Santier. Si vous voyez Jargot, prévenez-moi au commissariat de la rue Caulaincourt. Mais sans lui parler de notre visite.

— Bien entendu, inspecteur. Silence et bouche cousue !

Santier retourna au commissariat tenir Lepard au courant de ses démarches. Le commissaire n'entendait pas être tenu à l'écart de l'enquête de Berflaut, bien que son ancien inspecteur ne dût rendre compte qu'à sa hiérarchie, Quai des Orfèvres.

Ils échangèrent leurs nouvelles. Pas grand-chose concernant Jargot, dont l'appartement n'avait rien appris. Un seul élément digne d'intérêt : Rosa semblait ne pas avoir travaillé pour le souteneur depuis huit jours.

98

Quant à la petite victime de la rue Saint-Vincent, annonça Berflaut, elle n'était toujours ni réclamée ni identifiée. Personne n'était passé à la morgue demander à voir le corps, sauf quelques voyeurs à la recherche d'émotions morbides, qui avaient été vite éconduits. Les experts du laboratoire scientifique chargés de déterminer le lieu de la noyade n'avaient pas encore achevé leurs analyses. Pour le moment, ils avaient seulement réussi à exclure les lacs des Buttes-Chaumont et du bois de Vincennes et concentraient leurs recherches sur les étangs du sud de la région parisienne.

— Et l'homme de l'école rue Durantin, tu as des nouvelles ? demanda Berflaut.

— Aucune. Lebel a monté la garde, discrètement, pour cette fois, sans apercevoir aucun individu suspect.

— Je vais aller interroger la directrice. Elle l'a peut-être déjà vu auparavant. On ne sait jamais. Peut-être avait-elle eu vent, par une mère, une institutrice, ou même une élève, de cette présence étrange.

Mais il fallait admettre que pour le moment les deux affaires n'avançaient guère.

Berflaut vivait très mal cette attente, plus encore que son collègue. La morte avait l'âge de sa fille, et il ne trouverait de repos que lorsqu'il l'aurait vengée.

En fin d'après-midi, lorsqu'ils se séparèrent, Berflaut traversa le boulevard de Clichy pour regagner son appartement. Les roues des fiacres laissaient leurs sillons dans l'épaisse couche de neige qui recouvrait maintenant les pavés et étouffait tout bruit. Sur les trottoirs, les passants se hâtaient, courbés sous les flocons, ou se protégeant de leurs grands parapluies noirs ; la lueur des réverbères dessinait, comme à l'encre de Chine, l'ombre des arbres sur la blancheur du sol des terre-pleins.

Le policier croisa une petite fille emmitouflée, tenant la main d'un homme assez âgé. Ils marchaient vite. C'est une scène qui, en d'autres temps, n'aurait pas éveillé chez Berflaut d'attention spéciale. Mais il était à l'affût de tout signe, même le plus improbable.

Il retourna vers eux, et se pencha sur l'enfant.

— Tu n'as pas froid ?

— Oh non, monsieur ! Regardez, ma grand-mère m'a mis une chaufferette dans mon manchon !

Elle sortit une petite bouillotte plate qu'elle tendit au policier. Le vieil homme sourit :

— Nous la prenons à sa sortie de l'école, jusqu'au retour du travail de sa maman, notre fille. On n'est pas trop prudent, en ce moment !

— Vous habitez loin ?

— Non, juste à deux numéros d'ici.

— Alors bonsoir, monsieur, bonsoir, mademoiselle !

Berflaut les regarda s'éloigner et entrer dans un des immeubles voisins. Il se dit que s'il commençait à soupçonner chaque homme accompagnant un enfant, il n'en avait pas fini.

22

Ce ne fut que quelques jours après la constatation du cambriolage que les Jolié-Pastre purent se rendre au commissariat du 17ᵉ arrondissement. Mme Jolié-Pastre avait fait une grave crise nerveuse et son mari n'avait pu quitter son chevet. Sa pâleur était effrayante. L'angoisse qu'elle éprouvait pour le sort de la petite Louise l'amena, à plusieurs reprises, au bord des larmes, pendant qu'assise à côté de l'officier de police elle lui donnait les renseignements nécessaires à l'établissement de son portrait parlé.

Louise avait treize ans mais, petite et chétive, elle paraissait plus jeune. Elle était blonde, assez jolie, avec de grands yeux noirs. Aucun signe particulier. Inspection faite de sa garde-robe, très réduite, il apparaissait qu'elle était bien en chemise de nuit quand elle avait été enlevée, une chemise de nuit de pilou blanc. Au cou, elle portait une petite croix de corail attachée à une chaîne d'argent.

Le portrait fini, Mme Jolié-Pastre éprouva le besoin de se confier. Elle était très attachée à la jeune fille, depuis les cinq mois qu'elle était entrée à son service, malgré son jeune âge et sur la recommandation d'une vieille cousine des Jolié-Pastre qui habitait le même village de Normandie. Sa sœur

Mireille et elle, après la mort de leurs parents, avaient décidé de venir trouver du travail à Paris. La grande sœur travaillait comme blanchisseuse à la Goutte-d'Or, et n'avait ni le temps de s'occuper d'elle ni la possibilité de la loger, et préférait d'ailleurs l'éloigner des dangers de Montmartre en la plaçant dans un quartier bourgeois. Dès les premiers jours, Louise s'était habituée à leur maison, faisant preuve de la meilleure volonté pour en apprendre les usages et s'occupant très bien de leurs deux petits enfants.

Cette évocation brisa à plusieurs reprises la voix de la jeune femme. On sentait à quel point elle aimait la jeune fille et combien le vol de ses bijoux lui était indifférent, du moins très secondaire.

Dans le bureau voisin, M. Jolié-Pastre était en entretien avec le commissaire François. Il avait demandé à ce que personne n'y assistât, pas même l'inspecteur venu hier faire le premier rapport, ce qui lui fut accordé.

Après un moment de silence, M. Jolié-Pastre dont on sentait la gêne, se décida.

— Veuillez m'excuser, monsieur le commissaire, mais je voulais profiter de l'absence de ma femme pour vous faire une confidence que je crois importante pour votre enquête, mais qui, révélée, ruinerait mon ménage.

Un temps encore, puis il continua :

— Voyez-vous, je suis un homme en bonne santé, vigoureux, même, et mon épouse est de nature assez fragile.

Le commissaire attendait ; il connaissait ce genre de préambule, mais gardait le silence.

— Nous sommes entre hommes, n'est-ce pas ? Vous savez que la nature a ses exigences. Bref, j'ai dû chercher ailleurs certaines... compensations.

— Une maîtresse ?

— Non, pas vraiment. Disons des relations régulières avec une prostituée. Une seule, ajouta-t-il, comme si cette précision minimisait l'adultère.

— Toujours la même ?

— Oui, elle me plaisait, c'était une bonne professionnelle...

Il s'arrêta, rougissant.

— Et vous pensez qu'elle est mêlée à votre affaire ?

— Je le crains. Non que j'aie pour habitude de faire des confidences à ce genre de filles, mais je suis allé la prévenir vendredi soir que, partant pour Deauville, je ne la retrouverais pas samedi à l'hôtel de Montmartre où elle devait m'attendre.

— Tiens, tiens !

— Vous pensez qu'elle a transmis l'information à des complices, une bande de cambrioleurs ?

— C'est en effet probable. Nous avons, à chaque période de vacances surtout, de nombreux cas causés par de telles imprudences. Mais jusqu'ici, il n'y a jamais eu d'enlèvement. Cette fois, c'est beaucoup plus grave.

— Et j'en suis responsable, monsieur le commissaire, c'est affreux s'il lui arrive quelque chose ! Comment me le pardonner ?

— Nous n'en sommes pas encore là, monsieur. Il faut espérer que la petite Louise sera retrouvée saine et sauve. Des cambrioleurs de la nature des

103

vôtres sont rarement des assassins. Ils vont la relâcher.

— Dieu vous entende !

M. Jolié-Pastre se leva, entendant la voix de sa femme dans le couloir.

— Surtout, monsieur le commissaire, je voudrais que mon épouse reste en dehors de tout cela, et si, comme je l'espère, vous mettez la main sur eux et retrouvez Louise, qu'elle ne sache jamais comment vous y êtes parvenus !

— Nous resterons discrets, le plus possible, monsieur. Maintenant, il faut nous dire où travaille cette prostituée, que nous la fassions interpeller par nos collègues du 18e et puissions l'interroger.

— Elle racole devant le Moulin-Rouge. C'est une fille assez belle encore, elle m'a dit qu'elle avait posé pour le peintre Toulouse-Lautrec.

— Vous savez son nom ?

— Son vrai nom, je ne sais pas. On l'appelle Rosa la Rouge.

23

En fin de matinée, un appel du commissaire François, du 17e arrondissement, parvint à Lepard.

— Nous avons une affaire grave. Un cambriolage boulevard de Courcelles, accompagné de l'enlèvement d'une mineure.

Lepard écouta en se demandant en quoi cette nouvelle le concernait. Mais il savait que son collègue n'appelait jamais pour rien.

— Les malfaiteurs ont très probablement été mis sur le coup par une fille de Montmartre. Elle avait comme client régulier le propriétaire qui l'a prévenue de son départ en voyage. C'est toujours comme cela que nous avons des « visites » de villas cossues en fin de semaine ou pendant les vacances des occupants. Les hommes lâchent trop souvent, sans s'en rendre compte, des informations aux prostituées. Il faut que nous interrogions cette fille au plus vite. Il y va de la vie de la jeune bonne, enlevée sans doute parce qu'elle les a surpris et pourrait les identifier.

— On va voir ce qu'on peut faire. Vous savez son nom ?

— On l'appelle Rosa la Rouge. Un ancien modèle du peintre Toulouse-Lautrec, a-t-elle dit.

Elle tapine aux alentours du Moulin-Rouge. Vous la connaissez ?

Lepard bondit sur son siège.

— Et comment ! Elle a été assassinée mardi. Éventrée en pleine rue, sans doute par son souteneur.

— Merde.

— En effet.

— Et ce souteneur, vous l'avez arrêté ? Il sait sûrement des choses sur le cambriolage, peut-être même y a-t-il participé ?

— Nous le cherchons, justement.

Soudain une idée traversa l'esprit de Lepard.

— Qu'est-ce qui a été volé, boulevard de Courcelles ?

— Des tableaux de grande valeur, de beaux bijoux, de l'argenterie anglaise.

— C'est donc ça ! D'après nos indicateurs, le souteneur et sa bande ont essayé d'écouler ce même genre de marchandise auprès d'un receleur. Il a disparu après le crime, mais mes hommes sont sur la piste de leur planque à la Varenne.

— Quel juge d'instruction est sur le meurtre de Rosa la Rouge ?

— Maubécourt.

— Parfait. Je pense qu'il devrait se charger aussi du cambriolage et de l'enlèvement, puisque apparemment les affaires sont liées.

— Tout à fait d'accord. Vous vous chargez de le joindre, il ne faut pas perdre de temps. Mes inspecteurs partent demain à la Varenne dès que le commissaire de Saint-Maur leur aura donné l'adresse du suspect.

— Je peux vous envoyer deux de mes hommes en renfort. La jeune fille est peut-être encore séquestrée là-bas.

Mais les deux policiers, au fond d'eux-mêmes, trouvaient cette hypothèse bien fragile. Ils n'auraient pas été étonnés qu'un nouveau crime soit découvert, à moins que le corps de la jeune fille ne soit jamais retrouvé.

24

L'absence de Mireille empêchant Toulouse-Lautrec d'aller mettre la dernière touche au *Salon de la rue des Moulins*, il examina l'un après l'autre les tableaux qu'il avait laissés en attente. Il fallait qu'il rattrapât son retard, tant pour les toiles annoncées pour l'exposition prochaine à la galerie Laffitte, que pour les lithographies qu'il présenterait au Salon de la libre esthétique de Bruxelles.

Deux de ces tableaux étaient consacrés à la clownesse Cha-U-Kao.

Le premier, une petite huile sur carton, la montrait, de trois quarts dos, comme surprise dans sa loge. Vêtue d'un pantalon bouffant violet, elle remontait sur son buste dénudé la grande collerette à volants d'organdi jaune. Sur sa tête, une mèche de cheveux dressés en panache s'entourait d'un ruban de la même couleur.

Sur le second, une huile sur toile, plus grande, elle apparaissait de face, un peu déhanchée, une main dans la poche, l'autre bras passé sous celui de la Grosse Gabrielle : un de ces couples de femmes qui fréquentaient *Le Hanneton* ou *La Souris* et sur lesquels Montmartre, devenue banlieue de Lesbos, ne se retournait guère à présent. Ces mœurs saphiques avaient d'ailleurs trouvé leur écho littéraire dans l'érotisme à l'antique des *Chansons de Bilitis* de Pierre Louÿs, qui venaient de paraître.

La chanteuse irlandaise May Belfort et son amie la danseuse anglaise May Milton faisaient partie de ces amazones. Au mur de l'atelier était accrochée la première épreuve de l'affiche que Lautrec avait faite pour le spectacle de May Belfort, qui se produisait au café-concert des *Décadents*. Elle y chantait de sa voix de gamine, vêtue en petite fille et coiffée d'un gros béguin mousseux, tenant dans ses bras un petit chat noir, le refrain au sens non équivoque :

> *I've got a little cat*
> *And I'm very fond of that.*

Sa gloire, éphémère, devait être proportionnelle à son mince talent.

Le peintre installa sur son chevalet le plus grand des deux tableaux consacrés à la clownesse.

À l'arrière-plan, parmi les spectateurs, à côté d'une femme en robe rose, il achevait la silhouette d'un homme râblé, debout, de profil, coiffé d'un chapeau melon. C'était l'écrivain Tristan Bernard, un de ses amis. Lautrec, amateur de courses de vélos, l'accompagnait souvent au stade Buffalo, à Neuilly, dont il était le directeur. Il y suivait le tournoiement coloré des cyclistes lancés à pleine vitesse sur les anneaux de la piste, comme, aux courses, il admirait l'élégance des chevaux au galop et des jockeys, penchés en avant, debout sur leurs étriers... Fantasmes d'un infirme, né pour la vie au grand air, et souvenir des chevauchées de son enfance au côté de son père, dans les bois du château familial.

« Si j'avais eu les jambes plus longues, je n'aurais jamais été peintre », avait-il un jour confié à un ami, et ce n'était sans doute pas une boutade.

Lautrec travaillait rapidement. En trois coups de pinceau, il donna sa barbe à Tristan Bernard. Mais la femme en rose ébauchée à côté de lui attendrait encore.

Soudain, l'envie le prit d'aller aux nouvelles rue des Moulins. Soucieux depuis l'appel au secours de Mireille, il se demandait comment l'aider. Que pouvaient valoir son nom et son titre auprès des autorités, qui connaissaient surtout le peintre des danseuses de bals publics ou des filles de maison ?

Pour la police, la disparition de Louise, sœur d'une prostituée, n'était peut-être qu'une affaire banale, à mettre éventuellement sur le compte d'une simple fugue. Elle devait se préoccuper davantage de la petite fille retrouvée rue Saint-Vincent, de l'assassinat de Rosa la Rouge et de la rumeur grandissante de l'Éventreur.

Il rangea palette et pinceaux, coiffa son chapeau melon, prit sa canne, quitta l'atelier et descendit doucement, de peur de glisser sur le trottoir enneigé de la rue Caulaincourt, à la recherche d'un fiacre.

25

La visite à la directrice de l'école de la rue Durantin n'apporta à Berflaut aucun élément nouveau. À sa connaissance, aucune de ses élèves n'avait jamais été importunée à la sortie des classes. Quant à l'homme au col de fourrure, quelques mères lui en avaient parlé, et les institutrices l'avaient également remarqué. Mais comme il ne faisait rien de répréhensible, elle n'avait pas cru devoir alerter la police. Bien sûr, depuis la découverte de la fillette assassinée, on devait se montrer vigilant, et elle allait faire elle-même la tournée des classes, pour mettre en garde les enfants contre tout inconnu qui les aborderait, quel qu'en fût le prétexte.

Santier de son côté était retourné au bar de son informateur. Il n'entra pas, se contentant d'approcher sa tête de la vitre jusqu'à ce que Léon, entre deux consommations servies au comptoir, regardât dehors et l'aperçût.

Le bistrotier enleva son tablier, décrocha son pardessus et son chapeau de la patère, prit des pièces dans le tiroir-caisse en disant à sa femme :

— Je reviens tout de suite. Je n'ai plus de tabac, je vais en acheter avant la fermeture.

Il marcha quelque temps sur le terre-plein de

l'avenue de Clichy et retrouva le policier qui l'attendait derrière un kiosque à journaux. Le dialogue fut rapide.

— Alors ? Quoi de neuf ?

— Justement, j'attendais que vous passiez. Hier on a parlé d'un fourgue qui aurait reçu la visite de la bande à Marcel. On lui a présenté plusieurs bijoux et de l'argenterie volés samedi à Paris, mais il a refusé : trop difficile à écouler, qu'il a dit.

— Tu sais le nom et l'adresse du receleur ?

Le regard de Léon était trop chargé d'innocence pour ne pas le trahir. Il les connaissait sûrement, mais ne parlerait pas, du moins pas aujourd'hui. Il fallait qu'il se garde des munitions.

— Non, et croyez-moi, ça vaut mieux. Si je le savais, je vous le dirais, mais il comprendrait que ça vient de moi. Mais j'ai peut-être quelque chose, en y réfléchissant...

— Eh bien, j'écoute !

— Ce doit être un gros coup, voyez-vous. Je suis sûr que le propriétaire verserait un bon paquet pour tout récupérer.

— Suffit, Léon. Pas de marchandage avec moi. Sinon je pourrais aller faire un tour au premier étage de ton bistrot. Il paraît que tu y envoies souvent ta serveuse, et qu'elle ne monte pas seule. Tu sais ce que ça coûte, l'entôlage ?

— Vous êtes dur avec moi, monsieur l'inspecteur !

— N'oublie pas notre contrat : je ferme les yeux et tu ouvres tes oreilles. Alors, qu'as-tu à me dire ?

— Le fourgue sait où est leur planque. Celle de la rue Véron, c'est qu'un débarras pour des choses sans valeur, histoire de faire croire qu'il fait de la brocante. La vraie planque, c'est à la Varenne, un pavillon au bord de la Marne. Mais la rue et le numéro, je ne sais pas.

— Vrai ?

— Vrai. Pourquoi je ne le dirais pas ? Vous allez devoir remuer pas mal de choses en les recherchant, j'aurais préféré que ça reste discret, vous comprenez pourquoi !

— C'est bon, Léon. À un de ces jours ! Continue à bien écouter, et ne surmène pas trop Mauricette. Les escaliers, ça fatigue les jambes.

Léon haussa les épaules et se dirigea vers son établissement. En chemin, il traversa pour acheter le paquet de tabac qui justifierait sa sortie.

Il était tard, Berflaut avait déjà dû rentrer chez lui, mais le renseignement était d'importance, et Santier décida de ne pas perdre de temps.

Berflaut achevait de dîner avec sa belle-mère et sa fille. Santier s'excusa auprès d'elles, et les deux hommes passèrent dans le salon où la petite Madeleine les suivit ; elle tenait à montrer au visiteur son cahier bien tenu, ses dessins et son plumier rempli de bons points. Après les félicitations attendues, Berflaut l'embrassa et la confia à sa grand-mère. Celle-ci revint peu de temps après avec deux verres à liqueur et une bouteille de Chartreuse, « bonne pour la digestion ».

— Au diable mon ulcère ! dit Berflaut. De toute façon, cela ne me fera pas plus de mal que nos ennuis actuels.

Santier raconta à Berflaut ce que leur informateur venait de lui apprendre. En remontant jusqu'à la bande des complices du souteneur, ils apprendraient probablement des choses sur la mort de Rosa la Rouge. Les deux policiers décidèrent qu'une visite de reconnaissance à la Varenne s'imposait et qu'elle les mettrait sur les traces de Marcel Jargot, leur suspect numéro un. Mais Berflaut devait d'abord se rendre chez Bertillon...

26

Rue des Moulins, l'ambiance était triste, et il fallait toute l'autorité de Madame pour communiquer à ses pensionnaires une jovialité factice au moment de l'arrivée des clients.

Ceux-ci appartenaient au « meilleur monde », membres du Jockey Club, parlementaires, gens titrés de la noblesse française et étrangère à qui Madame assurait la plus grande discrétion. Ses filles étaient bien traitées et, malgré le caractère humiliant de leur profession, restaient libres et protégées des dangers du trottoir, de l'esclavage et des coups des souteneurs.

Elles partageaient l'angoisse de Mireille et l'entouraient de toutes les attentions dont elles étaient capables. Madame,compréhensive, l'avait dispensée momentanément de descendre au salon, et lui laissait sa liberté pour aller demander chaque jour des nouvelles au commissariat de police, démarches jusqu'ici sans résultat.

Aujourd'hui, Mireille s'était habillée, comme lors de sa première visite, en ouvrière bien convenable avec son manteau et son chapeau noirs, pour sonner à la grille de l'hôtel particulier boulevard de Courcelles. Tout en se disant que les patrons de Louise n'en savaient pas plus que les enquêteurs, elle avait besoin de parler de sa petite sœur avec les dernières personnes qui l'avaient vue avant son enlèvement.

Mme Jolié-Pastre, un peu surprise, car elle ne comprenait guère les raisons de cette seconde visite, la reçut dans son boudoir. Elle fit apporter du thé et des gâteaux auxquels Mireille ne toucha que du bout des dents, gênée par le luxe de l'endroit et tremblante de commettre, au cours de la conversation, un impair qui révélerait sa véritable profession.

Car, pour la mettre à l'aise, et meubler les silences, la patronne de Louise l'interrogea sur son travail de blanchisseuse, son logement et parla de Louise qu'elle aimait déjà beaucoup.

— Voulez-vous voir sa chambre ?

« Sa chambre » : façon délicate de lui laisser entendre qu'elle y était attendue et qu'elle la retrouverait bientôt.

Mireille y pénétra, le cœur serré, et Mme Jolié-Pastre la laissa seule dans la pièce. Le lit avait été refait. Elle ouvrit les tiroirs de la commode, où étaient rangés, soigneusement pliés, le linge de corps et les quelques vêtements de la jeune fille, encore parfumés de l'eau de lavande que Mireille lui avait offerte pour son anniversaire.

Les yeux pleins de larmes, Mireille redescendit et remercia Mme Jolié-Pastre qui l'assura de sa confiance en l'efficacité de la police : on leur rendrait très bientôt Louise.

La jeune femme, trop angoissée pour traîner dans Paris, et glacée jusqu'au cœur, passa sans les regarder devant les vitrines des grands magasins, encore illuminées depuis les fêtes de fin d'année. Elle n'avait qu'une hâte : retrouver la rue des Moulins, au cas où on viendrait lui annoncer la fin de son cauchemar. À moins que ne l'attendît la pire des nouvelles...

Elle sonna à la porte, la bonne vint lui ouvrir.

— Madame vous attend. On a apporté une lettre pour vous.

Mireille, le cœur battant, grimpa quatre à quatre les marches recouvertes de velours rouge, débarqua dans le grand salon où Madame lisait les journaux en compagnie de Rolande et de Gabrielle, encore en déshabillé.

— Un jeune homme est passé il y a une heure apporter cette lettre. C'est un voisin de Rosa la Rouge. Je ne vois pas le rapport avec toi ni avec Louise. Mais il a dit que c'était très important. J'ai cru bien faire en ouvrant le pli – il n'était pas cacheté –, au cas où il aurait fallu avertir très vite la police avant ton retour.

Mireille saisit la lettre et lut :

Mireille,

Il faut que je te parle. On m'embarque à Saint-Lazare. Viens vite, et surtout pas un mot à la police.

Nanette

— Tu connaissais donc Rosa ?

— Oui, depuis un an. On s'était rencontrées au Moulin-Rouge. Je la voyais de temps en temps, mon jour de sortie, avant que Louise ne me rejoigne à Paris. Elle était malheureuse, son mac la battait. Je lui avais même dit de venir travailler ici, mais elle n'a pas voulu. Elle préférait sa liberté, qu'elle disait.

117

— Non, Mireille, pas : « qu'elle disait ». Vous devez parler correctement, je vous l'ai déjà dit à toutes. Certains de nos clients, sur ce point aussi, sont exigeants.

Cette leçon de syntaxe donnée, Madame réfléchit sur les moyens de prendre contact avec cette Nanette. Mireille n'étant pas de sa famille, il était pratiquement impossible d'obtenir un permis de visite. Seuls les médecins étaient admis à l'infirmerie de Saint-Lazare.

Rolande intervint, une lueur dans ses grands yeux un peu bovins.

— On pourrait demander au docteur qui vient pour la barbote.

— Rolande, qu'est-ce que je viens de dire ? « Qui vient pour la visite ! » C'est une idée, mais il ne passe ici que le mois prochain, et je ne sais pas où le joindre. En plus, le billet recommande de ne pas avertir la police.

— Mon client du mardi est docteur, je pourrais lui demander, suggère Gabrielle.

— Impossible. J'interdis qu'on mêle nos clients à nos affaires.

Mireille s'était affalée sur le grand canapé. En des temps moins tristes, cette image eût paru cocasse : une jeune femme en stricte robe noire, chapeautée et gantée, à côté des filles de maison en négligé.

Soudain, venu de l'escalier, le rythme d'un pas boiteux, scandé par celui d'une canne familière, leur fit lever la tête.

— Monsieur le Comte !

La porte s'ouvrit et Toulouse-Lautrec apparut sur le seuil du salon, son chapeau à la main. Il s'inclina légèrement devant Madame et ses pensionnaires et s'assit dans son fauteuil favori, le plus bas, celui qui permettait à ses jambes de toucher le sol.

— Alors, quelles nouvelles ? dit-il à Mireille, dont la pâleur et le visage crispé marquaient l'angoisse.

— Hélas, rien que ceci.

Elle lui montra le billet.

Lautrec le lut. Il connaissait Nanette et la croyait morte, ne l'ayant pas revue au Moulin-Rouge depuis au moins cinq mois. Elle était donc à Saint-Lazare ?

— Monsieur le Comte, vous savez comment quelqu'un pourrait aller la voir ? Ils ne me laisseront pas entrer, c'est sûr.

Le peintre réfléchit, et au bout d'un moment ses yeux noirs brillèrent.

— Il y a peut-être une solution. J'ai un cousin médecin, je l'ai accompagné plusieurs fois à l'hôpital Saint-Denis, pour assister à des opérations.

Les filles trouvèrent bizarre qu'on pût songer à regarder ce genre de choses, mais avec ces artistes... Elles écoutèrent la suite.

— Il a ses entrées à Saint-Lazare. Il ira trouver Nanette et elle lui dira ce qu'elle a à dire. Ça semble important. Obéissez, ne prévenez pas la police, du moins pour le moment.

La reconnaissance se lut dans les yeux de Mireille, mais elle n'osa lui proposer le seul remerciement concret qu'elle pouvait lui offrir. Lautrec lut dans son regard cette légère hésitation, et sourit. Madame aussi avait compris.

— Vous restez avec nous, monsieur le Comte ?

— Non, merci. Je n'étais venu que pour prendre

des nouvelles. Je repars tout de suite essayer de joindre mon cousin, et je vous tiendrai au courant.

— À bientôt, monsieur le Comte, et merci pour Nanette, dit Madame en le raccompagnant.

Elle avait toujours été flattée de ses attentions : ne l'avait-il pas emmenée un soir à l'Opéra, avec la sous-maîtresse ?

Toulouse-Lautrec en fait, serait bien resté. Ses appétits n'avaient pas été assouvis depuis huit jours ; c'était beaucoup pour sa virilité exigeante. Mais il avait trop de tact pour s'imposer à Mireille en ce moment, et elle aurait pris comme une offense qu'il choisît ce soir-là une autre pensionnaire.

Il descendit donc l'escalier en soupirant, monta dans le fiacre qui attendait en permanence devant l'établissement, et partit à la recherche de son cousin, le docteur Tapié de Ceyleran.

27

La presse continuait d'afficher ses gros titres :

**LES DEUX CRIMES DE MONTMARTRE.
LA POLICE PIÉTINE.**

Le préfet Lépine et le procureur de la République commençaient à manifester leur impatience, et il fallait toute la diplomatie de Goron, le chef de la Sûreté, pour les calmer.

Comme le juge d'instruction Maubécourt et comme l'inspecteur Berflaut, il se refusait à croire au mythe de l'Éventreur. L'assassin de Rosa la Rouge était probablement son souteneur : il avait un mobile. D'après les derniers bruits qui couraient, elle voulait se libérer, partir pour l'Argentine où on lui promettait, comme à plusieurs prostituées – dont d'ailleurs on n'avait plus de nouvelles –, de s'établir à son compte et de gagner beaucoup d'argent. Débusquer le souteneur n'était plus qu'une question d'heures, si la chance était avec eux.

Mais pour la fillette ? Une prostituée assassinée à Montmartre, c'était hélas banal, mais une enfant que personne ne venait réclamer, les étranges conditions de sa mort comme la mise en scène de son corps rue Saint-Vincent constituaient toujours un terrible mystère.

Berflaut quittait le commissariat pour se rendre en fiacre au Palais de justice quand il croisa Robert Fresnot qui sortait de chez sa tante.

— Je vais au service de Bertillon, veux-tu venir avec moi ? Je n'oublie pas ma promesse !

— Le jeune homme bondit presque de joie.

— Oh merci, je viens ! J'allais travailler à la bibliothèque Sainte-Geneviève ; mes cours en Sorbonne ne sont que dans l'après-midi, j'irai en sortant du Palais.

— Et le travail en bibliothèque, alors ? dit sévèrement l'inspecteur, comme s'il morigénait son fils.

— Pas grave ! Ça peut attendre demain ! Une occasion pareille !

Dans son enthousiasme, le jeune homme ne pensait pas qu'il devait cette aubaine à deux meurtres.

Ils montèrent en fiacre et, pendant le trajet, Berflaut expliqua à son ami les difficultés que Bertillon avait rencontrées auprès de ses supérieurs pour faire admettre son système. Pourtant, il avait démontré que c'était un moyen de déjouer les ruses des récidivistes, les « délinquants d'habitude », qui jusque-là pouvaient changer de nom et d'apparence et échapper à la police. Mais ils ne pouvaient changer de squelette ! Aussi Bertillon avait-il défini onze mesures dont neuf permettaient d'établir de façon certaine qu'il s'agissait du même homme.

Il avait également organisé pour les policiers de tous services des cours de « portrait parlé » pour établir un signalement fiable.

— Tu verras les tableaux synoptiques sur la

forme du nez et des oreilles, par exemple, divisés en catégories et sous-catégories, nez droit, cave, rectiligne, vexe, busqué, base horizontale, abaissée, sinueuse, etc., je n'arrive jamais à me les rappeler toutes, mais, crois-moi, elles sont précieuses et évitent des descriptions fantaisistes. Même chose pour l'oreille, la forme du lobe, fendu, à virgule...

— Ah ! l'interrompit Robert Fresnot, cela, Sherlock Holmes le savait ! Dans une de ses nouvelles, Conan Doyle lui fait dire « il n'y a pas d'organe du corps humain qui présente plus de particularités qu'une oreille ».

— Si je comprends bien, ton Sherlock avec sa loupe est un peu l'ancêtre de Bertillon ! plaisanta Berflaut au moment où le fiacre s'arrêtait devant le Palais de justice.

Ils montèrent les cinq étages jusqu'aux combles, traversèrent un dédale de couloirs encombrés de cartons de dossiers, pour parvenir à une grande salle éclairée par une verrière où travaillaient quelques techniciens de l'Identité judiciaire.

Tandis que Berflaut allait interroger les chimistes dans leur laboratoire, un employé du service d'anthropométrie montra au jeune homme les instruments de mesure, compas pour le crâne, pied à coulisse pour le bras et le médius, ainsi que les fameux tableaux synoptiques pour la description du nez et des oreilles, dont ils avaient parlé en route.

Ce fut ensuite le service photographique où Robert examina, en prenant des notes et en dessinant, les chaises de pose, dont la tringle métallique soutenait la tête, et les appareils photographiques destinés à la réalisation des clichés de face et de profil.

En s'approchant du mur, le jeune homme faillit commettre un impair. Il regardait le portrait d'un homme brun, barbu, au regard dur, et allait demander de quoi avait été coupable ce criminel, quand le collaborateur, heureusement, le devança :

— C'est M. Bertillon, qui a tenu à figurer dans notre première fiche, et s'est aussi soumis à toutes les mensurations !

Robert respira. Il apprendrait désormais à se méfier des préjugés !

Ils terminèrent la visite par une salle meublée de rayons devant lesquels circulait un employé en blouse et toque noires : c'était le fameux fichier, riche de quelque cinq mille documents accumulés en cinq ans. Cinq mille malfaiteurs identifiés, qui ne pourraient plus s'évanouir dans la nature sous un faux nom.

Berflaut revint, avec une feuille en main, de sa rencontre avec les chimistes.

L'inspecteur et l'étudiant remercièrent les collaborateurs de Bertillon et redescendirent. Ils se séparèrent sur le quai, Robert Fresnot gagna la Sorbonne et Berflaut le commissariat de la rue Caulaincourt où l'attendaient Santier et Lepard. Il leur fit part des conclusions des techniciens du laboratoire de chimie.

L'analyse de l'eau prélevée dans les poumons de la petite victime et de la terre trouvée sous ses ongles de pied n'avait encore permis aucune localisation précise du crime. Les spécialistes du laboratoire scientifique continuaient leurs recherches, circonscrites maintenant aux terrains avoisinant les étangs de la forêt de Meudon et de Ville-d'Avray, mais ils n'arrivaient pas à détecter encore les différences dans la faune aquatique et la nature du terrain qui permettraient de déterminer à coup sûr l'endroit où l'enfant avait été noyée. Ils allaient affiner encore leurs analyses.

Santier alla chercher une carte d'état-major des régions indiquées comme probables, il entoura au crayon les lacs et leurs environs susceptibles d'avoir été choisis pour le meurtre de la petite victime que Berflaut, qui ne voulait pas laisser sans nom la fillette inconnue, avait baptisée, pour lui seul, et tendrement, « Camille ».

Ils ne comprenaient toujours pas les mobiles qui avaient conduit le ou les assassins à infliger à l'enfant, morte noyée, cette blessure inutile, puis à transporter son corps à Montmartre pour le jeter, en pleine nuit, sur ce trottoir de la rue Saint-Vincent.

28

Berflaut ayant dû se rendre au Palais de justice pour faire le point avec le juge d'instruction sur les deux enquêtes, ce fut seulement l'après-midi qu'il monta avec Santier dans la calèche que le commissaire Lepard tenait en permanence à la disposition de ses équipiers.

Suivant les informations soutirées à Léon, ils se rendirent à la Varenne. Le verglas qui recouvrait la route du bord de Marne ralentissait l'avance du cheval. Malgré l'abri de la capote, un froid vif glaçait les policiers. De temps en temps, Berflaut essuyait d'un revers de manche la buée qui recouvrait la petite lucarne et leur cachait le paysage : la Marne, immobile, presque gelée, les petites îles désolées, où l'été accostaient les canotiers aux gilets rayés, les pontons déserts où étaient amarrées quelques barques et, de l'autre côté de la rivière, dans la brume, les coteaux blanchâtres de Chennevières.

Ils demandaient de temps en temps au cocher d'arrêter son cheval, si quelque chose avait attiré leurs regards. Mais, sans adresse précise, comment pourraient-ils, sinon par hasard, trouver ce qu'ils cherchaient ? Serait-ce une de ces belles villas en meulière, ce prétentieux castelet néogothique, cette maisonnette de brique flanquée d'un hangar à bateaux plus haut qu'elle ? La plupart des jardins s'abritaient derrière de hautes grilles. Dans d'autres on apercevait une tonnelle couverte de vigne morte, des chaises et une table, des portiques dépouillés de leurs agrès, des canots renversés. Beaucoup ne devaient vivre que l'été et semblaient inhabités. Deux ou trois seulement avaient leurs volets ouverts, mais aucune lumière ne signalait une présence.

Berflaut fit signe au cocher de s'arrêter, et descendit.

— Attends-moi, je regarde juste quelque chose.

Il avait aperçu dans la neige qui recouvrait le trottoir devant une villa à l'aspect cossu, aux volets fermés, des traces récentes de roues, comme si une calèche avait quitté la route pour pénétrer dans la propriété.

Il grimpa sur le rebord du mur hérissé de pointes, se hissa sur la pointe des pieds : les traces conduisaient jusqu'au fond d'une allée, vers une sorte d'annexe, un appentis tout en longueur.

Son ami, auquel il avait fait signe, le rejoignit. Ils sonnèrent, plusieurs fois. Aucun signe de vie ne se manifesta.

— Il faudrait aller au commissariat de Saint-Maur, dit Santier. Ils doivent avoir le nom des propriétaires. Ou alors demander à la poste.

Ils notèrent le numéro de la villa, et continuèrent par acquit de conscience le parcours qu'ils s'étaient fixé.

Au moment où ils allaient dire au cocher d'accélérer l'allure sur le chemin du retour, ils aperçurent des traces de pas cette fois, mais tout aussi fraîches, devant un autre pavillon ; il y en avait d'autres également un peu plus loin, devant la maisonnette flanquée du hangar à bateaux. Décidément, ce quartier mort recevait beaucoup de visites ! Ils notèrent les adresses et se rendirent au commissariat de Saint-Maur.

Le commissaire, un assez jeune homme, fort aimable, promit de s'informer dès le lendemain auprès du receveur de la poste, qui était maintenant fermée. Il leur téléphonerait dès qu'il aurait obtenu les noms des propriétaires des trois villas.

Il faisait nuit quand la calèche ramena les deux policiers rue Caulaincourt. Lepard, qui venait de partir, avait laissé un mot à leur intention :

L'homme de l'école s'est montré aujourd'hui. Une des mères l'a suivi, mais a perdu sa trace. On renverra Lebel là-bas, cette fois accompagné d'un collègue, à moins que vous ne préfériez aller voir vous-mêmes. Ce serait plus sûr.

Si vous avez trouvé quelque chose de déterminant à la Varenne, n'hésitez pas à me téléphoner chez moi du commissariat, quelle que soit l'heure.

Sinon, on verra ça demain matin.

Lepard

29

La réapparition du rôdeur près de l'école provoqua une agitation inhabituelle au commissariat. Il fallut que le commissaire Lepard, qui avait reçu la délégation de mères très excitées, leur promît une action rapide et surtout leur ordonnât de ne pas prendre d'initiatives qui pourraient alerter le suspect.

Le gardien de la paix Lebel, heureux de cette nouvelle chance qui lui était donnée, se présenta le matin dans le costume le plus civil et le plus anodin qu'il ait pu se composer, mais qui, sur lui, prenait presque une allure de déguisement, tant son expression farouche, le regard inquisiteur que jetaient tout autour de lui ses yeux mi-clos, ses moustaches virilement redressées, désignaient le policier. Le jeune collègue qui l'accompagnerait était plus naturel d'allure, parce que trop jeune encore dans la fonction pour en porter les marques.

Ils attendirent avant d'aller se poster un peu avant la sortie de l'école, chacun à un bout de la rue Durantin. Ils avaient pour consigne expresse de ne pas interpeller l'homme, mais de le suivre seulement. En aucun cas, ils ne devaient regarder du côté des mères. Lepard les avait prévenues qu'elles n'auraient pas à se manifester non plus.

Du coup, l'arrestation de Marcel passa au deuxième plan. On allait peut-être tout à l'heure débusquer un criminel plus odieux et, en désolidarisant les deux affaires, mettre fin à la psychose de l'Éventreur.

Toute la nuit, le commissaire Lepard, qui s'estimait partie prenante à cent pour cent dans l'enquête, se berça de cette hypothèse.

Car c'était à partir de son commissariat que l'enquête s'organisait, et Berflaut, tout inspecteur de la Sûreté qu'il fût devenu, s'était formé à son école, comme Santier. L'interpellation de l'assassin de la fillette serait pour lui, une fois de plus, le triomphe de la police et, après l'arrestation des derniers anarchistes, une nouvelle démonstration de l'efficacité des méthodes rigoureuses et tenaces mises au service de l'ordre public.

La petite voix de son ambition lui soufflait aussi, de temps en temps, que sa carrière bénéficierait indirectement de ce coup d'éclat.

Berflaut était animé, l'ambition mise à part, des mêmes sentiments, mais en tant que père il était plus sensible à l'horreur du crime, et des rêves de vengeance hantaient ses journées et ses nuits. Il lui suffisait de revoir en pensée le petit corps de poupée mutilé découvert sur le trottoir de la rue Saint-Vincent et qui reposait, toujours inconnu, dans un tiroir glacé de la morgue.

30

C'était au bouillon de la rue de Douai que Toulouse-Lautrec et son cousin le docteur Gabriel Tapié de Ceyleran se retrouvèrent, deux jours plus tôt que d'habitude : il fallait agir vite pour venir en aide à Mireille et seul un médecin pouvait entrer à l'infirmerie de Saint-Lazare. Ils éprouvaient une très grande affection l'un pour l'autre et formaient, quand ils se promenaient ensemble, un couple pittoresque : Lautrec, sur ses petites jambes, arrivant à la poitrine de son maigre et haut compagnon dont il se plaisait à transformer le patronyme de toutes les manières, « Tapir le Scélérat » étant celui dont il était le plus satisfait.

Dès leur arrivée, le patron les conduisit à leur table habituelle, dans la belle salle où de grandes cariatides veillaient sur les dîneurs. En effet, de l'ancien hôtel particulier de la fille de Halévy, le librettiste d'Offenbach, avaient été religieusement conservés les grands miroirs rococo, les petits anges des trumeaux de stuc, les fresques du plafond, décor insolite pour une clientèle populaire, à laquelle se mêlaient des écrivains et des artistes.

Lautrec s'y plaisait, le pot-au-feu y était excellent, la cave n'était pas méprisable et il y faisait toujours largement honneur. Ce soir, en particulier, et Tapié, d'un froncement de sourcils, tenta de l'empêcher de vider une fois de plus la carafe.

Mais le peintre n'oubliait pas pour autant la raison pour laquelle il avait invité son cousin à dîner. Il lui raconta l'enlèvement de la jeune sœur de Mireille, la mort de Rosa la Rouge et le message envoyé par son amie depuis à Saint-Lazare. Elle semblait avoir des informations urgentes à lui communiquer, mais Saint-Lazare était une prison et il était impossible à Toulouse-Lautrec d'y pénétrer. Son cousin, bien que ne faisant pas partie du groupe des médecins qui y étaient affectés, pourrait s'y introduire grâce à un de ses anciens condisciples qui le présenterait comme observateur des visites sanitaires.

Le docteur Tapié de Ceyleran accepta. Que n'eût-il pas fait pour son cousin ? Et il sentait à quel point celui-ci était affecté par la situation. Il promit donc de s'y rendre dès le lendemain.

Les deux hommes, après avoir échangé des nouvelles de la famille, évoquèrent le prochain voyage en Angleterre de Lautrec, qui devait y retrouver son ami le peintre Whistler ainsi qu'Oscar Wild[1], dont la silhouette familière avait disparu des cafés-concerts de Montmartre.

— Quelle imprudence, ce retour à Londres ! dit Lautrec. D'après Whistler, le marquis de Queensberry lui prépare un sale coup, mais il ne veut rien

---

1. Accusé de sodomie par le marquis de Queensberry, le père de son jeune amant lord Douglas, Wilde l'attaque en diffamation, perd son procès, et le marquis de Queensberry contre-attaque. Le procès a lieu le 3 avril 1895, et Oscar Wilde est condamné pour délit d'homosexualité à deux ans de travaux forcés.

entendre. Il est pressé de régler ses comptes avec son petit Lord Douglas. Il court se jeter dans la gueule du loup !

— C'est un provocateur, et il est en outre persuadé qu'il ne risque rien. Il oublie l'hypocrisie et la solidarité de caste. S'il y a procès, il sera le bouc émissaire et la société fermera pudiquement les yeux sur les homosexuels appartenant à l'aristocratie.

Le dîner achevé, les deux cousins se séparèrent en convenant que Tapié de Ceyleran viendrait dès son retour de Saint-Lazare trouver Lautrec à son atelier pour lui dire ce qu'il aurait appris de sa visite à Nanette.

31

Le docteur Tapié de Ceyleran, escorté de son collègue, traversa la cour où les détenues – robe bleue et fichu à carreaux bleus et blancs pour les condamnées, robe grise et bonnet noir pour les prostituées – faisaient leur promenade sous la surveillance des sœurs de l'ordre de Marie-Joseph.

Après avoir arpenté de longs couloirs, ils pénétrèrent enfin dans la salle de consultation de l'hôpital.

Le docteur Tapié se tenait le plus à l'écart possible du lit d'examen, plus gêné que dégoûté par le spectacle humiliant de ces filles écartelées. Il entendait les gémissements des plus jeunes, encore peu aguerries, et les ricanements ou les jurons obscènes des femmes que sa présence ne troublait guère.

Puis ils se rendirent dans le dortoir où se trouvaient les malades trop faibles pour se rendre à la visite. Un remugle indéfinissable, mélange de relents de soupe, de draps souillés, de pharmacie, montait de la grande salle où, de part et d'autre, étaient alignés des lits que n'isolait aucun rideau, sauf quand son occupante était sur le point de mourir et qu'on voulait épargner le spectacle de son agonie à ses voisines.

Deux religieuses, une assez jeune et l'autre beaucoup plus âgée, administraient les médicaments, injections d'huile grise ou d'iodure de potassium, redressaient les oreillers, tout cela sans parler ni esquisser le moindre sourire : cela leur était formellement interdit par le règlement de la prison, comme si la charité devait se borner aux gestes médicaux et exclure tout signe d'humanité et de pitié pour ces réprouvées.

Tandis que son confrère passait en revue toutes les malades, examinant la pancarte sanitaire fixée au pied de leur lit, écoutant le rapport des religieuses, disant quelques mots aux femmes allongées quand elles ne dormaient pas, le docteur Tapié se rendit directement au fond de la salle où se trouvait Nanette.

Cette nouvelle silhouette avait éveillé l'attention des filles, et des voix faibles ou gouailleuses l'interpellèrent au passage.

— Docteur, docteur, quand c'est que je sors ?

— Dites, monsieur le médecin, je vais mieux, pas vrai ? Vous me laisserez partir ?

— Docteur, vous auriez pas une petite goutte ? J'ai soif !

Et d'autres invites plus précises, que les religieuses semblaient ne pas entendre, habituées au réflexe professionnel de ces femmes, qui les conduisait à racoler même au bord de l'agonie.

Nanette somnolait, livide, les traits creusés, allongée dans la chemise de grosse toile jaunie qui était l'uniforme de tous ces corps en souffrance. Elle ouvrit les yeux en entendant des pas se rapprocher de son lit. Elle guettait avec angoisse la venue d'un envoyé de Mireille, sachant que celle-ci n'aurait pas la permission de visite, et elle s'accrochait à ce qui lui restait d'énergie pour tenir jusqu'à son arrivée.

Le médecin s'assit au chevet de Nanette et lui dit tout bas :

— C'est Mireille qui m'envoie. Je suis le cousin de son ami le peintre.

Nanette sourit. Sa voix était faible, mais ses yeux brillaient au souvenir d'autrefois.

— Ah ! M. Lautrec ! Il se souvient donc de moi ? C'est un homme bon ! Il a su, pour Rosa ?

— Oui, naturellement, Nanette. Tout le monde a eu beaucoup de peine.

— Et dites-moi, la police, elle a trouvé qui l'a tuée ?

— Non, pas encore. Mais c'est pour cela, je pense, que vous avez demandé qu'on vienne vous voir ? Si vous savez quelque chose, vous pouvez me le dire en toute confiance, je le ferai rapporter à Mireille, par mon cousin. C'est à propos de la mort de Rosa ?

Nanette se mit à pleurer, doucement.

— Oui. C'était mon amie, voyez-vous. Elle me logeait, me soignait quand elle rentrait du travail, sans un reproche. Et je l'ai vue mourir, sur le trottoir, avec ses grands yeux qui me fixaient, sa robe pleine de sang... Elle a essayé de me dire quelque chose, un nom, mais je n'ai pas bien compris, avec tous ces gens autour de nous, et j'ai beau chercher, ça ne me revient plus...

— Ce n'était pas le nom de son souteneur ? Marcel, je crois ?

— Elle a prononcé son nom, mais aussi un autre, mais j'étais si effrayée, et je n'ai pas eu le temps de lui faire répéter, elle est morte tout de suite.

La malade avait du mal à parler. Elle fut saisie d'une quinte de toux. Elle étouffait. La religieuse, qui s'était rapprochée, dit tout bas au médecin qu'à la syphilis en phase terminale qui la consumait s'était ajoutée une pneumonie qui l'emporterait bientôt.

— Ne la fatiguez pas trop !

Mais Nanette tenait à continuer.

— Rosa a indiqué à Marcel un joli coup à faire. Un micheton qui partait en voyage. De la belle marchandise. Ça, pour le vol, elle était d'accord, et elle aurait eu sa part. Mais pour le reste, non, elle n'a pas voulu !

— Le reste ?

— La petite bonne ! Elle n'aurait pas dû se trouver là. Alors ils l'ont emmenée parce qu'elle les a vus. Une gosse ! Elle s'est débattue, qu'il paraît, elle a juré qu'elle ne dirait rien. Marcel était d'accord pour la laisser, mais pas les autres. Quand Rosa l'a su, le lendemain, elle était folle, pensez, c'était la sœur de sa meilleure amie, elle l'a compris en lisant le nom le lendemain dans le journal. Et tout cela à cause d'elle, parce qu'elle avait donné l'adresse de l'hôtel particulier à son mac ! Alors elle a eu une grosse dispute avec Marcel, même qu'il l'a cognée. Elle voulait qu'il lui dise ce qu'ils avaient fait de la gamine.

— Ils ne l'ont pas tuée ?

— Rosa n'a pas pu savoir, mais elle pensait que non. Marcel prétendait qu'il était parti après le cambriolage parce qu'il ne voulait pas se mêler d'une affaire comme ça. Alors elle lui a dit que s'il n'allait pas trouver ses complices pour qu'ils relâchent la petite, c'est elle qui irait tout dire à la police.

— Elle y serait vraiment allée ?

— Sûrement. Rosa, c'était une brave fille, elle voulait réparer le mal qu'elle avait fait. Elle allait trouver Mireille, rue des Moulins, et tout lui dire. C'est sans doute pour ça qu'on l'a tuée. Pour qu'elle ne parle pas. Alors j'ai écrit à Mireille. Pour qu'elle sache, et qu'elle puisse retrouver Louise.

— Mais alors, pourquoi ne vouliez-vous pas qu'on avertisse la police ?

— J'avais peur que se sentant poursuivis, ils la tuent. Rosa pensait qu'ils s'en étaient débarrassés en la refilant à quelqu'un pour l'entôler. Une jeunette comme ça, et pucelle encore, ça vaut de l'or ! Elle devait justement essayer, ce soir-là, de faire dire à Marcel à qui il l'avait refilée, ou vendue, c'est plutôt son genre ! C'est peut-être ce nom, qu'elle a essayé de me dire, en mourant. Je n'arrive plus à m'en souvenir.

Nanette se tut. Elle retomba sur ses oreillers, épuisée, et sembla chercher, la respiration sifflante, au fond de sa mémoire.

La plus jeune des deux religieuses s'approcha et dit :

— Docteur, je crois qu'il faut la laisser se reposer, maintenant.

— Je m'en vais, ma sœur.

Le médecin caressa doucement le front de la malade.

— Reposez-vous, Nanette. Votre commission sera faite, je vous promets. Si le nom vous revient, ou si vous vous souvenez d'un autre détail, écrivez un mot à Mireille, je reviendrai.

Il laissa à la nonne l'adresse de Toulouse-Lautrec pour qu'il soit prévenu quand l'état de Nanette s'aggraverait. La religieuse promit, il la remercia, laissa une généreuse aumône pour les œuvres de l'hôpital, et une petite bourse, pour que sœur Ursule – c'était son nom – améliorât en secret de quelques douceurs les derniers jours de la pauvre Nanette.

32

Le commissaire de Saint-Maur ne tarda pas à téléphoner à ses collègues le nom des propriétaires des trois pavillons qui semblaient avoir récemment reçu de la visite.

Il avait même pu, après enquête, éliminer la grande villa en meulière. Elle appartenait à un industriel de Melun qui, ayant perdu sa mère cet automne, était venu y entreposer les meubles dont il avait hérité. C'est le fourgon de ses déménageurs qui avait laissé les traces menant jusqu'à la maison.

Restaient les deux autres.

La maison basse dans le jardin de laquelle on apercevait un hangar à bateaux était au nom d'un certain Louis Galantin, propriétaire d'une quincaillerie porte de Vincennes dont il donna l'adresse. Il venait chaque dimanche, dès les premiers beaux jours, canoter et taquiner le goujon avec des amis.

L'autre pavillon était vide depuis trois ans. Il appartenait à une veuve, Mme Agathe Théron, professeur de piano à la retraite, qui habitait à Paris, avenue Daumesnil. Trop âgée pour y vivre seule, ses enfants étant partis vivre dans le Midi, elle l'avait mis en vente, mais le mauvais état de la maison, qui nécessitait d'importants travaux, et les prétentions exagérées de la propriétaire décourageaient les acheteurs. Peut-être les traces de pas avaient-elles été faites par l'un d'entre eux, accompagné d'un marchand de biens à qui la vente avait été confiée. Mais aucun panneau ne permettait de savoir de quelle agence il s'agissait.

Par ailleurs, il n'était pas impossible que, sachant le pavillon inhabité depuis longtemps, des voleurs l'utilisent comme entrepôt temporaire : la période d'hiver, peu propice aux visites, réduisait les risques que leur marchandise fût découverte.

Berflaut, Santier et les deux policiers du commissariat du 17e, les inspecteurs Melvoux et Prichard, obtinrent du juge Maubécourt le feu vert pour perquisitionner dans les pavillons suspects. Il fallait faire vite, la vie d'une jeune fille était peut-être en jeu. Aussi tous les quatre viendraient-ils armés, au cas où les malfaiteurs s'y cacheraient.

Le lendemain matin, les policiers montèrent dans le fiacre, accompagnés du serrurier des Batignolles auquel ils avaient habituellement recours.

Arrivés sur la rue bordant la Marne, ils constatèrent que le redoux avait presque effacé les traces de roues et de pas.

— Par lequel commençons-nous ? demanda l'inspecteur Melvoux, un homme robuste, la cinquantaine, qui boitait légèrement à la suite d'une balle reçue lors d'une arrestation mouvementée.

— La maison au hangar. Ce serait une planque commode. Après tout, ce Louis Galantin, sous sa façade de commerçant, a peut-être d'autres activités.

Ils se rallièrent à la suggestion de Santier. Une fois le verrou de la grille ouvert, ils pénétrèrent dans le jardinet presque tout entier mangé par le hangar du fond, accolé à la maison et dont la serrure ne résista guère.

Deux canots retournés coque en l'air étaient posés contre un mur, l'un devant l'autre, sans doute pour être repeints, à en croire les outils préparés sur l'étagère qui les dominait : brosses métalliques, papier de verre, peinture et pinceaux.

Le reste du hangar contenait du matériel de jardin : chaises longues, parasol, un jeu de tonneau. Des cannes à pêche étaient rangées dans un coin, ainsi que quelques paniers et des seaux. Les tiroirs d'un petit buffet de bois blanc renfermaient toute une série de lignes et d'hameçons. Par terre, à côté, une ancre, une bouée, des cordages soigneusement roulés.

Bref, il s'agissait apparemment du local d'un amateur de pêche, et non de celui d'une bande de voleurs.

Restait à visiter la petite maison basse. La porte d'entrée était fermée de trois verrous, et, au moment où le serrurier sortit son passe-partout, le jeune inspecteur Prichard, qui faisait le tour de la petite bâtisse, les appela.

— Venez plutôt par ici, c'est plus facile !

Sur le flanc droit, il montra une véranda montée sur pilotis, par les vitres de laquelle on apercevait un salon de rotin. La porte n'avait qu'une serrure et s'ouvrit facilement.

Malgré l'odeur de renfermé, normale pour une maison inhabitée tout l'hiver, la pièce était en ordre. Un phonographe à cylindre dressait son pavillon de cuivre sur la commode. Dans le buffet, des bouteilles d'apéritif entamées et des verres.

Trois revues de pêche sur une table basse, quelques vieux journaux illustrés, et un catalogue de la manufacture d'armes de Saint-Étienne. Au mur, un calendrier des PTT et deux chromos de scènes de pêche. Le maître de maison avait des intérêts précis, et limités.

Le reste du pavillon était tout aussi banal : cuisine minuscule, salle à manger et petit salon, chambre au grand lit de cuivre, recouvert d'une courte-pointe à fleurs, assortie au papier peint que l'humidité avait décollé par endroits.

Pas de grenier, mais dans la cuisine, une petite trappe donnant sous le toit. Prichard, le plus grand des quatre, l'ouvrit en grimpant sur la table. Il éternua violemment en libérant un nuage de poussière, et des toiles d'araignées se plaquèrent sur son visage. Il éclaira ces combles avec la lampe torche que lui avait tendue un collègue, et redescendit.

— C'est vide.

Ils allaient ressortir par la véranda, pour tenter leur chance dans l'autre pavillon, quand, au passage, Berflaut jeta un dernier regard sur la pièce. En passant devant la table basse, il se pencha, saisit le journal qui était au-dessus de la pile, et se redressa soudain.

Il avait en main un numéro du *Petit Journal illustré* du 7 janvier 1895.

Dans cette maison inhabitée de l'innocent amateur de pêche se trouvait un journal de la semaine précédente ! Et sur la couverture, le dessin en couleurs du meurtre de Rosa la Rouge.

33

— Ce n'est peut-être qu'une coïncidence, fit remarquer l'inspecteur Prichard. Les traces de pas montrent qu'on est entré il y a peu de temps dans la maison. La présence d'un journal récent ne fait que le confirmer, c'est tout.

— D'accord. Mais que ce soit justement celui qui relate l'assassinat de Rosa la Rouge est assez troublant, rétorqua Santier.

— Notre pêcheur s'intéresse peut-être aux faits divers sanglants ! Il y a des amateurs pour ça.

Ils décidèrent tout de même de refaire le tour de la maison au cas où quelque cache leur aurait échappé. Après avoir vérifié qu'il n'y avait ni double-fond dans le placard d'entrée, rempli de vêtements et de valises vides, ni de descente de cave, ils quittèrent le pavillon, et le serrurier referma la porte de la véranda afin que rien ne trahît leur visite. Ils n'espéraient plus retrouver ici le butin et la trace des ravisseurs de la petite Louise.

— Attendez !

Les autres policiers quittaient déjà les lieux quand ils aperçurent leur collègue accroupi dans le hangar à côté des canots retournés.

— Regardez ça !

Il montrait sur le sol des traces de pas laissées par des chaussures humides et qui menaient vers les embarcations.

Le premier canot était en excellent état et n'attendait qu'un passage à la toile émeri, et une couche de peinture.

En revanche, celui qui se trouvait derrière lui, contre le mur, était dans un état lamentable : posé à l'envers sur le sol, il laissait voir les planches disjointes et pourries de sa coque. Il aurait fallu des heures de menuiserie et de calfatage, sans être sûr qu'il ne coulerait pas immédiatement après avoir été mis à l'eau. À quoi bon conserver une telle ruine ? À moins que...

Après avoir déplacé le premier canot pour pouvoir accéder au second, les policiers se placèrent aux deux extrémités, le soulevèrent, et découvrirent une trappe de métal au sol.

Il ne fallut qu'un coup de levier au serrurier pour l'ouvrir. Ils aperçurent alors une fosse profonde de cinquante centimètres environ, et large d'autant. Dans la fosse, deux sacs de toile goudronnée qu'ils remontèrent à la surface.

L'un d'entre eux contenait plusieurs tableaux enveloppés dans du papier journal. Melvoux sortit de sa poche une feuille : c'était l'inventaire des objets volés dans l'hôtel particulier des Jolié-Pastre.

— C'est bien ça. Le Degas et le Monet.

Ils trouvèrent les bronzes et l'argenterie dans l'autre sac. En revanche, les bijoux n'y étaient pas. Sans doute plus faciles à cacher ailleurs, à moins qu'ils n'aient finalement été écoulés chez un autre receleur.

Les policiers chargèrent les sacs dans la calèche, avant d'aller arrêter Louis Galantin. Il faudrait bien qu'il parle. C'était le sort de la petite Louise qui était en jeu, et lui seul pouvait dire ce qu'elle était devenue.

Il faisait presque nuit quand ils arrivèrent porte de Vincennes. Ils se garèrent un peu avant la quincaillerie, dont le rideau de fer était baissé. Mais de la lumière filtrait sous la porte, et les fenêtres de l'appartement au premier étaient éclairées.

Berflaut tambourina violemment le rideau de fer.

— Ouvrez ! Police !

Un bruit de pas se rapprocha. Le rideau de fer se leva lentement, découvrant la silhouette en contre-jour d'un homme assez petit.

— Vous êtes bien Louis Galantin ?

— Oui, et alors ?

Sans répondre, les policiers le repoussèrent et entrèrent dans la boutique, tandis que Melvoux, resté sur le trottoir avec le serrurier et le cocher, gardait l'issue.

Louis Galantin était chauve, et d'une maigreur extrême, sous sa blouse grise. Il recula et s'appuya à son comptoir.

— En voilà une heure pour les visites ! Qu'est-ce que vous me voulez, à la fin ? Je n'ai rien fait !

Il suffit à Berflaut de quelques mots pour mettre un terme à ses protestations. L'homme comprit que sa cache était découverte et devait se demander comment. Mais il se taisait.

— Qui sont tes complices ?

— Je ne sais pas de quoi vous parlez. Je vis seul ici.

— Où est Marcel Jargot ?

— Qui ? Connais pas !

— Et la petite bonne, tu ne connais pas non plus ?

— Quelle petite bonne ?

L'homme devint blême. On lisait la frayeur dans ses yeux d'un bleu délavé.

— Tu t'expliqueras au dépôt. Ferme ta boutique, on t'embarque.

— Laissez-moi prendre un manteau, là-haut !

Berflaut le suivit au premier, et inspecta les deux pièces : elles étaient vides. Sur le gaz, on réchauffait un plat. Un seul couvert était mis. Marcel Jargot n'était pas là, de toute évidence. Ni Louise, hélas. Puisqu'elle n'était pas séquestrée chez lui, les policiers craignaient maintenant le pire, et ils ne lui laisseraient aucun répit tant qu'il n'aurait pas avoué ce qu'il avait fait de la jeune fille.

Après avoir éteint le gaz, Louis Galantin enfila son manteau et se laissa mettre les menottes sans mot dire. Ils quittèrent la boutique dont ils refermèrent le rideau de fer et s'embarquèrent dans la calèche qui prit le chemin du commissariat du 17e.

34

Apparemment, Louis Galantin avait changé d'avis en cours de route, car, à peine assis dans le bureau du commissaire, il se mit à parler.

Il ne voulait pas endosser seul la responsabilité du vol et surtout, bien qu'il évitât soigneusement d'y faire allusion le premier, celle de la disparition de Louise. Il ne se fit donc pas prier pour donner les adresses de ses complices, dont Marcel, qui se cachait à Aubervilliers chez un cousin.

En revanche, à chaque question concernant la petite bonne, il s'obstinait à prétendre qu'elle s'était sauvée en les voyant arriver et qu'ils n'avaient pas cherché à la rattraper. Ils n'avaient pas le temps.

— Pourquoi est-ce que je mentirais ? Elle a filé comme une anguille. Qu'est-ce que vous voulez que j'en fasse, de cette gosse ?

— Supprimer un témoin, simplement, dit le commissaire.

Galantin bondit sur son siège.

— Attention, monsieur le commissaire ! Vous allez trop loin ! Le vol, d'accord, mais tuer une gamine ! J'ai des enfants, et...

— Ça suffit, Galantin. Ne nous joue pas la comédie ! Si ce que tu dis est vrai, on l'aurait retrouvée depuis longtemps. Une jeune fille pieds nus en chemise de nuit dans Paris, ça ne reste pas inaperçu ! Allons, inutile de nous faire perdre du temps, dis-nous la vérité. On en tiendra compte, je te le promets, si du moins tu n'as rien fait de grave. Qu'avez-vous fait, toi et ta bande, de la petite bonne ?

— Puisque je vous dis que je n'en sais rien !

Les policiers avaient la conviction que l'homme mentait.

Ils cherchèrent un autre angle d'attaque.

— Et Rosa la Rouge, tu ne sais pas non plus qui l'a tuée ? demanda brutalement Santier.

L'homme eut un imperceptible sursaut, mais se reprit très vite.

— Quel rapport ? C'était une fille à Marcel ! Demandez-lui plutôt ! Ou à l'Éventreur, si vous êtes capables de l'arrêter !

Manifestement, l'insolence était pour lui un moyen de masquer sa gêne grandissante. Berflaut, saisi d'une rage froide, ne pouvait s'empêcher de regretter les moyens dont disposaient autrefois ses précurseurs, au temps des geôles. Son esprit était traversé, face à ce petit homme aux yeux pâles et fuyants, d'images de chevalets de torture, de brodequins, de garrots... Il serra les poings, pensant que chaque heure perdue diminuait les chances de retrouver la jeune fille vivante.

Galantin enfermé dans une cellule pour y passer la nuit, les policiers mirent au point leurs actions pour le lendemain. Ils se partageraient l'arrestation de Marcel et des autres complices. C'est en les amenant à se couper dans leurs dépositions qu'ils réussiraient peut-être à savoir la vérité. Mais ne serait-il pas trop tard ?

En ce qui concernait Rosa la Rouge, elle pouvait avoir été assassinée par Louis Galantin ou quelqu'un de sa bande, mais on voyait mal pourquoi. C'est elle qui leur avait indiqué le coup, elle ne pouvait les dénoncer sans se compromettre elle-même. Ou bien, c'était plus plausible, son meurtrier était Marcel Jargot, qui aurait voulu la punir de le quitter pour refaire sa vie à l'étranger.

Il leur manquait encore la pièce du puzzle qui leur permettrait de comprendre le lien existant entre les deux affaires.

35

Dès que son cousin Tapié de Ceyleran lui fit son rapport après sa visite à Nanette, Toulouse-Lautrec se précipita rue des Moulins pour en informer Mireille.

Madame le reçut dans le petit salon, en lui demandant de patienter : elle avait conseillé à Mireille de « reprendre le travail », une façon de s'occuper et de se distraire de son angoisse.

Prévenue par la sous-maîtresse, la jeune femme apparut après le départ de son client par un des deux escaliers qui évitaient aux visiteurs de se croiser en chemin.

— Alors, monsieur le Comte, Nanette ? Qu'est-ce qu'elle a dit ?

— Louise a bien été enlevée, mais les voleurs ont voulu se débarrasser d'elle...

À ce mot maladroit qu'il regretta aussitôt, Mireille poussa un cri. Il fallait qu'il se rattrape.

— Attends, Mireille ! Laisse-moi finir ! Rosa a dit à Nanette qu'ils l'avaient confiée à quelqu'un qui devait la garder jusqu'à ce que l'affaire soit classée. C'est ça qu'elle devait venir te dire le lendemain du jour où elle a été tuée.

Le peintre s'admira de broder de la sorte pour

qu'elle ne pensât pas qu'on avait peut-être réduit sa sœur au silence.

— Mais alors, Nanette sait où elle a été emmenée ?

— Hélas non ! Rosa a bien essayé de parler, mais elle était en train de mourir, sa voix était faible et Nanette n'a pas bien compris.

Mireille éclata en sanglots.

— Alors, c'est fichu !

— Mais non ! Elle cherche à se souvenir, ça peut très bien lui revenir d'un moment à l'autre, et elle nous préviendra. Mais en attendant il faut aller voir la police.

— Mais elle a dit...

— Crois-moi, Mireille. Si tu veux revoir ta sœur très vite, c'est le seul moyen. Comment veux-tu que nous la cherchions, sans la moindre piste ? Eux, ils ont des indicateurs, des moyens pour faire parler la bande quand ils auront mis la main dessus, ce qui ne va pas tarder. Mais il faut qu'ils sachent ce que nous avons appris au sujet de Rosa : elle a été tuée parce qu'elle savait où on avait emmené Louise et elle allait te le dire. Ses assassins sont ceux qui retiennent ta sœur. Donc demain je viendrai te chercher et nous irons ensemble au commissariat rue Caulaincourt. L'inspecteur chargé de l'enquête est mon ami.

— Mais, Madame ?

— Ne t'inquiète pas, j'en fais mon affaire.

Mireille le regarda avec reconnaissance.

— Monsieur le Comte, ce soir, c'est avec vous... enfin je préférerais.

152

— Si tu veux, Mireille. Mais tu n'es pas obligée, tu sais.

— Je sais, monsieur le Comte, mais c'est de bon cœur.

Depuis le coin du petit salon où elle avait assisté à l'entretien, Madame, à qui Lautrec avait discrètement réglé sa soirée et la journée du lendemain de Mireille, regarda avec un sourire le curieux couple que formaient cette belle fille et le petit homme claudicant qui disparut dans l'escalier.

Le juge d'instruction Maubécourt, saisi par téléphone, délivra au commissaire du 17e le mandat d'incarcération de Louis Galantin, suspecté de complicité de vol et d'enlèvement de mineure. L'homme fut immédiatement transféré au dépôt en attendant d'y être rejoint par le reste de la bande dont l'arrestation n'était sans doute plus qu'une question d'heures.

Tandis que leurs collègues se chargeaient d'aller interpeller les deux autres complices de Louis Galantin, Berflaut et Santier partirent dès sept heures pour Aubervilliers afin de surprendre Marcel Jargot au domicile de son cousin.

Une fois sous les verrous, on ne leur laisserait aucun répit jusqu'à ce qu'ils avouent ce qu'ils avaient fait de la petite bonne.

Les policiers avaient lu, sans plaisir, les gros titres de la presse, parue trop tôt ce matin pour avoir été informée de l'arrestation de Galantin. Les journaux se demandaient pourquoi la police n'avait pas encore réussi à mettre la main sur les malfaiteurs, et ne se privaient pas de préparer leurs lecteurs à l'annonce de la découverte du corps de la petite Louise.

Berflaut continuait, de son côté, à se demander si Rosa la Rouge, instigatrice du cambriolage, avait été tuée par les malfaiteurs, ou par son souteneur. La réponse allait lui être apportée d'une façon tout à fait inattendue...

36

En fin de matinée, deux visiteurs se présentèrent au commissariat de la rue Caulaincourt.

— Commissaire, annonça le planton, il y a M. de Toulouse-Lautrec, avec une dame, qui demande à être reçu.

— Faites-les entrer.

Le commissaire connaissait le peintre, et le savait ami de l'inspecteur Berflaut. Mais qui était cette jeune femme qui l'accompagnait ? Une danseuse ? Elle semblait plutôt une de ces petites ouvrières, qui, savait-il, posaient parfois pour lui. Elle était très pâle, gênée manifestement de se trouver là.

— Bonjour, monsieur le Comte. Mademoiselle... veuillez vous asseoir.

— Monsieur le commissaire, mademoiselle, que voici, est la sœur de la jeune fille disparue au cours d'un cambriolage boulevard de Courcelles. Si nous venons vous voir vous, et non votre collègue du 17e, c'est parce que l'affaire concerne également, bien qu'indirectement, l'assassinat de Rosa la Rouge.

Lepard ressentit d'abord de la déception. On allait lui dire ce qu'il savait déjà, que Rosa avait indiqué à son souteneur le coup à faire. Cependant il posa la question attendue.

— Comment cela ?

— Une prostituée, amie de Rosa, a entendu ses confidences, juste avant qu'elle soit tuée. Elle s'appelle Nanette, elle est maintenant à Saint-Lazare, très malade. Elle a envoyé un message à Mlle Mireille, un de mes modèles – son amie apprécia qu'il ne fît pas mention de son véritable métier – pour lui révéler quelque chose d'important au sujet de l'enlèvement de sa sœur. Comme Mireille n'aurait pas eu droit de visite, ni moi d'ailleurs, j'ai envoyé là-bas mon cousin médecin pour qu'il écoute ce qu'elle avait à dire.

— Pourquoi n'avez-vous pas immédiatement prévenu la police ?

— Parce que Nanette avait peur de mettre en danger la jeune fille. Mais nous pensons, nous, qu'il ne faut pas perdre de temps pour la retrouver.

Bref, expliqua le peintre, Rosa aurait été tuée parce qu'elle avait découvert l'enlèvement d'une innocente et, se sentant responsable, elle menaçait de tout révéler. Par un regard appuyé, le peintre fit comprendre à Lepard qu'il valait mieux ne pas évoquer devant sa compagne ce que la situation avait de critique pour sa jeune sœur. Il était persuadé, comme le policier, qu'il ne restait qu'une infime possibilité que Lousie fût encore en vie. Si ces hommes avaient tué Rosa pour qu'elle ne parlât pas, c'est qu'ils avaient sans doute déjà commis l'irréparable.

Lepard comprit le message.

— Soyez sûre, mademoiselle, que vous avez bien fait de nous avertir. Je vous promets que nous allons lancer les recherches pour retrouver votre sœur. Mon collègue du commissariat du 17e m'a transmis son signalement. Laissez-moi votre adresse au cas où nous aurions à vous joindre.

Mireille hésita et regarda Toulouse-Lautrec. Il fallait bien avouer.

— Mademoiselle habite rue des Moulins, numéro 6. Ceci entre nous, commissaire. Sa petite sœur ne le sait pas, ni ses patrons.

— Ne vous inquiétez pas.

Le commissaire Lepard, qui connaissait bien cette adresse, se retint pour ne pas laisser paraître son étonnement devant cette jeune femme à la mise si discrète, non fardée, d'allure élégante, en qui il n'aurait jamais reconnu une fille de maison close.

Ses visiteurs partis, il réfléchit longuement aux perspectives que la récente nouvelle ouvrait sur leur enquête. Il en informerait Berflaut et Santier à leur retour d'Aubervilliers, en espérant qu'ils auraient débusqué Jargot.

Les inspecteurs arrivèrent peu de temps après et racontèrent l'arrestation du souteneur qu'ils avaient localisé grâce à l'aveu de son complice. Il passerait la nuit au dépôt avant d'être présenté le lendemain au juge d'instruction.

Berflaut, apprenant le mobile de l'assassinat de Rosa, mesura l'urgence qu'il y avait à retrouver la jeune Louise. Car rien n'interdisait de penser que si les assassins n'avaient pas hésité à tuer un témoin, ils pouvaient très bien avoir supprimé l'autre. L'espoir que Nanette, du fond de son lit d'hôpital, retrouve sa mémoire était bien mince. Il était à craindre qu'elle mourrait sans avoir retrouvé le nom de l'assassin que lui avait soufflé Rosa, agonisante. Leur dernier atout était l'interrogatoire de Jargot.

37

À midi, toute la bande était sous les verrous.
Tandis que les deux complices de Louis Galantin
avaient été conduits directement au dépôt, le juge
d'instruction Maubécourt entreprit l'interrogatoire
de Marcel Jargot en présence de Berflaut.

Le souteneur avait le physique de l'emploi.
C'était, dans son genre, un assez bel homme, les
yeux noirs, le poil brun, des rouflaquettes d'apache,
des mains blanches et soignées que le travail n'avait
sans doute jamais abîmées. Il regarda avec un air
de provocation le magistrat, et allait ouvrir la
bouche pour protester de cette arrestation injus-
tifiée. Mais un regard glacial du magistrat l'arrêta
net.

Le secrétaire s'installa à la machine à écrire pour
consigner le procès-verbal de l'interrogatoire.
Berflaut était assis un peu en retrait derrière le souteneur.

Le juge attaqua immédiatement sur l'affaire du
boulevard de Courcelles, à la surprise évidente de
Jargot. Il devait s'attendre à être interrogé sur le
meurtre de Rosa la Rouge.

Après avoir d'abord nié farouchement tout lien

avec la bande de Galantin, il dut se rendre à l'évidence : quelqu'un avait parlé, et ce quelqu'un ne pouvait-être que Galantin lui-même.

Le juge se garda bien de faire état du témoignage de Nanette ; il gardait cet atout pour plus tard.

— C'est vous qui leur avez indiqué le coup, n'est-ce pas ?

— Moi ! Quel coup ? Qui vous a dit ça ?

— Vous nous faites perdre notre temps et vous aggravez votre cas. Si vous voulez le savoir, ce sont vos complices qui vous ont donné.

Berflaut fit rasseoir d'une poussée brutale l'homme qui s'était levé, rouge de rage :

— Ah ! Il vous l'a dit ! Et pour Rosa, il vous a rien dit, bien sûr ! Demandez-lui un peu ce qu'ils lui ont fait, à Rosa !

Le greffier enregistrait, impassible. Diviser pour régner avait toujours été une méthode efficace. Même dans le milieu, la loi du silence n'y résistait pas. Après tout, il fallait sauver sa peau.

— Rosa ? Parlons-en, justement ! intervint Berflaut. Tu as disparu le lendemain du crime. Pourquoi ?

— Je savais bien que c'est moi qu'on accuserait. Mais ce n'est pas moi ! Je l'aimais bien, Rosa !

— Même quand tu la cognais ?

— Oh ! N'exagérez pas, inspecteur ! Une petite bourrade de temps en temps, quand elle m'avait manqué, c'est tout !

— Et le coup de couteau dans le ventre ?

— Puisque je vous dis que c'est pas moi ! C'est Galantin ou un de sa bande !

— Où étais-tu le soir où elle a été tuée ?

Le souteneur répondit vite. Manifestement, il s'était préparé pendant le trajet à cette question.

— J'ai passé la soirée à *La Boule Noire*, puis je suis rentré chez moi, passage de Clichy.

— À quelle heure ?

— Vers une heure du matin, je crois.

— Quelqu'un pourrait en témoigner ?

L'homme ricana.

— Dites, vous êtes jamais allé là-bas ! Avec la foule qui y a, personne voit personne !

— Tu y étais venu seul ? Pas de partenaire pour danser ?

— Voyons, m'sieur l'commissaire ! Y a assez de filles sur place, pas la peine de s'encombrer !

— Donc, tu n'as pas d'alibi ?

— Si, mais vous n'en voulez pas ! Et Galantin, il en a, lui, un alibi ?

— Ça, c'est à nous de le vérifier, dit le juge. Mais dites-nous, pourquoi Galantin aurait-il tué Rosa ?

— Sans doute qu'il ne voulait pas qu'elle parle.

— De quoi ?

— Ben... du cambriolage !

Le souteneur semblait comprendre qu'il s'enlisait, et qu'on allait bientôt lui parler d'autre chose.

— Le cambriolage ? Mais c'est elle qui a donné le coup ! Elle était complice, et n'avait donc pas intérêt à vous dénoncer, elle tombait avec vous ! dit le juge.

Il commençait à s'échauffer de cette série d'échappatoires.

— J'en sais rien, demandez-lui, à Galantin ! Si je le tenais, celui-là ! Rosa, elle ne méritait pas ça ! En plus, c'était ma meilleure gagneuse ! Vous allez le faire payer, j'espère !

Sur cette touchante oraison funèbre, il se mit à baisser la tête, sortit son mouchoir, tamponna ses yeux dont il n'arrivait pas à tirer une larme, jouant ce moment d'émotion pour essayer de détourner l'inévitable.

— Allons, Jargot, vous savez bien de quoi elle allait parler ! De l'enlèvement de la petite bonne ! Quand Rosa a appris ce que vous en avez fait...

Le souteneur devint blême.

— L'enlèvement ? Je n'y suis pour rien ! Je n'étais pas là-bas, moi !

— Il faudra le prouver ! Comment l'avez-vous su, alors ?

— Comme tout le monde, dans le journal !

— C'est faux ! s'écria Berflaut. Nous savons que tu as revu Galantin tout de suite après le coup, et que tu as raconté à Rosa ce que vous aviez fait de la petite Louise.

Marcel Jargot commençait à suer. Il se demandait jusqu'à quel point les policiers étaient renseignés, et par qui. Devait-il maintenir sa version, ou avouer ? Il choisit la première solution.

— Croyez-moi, monsieur le juge, j'ignorais tout de cet enlèvement. Peut-être qu'elle s'est sauvée, la petite bonne, après tout ! Qu'est-ce que vous voulez qu'ils en fassent ?

Le magistrat, excédé, se leva, fit le tour de son bureau, saisit Jargot par les revers de sa veste. Imitant Berflaut, il passa sans s'en rendre compte au tutoiement.

— Ça suffit ! Quand tu as parlé à Rosa de l'enlèvement, les journaux n'étaient pas encore parus ! Alors arrête tes bobards et dis-nous, et très vite, où est la petite Louise. Tu le sais. Si tu te tais, ça risque de te coûter cher. Que tu aies été là-bas ou non, ce sera pareil pour toi : complicité d'enlèvement, et de meurtre peut-être.

— Je vous dis que j'ai juste indiqué le coup ! Ce qui s'est passé après, je vous le répète, je n'y suis pour rien !

Le policier et le juge se regardèrent. Ils n'en tireraient rien de plus pour le moment. Mauvais signe : Jargot ne se compromettrait pas de la sorte si l'enjeu n'était pas grave. Son silence obstiné laissait craindre qu'il dissimulât quelque chose de terrible, et la petite Louise risquait de n'être jamais retrouvée vivante.

Le juge Maubécourt fit ramener le souteneur au dépôt, jusqu'au lendemain matin, en espérant que la nuit lui permettrait de réfléchir et qu'il se déciderait à parler.

38

Toulouse-Lautrec trouva dans son courrier une lettre de la Goulue. Elle lui rappelait la promesse qu'il lui avait faite de peindre les panneaux de sa baraque pour la Foire du Trône, et le priait de passer chez elle dès que possible.

Ce rappel tombait à point pour Lautrec qui, préférant épargner pour le moment à Mireille des séances de pose, avait dû laisser en plan le grand tableau *Au Salon*. Comme il avait du temps devant lui, il se souvint de la Goulue. Il avait pitié de la danseuse, réduite à se produire dans les foires. C'est pour cela qu'il avait décidé de l'aider.

Louise Weber habitait à deux pas, rue Lepic, un petit pavillon avec une courette sur le devant, mal entretenue. Lorsqu'elle ouvrit sa porte à celui qu'elle appelait son « petit bonhomme touffu », et qu'elle le fit entrer dans une petite pièce qui sentait le graillon, Lautrec eut du mal à cacher sa surprise : la Goulue avait tellement vieilli en si peu de temps ! Les traits étaient empâtés, la blondeur des cheveux ternie, la silhouette alourdie. Elle ne serait sûrement plus capable de lancer ce fameux coup de pied à la lune, ni de retomber en grand écart à la fin du cancan, avec son célèbre petit cri de triomphe.

Tout cela, elle le lut dans le regard du peintre.

— Eh oui, mon pauvre ami ! J'ai bien changé, tu vois ! Fini pour moi, le cancan ! Mais mes jambes sont encore lestes. Je danserai autre chose, une danse orientale, par exemple. C'est à la mode.

— La danse du ventre ?

— Non, pas vraiment. Disons, un peu dans le genre, mais à ma façon. Je te montrerai. C'est cela qu'il faudrait que tu peignes, sur un panneau. On l'appellerait *La Danse mauresque*. L'autre, ce serait *La Danse au Moulin-Rouge*, parce que le Moulin-Rouge, ce sera toujours la Goulue, pas vrai ?

Elle hésita un peu, gênée.

— Pour le prix... tu sais, je ne suis pas riche, à présent. J'ai dû acheter la baraque, louer la place, trouver des musiciens. Tout cela coûte cher.

— Ne t'en fais pas, Louise. Cadeau d'ami. En souvenir du bon vieux temps.

La Goulue, émue du geste, se jeta au cou de Lautrec qui chancela sous l'assaut.

— Hé, doucement ! Je n'ai pas envie d'avoir encore une jambe cassée ! Offre-moi plutôt à boire !

Ils s'assirent tous les deux devant leurs verres d'absinthe que la danseuse avait péniblement remplis avec un fond de bouteille. Lautrec regardait sur les murs les photos de la Goulue du temps de sa gloire, en tenue de cancan et quelques autres où elle posait, totalement nue, dans des poses impudiques. De ces photos qui devaient se vendre sous le manteau le soir dans les rues de Montmartre.

165

Ils parlèrent évidemment de l'assassinat de Rosa la Rouge. La Goulue et elle, malgré les dix ans qui les séparaient, en avaient fait des folies ensemble ! De joyeuses parties de campagne dans l'île de Bougival, où, dans la chaleur de l'été et du vin blanc, elles se partageaient leurs amants. Jamais Rosa n'aurait dû se mettre avec Marcel Jargot. On lui avait dit, pourtant, qu'il fricotait avec une bande de monte-en-l'air !

— Tu les connais ?

— Non. Rosa non plus, je crois, elle ne les connaissait pas. Elle voulait rester en dehors de tout ça, d'autant qu'à ce qu'elle m'a dit, il y en avait de dangereux.

— Elle t'en avait parlé récemment ?

— Justement le soir de sa mort, mais très vite, au Moulin-Rouge où j'étais entrée dire bonsoir à Grille d'Égout et à Valentin. Mais je regrette, ça m'a fait mal de revoir tout ça.

Elle s'arrêta un moment, au bord des larmes. Puis :

— Rosa, elle était passée voir si Marcel était là, elle avait l'air bouleversée.

— Tu l'as dit à la police ?

— Non. Personne m'a rien demandé. D'ailleurs je savais rien de plus, sauf qu'elle voulait quitter Marcel et Montmartre, qu'elle avait un engagement je sais pas où, en Amérique, je crois. Il paraît que là-bas les Françaises, et surtout les filles de Montmartre, ont leurs chances. Tu parles ! Elle se rendait pas compte, la pauvre, qu'elle était trop vieille. Du moins pour danser ! Elle allait se faire entôler là-bas, c'est tout ! Moi, j'ai du métier, je sais lever la jambe encore. Pas vrai ?

Lautrec approuva avec gentillesse. Mais il faudrait recourir à sa mémoire pour peindre le panneau l'évoquant dans toute la gloire de sa jeunesse. Quant à la danse orientale, il craignit le pire quand la Goulue lui proposa :

— Tu ne veux pas que je te montre ?

— Plus tard, Louise. Quand je me serai fait livrer les panneaux et que j'aurai commencé. Tu viendras à mon atelier.

La Goulue le remercia encore, mais sa gratitude n'était pas à la hauteur de l'immense cadeau qui lui était fait. Pour elle, Lautrec serait toujours l'infirme à binocle qui faisait ses croquis devant une absinthe, sur une table du Moulin-Rouge, et non le peintre dont la renommée avait dépassé Montmartre et dont les tableaux se vendaient désormais très cher.

« Qu'importe ! se dit-il en reprenant le chemin de la rue Caulaincourt, voilà un travail intéressant, qui me changera les idées en attendant que la pauvre Mireille ait appris quelque chose au sujet de sa petite sœur, et qu'on arrête l'assassin de Rosa la Rouge. »

39

Sorti dès huit heures du matin de sa cellule pour un second interrogatoire, Marcel Jargot faisait triste mine. Blême, les yeux creusés par une nuit sans doute difficile, il s'affala sur la chaise que lui désignait le juge en face de son bureau, tandis que, comme la veille, Berflaut restait un peu en retrait.

Le juge laissa volontairement s'installer un long silence, qui sembla déconcerter le souteneur. Épaules voûtées, il regardait fixement le sol. Il essayait de cacher le tremblement de ses mains.

— Alors, Jargot, tu as réfléchi ? Tu es prêt à parler, j'espère. On est tous persuadés que tu sais quelque chose au sujet de la petite bonne, alors, dis-le vite ! Tu ne lui veux sûrement pas de mal, mais tu sais ce qu'elle risque si tu te tais plus longtemps. Admettons que tu n'aies pas été là-bas le soir du cambriolage ; tu as tout de même forcément appris de Galantin ce qu'il en a fait. D'ailleurs, on nous l'a dit.

Jargot leva la tête :

— Et qui donc ?

— Ah ! tout à coup, ça t'intéresse ! Eh bien, c'est une amie de Rosa, à qui elle s'était confiée.

— C'est des mensonges. La pauvre Rosa disait n'importe quoi, quand elle avait un coup dans le nez. Vous ne croyez tout de même pas que je lui racontais mes affaires ! Je vous dis que je ne sais rien de cette histoire de petite bonne. Interrogez plutôt Galantin !

— Merci du conseil. C'était juste pour te donner une chance. Parce que tu te rends bien compte que pour l'assassinat de Rosa, tu es le suspect numéro un. Elle a prononcé ton nom en mourant.

Berflaut admira le bluff.

Jargot bondit, hors de lui.

— C'est faux ! Elle a jamais pu m'accuser ! Vous dites ça pour m'obliger à avouer, mais ce n'est pas moi !

— Si, elle a prononcé ton nom. Nous avons un témoin.

— C'est un menteur ! Et qui donc c'est, ce témoin ?

— Cela ne te regarde pas, du moins pour le moment. Mais tu l'apprendras toujours assez tôt, au procès. Car tu te rends bien compte de ce qui t'attend ? La guillotine !

Berflaut le relayait pour enfoncer les banderilles :

— Évidemment, au procès on tiendrait compte de ton geste, si la petite Louise était sauvée grâce à toi. Tu sauverais ta tête.

Une lueur d'angoisse traversa le regard du souteneur. Il sembla sur le point de parler, mais il se ravisa.

— Je veux un avocat.

Le juge sentit qu'il n'en dirait pas davantage.

— C'est bon. Nous allons en désigner un. Tant pis pour toi, si tu nous fais perdre du temps et que la jeune fille est tuée. Ce sera ta faute. Vous pouvez le conduire au dépôt, dit-il aux deux gardiens qui attendaient devant la porte.

Jargot eut un léger mouvement d'hésitation, mais il se ravisa et suivit sans protester les policiers.

Berflaut prit congé du juge et se rendit au Quai des Orfèvres pour rendre compte au chef de la Sûreté Goron des deux affaires en cours qui étaient liées, de toute évidence.

En revanche, il serait obligé d'avouer que pour le moment l'enquête sur la petite fille modèle n'avait pas avancé. Il ne craignait pas les reproches de la part de son chef, qui l'avait en trop haute estime pour ignorer combien il s'impliquait dans cette terrible affaire.

Resté seul, le juge d'instruction jeta un coup d'œil sur la presse qu'on venait de lui apporter.

Accusé de trahison, le capitaine Dreyfus, dégradé publiquement dans la cour de l'École militaire, le 5 janvier, allait être transféré les prochains jours à l'île de Ré d'où il serait embarqué pour l'île du Diable.

Mais, dans certains milieux, on commençait à parler de machination et à proclamer l'innocence du condamné. Quel que fût le coupable, l'affaire était un coup pour l'Armée française qui comportait en ses rangs, soit un officier félon, soit un faussaire. Le gouvernement n'aurait plus qu'à espérer que le nom de Dreyfus disparaisse avec lui, au fin fond de la Guyane.

40

C'est vers midi trente que Lebel et son collègue revinrent de leur guet devant l'école de la rue Durantin. Ils venaient enfin d'apercevoir l'homme mystérieux. Une fois les élèves sorties, ils le prirent en filature jusqu'au fond du square Pétrelle. Il pénétra dans un appartement du rez-de-chaussée dont la porte s'ornait d'une plaque de tôle émaillée :

Émile Trocher
Photographe d'art

« Photographe d'art » ! Voilà une dénomination qui pouvait désigner une activité parfaitement légale... ou dissimuler un studio de clichés licencieux qui se vendaient sous le manteau. Ou l'un et l'autre à la fois, selon la demande.

Il fallait procéder avec prudence dans l'enquête de voisinage, afin de ne pas alerter le suspect.

Berflaut apprit la nouvelle à son retour du Quai des Orfèvres.

— Je vais y aller, dit-il à son collègue. Je me présenterai comme un client, dont la petite fille doit participer à une fête costumée. Peut-être a-t-il un album de photographies qu'il montre à titre d'exemple, pour choisir la pose ou le décor.

— Et même des costumes. Cela se fait, paraît-il, dans certains studios. Qui sait si la robe de la petite fille modèle ne vient pas de chez lui ?

— Ce serait une étrange coïncidence, mais on ne sait jamais. Nous n'avons que cette piste, pour le moment...

— Reste aussi celle des étangs, sur lesquels travaillent les hommes de Bertillon. Ceux de Meudon ou ceux de Ville-d'Avray. Ils penchent pour Ville-d'Avray. Bientôt, nous serons fixés.

— Dans ce cas, il y a de grandes chances pour que notre homme soit innocent : qu'est-ce qu'un photographe du quartier serait allé faire là-bas pour noyer une fillette ?

— En effet. Mais il faut tout de même lui rendre visite. J'y vais, et je repasserai au commissariat te dire mon impression.

Il gagna le boulevard Rochechouart, tourna dans la rue Pétrelle et arriva, au fond du square, devant l'immeuble d'Émile Trocher.

Il pénétra dans le hall et sonna à la porte du studio.

L'homme qui se tenait sur le seuil était petit, replet, cheveux gris, imberbe ; il portait de fines lunettes rondes. La voix était douce, le sourire accueillant.

— Vous désirez, monsieur ?

— Je voudrais prendre rendez-vous pour une photographie de ma fille. Vous faites des portraits d'enfants ?

— Naturellement. C'est même ma spécialité. Contrairement à ce qu'on pourrait penser, ils sont plus faciles à prendre en photo que les adultes.

Moins figés, plus naturels, en général. Et très dociles à prendre la pose. Mais entrez donc, je vous en prie.

Émile Trocher introduisit le policier dans une pièce où étaient installés ses appareils sur pied, recouverts de leurs draps noirs. Il y avait des sièges de genres différents : sofa, fauteuil, chaise droite de style gothique, une colonne d'acajou surmontée d'une plante verte, un prie-Dieu. Au fond, un grand trompe-l'œil représentait une terrasse avec balustrade dominant un grand parc, décor favori des bourgeoises désirant poser à la châtelaine.

— Asseyez-vous, je vous en prie. Je vais vous montrer mes albums. Je ne vous sors pas celui des mariages. Seulement les premières communions.

Il posa sur la petite table devant laquelle était assis Berflaut un album relié de cuir que le policier feuilleta. Dans les cadres de papier découpés dans les pages cartonnées se succédaient les garçonnets en costume, le brassard de soie blanche au bras, leur missel à la main. Il y en avait de charmants, presque angéliques, d'autres, peu gâtés par la nature, avaient déjà des traits de petits hommes sévères. Les fillettes, dans leurs belles robes, aumônière à la ceinture, posaient tantôt debout, tantôt à genoux sur le prie-Dieu, le visage levé comme en extase devant quelque apparition.

Émile Trocher attendit que son visiteur eût refermé l'album.

— Cela vous convient-il ?

— Tout à fait. Je reviendrai pour sa communion, en juin. Mais d'ici là, je désirerais que vous la photographiez pour une fête costumée, qui a lieu pour

Mardi gras, à son école. Avez-vous des déguisements d'enfants à fournir, ou savez-vous où je pourrais en trouver ?

— Non, je n'en ai pas. Vous savez, il y a très peu de demandes. Mais il y a des loueurs de costumes, je peux vous donner des adresses.

— Très volontiers.

Il alla chercher dans un tiroir deux cartons publicitaires qu'il tendit au policier. Celui-ci les prit, tout en reconnaissant le nom et l'adresse de ceux qu'il avait déjà visités. Mais il tendit soudain l'oreille quand le photographe ajouta :

— Il y a aussi la couturière de la rue du Delta. Elle est spécialisée dans les costumes, c'est elle qui habille la plupart des danseuses de cancan, et il lui arrive de travailler aussi pour les particuliers, quand ils n'ont pas trouvé chez les loueurs ce qu'ils cherchaient. Voici son adresse. Allez la voir de ma part.

Berflaut remercia en se reprochant de n'avoir pas pensé, au cours de leurs recherches sur l'origine de la robe de la petite fille modèle, à l'hypothèse d'une couturière. Mais tout cela n'expliquait pas ce que le photographe faisait plusieurs jours de suite devant l'école de la rue Durantin.

Tandis qu'il le complimentait sur la qualité de ses travaux, disant qu'il était lui-même photographe amateur, Émile Trocher le fit rasseoir et posa un nouvel album devant lui.

— Regardez ce que je fais, non pour mes clients, mais pour moi-même. J'ai admiré dans une revue les photographies de fillettes prises par un écrivain anglais, un certain Lewis Carroll. Celui qui a écrit

Alice au pays des merveilles. J'ai eu envie d'en faire autant. Voulez-vous regarder ?

Berflaut se retint de ne pas sursauter : le jeune neveu de Marguerite lui avait montré la couverture d'une édition anglaise d'*Alice au pays des merveilles*. Alice avait un costume analogue à celui de la petite morte de la rue Saint-Vincent.

Il se reprit et feuilleta l'album.

Il y avait peu de clichés, une vingtaine, mais impressionnants de grâce. Les photographies n'avaient pas été prises en studio, mais en décor naturel : des fillettes blondes, brunes, toutes extrêmement jolies, cheveux libres ou coiffées d'anglaises, étaient tantôt assises au bord d'un bassin, tantôt debout dans l'allée d'un parc avec leur cerceau à la main, ou jouant à la poupée dans la lumière d'une véranda. Un léger flou nimbait les visages.

— C'est un véritable travail d'artiste. Mais où trouvez-vous tous ces jolis modèles ?

— Des amis, des clients qui m'autorisent à photographier leurs fillettes. Vous savez, parfois j'ai du mal à les persuader de l'innocence de mes intentions ! Il y a tellement de pervers ! Mais j'exige, justement pour cela, qu'ils assistent aux séances.

— Vous abordez parfois les mères, dans la rue ?

— Cela m'arrive, mais depuis l'histoire de la pauvre fillette de la rue Saint-Vincent, je n'ose plus m'y risquer.

— Avez-vous pensé aux écoles ?

— Naturellement. Il y en a une, rue Durantin, d'où j'avais vu sortir une fillette très jolie, bien que très mal vêtue. Des cheveux roux magnifiques.

Même sur des clichés en noir et blanc, les chevelures rousses ont un éclat particulier. Mais comme elle n'était pas accompagnée, je n'ai pas osé l'aborder. J'attendrai que les choses se calment. Mais peut-être quand vous m'amènerez votre fille, accepterez-vous qu'elle pose pour moi ?

— Naturellement, si vous la jugez assez jolie !

Berflaut jouait les pères modestes, mais il était persuadé que Madeleine ne déparerait pas la collection du photographe. Il quitta ce dernier en promettant de revenir très bientôt.

Ou bien l'homme était un remarquable comédien, ou bien il disait la vérité, et sa présence devant l'école s'expliquait alors. À moins que, se sachant observé, il n'ait monté ce dernier alibi de toutes pièces. Et puis, cette mention d'*Alice au pays des merveilles*... En tout cas, il lui avait fourni une autre piste, très fragile, certes, mais qui permettrait peut-être de remonter jusqu'à l'assassin de la petite fille de la rue Saint-Vincent.

41

Après sa visite au photographe, Berflaut passa au commissariat informer ses collègues que le suspect semblait hors de cause, à moins qu'il n'ait depuis longtemps préparé sa couverture.

Il feuilleta machinalement la main courante où le secrétaire s'apprêtait à noter le compte-rendu de son passage square Pétrelle. Son regard parcourut les incidents et forfaits divers des dernières semaines : une montre volée à un bourgeois au Moulin de la Galette, une bagarre dans un troquet de la rue des Martyrs entre deux souteneurs, une prostituée malmenée et brûlée par un client, un verre de vitriol jeté au visage d'un amant infidèle, un homme écrasé par un fiacre où sa femme se trouvait en galante compagnie... Bref, le quotidien de Montmartre tel qu'il l'avait connu quand il était affecté au commissariat.

Il arriva à la page où était consigné le rapport sur la découverte de la fillette :

22 décembre 1894 à vingt-trois heures quarante-cinq. Deux prostituées découvrent rue Saint-Vincent devant le vieux cimetière le corps sans vie d'une fillette inconnue âgée d'environ dix ans. Cause probable de la mort : blessure par arme blanche.

Au moment où le secrétaire avait écrit ces lignes, le rapport du légiste diagnostiquant la noyade n'était évidemment pas encore parvenu. Dans la colonne réservée aux témoins, les deux prostituées avaient signé.

Comment retrouver, derrière la sécheresse de ces notations administratives, l'horreur des visions qui l'avaient frappé ? Que l'enfant ait été jolie, avec ses boucles blondes et son visage de poupée, toute menue dans sa robe de petite fille modèle, ne figurait pas au rapport. Ni les pieds nus souillés de boue. Ni l'émotion qui l'avait assaillie devant l'horrible découverte. Ni les abus sexuels. Ni la promesse qu'il s'était faite de la venger...

Même chose pour Rosa : *5 janvier 1895, vingt-quatre heures, rue Tholozé, prostituée assassinée d'un coup de couteau devant son domicile et morte avant l'arrivée de la police.*

Parmi les témoins étaient cités une fille surnommée Nanette et trois voisins.

Les pages suivantes étaient consacrées aux perquisitions du hangar de Jargot rue Véron et du pavillon de Louis Galantin à la Varenne, ainsi que l'arrestation et l'envoi au dépôt du souteneur et de ses complices.

Sous sa dictée le secrétaire inscrivit : *18 janvier 1895 – Visite faite par l'inspecteur Berflaut de la Sûreté, au photographe Émile Trocher, 6, square Pétrelle dans le cadre de l'enquête sur le meurtre de la fillette de la rue Saint-Vincent. Compte tenu des explications données par le sieur Trocher à l'inspecteur de la Sûreté Louis Berflaut sur sa présence suspecte devant l'école de la rue Durantin, il serait vraisemblablement étranger à l'affaire. Cependant une enquête de voisinage sera diligentée.*

Berflaut dit au revoir à ses collègues. Demain il devait assister au nouvel interrogatoire de Jargot.

Il rentra chez lui, assez découragé d'avoir vu, sinon disparaître, du moins s'affaiblir la seule piste sérieuse qui pouvait mener aux assassins de la fillette. Les maniaques sexuels répertoriés étant hors de cause, où chercher ? Le vice avait ses arcanes, Montmartre n'en était que la façade voyante, et Paris devait abriter, jusque dans ses beaux quartiers, des pervers inconnus des fichiers, et donc sûrs de leur impunité. L'un d'eux ou plusieurs d'entre eux avaient enlevé une enfant, l'avaient soumise à leurs désirs monstrueux, pour s'en débarrasser ensuite. À moins – le pire n'était pas exclu –, qu'il s'agît de son père ou d'un proche parent. Il ne semblait pas qu'elle allât à l'école, puisque, malgré la photographie et les avis de recherche publiés dans les journaux, aucune institutrice, aucune directrice n'était venue la reconnaître.

Mais à peine chez lui, la vue de sa petite fille le ramena à des pensées plus douces. Elle était en train de jouer avec sa poupée, à côté de sa grand-mère qui cousait. Elle était si jolie, avec ses boucles attachées sur la nuque par un gros nœud de ruban écossais.

— C'est ton costume de Blanche-Neige pour Mardi gras, n'est-ce pas ? La fillette sourit, heureuse :

— Grand-mère le termine. Tu veux le voir, papa ?

Elle saisit la robe si précipitamment que sa grand-mère la mit en garde.

— Attention, Madeleine ! Il y a des épingles !

L'enfant plaquait contre elle la robe rose aux manches bouffantes à crevés, dont le corsage était couvert d'un corselet de velours noir.

— C'est magnifique ! Vous êtes une fée, belle-maman. Les amies de Lucie seront jalouses ! Attention qu'elles ne viennent pas vous demander de les habiller !

— C'est déjà arrivé, l'année dernière. Vous vous souvenez, c'étaient les fables de La Fontaine, et Madeleine avait choisi Perrette. Mais deux de ses amies aussi, et, voyant son déguisement en préparation, en ont parlé à leurs mères qui sont venues me demander la permission de le copier. J'ai même dû leur tailler les robes, car le patron que j'avais fait pour Madeleine était trop petit. Elle n'ont eu qu'à les coudre. Mais cette année Madeleine ne veut pas qu'on la copie, et ne parlera à personne de son costume avant la fête.

Le dîner fini, Berflaut alla embrasser sa fille dans sa chambre et revint dans son fauteuil lire son journal en buvant une tisane en compagnie de sa belle-mère. Il était songeur.

— Vous avez des soucis, Louis ? demanda-t-elle.

— Toujours les mêmes.

Il se disait qu'il irait le lendemain consulter le fichier de l'Identité judiciaire : peut-être trouverait-il la fiche et le portrait d'un maniaque sexuel amateur d'enfants.

Et quelque chose aussi, au fond de lui, venait d'être éveillé par leur conversation.

« Demain, se dit-il, j'irai à la morgue récupérer le costume de "Camille". Il faudra bien qu'il parle. »

42

Cette fois la lettre que Toulouse-Lautrec trouva dans le courrier que lui avait monté la concierge était porteuse d'une mauvaise nouvelle. L'enveloppe portait le tampon de Saint-Lazare.

Monsieur,
Nanette s'est éteinte hier au soir en me chargeant de vous prévenir puisqu'elle n'a pas de famille. Juste avant de mourir, elle s'est souvenue d'un nom qu'elle cherchait : « C'est l'Anglais, a-t-elle répété plusieurs fois, Rosa m'a dit : "l'Anglais". Dites-le à monsieur Lautrec, c'est important. »
Elle a aussi parlé de Mireille, d'une petite sœur, je n'ai pas bien compris. Après, elle est entrée en agonie. Elle sera enterrée au cimetière de Belleville mardi à onze heures, après une bénédiction donnée dans notre chapelle.
Croyez, cher monsieur, à mes sentiments chrétiennement dévoués,

sœur Ursule

Lautrec resta perplexe. Quel était ce mystérieux Anglais ? Il y en avait à Paris et à Montmartre un si grand nombre qu'il serait bien difficile de mettre un nom précis sur celui-ci. Il irait à tout hasard en parler à la Goulue et à Jeanne Avril. Les coulisses du Moulin-Rouge étaient un foyer de rumeurs ; il se pouvait qu'elles aient entendu, ou vu, quelque chose.

Mais le plus urgent était d'aller trouver la police. Lors de sa visite, ils avaient évoqué de l'arrestation d'une bande de cambrioleurs. Peut-être « l'Anglais » en faisait-il partie ?

Dès l'arrivée du peintre au commissariat, Lepard l'introduisit dans son bureau et lut la lettre de sœur Ursule que Lautrec lui avait tendue en se demandant s'il prendrait au sérieux les divagations d'une pauvre fille mourante. Mais Lepard n'hésita pas une seconde.

— Cette lettre est importante. Le juge d'instruction va sûrement l'utiliser pour faire parler les malfaiteurs que nous avons arrêtés.

— Ils ont avoué l'enlèvement ?

— Pas encore. Nous ne sommes pas au bout de cette affaire. Dites à cette Mireille – Lautrec remarqua le mépris du ton – qu'elle sera prévenue dès que nous aurons du nouveau.

Le commissaire raccompagna le peintre jusqu'à la porte. La neige des derniers jours avait fait place à un temps froid mais ensoleillé, et, tout en haut, les ailes du Moulin de la Galette se découpaient sur un beau ciel bleu. Lepard retourna dans son bureau, joignit un court billet à la lettre de sœur Ursule qu'il fit porter par le planton au domicile de Berflaut.

Celui-ci s'était réveillé avec une forte fièvre et un mal de gorge aigu : son angine annuelle n'aurait pas pu mieux tomber pour contrarier ses projets. Il avala plusieurs bols de thé bouillant dans lequel sa belle-mère avait fait couler quelques cuillerées de miel et se badigeonna le fond de la bouche avec du bleu de méthylène. Toute la nuit, cet « Anglais » l'avait hanté. Apparemment, Rosa le connaissait. Elle avait dû penser que ce nom parlerait à d'autres et permettrait d'identifier son assassin, ou celui qui détenait Louise. Si le juge Maubécourt n'arrivait pas à faire parler Jargot sur ce mystérieux Anglais, il faudrait retourner interroger Madame Zoé, ou les collègues de trottoir de Rosa. Mais il devait d'abord suivre l'idée qui lui était revenue après sa conversation avec sa belle-mère.

Le cou enveloppé d'une grosse écharpe, le chapeau enfoncé jusqu'aux yeux, il héla une calèche et se fit conduire à la morgue où il récupéra les vêtements enveloppés dans une grande enveloppe portant sur l'étiquette : « *Fillette inconnue. Rue Saint-Vincent. 22 décembre 1894.* » Il eut, un bref moment, l'envie de revoir le petit corps, au cas où quelque indice lui aurait échappé... mais il n'en eut pas le courage. Puis il se fit conduire vers la rue du Delta, au domicile de la couturière dont le photographe lui avait parlé.

Une femme élégante vint lui ouvrir. Elle avait la cinquantaine, le visage avenant, et malgré sa surprise quand Berflaut se présenta en tant que policier, elle le fit entrer dans son salon où plusieurs mannequins vêtus de costumes d'époques et de styles différents – une almée, une marquise, une Andalouse, une petite colombine – semblaient attendre, immobiles, l'ouverture d'un bal.

Elle le fit asseoir et attendit qu'il expliquât le motif de sa visite.

Berflaut lui dit qu'il avait eu son adresse par le photographe du square Pétrelle, dans le cadre d'une enquête concernant la mort d'une petite fille.

— Celle de la rue Saint-Vincent ?

— C'est cela. Les journaux ont publié sa photographie. Vous ne l'auriez pas reconnue, par hasard ? Mais je pense que vous seriez venue nous le dire.

— Non. Pourquoi aurais-je dû la reconnaître ? demanda la femme, intriguée, et que Berflaut sentit subitement sur la défensive.

— Il se trouve que la fillette était vêtue d'un costume de petite fille modèle. Comme il ne provient d'aucun des loueurs que nous avons visités, nous avons pensé que la robe avait peut-être été faite sur mesure. Vous êtes, paraît-il, spécialisée dans ce genre de travail ? Je voudrais vous montrer ce costume.

La couturière pâlit en voyant Berflaut déplier le paquet et faire apparaître, froissée, la petite robe bleue ainsi que les pantalons de broderie anglaise, dérisoire costume de fête mis au service du vice et de la mort.

— Faites voir, dit-elle.

Elle saisit, non sans réticence, la robe, la retourna à l'envers, examina les coutures.

— Oui, c'est moi qui l'ai faite. Mon Dieu ! s'écria-t-elle en fondant en larmes.

Berflaut attendit qu'elle se fût reprise, puis, doucement, questionna.

— Vous aviez vu la fillette, pour l'essayage ?

— Non ! Pensez donc, je l'aurais reconnue sur la photographie du journal ! On m'a juste apporté un modèle à copier, en plus grand, deux tailles au-dessus. C'était une robe rose, mais pour une enfant de sept ans environ.

En l'entendant, Berflaut se souvint de sa visite au loueur de costumes. Celui-ci lui avait dit qu'un mystérieux inconnu avait emprunté une petite robe rose, toujours sans être accompagné d'enfant.

La femme continua, soudain volubile.

— J'ai d'abord dit que je ne travaillais pas sans essayage, mais l'homme m'a répondu, de façon très désagréable d'ailleurs, que pour un costume de fête ce n'était pas la peine, et que de toute façon sa fille ne pouvait venir, étant malade. Il m'en a commandé une autre, dans une taille plus grande, pour une autre de ses filles, disait-il. Il a proposé de me payer plus cher, ce que j'ai naturellement refusé. J'ai trouvé cela étrange, mais vous savez, dans mon métier, on voit tant de gens bizarres !

Dans le mien également, se dit Berflaut.

— Vous avez noté son nom ? Son adresse ?

— Attendez.

Elle se leva, ouvrit un tiroir de la grande table de couture, feuilleta un cahier noir.

— C'est ça. 8 septembre, robe terminée le 15. Pas de nom ni d'adresse.

Évidemment.

— Vous pourriez me décrire l'homme ?

— Grand et maigre, élégant, les cheveux roux, la soixantaine. Même que j'ai pensé qu'il était bien vieux pour avoir une fillette de dix ans.

— C'est tout ?

— Ah ! Je me rappelle. Il avait un drôle d'accent étranger... anglais, je pense.

Berflaut tressaillit. Encore l'Anglais ! Cette fois, la piste devenait sérieuse.

43

Jeanne Avril se présenta à dix-sept heures à la porte de l'atelier de Lautrec pour convenir avec lui de l'affiche qu'il lui avait promise pour sa tournée londonienne. En vieille habituée, elle enleva son manteau, son chapeau, se réchauffa un instant les mains près du poêle, et s'approcha des deux grandes toiles placées contre le mur.

C'étaient les futurs panneaux pour la baraque de la Goulue. Le peintre y avait travaillé depuis trois jours, sans discontinuer, et le premier était déjà presque terminé. C'était le plus facile, car il n'avait eu besoin que de sa mémoire, et d'un croquis datant de dix ans qu'il avait à peine modifié.

— Tu vois, à gauche c'est *La Danse au Moulin-Rouge*, à droite, ça s'appellera *La Danse de l'Almée*. Le passé et le présent de la Goulue.

Sur le premier panneau, on voyait la Goulue, chignon blond, ruban noir au cou, le buste penché en avant, jambes écartées gainées de bas noir, vêtue d'un corsage rayé de rose et d'une sorte de long tutu plissé de vert. À côté, Valentin le Désossé, haut de forme perché sur le crâne, tournait vers elle son profil aigu, et ses jambes ouvertes semblaient amorcer un grand écart. À la tribune, le chef d'orchestre levait le bras pour faire démarrer le cancan.

— Tiens, mon chapeau ! J'y figure donc aussi ?

— Tu le sais bien ! Le Moulin-Rouge sans toi ? C'est impossible !

Pour l'autre panneau, Lautrec, qui n'avait pas tenu à ce que la Goulue lui fît sa démonstration de danse du ventre, avait préféré ressortir les croquis qu'il avait faits des danses orientales présentées au pavillon du Maroc lors de l'Exposition universelle de 1889.

Sur l'esquisse préparatoire, il avait jeté les grandes lignes du futur tableau : au second plan, à droite, deux joueurs de tambourin, et la Goulue de profil, vêtue d'une large jupe de tulle, exécutant une « danse mauresque » qui semblait tenir davantage du cancan, à en croire sa jambe levée.

— Tu vois, au premier plan, de dos, je mettrai une rangée de spectateurs.

La danseuse y reconnut le profil anguleux de Félix Fénéon, et sa propre silhouette, encore, reconnaissable au grand chapeau à plumes. À sa droite, un tout petit bonhomme coiffé d'un chapeau melon, qu'elle identifia immédiatement. Autoportrait de dos, sans complaisance comme d'habitude.

— Et à ma gauche, de trois quarts, c'est Oscar Wilde ?

— En effet.

Bien que l'écrivain n'ait jamais accepté de poser pour Lautrec, le peintre avait très bien esquissé sa silhouette massive, engoncée dans sa redingote. Il avait tenu à le représenter parmi les figures familières de Montmartre. Hommage à l'ami, et pied de nez aux censeurs de *Salomé*, sa pièce de théâtre, et à l'hypocrite société victorienne qui s'apprêtait à lui faire payer sa provocante marginalité.

— Joli cadeau ! Louise s'en rend-elle vraiment compte ? dit-elle, un peu pincée.

Elle se flattait, à juste titre, d'apprécier, elle, à sa valeur le talent de son ami et, sans le lui dire, trouvait qu'il le prostituait en consentant à exposer à l'indifférence des badauds des peintures qui seraient plus à leur place dans une galerie ou un musée.

Lautrec ne répondit pas et, tandis qu'il faisait chauffer la bouilloire pour le thé à l'intention de son amie, Jeanne saisit un carnet posé sur la table et le feuilleta. C'était celui que Lautrec ne manquait jamais d'emporter à sa table au Moulin-Rouge et sur lequel il croquait les visages pittoresques ou les silhouettes intéressantes qu'il intégrerait plus tard à tel ou tel tableau ou lithographie.

— Tu te souviens, cette page arrachée ?

Lautrec s'approcha, fronça les sourcils. Non, il ne se souvenait pas. Quand un croquis lui déplaisait, il l'abandonnait et changeait de page. Il ne les arrachait jamais. Le bruit lui était désagréable, et le souvenir aussi, d'un précepteur acariâtre, au château du Bos, furieux d'avoir reconnu sa caricature en marge d'un cahier.

— Vraiment, tu ne te souviens pas de l'esclandre ?

— Quel esclandre ?

— Mon ami, il faut dire que ce soir-là, tu n'en étais pas à ta première absinthe. Pas étonnant que tu aies oublié ! Tu avais repéré un homme, assis à une table avec une petite gouape. Il a vu que tu le dessinais et, fou de rage, a traversé la salle, a saisi ton carnet, arraché la feuille...

La mémoire revint soudain au peintre.

— Mais oui ! Je crois même que j'ai voulu me battre !

— Tu le menaçais de ta canne, et si on ne t'avait pas retenu, l'affaire dégénérait !

— Je ne sais pas ce qui lui a pris ! Ça ne m'était jamais arrivé ! Peut-être parce qu'il était avec son giton ?

— Zidler aussi est intervenu. Mais il ne t'en a pas voulu. Au contraire. L'Anglais était un type douteux, mêlé, paraît-il, à des affaires louches ; il n'attendait qu'un prétexte pour se débarrasser de lui et lui interdire le Moulin. Il avait déjà fait un esclandre.

— Répète ça !

— Quoi ? Que Zidler lui a interdit le Moulin-Rouge ?

— Non ! Comment l'as-tu appelé ?

— L'Anglais ! On ne le connaissait que sous ce nom, à cause de son accent.

Lautrec se leva, vint baiser la main de Jeanne Avril, qui le regarda sans comprendre.

Il lui expliqua alors les dernières paroles de Rosa à Nanette, puis le message de cette dernière. Ce mystérieux Anglais était probablement au cœur du mystère de la mort de la jeune femme et de l'enlèvement de la sœur de Mireille. À défaut de son nom, on aurait son portrait.

Car Lautrec ce soir-là, malgré son ébriété, avait tenu à refaire, à l'insu de l'homme, des croquis de son visage.

Il tendit le carnet à son amie.

Elle vit deux dessins, de face et de profil : un visage anguleux, aux pommettes saillantes, des favoris très fournis, des yeux petits et enfoncés.

— C'est bien lui !

— Dans ce cas, je vais montrer ce dessin à Zidler, et j'irai ensuite à la police. Peut-être saura-t-il quelque chose sur ce client. Bravo et merci, Jeanne. Tu vas peut-être leur permettre de mettre la main sur l'assassin.

— Merci à toi pour le thé, je dois me sauver. On m'attend.

— Un nouveau ?

— Peut-être ! Au revoir, Henri ! Et n'oublie pas mon affiche !

— Rassure-toi, Jeanne. Dès les panneaux finis, je m'y emploie. Attends, je viens.

Il mit son manteau, son chapeau, prit sa canne et descendit l'escalier derrière la jeune femme. Ils se séparèrent sur le trottoir, et Lautrec admira un moment, comme chaque fois, la démarche gracieuse de son amie s'éloignant vers le boulevard de Clichy.

44

Le Moulin-Rouge était encore fermé, mais Zidler était dans son bureau.

— Tiens, monsieur Lautrec ! Entrez donc ! Quel bon vent ?

— J'ai besoin d'un renseignement. Et de vos souvenirs. C'est pour l'affaire de la petite fille de la rue Saint-Vincent.

— Diable ! Votre ami l'inspecteur Berflaut vous a engagé ? dit Zidler en souriant.

— Pas vraiment, mais nous pourrions l'aider, vous et moi. Regardez un peu ça. Ça vous dit quelque chose ?

Zidler, en voyant le croquis, n'hésita pas un instant.

— Bien sûr ! C'est l'Anglais ! On disait qu'il avait quitté Londres à la suite d'une sale affaire. Je n'ai jamais su laquelle. Il fut un temps un client assidu, grand consommateur, non pas de danseuses mais de garçons. Des petits jeunes gens qu'il amenait à sa table après les avoir racolés dans les bains-douches.

— Vous vous souvenez de l'incident quand il a voulu m'arracher mon carnet de croquis ? C'est Jeanne Avril qui vient de me le rappeler.

— Ça oui ! Il a bien failli vous casser la figure ! Je n'ai jamais compris pourquoi cette fureur !

— Vous connaissez son nom et son adresse ?

— Non ! En tout cas il n'habite pas le quartier, car on le voyait jusqu'à ces derniers temps arriver dans une calèche qu'il conduisait lui-même, et repartir en emmenant de jeunes prostitués. L'un d'eux a été vu un jour avec le visage balafré d'un coup de cravache qu'il s'est refusé à expliquer. Attendez, que je me souvienne... Oui, c'est un Italien, il s'appelle Fernando. Il rôde autour de l'Élysée-Montmartre.

— Merci. Je vais aller porter le croquis à la police, et lui rapporter ce que vous m'avez dit.

— À bientôt, j'espère ! Vous vous faites rare !

— J'ai beaucoup travaillé cet hiver, vous savez. Des scènes d'intérieur, rue des Moulins.

— Pas exactement le genre des danses du Moulin-Rouge !

— En effet ! Et maintenant, la baraque de la Goulue va m'occuper encore quelque temps.

— Pauvre Goulue ! Elle est passée l'autre soir me parler de son projet. Elle se fait des illusions !

— Peut-être, mais je tiens à l'aider à ma façon. En souvenir du bon vieux temps. À bientôt, cher ami. Si vous apprenez quelque chose au sujet de l'Anglais, faites-moi prévenir, ou passez au commissariat rue Caulaincourt.

— Entendu !

Zidler, en le voyant s'éloigner, boitillant plus que jamais, se dit que la Goulue n'était pas la seule à avoir changé. Le peintre semblait fatigué, on disait qu'il s'était mis à boire davantage. Mais son talent était intact, ce talent qu'il avait mis trois ans auparavant au service du Moulin-Rouge avec cette affiche éblouissante qui avait éclaté un matin sur les murs de Paris.

Lautrec demanda à être reçu par Lepard, qui le fit entrer dans son bureau en se demandant s'il venait simplement aux nouvelles au sujet de la jeune fille enlevée.

Mais le peintre sortit de sa poche un carnet qu'il tendit au commissaire.

— Je pense que ce dessin pourra vous aider. C'est le portrait de l'Anglais fait au Moulin-Rouge. L'homme, furieux que je le dessine, avait arraché la page. J'avais trouvé la chose grossière, surtout bizarre. D'habitude, on me demande plutôt mes croquis, on ne les déchire pas ! Mais j'ai recommencé. C'est Jeanne Avril qui m'a fait penser à l'incident et le patron du Moulin-Rouge s'en est souvenu. Il croit connaître l'homme, un ancien client amateur de jeunes garçons. L'un d'entre eux, un certain Fernando tapine dans le coin de l'Élysée-Montmartre.

Le commissaire regarda les dessins. Sans connaître le modèle, il était frappé par l'air de vérité du portrait, jusqu'à l'expression inquiétante, donnée avec une telle économie de moyens. Si cet Anglais était encore dans le quartier, ces dessins permettraient de l'identifier aussi sûrement qu'avec une photographie du Service de l'identité judiciaire.

— Pouvez-vous me confier ce carnet, monsieur ? Je dois montrer le dessin à l'inspecteur Berflaut. Il est effectivement sur la piste d'un mystérieux Anglais.

— Bien sûr. Je vous prierai seulement de me le rendre ensuite. Il y a dessus des dessins que j'aimerais récupérer.

— Vous pourriez simplement me donner ces deux pages ?

Le peintre fit la grimace.

— Non, je déteste abîmer mes carnets de croquis. Gardez-le, prenez-en soin seulement.

— Bien sûr, et merci, monsieur. L'inspecteur Berflaut vous en sera très reconnaissant.

Toulouse-Lautrec se leva, serra la main du policier.

— Je serais heureux que mes dessins vous aident à retrouver l'assassin de Rosa. Au revoir, commissaire.

— Au revoir, comte, et merci.

Lautrec, prenant soin de ne pas glisser dans la neige fondue, descendit en direction de la place Blanche.

45

Depuis leur inculpation la veille par le juge d'instruction, en présence de leurs avocats, pour vol avec effraction et enlèvement de mineure, Louis Galantin, Marcel et leurs complices persistaient à nier toute responsabilité au sujet de la disparition de Louise. Les policiers étaient persuadés qu'ils mentaient pour cacher quelque chose de grave.

Berflaut fit le point, le matin, dans le bureau du juge Maubécourt.

Depuis la visite de Berflaut à la couturière, il était de plus en plus probable que ce mystérieux Anglais dont avait parlé Nanette en mourant était au centre de l'enlèvement de Louise et des assassinats de Rosa et de la petite fille de la rue Saint-Vincent. Les trois affaires étaient donc liées.

S'il avait loué et fait copier un costume de petite fille modèle sans s'être jamais présenté avec l'enfant qui devait le porter, c'était probablement parce qu'il le destinait à un usage que les policiers devaient bien se résoudre, malgré leur dégoût, à envisager : il voulait satisfaire ses fantasmes ou plutôt, puisque ses goûts étaient autres, ceux de quelques pervers. On était dans ce cas en présence d'une nauséabonde affaire de trafic d'enfants qui aurait mal tourné. Et dont Louise serait, on pouvait le craindre, la seconde victime et Rosa, une victime collatérale.

C'était à cette conclusion qu'ils étaient parvenus.

Il fallait donc identifier l'homme au plus vite. Jargot, lors de son prochain interrogatoire, prévu le lendemain – histoire de le faire moisir une soirée de plus au dépôt – serait peut-être incité à parler si on lui mettait sous les yeux le croquis de Lautrec. Il saurait que son complice était identifié, et qu'il ne tarderait pas à parler.

Restait aussi l'information donnée par Zidler, au sujet du jeune Italien Fernando qui tapinerait devant l'Élysée-Montmartre. Santier devait y aller le soir même.

Par ailleurs le rapport des chimistes de l'Identité judiciaire avait enfin établi formellement que l'étang où avait été noyée la petite inconnue était situé dans les bois de Ville-d'Avray. D'après la carte détaillée des environs que Berflaut s'était procurée auprès des Eaux et Forêts, les bois avaient été long-temps une région de chasses à courre, royales puis privées, et quelques relais de chasse désaffectés dont certains avaient été transformés en résidences se trouvaient dans un rayon d'un kilomètre autour des étangs. En outre, des demeures de villégiature s'alignaient sur la route de Versailles, à la lisière de la forêt.

— La liste des propriétaires nous sera communiquée par le commissariat de Versailles, dit le juge. Dès que je la recevrai, vous pourrez aller faire un tour dans les environs. Mais discrètement, car on m'a laissé entendre en haut lieu que certaines de ces villas appartiennent à des personnalités mondaines et politiques qui n'aimeraient pas voir leur tranquillité troublée par une présence policière trop visible.

« En haut lieu ! se dit Berflaut. Ça ne m'étonnerait pas que cette mise en garde vienne du préfet Lépine. Mais il ne peut pas à la fois nous harceler pour que nous terminions notre enquête, et donner des consignes de prudence. »

Il se garda d'exprimer tout haut sa pensée, prit congé du magistrat, et gagna le deuxième étage du Quai des Orfèvres pour faire son rapport au chef de la Sûreté qui aurait quelque chose à donner en pâture au préfet Lépine.

46

Madame avait donné sa journée à Mireille pour qu'elle pût assister aux obsèques de Nanette. La jeune femme devait bien cela à la pauvre fille qui avait tenu à l'aider, et à la mémoire de Rosa la Rouge qui n'aurait pas manqué d'accompagner son amie au cimetière.

Vêtue et chapeautée de noir, un petit bouquet de fleurs à la main, elle prit l'omnibus pour Saint-Lazare. Elle se fit admettre dans la chapelle où déjà étaient agenouillées trois religieuses en prière. L'une d'elles, la plus jeune, se retourna et lui fit un triste sourire. C'est sans doute sœur Ursule.

Derrière s'étaient installées quelques prison-nières. À gauche, les fichus à carreaux bleus et blancs des condamnées, à droite, les bonnets noirs des prostituées.

Mireille hésita un moment, et décida de rester debout, au fond. Plusieurs dans l'assistance se retournèrent et la regardèrent curieusement. Aucune ne reconnut une « collègue » sous ce sobre costume de deuil. Sans doute était-elle de la famille ? Sœur Ursule se leva, et vint la prendre par la main pour l'installer à côté d'elle, au premier rang.

Tandis que l'odeur d'encens montait à côté de la bière, les femmes écoutaient le murmure des prières des religieuses, la courte homélie de l'aumônier qui, comme à chaque fois, convoquait les mânes de Marie-Madeleine et parlait de rédemption.

Leur vie misérable n'avait pas anéanti en elles ce vieux fond de religion de leur enfance qu'évoquait Bruant à la fin de sa chanson à Saint-Lazare.

> *J'finis cette lettre en t'embrassant*
> *Adieu mon homme,*
> *Bien qu'tu sois pas très caressant*
> *Va, j't'adore comme*
> *J'adorais l'bon Dieu comme papa*
> *Quand j'étais p'tite*
> *Et que j'allais communier à*
> *Sainte-Marguerite.*

Lorsque, porté par deux employés des pompes funèbres, le cercueil de sapin longea l'allée, les femmes se signèrent par respect pour celle qu'elles connaissaient à peine et que la mort avait délivrée d'une prison où certaines d'entre elles auraient à souffrir longtemps encore. Il en était même qui se disaient qu'elles en repartiraient peut-être comme Nanette, les pieds devant, et cette pensée les fit frissonner.

Mireille monta dans le fourgon mortuaire qui prit la route du cimetière de Belleville, où le cercueil fut descendu dans la fosse commune. Elle y jeta son bouquet et se détourna très vite, incapable de résister à l'émotion qui l'étreignait, ravivant son inquiétude pour Louise.

Puis elle regagna la rue des Moulins au moment même où Lautrec y entrait. Il venait l'informer qu'une nouvelle piste, très sérieuse, pouvait faire avancer l'enquête. Mais il ne voulait pas donner de faux espoirs à la jeune femme, et préférait la préparer au pire.

— Tu sais, Mireille, s'ils arrivent à trouver où se cache cet Anglais, qui serait impliqué dans l'affaire, ils peuvent très bien découvrir quelque chose qui te donnera du chagrin. Ne t'accroche pas trop à l'idée que Louise est encore vivante. Espère-le, seulement. En tout cas, dis-toi bien que la police fait tout ce qu'il faut, et que ce n'est peut-être plus qu'une question d'heures à présent.

Mireille écouta le peintre, le remercia de sa franchise, et lui promit d'être raisonnable. Puis ils prirent ensemble une collation que Madame avait fait apporter dans le petit salon. Lautrec bavarda et, pour dissiper la tristesse de Mireille, lui raconta les dernières histoires de Montmartre.

— Monsieur le Comte, quand tout cela sera fini, je reviendrai finir de poser pour vous. J'aime bien ça, vous savez.

Le peintre n'en doutait pas. Il appréciait son sens inné du geste juste dans la pose, et savait qu'elle n'était pas fâchée d'échapper de temps en temps à son triste métier.

Lautrec repartit très vite, après avoir récusé l'offre de Madame qui voulait lui faire goûter aux charmes de la nouvelle recrue, très agréable et très douée.

47

Il était minuit. Posté sur le terre-plein du boulevard Rochechouart, Santier regardait la foule
quitter l'Élysée-Montmartre et se disperser en
couples ou en petits groupes. À la lueur des becs
de gaz, quelques pierreuses guettaient les bourgeois esseulés.

Trois jeunes femmes s'arrêtèrent devant la sortie
pour bavarder, et de temps en temps s'esclaffaient
bruyamment. La plus grande se distinguait par son
port de reine. Drapée dans un grand châle noir,
elle toisait avec provocation les hommes dont le
regard s'arrêtait sur sa splendide chevelure blonde
coiffée en chignon. Âgée de dix-sept ans à peine,
elle s'était échappée d'une maison de correction et
n'en était pas à son premier amant. Elle s'appelait
Amélie Hélie, mais son nom de guerre était
Casque d'Or.

Sur le trottoir, trois jeunes prostitués attendaient
le client. De temps en temps l'un d'eux se détachait
nonchalamment du mur où il s'appuyait, et suivait
à quelques pas de distance l'homme qui lui avait
fait un signe discret. Les négociations se faisaient
un peu plus loin, dans l'ombre.

Santier repéra Fernando à son visage balafré. Le
frêle garçon, la casquette posée de biais sur ses

cheveux bruns, se voyant observé, s'approcha de lui et murmura une offre. Santier acquiesça en baissant la tête.

— Retrouve-moi dans cinq minutes. 15 rue de Steinkerque.

Puis il tourna au coin de la rue et alla l'attendre sous une porte cochère. Le jeune homme le rejoignit vite.

— On va chez vous, demanda-t-il, ou on reste ici ?

Il commençait à s'approcher. Santier recula d'un pas.

— Fernando, je suis un policier, pas un client.

Le jeune homme recula, apeuré.

— Ne crains rien. Je ne m'occupe pas de ce que tu fais. Mais j'ai besoin de toi.

— Comment, besoin de moi ?

— C'est celui qui t'a marqué qui m'intéresse. L'Anglais. Tu l'as vu récemment ?

— Ah non ! Pas depuis longtemps. D'ailleurs, après ce qu'il m'a fait !...

— Tu connais son adresse, je suppose ?

— Non. Je vous jure ! C'était juste un client de passage !

— Allons, Fernando, pas de bobards ! On t'a vu souvent avec lui au Moulin-Rouge. Il t'emmenait tout de même quelque part, après !

Le garçon hésita.

— C'était la nuit, vous savez, on roulait longtemps. Et puis j'étais au fond de la calèche...

Il eut un vilain sourire.

— J'étais occupé. L'Anglais voulait un petit hors-d'œuvre, si vous voyez ce que je veux dire.

Santier voyait, en effet, mais ne sourit pas.

— Et quand vous étiez arrivés ? Tu as bien repéré l'endroit, au moins si c'est en ville ou à la campagne !

— Il me mettait son écharpe blanche sur les yeux, on descendait de la voiture, on entrait dans la maison.

— Mais aux bruits, aux odeurs, tu as tout de même dû saisir quelque chose ?

Le garçon réfléchit. Il sembla soudain désireux de coopérer. Après tout, se faire un allié d'un policier lui servirait plus tard en cas de problèmes. Et puis, se venger de l'Anglais...

— Ce n'était pas en ville. Ni à la campagne. C'était trop près.

— En banlieue, alors ?

— Plutôt. À la fin du trajet, la calèche ne roulait plus sur des pavés, mais dans un chemin cahoteux. Et dehors, ça sentait l'humide... Comme dans les bois...

— Bien ! Et rien d'autre ?

— Il y avait des chiens, à côté, enfermés, qui aboyaient quand on arrivait. Une femme les faisait taire et nous ouvrait la porte.

— Cette femme, tu l'as vue ?

— Jamais. Elle parlait un peu à l'Anglais, quand on arrivait. Elle disait : « Ils sont là. » Et puis, selon les soirs : « Cinq », ou « trois », ou « huit ». Et puis elle chuchotait quelque chose. Des noms, sans doute.

— Il y avait donc d'autres personnes ?

— Oui, même que j'entendais les chevaux des autres calèches, qui soufflaient, et qui piétinaient.

— Et ensuite ?

— Après on entrait dans un salon, on m'enlevait mon bandeau. Ils étaient assis sur des canapés, tout autour.

— Qui « ils » ? Des hommes, seulement ?

— Presque tous. Juste, parfois, une femme ou deux. Et celle qui avait ouvert. Je reconnaissais sa voix.

— Mais tu as vu leur visage, alors ?

— Non. Ils avaient des masques. Vous savez, ceux tout noirs, qui recouvrent le nez.

— Des loups ?

— C'est ça. Des loups.

— Ils étaient jeunes ? Vieux ?

— Plutôt vieux. Certains très vieux. D'autres... comme vous.

— Je ne te demande pas des détails sur ce qu'ils te faisaient faire. Je m'en doute. Mais étais-tu seul avec eux ?

— Pas toujours. Il y avait d'autres garçons. On nous faisait tous mettre nus.

— Des filles ?

— Jamais vu. Mais peut-être dans les autres salons... Plusieurs fois j'ai bien cru en entendre pleurer une, en passant dans le couloir.

— Les autres garçons, ils avaient ton âge ?

— J'étais le plus vieux. Même qu'il y en avait un, c'était juste un gosse. Le pauvre, il pleurait, ils lui faisaient mal, je leur ai crié d'arrêter... C'est pour ça que l'Anglais m'a cravaché... Et puni. D'une façon que je pourrai jamais dire.

— Mais tu revenais quand même ?

— Dame ! Ils payaient bien !

205

— Qui payait ?

— D'abord l'Anglais, dans la calèche, un gros billet. Ensuite à la fin des séances, on posait ma casquette à l'entrée du salon. Chacun, quand il était content de moi, y mettait quelque chose.

— Après, l'Anglais te ramenait ?

— Pas souvent. Il avait un domestique. Anglais aussi. Une tête de brute. Je l'ai vu avant qu'il me bande les yeux. Il me lâchait à l'entrée de Paris, après je me débrouillais.

Soudain, le garçon s'inquiéta.

— Mais pourquoi vous le cherchez, l'Anglais ?

— Tu le sauras plus tard. En attendant, demain, on t'emmène faire un tour en calèche.

— Où donc ? Puisque je vous dis que je ne sais pas où c'est !

— Mais nous, nous avons une petite idée. Seulement il faut que tu nous aides à la vérifier.

Fernando s'affola soudain.

— Mais s'il me voit, il me tuera !

— Personne ne te verra. Je te le promets. Tu resteras au fond de la voiture, tu fermeras les yeux pour retrouver tes sensations, les bruits, les odeurs. C'est tout.

— Et si je refuse ?

— Tu n'as pas le choix.

Santier avait honte du chantage auquel il allait recourir, mais la vie de Louise était en jeu.

— Sinon je m'arrangerai pour que l'Anglais sache que tu as parlé.

Le garçon sentit qu'il avait perdu, et se résigna. Ils convinrent d'un rendez-vous pour le lendemain à dix-huit heures, au coin de la rue des Martyrs, et se séparèrent. Fernando rentra directement dans sa chambre d'hôtel. Pas de racolage ce soir ; il était trop bouleversé par l'entretien, et par le rôle qu'on allait lui faire jouer.

48

Les visites de Berflaut à la couturière et au loueur de costumes confirmèrent son hypothèse : tous les deux reconnurent formellement sur le dessin de Toulouse-Lautrec l'Anglais venu emprunter et faire copier la robe de « Camille ». C'était donc bien lui, l'Anglais, le suspect numéro un de l'assassinat de Rosa la Rouge et de la petite fille ; lui aussi qui avait enlevé ou fait enlever la jeune sœur de Mireille.

C'est pourquoi Berflaut et Santier allèrent le soir même à Ville-d'Avray tenter de localiser son repaire. Ils emmèneraient leur témoin dans une calèche de la préfecture de police. Ils avaient besoin de Fernando pour retrouver parmi ces demeures d'apparence respectable celle où se déroulaient régulièrement les séances ignobles qu'il avait racontées et dont l'une d'entre elles, au moins, s'était conclue par la mort d'une enfant. C'est là aussi que Louise, s'ils ne l'avaient pas déjà tuée, était séquestrée et en grand danger.

Le préfet Lépine avait expressément demandé au directeur de la Sûreté qu'on l'avertît immédiatement en cas d'arrestation. Il lui avait fait comprendre qu'au cas, très improbable, où des personnalités politiques ou mondaines sembleraient mêlées à cette triste affaire, il faudrait à tout prix éviter que leurs noms circulent.

— Naturellement, mon cher, ne croyez pas que je veuille peser sur votre conscience ni entraver la marche de la justice, mais en ces moments difficiles vous devez comprendre qu'un scandale n'est pas souhaitable.

Le chef de la Sûreté Goron fit passer le message à Berflaut mais celui-ci était bien résolu, n'en déplût aux politiques, à aller jusqu'au bout, quoi qu'on découvrît. Aucune menace implicite de sanction concernant sa carrière ne l'intimiderait.

Comme l'enjeu était trop grave pour risquer l'échec, Berflaut et Santier seraient armés et ils avaient demandé qu'un cordon de gendarmes de la compagnie de Versailles se mette discrètement en place autour du bois dès dix-neuf heures, au cas où l'Anglais et ses complices, s'apercevant de quelque chose, tenteraient de s'échapper. Un « panier à salade » attendrait dans les parages en cas d'arrestation massive.

Les deux policiers se retrouvèrent comme convenu à dix-huit heures place Pigalle où les attendait la calèche de la préfecture. Fernando n'était pas arrivé. Avait-il décidé de leur faire faux bond ? Un quart d'heure passa. Berflaut piétinait rageusement. Toute l'opération risquait d'échouer s'il ne les accompagnait pas. Mais ils aperçurent enfin quelqu'un courant vers eux sur le terre-plein. Ils eurent du mal à reconnaître Fernando dissimulé derrière une casquette enfoncée.

— Excusez-moi. J'étais malade, j'ai vomi.

Ça devait être vrai. Manifestement il mourait de peur. On le fit monter et s'asseoir au milieu entre Berflaut et Santier, et la calèche démarra. Elle traversa Paris, franchit la Seine au pont de Sèvres et s'engagea à droite sur la route qui montait vers Ville-d'Avray. Le trot des chevaux claquant sur les pavés ralentit dans la côte, puis reprit son rythme sur le plat quand ils eurent tourné après l'église en direction de Versailles.

Au bout d'un kilomètre à peine, ils parvinrent à la lisière du bois de Fausses-Reposes. Berflaut demanda au conducteur d'arrêter ici et de les attendre.

Les policiers descendirent avec Fernando. Au bout d'un moment une silhouette s'approcha. C'était un des gendarmes de la compagnie de Versailles.

— Mes hommes sont postés des deux côtés de la route. Sifflez en cas de besoin. Nous ne bougerons qu'à votre appel.

— C'est bien, merci, brigadier.

Ils continuèrent à pied, pour ne pas être remarqués, encadrant Fernando, au cas où le jeune garçon, pris de peur, tenterait de s'esquiver. Mais il semblait remis et disposé à coopérer. Il humait comme un chien de chasse les odeurs humides du bois et dit tout bas :

— On doit pas être loin maintenant.

En cette fin de soirée du mois de janvier, il n'y avait personne pour s'étonner de ces promeneurs qui flânaient au bord de l'étang, regardant de loin l'arrière des maisons aux volets fermés. Aucune ne semblait habitée.

Pourtant si Fernando avait dit vrai, en plus des séances du jeudi auxquelles il participait, des divertissements étaient prévus certains soirs pour les amateurs d'autres genres de plaisirs. Cela supposait un minimum d'entretien de la demeure, le remisage des chevaux de l'Anglais, et la présence de ces chiens qu'il entendait aboyer à l'arrivée des calèches. Il y avait donc très probablement des gens sur place en permanence.

Des premières maisons dont ils longèrent les jardins, aucune ne semblait convenir à ces conditions. Elles n'avaient ni chenil ni écurie, et deux d'entre elles semblaient en complet état d'abandon. Aucune lumière ne filtrait à travers les volets.

Ils avancèrent encore dans le petit chemin en marchant le plus silencieusement possible, mais Fernando, qui s'était maintenant pris au jeu, s'avança, au risque de faire craquer les branches des taillis et regarda par-dessus les clôtures.

— Faisons le tour par-devant, sur la route. Ici, on ne trouvera rien, dit Santier.

C'est à ce même moment qu'au bout de l'allée qu'ils se préparaient à quitter, des aboiements furieux éclatèrent. À l'expression de Fernando, Berflaut comprit qu'ils étaient arrivés.

49

Le plus silencieusement possible, les trois hommes s'avancèrent sur le chemin en direction des aboiements et parvinrent au niveau d'un jardin clos de hauts murs. Les chiens déchaînés par leur approche redoublèrent leurs hurlements, auxquels répondait un bruit sourd, qui semblait être celui de chevaux piétinant dans une écurie.

En reculant au maximum, ils aperçurent, au fond, le toit et le premier étage d'une grande maison. Il leur sembla que de la lumière filtrait à travers les volets, et qu'une ombre s'était un moment découpée derrière l'une des fenêtres. Mais, chose curieuse, personne n'ouvrit les persiennes et ne se pencha, comme l'eût fait un propriétaire à la conscience tranquille, pour regarder l'origine de ce vacarme.

Après un moment, et en provoquant un renfort d'aboiements, Santier se hissa le long du mur et jeta un coup d'œil sur le jardin. Il aperçut le chenil et, en face, l'écurie. Au rez-de-chaussée, une fenêtre s'était brusquement éteinte, comme si quelqu'un était aux aguets.

— Il y a du monde, attention. Faisons le tour.

Ils allaient voir comment les choses se présentaient du côté de la façade.

Reprenant en sens inverse le chemin par lequel ils étaient arrivés, ils débouchèrent sur la route et après quelques mètres, aperçurent la courte allée descendant vers la propriété. De ce côté-là, de hauts murs et un grand portail de bois plein interdisaient toute vue sur le bas de la maison.

— C'est le portail que j'entendais s'ouvrir quand on arrivait, déclara Fernando. J'en suis sûr, c'est là.

— Allons nous poster un peu plus loin, décida Berflaut.

— Fernando, nous n'avons plus besoin de toi. Retourne à la calèche et attends-nous. Ce sera peut-être très long. Je pense que tu as bien compris que ton intérêt est de te taire, quand tu seras de retour à Montmartre. Tu sais ce que tu risques si jamais l'Anglais entendait dire que nous nous sommes rencontrés.

Fernando opina en silence et disparut sans se faire prier, apparemment soulagé de quitter les lieux.

Les deux hommes allèrent se poster à l'orée d'un chemin creux, à droite de la route, d'où ils avaient vue sur la maison.

La cloche de l'église venait de sonner neuf coups, et c'était le seul bruit qui troublait la tranquillité de la nuit. Aucune calèche ne passait ni ne stationnait devant la propriété. C'était pourtant, selon le garçon, un jour de réception. Mais peut-être les visiteurs n'étaient-ils pas encore arrivés ? Les soirées devaient commencer plus tard. Ou alors, ils s'étaient fourvoyés, et devraient repartir à zéro. Mais Fernando était formel, et ils ne voyaient pas pourquoi il aurait menti.

213

Au bout d'une demi-heure d'attente, une attente qui faisait monter en eux l'angoisse de l'échec, les policiers tendirent l'oreille : venant de Paris, un bruit de roues et de sabots de chevaux se rapprochait. Ils reculèrent dans le chemin afin de ne pas être aperçus de la route.

Deux calèches s'arrêtèrent devant la propriété. Un homme descendit de la première, s'approcha du portail et sonna quatre coups de cloche, puis, une seconde après, deux autres. Un code, certainement.

On entendit une porte s'ouvrir, des pas crisser sur le gravier. Les policiers, qui s'étaient légèrement rapprochés, virent une lumière éclairer le jardin et les deux battants du grand portail s'ouvrir pour laisser entrer les deux calèches, et se refermer sur elles.

— Laissons-les s'installer, dit Berflaut. Notre gibier n'est peut-être pas au complet. Attendons encore une demi-heure. J'ai comme l'impression que nous allons avoir un beau flagrant délit. N'agissons pas trop vite, ça ferait tout rater.

Il n'avait pas tort. Quelques minutes après, une troisième calèche s'arrêta et parcourut les quelques mètres de l'allée menant à la maison ; un homme en descendit et sonna de la même manière que le précédent. Encore une fois, le portail s'ouvrit et se referma sur les visiteurs.

Plus personne ne se manifestant au bout de la demi-heure, les policiers se dirigèrent vers la propriété. Berflaut sonna selon le code quatre coups, puis deux. Les deux amis avaient déboutonné leur manteau pour dégainer plus facilement leurs armes, en cas de besoin.

On entendit une porte s'ouvrir.

— Qui est là ? demanda de loin une voix d'homme.

Sans répondre, Berflaut recommença à sonner sur le même rythme.

— Qui est là ?

Les policiers se gardèrent bien de s'annoncer. Ils escomptaient que la curiosité l'emporterait sur la prudence. Le domestique, si c'en était un, penserait qu'il s'agissait de clients non attendus puisqu'ils étaient manifestement au courant du code.

Des pas se rapprochèrent, un battant du portail s'entrouvrit. Une tête d'homme, rendue plus sinistre par la lueur de la lanterne qu'il tenait à la main, les dévisagea, regarda derrière eux et constata qu'aucune calèche n'attendait devant le portail.

Il commença à refermer le battant, mais Santier le repoussa.

— Passe devant et pas un mot, dit Berflaut en pointant son arme vers lui. L'homme obéit, les deux policiers se dirigèrent à sa suite vers la maison.

Ils gravirent les quelques marches du perron et pénétrèrent dans le hall par la porte entrouverte. Des bruits de voix parvenaient d'une pièce située sur leur gauche. Une femme, grande, en sortit. Portant la cinquantaine, vêtue d'une robe noire, elle était défigurée par la petite vérole que tentait de dissimuler un épais maquillage.

Elle fixa les arrivants d'un air stupéfait et, sans un regard pour le domestique qui lui faisait des gestes d'impuissance, elle essaya d'avoir l'air aimable et tranquille pour dire :

— Qui êtes-vous, messieurs ? Je ne vous connais pas, vous devez faire erreur !

— Non, madame. Nous ne faisons pas erreur. Police. Nous venons visiter votre villa, dit Berflaut en montrant sa carte, imité par Santier.

La femme défiait les policiers du regard.

— Puis-je savoir pourquoi ?

— Vous le savez certainement, madame. Nous cherchons une jeune fille disparue.

La femme, cette fois, sembla accuser le coup. Son étonnement sonna très faux.

— Quelle jeune fille ? Et pourquoi chez moi, je vous prie ?

— Madame, nous avons de bonnes raisons de penser qu'elle se trouve ici.

La femme tenta une dernière parade.

— Ce n'est pas ici, je vous dis. De toute façon, l'heure est passée pour une perquisition. Revenez demain matin. À la levée du jour, c'est bien ça ?

— En effet. Mais, puisque le règlement vous est si bien connu, sachez que c'est un cas d'urgence. Maintenant si vous préférez, je peux faire réveiller le préfet de police par téléphone ; le temps qu'il confirme ses ordres, et vos invités seront retenus une bonne partie de la nuit.

Devant cette perspective, la femme hésita, et capitula.

— Vous faites une énorme erreur, messieurs, et je veillerai à ce qu'elle vous coûte cher. J'ai des amis haut placés qui vous apprendront à ne pas déranger

216

en pleine nuit une réception mondaine entre personnes respectables.

— C'est bien cela, madame, que nous désirons vérifier. Nous avons des informations très différentes sur vos respectables réunions.

Berflaut se dirigea vers le salon, après avoir fait signe à Santier de surveiller les escaliers. Il lui avait semblé à son arrivée entendre des pas précipités montant vers les étages.

La femme était appuyée contre la porte de la pièce, et il sembla que la façon dont elle haussait le ton avait pour but d'alerter ses invités. De fait, les voix s'étaient tues, et l'on entendit des pas, ainsi que le bruit d'une fenêtre que l'on ouvrait.

Santier comprit, s'élança au fond du couloir pour sortir côté jardin, à temps pour surprendre deux hommes tentant de fuir par la fenêtre.

Il leur montra son arme.

— Police, messieurs. Veuillez rentrer dans la maison. Le bois est cerné, vous n'iriez pas loin.

Les deux silhouettes reculèrent, suivis de Santier qui, escaladant l'appui entra à leur suite dans le salon, Berflaut, repoussant la femme qui tentait de s'y opposer, monta vers les étages.

50

Lorsque Santier pénétra dans le salon, il se crut, l'espace d'un instant, dans un musée de cire. Deux garçonnets entièrement nus étaient à genoux sur le tapis, un fouet à terre à côté d'eux. Leurs poignets étaient attachés. Cinq hommes et deux femmes, tous masqués, se tenaient debout, immobiles et muets. Les deux autres qui avaient tenté de s'enfuir se tenaient entre la fenêtre et le buffet dressé pour la soirée.

Constatant leur hâte à vouloir s'échapper, le policier pensa qu'il s'agissait du plus gros gibier. Il s'approcha d'eux et fit signe aux autres de s'asseoir. Il tenait toujours son arme à la main.

— Détachez ces garçons, leur dit-il.

Ils s'exécutèrent.

— Mesdames, messieurs, nous allons relever vos noms. Veuillez enlever vos masques. Ne m'obligez pas à le faire moi-même.

Cette dernière phrase était à l'adresse des deux femmes qui avaient reculé au fond de la pièce en appuyant les mains sur leurs loups.

Le plus grand des deux hommes debout près de la fenêtre s'avança vers lui.

— Vous êtes de la police des mœurs ? Dans ce cas, sachez qu'il s'agit d'une soirée privée, et que vous n'avez rien à faire ici. Veuillez quitter cette maison.

Le ton était hautain, mais surtout, et cela surprit à peine Santier : l'accent était britannique.

L'Anglais. Enfin !

— Non, monsieur, nous ne sommes pas de la police des mœurs. Mais il s'agit de violences sur mineurs ce qui est de notre ressort. Nous sommes là dans le cadre d'une enquête criminelle : deux meurtres et un enlèvement.

La peur se lut sur le visage des « invités » qui se découvraient mêlés sans le savoir à une affaire très grave. L'Anglais, lui, avait déjà compris et commença à faire un pas de côté vers la fenêtre. Mais Santier ne le quittait pas des yeux. C'était lui le plus dangereux, car après ses crimes il n'avait plus rien à perdre. D'un geste brusque, il lui arracha son masque.

C'était bien l'homme dont Toulouse-Lautrec avait fait le portrait.

Il était pâle. De ses yeux noirs très enfoncés jaillissaient des éclairs de rage. Santier lui fit signe d'aller s'asseoir auprès des autres et s'adressa au groupe, figé de stupeur.

— Vous êtes tous en état d'arrestation. Je vous conseille de ne pas chercher à fuir. Dehors, mes hommes ont pour consigne de tirer à vue.

— Rhabillez-vous, dit-il aux deux garçonnets qui ramassèrent leurs effets et se réfugièrent dans un coin de la pièce.

Les « invités », de mauvaise grâce, déclinèrent leur nom et leur adresse : sur les deux femmes, l'une était l'épouse d'un des participants ; l'autre,

219

une ancienne demi-mondaine. Toutes deux avaient la quarantaine passée. Les hommes, tous âgés, représentaient le vice cosmopolite : un prince russe ventripotent et aux énormes favoris gris, un banquier belge, un Argentin sans moyens d'existence, du moins avouables ; celui qui avait tenté de fuir avec l'Anglais refusa d'abord de donner son identité « au nom de l'honneur de l'État français ». Refus inutile.

Santier avait reconnu Louis Dupont-Genevrier, parlementaire conservateur dont le nom avait circulé il y a cinq ans dans une vilaine affaire que ses protections avaient étouffée.

« Cette fois, honneur de l'État ou pas, il n'y échappera pas », se dit le policier.

Il attendit, en surveillant le groupe, que Berflaut redescendît. Il l'entendit marcher au-dessus d'eux, ouvrir des portes, accompagné par les protestations assourdies de la femme.

Berflaut s'était engagé dans l'escalier malgré l'hôtesse qui s'accrochait à ses basques.

— Il n'y a rien là-haut, seulement des appartements privés, assura-t-elle.

Arrivé sur le palier, le policier se dégagea et ouvrit les portes, les unes après les autres.

La première pièce était vide. C'est une chambre banale, plutôt austère. Rien d'un nid d'amour, si tant est que cette jolie expression convînt pour les pratiques de la maison. C'était sans doute la chambre de l'hôtesse. D'ailleurs le lourd parfum qui s'en dégageait était le sien.

Dans la seconde, plus raffinée, les lampes étaient allumées, un grand miroir se tenait au pied du lit, du linge fin était déposé sur la commode, et des gravures dont le sujet ne laissait guère de doute sur sa destination étaient accrochées au mur.

Même chose pour la suivante, à ceci près qu'une cravache et une chaîne étaient posées sur un fauteuil.

Mais de jeune fille, point.

La porte suivante était celle d'une garde-robe. Aux cintres, des capes noires, des robes longues transparentes, des costumes d'enfant : un Pierrot, un enfant de chœur, un ange.

Et un costume de petite fille modèle identique à celui que portait la petite victime de la rue Saint-Vincent.

Il referma la porte et se retourna. La femme avait blêmi, mais tenta de donner le change.

— Vous voyez bien ! Des vieux déguisements de ma sœur et moi quand nous étions fillettes !

— Vraiment, madame ? Je les crois plutôt récents, et destinés à des jeux moins enfantins.

Toujours accompagné des protestations de la femme, qui cette fois lui barrait carrément la route, il s'avança vers la dernière pièce. La porte était fermée.

— Ouvrez, je vous prie.

— Je n'ai pas la clé. C'est une remise qui ne sert plus depuis longtemps.

— La clé, ou j'enfonce la porte.

La femme, après un instant d'hésitation, comprit qu'elle n'avait plus le choix.

— Tu peux ouvrir, dit-elle en se tournant vers la porte close.

On entendit un bruit de clé : une femme qui lui ressemblait étrangement parut sur le seuil. Sa sœur, sans aucun doute. Même allure, même regard, chargé de froide colère, plus que de peur. Derrière elle, Berflaut aperçut une silhouette en robe de mariée. Il s'avança, souleva le voile, dénoua le bâillon qui enserrait le bas du visage.

Des yeux le fixaient, pleins de larmes et d'un fol espoir.

— Louise ?

Elle hocha la tête, éclata en sanglots.

Épilogue

COUP DE FILET À VILLE-D'AVRAY
La jeune disparue retrouvée vivante !

Cette nuit, la police a retrouvé vivante la jeune fille enlevée lors du cambriolage du boulevard de Courcelles, et du même coup a mis fin à l'énigme des meurtres de Montmartre. L'ombre de l'Éventreur s'est définitivement éloignée.

L'assassin de Rosa la Rouge et de la petite fille de la rue Saint-Vincent a été arrêté, et, en même temps que lui, ses complices, deux femmes qui, sous couvert de réceptions mondaines, organisaient des soirées spéciales pour amateurs de jeunes enfants. Parmi leurs clients, également appréhendés, figureraient un grand nom de l'aristocratie russe et un parlementaire français.

On ignore encore dans quelles circonstances la petite fille de la rue Saint-Vincent a trouvé la mort. La jeune femme de chambre, profondément marquée par sa séquestration, ne sera entendue qu'à sa sortie de l'hôpital.

L'Aurore, 21 janvier 1895

Louise n'avait pas été maltraitée, ni même violée. Sa virginité ayant trop de prix, ses ravisseurs l'avaient préservée jusqu'à ce soir-là où, habillée en

223

mariée, elle allait être livrée au plus offrant. Elle retournerait chez ses patrons quand elle serait libérée du souvenir des dernières semaines. En attendant, Mireille – à qui Madame avait généreusement accordé un congé – l'emmènerait dans leur village natal oublier sa terrible épreuve.

La confrontation houleuse de l'Anglais avec Marcel Jargot et Louis Galantin, chacun ayant d'abord rejeté sur les autres la responsabilité de l'enlèvement de Louise, permit aux policiers de faire la lumière sur les deux affaires.

La petite fille inconnue retrouvée rue Saint-Vincent était bien, comme ils l'avaient supposé, un de ces enfants abandonnés errant dans les rues de Montmartre. L'Anglais l'avait enlevée et vendue aux deux tenancières de la maison de rendez-vous de Ville-d'Avray dont il était le rabatteur et l'associé. Mais la fillette, terrorisée par les sévices qu'elle subissait, avait voulu s'enfuir. Poursuivie en pleine nuit par ses bourreaux et leurs chiens, elle était tombée dans l'étang et s'était noyée. L'Anglais, pour se débarrasser du corps, l'avait transporté jusqu'à Montmartre et lui avait infligé une blessure au couteau pour faire croire à un crime de voyou.

C'était lui aussi qui avait assassiné Rosa la Rouge. Celle-ci, pleine de remords en apprenant que le cambriolage qu'elle avait indiqué à son souteneur avait entraîné l'enlèvement de la jeune sœur de Mireille, voulait prévenir son amie. Il fallait donc l'empêcher de parler. Mais Rosa avait eu le temps avant de mourir de dénoncer son meurtrier à Nanette.

Le procès de Jargot et de ses complices eut lieu au printemps. Galantin et Jargot furent envoyés aux travaux forcés à perpétuité et les deux femmes écopèrent de la prison à vie. Quant à l'Anglais, il fut condamné à mort et exécuté devant la prison de la Roquette où une foule immense assista à son châtiment.

Il faudrait longtemps à Berflaut pour se débarrasser du cauchemar qui le hantait :

Camille, dans sa tenue de petite fille modèle, poursuivie par des chiens, court vers un étang en pleine nuit, sourde à ses appels. Étrangement figé sur place, il ne peut venir à son secours et la voit s'enfoncer peu à peu dans l'eau noire. Elle se retourne et tend désespérément ses bras vers lui. C'est alors qu'il aperçoit son visage. C'est celui de sa fille Madeleine.

La petite Camille fut enterrée au cimetière de Montmartre dans le quartier des Innocents. Sa tombe fut achetée à la suite d'une souscription parmi les policiers du 18e, qui se relayaient pour la fleurir.

Robert Fresnot, le neveu de Marguerite, qui avait suivi l'affaire avec passion, entreprit de la raconter dans son premier roman, qu'il intitulerait *Sanguine sur la Butte*.

Toulouse-Lautrec offrit à Berflaut le croquis qui avait permis l'identification du coupable. Et le policier refusera toujours de s'en séparer, malgré les offres tentantes des collectionneurs et des galeries.

Postface

Bien qu'elle s'appuie sur des faits divers très proches de notre drame, l'intrigue policière est entièrement fictive. En revanche, les événements évoqués dans ce roman concernant la vie, l'entourage et les tableaux de Toulouse-Lautrec pendant les premiers mois de l'année 1895 sont réels. Seules quelques modifications mineures concernant la date de certains tableaux ont été apportées afin de les faire figurer dans les quelques semaines que dure l'histoire.

L'atelier et l'appartement de Toulouse-Lautrec se trouvaient à l'angle de la rue Caulaincourt et de la rue de Tourlaque.

Il fréquentait les écrivains et les artistes qui étaient ses contemporains : Mallarmé, Verlaine, Pierre Louÿs, Oscar Wilde, Tristan Bernard, Maurice Donnay, Alfred Jarry, Jules Renard ; les peintres Whistler, Vuillard, Bonnard, et faisait partie du cercle des Natanson, directeurs de *La Revue blanche*.

Il fréquentait la maison close de la rue des Moulins et préparait l'album *Elles* consacré aux filles de maison. Il allait exposer à Paris au Salon de l'Art nouveau, à la galerie Lafitte et au Salon de la libre esthétique de Bruxelles.

Il préparait un voyage à Londres où il assisterait en avril au procès de son ami Oscar Wilde.

Il ne manquait aucun spectacle : cirque avec la clownesse Cha-U-Kao, théâtre avec Marcelle Lender, Moulin-Rouge où Jeanne Avril continuait de se produire avant de partir en tournée à Londres. Il allait écouter Yvette Guilbert qui chantait au *Jardin de Paris* et retrouvait Aristide Bruant au *Mirliton* que celui-ci se préparait à quitter, fortune faite.

La Goulue quittait le Moulin-Rouge et allait ouvrir au printemps une baraque à la Foire du Trône. Lautrec réalisa pour elle deux grands panneaux, qui furent vendus par la Goulue à un marchand peu scrupuleux qui les découpa. Ils furent retrouvés et rassemblés et sont maintenant exposés au musée d'Orsay.

Jeanne Avril était la fille d'une demi-mondaine et d'un noble italien ruiné. Maltraitée par sa mère et hospitalisée à la Salpêtrière dans le service du professeur Charcot pour troubles nerveux, elle avait été libérée grâce à l'intervention d'un jeune médecin. Celui-ci, frappé par ses dons de danseuse qu'il avait repérés lors d'un « bal des folles », l'avait emmenée au bal Bullier où elle avait découvert sa vocation. Elle ne dansait au Moulin-Rouge que lorsqu'elle en avait envie, refusant de Zidler tout engagement qui eût restreint sa liberté.

Œuvres de Lautrec auxquelles il est fait allusion au cours de ce roman

Spectacles
Bal du Moulin de la Galette, huile sur toile, 1889.
Le Moulin-Rouge, affiche,1891.

Au Moulin-Rouge, huile sur toile, 1892-1893.

Jeanne Avril dansant, huile sur carton, 1892.

Jeanne Avril sortant du Moulin-Rouge, huile sur toile, 1892.

Aristide Bruant aux Ambassadeurs, lithographie, 1892.

Couverture de l'album Yvette Guilbert, lithographie, 1894.

Portrait d'Yvette Guilbert, fusain et peinture à l'essence sur carton, 1894.

La Goulue et Valentin, fusain avec rehauts de couleurs, 1891.

La Clownesse Cha-U-Kao, essence sur carton, 1895.

Marcelle Lender, lithographie, 1895.

May Milton, lithographie, 1895.

La Danse au Moulin-Rouge et *La Danse mauresque*, huiles sur toile, 1895.

Maisons closes

Femme tirant son bas, essence sur carton, 1894.

Au salon de la rue des Moulins, fusain et huile sur toile, 1894.

Au salon, le Divan, essence et pastel sur carton, 1893-1894.

Au lit, le baiser, huile sur carton, 1892.

Le Blanchisseur de la maison, huile sur carton, 1894.

Les Deux Amies, huile sur carton, 1895.

Elles, album de lithographies, 1896.

Modèles, amis ou relations

Carmen, huile sur bois, 1885.

La Blanchisseuse, huile sur toile, 1886.

À Montrouge, Rosa la Rouge, huile sur toile, 1887.

Buste de femme au caraco blanc, huile sur toile, 1889.

Le Docteur Péan opérant, essence sur carton, 1892.

Gabriel Tapié de Ceyleran dans un couloir de théâtre, huile sur toile, 1894.

Tristan Bernard au vélodrome Buffalo, huile sur toile, 1895.

Misia Natanson (Couverture de *La Revue blanche*), lithographie, 1895.

À table chez les Natanson, essence, gouache et pastel sur carton, 1895.

Oscar Wilde, aquarelle, 1895.

Jeanne Avril chez l'imprimeur, lithographie, 1893.

*
* *

Naturellement, le croquis de « l'Anglais » n'a rien avoir avec les portraits faits par Toulouse-Lautrec du peintre Warrener sous le titre *L'Anglais du Moulin-Rouge*.

Quant à Rosa la Rouge, les historiens du peintre ne sont pas d'accord. Certains l'assimilent à Carmen Gaudin, ouvrière à la splendide chevelure rousse rencontrée en 1884, et qui devint son modèle pendant quatre ans. Pour d'autres, il ne faut pas confondre cette dernière avec une prostituée qui aurait contaminé Lautrec, ni avec le personnage de la chanson de Bruant *À Montrouge* dont le peintre dessina la couverture. Les trois versions ont été fondues pour construire un personnage fictif inspiré des tableaux représentant Carmen Gaudin.

DANSE MACABRE
AU MOULIN-ROUGE

AVERTISSEMENT

Bien que fondée sur des faits divers authentiques, l'intrigue policière est totalement fictive.

Mais si la participation à l'histoire de personnages tels que les artistes du Moulin-Rouge et le peintre Toulouse-Lautrec relève de la fantaisie, il a été apporté le plus de soin possible à l'évocation des événements politiques, judiciaires et historiques, celle du milieu montmartrois de l'époque, ainsi qu'aux références à la vie et aux œuvres de Lautrec dont le lecteur trouvera la liste en fin de volume.

Moulin-Rouge, Moulin-Rouge
Pour qui mouds-tu, Moulin-Rouge ?
Pour la mort ou pour l'amour ?
Pour qui mouds-tu jusqu'au jour ?

Chanson

1

Décembre 1895

La nuit était tombée sur Montmartre, recouvrant de son ombre le boulevard Rochechouart qu'arpentaient déjà les filles en quête de clients, les souteneurs surveillant leur troupeau et les voyous guettant quelque bourgeois imprudemment aventuré, loin des beaux quartiers, vers le terre-plein où rôdaient, prêtes à s'affronter, les bandes rivales des barrières, couteaux au fond des poches.

Même obscurité sur le haut de la Butte, où les rares becs de gaz dispensaient leur avare lumière. Celui de la rue Saint-Vincent avait eu depuis longtemps sa vitre cassée par les gamins du quartier, et personne n'avait songé à la remplacer : à quoi bon ? Son sort aurait été le même.

C'est à sa faible lueur qu'on découvrait de temps en temps, le long des grilles du vieux cimetière, une nouvelle victime, comme si les assassins pensaient pouvoir y accomplir plus facilement leur forfait. C'était le plus souvent une « pierreuse » récalcitrante « punie à mort » par son jules, mais parfois aussi une jeune innocente comme Blanche, la petite ouvrière, éventrée par son amant, et qu'avec Bruant pleura tout le quartier.

Quand ils l'ont couchée sur la planche
Elle était si blanche
Même qu'en l'ensev'lissant
Les croque-morts disaient qu'la pauvre gosse
Était claquée l'jour de sa noce
Rue Saint-Vincent.

Aussi peu de gens se risquaient-ils, passé dix heures du soir, dans cette partie de la Butte dont les habitants se terraient derrière leurs volets fermés, et où les rapins ne regagnaient qu'en groupe leurs petites chambres d'artistes. Quant à cette zone de non-droit qu'était le maquis, refuge de toute une faune vivant dans les masures et baraques accumulées dans les terrains vagues, il eût été suicidaire de s'en approcher la nuit venue. Pour affronter ces rues, il fallait bien du courage et une faim pressante aux prostituées trop vieilles pour affronter la concurrence des boulevards, et tout autant aux rares clients désargentés et donc peu regardants, pour leur acheter à bas prix quelque rapide complaisance.

Mais tout en bas, Montmartre avait pris un tout autre visage depuis qu'était apparu, en 1889, le Moulin-Rouge, illuminant la place Blanche des lumières de ses grandes ailes et attirant pour sa fête nocturne un public composite, petit peuple, bourgeois, nobles étrangers, et même têtes couronnées, venus s'encanailler au spectacle du quadrille naturaliste.

C'était, au rythme du galop d'*Orphée aux enfers* d'Offenbach, conduit par Valentin le Désossé, l'imperturbable échalas, le cancan déchaîné des filles agitant leurs jupons sur leurs jambes gainées de bas noirs, découvrant leurs cuisses et leurs dessous dont le père la Pudeur surveillait la décence, exécutant des figures acrobatiques, la « guitare », le « port d'armes », qui rendaient cramoisis les messieurs engoncés dans leurs faux cols ; elles se retournaient pour saluer impudemment de leur derrière, et s'écroulaient l'une après l'autre en grand écart sur la piste avec des cris aigus. Elles s'appelaient Grille d'égout, Nini patte en l'air, la môme Fromage, Rayon d'or, Galipette, Diamant, Arc-en-ciel... Et la Goulue ! la Goulue surtout, reine du cancan, capable d'un coup de sa bottine de faire sauter le gibus d'un spectateur, fût-il altesse royale : « Hé Galles, tu paies le champagne ? »

Ce succès était dû à deux hommes, Oller et Zidler, qui avaient su, au bon moment, sur l'emplacement de la défunte Reine-Blanche, imaginer un spectacle capable d'attirer les foules, grâce aux meilleurs danseurs débauchés de l'Élysée-Montmartre. Mais aussi grâce à l'affiche géniale de Toulouse-Lautrec qui avait éclaté un beau jour sur les murs de Paris.

Tout était nouveau : la mise en page audacieuse, l'originalité des à-plats de couleur, des silhouettes des spectateurs se découpant au premier plan en ombres chinoises, des grosses taches jaunes des éclairages électriques, le profil aigu de Valentin le Désossé, et, au centre, la Goulue, de trois quarts dos, jambe droite tendue sur le côté, en caraco à pois rouges, son petit chignon blond perché en haut du crâne, ses bas noirs découverts par le tourbillon blanc de ses jupes.

Ce succès n'avait pas été sans susciter jalousies et critiques. Ne disait-on pas dans le métier que Zidler, ancien boucher, ne faisait finalement que vendre encore de la chair fraîche ? Car le Moulin-Rouge n'était pas seulement un lieu de danse. À l'entracte, ou après le spectacle, le long de la galerie, des filles « faisaient le pilon », quémandant aux bourgeois en goguette quelque billet à glisser dans leurs bas, ou proposant une passe au sortir de l'établissement dans un des petits hôtels garnis du boulevard de Clichy ou des rues environnantes.

Le Moulin-Rouge fournissait aussi à la belle saison des distractions plus familiales : son jardin, ses tonnelles, les promenades à âne, l'éléphant géant datant de l'Exposition universelle de 1889 dans le ventre duquel au son d'un orchestre ondulaient des odalisques, la petite scène où se produisait le Pétomane dont les étonnantes prestations provoquaient l'hilarité du public.

Mais si des milliers de spectateurs se pressaient chaque soir place Blanche, c'était pour assister, entassés au balcon ou attablés au bord de la piste de danse, au spectacle débridé du cancan. Attirés comme des phalènes par les lumières de ses grandes ailes, ils allaient vivre au Moulin-Rouge la grande parade du plaisir.

2

C'est en pensant aux belles premières années du Moulin-Rouge que Toulouse-Lautrec remontait péniblement, ce soir-là, la rue Caulaincourt. Après son déménagement de l'été dans un appartement de la rue Fontaine, moins pénible que la Butte pour ses pauvres jambes, il n'avait conservé, et encore pour seulement quelques mois, que son atelier au coin de la rue de Tourlaque.

Son moral était à l'unisson du temps : maussade et mélancolique. Après l'intense production, tableaux et lithographies, des dernières années, il se sentait, malgré les vacances passées en septembre au château de Malromé près de sa mère, fatigué, sans ressort. Il buvait aussi davantage. « Boire peu, mais souvent », tel était son slogan, mais depuis quelque temps le « souvent » finissait par l'emporter sur le « peu ». Il faisait renouveler à plusieurs reprises son verre d'absinthe à sa table au bord de la piste du Moulin-Rouge, quand il y allait encore, et vidait plus vite les caisses du vin familial envoyées par la comtesse de Toulouse-Lautrec, sa mère.

Il se mit à penser à ses amis morts, ou partis : mort, le pauvre Vincent, depuis cinq ans, de sa folie suicidaire, un coup de feu dans un champ de tournesols ; parti à Tahiti, Gauguin, à la recherche d'un paradis perdu ; et Oscar Wilde, emprisonné dans les geôles de Reading après un honteux procès où on lui avait fait payer sa provocante marginalité, et surtout son audace d'avoir défié un lord, un marquis et tout l'*establishment*. Jeanne Avril partait bientôt danser à Londres et Bruant, fortune faite, allait laisser le Mirliton... Quant à Verlaine, il se mourait dans sa petite masure de la montagne Sainte-Geneviève... Pauvre Lelian...

La Goulue, elle, n'était pas partie, mais c'était tout comme. Depuis six mois, elle ne dansait plus au Moulin-Rouge. Trop lourde, engraissée par l'alcool − elle devait son surnom à l'habitude qu'elle avait de vider les fonds de verre des clients − et par son appétit de tous les plaisirs, elle avait un soir raté son grand écart, et compris que pour elle, le cancan du Moulin-Rouge, c'était fini. Celle qui avait été un temps la reine de Montmartre, sinon de Paris, qu'elle parcourait dans son propre attelage, était réduite à se produire dans les foires, et avait acheté une baraque installée en avril à la Foire du Trône, puis l'été à celle de Neuilly. Elle avait escompté que son numéro de danse orientale, sur son seul nom, aurait attiré les foules.

« *Great attention !* Le public sera admis à contempler, malgré un prix dérisoirement bon marché, la célèbre danseuse du Moulin-Rouge, idole de Montmartre. »

Telle était l'annonce qu'elle avait fait placarder, puis, inconsciente de la valeur du cadeau, elle avait demandé à Lautrec, « son petit bonhomme touffu », de décorer sa baraque. Et le peintre, généreux à l'égard de sa vieille amie, et tenté par l'idée de ces peintures exposées en plein air aux regards du petit peuple en goguette, avait accepté.

Mais la Goulue n'avait pas eu le succès escompté, et elle lui avait avoué, l'autre soir, quand il l'avait rencontrée, rue Lepic, déjà presque méconnaissable, qu'elle allait mettre en vente sa baraque.

— T'inquiète pas, j'ai enlevé tes peintures, je les ai roulées et je les garde chez moi. Pas folle ! Ça prendra de la valeur, sûrement ! Et puis, c'est un souvenir, pas vrai ?

En cela, elle ne se trompait guère. Et Lautrec, malgré son envie de récupérer ses toiles, avec sa délicatesse de gentilhomme, ne les lui réclama pas. Pourtant il pressentait qu'un jour elle serait probablement obligée de s'en séparer[1]. Pauvre Goulue ! Elle avait brûlé sa vie, insouciante du lendemain, et n'avait pas écouté le conseil de Valentin le Désossé, prudent homme de loi dans le civil : « Place ton argent, Louise, tes jambes ne te feront pas toujours vivre ! »

C'est sur ces pensées mélancoliques que le peintre termina la pénible montée de la rue Caulaincourt et gravit l'escalier jusqu'au premier étage, où se trouvait son atelier. C'était déjà la nuit, il n'avait pas l'intention d'y peindre, seulement de faire un peu de rangement dans ses derniers tableaux et ses dernières lithographies.

---

1. Elle les revendit, après d'autres déboires, au docteur Viaud. Exposées au Salon d'automne en 1904, elles ont été achetées puis découpées pour être vendues en morceaux par le marchand Druet. Les deux panneaux passèrent douze ans dans une collection scandinave jusqu'au moment où, récupérés par Joyant, l'ami de Lautrec, ils furent reconstitués. Ils se trouvent maintenant au musée d'Orsay.

Il avait à peine enlevé son manteau et son chapeau melon, délacé ses bottines trempées, que l'on frappa à la porte. Il savait qui pouvait lui rendre visite à cette heure, et ouvrit. Un long jeune homme se tenait sur le palier, les bras chargés d'un grand panier rempli de bûches.

— Ah ! Merci, Robert ! Tu arrives à point ! Le poêle s'était éteint.

— Je vous ai entendu rentrer et suis descendu tout de suite à la cave.

Entendre rentrer Lautrec n'était guère difficile ; le bruit d'un pas irrégulier accompagné de celui d'une canne tapant marche après marche annonçait sans ambiguïté la venue du peintre. Mais Robert Fresnot, en disant cela, n'entendait pas malice, et d'ailleurs Lautrec avait assez d'humour pour plaisanter le premier sur son infirmité.

— Avez-vous besoin de quelque chose ? Ma tante m'envoie vous demander si vous voulez dîner avec nous. C'est le jour de l'inspecteur Berflaut.

— Non, merci, Robert. C'est très gentil de sa part, mais je suis juste passé faire du rangement, et je redescends dîner avec mon cousin Tapié.

Le bois déchargé, le jeune homme salua Lautrec et quitta l'atelier où déjà le peintre s'activait en fredonnant le refrain d'une chanson de Gustave Nadaud, *Les Deux Gendarmes*, qui le ravissait :

« Brigadier, répondit Pandore, Brigadier, vous avez raison... »

Robert Fresnot avait quitté sa Touraine natale pour commencer des études de lettres et d'histoire de l'art en Sorbonne. Ses parents, instituteurs, l'avaient confié à la tante Marguerite, une vieille fille de quarante-cinq ans dont le fiancé avait été tué pendant la Commune. Elle n'avait jamais songé à le remplacer, bien qu'elle eût reçu plusieurs propositions, et vivait dans son souvenir, allant fidèlement déposer chaque Toussaint, au cimetière du Père-Lachaise, un bouquet au pied du « mur des Fédérés ». Après avoir été petite main dans une maison de couture, elle faisait désormais partie de l'équipe des costumiers de la Comédie-Française.

Toulouse-Lautrec était son voisin de palier, un voisin charmant, et bien que comte, « pas fier pour deux sous ». Quand on le connaissait vraiment, on finissait par oublier sa laideur et sa difformité. Derrière ses lorgnons brillaient de grands yeux bruns et tendres.

Il ne refusait jamais de partager de temps en temps avec Marguerite un bon potage et quelque rôti. Il fournissait naturellement le vin du château familial, avec lequel il « faisait chabrol », les soirs d'hiver, en compagnie d'un autre invité, l'inspecteur Louis Berflaut.

Cet inspecteur de la Sûreté habitait également rue Caulaincourt. Veuf et père d'une fillette, le policier était l'ami « en tout bien tout honneur » de Marguerite, depuis qu'il l'avait sauvée une nuit, sur le boulevard de Clichy, de l'attaque d'un marlou qui s'en prenait à son sac. Comme elle résistait, il avait déjà sorti son couteau, mais Berflaut, qui passait par là au même moment, était intervenu à temps. Elle avait éprouvé d'abord de la reconnaissance, puis de la sympathie pour le policier, ce bel homme, brun, l'allure sportive même en tenue de ville – il avait été champion universitaire de course à pied – toujours tiré à quatre épingles, des mains superbes.

Louis Berflaut avait commencé sa carrière d'inspecteur au commissariat de la rue Caulaincourt où, depuis sa nomination à la Sûreté, il conservait des amis, qui le prévenaient dès qu'une affaire difficile se présentait dans le quartier. Le chef de la Sûreté Goron le chargeait alors de l'enquête, à cause de sa parfaite connaissance des lieux, de tout ce qui s'y passait, et des relations qu'il s'était faites dans le monde des indicateurs.

Ils formaient un trio d'amis, et chacun y allait de ses histoires : Marguerite faisait rire avec les caprices et les jalousies des comédiennes, chacune exigeant qu'on l'habillât avec la couleur seyant le mieux à son teint, et qu'on choisît pour la rivale la couleur la plus atroce ; Lautrec, parlant peinture ou, plus lestement parfois, racontant la dernière anecdote de maison close, et l'inspecteur Berflaut les dernières enquêtes qu'il avait menées.

Si le quotidien de leur quartier se résumait à des bagarres de souteneurs, des vols, des filles « punies » trop brutalement, des rafles ou des filles se dérobant à la visite et qu'on embarquait à Saint-Lazare, quelques meurtres, l'année passée, avaient ensanglanté le quartier : une ancienne écuyère du cirque Fernando, retrouvée éventrée sur les marches des escaliers de la Butte, deux prostituées qui travaillaient dans le vieux cimetière, en s'allongeant sans vergogne sur les tombes pour quelques clients aux goûts macabres, avaient été découvertes assassinées sur leur lieu de travail, peut-être par ces mêmes clients, en guise de paiement.

Pour le moment, la police n'avait aucune piste, et on commençait à parler de Jack l'Éventreur, dont les méthodes, les victimes, et le genre de lieux des assassinats, Whitechapel et Montmartre, étaient semblables. Disparu de Londres depuis huit ans, peut-être avait-il décidé de recommencer ses crimes ailleurs ? C'était la rumeur qui courait depuis quelque temps, mais à laquelle Louis Berflaut, personnellement, n'avait jamais cru.

Depuis plusieurs mois, Montmartre était redevenu plus calme, et le policier s'en réjouissait.

Il avait tort.

3

Ce vendredi soir-là, vers dix heures, les spectateurs qui se pressaient devant l'entrée du Moulin-
Rouge ne remarquèrent qu'au bout d'un moment
que les grandes ailes du Moulin ne tournaient pas.
Puis, quand les yeux se furent accoutumés à leur
lumière, un cri d'horreur s'éleva : on découvrit
qu'elles portaient une femme en tenue de cancan,
écartelée et crucifiée.

Les premiers qui l'aperçurent pensèrent d'abord
qu'il s'agissait d'un mannequin, sans doute une
invention de Zidler pour attirer les foules, bien que
la chose ne fût pas nécessaire, vu le succès permanent de son spectacle. Mais lorsque quelques
bourgeois eurent sorti leurs lorgnettes, dont ils
escomptaient se servir pour voir de plus près les
dessous des filles, ils découvrirent qu'il s'agissait
d'une vraie femme, et qu'elle semblait morte. Ses
quatre membres étaient attachés aux ailes, sa tête
penchait sur sa poitrine et ses longs cheveux noirs
cachaient son visage.

La foule demeura figée, incapable de quitter des
yeux l'horrible vision. Les deux gardiens préposés
au contrôle des entrées, voyant que personne
n'avançait plus, quittèrent leur poste et s'avancèrent sur la chaussée, prenant du recul pour

découvrir à leur tour l'hallucinant spectacle. L'un d'eux retourna précipitamment à l'intérieur pour prévenir Zidler, qui sortit à son tour, leva la tête, la main en visière sur ses yeux pour les accoutumer et, quand il comprit, ne put que répéter :

— C'est pas possible ! Pas possible !

Il se rua dans l'établissement, suivi du gardien, rejoignit le couloir au fond duquel on accédait à l'escalier intérieur, monta jusqu'au sommet, et vit...

— Bon Dieu, c'est pas possible ! Pas possible ! répéta-t-il.

Il passa la tête par une des petites ouvertures de la tourelle, mais ne vit de la femme que ses jupons blancs que le vent plaquait sur les jambes écartées.

Il fallait au plus vite descendre la malheureuse. Peut-être n'était-elle qu'évanouie, espéra-t-il contre toute vraisemblance. Mais comment avait-on pu la hisser jusque là-haut, puis l'attacher ? Il avait fallu agir vite, dans l'obscurité, avant que les lumières ne s'allument, passer par derrière, par le jardin, sans doute. Quels fous ou quels pervers avaient eu assez d'audace et d'adresse pour cette mise en scène ? Et pourquoi, pourquoi ? Absurdement, Zidler ne pouvait détacher son regard d'un détail : la bottine du pied gauche dont les lacets, défaits, pendaient.

De là où il se trouvait, il lui était impossible d'identifier la femme. Sa tenue pouvait être celle de n'importe laquelle de ses danseuses, mais toutes étaient déjà arrivées depuis un bon moment et finissaient de s'habiller. Une ancienne, alors ? Au fond de lui, il espérait ne pas la connaître. Son premier instinct avait été de faire décrocher la malheureuse pour lui éviter d'être offerte plus long-temps en spectacle à la rue dans cette horrible position. Mais mieux valait attendre l'arrivée de la police. Deux hommes de l'assistance étaient partis vers le commissariat de la rue Caulaincourt.

Les deux hommes, qui étaient de garde ce soir-là, une fois revenus de leur stupeur, coururent avertir l'un, le commissaire Lepard, qui habitait avenue Trudaine ; l'autre, l'inspecteur Berflaut, qu'ils savaient dîner, comme tous les vendredis, en face, chez son amie Marguerite. Ils n'hésitèrent pas une seconde à recourir à lui et à le « mettre sur le coup » un des premiers, persuadés qu'il saurait prendre très vite les décisions nécessaires dans cette affaire hors du commun.

Le commissaire Lepard, lui, était un homme de bureau, l'esprit plus administratif que policier, attentif surtout à sa carrière qu'avaient facilitée les relations de sa femme, petite-nièce du préfet Lépine. Il avait pris son poste au moment de la « terreur noire », des attentats anarchistes. Après la bombe de Vaillant à la Chambre des députés, en décembre 1893, il y avait eu, en réponse à son exé-cution, en février 1894, l'explosion sanglante du Terminus de la gare Saint-Lazare. Son auteur, Émile Henry, en avait revendiqué la pleine respon-sabilité, légitimant son acte comme « né au sein d'une société pourrie qui se disloque ». Son exé-cution n'avait pas dissuadé d'autres anarchistes d'agir, et c'est en juin de la même année que le président Sadi Carnot, en représailles, était tombé sous le couteau de Caserio.

Paris, depuis, semblait connaître un répit, et sous le calme apparent sourdait toujours une menace, témoin l'assassinat en mars d'un gardien de la paix, rue Ordener, dont on n'avait pas encore identifié le coupable, mais le commissaire Lepard et ses hommes s'étaient juré de le retrouver. Le bruit courait parmi les indicateurs qu'il faisait sans doute partie de ces jeunes gens qui allaient crier leur haine du bourgeois au Mirliton, faisant chorus avec Aristide Bruant quand il apostrophait son public venu pour se faire insulter.

> *Tas d'inachevés, tas d'avortons*
> *Fabriqués avec des viandes veules*
> *Vos mères avaient donc pas d'tétons*
> *Qu'elles ont pas pu vous faire des gueules !*

Ils applaudissaient encore plus bruyamment quand il jetait à ses clients, sans qu'ils fissent autre chose que d'en rire :

— Regardez vos gueules, elles appellent les bombes !

D'autres, moins dangereux, et plus réalistes, se contentaient de se faire lorgner par les dames emperlousées auxquelles certains maris consentants et voyeurs accordaient un extra, et dont ils iraient ensuite visiter nuitamment, pendant qu'elles étaient en villégiature, les hôtels particuliers de la plaine Monceau.

Quant à Bruant, après avoir exploité la carte du populisme, il allait bientôt se retirer, fortune faite, pour vivre bourgeoisement de ses rentes.

L'agent sonna. Marguerite alla ouvrir, et derrière elle s'avança Louis Berflaut, qui se doutait bien qu'à cette heure de la nuit c'était lui qu'on cherchait. Mais il ne s'attendait pas à entendre la nouvelle que lui annonça le policier d'une voix étouffée par l'émotion :

— Une femme... sur les ailes du Moulin-Rouge...

Il crut un instant à une exhibition scandaleuse, à une folle comme cette ancienne cantatrice qui parcourait, entièrement nue, le boulevard de Clichy en chantant les grands airs du répertoire.

— Vous l'avez fait descendre ?

— Mais elle est morte !

— Comment, morte ?

— On dirait bien. Elle ne bouge pas, elle est attachée aux ailes.

— Bon Dieu, souffla Berflaut. J'arrive. Courez là-bas, et surtout qu'on ne la détache pas. Faites venir les pompiers.

Puis il ajouta :

— Lepard est prévenu ?

— Santier y est parti.

— Bien. Je vous suis.

Marguerite lui tendit son chapeau et son manteau, il dévala l'escalier et gagna au pas de course la place Blanche où la foule massée fixait, méduséé, l'horrible tableau.

Les pompiers, prévenus par Zidler, avaient déployé leur grande échelle et attendaient l'arrivée des policiers pour intervenir.

L'inspecteur Berflaut regarda longuement la femme crucifiée sur les grandes ailes immobiles. Il avait fallu beaucoup d'adresse et surtout d'audace à l'assassin, ou aux assassins, pour réussir à grimper là-haut avec un corps, l'attacher aux ailes, tout cela sans être vus de la rue. Probablement étaient-ils passés par le jardin, en escaladant les murs, mais même à la faveur de l'obscurité, comment avaient-ils pu rester inaperçus ? Sans doute avaient-ils fait leur installation avant que l'on ne branche l'éclairage électrique des ailes. Mais tout de même, il y avait là quelque chose de stupéfiant.

Il échangea quelques mots avec le capitaine des pompiers, puis entra dans l'établissement, repoussant du geste les curieux qui s'approchaient.

Deux pompiers avaient grimpé jusqu'au bord du toit, l'un d'entre eux s'était glissé sur l'étroit balcon sur lequel s'ouvraient deux petites fenêtres, où s'encadraient les têtes d'un meunier et d'une meunière.

Berflaut monta par l'escalier intérieur du Moulin pour les rejoindre. Il passa son buste par l'ouverture, se hissa et regarda longuement la façon dont la femme était attachée. Puis il fit un signe, et les deux pompiers, en dangereux équilibre sur le toit, s'employèrent à défaire les liens des bras, puis des jambes.

Ce n'était pas une manœuvre facile : le toit n'offrait aux hommes qu'un point d'appui glissant et précaire. Zidler avait neutralisé le mécanisme, car libérées du poids de la femme les ailes auraient pu se remettre à tourner et auraient déséquilibré les hommes ; il avait aussi fait couper le courant de leurs ampoules électriques qui s'éteignirent, dérobant la malheureuse victime aux regards de la foule.

Soudain détachée, elle s'affaissa mollement comme une poupée de son entre les bras des pompiers, qui la passèrent à Berflaut et à un agent par l'ouverture du toit. Ceux-ci descendirent avec difficulté le corps par l'étroit escalier intérieur en colimaçon.

Le commissaire Lepard arriva au moment où Zidler annonçait l'annulation du spectacle. Mais la foule ne s'en allait toujours pas, attendant on ne savait quoi. Il fallut le renfort des gardiens de la paix du poste voisin pour parvenir à la dissiper. La place Blanche se vida lentement.

4

Dans la grande salle du Moulin-Rouge, Zidler, un grand homme robuste aux cheveux blancs, les joues encadrées d'épais favoris, avait fait rapprocher deux tables sur lesquelles on coucha la femme. Les danseuses, qui s'avançaient pour voir le corps, avaient été priées de s'éloigner et de rentrer dans les loges. Elles pouvaient se déshabiller : pas de spectacle, naturellement, ce soir-là. On les ferait venir quand on aurait besoin d'elles pour reconnaître éventuellement la victime.

Berflaut examinait le corps. Celui-ci était souple ; l'absence de rigidité cadavérique laissait penser que la mort ne remontait pas à plus de cinq heures. En soulevant la jupe et les jupons à la recherche d'une blessure, le policier découvrit sur le pantalon blanc une large tache rouge, et une plaie sur le ventre de la fille. Il rabattit ensuite jupe et jupons.

On pouvait maintenant voir le visage, dégagé des longs cheveux qui le cachaient. Les yeux étaient mi-clos, vitreux, la bouche entrouverte. Zidler, qui s'était approché, sursauta :

— Nini la Sauterelle !

Ce surnom de guerre, prononcé en cette circonstance devant ce corps pitoyable, avait quelque chose d'inconvenant.

— Une de vos danseuses ? demanda Berflaut.

— Oui, elle nous a quittés il y a six mois.

— Vous l'avez renvoyée ?

— Non, elle est partie un jour, comme ça. Je lui ai réglé ses soirées, et depuis on ne l'a pas revue ici.

— Vous n'avez pas cherché pourquoi ?

— Vous savez, ces filles, elles sont libres. Quand elles en ont assez de danser, elles me préviennent à temps pour que je les remplace, et c'est tout. Je ne m'occupe pas de ce qu'elles deviennent : certaines ont trouvé un riche micheton, d'autres finissent en maison. Elles reviennent rarement donner de leurs nouvelles. Sauf une, Rayon d'or, qui est partie un beau jour faire fortune en Alaska avec un chercheur d'or. Et ils en ont trouvé ! Elle n'a eu de cesse que de revoir Paris, Montmartre, et se montrer au Moulin, comme cliente, pour épater ses copines ! Toilettes, bijoux, la grande vie ! Elle est repartie avec son mari, je crois. Bien sûr, ce n'est pas comme pour Jeanne Avril ou la Goulue. Celles-là, j'ai tout fait pour les garder, mais Jeanne veut faire carrière ailleurs, et la Goulue, vous savez, pour elle, le cancan, c'est fini. C'est pour cela qu'on ne la voit plus. Le regret, la honte sans doute aussi ! Pensez donc ! La reine de Paris qui s'exhibe maintenant dans les foires !

Berflaut interrompit ces souvenirs.

— Et Nini ?

— Ah ! Nini, c'était une des plus douées, belle fille, souple, des jambes superbes. Regardez !

Sans se soucier de ce que son geste avait d'indécent, il releva d'un coup les jupons de la morte, comme une maquerelle inspectant une nouvelle recrue, ou un maquignon vantant son bétail. Berflaut lui jeta un regard sévère pour lui rappeler le respect dû à la pauvre dépouille, et Zidler rabattit la jupe sur les longues jambes gainées de noir.

— Elle ne dansait plus chez vous, mais peut-être ailleurs ?

Zidler prit un air offensé.

— Qui oserait débaucher une fille du Moulin-Rouge ? D'ailleurs pourquoi me quitteraient-elles alors qu'elles sont bien payées, qu'elles ont un public qui ne désemplit pas, une prime de linge, une clientèle généreuse ? Non, quand elles s'en vont, ce n'est pas pour aller se produire ailleurs... Sauf évidemment Jeanne, qui veut tenter sa chance à Londres, avec la tournée de Mademoiselle Églantine ! Bonne chance ! Elle ne tardera pas à revenir, croyez-moi !

— Alors, pourquoi cette tenue ?

— Ça, je n'en sais rien ! D'ailleurs, au fait, ce n'est pas la sienne ! Elle dansait toujours en robe verte. Verte, comme les sauterelles. Nini la Sauterelle, vous saisissez ?

Berflaut remercia : il avait compris.

— Et les bottines ?

— Je n'en sais rien...Tiens !

Il se pencha. Mais, cette fois, demanda avant de toucher le corps :

— Vous permettez ?

Berflaut opina.

— Regardez. Elles ne sont pas à sa pointure. Beaucoup trop grandes. Jamais elle n'aurait pu danser avec, ni même marcher.

— Ça voudrait dire qu'on l'aurait déguisée ?

257

— Ce n'est pas impossible. Mais pourquoi, bon Dieu ?

Ce n'était qu'un aspect du problème. Pourquoi l'avoir tuée ? se dit le policier. Pourquoi l'avoir exposée de cette manière ? À quoi rimait cette sinistre mise en scène ? Cette crucifixion avait-elle un sens ? Il le fallait bien pour que les assassins aient pris un tel risque.

Pour le moment, aucune réponse ne pouvait être donnée. Il allait falloir fouiller dans le passé de Nini et interroger ses anciennes partenaires.

Il fit approcher quatre danseuses.

— Mesdemoiselles, reconnaissez-vous cette femme ?

Deux d'entre elles secouèrent la tête : elles étaient de trop récentes recrues du Moulin. Les deux autres firent signe que oui. Elles avaient blêmi sous leur maquillage. La plus émue, une jeune et belle rousse, porta la main à sa bouche et chancela. Zidler la retint.

— C'est Nini, souffla l'autre, une grande, bien en chair, qui reprit plus vite ses esprits.

Berflaut ne jugea pas utile de les interroger immédiatement et leur demanda de passer le lendemain au commissariat, rue Caulaincourt. Il préférait ne pas les dépayser en les convoquant Quai des Orfèvres, et avait décidé que le commissariat serait son camp de base pour cette affaire. Elles tenteraient d'ici là de rassembler leurs souvenirs et tous les renseignements qui pourraient être utiles à l'enquête.

Elles se retirèrent rapidement, soulagées de s'éloigner du cadavre.

Zidler ne savait pas grand-chose de Nini, à part son nom, Léonie Rouault, et le fait qu'elle avait été élevée par l'Assistance publique, puis placée comme bonne en province, avant de venir tenter sa chance à Paris. Il ignorait même son adresse.

— Il faudrait demander à la Goulue, ou à Valentin le Désossé, suggéra Zidler.

Le héros dégingandé et impassible meneur du cancan s'appelait Jules Renaudin. Cet ancien négociant en vin, qui n'avait jamais fait payer ses prestations et dansait pour le plaisir, avait quitté le Moulin après le départ de la Goulue, pour retourner à l'anonymat et travailler dans une étude notariale de Sceaux. Avec le départ presque simultané de ses deux vedettes, Zidler savait qu'il faudrait, pour conserver son public, en trouver d'autres très vite. Certes, pour l'instant il disposait d'une troupe homogène, mais personne ne serait jamais de taille à les remplacer.

— Vous devriez aller voir la Goulue. Elle a partagé une chambre avec Nini, il y a longtemps, du temps de la dèche, quand elle était ouvrière blanchisseuse, bien avant d'être engagée à l'Élysée-Montmartre. Elle sait peut-être quelque chose.

— Son adresse ?

— 15 rue Lepic. Apportez une bouteille, ça lui déliera la langue.

Le commissaire Lepard serra la main de Zidler en le chargeant d'écouter autour de lui ce qu'on dirait de Nini, si elle avait un amant, ce qu'elle faisait depuis son départ du Moulin. Avait-elle des relations dans le milieu ?

259

Zidler promit. Outre l'horreur de cet assassinat, il se serait bien passé de cette publicité morbide faite à son établissement, et dont la presse allait faire ses choux gras.

Une voiture de police venait d'arriver. Des hommes sortirent un brancard où ils déposèrent le corps de Nini pour l'emporter à la morgue où elle serait autopsiée. Les pompiers replièrent leur échelle et retournèrent à leur caserne.

Sur la place Blanche maintenant déserte, le Moulin-Rouge, immobile et obscur, semblait porter le deuil de la pauvre danseuse crucifiée.

5

Le lendemain matin, samedi, Toulouse-Lautrec quittait la rue Fontaine pour aller travailler dans son atelier. Mireille, une pensionnaire de la maison close de la rue des Moulins, devait l'y rejoindre pour une séance de pose. C'était son modèle favori, et une vraie et pourtant improbable amitié unissait l'aristocrate et la fille de maison, une jeune femme gaie, affectueuse, délicate : elle lui apportait régulièrement un bouquet de violettes, trop heureuse grâce à Lautrec, d'échapper pour quelques heures à son triste univers, car le peintre achetait sa liberté en payant sa journée à Madame. Mais c'était en modèle qu'elle venait le trouver, et il ne lui demandait rien d'autre à l'atelier que de poser pour lui.

Il s'était arrêté pour prendre le premier verre de la journée dans un café du boulevard Rochechouart où l'on ne parlait évidemment que du crime. On ignorait le nom de la victime, on savait seulement qu'elle était habillée en danseuse de cancan. Peut-être la malheureuse était-elle une de celles qu'il avait vues danser, peut-être même figurait-elle sur un de ses cahiers de croquis ? Comme Zidler, sa première pensée fut qu'il espérait ne pas la connaître.

Parvenu rue Caulaincourt, il aperçut Berflaut devant le commissariat en conversation avec trois hommes, carnets en main, des journalistes accourus aux nouvelles. Lautrec reconnut l'un d'eux, celui du *Petit Journal illustré*, qui allait sûrement sortir le dimanche suivant un numéro spécial, avec un tel sujet de couverture offert à son dessinateur. La pauvre fille, pensa-t-il, rapporterait davantage d'argent par sa mort affreuse qu'elle n'en avait gagné toute sa vie.

Le policier lui fit signe qu'il allait le rejoindre dans son atelier. Habitué depuis six ans du Moulin-Rouge, peut-être Lautrec savait-il quelque chose sur Nini ? Dans cette enquête qui s'annonçait difficile, la moindre information était précieuse. Une fois partis les journalistes, Berflaut traversa la rue, monta l'escalier et alla frapper à la porte du peintre. Lautrec avait en mains pinceau et palette. Sur sa tête, un canotier, car il peignait toujours avec un chapeau, à cause de la lumière.

— Entrez, cher ami.

C'était la première fois qu'il pénétrait dans l'atelier du peintre. Il fut frappé par le désordre qui régnait dans la grande pièce lumineuse. La femme de ménage déléguée par la comtesse de Toulouse-Lautrec avait l'interdiction d'y déplacer le moindre objet, bibelots posés sur le bahut de chêne, chapeaux jetés au sol ou sur le divan encombré de coussins. Une carafe, une bouteille de vin et deux verres étaient posés sur le guéridon de bar en zinc. Au portemanteau pendaient des costumes divers, surplis blanc et soutane rouge d'enfant de chœur, turban hindou, kimono, chapeau de clown. Le peintre adorait se déguiser, comme pour jouer de sa laideur en s'affublant d'oripeaux divers.

Un grand tableau posé sur un chevalet attira le regard du policier. Il représentait cinq filles attendant, assises sur des canapés rouges, mornes et résignées, l'arrivée des clients. À droite, audacieusement coupée par le cadrage, une autre fille de dos semblait relever ses jupes, comme si elle se préparait déjà, pour le choix, à l'exhibition des chairs.

— C'est étonnant ! Sans doute votre *Salon de la rue des Moulins* dont vous nous parliez l'autre soir chez Marguerite ?

— En effet. Je n'ai pas fini de le retoucher. J'attends Mireille pour la figure du premier plan. D'ailleurs rien ne me presse, je ne l'exposerai jamais, je pense. Pas plus que les autres de la série, d'ailleurs. Ma pauvre mère en mourrait de honte. Je ne les montre qu'aux intimes.

Berflaut regarda longuement la toile. Il y lisait la pitié du peintre pour ces femmes et une compréhension éloignée de tout mépris.

Lautrec débarrassa son visiteur de son manteau, lui désigna le fauteuil d'osier, et se percha sur le tabouret de bar. Il lui offrit à boire en s'excusant de n'avoir que du vin. L'inspecteur refusa, mais Lautrec remplit son verre qu'il vida d'un coup en le regardant, par-dessus son lorgnon, de ses yeux brillants de curiosité.

— Alors, racontez. D'abord, la pauvre fille, qui est-ce ?

— Nini la Sauterelle. Vous la connaissez ?

— Nini ? Je pense bien ! Nini la Sauterelle !... On

ne la voyait plus au Moulin, mais je l'ai croisée boulevard de Clichy, il n'y a pas longtemps !

— Vous lui avez parlé ?

— Non, elle semblait pressée, je l'étais aussi. Je ne pense pas qu'elle m'ait vu. D'ailleurs, que nous serions-nous dit ? En plus elle risquait de me taper encore. Je suis bon garçon, mais si je devais entretenir toutes les anciennes du Moulin-Rouge !

— Elle était seule ?

— Je pense. Je n'ai pas fait très attention... Il paraît que c'était affreux ? J'espère au moins qu'elle était morte quand ils l'ont attachée là-haut ! Pauvre Sauterelle ! Elle ne méritait pas ça !

— Vous l'avez dessinée, ou peinte ?

— Non. C'était une assez belle fille, mais elle n'avait ni l'air canaille de la Goulue ni l'allure racée de Jeanne Avril. Une bonne danseuse, c'est tout. De belles jambes, mais bête en diable. Elle croyait tous les bobards qu'on lui racontait.

— Vous lui connaissiez un amant ?

— Non, mais vous savez, là-bas, je dessinais, c'est tout. Leurs affaires de cœur – si c'est comme ça qu'on les appelle, moi, je place les choses plus bas – ne m'intéressaient pas. Mais il y a sûrement des filles au Moulin qui savent des choses. Seulement, oseront-elles parler ?

Berflaut l'espérait bien. L'une des deux qui l'avaient connue avait la veille défailli en découvrant le cadavre de leur ancienne compagne. Était-ce l'émotion devant l'affreux spectacle, ou bien quelque chose la terrifiait-elle ?

Comme Zidler, Lautrec conseilla d'aller interroger la Goulue.

— Elles se sont connues avant de se retrouver au *Moulin*. Allez donc la voir. Elle habite rue Lepic, mais n'ayez pas l'air surpris quand vous la verrez, elle a terriblement grossi. Apportez une bouteille, ça l'aidera à se souvenir.

Berflaut sourit : Zidler avait donné le même conseil.

Le policier se dirigeait vers la porte quand il aperçut sur un autre chevalet, une femme à demi dévêtue, étendue sur le dos, ses jambes gainées de bas noirs pendant au bord du lit. Peu de couleurs, un peu de roux pour la chevelure, du noir et du blanc. C'était simple, juste des lignes esquissées, et par ces lignes passait une étrange et saisissante sensation d'abandon, ou de mort.

— C'est une huile sur carton, une étude pour l'album de lithographies sur les filles de maison que je prépare... Je l'appellerai *Lassitude*.

Berflaut était fasciné de voir comment, avec une remarquable économie de moyens, et la précision rapide de son pinceau, le peintre avait traduit l'immense fatigue de cette femme dont le corps avait tout le jour, ou la nuit, servi aux plaisirs des clients. Mais, se dit le policier, elle ressemblait à une morte, une de ces victimes du couteau d'un assassin, qu'il avait trop de fois contemplées.

6

Berflaut, après avoir prévenu le chef de la Sûreté, qui lui confia sans hésitation l'affaire, entra dans le commissariat pour attendre les deux danseuses qu'il avait convoquées. C'était un local pauvre et triste comme tant d'autres commissariats de quartier, dont certains frôlaient l'insalubrité, et en comparaison son bureau pourtant spartiate du Quai des Orfèvres lui paraissait luxueux. Le poêle à charbon assurait un chauffage convenable, mais la peinture des murs s'écaillait, le parquet était crasseux, l'éclairage avare, les meubles rudimentaires, à part le bureau du commissaire Lepard, qui lui appartenait personnellement. Il l'avait fait livrer, ainsi que son fauteuil tournant gainé de cuir, dès son entrée en fonctions. Et surtout, privilège exceptionnel dû à la protection de son parent le préfet Lépine, le commissaire disposait depuis peu d'un téléphone, alors que le chef de la Sûreté devait, pour d'obscures raisons administratives et hiérarchiques, passer par le service de la police municipale.

À onze heures précises, les deux danseuses se présentèrent. Elles étaient méconnaissables, sans leur maquillage et leurs tenues de cancan. Vêtues de strictes robes noires, chapeautées et voilées, on eût dit deux bourgeoises.

Berflaut les fit entrer dans un bureau et elles s'assirent. Pour ne pas les intimider, il avait décidé de les interroger toutes les deux ensemble et ne leur demanda même pas, dans un premier temps, leur identité, seulement leur nom de scène.

La plus craintive, qui avait failli la veille s'évanouir devant le corps, montra, lorsqu'elle releva sa voilette, un visage tendu et affreusement pâle. Elle s'appelait Cigale. Sa voix était difficilement audible. Ses gants, qu'elle avait enlevés, tremblaient dans ses mains. Elle s'en rendit compte au regard du policier et les maintint sur ses genoux. Elle avait de superbes cheveux roux.

L'autre, une grande brune, l'air décidé, la voix rauque, s'appelait Grille d'égout. Décidément, pensa le policier, ces demoiselles ont parfois de curieux surnoms ! Quand elle sourit, il en comprit la raison : elle avait les dents très écartées. Grille d'égout avait l'air intelligente et semblait beaucoup plus à l'aise que sa compagne. Ce fut elle qui, durant tout l'entretien, répondit aux questions, l'autre se contentant, quand le policier tournait la tête vers elle, d'opiner silencieusement en regardant obstinément ses souliers.

« Elle est manifestement terrorisée, se dit-il. Déjà hier, elle s'est éclipsée la première sous prétexte d'enlever sa tenue. Et ce n'est pas seulement parce que la vue du corps l'a impressionnée : elle sait quelque chose, cela se voit à son regard, à toute son attitude. Ma chère Cigale, il faudra bien que tu chantes, tôt ou tard... »

Il commença à leur demander si elles savaient où habitait Nini.

— Rue Lepic, le numéro, je ne sais pas. Un meublé, mais elle devait donner congé, elle allait habiter ailleurs.

— Où donc ?

— Je ne sais pas. Vous savez, elle n'était pas bavarde, surtout les derniers temps. Mais allez demander à la Goulue, elles étaient voisines.

Décidément, tout le monde le renvoyait à Louise Weber.

— Elle ne vous a pas dit pourquoi elle avait quitté le Moulin-Rouge ?

Berflaut, en se tournant vers Cigale, la vit jeter un regard suppliant sur sa compagne, et pâlir encore davantage.

Grille d'égout répondit qu'elles n'en savaient rien. Nini n'avait rien dit, seulement un jour elle leur avait annoncé qu'elle ne danserait plus au Moulin-Rouge. Et elle n'était jamais revenue les voir, même en camarade.

— Avait-elle des amis ?

Elles ne savaient pas.

— Un protecteur ?

Cette fois, elles se souvenaient, comme si rien ne les retenait de lâcher un nom en pâture à la police. Elles dirent ensemble :

— Gustave, il s'appelle Gustave.

— Gustave comment ?

— Ah ça !

— Que fait ce Gustave ?

Elles se regardèrent. Grille d'égout prit un air complice.

268

— Disons qu'il avait des femmes... Mais pas Nini. Elle était danseuse, comme nous. Le tapin, c'était pas son genre. Le nôtre non plus, ajouta-t-elle en relevant la tête avec une expression de défi.

— Vous l'avez vu souvent ?

— Assez. Il assistait parfois au quadrille et attendait Nini pour repartir avec elle. Il était jaloux et ne la laissait jamais parler aux clients, ni accepter un verre à une table. À moins qu'il n'ait repéré un rupin qui la lorgnait. Dans ces cas-là, il n'était plus jaloux !

Elle eut un petit rire grinçant en se tournant vers sa compagne comme pour la prendre à témoin. Mais celle-ci ne broncha pas et continua à regarder obstinément ses mains.

L'entretien se termina ainsi. Berflaut sentit qu'il ne tirerait rien d'autre d'elles, mais il se promit de revoir seul à seule Cigale et de l'amener à dire ce qu'elle savait. Car elle savait des choses, il en eût mis sa main au feu.

— Merci, mesdames. Si quelque chose d'autre vous revient, même un détail insignifiant, une parole qu'elle aurait dite, passez au commissariat, on me préviendra. Et soyez sûres que tout restera entre nous. D'ailleurs, c'est votre intérêt de ne rien me cacher : si l'assassin de Nini est, comme sa mise en scène le laisse penser, un maniaque qui s'en prend aux danseuses, vous pourriez être, l'une ou l'autre, sa prochaine victime. Il faut rapidement le trouver et le mettre hors d'état de nuire.

Le policier eut honte de ce petit chantage, surtout quand il vit tressaillir Cigale. Mais la menace avait fait son effet. Les deux danseuses

269

échangèrent un regard rapide et firent signe de la tête qu'elles avaient compris. Puis elles se levèrent, pressées de quitter le commissariat.

En les raccompagnant jusqu'au seuil, il les vit rabattre leur voilette, et les suivit un moment du regard tandis qu'elles descendaient rapidement, d'une démarche souple de danseuses, la rue Caulaincourt, en se retournant plusieurs fois comme si elles craignaient d'être suivies.

7

Elles avaient à peine disparu qu'un fiacre s'arrêta devant le commissariat. Un homme en descendit et, apercevant le policier, se présenta.

— Inspecteur Berflaut ? Je suis le juge Leroy-Lambert. Le procureur m'a chargé d'instruire cette affaire. Nous allons donc travailler ensemble. Nous nous verrons Quai des Orfèvres ou dans ce commissariat puisque, m'a-t-on dit, vous y avez commencé votre carrière. Vous pourrez plus facilement y mener au plus près l'enquête et les interrogatoires informels, et nous aurons de sérieux atouts avec vos anciens collègues, pour des filatures ou autres recherches discrètes dans le quartier.

— Je le crois aussi, monsieur le juge. Entrez, le commissaire Lepard vous attend.

Il guida le juge jusqu'au bureau de Lepard, frappa à la porte, et le commissaire vint ouvrir.

— Ah ! Monsieur le juge ! Entrez donc.

Il demanda au planton d'aller chercher l'inspecteur Santier dans le bureau voisin. Celui-ci arrivé, la réunion commença.

Le juge, un homme très jeune, d'allure élégante, donnait l'impression d'une grande timidité, presque d'un manque d'assurance. Il s'empressa de préciser aux policiers que, récemment nommé à ce poste, il n'avait encore été saisi que d'affaires mineures, et vite éclaircies : escroqueries, faux et usage de faux, jamais encore de crimes, surtout, d'après ce qu'il en savait, d'aussi affreux. Il comptait donc sur la collaboration de ses collègues plus expérimentés que lui et connaissant mieux ce milieu pour l'aider à résoudre au plus vite cette sordide affaire.

Berflaut, en l'écoutant, ne pouvait s'empêcher de penser que ce petit préambule avait sans doute été préparé, et, tandis que le commissaire Lepard protestait avec déférence et promettait son aide inconditionnelle, il traduisait ainsi le discours du jeune magistrat : « Vous êtes bien plus vieux que moi, vous vivez en plein milieu de voyous et de truands, et nous n'appartenons apparemment pas au même monde ; il faudra élucider l'affaire au plus vite ; j'ai ma carrière à faire, la vôtre est en fin de course. »

Mais il s'en voulut. Lui qui se vantait de n'avoir aucun préjugé se reprocha de faire preuve d'un mauvais esprit : « Il est très bien habillé, et alors ? C'est son droit. Il a l'accent des beaux quartiers. Est-ce rédhibitoire ? Il nous demande notre collaboration parce qu'il reconnaît notre expérience, c'est tout, et je le crois sincère, j'ai bien aimé la façon dont il envisage notre travail en commun, et son regard intelligent me plaît. »

En fait, c'était l'obséquiosité du commissaire qui l'indisposait, surtout quand il se sentit obligé de lancer quelques noms de personnages influents, et tint à faire savoir, au cas où le jeune magistrat l'eût ignoré, qu'il était le gendre du préfet Lépine.

Quand Lepard lui donna la parole, Berflaut résuma ce qu'ils savaient, la découverte du corps, les premières constatations faites, les informations recueillies auprès du directeur du Moulin-Rouge et des deux danseuses qu'il venait d'entendre au commissariat. Il allait se rendre au service de l'identité judiciaire du Palais de justice pour rencontrer Bertillon puis, à la morgue, voir le médecin légiste chargé de l'autopsie.

— Le plus urgent est, si j'ai bien compris, de retrouver l'amant de la danseuse, conclut le jeune juge.

— Nous vous préviendrons dès que nous l'aurons découvert, promit Lepard.

Il entendait bien s'associer à une enquête qui, si elle aboutissait, pourrait être portée aussi à son crédit.

— Santier, tu pourras te charger de retrouver les filles qui travaillent pour lui, dit Berflaut à son ancien collègue, qui accepta avec un regard reconnaissant.

Les deux policiers s'étaient toujours bien entendus quand ils étaient collègues, et la promotion de Berflaut à la Sûreté n'avait en rien altéré leur amitié. Bien que le statut de Santier, simple inspecteur de commissariat, ne lui permît pas de mener une enquête criminelle, Berflaut avait décidé qu'il serait son adjoint sur le terrain.

À part la différence d'âge, ils se ressemblaient assez : pas très grands, robustes, l'air calme, cheveux bruns, la moustache réglementaire taillée à l'identique, jusqu'à la démarche qui, de loin, les faisait confondre. Santier était encore célibataire, et

Berflaut veuf. Santier occupait ses loisirs à chercher femme dans les bals familiaux, les bals corporatifs ou, à la belle saison, les guinguettes des bords de Seine ou de Marne, mais jusqu'ici, il n'avait trouvé que des grisettes assez sottes ou des ouvrières trop délurées pour devenir la femme respectable d'un policier.

La réunion terminée, le juge Leroy-Lambert proposa à Berflaut de profiter du fiacre qui l'emmenait au Palais de justice. En chemin, ils évoquèrent encore naturellement l'affaire de « la danseuse », et le policier, tout songeur, se disait que pour lui « la danseuse » était simplement devenue « Nini », en vertu de cette curieuse intimité que prennent avec les victimes ceux qui sont chargés de les venger.

8

Arrivé à destination, Louis Berflaut entra dans le Palais de justice et monta rapidement les cinq étages jusqu'au Service de l'identité judiciaire, qui était installé dans les combles.

Le service était dirigé par Alphonse Bertillon, nommé à son poste deux ans auparavant par le préfet Lépine. Cet ancien commis aux écritures, malgré la réticence du précédent préfet Andrieux, qui l'avait taxé d'aliénation mentale, avait expérimenté et systématisé dans son laboratoire les techniques d'identification permettant de retrouver et de confondre les criminels : le service photographique prenait les clichés des victimes, des scènes de crime et également des prévenus. Clichés de face et de profil, accompagnés des mesures des oreilles, du crâne, élaboration rigoureuse du « portrait parlé », tout ce dispositif permettait d'établir les fiches des malfaiteurs, qui grossissaient de jour en jour les archives. C'est grâce à ces méthodes qu'avait été identifié en 1892 l'anarchiste Ravachol, assassin multirécidiviste condamné aux travaux forcés, et auteur, sous un autre nom, de plusieurs crimes qui lui valurent la guillotine. On parlait aussi d'une découverte fondée sur l'examen des empreintes digitales, déjà utilisée en Grande-Bretagne, et que Bertillon, d'abord réticent, allait adopter.

Berflaut le connaissait de longue date et, malgré quelques divergences politiques, les deux hommes s'appréciaient.

Le policier frappa à la porte du premier bureau.

— Entrez ! dit la voix connue.

Bertillon se leva, vint au devant du visiteur. Il était grand, assez fort, l'allure autoritaire, vêtu de sombre, et portait barbe et lorgnons.

— Tiens, Louis ! Quel bon ou plutôt mauvais vent vous amène ? En fait, je m'en doute ! La fille du Moulin-Rouge ?

— En effet. Je voudrais parler au médecin légiste et revoir le corps.

— Allons-y ensemble. Je crois qu'ils en ont fini.

Les deux hommes sortirent et se rendirent quai de l'Archevêché, où se trouvait la morgue. C'est là qu'échouaient tous les corps victimes d'une mort suspecte, ou sans identité connue, pour y être photographiés et autopsiés. L'endroit était, naturellement, sinistre. La salle de reconnaissance surtout : à travers une vitre, on pouvait voir exposés, face au public, les corps non identifiés.

La salle voisine, appelée « le vestiaire », contenait, suspendus à des cintres, ou rangés sur des étagères pour les plus anciens, les vêtements de ces morts inconnus. C'était, le dimanche, un lieu de promenade pour les badauds en quête d'émotions fortes et morbides, qui traduisaient par des rires nerveux l'horreur que leur inspirait le spectacle.

Berflaut, bien qu'habitué, fut saisi du froid qui régnait dans la grande pièce et de l'odeur indéfinissable qui prenait aux narines.

Sur une table-évier de pierre reposait le cadavre d'une femme aux cheveux gris, que le médecin légiste, un grand homme maigre et voûté, recouvrait d'un drap. Il salua de la tête son chef et l'inspecteur en enlevant ses gants et en délaçant son grand tablier maculé de sombre, tandis que deux de ses aides transféraient le corps sur une civière roulante jusqu'à l'un des tiroirs de la « glacière », qui se referma sur la morte. Puis ils lavèrent à grande eau la table d'autopsie.

— Empoisonnement à l'arsenic, dicta le médecin.

Son assistant, un pâle jeune homme, nota ces mots dans un registre qu'il tendit à signer au légiste. Les policiers qui avaient demandé l'autopsie pourraient maintenant, sûrs du crime, en rechercher l'auteur, afin que justice fût rendue à la malheureuse qui avait dû endurer d'horribles souffrances, sans savoir peut-être quelle haine ou quels sordides intérêts les lui avaient infligées.

— L'inspecteur vient pour la danseuse, dit Bertillon au médecin.

— Ah ! Il y a quelque chose de bizarre ! Pas tellement la blessure, classique, un seul coup de couteau au ventre, mais les marques. Apporte-nous le 27, demanda-t-il à un de ses aides.

Celui-ci alla ouvrir un autre tiroir et fit rouler la civière jusqu'aux trois hommes. Le médecin rabattit le drap.

Nini était nue, la cicatrice de la longue incision pratiquée par le légiste descendait le long de son thorax. La blessure au ventre parut plus grande que la veille à Berflaut, mais il ne l'avait qu'entrevue. Le visage couleur de cire, aux traits déjà creusés, se détachait parmi l'abondante chevelure brune étalée. À son orteil était attachée une étiquette portant un numéro. Nini la Sauterelle n'était plus que le numéro 27.

— Vous parliez des marques, demanda-t-il.

— Vos collègues, quand ils l'ont apportée, m'ont dit qu'elle était attachée par les chevilles et les poignets, pas ailleurs. Regardez, pourtant.

Il montra la taille, souleva les bras. Aux aisselles, d'autres traces étaient visibles, mais plus profondes et plus fines que celles des bras et des jambes.

— Elles ont toutes été faites *post mortem*, précisa le médecin. Mais celles-ci, plutôt par une sorte de corde. Êtes-vous sûr qu'elle n'était pas aussi attachée par là ?

— Pas quand nous l'avons découverte, en tout cas. Si c'était le cas, il faudrait que ces attaches se soient défaites et qu'elles aient glissé.

— Vous n'avez trouvé que les quatre liens de cuir ?

— Oui. Mais il faisait nuit. Je vais envoyer des hommes du commissariat rechercher sur le toit du Moulin-Rouge, ou en bas. Vous avez pu fixer l'heure de la mort ?

— Probablement entre dix-neuf et vingt heures. Elle n'avait rien absorbé depuis plusieurs heures.

Cela n'étonna pas le policier. Les danseuses devaient être légères pour le spectacle, elles soupaient après.

— Vous ne voyez rien d'autre ?

278

— Non, rien. Vous recevrez mon rapport écrit dès demain. Nous gardons le corps jusqu'à ce que vous nous disiez ce qu'il faut en faire, ou si vous voulez d'autres analyses.

Berflaut et Bertillon remercièrent le légiste, tandis que la pauvre Nini, recouverte du drap, regagnait son tiroir. Le policier prit le sac contenant ses vêtements, jupe, corsage, jupons, bottines, pour les examiner, tenter d'y retrouver une marque qui permettrait de remonter jusqu'à celui ou ceux qui l'avaient ainsi habillée, puisque, d'après Zidler, ce n'était pas sa tenue de cancan mais un déguisement. Il les montrerait aussi à ses collègues du Moulin-Rouge. Quant aux chaussures, elles portaient des traces de boue sur les talons, indiquant que la victime avait été traînée, peut-être. Il faudrait le vérifier dans le jardin du Moulin-Rouge. Et le fait qu'elles étaient d'une pointure très supérieure prouvait qu'elles ne lui appartenaient pas plus que les vêtements, puisque, selon Zidler, elle ne dansait qu'en robe verte, d'où son surnom. Il n'arrivait toujours pas à comprendre la raison de tout cela.

— Pour les liens de cuir, ce sera difficile de trouver des empreintes, parce que c'est une tresse, offrant peu de surface, dit Bertillon, mais on va s'y mettre.

De toute façon, les deux hommes savaient que si elles ne correspondaient pas aux empreintes digitales déjà enregistrées dans le fichier tout nouveau de l'Identité judiciaire, ils n'avaient aucune chance de trouver l'assassin. Seuls les récidivistes étaient repérables.

Ils sortirent dans la cour et furent heureux de respirer l'air frais.

— Vous venez prendre un café ? proposa Bertillon.

— Volontiers, j'ai peu de temps, mais j'ai besoin de me remettre. On ne prend jamais l'habitude, n'est-ce pas ?

Ils traversèrent, amusés par les gestes empruntés d'un gardien de la paix réglant la circulation à l'aide du nouvel instrument réglementaire, décrété par le préfet Lépine : un court bâton blanc, qui remplaçait le sabre. Berflaut avait entendu les hommes se plaindre de cet engin, trop court et invisible le soir, et gênant, en cas de besoin, pour arrêter par la bride les chevaux emballés. Et quelle dissuasion pour les malfaiteurs que ce sucre d'orge, ce « jujube », comme ils l'appelaient ?

Installés au comptoir d'un bar en face du Palais de justice, ils bavardèrent quelque temps.

Bertillon avait l'air soucieux, il semblait hésiter à dire quelque chose à son ami.

— Vous semblez préoccupé, auriez-vous quelque souci ? risqua Berflaut.

— Oui, en effet. C'est encore ce Dreyfus.

Berflaut, frappé par le ton avec lequel son ami avait prononcé le nom, le regarda. Il se souvenait – qui en France pouvait les oublier ? – de toutes les circonstances de l'affaire, la condamnation de l'officier juif en décembre de l'année précédente, sa dégradation publique dans la cour de l'École militaire, l'antisémitisme réveillé, la haine déchaînée contre lui et contre ceux qui le soutenaient.

Le policier n'ignorait pas que c'était Bertillon, convoqué dès l'arrestation de Dreyfus en tant qu'expert, qui, après avoir comparé son écriture avec celle du fameux bordereau, l'avait formellement identifié comme étant le traître.

— Hé bien, Dreyfus ? Il est toujours, que je sache, au pénitencier de Saint-Martin-de-Ré, en attendant d'être déporté à l'île du Diable !

— Oui, mais j'ai reçu la semaine dernière la visite du commandant Picquart. C'est le nouveau chef du service de renseignements. Il fait du zèle, apparemment. Il voulait que je refasse l'expertise. Un de mes confrères l'aurait mise en doute, sûrement sous la pression du clan juif ! Ils feront tout pour tenter de sauver leur coreligionnaire. J'ai refusé, bien sûr.

Berflaut regarda Bertillon, qui tremblait de colère. C'était vraiment un homme rigide, tout en certitudes.

Quant à lui, il s'était toujours gardé, dans l'exercice de son métier, de refuser de remettre en cause ses premiers jugements. Le spectre de l'erreur judiciaire l'avait toujours hanté et, pour avoir assisté à plusieurs exécutions devant la prison de la Roquette, il s'était juré, devant l'horrible spectacle, de ne jamais prendre le risque d'envoyer un innocent à la guillotine, « la Veuve », comme on l'appelait dans le milieu :

Cynique sous l'œil du badaud
Comme en son boudoir une fille
La Veuve se lave à grande eau
Se dévêt et se démaquille

Impassible au milieu des cris
Elle s'en retourne à son bouge
De ses innombrables maris
Elle porte le deuil en rouge[1]

— Pardonnez-moi, mon cher ami. Êtes-vous donc sûr à cent pour cent ? Dans ce cas, que vous coûtait un second examen ? Ne fût-ce que pour éliminer définitivement le doute ?

— Pas question, vous dis-je ! C'est une cabale habilement menée pour saper l'armée française. Mais ce Picquart ne fera pas long feu, croyez-moi !

L'inspecteur n'insista pas. Cet antisémitisme qu'il n'avait jusqu'ici pas soupçonné chez son ami, cette obstination, le déçurent. Il savait que rien ne ferait démordre Bertillon de sa position. Pourtant, l'étude de l'écriture lui semblait moins fiable que les relevés anthropométriques ou les empreintes digitales, les experts eux-mêmes en convenaient. Les deux hommes se séparèrent. Berflaut gagna son bureau, Quai des Orfèvres, pour ouvrir le dossier Nini.

Ils se reverraient très vite, dès que l'examen des liens qui avaient attaché la pauvre danseuse aux ailes serait terminé. Mais l'espoir était minime, Berflaut l'avait bien compris, d'obtenir grâce à eux une piste sérieuse.

---

1. Chanson de Jules Jouy.

9

Après avoir été rendre compte au chef de la Sûreté des premiers éléments de son enquête, Berflaut quitta le Quai des Orfèvres pour regagner Montmartre.

Un fiacre le déposa boulevard de Clichy à la hauteur du cirque Fernando qui, en ce début d'après-midi, était encore fermé. Le spectacle en matinée devait commencer vers dix-sept heures. On entendait derrière les bâtiments les coups sourds des sabots des chevaux contre les murs de leurs stalles, et l'odeur des fauves parvenait jusqu'au terre-plein.

Il y avait emmené l'hiver précédent sa petite fille, en compagnie de Toulouse-Lautrec, qui ne se lassait pas du cirque comme des prouesses physiques de toutes sortes dont son infirmité se repaissait.

Il se dirigea vers l'endroit où étaient installées deux baraques. Dans l'une se vendaient les journaux et les friandises qu'achetaient les parents à la sortie du cirque. Sur l'autre, d'un rouge délavé par les intempéries, on voyait, dans un médaillon ovale, le portrait d'une femme en tenue orientale, l'air inspiré, les mains posées sur une boule de cristal. C'était « Madame Zoé, extra-lucide : tarots, marc de café, lignes de la main, voyance de toutes sortes ».

Lautrec l'avait baptisée plaisamment du surnom de « la Sibylle de Montmartre ». Mais cette sibylle ne se contentait pas de prédire l'avenir. Elle était même bien meilleure en ce qui concernait le passé et le présent du milieu de Montmartre, aussi était-elle, depuis ses années de commissariat, l'indicatrice préférée de Louis Berflaut pour toutes ses enquêtes dans le quartier. De par son métier elle était à même de surprendre les secrets et savait à merveille arracher à ses clientes des confidences sur les activités de leurs hommes. Sous couleur d'annonces alléchantes, elle menait ainsi l'interrogatoire :

— Je vois de l'argent, beaucoup d'argent. Vous allez bientôt avoir sans doute un héritage, ou votre mari va faire de bonnes affaires.

— Ah ! Ça m'étonnerait bien ! Je n'ai pas de famille. Quant à mon homme, il s'est écrasé le pied il y a trois mois et ne peut plus travailler. Va falloir que je trime encore plus.

Parfois, le piège marchait. L'œil s'allumait, mais la femme tentait de dissimuler son étonnement devant une telle clairvoyance, signe que son jules préparait un coup. Alors il fallait, sans l'inquiéter, sonder prudemment, risquer des visions de bijoux, de liasses de billets...

— Ah oui, c'est ça, improvisait la femme, j'ai en province une vieille tante fortunée ! Je ne savais pas qu'elle était au plus mal !

La vieille tante était probablement une dame de « la haute » partie en vacances, et qui trouverait à son retour son hôtel particulier nettoyé.

Il suffisait ensuite d'avertir Berflaut et de remonter la piste en faisant suivre la cliente. Pour cela, Madame Zoé disposait de ses deux gamins, garnements bien polis, bien tenus, aux visages d'anges, qui la prendraient en filature jusqu'à son domicile et « logeraient » le monte-en-l'air en puissance. Après, c'était l'affaire de la police.

D'autres fois, c'était après-coup qu'elle était utile, et il était rare qu'une sale affaire eût lieu dans le quartier sans qu'elle n'en entendît quelque chose. C'était pourquoi, sans attendre, Berflaut avait décidé de lui rendre visite.

Il n'entra pas dans la baraque, se contentant de frapper discrètement contre le volet en s'assurant que personne ne l'avait remarqué, puis alla s'asseoir sur un banc tout proche. Il alluma une cigarette et déplia son journal.

Au bout d'un moment, le rideau rouge bougea.

— La fille du Moulin ?

— Oui, dit Berflaut derrière son journal. On cherche un certain Gustave. Son amant. Où il habite, ce qu'il a fait ces jours derniers, s'il s'est montré dans le coin depuis vendredi.

— Pas vu encore, je vais m'informer.

— Si tu as du nouveau, envoie un de tes gamins me prévenir, on se retrouvera comme d'habitude.

Leur lieu de rendez-vous était au cimetière de Montmartre, devant la tombe de feu le mari de Zoé, un acrobate du cirque Fernando tombé de son trapèze dix ans plus tôt, à l'époque où ils avaient un célèbre numéro, *Les Orion*. C'était une belle dalle, offerte par les patrons et les camarades du cirque, avec un trapèze gravé dessus.

— Entendu.

Puis le rideau rouge resta muet, Berflaut replia son journal, se leva et prit la direction du commissariat où Santier lui fit son rapport : on n'avait trouvé, ni sur le toit, ni sur le petit balcon, ni au pied du Moulin. Aucune trace de cette corde qui, selon le médecin légiste, avait marqué la chair de la victime.

10

Berflaut décida d'aller inspecter lui-même les lieux. Il y fut en cinq minutes.

Il regarda avec attention les deux bâtiments qui encadraient le Moulin : à gauche, une construction gothique avec échauguette et fenêtres à ogives donnant, au premier étage, sur un balcon d'où il semblait impossible, à moins d'un improbable saut, d'atteindre les ailes. À droite, une petite tourelle flanquait l'autre immeuble, elle aussi trop éloignée pour qu'on pût rejoindre le toit.

L'établissement était fermé. Une affiche indiquait qu'en raison des événements tragiques le spectacle était suspendu jusqu'à nouvel ordre. Quant à Zidler, il était parti à la pêche aux renseignements sur l'entourage de Nini. Le préposé à la garde de l'établissement ouvrit à l'inspecteur. Sans avoir à traverser la salle de spectacle, il gagna directement les jardins par l'entrée latérale, celle par laquelle, aux beaux jours, pénétraient les clients venus se divertir, consommer sous les tonnelles et assister aux spectacles de l'après-midi.

Tout y dormait, jusqu'au retour du printemps. Déserté, le petit théâtre de plein air, fermés les kiosques, rangées les chaises de fonte, les tables des buvettes. L'écurie des ânes était vide de ses occupants. L'énorme éléphant de stuc gris, racheté à l'Exposition universelle, avait ses flancs verrouillés et veillait sur la tranquillité des allées, jonchées de feuilles mortes.

Berflaut ne mit pas longtemps à localiser l'endroit d'où avait été montée la victime : l'allée centrale lui offrait la plus évidente des preuves : deux sillons parallèles menant jusqu'au pied du Moulin indiquaient qu'on y avait traîné le corps. Il avait d'ailleurs constaté, sous les semelles de Nini, quelques infimes morceaux d'humus. Il se souvint aussi de la bottine délacée : peut-être était-elle tombée dans le transport, et les meurtriers n'avaient-ils pas pris le temps, en la rechaussant, de l'attacher.

Restait à savoir comment ils l'avaient montée jusque là-haut. Avec une échelle qu'ils auraient apportée ? Il chercha et n'en trouva pas trace.

Il se souvint de ce que le légiste lui avait signalé, ces traces de cordes aux aisselles. On avait dû les passer sous ses bras, un homme en bas pour l'installer, un autre en haut pour la hisser. Manœuvre difficile, un vrai travail d'acrobates. Il mit dans une enveloppe un peu de la terre humide prélevée dans les traces ; il la ferait analyser et comparer avec celle qu'il avait remarquée sous les semelles de Nini.

Au moment où il allait quitter le Moulin-Rouge, Zidler apparut.

— Valentin le Désossé est venu.

Il avait appris par la presse la nouvelle de l'assassinat de Nini la Sauterelle, s'était précipité au Moulin pour en savoir davantage. Comme les autres, il n'arrivait pas à comprendre quelle fureur

288

odieuse et quelle pensée machiavélique avaient conduit ses meurtriers à s'en prendre à cette fille innocente, gentille, et à imposer à sa dépouille un aussi horrible traitement.

— Vous l'avez interrogé ?

— Je lui ai demandé s'il se souvenait de quelque chose, si elle avait évoqué devant lui quelque problème sentimental ou autre. Non, au contraire, deux mois avant de quitter le Moulin-Rouge, elle avait semblé joyeuse et laissé entendre, sans plus de détails, qu'elle comptait bien « se refaire une nouvelle vie ». Mais elle n'en avait pas dit davantage.

Berflaut saisit l'importance de cette information. Ce que Valentin avait évoqué des mystérieux projets de Nini ouvrirait peut-être une piste qu'il allait falloir creuser en interrogeant à nouveau ses anciennes collègues.

11

Le lendemain, en allant chercher des brioches pour sa petite fille et sa belle-mère, avec lesquelles il prendrait le traditionnel chocolat du dimanche matin, il acheta à un petit crieur de journaux la presse du jour et le *Petit Journal illustré*. Comme il s'y attendait, le dessinateur de la couverture s'était surpassé et n'avait pas lésiné sur les effets dramatiques. La pauvre crucifiée était vraiment terrifiante. Quant à l'article, le journaliste déclinait tout le vocabulaire de l'horreur et accumulait les hyperboles, posait des questions, formulait ses hypothèses parmi lesquelles la réapparition de Jack l'Éventreur, qui serait soudain devenu acrobate.

Berflaut était convaincu que ce n'étaient que des élucubrations sans le moindre fondement. Mais elles feraient vendre ! Il fallait exploiter en priorité la piste donnée par Valentin le Désossé au sujet des espérances qu'avait manifestées Nini la Sauterelle de changer de vie. Peut-être son amant Gustave en savait-il quelque chose, s'il n'entrait pas dans un tel projet, il avait tout à y perdre : une belle maîtresse et, accessoirement, comme l'avait laissé entendre Grille d'égout, une source de profits. Il fallait donc mettre la main sur lui. Il était étonnant qu'il ne soit pas venu trouver Zidler, car tout le quartier était maintenant au courant. Cela ne plaidait pas en faveur de son innocence.

Berflaut comptait sur Madame Zoé ; elle trouverait sans doute sa trace et ne manquerait pas de l'informer, sachant le prix de la protection offerte par le policier, qui avait tiré autrefois l'aîné de ses gamins d'une sale affaire de cambriolage, où il avait été entraîné par une bande de voyous. En outre, le maintien permanent de sa baraque, normalement autorisée seulement pendant les foires d'hiver et de printemps, représentait pour elle un moyen régulier de subsistance.

Le petit déjeuner pris, il quitta son domicile, au grand regret de sa petite fille qui escomptait une promenade aux Tuileries. Il lui assura qu'il l'y emmènerait dès que l'affaire, dont il s'occupait et dont évidemment il ne parlait pas en sa présence, serait terminée.

Il prit la direction de la rue Lepic pour rendre visite à la Goulue. Suivant le conseil de Zidler, il acheta au passage à un marchand de vin une bouteille d'absinthe afin de mettre en confiance l'ancienne chanteuse et de lui délier la langue.

Il monta jusqu'au 15, ouvrit la grille d'un minuscule jardin à l'abandon et frappa à la porte de la maisonnette. Accrochée au mur, il aperçut une cage de tourterelles, qui passèrent leur bec en signe de bienvenue.

Il fallut trois bonnes minutes pour que des pas se fissent entendre.

— Qui c'est ? demanda une voix un peu éraillée.

— Inspecteur Berflaut.

Il ne prononça pas les mots « de la Sûreté », car paradoxalement, il s'en était rendu compte, le mot *Sûreté* faisait peur ! Surtout à ceux qui avaient quelque chose à se reprocher !

La porte s'entrebâilla sur une moitié de visage et un œil méfiant.

— Je suis un ami de Toulouse-Lautrec, c'est lui qui m'a conseillé de venir vous voir, et Zidler aussi.

Le nom de Toulouse-Lautrec était le meilleur des passeports. La porte s'ouvrit toute grande.

— Entrez.

Berflaut suivit la Goulue dans une pièce qui sentait un peu le renfermé, meublée d'un divan et de deux poufs de cuir, récupérés probablement du décor de *Danse de l'Almée* dans la baraque de la Foire du Trône. Aux murs éclatait l'affiche qui l'avait rendue célèbre, et il y avait des photos, des tas de photos d'elle en tenue de cancan, montrant jusqu'en haut ses célèbres jambes, d'autres encore où, le buste nu, elle levait les bras sur sa tête, l'air canaille et provocant.

Le policier n'avait jamais vu danser la Goulue. Il ne la connaissait que par les tableaux de Toulouse-Lautrec. Mais il fut frappé, bien que prévenu, de l'empâtement du visage et du corps, que ne flattait guère le peignoir entrouvert sur une chemise douteuse. Seule restait la flamboyante chevelure, non plus relevée en chignon, mais éparse sur les épaules, ce qui tassait encore la silhouette de l'ancienne danseuse.

Il tendit sa bouteille, qu'elle avait déjà repérée. Elle la saisit et l'en remercia.

— Ça, c'est gentil ! Ça me rappellera le bon vieux temps, quand je sifflais les fonds de verre ou qu'Henri m'en payait un, après le cancan ! Il va bien, au fait ?

— Oui, très bien. Je voulais vous demander...

— Attendez, je vais me changer, j'en ai pour trois minutes.

Le policier n'osa pas lui dire que ce n'était pas la peine de se mettre en frais pour lui, il l'aurait déçue, peut-être même blessée.

Au bout d'un moment, c'est une autre Goulue qui fit son entrée. La chevelure était ramassée en chignon, le cou ceint du petit ruban de velours noir ; elle avait revêtu une robe rouge qui la boudinait à la taille et dont le décolleté semblait ne demander qu'à laisser jaillir deux seins opulents. Mais elle avait retrouvé cette démarche altière qu'avait si bien traduite la toile de Lautrec *la Goulue entrant au Moulin-Rouge.*

Berflaut fut touché de cette pathétique coquetterie. la Goulue n'avait pas encore renoncé à allumer le regard des hommes.

Elle s'assit, fit mine d'ouvrir la bouteille, mais il l'arrêta d'un geste.

— Vous venez pour Nini, je pense ? Quel malheur ! Pauvre Sauterelle ! Qui a pu lui faire ça ?

— C'est bien ce que nous cherchons. Nous demandons à tous ceux qui l'ont connue, avec lesquels elle a travaillé, si elle semblait se sentir menacée.

— Vous savez, j'ai quitté le Moulin en avril, nous n'avons dansé que peu de temps ensemble.

— Mais autrefois, vous avez partagé une chambre avec elle ?

— Ah, il y a longtemps ! Bien avant le Moulin, même avant l'Élysée-Montmartre ! On s'était connues en travaillant comme blanchisseuses rue de la Goutte-d'Or ! C'était le temps de la vache enragée, on économisait en se logeant à deux. Mais après, on s'est séparées, j'ai eu très vite ma maison.

— Elle avait un ami, un certain Gustave ?

— Oh, Gustave, c'était aussi bien après ! Je l'ai jamais aimé, ce garçon. Il venait assez souvent au Moulin, pas pour nous voir, seulement pour surveiller Nini depuis le promenoir. Un vrai jaloux, celui-là ! Sauf si ça pouvait lui remplir les poches ! Alors là, il fermait les yeux !

— Vous savez où il habite ?

— Il vit en meublé, rue des Martyrs. Le numéro, je ne sais pas. Mais les filles du Moulin ne vous l'ont pas dit ?

— Non, elles ne savent pas non plus. Et son nom de famille ?

— Ça, pas difficile à retenir ! Quand elle me l'a dit, j'ai cru à une blague, rapport à son gagne-pain ! Merquereau, qu'il s'appelle ! Merquereau, maquereau, vous voyez ?

Berflaut sourit ; oui, il voyait.

— Ils s'entendaient bien ? Pas de coups ?

— Ça, jamais ! Nini ne l'aurait pas supporté ! Elle savait se défendre, elle gagnait bien sa vie, huit francs par soirée, bien sûr pas autant que moi, je me faisais huit cents francs par mois !

Le policier se demanda, en voyant ce pauvre décor, où était passée une telle fortune.

— Valentin dit que, ces derniers temps, elle semblait avoir des projets, qu'elle allait changer de vie. Elle vous en a parlé ?

— Non, jamais. Mais je vous l'ai dit, ça fait sept mois que je ne danse plus au Moulin. À propos, Valentin, quel lâcheur ! Donnez-lui tout de même le bonjour de ma part, mais il aurait pu venir me voir danser à la Foire du Trône, tout de même ! Et Zidler, qu'est-ce qu'il en pense ? C'est pas très bon pour le Moulin, une histoire pareille ! D'autant que depuis mon départ, à ce qu'on m'a dit, ses affaires ont baissé !

On ne la sentait guère affectée par d'éventuels problèmes de son ancien patron et découvreur ; à la limite, même, on pouvait lire dans ses yeux comme une lueur de revanche. Car si elle avait décidé elle-même d'arrêter, le soir du grand écart raté, Zidler n'avait rien fait pour la retenir. Et cela, ç'avait été une rude chose pour son orgueil.

En veine de bavardages, elle continua :

— Y'en a un qui ne doit pas pleurer pour lui, c'est le directeur de l'Élysée-Montmartre !

— Pourquoi donc ?

— Il ne lui a jamais pardonné, à Zidler, de m'avoir débauchée. Le lendemain de mon départ, il paraît qu'il parlait vengeance !

— Contre lui, ou contre vous ?

— Peut-être les deux ! Mais attention, ne me faites pas dire ce que je n'ai pas dit ! Pour Zidler, je sais pas. Mais il m'en a longtemps voulu, sans jamais de menaces, heureusement, mais il est passé ce printemps à la Foire du Trône, il a vu ma baraque, n'a pas voulu entrer pour me voir danser.

Pourtant je l'avais invité. Il a seulement dit : « Alors, la Goulue, c'est la gloire, on dirait ! » J'ai bien vu qu'il se payait ma tête. Mais je ne lui en veux pas. Avec mon départ, il avait beaucoup perdu !

Berflaut opina silencieusement, notant en lui-même qu'il faudrait rencontrer cet homme. Encore que, si vengeance il y avait envers Zidler, il l'aurait ruminée bien longtemps ! Et sans doute n'aurait-il jamais imaginé quelque chose d'aussi cruel.

Il revint à la charge.

— Et Nini, elle dansait bien ?

— Pas mal, mais il aurait fallu que Valentin la dresse plus longtemps. Alors elle aurait peut-être pu devenir la première du Moulin, bien sûr, ça n'aurait jamais été la Goulue. la Goulue, il n'y en aura jamais qu'une !

— Zidler le lui avait demandé ?

— Oui, mais elle a refusé, à ce qu'on m'a dit.

— Pourquoi ?

— Bizarre, elle a dit que ça ne l'intéressait pas, qu'elle dansait en attendant.

— En attendant quoi ?

— Ça ! Elle ne l'a jamais dit.

Décidément, ces fameux projets de Nini devaient être éclaircis : tout semblait y ramener.

— Et son adresse, vous la connaissez ?

— Attendez... rue des Martyrs, comme son alphonse[1], mais plus haut, au-dessus d'un boulanger. Parfois elle nous apportait au Moulin des brioches rassises qu'il lui donnait le soir.

Berflaut se leva, remercia la Goulue, qui le rac-

---

1. Autre nom du maquereau.

compagna à la porte, et la quitta sur la formule consacrée :

— S'il vous revient quelque chose, ne manquez pas de passer au commissariat. Ils me préviendront.

La porte se referma. la Goulue allait pouvoir enfin ouvrir sa bouteille.

Se manifesterait-elle ? Le policier n'y comptait guère. Il savait d'expérience que les témoignages spontanés n'étaient guère courants, surtout s'il planait une menace comme celle qui, sans doute, semblait terroriser la pauvre Cigale.

12

Il y avait une bonne semaine que Toulouse-Lautrec ne s'était pas rendu rue des Moulins, ce qui était beaucoup pour son tempérament exigeant.

Quand il y parvint, ce n'était pas encore l'heure d'arrivée des clients, et ces messieurs du Jockey-Club n'avaient pas encore débarqué des fiacres qui les y amenaient régulièrement. Le salon était vide.

Il fut accueilli par Madame avec une déférente familiarité.

— Tiens, monsieur le Comte ! Nous nous languissions de vous ! Mesdames, au salon ! appela-t-elle en agitant une petite clochette d'argent.

Très vite surgirent Rolande, Gabrielle, Marcelle, Raymonde, Mireille, Marthe, dans leurs peignoirs de soie entrouverts. Elles saluèrent d'un sourire leur visiteur préféré et s'assirent sur le grand sofa rouge, reconstituant presque à l'identique *Le Salon de la rue des Moulins*, la toile à laquelle il travaillait encore.

— Mes hommages, mesdames, dit-il en soulevant son chapeau melon, tandis que Madame le débarrassait de son chapeau et de sa petite canne.

— Bonjour, monsieur le Comte, répondirent-elles en chœur, attendant qu'il choisît celle qui partagerait quelque moment avec lui.

Il tendit la main à Rolande. Ce n'était pas, et de loin, la plus jeune ni la plus belle, avec son gros nez, mais ses talents lui étaient connus, et en plus, chose appréciable, elle ne se croyait pas obligée de faire la conversation, ce dont ce jour-là il n'avait nulle envie. En outre, dans sa délicatesse qui se manifestait jusqu'au bordel, il avait à cœur de les choisir à tour de rôle afin de n'en vexer aucune, d'autant que ces femmes vendues étaient les seules à ne manifester aucun dégoût de son physique, dont il était naturellement conscient. Elles appréciaient même assez sa compagnie pour le jouer aux dés le dimanche, et rendaient hommage à sa virilité en l'appelant de ce surnom explicite : « la Cafetière », et d'autres, du même genre, aussi flatteurs mais plus crus. Elles l'admettaient même dans ces moments d'intimité où elles s'accordaient entre elles ces plaisirs qu'elles devaient feindre toute la soirée avec les clients.

Quand ils redescendirent, Madame ne put se retenir de lui demander s'il avait appris quelque chose sur l'affaire du Moulin-Rouge. Il répondit qu'il n'en savait pas plus pour le moment que ce qu'on pouvait lire dans la presse, évitant, comme le lui avait demandé Berflaut, de donner le nom de la victime.

— À ce propos, Lucie a quelque chose à vous dire. Lucie, parle à monsieur le comte de ton client à la montre !

— Monsieur le Comte, dit Lucie, je ne sais pas si ça a à voir avec le crime, mais j'ai eu un client, deux fois de suite, qui m'a paru bizarre.

Lautrec se disait intérieurement que pour paraître bizarre à une fille de maison close, soumise professionnellement aux fantaisies les plus originales ou les plus perverses, il fallait vraiment beaucoup d'imagination !

— Eh bien, voilà : il me disait que je ressemblais à la Goulue (ressemblance bien vague, pensa le peintre, seulement peut-être à cause de ses cheveux ramassés en petit chignon, et du ruban noir autour du cou), et chaque fois il apportait une tenue de cancan, je devais la mettre sans rien dessous, alors il sortait de sa poche une grosse montre en or. Quand il ouvrait le boîtier, elle jouait un air comme on en joue au Moulin-Rouge, et je devais prendre les poses qu'il m'indiquait, il disait que c'étaient les figures du cancan, la « guitare », le « port d'armes », je ne sais quoi encore ! Je ne suis pas danseuse, que je lui disais.

— Pas « que je lui disais », Lucie, la reprit sévèrement Madame. Je t'ai déjà dit qu'il faut parler correctement devant nos visiteurs.

— Bon, je lui disais donc que je n'étais pas danseuse ni acrobate, car il voulait que je fasse aussi le grand écart ! Et ça durait ! Une vraie flanelle[1] !

— Lucie ! gronda Madame.

— Laissez, intervint Lautrec, que l'histoire intéressait au plus haut point.

— Dis-moi, Lucie, tu pourrais nous le décrire ? A-t-il parlé de lui ? Sais-tu qui il est ?

Madame intervint, considérant qu'il lui revenait

---

1. Désigne, dans l'argot des filles de maison, un client difficile à mettre en condition.

de parler la première, dans la mesure où, accueillant les clients, elle devait s'enquérir de leurs goûts, et, à leur départ, de leur satisfaction ou de leurs griefs.

— Il est venu deux fois ici en un mois. Pas de nom, bien sûr, vous savez que nous respectons l'anonymat de nos clients. Il est assez élégant, la cinquantaine, semble assez riche vu la grosseur de son portefeuille et son gros diamant au doigt. Un accent curieux, je dirais plutôt russe.

— Et toi, Lucie ?

— Pareil, sauf que les accents, je ne les connais pas. En tout cas, un étranger. Il m'a même dit que si je faisais des progrès, il m'emmènerait dans son château. Bien sûr je n'y ai pas cru, d'ailleurs il me faisait un peu peur.

— Ça alors ! Quel toupet ! s'indigna Madame.

— Peur ? Pourquoi ? Il t'a frappée ? demanda Lautrec.

— Non, seulement il m'injuriait, ça l'excitait.

— Que te disait-il ?

— Oh, des grossièretés... Et des menaces, mais juste en l'air, rien que pour s'exciter encore plus, genre : « Ah, t'aimes montrer ton... vous comprenez ?..., eh bien, montre-le bien, je vais te dresser, tu vas voir... »

Lautrec sourit intérieurement en pensant que cette fille habituée à tant de choses n'osait pas prononcer devant lui ce mot grossier.

— Et après ?

— Des trucs comme ça, vous voyez ? Il sortait même sa ceinture de cuir, comme pour me cingler, mais jamais il ne s'en est servi, c'était juste des mots.

Lautrec pensa à la montre jouant Offenbach, au costume de cancan, à la tenue, et cette ceinture de cuir... N'était-ce pas avec quelque chose de ce genre qu'on avait attaché Nini aux ailes du Moulin ?

— C'est intéressant, en effet, dit-il à Madame et à Lucie. Je vais en informer mon ami l'inspecteur Berflaut. Votre client est peut-être tout bonnement un inoffensif maniaque, auquel le spectacle du Moulin-Rouge donne des idées, mais peut-être aussi le criminel qu'on recherche. Si d'aventure il se présente, regardez-le bien, tâchez d'en apprendre davantage. Lucie, fais-le parler, charge-toi de lui glisser une allusion à la crucifiée, regarde sa réaction, mais attention, pas de risques !

Lucie promit. Madame eut soudain une idée. Elle proposa, quand il reviendrait, de le faire attendre un peu, pour gagner du temps, et d'envoyer quelqu'un au commissariat avertir les policiers. L'un d'entre eux pourrait observer l'homme par le judas dont quelques chambres étaient équipées à l'intention des clients voyeurs.

— C'est une très bonne idée. Là-dessus, mesdames, je vous salue bien. Mireille, n'oublie pas notre rendez-vous de vendredi quatorze heures. Je voudrais finir la *Femme tirant son bas*.

— Entendu, monsieur le Comte, si Madame le permet.

Madame permettait, le peintre lui payant largement l'après-midi de Mireille.

Puis, tout joyeux, Lautrec redescendit l'escalier en chantant à tue-tête le *Chant du départ* et héla un fiacre pour se faire ramener rue Caulaincourt.

13

Berflaut trouva le lendemain sur son bureau, Quai des Orfèvres, le rapport du médecin légiste confirmant et complétant celui qu'il lui avait fait oralement. L'instrument du crime était probablement un long couteau pointu, qui avait perforé de bas en haut l'intestin et le foie. Mais un second examen avait fait apparaître que la victime avait récemment subi un avortement.

Encore une piste à suivre, moins pour en trouver les raisons, qui ne devaient pas manquer, que le, ou plutôt la responsable, car c'était surtout, en ce milieu, affaire de femmes. À partir d'elle, on avait peut-être une autre chance de remonter jusqu'à l'entourage de Nini. Peut-être avait-elle parlé ? Les femmes doivent bien se livrer, dans ces occasions-là, et, dans l'angoisse de l'opération, laisser échapper quelque secret.

Quant au rapport de Bertillon sur l'inspection des liens de cuir, aucune empreinte n'était apparue, comme il l'avait prévu, et rien n'en indiquait la provenance : ce pouvait être aussi bien des morceaux de ceinture que des courroies fermant une valise ou des rênes d'attelage.

Berflaut se dit que Madame Zoé serait précieuse pour le mener jusqu'à la piste d'une avorteuse.

À Montmartre, cette pratique était, hélas, quotidienne.

Il reprit le chemin de sa baraque et s'assit sur son banc après avoir frappé les quatre coups convenus.

Le rideau rouge bougea.

— Rien de nouveau ?

— Gustave Merquereau, 8 rue des Martyrs.

— Oui, nous savions déjà le nom et la rue. On l'a vu récemment ?

— Non, pas depuis le crime. Mais ses deux filles travaillent devant le Hanneton, elles « font les femmes », si vous voyez ce que je veux dire. Toutes des vicieuses.

Berflaut ne releva pas le jugement.

— Autre chose. Où s'adresse-t-on dans le quartier quand on veut... annuler les conséquences d'une imprudence ?

C'est à dessein qu'il employa cet euphémisme, afin de ne pas inquiéter Madame Zoé en prononçant le mot d'avortement. Elle aurait pu se fermer comme une huître. D'ailleurs il sentit, au long silence qui suivit, qu'elle réfléchissait. Elle dut conclure qu'elle ne pouvait mentir et prétendre qu'elle ne connaissait personne.

— Vous savez, ça m'ennuie de vous donner son nom, parce que, moi aussi, j'ai eu besoin d'elle autrefois. Je ne voudrais pas lui attirer des ennuis. Il y a des tas de filles à qui elle rend service, parfois sans les faire payer, elle se rattrape avec les dames de la haute, celles qui viennent en calèche, voilées, et retournent dans leurs beaux quartiers, vers leurs maris qui n'en sauront rien !

— Allons, Zoé, son nom, son adresse ! dit-il d'une voix sévère.

— Attendez. Si vous l'arrêtez, elles iront se faire charcuter ailleurs, et risqueront d'y laisser leur peau.

Berflaut pensa qu'elle n'avait pas tort. Bien que profondément hostile à ces pratiques, il savait parfaitement qu'on ne pouvait mettre fin à celles de cette « spécialiste » sans exposer à un danger pire les pauvres filles qui y recouraient.

— Promis, Zoé. Je la laisserai tranquille, j'ai seulement besoin d'un renseignement qu'elle pourrait me donner.

— Le nom, je ne l'ai jamais su. On l'appelle la Mort aux gosses, elle travaille boulevard de Clichy, dans l'arrière-boutique du marchand de vin. Mais rappelez-vous : vous ne lui chercherez pas d'histoires.

Berflaut promit. Du moins pour le moment, se dit-il. En priorité, c'était des assassins de Nini la Sauterelle qu'il devait s'occuper.

Il était trop tôt encore pour trouver les filles de Gustave. Il enverrait son ancien collègue Santier devant le Hanneton à l'heure de la sortie des cabarets. Il décida de passer rue Caulaincourt pour lui en parler.

À son arrivée, il trouva le commissariat en pleine agitation. Une femme échevelée, en tenue de bourgeoise – mais son chapeau était au sol –, vociférait derrière la grille de la cellule, protestant de son innocence.

— C'est un malentendu ! hurlait-elle. Un affreux malentendu !

305

— C'est la femme aux gâteaux, souffla Santier. Cette fois, on la tient.

Ils cherchaient depuis un mois à prendre sur le fait cette femme aux dehors si convenables, et qui était en fait une horrible maquerelle, procureuse de petites filles à une riche clientèle étrangère. Elle attirait des gamines misérables du maquis ou des coins les plus populaires en leur offrant des gâteaux.

C'est d'ailleurs ce qui l'avait fait prendre, car le nombre et la fréquence des gourmandises achetées avaient fini par intriguer la pâtissière. Celle-ci avait innocemment plaisanté sur la famille nombreuse de sa cliente, laquelle s'était d'abord troublée, puis mise en colère. De quoi cette commerçante se mêlait-elle ? Elle avait cessé de venir mais se fournissait non loin de là à une autre boutique.

La pâtissière était la femme d'un gardien de la paix qui alla avertir le commissaire Lepard. Celui-ci envoya deux inspecteurs pendant plusieurs jours pour suivre la femme à tour de rôle et observer son manège.

Elle s'asseyait sur un banc, ouvrait son grand carton, sous les yeux écarquillés d'enfants affamés auxquels elle distribuait généreusement les gâteaux. Elle renouvelait plusieurs fois ces travaux d'approche et finissait par rentrer chez elle une fillette à la main, qu'elle avait sans doute alléchée par d'autres douceurs promises. Et ce n'était pas, hélas, celles que la pauvre enfant attendait. Parfois les fillettes disparaissaient à jamais, parfois elles étaient relâchées sur la menace des pires traitements si elles parlaient.

C'est ainsi que ce même après-midi, Santier, préposé à la filature, réussit à la suivre jusqu'à son domicile, rue de Douai, et put constater le flagrant délit. Elle allait être transférée devant le juge d'instruction. Ils attendaient le panier à salade qui l'emmènerait au dépôt.

Lepard sortit de son bureau, excédé par les hurlements.

— Faites-la taire, bon Dieu ! Tiens, entrez, cher ami.

Car depuis qu'il était inspecteur de la Sûreté, son ancien subordonné était devenu un ami. Berflaut lui raconta son entretien avec la Goulue, et ce qu'il avait appris par son indicatrice. On allait pouvoir remonter jusqu'à Gustave, l'amant de Nini, pour le moment introuvable.

Il ne lui montra pas le rapport du médecin légiste pour que le commissaire n'apprenne pas le détail d'un récent avortement. Il avait promis à Madame Zoé de ne pas attirer d'ennuis à la femme, et savait pertinemment que Lepard l'aurait immédiatement fait arrêter avant qu'elle ait lâché la moindre information utile à leur enquête.

— Je vais demain tâcher de voir ce qui semble terroriser l'autre danseuse, Cigale, et qu'elle essaie de nous cacher. Mais la convoquer ici, au commissariat, risquerait de l'effrayer encore. Je pense que le mieux est d'aller la voir au Moulin-Rouge, à la sortie de son numéro. Il rouvre ses portes demain. Je demanderai à Zidler de nous donner un coin tranquille pour bavarder.

— Si je comprends bien, plaisanta Lepard, bien

qu'il sût que Berflaut n'était guère amateur de ce genre de spectacle, vous joignez l'utile à l'agréable !

Berflaut sourit.

— J'ai même envie de me faire accompagner par M. Lautrec, cela la mettra en confiance.

— Bonne idée. J'espère que Santier saura trouver et faire parler ses filles, ce soir, à la sortie du Hanneton. Décidément, tout le commissariat va fréquenter les lieux de débauche !

— Sauf vous, je pense, monsieur ! ironisa Berflaut, qui savait très bien que, malgré son mariage huppé, Lepard s'accordait de temps en temps une petite aventure.

Il sortit du commissariat, traversa la rue et monta frapper à la porte du peintre. Il avait envie de bavarder de l'affaire avec son ami.

Ce fut Robert Fresnot qui vint ouvrir.

— Tiens, vous tombez bien ! J'étais en train de raconter à Robert une histoire que je viens d'apprendre rue des Moulins et qui va vous intéresser.

Il résuma le récit de Lucie sur le maniaque à la montre qui jouait le cancan, les figures imposées à la pauvre fille, les grossièretés et les menaces.

— Ça pourrait être votre homme, pas vrai ? Robert ne sait pas ce que sont la « guitare » ni le « port d'armes » ! C'est à cause de Marguerite, elle va en faire un benêt ! Je les lui aurais faits bien volontiers, mais mes jambes s'y refusent !

— Mais je l'ignore également, dit Berflaut. Et je ne pense pas être un benêt !

— Naturellement, inspecteur. Je plaisantais. Bon, attendez.

Il alla prendre une feuille de carton et fit surgir

en quelques coups de fusain rapides des jupes relevées sur une jambe bien droite, et l'autre à la verticale :

— Ça, c'est le « port d'armes ». Maintenant, la « guitare ».

Deux coups de fusain firent naître les mêmes jupes relevées, la même jambe d'appui, l'autre repliée à l'équerre, une main semblant pincer, sur la cuisse, des cordes imaginaires.

Berflaut et le jeune homme se regardèrent, saisis, non de ce qu'ils venaient d'apprendre, mais du génie du dessinateur.

— C'est étonnant ! ne put que dire Robert Fresnot.

— Bah ! Question de technique ! Mais croyez-moi, si j'avais les jambes plus longues, je n'aurais jamais fait de peinture ![1] Tiens, je changerais volontiers tes jambes contre tout ça !

Il montrait tous les tableaux sur ses chevalets et ses murs. Une ombre de tristesse passa dans ses yeux. Mais il se reprit très vite et se mit à jouer la scène, sortant de son gilet sa montre, chantonna les premières mesures du quadrille d'Offenbach, tatatata tataire... et, prenant un terrible accent russe.

— La guitarrre, mon petit, la guitarrre, oui, encorrrre... rrravissant ! et le porrrrt d'arrrmes ! AH ! ENCORRE ! ENCORRRRE !

Et il se laissa tomber sur le divan, simulant l'orgasme, et pris d'un fou rire communicatif.

Les trois hommes reprirent assez vite leur

---

1. La phrase est de Lautrec.

sérieux. Berflaut était vivement intéressé par cette nouvelle piste et fut d'accord avec la proposition de Madame de l'avertir dès que le maniaque se représenterait. Il demanda ensuite à Lautrec s'il pouvait l'accompagner le lendemain au Moulin-Rouge afin d'essayer de faire parler Cigale, ce que le peintre accepta.

— Et moi, alors ? risqua Robert Fresnot. Elle serait en confiance avec quelqu'un de son âge !

— Non, Robert, deux suffisent, dit Berflaut. D'ailleurs ta tante nous en voudrait de te dévergonder. Mais je te tiendrai au courant, promis.

Robert ne se résignait pas si facilement. Il trouverait bien un moyen, fût-ce en invitant sa tante au Moulin-Rouge, de voir cette fameuse Cigale.

Il se consola quand, Lautrec, voyant sa déception, lui tendit les deux dessins après les avoir signés.

Robert faillit sauter au cou du peintre mais se retint à temps, le remercia avec émotion, et se retira avec son trésor, laissant les deux hommes s'entendre sur leur rendez-vous du lendemain.

14

— Ça y est. J'ai vu les filles de Gustave hier au soir, annonça Santier à Berflaut quand ils se croisèrent devant le commissariat. Ça n'a pas été sans mal de les faire parler. Heureusement, je suis arrivé avant que le Hanneton ferme et que d'éventuelles clientes apparaissent pour les deux pierreuses. Mais elles n'aimaient manifestement pas être vues en ma compagnie, quand elles ont appris que j'étais policier ; pourtant j'étais en civil.

— Elles semblaient avoir peur ?

— Non, pas vraiment. Mais elles n'avaient guère envie de parler de Gustave. Elles ne savent rien, bien entendu, elles ne l'ont pas vu depuis assez longtemps, peut-être une semaine, mais elles sont restées assez évasives. La mort de Nini la Sauterelle, oui, elles ont appris, c'est bien horrible, mais elles ne la connaissaient pas.

— Comment ? Pourtant elles partageaient le même homme !

— C'est bien ce que j'ai dit. Mais une des deux, Marceline (entre parenthèses, ce n'est pas une poulette de l'année) m'a répliqué que Nini ne travaillait pas pour lui, elle était danseuse. Bien sûr, de temps en temps, elle devait bien faire un micheton, si Gustave l'exigeait !

— Il était brutal avec elles ?

— Je leur ai demandé s'il les traitait bien, et Nini aussi. Pas de coups ? Elles ont ri. « Gustave n'a pas besoin de ça pour se faire obéir », ont-elles dit. Bref, elles protègent leur homme, et ce n'est pas d'elles, à mon avis, qu'on en apprendra davantage. Je leur ai dit, et très fermement, de m'avertir si elles le revoyaient, mais je n'y compte pas. Dans ce milieu, il n'est guère d'usage d'aider la police, et j'ai l'impression que ce Gustave ne doit tout de même pas être un tendre. Alors je suis allé rue des Martyrs et j'ai interrogé le concierge.

— Belle initiative ! Alors ?

— Gustave n'est pas réapparu depuis quelque temps ; en fait, quand je lui ai demandé des précisions, il a fini par se souvenir que la dernière fois qu'il l'avait vu, c'était justement le jour où on avait trouvé la danseuse. Il portait une grosse malle.

— Tiens ! Tu penses qu'elle pouvait contenir le corps de Nini ?

— Je ne crois pas. Le concierge m'a dit qu'elle n'avait pas l'air très chargée, car il l'a entendu dévaler l'escalier légèrement. C'est un costaud, paraît-il, mais quand même ! Le concierge s'est demandé s'il ne déménageait pas à la cloche de bois, mais il n'a pas la clé, pour vérifier. « Monsieur Merquereau n'a jamais voulu. »

— C'est tout de même bizarre, cette disparition, le jour du meurtre de sa maîtresse, et cette malle : ou il déménageait, ou il emportait quelque chose. Pas un corps, tout de même, mais pourquoi pas des vêtements de femme ? Une tenue de cancan, par exemple ? Je crois qu'il faut aller voir ça de près.

Berflaut avait sur lui le mandat de perquisition, et les deux policiers partirent en direction de la rue des Martyrs. Ils allèrent chercher au passage le serrurier de la rue Lepic auquel ils avaient régulièrement recours pour pénétrer dans les logements fermés pour constater un vol ou un meurtre.

Le 8 de la rue des Martyrs était une bâtisse à deux étages, dont la porte cochère ouverte laissait apercevoir une cour avec, au fond, une sorte d'entrepôt vitré. Ils frappèrent à la loge. Le concierge reconnut Santier et salua Berflaut en portant la main à sa casquette.

— C'est un ancien adjudant, souffla Santier à son collègue.

Ils montèrent à sa suite un escalier qui n'avait pas dû voir la cire depuis un siècle, jusqu'au deuxième. Il y avait deux logements par étage. Celui de Gustave Merquereau était au fond du couloir.

La porte ouverte, le serrurier remercié, et le concierge également, à sa grande déception, les policiers pénétrèrent dans une pièce assez grande, dont les volets étaient ouverts.

Elle était meublée d'un sofa qui avait eu des jours meilleurs, d'une petite table de pin, de deux chaises et d'un buffet contenant un peu de vaisselle et une bouteille de liqueur très entamée. Le garde-manger sous la fenêtre était vide. Dans un coin, un évier, une cuisinière de fonte, le tout très propre et sans la trace de repas récent. Le poêle à charbon avait son tiroir plein de cendres froides.

Ils passèrent dans la chambre. Le lit était recouvert d'une courtepointe violine, et il semblait

313

qu'on y eût dormi sans l'ouvrir. À moins que ce ne fût l'empreinte d'un corps ?

Mais aucune trace de sang, ni dans les draps ni au sol. Une pièce, comme l'autre, en ordre, une chambre d'homme avec, sur le meuble de toilette, un broc, un blaireau et un rasoir. Sur la table de nuit, un paquet de tabac entamé et une pipe. Une belle pipe d'écume représentant un buste de femme, cadeau probable d'une de ces dames.

Dans l'armoire de chêne, un seul costume, qui semblait neuf, une paire de chaussures, et très peu de linge. Rien dans les tiroirs. Pour un maquereau professionnellement soucieux de son apparence, cette garde-robe était pour le moins spartiate.

L'occupant semblait n'avoir vraiment que peu de choses sur place, à moins qu'il n'ait emporté l'essentiel dans la fameuse malle. Ou qu'il eût ailleurs un autre logis.

Les deux policiers prirent le couteau de cuisine qu'ils avaient trouvé dans le tiroir de la table afin de le faire examiner au service de Bertillon, mais sans trop y croire. Un assassin garde rarement l'arme du crime.

Ils allaient quitter le logement quand Santier, qui était retourné dans la chambre, appela son collègue.

— Venez voir ! C'était sous le lit ; tout à l'heure, en cherchant des traces de sang, je ne les avais pas vues. Elles étaient tout au fond.

Berflaut rentra dans la pièce. Santier tenait précautionneusement par les lacets deux bottines de femme.

314

15

Il était onze heures quand on frappa à la porte de l'atelier. Toulouse-Lautrec alla ouvrir. C'était Mireille qui venait, ponctuelle, pour sa séance de pose. Elle avait à la main un petit bouquet de violettes qu'elle lui tendit.

— Merci, ma belle. Entre et réchauffe-toi.

Il faisait froid et humide ce matin-là, et le peintre était venu une heure à l'avance allumer le poêle pour que son modèle pût poser dévêtu sans trembler. Un pâle soleil d'hiver pénétrait par la verrière. Mireille se débarrassa de son manteau et du châle qui enveloppait sa tête et ses épaules.

— Veux-tu que je te fasse du thé ?

— Non, merci, monsieur le Comte. Tout à l'heure, peut-être. Autant commencer tout de suite pendant qu'il y a une bonne lumière.

Elle se déshabilla entièrement, et, sans sembler avoir froid, prit le temps de s'approcher de la grande toile de la rue des Moulins. Elle la regarda longuement, reconnaissant sans peine Marthe, Raymonde, Marcelle, Gabrielle et elle-même. Puis elle alla enfiler ses bas noirs, gardant sa chemise dans sa main droite, et se planta devant le miroir. Elle savait la pose qu'elle devait prendre d'après ce que lui avait dit Lautrec lors de leur dernière séance.

— Dis-moi, tu as l'air bien pressée ce matin ! Est-ce vraiment la lumière qui t'intéresse, ou n'aurais-tu pas un rendez-vous ?

Il pensait à un éventuel amant, chose fréquente chez les filles de maison qui bénéficiaient de leurs jours de congé pour s'offrir le luxe d'un amour non vénal. Mais ce n'était apparemment pas le cas de Mireille.

— Non, mais je dois rencontrer quelqu'un d'important, quand nous en aurons fini. Mais naturellement, mon temps vous appartient ! Seulement, si je pouvais être libre en fin d'après-midi... !

— Bien avant, Mireille, rassure-toi ! Je veux juste commencer une esquisse. J'ai moi-même à faire dehors ce matin. Après, tu seras libre.

— Oh merci ! Vous voyez, monsieur le Comte, je n'ai rien dit encore à Madame, ni aux autres filles. Soyez gentil de ne pas trahir mon secret. Sinon, si elle le sait, ça pourrait tout gâcher !

— Écoute, Mireille, si tu ne veux rien me dire, ne me dis rien, sinon, je te le promets, je serai muet comme une tombe.

Mireille, en fait, brûlait de parler. L'excitation se lisait dans ses yeux. Mais ce secret, elle voulait le distiller.

— Eh bien voilà, monsieur le Comte. Je vais bientôt quitter la rue des Moulins.

— Tu as trouvé à travailler ailleurs ?

— Oui, monsieur le Comte !

— Où donc ? dans quel quartier ?

— Je quitte Paris, monsieur le Comte !

— Arrête tes « monsieur le Comte », et parle, bon sang !

Elle fixait son ami le peintre de ses yeux malicieux.

— Tu vas te refaire une nouvelle vie en province ?

— Non, mons... pas en province !

— Tu te maries ?

— Oh non ! Mais je quitte la France !

— Quoi !!

— Allons, je vous le dis. Vous ne trouveriez jamais. Je pars pour l'Argentine !

— Pour l'Argentine ? Mais que vas-tu faire là-bas ?

— Un client m'a proposé de venir travailler pour lui, là-bas. Il a un grand cabaret, très chic, et les Argentins raffolent des Françaises ! Mais ce n'est pas pour continuer comme ici, non, non, ça, il me l'a promis. Je serai hôtesse !

— Hôtesse ? Et tu l'as cru ?

— Naturellement, monsieur le Comte !

Mireille, déçue et agacée de cette réaction, avait repris, en représailles, le titre de Lautrec.

— Et je serai très bien payée. En deux ans, je peux devenir riche !

— Et tu n'auras pas à coucher ?

— Non, en tout cas seulement si je veux bien, de temps en temps, monter avec un client. Mais ce sera très rare, et dans ce cas, j'aurais un gros pourboire !

— Mais ma pauvre fille, en deux ans tu seras finie ! Je ne te croyais pas si naïve ! Ce type est un marchand de viande, rien de plus ! Lui et ses pareils cherchent de la chair fraîche pour leurs clients. Au bout de deux ans, les pauvres filles sont claquées, on les sème en terre, on marque l'endroit avec une croix et adieu ![1]

Mireille pâlit sous la violence inhabituelle du peintre qui venait de jeter une douche froide sur son rêve de bonheur.

— Monsieur le Comte, c'est impossible, ce que vous dites là ! C'est une dame très convenable qui s'occupera de tout, de mon voyage, payé bien sûr, dans une belle cabine d'un paquebot, de mes costumes de travail, de tout !

— Cette dame, où l'as-tu rencontrée ?

— C'est l'associée de mon client. Ils m'avaient donné rendez-vous mon dernier jour de sortie, au Café de la Paix. Elle m'a paru très gentille, pas du tout le genre mère maquerelle, croyez-moi, et elle m'a dit qu'une belle fille comme moi ferait vite fortune là-bas.

— Naturellement, tu n'en as pas parlé à Madame ?

— Pas encore. Elle ne sera pas contente que je la quitte.

— Eh bien, parle-lui en très vite, Mireille. Sinon, j'irai lui en parler moi-même. Nous ne te laisserons pas faire cette folie. C'est pour quand, ce départ ?

— Oh ! Pas avant deux mois.

Lautrec souffla. Il était encore temps de lui ouvrir les yeux et de parer au danger à sa place s'il le fallait.

— Voyons, Mireille ! Réfléchis ! Crois-tu qu'ils aient besoin de filles comme toi là-bas, sinon pour faire la même chose qu'ici, mais dans les pires

_____
1. La phrase est de Lautrec (correspondance).

318

conditions ! Je te fiche mon billet que leur cabaret est un bordel infâme, où les filles font vingt passes, ou plus, par jour ! Fini les après-midi douillets de la rue des Moulins, les parties de cartes avec les amies, et vos petits câlins entre vous !

Il ponctuait cette tirade en tapant rageusement le sol de sa canne.

La pauvre Mireille s'était laissée tomber sur le divan. Elle pleurait, reniflait. Toulouse-Lautrec s'approcha et lui tendit son mouchoir.

— Allons, Mireille, calme-toi. Je voulais t'avertir, c'est pour ton bien. Je ne veux pas que tu gâches ta vie !

Elle le fixa, les yeux encore pleins de larmes.

— Ma vie ! Mais, monsieur le Comte, vous ne croyez pas qu'elle est déjà gâchée, ma vie ? Alors, si j'ai une toute petite chance de m'en refaire une autre là-bas, pourquoi je n'essaierais pas ? Après tout, je ferai un beau voyage, et si ça ne me plaît pas, je retournerai en France.

— Avec quel argent ?

— Oh, j'ai des économies, et mon client et son associée m'ont déjà donné une avance pour mes frais de départ et mon vestiaire de voyage.

Lautrec sentit que rien ne pourrait pour le moment la convaincre. Il se proposa de revenir à la charge la prochaine fois qu'ils se verraient.

— Allons, travaillons un peu. Essuie ton nez, et prends la pose, s'il te plaît.

Mireille, obéissante, se leva et alla se replanter devant le grand miroir, bas noirs aux jambes, chemise à la main. Elle y semblait contempler, au-delà de son image, cet avenir auquel, envers et contre tout, elle avait décidé de croire.

Assis sur son petit tabouret, Lautrec esquissait les lignes de son futur tableau, ce corps déjà alourdi par le dur métier d'amour, et promis, il en était sûr, à un destin pire encore.

16

Les deux policiers regardaient les bottines de femme trouvées sous le lit de Gustave.

— Elles étaient tout au fond, sous le lit, ça m'a échappé tout à l'heure.

— Bon Dieu ! On a failli passer à côté ! Bien joué, Santier. On a peut-être enfin une preuve.

— Mais ne nous excitons pas, dit modestement celui-ci. C'est peut-être simplement à une de ses conquêtes.

— Qui serait repartie, comme Cendrillon, à minuit, du château du Prince Charmant ? Allons donc ! Je parierais mon traitement qu'il s'agit bien des siennes. Mais on va vérifier.

Santier tenait toujours les bottines par les lacets, et il les emporta de cette manière afin de ne laisser aucune empreinte risquant de brouiller l'examen qu'en ferait le laboratoire de la police.

Il fallait aussi retourner à la morgue pour les essayer aux pieds de la morte afin de s'assurer qu'il s'agissait bien des siennes. En tout cas, elles étaient sensiblement plus petites que celles dont on avait affublé la pauvre Nini pour la transporter jusqu'au lieu où elle avait été attachée.

Santier se chargea de la macabre corvée. Berflaut,

bien qu'endurci à de semblables visions, n'avait guère envie d'y retourner. Et il avait autre chose à faire : aller fouiller le logement de Nini afin de découvrir d'éventuels indices sur sa disparition, et examiner les vêtements restés dans son armoire.

Pour cela, il avait besoin d'une femme qui la connût assez bien pour être à même de dire ceux qui manquaient. Car la valise avec laquelle Gustave Merquereau avait disparu pouvait bien contenir les vêtements qu'elle portait le jour de sa mort et qu'on avait échangés pour la tenue de cancan avec laquelle elle avait été exposée. Il aurait juste oublié les bottines sous le lit.

On pouvait espérer que l'une ou l'autre des filles du Moulin, avec lesquelles elle se changeait chaque soir au vestiaire avant le spectacle pour revêtir son costume de danseuse, se souviendrait de ce qu'elle portait habituellement. En tout cas, elles n'avaient pas reconnu la robe dont ses assassins l'avaient habillée. Il fallait donc retourner là-bas et les interroger, surtout Cigale, qui semblait, à voir sa terreur, la plus concernée.

Tandis que Santier se rendait quai de l'Archevêché, Berflaut passa au commissariat, par correction, puisqu'il employait un de ses inspecteurs, prévenir le commissaire Lepard de leur découverte.

— Santier passe à la morgue vérifier la pointure de Nini, et je vais chez elle inspecter son armoire. Je voudrais montrer ses vêtements aux danseuses du Moulin-Rouge. Elles pourront me dire si sa tenue habituelle, celle qu'elle portait en arrivant pour se changer avant le spectacle, en fait ou non partie.

Au sortir du commissariat, Berflaut se dirigea vers la rue des Martyrs et ne mit pas longtemps à trouver la boulangerie au-dessus de laquelle, selon les indications de la Goulue, habitait Nini la Sauterelle.

Il n'y avait personne dans la boutique en cette fin de journée, les passants se faisant rares à cause de la pluie qui s'était mise à tomber. La boulangère, assise derrière sa caisse, attendait manifestement ses dernières pratiques, il ne restait que peu de miches sur les grilles derrière elle. Elle connaissait sûrement le triste sort de sa jeune voisine pour laquelle elle avait eu assez d'amitié, selon la Goulue, pour la fournir en pâtisseries invendues dont elle régalait le soir ses camarades du Moulin-Rouge, après le spectacle.

Il entra. La boulangère était une grande femme brune, à la corpulence appétissante, assez jolie sous sa coiffe blanche. Il se présenta et, à peine eut-il dit qu'il venait pour parler de la danseuse, qu'elle fondit en larmes. Il lui laissa le temps de se reprendre et d'essuyer ses yeux avec son tablier.

— Pauvre Nini ! dit-elle enfin. Dites, monsieur, qui a pu lui faire ça ? Elle était si gentille, si douce ! Jamais elle ne passait devant ma boutique sans entrer me dire bonjour, ou, quand elle était en retard pour le spectacle, me faire un petit salut de la main. Je lui donnais, le soir, des pâtisseries et, une fois, pour me remercier, elle nous a donné des billets à mon mari et à moi pour assister au spectacle et la voir danser...

À cette seule évocation, les larmes la reprirent. Deux clientes étaient entrées, qui regardaient, sans comprendre, le chagrin de leur boulangère, et n'avaient pas identifié Berflaut comme un policier en civil.

Quand elle fut en mesure d'écouter, il lui demanda doucement si elle l'avait vue sortir, le soir de sa mort, et si elle était accompagnée.

— Non, justement, ça m'a surprise de ne pas la voir passer.

— Vous avait-elle fait part de soucis particuliers ? Par exemple, des projets dont elle vous aurait parlé ?

— Non, rien de spécial.

— Même son... ami, vous ne l'avez pas vu ce jour-là ?

— Ah ! Ce Gustave ! Il ne la méritait pas. Je ne l'ai jamais vu, mais, tiens, j'y pense, elle m'a dit, il n'y a pas longtemps, un dimanche, qu'elle en avait assez des hommes, qu'elle avait besoin de liberté. Mais vous savez, je n'y ai pas prêté attention, ce sont des choses qu'on dit souvent, nous les femmes !

— Avait-elle l'air déprimée, ou de craindre quelque chose ?

— Non. Plutôt, comment dirais-je, nerveuse, les derniers temps, excitée même. J'ai pensé qu'elle avait des problèmes au Moulin-Rouge, il paraît qu'il y a beaucoup de rivalités, et comme ça ne me regardait pas, je ne lui ai pas posé de questions. Oh, monsieur, vous allez le retrouver, celui qui a fait ça !

— Nous y travaillons, madame. Si vous entendez quelque chose qui pourrait être utile à notre enquête – vous voyez tant de monde du quartier ! –, soyez gentille de me faire prévenir par le commissariat de la rue Caulaincourt.

— Je n'y manquerai pas, monsieur.

Les deux clientes écoutaient, opinant silencieusement, et se préparaient, une fois Berflaut parti, à y aller de leurs commentaires.

Le policier pénétra sous la voûte, frappa à la loge, et la tête du concierge, un homme robuste, chauve, pipe au bec, apparut dans son guichet.

— Police. Bonjour, monsieur. Avez-vous les clés de Mlle Nini, la danseuse ?

— Nini ? La pauvre fille ! Oui, bien sûr, les propriétaires me laissent toujours un double des trousseaux. Ils savent que je suis honnête et que je ne pénètre jamais chez les gens sauf s'ils me le demandent.

« Encore heureux, pensa Berflaut, mais peut-être cette indélicatesse est-elle assez courante ».

Il l'interrogea d'abord comme il l'avait fait avec la boulangère et n'apprit rien de significatif. Apparemment, Nini menait une vie discrète et ne recevait que de rares visites.

— Des hommes ?

— Seulement son amant, mais pas souvent, et ces derniers temps il ne venait plus, du moins je ne l'ai pas vu. Drôle de type !

Encore un qui n'appréciait pas Gustave.

— Voulez-vous m'accompagner ? Je dois inspecter sa chambre.

— Bien sûr, tout de suite, je prends les clés.

Il sortit, accrocha à la porte de la loge l'écriteau de rigueur : « le concierge est dans l'escalier », et précéda Berflaut jusqu'au cinquième étage. À droite du palier où le jour pénétrait chichement à travers une vitre ternie par la poussière se trouvait la porte de Nini. Le concierge l'ouvrit, et ils pénétrèrent dans le logis.

La pièce paraissait propre, bien rangée, le lit à barreaux de cuivre était fait et recouvert d'une couverture de coton blanc. Le coin cuisine s'abritait derrière un paravent. Sur la petite table de toilette placée sous la mansarde, un broc et une cuvette de faïence.

— Les cabinets sont sur le palier, précisa inutilement le concierge.

Il n'y avait au mur pour toute décoration qu'un alphabet brodé au canevas et une gravure représentant une scène galante inspirée de Watteau : aucune photo de danseuse retroussant ses jupes comme celles qui tapissaient le salon de la Goulue. Il faut dire que la jeune femme n'en était encore – et pour jamais, hélas – qu'à ses débuts, et que le seul souvenir d'elle serait dans les archives de la police la photographie crue de son cadavre, et dans l'imagination du public, l'image de son corps écartelé attaché aux ailes d'un moulin.

Berflaut trouva dans le tiroir de la table un petit carnet d'adresses qu'il empocha.

Il ouvrit le placard. Sur un cintre, ce qu'il vit d'abord, ce fut une robe verte, d'un vert agressif, à la large jupe volantée : l'ancienne tenue de danse de Nini la Sauterelle.

Le reste du vestiaire était constitué de deux jupes, deux châles de laine, quelques corsages et une cape. En bas, deux paires de bottines, aux talons usés. Le tiroir du bas contenait des dessous blancs, jupons à volants et culottes bordées de dentelle, ses instruments de travail en quelque sorte, sur lesquels le concierge jeta un regard concupiscent.

Il ne s'en allait pas, comme s'il flairait, dans cette chambre vide, une odeur du mystère et de violence.

Berflaut, au contraire, comme chaque fois qu'il pénétrait chez des victimes, avait l'impression de violer leur intimité. Il ne pouvait s'empêcher de les imaginer quittant la pièce, y laissant les vestiges d'un projet, d'une action interrompue.

Nini était partie ce jour-là comme les autres en jetant un dernier coup d'œil dans le miroir accroché à l'espagnolette avant de descendre un escalier qu'elle ne devait jamais plus remonter, à la rencontre de son assassin...

Berflaut décrocha les vêtements de ville de Nini, laissant sa robe de scène. Ceux qu'elle portait en partant de chez elle et dans lesquels elle avait été assassinée manquaient forcément dans le placard. Une fois identifiés par une de ses compagnes, ils seraient naturellement la pièce à conviction la plus déterminante, et si c'était eux que contenait la valise avec laquelle Gustave avait disparu, le crime était signé.

Encore fallait-il retrouver l'un et l'autre.

Ce qui gênait le policier dans cette hypothèse, c'était qu'en dehors des bottines trouvées sous le lit, la pièce ne présentait aucune trace de lutte indiquant que Nini y ait été tuée, aucune trace de sang nulle part. Quant au couteau de cuisine trouvé chez Gustave, le laboratoire de la police n'avait encore rien dit à ce sujet, mais il n'en attendait rien.

Il roula les vêtements dans la couverture, fit signe

au concierge qu'il en avait fini, et les deux hommes redescendirent l'escalier.

— Que dois-je faire des clés maintenant ? Le propriétaire est en province, je n'ai pas encore pu l'avertir.

— Ne faites rien avant que nous vous le disions. Il se peut que nous ayons à revenir.

Le concierge rentra dans sa loge, et Berflaut regagna le commissariat sous une pluie qui tombait de plus en plus drue, pour y déposer, avant de rentrer chez lui, son triste ballot.

17

Toulouse-Lautrec, après le départ de Mireille, resta un moment pensif, en écoutant le bruit décroissant de ses pas descendant l'escalier. Puis, après avoir rangé pinceaux et palette, il alla chercher dans un carton à dessins quelques feuilles de croquis.

C'était ceux qu'il avait faits au cours de son voyage à bord du *Chili* à la poursuite de la belle inconnue dont il était tombé subitement amoureux. À défaut d'une aventure sans espoir, il en perpétuerait le souvenir par une lithographie.

Il enfilait son pardessus et coiffait son melon quand on frappa à la porte. C'était Robert Fresnot, qui n'avait pas oublié la promesse du peintre de l'emmener chez son imprimeur pour assister à son travail.

Ils descendirent jusqu'au boulevard Rochechouart, où Lautrec héla un fiacre qui les déposa 83 boulevard Saint-Denis devant l'atelier de l'imprimeur Ancourt.

Quand ils entrèrent dans l'immense salle où les ouvriers s'activaient devant les presses, ils furent aperçus par le père Cotelle, le plus ancien et le plus qualifié d'entre eux. Il s'avança vers eux, souleva son béret noir, celui avec lequel il graissait les pierres.

— Monsieur Lautrec ! Je vous attendais. Venez, c'est prêt.

Le peintre ne laissait à personne le soin de copier ses croquis. Il faisait lui-même le dessin, au crayon gras ou au pinceau, sur la pierre de touche. Il montra au père Cotelle les esquisses qu'il avait faites de l'inconnue. Un ravissant profil, et une silhouette, assise sur une chaise longue sur le pont du paquebot.

— D'abord une litho à six couleurs, puis, si elle rend bien, on en fera une affiche pour le Salon des cent.

Il enleva manteau, chapeau, confia sa canne à Robert Fresnot, enfila une blouse grise et se mit au travail.

Penché au-dessus de la pierre de touche, le peintre faisait surgir au pinceau, en vert olive, l'élégante silhouette d'une jeune femme assise dans sa chaise longue, le petit chapeau perché sur son lourd chignon, la main laissant pendre le livre qu'elle avait abandonné pour rêver en regardant, au large, croiser un petit vapeur.

Le pinceau glissait sur la pierre, sans une hésitation. Robert Fresnot fut frappé par l'audace de la mise en page, les montants de la chaise longue, au premier plan, coupés par le bord gauche de l'image.

Il regarda les deux autres feuilles de croquis que le peintre avait apportées. On y voyait plusieurs membres de l'équipage du *Chili*, la tête d'un matelot barbu à l'air débonnaire, le profil aigu du commandant, un passager à favoris, coiffé d'une casquette d'officier, un vieux monsieur lisant son

journal sur le pont, et un couple presque caricatural formé d'une dame replète et d'un homme à
la carrure de lutteur de foire.

Lautrec y avait joint les photographies qu'avait
prises à sa demande son ami Guibert : l'une d'entre
elles montrait la belle inconnue assise dans un fauteuil, un petit chiot sur les genoux. Elle bavardait
avec une jeune femme debout penchée sur elle.
Elles portaient toutes deux des canotiers. À côté des
deux jeunes femmes, on apercevait un grand chien,
genre lévrier.

— Vous avez su le nom de votre belle passagère ?
demanda le jeune homme quand Lautrec se
redressa péniblement de sa pierre.

— Non, jamais. J'aurais pu, le commandant me
l'aurait dit. C'était la femme d'un fonctionnaire des
colonies, qui allait le rejoindre à Dakar ou à Saint-
Louis. Mais à quoi bon ? Le mystère, Robert, rien
ne vaut le mystère !

— Vous ne vous êtes jamais présenté ?

— Encore moins ! Tu me vois, moi, parler
d'amour à cette superbe créature ? Elle n'a même
jamais vu que Guibert la photographiait, il avait installé son trépied dans leur axe et faisait semblant
de prendre des clichés des oiseaux marins... Ou
alors, si elle l'a vu, elle l'a bien caché, la coquine !

— C'est encore elle et son amie, là ?

Il montra un croquis de deux jeunes femmes
accoudées au bastingage.

— Non, celles-là étaient plus jeunes mais
beaucoup moins jolies, des péronnelles, qui ne
parlaient à personne, elles voyageaient avec ces

deux-là, qu'elles ne quittaient pas d'une semelle. (Il montra le croquis du couple caricatural.)

— Monsieur Lautrec, vous voulez vous rendre compte ? Ça me semble parfait.

Le père Cotelle avait apporté un petit tabouret sur lequel le peintre grimpa pour examiner de plus haut l'effet de son dessin.

— Parfait, dit-il en redescendant. Voyons maintenant les couleurs.

L'ouvrier nota sur une feuille les indications du peintre : jaune pour les montants de la chaise longue, noir pour ses rayures, ocre pour le velum et le corsage, bleu foncé pour la mer, rouge pour les plis de la jupe, les gants, et la cheminée du petit vapeur à l'horizon. La chevelure serait rousse, de ce roux qu'il aimait par-dessus tout chez les femmes.

— Ce sera chouette ! s'écria-t-il.

Il avait retrouvé son enthousiasme et sa confiance. Cet amour qu'il n'avait pas pu déclarer, il le déclarerait par cette lithographie, il en ferait même une affiche où, peut-être un jour, la belle « passagère du 54 » se reconnaîtrait et découvrirait qu'elle avait été, à son insu, admirée par un grand peintre.

— Bon, je reviens demain voir le premier tirage.

Car chaque couleur nécessitait une impression. Il faudrait donc six passages pour que la lithographie fût achevée. Et Lautrec tenait à assister à toutes ces étapes.

— Au revoir, Père Cotelle.

— Au revoir, monsieur Lautrec.

— Viens, Robert. Je te ramène. Au passage, nous

nous arrêterons rue de Douai. J'ai une dame à qui je dois rendre visite, et je voudrais que tu la voies.

Robert dut avoir l'air gêné, ou réticent, car le peintre se mit à rire.

— Non, rassure-toi, je ne t'emmène pas dans un mauvais lieu ! Je l'ai promis à ta tante ! Et avec Marguerite, pas question de plaisanter ! Elle me priverait à jamais de sa cuisine ! Non, il s'agit juste d'une vieille amie ! Mais je tiens à ce que tu fasses sa connaissance.

Ils hélèrent un fiacre. Pendant le trajet, Robert, curieux de savoir où l'entraînait Lautrec, tenta d'en savoir davantage, mais en vain.

Arrivés rue de Douai, ils descendirent du fiacre et firent quelques pas.

— Ma chère mère habite ici, au second étage, dit-il en montrant le bel immeuble bourgeois du numéro 9. Mais ce n'est pas chez elle que je t'emmène.

Passant devant une boulangerie-confiserie, le peintre entra et en sortit au bout d'un moment avec une boîte enrubannée.

— Des dragées. Elle adore ça. Tiens, c'est ici.

Ils s'arrêtèrent devant un autre immeuble, celui-là assez vétuste, pénétrèrent sous le porche et empruntèrent l'escalier de droite.

— C'est au cinquième. Tu peux monter le premier, je te suis.

Ce devait être effectivement une épreuve pour les jambes du peintre, et Robert trouva plus gentil de monter au même rythme. Quand ils parvinrent en haut, Lautrec s'arrêta, essoufflé.

— Tu vas voir une femme qui, en son temps, a été plus célèbre que le président de la République.

— Qui est-ce donc ?

— Devine. Tu l'as déjà vue, mais pas en chair et en os... et c'est bien dommage, surtout pour sa chair !

— Sur un tableau ?

— Bravo ! Oui, sur un tableau.

— Lequel ? Un de vous ?

— Mais non, bien avant ! Un tableau qui a fait scandale !

— Manet ? *Le Déjeuner sur l'herbe* ?

— Pire encore.

— L'*Olympia* ?

— Bravo encore ! Oui, tu vas voir Olympia ! Mais tu ne la reconnaîtras pas, évidemment ! Mais du scandale – même si tu n'étais pas né à l'époque –, tu as dû en entendre parler ! Pense donc ! Représenter à l'époque des Bouguereau et autres Cabanel, au lieu de nymphes rosâtres et rebondies, ces mythologies de pompiers, une vraie femme, une petite courtisane toute nue sur son lit, chairs blanches, ruban noir au cou, un chat noir à ses pieds, et derrière elle une négresse lui apportant le bouquet d'un client ! Et elle te regarde de face d'un air juste un peu provocant ! On n'avait rien fait de plus moderne, de plus audacieux que ce tableau-là, depuis la *Maja desnuda* de Goya ! Bien sûr, les critiques et le public n'ont rien compris ! Ils ont couvert d'ordures ce chef-d'œuvre : « odalisque au ventre jaune, brune rousse d'une laideur accomplie », et j'en passe... Pauvre Manet ! Pauvre Olympia ! Quels cons !

Lautrec trépignait de fureur à cette évocation et tapait de sa canne sur le plancher, si bien qu'il n'eut même pas à frapper : la porte s'ouvrit à ce tapage, et une femme apparut, petite, très pâle, les traits un peu bouffis, les cheveux gris. On ne pouvait lui donner d'âge. Robert calcula mentalement que le tableau datant de 1863 et le modèle pouvant avoir une vingtaine d'années, Olympia n'avait guère plus de cinquante ans. Mais elle était méconnaissable.

— Monsieur Lautrec ! Quelle bonne surprise ! Entrez. Bonjour, jeune homme !

Robert salua en s'inclinant cérémonieusement, comme il eût salué la Joconde.

— Olympia, je te présente mon jeune voisin et ami, Robert Fresnot. Tiens, tu aimes toujours les dragées ?

— Oh merci ! Vous vous souvenez de ma gourmandise, c'est gentil !

Un sourire éclaira son visage, qui la rajeunit aussitôt.

Elle fit asseoir les deux hommes sur des poufs et prit place dans un fauteuil. Sa démarche était souple, le corps alerte, mais il fallait beaucoup d'imagination pour retrouver celui qui avait inspiré à Manet sa célèbre toile.

Ils parlèrent naturellement du crime.

— Vous la connaissiez, la danseuse assassinée ? demanda Olympia.

— Très peu. Tu sais, je vais beaucoup moins au Moulin-Rouge qu'avant !

— La Goulue est partie, je sais ! Toute une époque !

— À qui le dis-tu, ma chère !

— En tout cas, j'espère qu'on va vite trouver l'assassin de la petite. Il faut être fou pour faire ça ! Il paraît qu'on cherche son jules ; bizarre qu'il ait disparu, tout de même !

Apparemment, les nouvelles circulaient vite à Montmartre.

— On dit des choses dans le quartier ?

— Oh, vous savez, je sors de moins en moins, ces cinq étages me fatiguent. Ma voisine me fait les courses. Elle me rapporte le journal, c'est là que j'ai vu...

Elle désigna la couverture du *Petit Journal illustré.*

— À propos, ma voisine en apprenant ça, s'est souvenue d'une chose, mais peut-être ça n'a rien à voir avec l'affaire. Il y a quelque temps, une fille, qui disait être danseuse au Moulin-Rouge, cherchait des gens dans le quartier, un couple, qui avait déménagé. Elle avait l'air inquiète, et très pressée de les retrouver. Peut-être qu'ils lui devaient de l'argent.

Robert Fresnot tendit l'oreille.

— Ce couple, elle a dit son nom ? Son ancienne adresse ?

— Écoutez, je n'en sais rien. Mais il vaut mieux demander à ma voisine. C'est en face. Elle s'appelle Thérèse. C'est une petite arpète très gentille. Sonnez, dites que c'est moi qui vous envoie.

— Vas-y, Robert, tu as l'air de prendre ça au sérieux, dit Lautrec.

Le jeune homme alla frapper à la porte d'en face. Une jeune fille ouvrit, jolie, la taille bien prise dans sa simple robe de laine noire recouverte d'un tablier blanc. On apercevait au fond de la pièce la machine à coudre dont le cliquetis venait de s'interrompre au coup de sonnette.

Robert lui demanda de venir chez Olympia, elle avait quelque chose à lui demander.

La jeune fille enleva son tablier et le suivit, laissant sa porte ouverte. Olympia fit les présentations. La jeune voisine n'osait regarder Lautrec, impressionnée sans doute par le peintre, ou craignant d'attarder son regard sur sa difformité.

— Thérèse, c'est au sujet de la danseuse. Je racontais à M. Lautrec ce que tu m'as dit l'autre jour sur la fille qui cherchait après le couple...

— Oh, vous savez, ça n'a peut-être aucun rapport, sauf que c'est vrai, elle a dit qu'elle était danseuse au Moulin-Rouge. Mais je ne l'ai aperçue qu'une fois chez la boulangère, et pour la fille assassinée, on ne voit pas son visage sur le dessin du journal. Ça pouvait tout aussi bien être une autre !

— Et comme ça ?

Lautrec avait ouvert son carnet de croquis, et en trois coups de crayon avait fait apparaître le visage de Nini, son nez très retroussé et ses yeux en amande.

Thérèse regarda la feuille.

— Ça pourrait bien être elle, mais vous savez, je n'en mettrais pas ma main au feu. Je ne l'ai rencontrée qu'une seule fois, mais tout de même, quand elle a dit qu'elle était danseuse, je l'ai regardée, ça m'a étonné, car elle avait l'air très convenable, une petite bourgeoise, même pas très grande.

— Elle n'a pas dit pourquoi elle cherchait ces gens ? Ce qu'ils faisaient ? insista Robert Fresnot.

— Non, et la boulangère ne les connaissait même pas, elle lui avait conseillé d'aller à la police, mais elle a dit que non, c'était inutile, et elle est très vite partie, même que la boulangère a trouvé drôle sa réaction, comme si le mot lui faisait peur...

Thérèse ne pouvait en dire davantage, et après avoir salué les deux hommes et embrassé sa voisine, elle regagna sa chambre. Lautrec et Robert Fresnot prirent aussi congé d'Olympia, qui remercia encore le peintre de sa visite et de ses dragées.

Il était déjà tard. Lautrec devait repasser chez lui, rue Fontaine, après avoir mangé un morceau au Bouillon de la rue de Douai, son restaurant favori. Ensuite, il avait rendez-vous au Moulin-Rouge avec Berflaut pour rencontrer les danseuses après le spectacle. Il invita à dîner son jeune ami qui s'excusa : Marguerite l'attendait et aussi pas mal de travail en retard pour la faculté.

Il remercia le peintre de lui avoir permis d'assister à son travail chez l'imprimeur et regagna la rue Caulaincourt, non sans réfléchir à ce qu'il venait d'apprendre chez Olympia, et qui pouvait être une piste sérieuse.

18

Toulouse-Lautrec arriva légèrement en retard au Moulin-Rouge. Berflaut l'attendait sur le trottoir, au milieu de la foule qui se bousculait devant l'établissement. C'était le jour de la réouverture après le drame, et il entrait dans cet empressement, inhabituel un jour de semaine, autant, sinon plus, de curiosité morbide que d'attrait pour le spectacle lui-même.

Zidler, prévenu, leur avait réservé la table du peintre, au bord de la piste, celle où autrefois – c'est-à-dire aux premières années du Moulin – il passait de fréquentes soirées, mais qui le voyait moins souvent maintenant, absorbé et fatigué par son travail, et privé de celles qui l'avaient tant inspiré, la Goulue et Jeanne Avril. Mais les serveurs n'avaient pas oublié d'y apporter le verre d'absinthe traditionnel et trop de fois renouvelé. Berflaut commanda un vin blanc.

Ce soir-là, Valentin le Désossé avait accepté, à la demande de Zidler, et à titre exceptionnel, pour relancer le Moulin, de revenir danser.

La salle était maintenant comble, toutes les tables étaient occupées : bourgeois avec ou sans leurs bourgeoises, demi-mondaines accompagnées d'opulents messieurs, quelques rapins et leurs grisettes.

On se pressait, en haut, à la galerie, et déjà la lumière des globes électriques traversant la fumée des cigares enveloppait la piste d'un nuage doré. L'orchestre commença à jouer quelques airs à la mode, valses et mazurkas, jusqu'au moment où, sur les marches, apparut une chanteuse « réaliste » qui entonna d'une voix rauque et vulgaire une goualante couverte par le brouhaha des conversations.

La chanteuse partie, sans aucun rappel, et même saluée par quelques sifflets, l'orchestre entama le célèbre galop d'Offenbach, soulevant chez le public un « ah ! » de satisfaction, et les danseuses surgirent sur la piste en poussant leurs fameux petits cris aigus. Valentin le Désossé attendait, impassible, au pied de la tribune du chef d'orchestre, que Grille d'égout, la môme Fromage, Pomme d'amour et Cigale, les vedettes du premier rang, se mettent en position pour le cancan.

Alors la danse démarra, en un rythme endiablé, les filles avançaient en ligne, reculaient, sautant sur place, levant alternativement, puis ensemble, leurs jambes gainées de noir, agitant leurs masses de jupons à droite, à gauche, les retroussant jusqu'en haut des cuisses blanches. Valentin, devant chaque danseuse, tour à tour, exécutait son numéro, lançant ses interminables échasses à la verticale, le buste toujours droit, en soulevant d'une main son tube noir.

L'orchestre, comme pris d'une frénésie satanique, accéléra encore la cadence du galop d'*Orphée aux enfers* que le public, emporté par l'irrésistible entrain de la musique, et excité par la vision des chairs exhibées et des saluts obscènes des croupes tendues, rythmait en tapant dans ses mains.

— Ah ! Ça ne vaut pas la Goulue ! murmura le peintre comme pour lui-même, sirotant un deuxième verre qu'il s'était fait apporter d'un signe. Si vous l'aviez vue ! C'était la plus légère, la plus enragée, il n'y avait qu'elle pour lancer la jambe aussi haut ! Et quel cul !!! Celles-là sont trop maigres, ou osseuses. Et ce ne sont plus des danseuses, mais des mécaniques, des mécaniques... pas des femmes !

Berflaut, sans être conquis par le spectacle – en lui restait un vieux fond de pudeur que n'avait pas réussi à éteindre totalement la fréquentation du milieu montmartrois –, trouva son compagnon injuste.

Mais surtout il était frappé par le manque d'entrain de Cigale. Elle dansait sans âme, mécaniquement, elle semblait s'ennuyer, ou plutôt avoir peur : de temps en temps, elle jetait un regard vers le fond de la salle ou vers la galerie, comme si elle craignait d'y apercevoir un fantôme. Quand elles s'écroulèrent toutes ensemble sur la piste, avec leur derniers petits cris de triomphe, elle faillit rater le mouvement et vacilla légèrement avant de se fendre comme les autres en grand écart.

Puis toutes disparurent, avec Valentin, sous les applaudissements. Le chef d'orchestre éponga son front, les musiciens firent une pose et les serveurs traversèrent la piste, allant de table en table renouveler les consommations. Quelques messieurs écarlates s'étaient très sensiblement rapprochés de leurs compagnes.

Berflaut se leva, laissant Lautrec à sa table, et

341

Zidler, qui le guettait, l'accompagna au sous-sol dans la salle où se changeaient les danseuses.

Il frappa à la porte et entra sans attendre qu'on le lui permît. Il fit signe à Cigale et à Grille d'égout de venir. Elles obéirent, et il les conduisit avec Berflaut dans une petite pièce contiguë, pleine d'accessoires divers du spectacle, où il avait déposé sur une table le ballot des vêtements de Nini apporté par le policier à son arrivée. Puis il les laissa, en leur demandant de dire à l'inspecteur de la Sûreté tout ce qui permettrait de retrouver l'assassin de leur collègue.

Berflaut ouvrit le ballot devant les danseuses.

— Voici, mesdames, les tenues que j'ai trouvées dans l'armoire de votre compagne. Les reconnaissez-vous ? Logiquement, il doit en manquer une. C'est très important, réfléchissez.

Étourdiment, Grille d'égout demanda pourquoi il devait en manquer une. Cigale, elle, avait compris. Cela se vit à sa pâleur encore accentuée malgré le maquillage de scène.

— Je parle de celle qu'elle portait avant... qu'on l'habille autrement. Comme elle n'a vraisemblablement pas été tuée chez elle, selon ce que nous avons pu vérifier, elle était forcément vêtue, et c'est ailleurs qu'on l'a déshabillée.

Grille d'égout réfléchit et soudain :

— Dis-moi, Cigale, si je me trompe. Il en manque deux ! La grise et celle à carreaux !

— C'est vrai, souffla Cigale.

Berflaut ne comprenait plus.

— Vous êtes sûres ? Il manque deux robes ?

— Et comment ! assura Grille d'égout. D'abord

la grise, c'était celle qu'elle mettait pour venir danser – mais elle portait aussi de temps en temps ces deux autres. Mais il manque aussi la plus belle tenue !

— Vous pourriez la décrire, Cigale ?

Berflaut ne tenait pas à laisser la jeune femme s'en tenir à son mutisme de l'autre jour au commissariat. Il fallait la faire parler, d'abord de choses secondaires, ensuite il finirait par lui faire dire ce qu'elle cachait encore.

— Elle venait de l'acheter avec ses derniers cachets, quand elle a quitté le Moulin. Elle l'a mise une fois, pour nous la montrer, elle en était si fière...

Elle ne put continuer. Les larmes revenaient, la voix s'étouffa.

Grille d'égout enchaîna donc.

— Elle la gardait pour les grandes occasions. Elle avait, pour dire ça, un air mystérieux qui nous faisait rire ! La pauvre !

— Elle est peut-être chez le teinturier ? Ou chez une couturière, si elle a eu un accroc, une retouche ?

— Pas de couturière, ça c'est sûr. Elle savait très bien coudre. Pour le teinturier, peut-être. Vous pourrez le savoir, on va toutes chez celui qui s'occupe de nos costumes de scène, on nous paie notre blanchissage, c'est rue du Steinkerque, le numéro je ne sais pas, mais on trouve facilement la boutique.

— Vous pourriez la décrire, cette robe ?

Cigale s'était reprise.

— C'était un ensemble, très joli, un caraco de

velours noir, et une jupe de satin à carreaux noirs et blancs.

Le policier referma le paquet et remercia les danseuses, qui s'apprêtaient à retourner retrouver leurs camarades.

— Merci, mesdemoiselles. Mademoiselle Cigale, j'ai encore besoin de vous un petit moment. Sa compagne quitta la pièce, et Cigale dut rester, manifestement à contrecœur.

Resté seul avec elle, Berflaut lui parla doucement en la regardant au fond des yeux.

— Mademoiselle, je pense que vous avez des choses à me dire. Dans ce cas, il faut le faire, et vite. Vous ne risquez rien, bien au contraire. C'est plutôt en vous taisant, je vous l'ai déjà dit l'autre jour, que vous protégez ceux qui ont fait ça à Nini et qui peuvent être une menace pour telle ou telle d'entre vous.

— Mais je ne sais rien !

— Allons, mademoiselle ! Vous avez sûrement parlé ensemble, essayez de vous souvenir !

Cigale tremblait et soudain se décida.

— On me suit. Je suis sûre qu'on me suit.

— Depuis quand ?

— Depuis... qu'on a trouvé Nini.

— Avez-vous vu qui vous suivait ?

— Non, jamais. Seulement l'autre matin, de ma fenêtre, j'ai vu un homme sur le trottoir, il regardait vers l'entrée. Il est resté un bon moment, et puis il est reparti. Le lendemain soir, en sortant du Moulin-Rouge, je me suis fait accompagner par un des serveurs, heureusement, car j'ai eu l'impression qu'on marchait derrière nous.

— Voulez-vous que je vous attende ce soir ? Nous en aurons le cœur net !

— Oh non, monsieur, pas vous ! S'ils me voient avec la police, ils croiront que j'ai parlé !

— Tiens ! Vous savez donc des choses ?

— Oh non, je disais ça comme ça ! D'ailleurs ce soir, mon ami vient me chercher.

— Votre ami ? Qui est-ce ?

— Un prince russe, Vassili, je ne sais pas son nom. Il habite les beaux quartiers.

— Vous le connaissez depuis longtemps ?

— Un peu avant le départ de Nini. Il avait une table au Moulin, il m'a vue danser... Ça s'est fait comme ça... Il m'a même dit qu'il voulait m'emmener en Russie, mais, ajouta-t-elle avec un pauvre sourire, je sais bien que c'est du boniment. Peut-être même que ce n'est pas un prince ! Je ne crois pas aux contes de fées, moi !

— Pourquoi dites-vous ça ?

— Oh, comme ça ! Je lui ai bien dit, à Nini, que l'histoire de Rayon d'or, ça n'arrive qu'une fois !

À ce moment, la porte s'ouvrit. Zidler apparut. On entendait déjà les premières mesures d'un galop.

— Vite, en scène, Cigale ! On t'attend ! Pardonnez-moi, inspecteur, le spectacle reprend. Je vous la rends à la fin de la soirée.

— Monsieur, plaida Cigale, pas ce soir, c'est le soir du prince, il n'aime pas attendre !

— Alors demain matin, dix heures, au commissariat, dit Berflaut. Sans faute, n'est-ce pas ! Nous n'avons pas fini de parler.

La danseuse disparue, Berflaut remonta vers la

salle qu'il traversa en direction de la sortie. Il salua Lautrec, qui lui fit signe qu'il s'en allait lui aussi, vida d'un trait son verre et se leva péniblement.

— Alors, inspecteur, dit Zidler en raccompagnant les deux hommes. Vous avez appris quelque chose ?

— Oui, mais pas assez encore. Cigale a encore des choses à me dire. Au fait, son prince russe, il est là ?

— Ah ! Le prince ! Il est prince comme je suis la reine d'Angleterre ! Tenez, c'est lui, à la table près de l'escalier. Le grand type en frac avec un monocle, très absorbé à lorgner le décolleté de sa voisine.

— Le décolleté, ou le collier ? demanda Lautrec en riant.

— Les deux, sans doute. L'un pour avoir l'autre !
De fait, la propriétaire du décolleté et du collier qui scintillait de mille feux n'était pas de première jeunesse, mais, se dit Berflaut, au marché d'amour qu'était le Moulin passé une certaine heure, le nombre de carats pesait plus que le nombre des années. Et d'ailleurs, c'était souvent un marché de dupes ! À faux princes, faux bijoux !

Le policier et le peintre se séparèrent sur le trottoir. Toulouse-Lautrec regagna en boitillant la rue Fontaine, Berflaut rentra chez lui, heureux de quitter ce monde qui n'était pas le sien pour retrouver sa petite fille à laquelle il promit mentalement de se consacrer davantage quand il serait libéré de cette triste affaire.

Il ignorait encore qu'il était loin d'en avoir fini.

19

Le lendemain matin, Berflaut attendait au commissariat l'arrivée de Cigale qu'il avait convoquée pour dix heures. Il se trouva confronté à des informations qu'il n'arrivait pas à intégrer dans ses hypothèses et chaque nouvelle ne faisait qu'augmenter sa perplexité.

D'abord Santier lui apprit que les bottines qu'il avait portées la veille à la morgue s'adaptaient parfaitement aux pieds de Nini. Ce qui ne signifiait pas à cent pour cent qu'elles étaient les siennes. La pointure étant assez commune, elles pouvaient appartenir à n'importe quelle autre conquête de Gustave. Il faudrait donc les montrer aux deux filles qui tapinaient devant le Hanneton pour vérifier si elles les reconnaissaient pour les leurs.

— Si les circonstances n'avaient pas été aussi macabres, je me croirais l'envoyé du Prince Charmant allant essayer à toutes les jeunes filles du bal la chaussure perdue par Cendrillon ! plaisanta-t-il.

Puis le concierge de Nini se pointa, très excité, avec une valise. Il l'avait trouvée dans le débarras de la cour, l'avait ouverte ; dedans il y avait des vêtements de femme.

— C'est peut-être cette robe que vous cherchiez ? Je crois bien l'avoir vue sur elle un dimanche. Je ne comprends pas comment cette valise s'est retrouvée là.

Berflaut ne comprenait pas non plus.

En l'ouvrant, il vit, roulés en boule, une jupe à carreaux noirs et blancs et un caraco de velours noir, correspondant à la description faite la veille par Cigale. Cet ensemble ne portant aucune trace de sang, c'était dans l'autre que Nini avait été tuée. Et cet autre avait dû être caché, ou jeté, par ses assassins. Ce qui détournerait sensiblement les soupçons de Gustave, si la mallette était reconnue comme la sienne. Pourquoi se serait-il débarrassé d'une seule des tenues ? Mais, dans ce cas, pourquoi l'avoir déposée là pour s'en débarrasser, au lieu de la jeter dans la Seine ou quelque dépôt d'ordures ?

Une fois le concierge parti, Berflaut alla retrouver Santier dans le bureau, où il recevait une plainte pour tapage nocturne, en se retenant de rire : le tapage, c'étaient les cris et les appels d'une vieille dame sourde et un peu dérangée qui, régulièrement, en pleine nuit, cherchait en déplaçant ses meubles son chat, lequel en réalité était mort depuis belle lurette.

Berflaut montra la valise à son ami.

— Bon, dit Santier, je devine qu'il me faudra aller montrer les bottines aux filles, et la valise au concierge de Gustave pour qu'il l'identifie. À toi les soirées au Moulin-Rouge, à moi les filles et les pipelets !

Il bougonnait par principe, mais en fait savait que son aide était essentielle et que Berflaut l'associerait toujours à part entière à ses recherches et à ses succès.

— Les filles, tu iras ce soir, c'est important, elles te connaissent déjà, mais pour la valise, on peut envoyer Maréchal.

C'était le greffier du commissariat, préposé à l'accueil et aux écritures. Sa belle écriture ronde ornait les pages de la main courante, mais il était heureux quand l'occasion lui était donnée de sortir un peu dans le quartier pour faire de menues courses ou des vérifications qui lui donnaient l'impression de participer aux enquêtes.

Berflaut alla, par principe, demander la permission à Lepard d'utiliser le greffier, ce qui lui fut accordé sans peine : à part la plainte pour tapage nocturne, le commissariat était tranquille, d'ailleurs Lepard était plongé dans son journal où, comme chaque matin, il épluchait la Bourse.

Il raconta à son ami sa visite au Moulin-Rouge et l'impression qu'il avait eue qu'une danseuse cachait quelque chose. Elle devait venir à dix heures. En l'attendant, il prépara le rapport qu'il ferait, en rentrant Quai des Orfèvres, porter au juge d'instruction, sans lui cacher que, pour le moment, ils naviguaient en plein brouillard. Peut-être celui-ci, de l'extérieur, aurait-il une vision différente des choses.

Le policier pensa soudain au petit carnet qu'il avait trouvé chez Nini et le feuilleta. Il y avait des additions, le calcul de son loyer, le nom du propriétaire, l'adresse d'un médecin, d'une « Madame X, marchand de vins ». Il comprit tout de suite que cet anonymat correspondait à l'avorteuse dont il avait eu l'adresse par Madame Zoé.

Il devait l'interroger, elle pouvait savoir quelque chose : les femmes se livrent volontiers dans de telles circonstances. C'est sur ces fameux projets de Nini, seul point commun de tous les témoignages, qu'il voulait en apprendre davantage.

Il y avait aussi l'adresse d'une modiste, d'une corsetière, d'une guinguette de Nogent, *Au Frais gardon*, celles du commissariat et de la préfecture de police.

Il était en train de se demander pourquoi Nini avait noté cette adresse, quand un gamin fit irruption dans le commissariat. C'était le garçon de Madame Zoé. Il se dirigea droit vers Berflaut, qu'il connaissait bien.

— Ma mère vous attend là où vous savez.

Content d'avoir délivré en peu de mots ce message mystérieux, il s'éclipsa.

— Je vais rencontrer Madame Zoé, puis je file Quai des Orfèvres, dit Berflaut en se levant. C'est la réunion annuelle des inspecteurs. Peux-tu attendre encore une heure ? Si Cigale vient, tâche de lui faire dire ce qu'elle cache...

Il prit son pardessus, son chapeau et son parapluie, et descendit la rue Caulaincourt jusqu'au cimetière de Montmartre.

Il faisait sombre, et la pluie décourageant les pèlerinages, seules trois vieilles femmes en noir se hâtaient vers la sortie, leurs talons mal assurés sur les pavés inégaux. Le gardien fumait la pipe devant sa guérite.

Berflaut se dirigea vers le fond, à droite, où se trouvait la tombe du mari de Madame Zoé, leur lieu habituel de rendez-vous.

La voyante était voilée comme une veuve récente. Quand elle l'aperçut, elle s'accroupit pour nettoyer la dalle et arranger le vase de laiton contenant les fleurs artificielles. Elle passa un léger chiffon sur la stèle portant la gravure en doré d'un acrobate sur son trapèze, et l'immortelle dédicace :

> À *notre camarade du cirque Fernando,*
> *qui vole à jamais dans le ciel.*

Berflaut, jouant le jeu, se tint en méditation au pied de la tombe voisine.

Du voile noir parvint la voix connue.

— On a revu Gustave. Hier, au soir. Il se cache.

— Qui l'a revu ?

— Quelqu'un l'a aperçu devant le Hanneton. Ses filles lui donnaient de l'argent. Il avait l'air affolé.

— On ne sait pas où il se cache ?

— Non. Je ne pense pas arriver à le savoir. C'est trop dangereux. Mieux vaut que vous le guettiez. S'il est aux abois, il se repointera.

— Merci, Zoé. À bientôt.

Il reprit le premier le chemin de la sortie, laissant Madame Zoé raconter à son acrobate de mari les risques qu'elle prenait, elle aussi, depuis sa mort, pour élever leur progéniture.

20

Quand il passa aux nouvelles, rue Caulaincourt, Maréchal lui apprit que la valise avec laquelle le concierge avait vu partir Gustave était bien celle qu'on lui montrait : même taille, même couleur, mêmes coins de cuivre – et surtout mêmes sangles pour la fermer.

Maréchal, très consciencieux, avait insisté : était-il sûr à cent pour cent ? L'ancien adjudant avait mal pris la chose ; il savait observer, tout de même !

Berflaut raconta à Santier sa rencontre au cimetière avec Madame Zoé. On avait vu Gustave rôder dans le quartier. Ils convinrent qu'il ne fallait pas l'alerter par ses gagneuses en se montrant eux-mêmes.

— Maréchal, alors ?

— Non, il serait repéré au premier coup d'œil, même en civil. Je pense à un jeune homme très débrouillard, tu sais, le neveu de mon amie Marguerite. Il se postera non loin du Hanneton et guettera Gustave qui forcément – la faim fait sortir le loup du bois – viendra chercher de l'argent... Il n'aura plus qu'à le filer discrètement.

Bien sûr, Berflaut devrait rassurer Marguerite, mais il savait qu'elle ne pourrait lui refuser cela, et surtout priver son cher Robert d'une aussi passionnante mission.

— Maintenant, je pars voir la dame horriblement surnommée la « Mort aux gosses ». Je te rappelle que Lepard n'est pas au courant. J'ai promis à Madame Zoé de garder le secret – provisoirement. Après l'affaire, on en reparlera. Pour le moment, nous avons besoin seulement d'un renseignement.

— Entendu. Moi, j'attends toujours la danseuse. Si elle arrive, je la retiendrai jusqu'à ton retour.

Berflaut savait la loyauté sans faille de son collègue. Il leur était déjà arrivé autrefois, au cours d'une enquête, de dissimuler telle ou telle démarche à la limite de la légalité, perquisition en pleine nuit, ou intervention musclée chez un souteneur qui s'apprêtait à vitrioler une de ses filles récalcitrantes.

— Pour Cigale, si elle ne vient pas, j'irai la coincer au Moulin-Rouge dès son arrivée. Elle finira bien par dire ce qu'elle sait.

Berflaut repartit et descendit vers le boulevard de Clichy à la recherche du marchand de vins dans l'arrière-salle duquel travaillait l'avorteuse. Comme entre-temps il s'était souvenu de quelques insinuations faites sur les pratiques louches d'un nouveau débit de boissons que son propriétaire, fin lettré, n'avait pas hésité à intituler *L'Assommoir* en hommage à Zola, il le repéra assez vite. La boutique était peinte en lie-de-vin et l'enseigne représentait un tonneau.

Il resta un assez long moment sur le terre-plein, assis sur un banc et feignant de lire son journal. Peu de clients entraient. Mais soudain, il vit une silhouette féminine passer devant le débit, continuer, puis revenir sur ses pas. La femme, voilée de noir comme une veuve, regarda autour d'elle et entra.

Berflaut patienta quelque temps, puis la suivit.

Derrière son comptoir en zinc, le patron, roufla-quettes rousses et casquette de marin sur la tête, servait des ballons de rouge à deux clients. Il y avait trois tables, une seule des trois était occupée par un couple entre deux âges avachi devant deux verres vides. La femme, en pantoufles, était enveloppée d'un châle de laine grise. L'homme portait un paletot de gros drap lustré. Leur regard vague pour-suivait un songe alcoolisé.

— Ce sera ? demanda l'homme.

— Rien, merci. Ce n'est pas du vin que je cherche. Seulement une dame.

Berflaut montra sa carte de police. L'homme pâlit.

— Oh ! monsieur l'inspecteur, vous devez faire erreur. Vous voyez bien, il n'y a pas d'autre dame que celle-ci.

Il montra la table du couple.

— Ne vous foutez pas de moi. Une dame vient d'entrer, je l'ai vue. Maintenant si vous voulez que je revienne avec une escorte, ce ne sera pas long.

— Attendez, je vais voir si elle est là.

Berflaut se doutait que la cliente pouvait s'échapper. Il suivit donc l'homme dans l'arrière-salle remplie de tonneaux et de bouteilles sur les étagères. Il n'y avait personne.

— Vous voyez, monsieur l'inspecteur !

— Et par là ?

— Oh, un débarras !

L'homme avait élevé la voix, signal indubitable qu'il voulait alerter quelqu'un.

Berflaut poussa la porte du débarras et vit une petite pièce donnant sur la cour, et dont la fenêtre était ouverte. De la dame voilée, aucune présence. Elle avait eu le temps de fuir. Mais ce n'était pas elle qui l'intéressait. L'autre était restée, comptant sans doute avoir le temps de dissimuler son matériel : une table recouverte d'un drap douteux, un seau au sol, une cuvette, quelques éponges, et de longues curettes ne laissant aucun doute sur leur destination.

La Mort aux gosses, sans doute la femme du patron, était figée. Son visage ingrat était blême. Elle tentait nerveusement de dénouer les liens de son grand tablier maculé.

Berflaut attaqua.

— Aujourd'hui je ne viens que pour un renseignement. Votre visiteuse disparue, on en reparlera une autre fois. Je ne m'occupe pour le moment que d'une danseuse qui a eu recours à vos services, il y a trois ou quatre mois.

— Et alors ?

— Elle est morte.

— C'est impossible ! En tout cas, il n'y a pas eu d'accident, j'ai bien fait..., elle hésita..., mon travail.

— Possible, mais de votre « travail » comme vous dites, on reparlera une autre fois. Non, elle est morte assassinée.

À cette nouvelle, la femme parut soulagée. Que la danseuse ait été assassinée la rassurait. Elle n'y était pour rien.

— C'était donc elle, la fille crucifiée ?

— En effet. Ce que je veux savoir, c'est si elle vous avait dit quelque chose, parlé de ses projets.

L'avorteuse était prête à tout, du moment qu'on l'oubliait, elle.

— Oui, la danseuse voulait se refaire une vie, elle allait partir, faire fortune...

— Où donc ?

— Je ne me souviens plus. Une drôle d'histoire. Elle était très mystérieuse, parlait de son amie... attendez voir... Rayon d'or, c'est ça, Rayon d'or... et elle parlait d'or aussi... J'ai cru qu'elle était un peu fêlée.

— Elle vous a dit si son... ami était d'accord pour ce départ ?

— Oh ! Il la traitait de folle, et voulait l'empêcher, mais elle a dit comme ça qu'elle en avait assez de lui, et que de toute façon elle partirait.

— C'est tout ?

— Oui, je vous assure. Vous savez, elle n'est pas restée longtemps. Sa grossesse était très récente.

Berflaut avait hâte de quitter la femme, et l'endroit.

— Dites-vous bien que vous me reverrez tôt ou tard si vous ne mettez pas fin à vos pratiques. Vous savez que c'est un crime passible de la peine de mort, n'est-ce pas ?

La femme ne répondit pas. Elle était trop secouée par cette irruption impromptue et savait qu'elle ne devait qu'à quelque obscur motif de n'être pas immédiatement conduite à Saint-Lazare, avec, au bout, la guillotine.

Quant à Berflaut, il se pardonnait difficilement

de ne pas arrêter une avorteuse prise en flagrant délit. Lui dont la femme était morte en couches, ainsi que son bébé, un petit garçon, leur deuxième enfant, ne pouvait envisager sans horreur qu'on pût condamner délibérément un petit être à ne jamais exister. Mais il avait fait un pacte avec Madame Zoé et tiendrait parole.

Du moins pour le moment.

21

Robert Fresnot voulait à tout prix informer Berflaut de ce qu'il avait appris avec Lautrec chez Olympia au sujet de cette jeune danseuse aperçue dans le quartier, à la recherche d'un couple qu'elle devait retrouver absolument.

Il était dix-neuf heures, le commissaire était parti – un dîner en ville –, Maréchal rangeait les dossiers, préparait à la règle la page du lendemain sur la main courante, inscrivait la date à l'encre rouge, passait le tampon buvard et refermait le grand cahier noir avec la satisfaction du devoir accompli, quand Robert Fresnot entra dans le commissariat.

— L'inspecteur Berflaut ? demanda le jeune homme.

— C'est pourquoi ?

— Je suis un ami, et un voisin. Je voulais lui parler.

— Je ne sais pas s'il repassera ce soir. Mais l'inspecteur Santier est là, si vous voulez.

Le jeune homme pénétra dans le bureau enfumé, Santier profitant de l'absence de son collègue, que gênait l'odeur du tabac, pour griller quelques cigarettes. Il reconnut le jeune homme mince, brun, aux yeux brillants, dont Berflaut lui avait parlé.

Celui-ci se présenta et expliqua le but de sa visite.

— Asseyez-vous, sans doute repassera-t-il avant d'aller au Moulin-Rouge rencontrer une danseuse qui ne s'est pas rendue à une convocation.

Il lui proposa de la lecture et alla chercher dans le bureau du commissaire le journal que celui-ci avait laissé en partant, ayant eu le temps de le lire entièrement dans la journée.

Le fait divers était relégué en seconde page, sous le titre : « Le mystère de la crucifiée du Moulin-Rouge, l'enquête piétine. » Le journaliste se contentait de rappeler les faits, pour d'improbables lecteurs qui n'auraient pas été au courant de l'affaire et reprenait les diverses hypothèses sans rien apprendre de nouveau. Il évoquait aussi Jack l'Éventreur.

La première page était consacrée à l'événement de l'année, la réouverture en avril, à Athènes, des « Jeux olympiques de l'ère moderne » à l'initiative du baron Pierre de Coubertin. Fresnot se dit que Toulouse-Lautrec, amateur de tous les exploits physiques, devait suivre de près l'aventure.

Il était vingt heures quand Berflaut fit son apparition. Il voulait avertir Santier de ce qu'il venait d'apprendre chez l'avorteuse, et qui confirmait les projets de départ de Nini.

— Tiens, Robert ! Tu tombes à pic ! Nous avons besoin de toi.

— Vrai ? Racontez !

— Attends, s'il te plaît. Il faut que je parle à mon collègue.

Le jeune homme quitta la pièce pour laisser les deux policiers discuter ensemble. Il comprenait que sa participation à l'affaire n'impliquait pas qu'il fût au courant de toutes leurs démarches. C'était déjà pour lui une aubaine d'être le protégé d'un inspecteur de la Sûreté !

Au bout d'un court moment, la porte s'ouvrit.

— Viens, Robert. Assieds-toi. Voilà, j'ai besoin de toi. Il faut que tu guettes quelqu'un.

— Une filature ?

Robert Fresnot n'osait croire à son bonheur.

— En fait, il s'agit de retrouver Gustave. Tu sais, le maquereau, amant de Nini. Il est réapparu dans le quartier. Il faudrait faire, un soir ou deux, une surveillance discrète dans le coin où tapinent ses filles. Elles savent détecter un policier à deux cents mètres, en revanche elles ne s'apercevront pas de ta présence, si tu sais te faire transparent.

— Où cela ?

— Devant le Hanneton. Mais seulement à la sortie du spectacle, vers vingt-trois heures.

— Comment le reconnaîtrai-je ? Je risque de le confondre avec un client !

— Pas de danger. Ce sont les dames, leurs clientes. Celles qui vont en couple assister au spectacle mais ne dédaignent pas, de temps en temps, d'élargir le cercle. Quant à Gustave, je vais te le faire décrire par une danseuse qui le connaît. Je dois aller au Moulin-Rouge tout à l'heure, tâcher de voir Cigale, qui devait passer ce matin au commissariat, et n'est pas venue.

— Alors je vous accompagne !

— Attends un peu. Je ne veux pas d'ennuis avec Marguerite. Va lui demander de ma part la permission. Dis-lui que tu es indispensable à l'enquête.

De cela, le jeune homme commençait, non sans orgueil, à se persuader. Enfin il allait pouvoir agir et participer de près à la chasse au criminel !

— Inutile : ce soir elle travaille tard à la Comédie-Française, c'est le coup de feu, dans deux jours la générale d'*Antigone*. Il paraît que Mounet Sully et Julia Barthet ont encore grossi et qu'il faut revoir leurs costumes...

Ce que Robert Fresnot n'ajouta pas, c'est qu'il fallait tout de même que sa tante s'habitue à lui lâcher un peu la bride. Depuis quelque temps, la sollicitude dont elle l'entourait l'étouffait un peu, et il était bien décidé à marquer, sans excès, son indépendance. Il l'avait d'ailleurs exercée à plusieurs reprises en compagnie de grisettes peu farouches rencontrées au Quartier latin, sans que Marguerite s'offusquât de le voir de temps en temps découcher, ou rentrer à l'aube ; en soupirant avec indulgence, elle avait seulement dit – car elle recourait volontiers aux proverbes : « Il faut bien que jeunesse se passe. »

Il était vingt et une heures quand Berflaut et Robert Fresnot quittèrent le commissariat. Ils ne prirent pas même le temps de manger un morceau, car il fallait arriver à temps pour coincer Cigale quand elle se présenterait pour se mettre en tenue de cancan.

Arrivé place Blanche, le policier leva machinalement les yeux vers les ailes illuminées tournant dans le ciel sombre, ne pouvant s'empêcher de vérifier, tant la vision de cauchemar le poursuivait, si un autre corps ne s'y trouvait pas attaché.

Le portier le reconnut. Il avait ordre de Zidler

pour laisser entrer la police à n'importe quelle heure.

Celui-ci, prévenu, vint à leur rencontre. Il semblait soucieux.

— Cigale n'est pas encore arrivée. Ce n'est pas son genre, ce retard. Mais peut-être son prince l'a-t-il retenue ? Dans ce cas, elle devait me prévenir. Si elle me fait le coup de ne pas être là à l'heure pour le spectacle, je la vire. D'ailleurs, pour ce qu'elle fait depuis quelque temps, ce ne sera pas une perte. Elle a la tête ailleurs, c'est évident.

— Ce prince, au cas ou... vous savez où il habite ?

— C'est bien le hasard. Hier, quand ils sont partis, je les ai poursuivis, car il avait, disons... oublié de régler les consommations de sa table. Je l'ai entendu crier au cocher : « 78, boulevard de Courcelles. »

Berflaut nota l'adresse.

Zidler les installa à une table dans la salle encore vide, leur proposa une boisson, qu'ils refusèrent. Une heure passa. Les musiciens de l'orchestre s'installaient, les premiers spectateurs arrivaient. Cigale n'était toujours pas là.

Berflaut commençait à redouter le pire.

— Allons interroger Grille d'égout, décida-t-il. Elle va te décrire Gustave.

— Vous ne pensez pas que quelque chose est arrivé à Cigale, tout de même ?

— Je n'en sais rien. Mais ça se présente mal. J'espère me tromper.

Il se souvenait de l'air terrorisé de la jeune danseuse, de la certitude qu'elle avait d'être suivie, et

362

qu'il n'avait peut-être pas assez pris au sérieux. Mais elle avait, la veille, refusé son escorte !

Ils frappèrent, les petits cris et rires se turent.

— Mademoiselle Grille d'égout ? Pouvez-vous venir ? C'est l'inspecteur Berflaut.

Elle apparut, déjà en tenue, mais encore sans maquillage, ce qui soulignait sa pâleur. Mais elle restait sûre d'elle, la voix assurée.

— Vous cherchez Cigale ? Elle n'est pas là, je ne comprends pas. Vous ne croyez tout de même pas que...

— Attendez ! Il n'y a pas encore de raisons de s'affoler. Non, nous venons pour Gustave Merquereau. Pourriez-vous nous le décrire ?

— Beau gosse, toujours bien sapé.

— Brun, blond ?

— Brun.

— Grand, petit ?

— Costaud, à peu près votre taille – elle regardait Berflaut. Des rouflaquettes...

— Rien d'autre ?

Ce portrait pouvait être celui de plus d'un souteneur.

— Si, des oreilles très décollées, et velues ! Et un tatouage sur le bras, qu'elle avait dit, Nini.

— Quel dessin ?

— Une ancre, je crois. Je ne suis pas sûre. Pourquoi vous le recherchez ? C'est lui qui a tué Nini ?

— Nous n'en savons rien. C'est juste pour le retrouver. Naturellement, si vous l'apercevez, prévenez-nous !

La danseuse baissa silencieusement la tête, tout en se promettant de n'en rien faire : après Nini, si Cigale disparaissait, ce n'était pas le moment de prendre un tel risque !

— Merci, mademoiselle. En cas de besoin, je vous demanderai de repasser au commissariat pour qu'on fasse avec notre dessinateur un « portrait parlé ».

Manifestement, cette perspective n'enchantait pas la danseuse. Mais à cela elle ne pouvait se dérober. Elle espéra seulement qu'elle ne serait jamais convoquée, et qu'on retrouverait sans elle Gustave, mort ou vif.

Berflaut et Robert Fresnot quittèrent le Moulin-Rouge sans assister au spectacle, Berflaut décidant de se rendre immédiatement en fiacre au domicile du prince russe pour savoir si Cigale s'y trouvait. Quant à Fresnot, il monta chez lui pour se préparer à sa soirée de guet en face du Hanneton.

22

Bien que l'heure fût largement passée des visites policières à domicile, Berflaut décida que l'urgence de retrouver Cigale l'exigeait. Il héla un fiacre qui le déposa devant le 78 boulevard de Courcelles, un bel immeuble cossu à la porte cochère duquel il sonna. Au bout d'un long moment, une voix d'homme, peu agréable, demanda :

— Qui est-ce ?

— Police. La Sûreté.

La porte s'entrouvrit, Berflaut pénétra dans le corridor : devant sa loge, le concierge, qu'il avait manifestement réveillé – il était en tenue de nuit, bonnet en tête –, le regarda d'un air méfiant.

— C'est une drôle d'heure ! remarqua-t-il.

Berflaut ne répondit pas et lui montra sa carte.

— C'est bien ici que loge le prince russe, un certain Vassili... je ne sais pas son nom.

— Un prince russe ? Y'en a pas ici. Vous devez faire erreur.

Berflaut insista, lui décrivit l'homme qu'il avait vu à la table du Moulin-Rouge.

— Ah, M. Smirov ! Je ne savais pas qu'il était prince ! Et entre nous, ça m'étonne un peu !

— Est-il chez lui ? Il a dû rentrer hier au soir avec une jeune femme.

— Hier ? Je ne me souviens pas. En tout cas, je ne l'ai pas vu aujourd'hui. Vous savez, ça lui arrive si souvent de ramener des femmes, mais pas toujours le genre de la maison, ni du quartier ! Même que les voisins se plaignent : trop de bruit la nuit, quand il rentre, et puis ça boit, ça chante... Ma femme a refusé de continuer à y faire le ménage, toujours en retard pour la payer, en plus fallait que je monte moi-même réclamer ! Pas d'étrennes, ou si peu ! Si c'est ça un prince, moi je suis le roi de Prusse !

Berflaut se dit que décidément le titre était contesté par beaucoup de monde, Zidler, qui avait dû courir après lui pour qu'il règle son addition, Cigale elle-même, et maintenant le concierge ! Il laissa celui-ci exhaler sa mauvaise humeur, il n'aurait pas été réveillé pour rien !

— Pouvons-nous monter ?

— Attendez, je sors pour voir si c'est allumé chez lui.

Ils descendirent du trottoir : les fenêtres du second étage étaient obscures.

— Je n'ai pas les clés, vous savez !

— Montons toujours.

Parvenus au second étage, le concierge sonna, une fois, deux fois. Silence. Berflaut tambourina à la porte, cria « police ! », sans autre effet que de faire sortir de l'autre côté du palier un vieux monsieur en robe de chambre.

— Qu'y a-t-il ? demanda-t-il, l'air vivement intéressé.

— Oh, excusez-nous, monsieur de Marcilly, nous

366

cherchons M. Smirov. Vous ne l'avez pas vu, ou entendu, ce soir ?

— Non, mais vous savez, je me suis couché tôt. Pourquoi le cherchez-vous ? Il a fait quelque chose ?

On avait l'impression que le vieillard le souhaitait.

— Nous cherchons seulement une dame, qui a dû rentrer avec lui la nuit dernière.

Le vieil homme ricana.

— Une *dame* ? Je ne pense pas que ce soit le bon terme pour les créatures qu'il ramène, inspecteur. Non, je n'ai ni vu ni entendu personne.

Berflaut remercia, s'excusa. Le voisin referma sa porte.

Ils redescendirent et, en s'en allant, Berflaut recommanda au concierge de l'avertir s'il voyait passer le Russe, avec ou sans la demoiselle. Il lui donna l'adresse du commissariat. Le concierge dit qu'il enverrait sa femme, mais qu'il faudrait lui payer son trajet, et son temps.

Malgré la surprise de voir débarquer la police dans son immeuble, il ne perdait pas le sens des réalités.

Berflaut héla un fiacre pour se faire ramener chez lui avenue Trudaine. Pendant le trajet, il rumina son inquiétude. Il aurait préféré trouver la danseuse au lit avec son galant, prince ou pas. Leur silence, ou leur absence, ne lui disait rien de bon.

Mais peut-être, après tout, était-elle simplement rentrée chez elle, trop fatiguée pour le spectacle après sa prestation nocturne. Il commençait à pressentir qu'il n'avait pas fini de courir en tous sens, à la recherche d'un souteneur suspecté de crime, d'une danseuse terrorisée disparue, ou d'un problématique assassin émule de Jacques l'Éventreur, peut-être ce pervers à la montre jouant le cancan dont lui avaient parlé les filles de la rue des Moulins.

Il récapitulait les pistes entrevues mais encore bien floues, relatives aux fameux projets de Nini, cette Rayon d'or évoquée par l'avorteuse, Cigale, et quelqu'un d'autre encore... oui, Zidler, c'était Zidler, mais que lui avait-il dit de spécial à son sujet ?

Sur le moment, en pleine émotion devant le corps de la jeune femme, il n'avait guère prêté attention à ce qui lui semblait un détail sans importance dans les propos du directeur concernant ses danseuses. Il fallait absolument le réentendre à ce sujet, et très vite. Maintenant le Moulin-Rouge était sûrement fermé, il lui faudrait attendre le lendemain.

En revanche, au lieu d'aller directement chez lui, il descendit place Pigalle afin de trouver Robert Fresnot, qui devait être en faction devant le Hanneton.

Il tombait une pluie fine et pénétrante et le policier espéra que son jeune ami avait pensé à se vêtir chaudement pour se protéger pendant ses heures de guet.

Il ne le vit pas : peut-être était-il déjà rentré chez lui bredouille ou, au contraire, muni d'une information d'importance ? En tout cas, les promeneurs se faisaient rares, le public des cabarets était apparemment déjà sorti. Mais deux pierreuses, sans doute celles de Gustave, battaient encore la semelle, attendant d'hypothétiques noctambules. Dans ce cas, pourquoi le jeune homme avait-il laissé son poste ? Cela ne lui ressemblait pas, surtout après ses manifestations d'enthousiasme quand il avait été chargé de cette mission.

Berflaut aperçut une autre fille sur le terre-plein, elle aussi en quête de clients. Elle s'était enroulée d'un châle et faisait des allées et venues en regardant de son côté. Soudain elle traversa et se dirigea vers lui.

Il s'apprêtait à la dissuader d'un geste quand la femme, à voix basse, une voix familière et pas du tout féminine, lui souffla :

— Rien. Il n'est pas encore passé.

Berflaut regarda et découvrit sous le châle le visage hilare de Robert Fresnot.

— Robert ! Tu es fou ! Quelle mascarade !

— Chut ! reprit le jeune homme d'un ton de conspirateur. Ce sont les habits de Marguerite, sauf les chaussures, évidemment ! C'était le seul moyen de rester sur place si longtemps sans que ma présence soit remarquée. Une fille faisant le tapin, ça fait partie du décor. Mais un homme faisant le planton, ça pouvait intriguer les gagneuses de Gustave, ou même Gustave ! Ou alors on me prenait pour un giton, je risquais de désagréables propositions !

« Une gagneuse » ! « Le tapin » ! Berflaut s'amusait de voir son jeune ami se croire obligé de parler le langage des truands.

— À quelle heure sont-elles arrivées ?

— Vers onze heures. J'ai vu le Hanneton se

vider. Dites donc, quel public ! Il y a de tout ! Bourgeois, artistes, des hommes du monde, du moins on le dirait à leur tenue. Mais c'est vrai que les couples de dames se remarquent ! Elles sont sorties plus tard, entre elles. Pas difficiles à reconnaître ! J'avais vu les dessins de M. Lautrec, c'est tout à fait ça ! En tout cas, aucune d'elles n'a accepté les propositions des deux filles de Gustave. D'ailleurs, regardez, elles s'en vont !

De fait, les deux femmes quittèrent les lieux et partirent dans des directions différentes, l'une vers la place Blanche, l'autre en direction du boulevard Rochechouart.

— Allons, Robert rentre chez toi et va te sécher.

— Oui, mais d'abord, dites-moi, le prince russe ?

— Absent, et pas prince. Il s'appelle Smirov, on ne l'a pas vu, pas plus que Cigale, depuis la veille. Demain matin j'y retourne avec Santier. À moins que Cigale ne se soit présentée au commissariat après mon départ. Mais ça m'étonnerait.

Ils se quittèrent. Le jeune homme était déçu d'avoir fait chou blanc, mais pas mécontent de sa prestation, qu'il comptait bien renouveler. Aussi, il lui faudrait expliquer à Marguerite, si elle était rentrée la première, ce qui était probable, son absence et l'usage qu'il avait fait de sa garde-robe, afin qu'elle ne se fît pas d'horrifiantes suppositions sur la vie privée de son neveu.

23

— Tu es bien matinal, Henri !

— Toi aussi ! Cette affaire m'enlève le sommeil, et je savais que tu passerais tôt. Tu as vu Cigale, au Moulin ? Ici, elle n'est pas venue, j'ai attendu jusqu'à vingt-deux heures, après je me suis dit qu'elle était allée danser au Moulin-Rouge.

— Elle ne s'est pas présentée, c'est inquiétant. Robert n'a rien vu pendant sa planque devant le Hanneton. Je suis allé voir chez le prince russe, amant de Cigale, si elle n'était pas chez lui. Le nid était vide. En fait, le prince russe est un certain Smirov que son concierge, ainsi que son voisin, ne tiennent pas en haute estime.

— Smirov ? Attends ! Ce nom me dit quelque chose ! Mais oui ! C'est ça ! Ça remonte à cinq ans, quand j'étais au commissariat du dix-septième ! Il y avait eu contre lui une plainte pour escroquerie et vol de bijoux, mais ça mettait en cause une femme du monde, dont le mari avait préféré finalement étouffer l'affaire, à cause du scandale ! On a dû le relâcher, et je pensais qu'il était retourné dans son pays !

— Eh bien, non ! Il sévit encore, mais a pris du galon, puisqu'il se prétend prince ! Je l'ai vu l'autre soir à une table du Moulin-Rouge, il attendait

Cigale, en galante compagnie : une dame un peu mûre et très « emperlousée », comme dirait Bruant, qu'il entourait d'attentions !

— Mais pourquoi Cigale ? Qu'en tirerait-il, d'une pauvre danseuse ?

— Ah ! Attention ! Il y a les affaires, et le plaisir ! La dame pour ses bijoux, Cigale pour le lit. Il paraît qu'on attend des danseuses, à cause de leur souplesse, des prestations amoureuses inédites et excitantes !

Les deux hommes ne plaisantèrent pas longtemps. L'affaire, ils le sentaient, s'annonçait mal.

Santier raconta sa fin de soirée à son ami. Voyant que Cigale ne s'était pas présentée, il était entré au Moulin-Rouge, en plein spectacle, et avait demandé à Zidler, cette fois plus inquiet que furieux, l'adresse de la danseuse, pour aller voir ce qui se passait.

Elle habitait rue du Mont-Cenis, une petite maison basse, très décrépite, dont Santier trouva les volets fermés et la porte close. Aucune lumière aux fenêtres. Il avait frappé à la porte, aux volets, sans résultat. En face, une vieille femme avait ouvert sa fenêtre, d'abord furieuse, mais vite radoucie en entendant le mot « police ».

Sa voisine d'en face ? Ah ! la danseuse ! Rien de bien rare, avait-elle sifflé d'un ton de mépris. Pourquoi, on la cherchait ? Qu'est-ce qu'elle avait fait ?

Elle ne savait pas depuis combien de temps elle l'avait vue, d'ailleurs elle avait autre chose à faire que d'espionner les gens. Mais elle se souvenait tout de même que, deux nuits auparavant, elle ne dormait pas, ayant perdu le sommeil depuis la mort de son cher compagnon – Berflaut avait dû entendre, stoïque, sous la pluie, l'éloge du disparu, et elle avait entendu un fiacre s'arrêter devant la porte, puis repartir quelques minutes plus tard.

— Je lui ai demandé l'heure, elle était sûre qu'il était minuit passé, elle avait entendu sonner son horloge, un beau cadeau pour ses noces avec son cher disparu, etc. Bref, elle était formelle ; et deux heures plus tard, ne dormant toujours pas, elle avait entendu le fiacre revenir, ou un autre fiacre, ça, elle ne savait pas, elle ne passait pas son temps à espionner les gens... D'ailleurs, la rue était plongée dans l'obscurité, l'unique lampadaire étant cassé, et personne ne venait le réparer... Bref, je l'ai remerciée, et je suis rentré chez moi. Voilà tout ce que j'ai.

— C'est déjà beaucoup ! Je crois qu'il faut que nous y montions tout de suite.

Ils passèrent chercher le serrurier, qu'ils réveillèrent, mais il y avait urgence.

Arrivés devant la maisonnette, ils frappèrent, sans succès, puis décidèrent d'entrer. Le serrurier ne mit qu'une minute à ouvrir la porte, d'ailleurs juste refermée, sans tour de clé. Ils pénétrèrent dans une petite entrée flanquée de deux pièces, à droite une cuisine, propre et impeccablement rangée. Ce n'était pas le cas de la pièce de gauche, une chambre totalement chamboulée, où tout indiquait qu'une scène de violence avait eu lieu. Non pas un cambriolage, car les meubles, commode et armoire, n'étaient même pas ouverts, mais la table de nuit était renversée, un vase de fleurs, brisé sur le sol, les draps défaits, et la courtepointe qui devait recouvrir le lit avait disparu.

« À quoi sert une couverture sinon pour envelopper un corps ? Mauvais signe », pensèrent-ils sans se le dire.

Santier faillit tomber en glissant sur quelque chose qui roula sur le parquet : des perles noires, échappées d'un collier de jais rompu qu'ils trouvèrent sous la commode.

C'était beaucoup plus grave qu'un cambriolage : un enlèvement, peut-être suivi d'un meurtre.

C'était donc pour ça que Cigale ne s'était pas présentée au Moulin-Rouge, ni au commissariat. Berflaut, encore une fois, s'en voulut de ne pas l'avoir assez prise au sérieux quand elle se disait suivie, et de ne pas l'avoir obligée à accepter une escorte policière. Mais elle avait refusé, disant que son prince russe l'attendait. Ce prince russe, en fait un escroc, disparu lui aussi... Pourquoi pas un assassin ?

En y réfléchissant, ils se dirent qu'il y avait peu d'apparences qu'il fût coupable : pourquoi, si on avait vu Cigale partir de son plein gré avec lui, l'aurait-il enlevée *chez elle* ?

Ils redescendaient la rue Caulaincourt quand ils aperçurent devant le commissariat deux gardiens de la paix et l'homme de garde de nuit. Celui-ci était blême.

— Une autre victime, dit-il. Dans le vieux cimetière Saint-Vincent.

Berflaut, pas plus que Santier, ne fut vraiment surpris. Ils s'attendaient au pire, le pire était arrivé.

— Une femme ? demanda Berflaut aux gardiens de la paix.

— Oui. Sans doute une danseuse. En tenue de cancan. Sur une tombe. Le gardien vient de la trouver.

— J'appelle la morgue, pour qu'ils envoient un fourgon, dit Berflaut. Pour l'autopsie, je demanderai que ce soit le légiste qui a fait celle de Nini. L'assassin est sûrement le même.

Dès qu'il eut obtenu la communication et passé ses consignes, ils gagnèrent tous les quatre le cimetière.

À l'entrée, le gardien qui les attendait ouvrit le portail et le referma derrière eux, car déjà quelques passants, alertés par la présence du groupe, s'arrêtaient sur la petite place. Ils se doutaient qu'un autre drame s'était produit et il ne leur aurait pas déplu d'être aux premières loges pour sa découverte. On les fit circuler.

Le gardien fit signe aux policiers de le suivre. Il n'en était pas besoin : on apercevait depuis l'entrée une pierre tombale ornée d'un nouvel et insolite monument. Non pas, comme sur une des tombes voisines, une statue de pleureuse à l'antique, mais une forme de femme, le buste affalé en avant, les jambes apparaissant, sous les jupes et les jupons relevés, ouvertes en grand écart. Sur le granit, une large tache rouge sombre s'étalait.

Berflaut s'approcha, dégagea les cheveux, releva légèrement la tête.

— C'est elle. C'est Cigale.

24

Comme Nini, Cigale avait été frappée d'un coup de couteau au ventre. D'après l'état du corps, la mort remontait à environ dix heures, mais l'autopsie serait plus précise.

Elle portait la tenue de cancan avec laquelle il l'avait vue danser, ce qui signifiait que son assassin ne lui avait pas laissé le temps de se changer. Le pantalon de dessous, ainsi que les deux jupons garnis de volants de broderie anglaise, étaient tachés de sang.

À cause de la rigidité cadavérique, Berflaut eut du mal à donner à la malheureuse, en rapprochant ses jambes, une posture plus convenable, avant de l'allonger sur la pierre tombale.

Pauvre Sauterelle, pauvre Cigale, éphémères et gracieux insectes aux ailes brûlées... Quel fou meurtrier avait pu se livrer, pour l'une comme pour l'autre, à ces mises en scène ? Avaient-elles une signification, proposaient-elles un message à déchiffrer aux enquêteurs ? Les deux danseuses étaient-elles mortes en proies offertes à sa perversité, simplement pour satisfaire quelque obscur désir, ou punies à cause des pulsions qu'elles provoquaient ?

Ou bien leur mort avait-elle un tout autre sens ? Partageaient-elles un dangereux secret, fallait-il les supprimer avant qu'elles ne parlent ?

Berflaut en était là de ses méditations quand Santier lui toucha le bras. Le fourgon venait d'arriver. Deux hommes en descendirent, et dans le silence le plus complet ils allongèrent la jeune femme sur un brancard, et repartirent.

Le gardien referma la grille du cimetière pour éviter les visites des curieux à la tombe, tant qu'il ne l'aurait pas nettoyée du sang qui la marquait.

Les policiers quittèrent les lieux. Berflaut, de retour au commissariat, chercha à téléphoner au juge d'instruction, mais celui-ci était absent du palais, à cause d'un deuil familial en province. Il ne devait rentrer que le lendemain.

Le commissaire Lepard n'était pas encore arrivé. Il allait bientôt apprendre la terrible nouvelle, et comme eux, se demander si la série allait continuer, ou si Cigale serait la dernière victime de l'assassin inconnu.

La piste la moins probable pour remonter jusqu'à lui était celle d'un émule de Jacques l'Éventreur, ou de l'Éventreur lui-même. Sa réapparition après huit ans de silence n'était pas exclue : il aurait simplement changé de terrain de chasse.

Le fait qu'on ait découvert l'année précédente, rue Saint-Vincent, une inconnue morte, comme les deux danseuses, d'une blessure au ventre, n'excluait pas cette hypothèse. C'était pour eux la pire, car aucun lien ne pouvait réunir un tel assassin à ses victimes, et il s'était montré si habile à Londres qu'il ne ferait sûrement aucune imprudence à Paris.

Cette éventualité alimenterait certainement la presse à sensation, mais elle ne leur semblait pas crédible à cause de la terreur évidente de Cigale, qui semblait connaître ou soupçonner l'identité du meurtrier de sa collègue.

Autre piste : Gustave. Il aurait tué Nini parce qu'elle voulait lui échapper, ou pour l'empêcher de faire ou de dire quelque chose qui le mettait en danger. Cigale n'aurait été qu'une victime « seconde », simplement parce que son amie lui avait confié son secret.

Ce qui accusait le souteneur, c'était sa disparition dès la découverte du corps de Nini, les bottines trouvées sous son lit, le fait qu'il se cachait depuis, au lieu de s'être spontanément présenté pour se laver de tout soupçon et fournir un alibi.

C'était lui qu'il fallait retrouver au plus vite. Faire savoir dans le quartier qu'il était recherché.

S'il n'avait rien à se reprocher, il réapparaîtrait, du moins on l'espérait.

— Et pour ce Smirov, le faux prince russe, dit Santier, je peux aller le trouver chez lui. Nous nous connaissons bien, lui et moi, je l'ai déjà arrêté.

— Mais rien n'indique qu'il ait quelque chose à voir avec le premier meurtre, celui de Nini. Quant à Cigale, elle le craignait si peu qu'elle a préféré partir en sa compagnie plutôt que d'accepter l'escorte policière que je lui avais proposée ! Mais je suis d'accord, il peut être au minimum un témoin, et nous dire dans quelles conditions s'est passée

378

leur soirée, quand il l'a quittée – s'il l'a quittée vivante, et où.

— Et ce maniaque à la montre ? Celui de la maison close dont monsieur Lautrec t'a parlé ? Tu ne crois pas que Smirov et lui pourraient être une seule et même personne ?

— Ce n'est pas impossible. Mais il faudrait qu'il se manifeste à nouveau, rue des Moulins. C'est d'ailleurs probable, il paraît que c'est un habitué. Mais tu sais comme moi que depuis quelque temps pas mal de noceurs de l'Est viennent s'encanailler avec les petites Parisiennes ; il paraît même que ça fait partie du déniaisage des jeunes gens assez fortunés pour s'offrir à Montmartre la tournée des grands ducs.

Soudain le téléphone sonna dans la salle des inspecteurs, et Maréchal passa la tête à la porte.

— C'est le concierge du boulevard de Courcelles. Il veut vous parler, dit-il à Berflaut.

Celui-ci se leva et alla prendre la communication. Malgré les grésillements sur la ligne, la voix du concierge trahissait son excitation.

— Je vous téléphone du bureau de poste, parce que c'est urgent. Il est revenu, dans la nuit. Et pas seul.

— Il est toujours là ?

— Il n'a pas bougé. Vous pensez si je le surveille. Il y a une femme avec lui, je l'ai entendue monter l'escalier. C'était un bruit de bottines, j'ai l'oreille fine, vous savez !

— Bien. Merci. Nous allons venir. Surtout retenez-le s'il se préparait à sortir. Dites-lui que la police veut le rencontrer pour motif grave.

— D'accord, monsieur l'inspecteur. Je vous attends. Il y a du nouveau ?

Berflaut ne répondit pas, remercia et raccrocha. Il retourna avertir son collègue.

— Allons-y tout de suite.

Il demanda à Maréchal de prévenir le commissaire quand il arriverait de la nouvelle découverte et de lui dire qu'ils étaient allés interroger un suspect.

— Un à qui ça va porter un coup, c'est Zidler ! dit Santier. Deux de ses danseuses assassinées ! Il va sûrement se précipiter au commissariat ! Lepard recevra ses doléances !

Ils échangèrent un sourire. De toute évidence, la chose n'était pas pour leur déplaire.

Ne voulant pas alerter les voisins du Russe en débarquant dans le panier à salade utilisé pour les rafles, ils hélèrent un des fiacres habituels qui stationnaient boulevard de Clichy, au bas de la rue Caulaincourt, et prirent la direction du boulevard de Courcelles.

25

La nouvelle d'une autre danseuse assassinée allait bientôt se répandre dans le quartier, ainsi que les détails de la mise en scène macabre à laquelle s'étaient livrés les meurtriers. Tout laissait croire que celle-ci, comme la précédente, ne pouvait être le fait d'un homme seul. Jamais Montmartre, pourtant habitué aux pires violences, n'avait été confronté à un scénario aussi spectaculairement morbide.

La jeune femme, mince et élégante dans son manteau bleu sourd, un chapeau vert à plume posé sur ses cheveux roux, le cou entouré d'un col de fourrure, un petit sac de soie jaune pendant à son bras, qui remontait, pensive, la rue Caulaincourt, ignorait ce second meurtre, comme l'ignorait encore celui auquel elle rendait visite. Personne, en cette fin d'après-midi, ne faisait attention à elle, personne ne reconnaissait dans cette bourgeoise un peu guindée la célèbre Jeanne Avril.

Jeanne Avril, surnommée « la Mélinite[1] », avait partagé avec la Goulue les heures glorieuses du Moulin-Rouge, et, contrairement à celle-ci, définitivement retirée du cancan, elle continuait à s'y

1. C'est le nom d'un explosif.

produire selon ses envies ou ses besoins d'argent. Aussi mince que la Goulue était bien en chair, aussi racée qu'elle était vulgaire, elle dansait, solitaire, et, contrairement aux autres danseuses, elle ne se livrait à aucune exhibition des chairs.

Toulouse-Lautrec, son ami, l'avait représentée dans son numéro : vêtue d'un corsage au col montant et aux manches bouffantes, ramassant d'une main ses jupons de couleur – elle était la seule à qui Zidler permît ce privilège –, en appui sur une jambe gainée de bas noir, imprimant à l'autre de petits mouvements de rotation, elle dansait, tournant sur elle-même telle une « orchidée en délire ».

Sa vie était un véritable roman. Fille bâtarde d'une demi-mondaine et d'un noble italien qui mourut ruiné, battue et prostituée dès son jeune âge par sa mère, elle avait été, à cause de troubles nerveux, hospitalisée à la Salpétrière dans le service du professeur Charcot, spécialiste de l'hystérie féminine. C'est au cours d'un bal masqué, « le bal des folles », qu'elle avait découvert et montré son talent de danseuse, et attiré l'attention d'un interne de l'hôpital, qui l'avait fait libérer. Il l'avait emmenée au bal Bullier où elle avait fait sensation, ce qui décida de sa carrière. Intelligente, distinguée, et d'un niveau de culture qui la démarquait des autres danseuses, elle était devenue l'amie des artistes et des écrivains, Alphonse Allais, Maurice Donnay, Arsène Houssaye, Catulle Mendès, et, bien sûr, Toulouse-Lautrec, son « génial infirme ».

C'est d'ailleurs lui qu'elle venait voir dans son atelier, ce soir-là. Elle avait appris tardivement la nouvelle du premier assassinat, étant partie quelques jours à Londres, où elle devait prochainement se produire, et la lecture de la presse l'avait émue, bien sûr – Nini la Sauterelle avait dansé en même temps qu'elle au Moulin-Rouge, mais surtout l'avait fait se souvenir de quelque chose, peut-être sans rapport avec le crime, mais dont elle tenait à parler avec son ami, avant d'aller à la police.

Elle monta les escaliers et frappa à la porte du peintre. Elle entendit ses pas claudicants se rapprocher, et la porte s'ouvrit. Son ami l'accueillit avec un bon sourire.

— Jeanne ! Quel plaisir ! Entre, ma belle.

Il n'eut pas à s'incliner pour lui baiser cérémonieusement la main.

— Tiens, je te présente mon jeune ami, Robert. C'est un étudiant, et je fais son éducation en matière de peinture. Il aimerait aussi que je sois son mentor à Montmartre, mais sa terrible tante, ma voisine, craint que je ne le débauche !

Jeanne sourit, sans aucun commentaire. Elle se disait qu'effectivement la réputation de Lautrec, familier des maisons closes et grand consommateur d'alcool, surtout depuis quelque temps, n'était pas en mesure de rassurer les familles.

— Tu as su pour Nini ?

— Oui. C'est terrible. La pauvre fille ! Justement, je venais pour ça. J'ai lu que la police n'a aucune piste, n'est-ce pas, ou bien est-ce qu'elle cacherait quelque chose ?

Robert Fresnot s'approcha. La conversation l'intéressait au plus haut point.

— Vous la connaissiez ?

— Un peu. On s'était entrevues quand nous étions toutes les deux caissières à l'Exposition universelle, en 1889, on s'est retrouvées au Moulin-Rouge, mais sans véritable contact, seulement dans le vestiaire, avant et après le cancan. Vous savez, je ne fréquentais pas les autres danseuses ! Ma vie n'était au Moulin que le temps du spectacle, après, c'était ailleurs, Dieu merci !

Jeanne Avril entendait manifestement se démarquer de ses collègues, et insister sur le fait qu'elle fréquentait un autre monde.

— Mais tu devais bien entendre, de temps en temps, des conversations, des confidences ?

— Oui, peut-être, mais je n'y prêtais que peu d'attention. En revanche, Nini me demandait parfois des choses, disant que j'étais « plus instruite » ! Par exemple, c'était drôle et ça m'est revenu – c'est pour ça que je suis montée te voir, Henri, elle m'a demandé –, peu de temps avant de quitter le Moulin, où était l'Alaska !

— L'Alaska ? Pourquoi l'Alaska ?

— Je n'en savais rien, d'abord. Je pensais qu'elle avait dû lire quelque chose là-dessus dans un journal, je sais qu'elle achetait *L'Illustration* parce que son amant lui reprochait d'être inculte. Ou alors qu'elle avait rencontré l'Américain qui, pendant l'Exposition universelle, venait nous faire la cour, et voulait nous emmener toutes dans son pays... Et soudain, je me suis rappelé Rayon d'or...

— Rayon d'or ? Ah, c'est vrai ! J'avais oublié l'histoire ! C'est là-bas qu'elle a fait fortune ! Tu te souviens, Henri ?

— Racontez-moi, demanda Robert Fresnot.

— Eh bien, il y a deux ou trois ans, je ne me souviens plus, Rayon d'or, qui dansait au Moulin, a rencontré une espèce d'aventurier hirsute, un Américain qui a voulu l'épouser et l'emmener dans son pays. Nous pensions toutes, Zidler aussi, qu'il allait la coller dans quelque bordel...

— Tiens, au fait, coupa Lautrec, Mireille, une fille de la maison de la rue des Moulins – elle est complètement folle, elle aussi –, la voilà qui veut partir en Argentine ! On l'aurait engagée comme hôtesse ! Hôtesse ! Tu parles ! J'ai essayé de la dissuader l'autre jour, mais elle n'en démord pas. Pauvre fille ! Ça me fait de la peine. Elle va droit à l'abattage !

C'est à ce moment qu'on frappa à la porte.

— Je n'attends personne ! Va ouvrir, dit Lautrec à Robert Fresnot.

— Tiens ! Mireille ! Quand on parle du loup ! Entre, ma belle !

Mireille entra. Elle était toute rouge, et essoufflée, trop pressée pour se demander pourquoi on parlait d'elle.

— Madame m'envoie, elle m'a payé un fiacre, il attend en bas ! L'homme à la montre est arrivé. Elles le retiennent le plus possible au salon et lui font le grand jeu avant qu'il monte avec Lucie. Il faut prévenir la police.

Lautrec se leva, sortit son melon, enfila son pardessus, saisit sa canne. Jeanne Avril ne comprenait rien à cette hâte.

— Pardonne-moi, Jeanne, de te laisser. Un suspect rue des Moulins, un maniaque qui s'excite au son d'une montre jouant le cancan. Il faut faire prévenir l'inspecteur Berflaut. Va devant, Robert... Je te rejoins.

— Je descends avec toi, dit Jeanne Avril en s'habillant prestement.

Le jeune homme dévala les escaliers. Il regrettait de n'avoir pas su la fin de l'histoire de Rayon d'or et la demanderait à Lautrec à la première occasion.

Il traversa la rue, pénétra en bolide dans le commissariat où il apprit de Maréchal que les inspecteurs Berflaut et Santier étaient partis chez un suspect. Mais le commissaire Lepard venait d'arriver. Effondré, naturellement, par ce qu'il venait d'apprendre.

Maréchal l'introduisit dans le bureau du commissaire. Le jeune homme lui apprit que l'un de leurs suspects, le maniaque à la montre, était revenu rue des Moulins, et que M. Lautrec allait là-bas pour le repérer.

Lepard réfléchit rapidement.

— Bon, ça n'est pas très régulier, ce que je vais vous demander de faire, mais les circonstances l'exigent, et j'en prends la responsabilité. Appelez un fiacre et accompagnez M. Lautrec. Il pourrait dessiner un portrait de l'homme. Une fois déjà ça nous a été utile[1]. Vous pourrez le suivre discrètement quand il sortira. Soyez discret, et pas d'intervention, surtout !

— Le fiacre avec lequel est venue la fille de la rue des Moulins attend devant la porte de M. Lautrec.

— Parfait.

---

1. Voir, du même auteur, *Sanguine sur la Butte*.

Il sortirent au moment où Lautrec était en train de grimper péniblement dans le fiacre. Jeanne Avril avait déjà disparu au coin de la rue.

Le commissaire s'approcha de la portière.

— Bonjour, monsieur le Comte.

Lepard saluait l'aristocrate, et non le peintre dont l'œuvre consacrée à des sujets obscènes ou vulgaires le choquait profondément. Mais il avait besoin de lui.

— Bonsoir, commissaire. Robert vous a prévenu ? Berflaut n'est pas là ?

— Hélas, non ! Il est parti avec Santier, boulevard de Courcelles, chez un suspect. J'aurais bien envoyé Maréchal, notre greffier, mais il est en tenue, il se ferait repérer. Je pense que votre jeune ami pourrait vous accompagner, pour le suivre, au besoin.

Robert ne se le fit pas dire deux fois. Il monta prestement dans le fiacre et s'assit à côté du peintre. L'affaire devenait excitante.

— Vous voyez, dit Lautrec en souriant, la police a deux renforts de poids ! Moi – il montra le carnet de croquis qu'il avait emporté – pour faire le portrait du suspect, lui, pour lui courir après ! Belle équipe !

Maréchal les regardait depuis la porte du commissariat, un peu mortifié de n'être pas préposé à la filature. Pour la première fois de sa vie, il regrettait vraiment de porter l'uniforme.

— Surtout, soyez discrets ! Ne vous montrez pas !

— Rassurez-vous, commissaire, la maison ne manque pas de postes d'observation, vous savez !

Il cligna de l'œil, et Lepard, pourtant guindé, laissa échapper un sourire.

Le fiacre se mit en marche. Robert demanda au cocher d'aller le plus vite possible, et l'homme, étonné de la hâte de ces curieux clients pour rejoindre le bordel, fouetta ses bêtes qui descendirent au grand trot la rue Caulaincourt et s'engagèrent dans la rue de Clichy en direction de l'Opéra.

26

Pendant le trajet qui les conduisait chez le faux prince russe, Berflaut confiait à Santier ses remords de ne pas avoir assez pris au sérieux l'impression qu'avait Cigale d'être suivie et de n'avoir pas su la protéger en lui imposant une escorte policière.

— Tu n'y pouvais rien, elle ne pouvait être gardée vingt-quatre heures sur vingt-quatre, surtout si elle faisait confiance à celui qui devait être finalement son meurtrier ! Si c'est Smirov, elle l'a suivi de son plein gré, tu n'allais pas leur tenir la chandelle, essaya-t-il de plaisanter pour dérider son collègue.

Berflaut ne répliqua pas. Mais il restait hanté par la vision de la matinée, qui avait presque effacé l'autre, celle de la danseuse crucifiée. Il n'avait pas connu Nini, sinon sous forme de cadavre, mais Cigale, il l'avait vue vivante, il lui avait parlé, à plusieurs reprises, il avait senti sa peur... et l'avoir retrouvée, pantin écartelé sur une tombe, lui donnait encore la nausée.

Ils arrivèrent en peu de temps devant le 78 boulevard de Courcelles, descendirent du fiacre et demandèrent au cocher de les attendre le temps qu'il faudrait : peut-être auraient-ils à ramener un prisonnier au commissariat.

Ils n'eurent pas à sonner ; le concierge les attendait devant la porte cochère. Ils le suivirent dans le hall.

— Vous avez besoin de moi ?

— Merci, c'est inutile.

L'homme parut déçu. Il lui aurait manifestement plu de participer à l'action.

Ils montèrent au second étage et sonnèrent. Une fois, deux fois, trois fois. Derrière eux, la porte de M. de Marcilly s'était ouverte et se referma rapidement. Mais le vieil homme ne devait pas se tenir très loin derrière.

Puis des pas se firent entendre, et une voix d'homme.

— Qui est-ce ?

— Police. Ouvrez, je vous prie.

— Que voulez-vous ?

— Veuillez ouvrir, s'il vous plaît.

La porte s'ouvrit enfin. Berflaut reconnut, même sans frac et sans monocle, l'homme qu'il avait vu attablé au Moulin-Rouge. Il avait l'air mal réveillé, les yeux bouffis, mais, assez grand, il ne manquait pas d'allure dans sa robe de chambre noire de velours damassé.

Santier, lui, reconnut l'escroc échappé à la justice à la faveur du retrait de la plainte d'un couple soucieux d'éviter un scandale mondain. La lueur qui traversa le regard du Russe prouva qu'il avait, de son côté, reconnu en Santier l'homme qui l'avait arrêté.

Il s'effaça, mais les laissait debout dans le couloir, attendant la suite. Il semblait étonné de cette visite, mais rien n'indiquait que l'homme, habitué professionnellement à simuler, ne jouait pas le rôle de l'innocent éberlué. Berflaut, lui, n'était pas décidé à entrer dans son jeu.

— Nous voudrions vous parler, monsieur Smirov, dit-il, histoire de lui faire comprendre que pour eux, le prince russe n'existait pas.

Il alla fermer une porte au fond du couloir et les introduisit dans un salon.

Au passage, les policiers remarquèrent un manteau de fourrure de femme jeté sur une banquette.

La pièce était lourdement meublée. Sur la cheminée, un samovar d'argent, sur une console, des œufs de Fabergé, au mur un portrait de la famille impériale et, à côté, celui de Smirov en tenue d'apparat, tunique traversée d'un grand cordon porteur de quelque décoration non identifiable.

Bref le décor parfait pour le rôle qu'il s'était donné pour duper les femmes du monde.

— Monsieur Smirov, attaqua Berflaut, nous vous avons vu avant-hier en soirée au Moulin-Rouge, et selon M. Zidler, le directeur, vous êtes parti en compagnie d'une danseuse, surnommée Cigale, que vous fréquentez, paraît-il intimement.

Étrangement, Smirov eut l'air soulagé et interloqué. Peut-être craignait-il autre chose ?

— Hé bien, Cigale ? Qu'est-ce qu'elle a ? Elle ne va tout de même pas se plaindre !

— Se plaindre ? De quoi ?

— Enfin, dites-moi ce qu'il y a !

L'homme reprenait de la superbe.

— Dites-nous pourquoi Cigale aurait eu des raisons de se plaindre, monsieur Smirov !

— Allez lui demander !

— C'est malheureusement impossible. Elle est morte. Assassinée.

Smirov pâlit.

— Assassinée ? Quand ? Où ?

— La nuit même de son départ avec vous, en fiacre, monsieur Smirov. D'où notre visite.

— Mais je l'ai quittée devant chez elle ! Elle m'a demandé de la déposer en fiacre !

— Vous ne l'avez pas emmenée d'abord chez vous ? C'était pourtant ce qu'elle m'avait annoncé ! dit Berflaut.

— Quoi ? Vous lui aviez parlé de moi ? Pourquoi ? En quoi mes soirées ou les siennes concernent-elles la police ? Elle est majeure, que je sache !

— Elle *était* majeure, monsieur Smirov. Elle est morte, ne l'oubliez pas. Et c'est à nous de poser les questions.

Santier n'avait guère de patience, surtout à l'égard des gens avec lesquels il avait un contentieux à régler.

— Alors, continua Berflaut, vous la déposez en fiacre. Comme ça. Vous étiez venu seulement pour l'escorter ?

— Non, je devais l'emmener ici, comme d'habitude, mais elle a refusé.

— Pourquoi ?

— Elle se disait fatiguée.

— Non, monsieur Smirov. Elle avait réellement l'intention de partir avec vous. Pourquoi ce changement ?

Le Russe sentit qu'il ne lui servait à rien de mentir.

— Hé bien... Il y avait une autre femme avec moi... une dame...

— Je l'ai vue, en effet. À votre table, au Moulin-Rouge. Beaux bijoux, d'ailleurs ! Vous avez proposé à Cigale... des jeux à trois, peut-être ?

— Ma foi... C'est cela. La dame était d'accord. C'est même elle qui en avait eu l'idée. Vous savez, les femmes du monde aiment les expériences...

— Et je pense que vous les choisissez désormais sans mari, glissa perfidement Santier.

Smirov ne releva pas l'allusion et poursuivit.

— Bref, Cigale était furieuse, elle a refusé de venir avec nous. Elle a joué les vertus offensées ! Une fille de cancan ! En plus, la dame était généreuse, elle y aurait trouvé son compte !

Tiens ! Le « prince russe » ne cachait pas son jeu ! Prendre du plaisir avec les jeunes danseuses, faire payer aux dames fortunées celui qu'il leur donnait !

— À quelle heure l'avez-vous déposée ?

— Attendez... Un peu avant minuit, je crois...

Cela coïncidait avec le témoignage de la voisine d'en face sur le fiacre qu'elle avait entendu. Mais il y en avait eu ensuite un deuxième. Le même, qui serait revenu, ou un autre ?

Santier prenait des notes sur son carnet. Berflaut continua.

— Donc vous la déposez chez elle. Sans monter ?

— Bien sûr ! Pourquoi faire ? La dame, d'ailleurs, était pressée de rentrer. Vous comprenez ?

Berflaut ne réagit pas à cet appel à la complicité virile. L'homme lui déplaisait de plus en plus, même si son histoire pouvait tenir debout. Restait à la vérifier.

— Ensuite ?

— Nous sommes repartis.

— Quand vous l'avez déposée chez elle, vous l'avez vue entrer ? Personne ne la guettait ?

— Oui, je l'ai vue entrer sous la voûte. Non, il n'y avait personne, du moins de visible.

— Mais vous n'étiez pas chez vous l'avant-dernière nuit !

— Bien sûr. Nous sommes allés chez cette dame.

— Qui habite ?

— Pas très loin, avenue de Villiers.

— Son nom ? Le numéro ?

— Écoutez, c'est très gênant. Est-ce utile de la mêler à cette affaire ?

— Sauf si vous préférez n'avoir pas d'alibi, ou que nous la convoquions au commissariat demain matin, pour vous y retrouver.

Devant cette double menace, Smirov essaya de protester.

— Mais enfin, pourquoi m'accusez-vous ? Je n'avais aucune raison de la tuer, cette pauvre fille ! Et l'autre danseuse, je l'aurais assassinée, elle aussi ? Je ne la connaissais même pas ! Vous feriez mieux de chercher ailleurs, dans le milieu, et pas ici ! lança-t-il, fou de colère. À propos, comment est-elle morte ?

— Cela, vous le saurez plus tard, si vous êtes innocent. Mais pour le moment vous allez me donner le nom et l'adresse de cette dame.

— Inutile. Elle est ici. Mais vous me mettez dans une situation horriblement délicate !

— Préférez-vous que nous la convoquions, moins délicatement, au commissariat, pour vous y retrouver ?

— Bon. Elle vous dira elle-même son nom. Je vais la prévenir, laissez-lui le temps de s'habiller.

Santier se leva.

— Je vous accompagne.

— Pas question d'entrer dans ma chambre ! Vous n'y pensez pas, tout de même !

— Non, monsieur Smirov, je veux seulement m'assurer que vous n'allez pas lui dicter son témoignage. J'attendrai à la porte que vous laisserez ouverte.

— Mais je vous donne ma parole...

— Non, monsieur Smirov.

En d'autres circonstances, le Russe aurait pu jouer les hommes outragés, mais il n'était pas, avec Santier, en position de le faire. Il capitula.

— Suivez-moi.

Ils allèrent au bout du couloir jusqu'à la porte qu'il était allé fermer à leur arrivée. Il frappa.

— Ma chère amie, je suis vraiment désolé... Il y a ici deux messieurs, des policiers, qui ont besoin de notre témoignage. Pouvez-vous nous rejoindre au salon ?

— Donnez-moi un quart d'heure, répondit une voix féminine au bout d'un assez long moment.

Santier admira l'astuce du *notre*. Il s'associait à elle comme témoin, et non comme un suspect auquel elle devait fournir un alibi.

Ils retournèrent au salon où tous trois attendirent, silencieux, que la femme vînt les rejoindre. Berflaut étudiait Smirov, qui alla prendre dans un coffret d'ébène un cigare et l'alluma après en avoir offert du geste aux policiers, qui refusèrent. Le Russe ne semblait nullement inquiet, surtout mécontent de cette intrusion dans sa vie privée, ou plutôt dans ses affaires.

La *dame* parut enfin, annoncée par un parfum capiteux. Berflaut reconnut celle qu'il avait aperçue à la table de Smirov au Moulin-Rouge, mais elle ne portait pas ses bijoux. Il ne put s'empêcher de penser qu'elle aurait intérêt à ne pas s'en éloigner trop longtemps.

Les trois hommes se levèrent, Smirov éteignit son cigare et la fit asseoir à côté de lui sur le canapé.

Ses formes généreuses étaient enveloppées dans un peignoir de soie trop grand pour elle, sans doute appartenant au Russe, et elle marchait pieds nus. Elle n'avait donc chez lui ni déshabillé ni mules, ce qui notait que leurs relations devaient être récentes, à moins qu'il ne voulût pas s'encombrer du vestiaire de ses conquêtes éphémères.

Smirov, très mondain, voulut faire les présentations.

— Madame Smith-Jones, voici les inspecteurs...

— Je suis l'inspecteur Berflaut, et voici mon collègue l'inspecteur Santier.

— En quoi puis-je vous être utile, inspecteurs ?

— Nous enquêtons sur la mort d'une danseuse du Moulin-Rouge, que vous deviez connaître, ainsi que M. Smirov.

— Le prince Smirovski, corrigea la femme, l'air pincé.

Berflaut ne releva pas. Elle perdrait bien assez tôt ses illusions.

— Quelle danseuse ?

— Elle s'appelait Cigale. Vous avez quitté en sa compagnie le Moulin-Rouge, le soir précédant sa mort.

La femme leva les sourcils : la nouvelle l'étonnait, mais ne semblait guère l'émouvoir.

— C'était la première fois que je la voyais. Elle est morte ? Comment ?

— Assassinée, madame. C'est pourquoi toute information concernant son emploi du temps cette soirée-là est de première importance.

Le témoignage de Mme Smith-Jones reprit la version du Russe, à ceci près qu'elle ne précisa pas la raison pour laquelle Cigale avait préféré rentrer chez elle sans se joindre à eux pour finir la soirée.

Ils avaient déposé la danseuse devant son domicile et étaient allés ensuite chez elle, avenue de Villiers, où ils avaient passé la nuit, ainsi que la matinée du lendemain. Sa petite bonne pouvait en témoigner, ainsi que son concierge. L'après-midi suivant, ils étaient allés faire un tour en calèche au bois de Boulogne. Mais elle ne voyait pas en quoi elle et le prince Smirovski pouvaient être concernés par le meurtre de cette fille.

Smirov écoutait, cachant difficilement son air satisfait.

Les policiers se levèrent, remercièrent Mme Smith-Jones, et Smirov, radouci et soulagé, les raccompagna jusqu'à la porte en leur souhaitant de mettre la main sur le coupable. Il ne leur en voulait pas, après tout, ils ne faisaient que leur métier.

Dans le fiacre qui les avait attendus pour les ramener au commissariat, les deux policiers convinrent que l'homme était sûrement un faisan, mais était-il leur assassin ? L'alibi fourni leur semblait solide, mais restait à le vérifier et à s'assurer de l'identité de la femme qui pouvait très bien être une complice.

Il faudrait aussi retrouver le fiacre, ce qui n'était guère facile.

Dès leur arrivée, ils téléphoneraient au médecin légiste pour savoir le résultat de l'autopsie, moins pour la blessure elle-même, qui semblait identique à la première, mais pour l'heure exacte de la mort.

Restait en priorité, tout de même, Gustave. Du moins en ce qui concernait Nini, mais le meurtre de Cigale s'expliquait plus difficilement, à moins qu'elle ne l'ait su coupable et qu'il ait voulu la réduire au silence.

Et si l'alibi de Smirov était établi, ce qu'il fallait découvrir, car c'était là que résidait sans doute la clé de l'énigme, c'était le lien unissant Nini et Cigale, et qui avait décidé de leur sort.

27

Tandis que le fiacre gagnait à toute allure la rue des Moulins, Robert Fresnot revint sur l'histoire interrompue de Rayon d'or, et Lautrec finit de la lui raconter.

— Ah ! Rayon d'or ! La bien nommée ! En voilà une qui a eu de la chance, et son aventure est si incroyable qu'on dirait un roman ! Figure-toi que son amant américain avait gagné au jeu une concession au fin fond de l'Alaska, et qu'il l'avait emmenée là-bas pour l'exploiter avec lui, il était fou d'elle. Elle n'y croyait guère, nous encore moins, persuadés qu'elle finirait au fond d'un bordel, comme ce qui attend Mireille, ou gelée dans un chalet perdu. Pas du tout ! De l'or, il y en avait, le filon était bon, ils sont devenus riches, ont mené là-bas une vie de nababs, mais Rayon d'or avait la nostalgie de Paris, et elle a décidé son mari – car il l'avait épousée – à retourner en France pour quelque temps et y mener aussi la grande vie. Je pense surtout qu'elle n'aurait pas joui pleinement de sa fortune si elle n'avait pu la montrer à ses anciens amis. Alors ils sont rentrés, on l'a vue quelque temps dans tous les endroits chics, couverte de bijoux comme une châsse, et puis ils sont repartis à leur mine. Et on ne les a plus jamais revus[1].

— Mais c'était peut-être cela, cette nouvelle vie dont parlait Nini ! Et Gustave aura voulu l'en empêcher !

— Pourquoi ?

— Que sais-je ! Par jalousie possessive, ou par orgueil ! Je pense que ce n'est pas bon pour la réputation d'un souteneur de se faire lâcher par une de ses conquêtes !

— Ça se traduit généralement dans ce milieu par une bonne correction et pas un couteau dans le ventre, n'en déplaise à mon ami Bruant !

Et le peintre se mit à chanter de sa voix nasillarde :

> *Mais le dit-Jules était d'la tierce*
> *Qui soutient la gerce*
> *Aussi l'adolescent*
> *Voyant qu'elle marchait pas au pantre*
> *D'un coup d'surin lui troua l'ventre*
> *Rue Saint-Vincent*

Ils étaient passés trop vite au commissariat pour que le commissaire Lepard les informât du second meurtre. Ils ne pouvaient donc spéculer que sur le premier.

— Dis-moi, quand Marguerite apprendra où nous sommes allés, sa porte me restera fermée à jamais !

---

1. L'histoire est rapportée par Louis Chevalier dans *Montmartre du plaisir et du crime*, éditions Robert Laffont, 1980.

— Bah ! Peut-être ne le lui dirai-je pas, et Berflaut gardera le secret, ou alors, si elle finit pas le savoir, il lui confirmera que j'étais en service commandé !

— De toute façon, tu ne viens pas en client, tu n'en as pas besoin, toi ! Et je veillerai à ce que ces dames, voyant arriver de la chair fraîche, ne te sautent pas dessus. Tu resteras sagement dans le petit salon pendant que j'irai observer les ébats de notre suspect.

Le fiacre s'arrêta rue des Moulins, devant la maison bien connue. Les deux hommes descendirent, Lautrec donna un généreux pourboire au cocher pour la rapidité avec laquelle il les avait conduits, et ils sonnèrent à la porte, qui s'ouvrit immédiatement. Madame les attendait en haut de l'escalier tapissé de rouge.

— Venez vite, Lucie et l'homme viennent de monter, je ne pouvais plus le retenir davantage.

Ils la suivirent. Lautrec expliqua la présence du jeune homme, qui venait seulement à titre de renfort.

— Dommage, dit Madame d'un air gourmand.

Ils pénétrèrent dans le grand salon, qui parut à Robert Fresnot plus vaste et plus clinquant, avec ses ors et ses miroirs, que sur le tableau de Lautrec, centré sur l'attente morne et résignée des filles assises sur le grand sofa rouge. Il reconnut les visages de deux pensionnaires.

— Mireille, dit Madame à Lautrec qui s'enquérait de la jeune femme, est là-haut. Elle ne va pas tarder à redescendre. Elle fait la tête, depuis quelque temps. Comme vous (elle me l'a répété), je lui ai dit que son histoire d'hôtesse en Argentine était de la folie. Elle nous en veut.

— Espérons qu'elle va encore réfléchir. Bon, où est-ce ?

— Dans la chambre Pompadour. Je vous accompagne.

Robert Fresnot avait compris qu'il irait se poster devant un de ces œilletons d'observation pour voyeurs, aménagés dans les murs de certaines chambres.

— Marthe, dit Madame, emmène ce jeune homme au petit salon.

Marthe se leva, sans refermer le peignoir entrouvert, offrant à Robert une vision gratuite de ses appas. Elle murmura, elle aussi : « Dommage ! »

Robert, lui, sans pour autant baisser les yeux, n'avait aucun regret. Les amours avec les grisettes, leurs escapades à Robinson, les privautés accordées dans l'arbre de la guinguette, l'excitaient davantage que ne l'aurait fait une séance avec une professionnelle blasée, si experte fût-elle.

Il s'installa donc dans une pièce pourvue de deux portes : l'organisation des maisons closes était conçue de telle manière que les clients ne s'y croisaient jamais. Question de discrétion, d'autant que certains des « visiteurs » de la rue des Moulins pouvaient se rencontrer le lendemain dans quelque salon mondain, à la Chambre des députés ou au Sénat.

Il feuilleta les illustrés – dont certaines revues coquines – mis à la disposition, avec une carafe de porto et des verres, de ceux qui préféraient attendre leur partenaire favorite.

Au bout d'un assez long moment, Toulouse-Lautrec ouvrit la porte. Le jeune homme commençait à craindre que, répondant à l'appel de sa nature exigeante, ou émoustillé par le spectacle, il n'eût été le prolonger avec quelqu'une de ces dames.

Il n'en était rien, apparemment. Il tenait à la main son carnet de croquis.

— Ouf ! Ça m'étonnerait que cet homme soit un assassin ! S'il est aussi long à brandir un couteau que le reste ! J'ai fait son portrait, ça n'était pas facile, il a fallu que je sois juché sur un tabouret pour être à la hauteur de l'œilleton, et j'ai failli me casser la figure ! Ça n'aurait pas arrangé mes pauvres jambes !

Il coiffa son melon et prit sa canne.

— Viens. Inutile de le filer. Allons faire notre rapport au commissariat.

— Mesdames, je vous salue bien. À bientôt.

— À bientôt, monsieur le Comte, répondirent-elles en chœur.

Ils descendirent l'escalier, raccompagnés par Madame, et montèrent dans un fiacre. En cours de route, le peintre montra à Lautrec ses dessins.

L'un, fort explicite, représentait un homme ventru, debout, balançant sa montre au-dessus de la tête d'une femme vue de dos, et à genoux devant lui.

— Celui-là n'est pas, tu t'en doutes, pour la police !

L'autre, en revanche, était un croquis d'un homme au crâne chauve, au visage bouffi, encadré de favoris, aux yeux tombants.

— Effectivement, ce n'est pas ainsi qu'on imaginerait Jack l'Éventreur, ou un de ses émules ! convint le jeune homme.

Le fiacre les déposa devant le commissariat peu après le retour de Berflaut et Santier de chez le faux prince.

28

— Alors, cette visite rue des Moulins ? demanda Berflaut à Lautrec. Lepard vient de me prévenir de votre équipée !

— Le commissaire a eu l'idée de me faire faire un portrait du maniaque à la montre.

— Le Russe ?

— Ça je n'en sais rien, elles l'appellent comme ça, mais vous savez, si on peut voir, on n'entend rien, les portes sont capitonnées, heureusement ! On m'a averti qu'il venait d'arriver, j'ai fait son portrait, et je vous l'apporte. Mais entre nous, si c'est l'assassin, alors moi je suis Adonis !

Berflaut et Santier se regardèrent : Smirov n'ayant pas le don d'ubiquité, l'escroc et le maniaque étaient deux personnes différentes.

— Mais pourquoi Robert vous a-t-il accompagné ?

— Pour le suivre ou me prêter main forte, en cas d'incident.

— Robert, tu n'as pas intérêt à ce que ta tante apprenne d'où tu viens ! Et vous aussi, monsieur de Toulouse-Lautrec ! Sinon, nous pouvons dire adieu à nos dîners chez elle !

Ils pénétrèrent dans le bureau où Lepard les attendait.

— Le juge d'instruction est prévenu du second meurtre. Le palais a pu le joindre en province. Il rentre ce soir et passera pour que nous fassions le point avec lui.

— Le second meurtre ? s'écria Lautrec. Quel second meurtre ?

Il regardait les policiers avec stupéfaction.

Berflaut raconta la seconde découverte.

Décidément, pensa le peintre, les assassins se donnaient bien du mal pour faire leurs horribles installations ; cela ressemblait à une provocation, mais dans quel but ?

Berflaut et Santier racontèrent au commissaire leur visite chez Smirov, et l'alibi fourni, qui devait être soigneusement vérifié, ainsi que l'identité de sa compagne.

— Deux pistes en moins, on y verra plus clair ! ironisa Lepard. Mais la presse n'a pas perdu de temps, ils sont venus presque prendre d'assaut le commissariat. Je leur ai dit que nous ne pouvions actuellement révéler aucune information. Mais ils vont revenir d'un moment à l'autre, c'est sûr !

— Pouvons-nous voir votre dessin ? demanda le commissaire.

Lautrec lui tendit le carnet, à la page du portrait, et non de la scène qu'il avait surprise et si bien rendue.

Les trois policiers le regardèrent : l'homme n'avait rien à voir avec Smirov. D'ailleurs c'était impossible, puisqu'ils étaient chez lui au même moment.

— Permettez-moi de garder ce dessin, demanda Berflaut.

Lautrec déchira la page, signa le croquis. Le policier remercia chaleureusement. Ce ne serait probablement pas une pièce à conviction, mais en tout cas un souvenir précieux du grand peintre qui était son ami.

À ce moment-là, Maréchal frappa et entra :

— Les journalistes sont encore là, ils attendent dehors !

— J'y vais, décida Berflaut. Je leur lâcherai qu'un témoin essentiel est recherché, sans nommer Gustave Merquereau. Il se reconnaîtra sûrement, peut-être ça le fera-t-il débusquer. J'admettrai que les deux crimes sont sans doute liés, mais qu'on ignore encore le lien entre eux. Ce qu'ils attendent, c'est surtout des détails bien macabres sur la mise en scène. Je leur conseillerai aussi de ne pas trop alimenter la psychose de Jack l'Éventreur.

Tandis qu'il sortait affronter la presse, Lautrec traversa la rue pour regagner son atelier, escorté de son jeune voisin, encore tout excité de l'aventure.

Trois journalistes qui avaient reconnu le peintre le regardèrent avec étonnement. Que faisait-il avec la police ?

— Il y aura bien l'un d'eux pour insinuer que cet « infirme débauché », comme je l'ai lu il n'y a pas si longtemps, est sûrement mêlé à l'affaire ! dit Lautrec, mais aucune importance ! Je suis heureux si je peux aider la police à trouver le salaud qui a tué Nini et Cigale.

Les journalistes congédiés, Berflaut rentra dans le commissariat.

Il était fatigué, et pour la première fois depuis bien longtemps, accablé de ne pouvoir démêler les fils de cette horrible intrigue, avec des pistes si vagues, si contradictoires, qu'aucune ne prévalait. Celle menant à Smirov était effondrée, en ce qui concernait Cigale, en tout cas, et celle du maniaque à la montre apparaissait bien fragile, sinon exclue. D'après la description de Lautrec, comment ce gros homme ventru pouvait-il être capable des exploits réalisés par l'assassin ? À moins qu'il n'eût des complices ? Et Gustave, qu'on ne retrouvait pas !

Le policier était assis devant son ancien bureau, étrangement débraillé, pour la première fois. Il avait jeté sa cravate et son col sur une chaise, déboutonné son gilet comme pour mieux respirer. Santier fumait en réfléchissant, oubliant que son ami ne supportait pas l'odeur de sa pipe et que d'ordinaire, en représailles, il allait ouvrir largement la fenêtre, même en plein hiver.

— Je pense soudain à l'histoire de Rayon d'or, dit-t-il soudain. Elle pourrait avoir un rapport avec les projets de Nini, de cette nouvelle vie qu'elle envisageait. Imaginons qu'elle ait voulu elle aussi tenter sa chance en Alaska ?

— C'est possible, je l'avais un moment envisagé. Mais peut-être se préparait-elle à autre chose, de plus réaliste, sinon de plus glorieux : comme Mireille, le modèle de M. Lautrec, à un engagement d'hôtesse, en fait un avenir de fille de maison en Amérique du Sud ! Il paraît qu'elle était assez naïve pour tout avaler.

— Donc Alaska ou Argentine ? Mine d'or ou bordel ? résuma Santier, qui s'aperçut, à la toux de son collègue, qu'il fumait. Il éteignit sa pipe.

— Je pencherais tout de même pour l'Alaska. Je me souviens maintenant que Zidler, le soir du meurtre de Nini, m'en avait vaguement parlé, mais j'y avais prêté peu attention. Seulement il y a eu ensuite Cigale elle-même, le dernier soir, au Moulin-Rouge, qui m'a dit textuellement : « Je lui ai bien dit, à Nini, que l'histoire de Rayon d'or, ça n'arrive qu'une fois ! » Mais je reconnais qu'avec tout ce que nous avions sur les bras, les perquisitions, la recherche de Gustave, j'avais laissé ça de côté.

Au fur et à mesure, Berflaut semblait reprendre du moral, comme si l'accumulation des problèmes, au lieu de l'abattre, réveillait son énergie.

Il sortit de son tiroir un petit carnet noir.

— Qu'est-ce que c'est ?

— L'agenda de Nini. Je l'avais pris chez elle, mais n'ai rien trouvé, à la première lecture, à part l'adresse de l'avorteuse sur laquelle je me suis focalisé. Tiens, feuillette-le. J'ai peut-être laissé passer quelque chose.

Le téléphone sonna. Berflaut alla décrocher.

— C'est moi-même.

— Le médecin légiste, dit-il à Santier en se détournant du récepteur. Il a fini l'autopsie de Cigale.

Il écouta, prit quelques notes.

— Rien d'autre ? Pas de traces de cordes sous les bras, comme pour l'autre ?

— ...

— Non, pour le moment vous pouvez les garder. Merci.

Il se tourna vers son collègue.

— Elle est morte entre minuit et une heure du matin. Un seul coup de couteau, au ventre, comme Nini. Elle avait absorbé un peu de lait et du pain avant d'être tuée. Ils m'ont demandé quoi faire des vêtements, je leur ai dit de les garder pour le moment. Je ne pense pas d'ailleurs qu'ils nous apprendraient quelque chose puisque c'étaient les siens.

En revanche, la tenue avec laquelle on a habillé Nini pourrait peut-être parler, bien que je n'aie rien vu au premier examen, mais je dois dire que j'ai fait assez vite. Depuis que je l'ai rapportée de la morgue, je n'ai guère eu le temps d'y revenir.

— Tu pourrais demander à ton amie la couturière ?

— Bonne idée. On ne sait jamais, à défaut d'étiquette, elle remarquera peut-être un détail – je n'y compte pas trop, pourtant –, mais au point où nous en sommes...

En fin de journée, une calèche déposait le juge Leroy-Lambert devant le commissariat. Berflaut rajusta sa chemise, remit sa cravate et, accompagné de Santier, suivit le jeune juge dans le bureau du commissaire.

Leroy-Lambert portait un brassard noir. Il venait d'enterrer son père, ancien magistrat, et semblait marqué par le deuil, pâle, épuisé par son voyage, et préoccupé de cette affaire qui s'annonçait comme énorme, et peut-être trop complexe pour sa jeune expérience. Mais il ne se crut pas obligé de manifester la moindre impatience devant ces policiers qui étaient ses aînés et faisaient parfaitement leur métier. En outre, il ne fit aucune mention d'une pression quelconque de la part du préfet ni du ministère. Quant à la presse, il semblait s'en moquer totalement.

— Bon point pour lui, pensa Berflaut.

Mis au courant des derniers éléments de l'enquête, le juge décida que la priorité était de mettre la main sur Gustave Merquereau. Les projets de la danseuse et l'histoire de Rayon d'or lui semblaient manifestement moins importants que l'arrestation d'un homme dont la fuite faisait le suspect numéro un.

— À moins, bien sûr, qu'il s'agisse d'un tueur de femmes s'en prenant aux danseuses de cancan. Dans ce cas, tout de même improbable, à moins que la série ne continue, on devrait accorder au directeur du Moulin-Rouge une protection pour ses filles, ou l'obliger momentanément à fermer son établissement.

— Je vais voir ça avec lui, promit le commissaire Lepard.

Le juge prit congé, laissant aux trois policiers son numéro de téléphone personnel auquel ils pourraient l'appeler jour et nuit.

La soirée était très avancée, et Berflaut allait regagner son domicile, quand un garçonnet parut. C'était le fils de Madame Zoé.

— Maman vous attend, mais pas au cimetière. Il est fermé. À sa baraque.

29

— J'y vais, dit Berflaut en se levant.

Ils convinrent que Santier resterait jusqu'à vingt-deux heures attendre que revienne un des guetteurs préposés à la recherche de Gustave Merquereau.

Berflaut avait le cœur battant en approchant de la baraque. C'était bien la première fois dans sa vie de policier, où l'action et la réflexion annihilaient d'ordinaire presque toute émotion. Mais ce message de Madame Zoé annonçait peut-être une information de première importance qui mettrait fin aux deux sanglantes énigmes.

Il pleuvait à verse et il souleva légèrement le grand parapluie noir dont il s'abritait pour que la voyante le reconnût. De derrière le rideau rouge lui parvint un toussotement. Madame Zoé avait compris.

Comme il eût paru anormal que quelqu'un restât assis sur un banc par ce temps pourri, il alla s'adosser à l'arbre le plus proche en tirant de son gilet et en regardant ostensiblement sa montre comme s'il attendait quelqu'un qui serait en retard.

Madame Zoé laissa passer un couple qui traversait le terre-plein, courbé sous l'averse, puis parla.

— Gustave. Il se cache à Châtillon-les-Bagneux, chez Victor Lime, un receleur. C'est sur le plateau.

— Merci, Zoé. Je te revaudrai ça.

— Ça n'a pas été facile. Les gens ont peur.

Elle n'eut pas à lui recommander le secret sur l'origine de ses informations, sachant que jamais il ne la mettrait en danger. Leurs rapports étaient désormais moins sur le mode donnant-donnant qui régissait les contrats entre les policiers et leurs mouches que sur une sympathie réciproque, faite de compréhension de la part de Berflaut à l'égard de cette mère gagnant de son mieux sa vie et celle de ses garçons, et de reconnaissance de la part de Zoé pour celui qui lui avait permis de les garder dans le droit chemin et, le cas échéant, les protégerait des risques du quartier où les tentations de basculer dans la délinquance étaient sans cesse offertes.

Il s'assura d'un regard circulaire que personne n'avait surpris son manège et, se hâtant sous l'averse grossissante, presque de la grêle, rentra chez lui.

Sa petite Madeleine l'attendait, faisant sagement ses devoirs sur la table du salon, à la lueur de la lampe à pétrole, sa grand-mère cousant à côté d'elle. Tableau de douceur qui lui remplissait chaque fois le cœur de tendresse.

Il eut soudain des remords : Noël approchait et il ne s'était pas encore occupé des cadeaux, et la fillette attendait qu'il l'emmenât admirer les vitrines illuminées du Printemps et choisir la poupée promise.

Il alla les embrasser toutes les deux, puis ils passèrent à table. Ils parlèrent de tout, sauf des crimes. Madeleine, de ses petites histoires de l'école, sa grand-mère, d'une invention de deux frères, des ingénieurs nommés Lumière : ils l'appelaient « cinéma », ce n'était pas de la simple lanterne magique, on verrait, paraît-il, de vrais personnages qui bougeaient, donnant, disait la publicité « toute l'illusion de la vie réelle ». Ils devaient la présenter le 28 décembre au Grand Café, elle aimerait y assister. Ça ne coûtait qu'un franc.

— Hé bien, si je peux me libérer, nous irons ensemble, promit Berflaut.

« À moins, pensa-t-il, que quelque nouveau crime ne nous tombe sur le dos. »

Toutefois, la perspective de retrouver Gustave Merquereau le rendait plus serein.

Après le dîner, il réfléchit à son équipée du lendemain.

Châtillon-les-Bagneux se trouvait au sud de la capitale ; c'était de sa butte que pendant le siège de Paris en 1870 d'intenses combats avaient eu lieu ; le fort avait fini par céder sous la pression prussienne, et c'était de là-haut que les troupes de Bismarck avaient bombardé Paris. Un an après, la Commune devait s'y faire écraser. Ensuite, la paix revenue, et pour offrir aux Parisiens les plaisirs champêtres, y avait été érigée une grande tour de bois héritée de l'Exposition universelle de 1889. Haute de 35 mètres, dotée sur ses trois étages de balcons circulaires offrant sur Paris une vue panoramique, elle attirait le dimanche les familles et les jeunes gens venus pour danser ou se divertir.

Berflaut y était allé autrefois avec sa jeune femme, et il appréhendait de se confronter à ce souvenir des jours de bonheur. Mais là-bas, c'était peut-être un assassin qu'ils allaient débusquer.

On pouvait s'y rendre en empruntant le tramway à cheval qui reliait à la porte de Châtillon, mais comme il était possible qu'avec Santier ils arrêtent et ramènent Merquereau, c'était en fiacre qu'ils feraient le trajet.

Il trouva difficilement le sommeil. Son ulcère, endormi depuis quelque temps, se réveillait. Il se releva et alla boire un verre de lait, et finit par s'endormir.

30

La presse du lendemain faisait ses manchettes sur le meurtre de Cigale, les titres allant du sobre « Deuxième crime à Montmartre » jusqu'à « L'éventreur des danseuses a encore frappé ». Le dessinateur du supplément illustré du *Petit Journal* avait dû travailler d'après les indications du gardien du cimetière, mais il avait surenchéri sur l'horrible crudité de la scène.

Ce qui déplut naturellement aux policiers, mais ils s'y attendaient, ce fut le ton des commentaires sur le silence, ou l'impuissance, ou les deux, de la police.

Dès son réveil, Berflaut s'était rendu au commissariat informer Santier, de ce que son indicatrice lui avait appris.

Comme les hommes chargés de surveiller la réapparition de Gustave étaient revenus bredouilles, il fallait donc agir au plus vite. Ils décidèrent que, tandis qu'il irait l'après-midi avec son collègue tâcher de « loger » celui qui était désormais leur suspect numéro un, le commissaire téléphonerait au juge d'instruction pour le prévenir qu'une arrestation imminente était possible.

— Au fait, j'ai encore regardé hier au soir le carnet de Nini, dit Santier. Regarde cette ligne, elle

416

a noté : « Préfecture de police. » Et d'une encre plus récente que pour les autres notes. Je me suis demandé : pourquoi la préfecture ? Et puis je suis parvenu à déchiffrer ce qui ressemblait à un autre nom, ou une adresse. C'était marqué : douzième bureau !

— Le service des passeports ! Comment ai-je pu laisser passer ça ? J'avais en effet remarqué, je m'en souviens maintenant, qu'elle avait noté « Préfecture » sans y accorder autrement d'importance, et j'aurais dû prendre le temps de déchiffrer la suite.

— Donc la danseuse serait allée ou se préparait à aller à la préfecture se faire faire un passeport ! Preuve qu'elle envisageait bien de quitter la France !

— Je n'ai pas trouvé chez elle de passeport, pourtant, réfléchit Berflaut. Peut-être n'est-elle pas venue le chercher, peut-être ne l'avait-elle même pas encore demandé ? J'appelle tout de suite le douzième bureau.

Il attendit un bon moment la communication, puis on lui passa l'interlocuteur demandé. Il raccrocha.

— Ils vont consulter leurs archives et me rappelleront.

Ils attendirent une bonne heure. Enfin le téléphone sonna. Berflaut prit l'écouteur.

— Bonjour, inspecteur. Robert Voisin, directeur du service des passeports. Un de mes adjoints m'a dit que vous vouliez des renseignements au sujet d'une certaine Léonie Rouault.

Berflaut mit une seconde à se souvenir que c'était ainsi que s'appelait Nini.

— En effet. On a trouvé quelque chose ?

— C'est bizarre. Elle est venue, il y a un mois, réclamer un passeport, alors qu'on lui en avait délivré un cinq mois plus tôt. Nous lui avons demandé pourquoi, elle a dit qu'elle l'avait perdu. Malgré son insistance, nous avons refusé de le lui refaire, à cause d'informations récentes qui nous ont été communiquées au sujet d'utilisations illégales de ce document.

— Illégales ? En quoi ?

— Il semblerait qu'ils soient depuis quelque temps l'objet d'un trafic. C'est le nombre anormal de déclarations de perte, toutes venant de jeunes femmes, qui nous a alertés.

— Vous avez diligenté une enquête ?

— J'allais prévenir la Sûreté. Si vous voulez passez me voir, je vous montrerai le dossier que je suis en train de constituer.

— C'est entendu. Nous pensons que cette histoire est peut-être un élément clé de notre enquête.

— Je vous plains. L'affaire est terrible. Je reste à votre entière disposition, inspecteur.

— Merci, monsieur Voisin. Restons en contact.

Il prit son manteau, Santier également.

— Commissaire, nous partons pour Châtillon interpeller Merquereau.

Lepard ouvrit un tiroir de son bureau et leur tendit des armes et des menottes.

— Prenez ça, je serai plus tranquille. Et soyez prudents.

En effet, et contrairement aux gardiens de la paix, les inspecteurs de la Sûreté ne disposaient pas d'armes de service, et pour enchaîner les prévenus, se servaient habituellement d'instruments rudimentaires tels le « cabriolet » ou la « ligotte[1] », quelque dangereuse que fût souvent leur mission.

Sur le boulevard de Clichy, ils hélèrent un des fiacres préposés aux longues courses qu'ils employaient régulièrement pour leurs arrestations.

Le cocher, Marcel, ne détestait pas de participer à ces équipées, qu'il racontait ensuite à ces collègues dont le quotidien était moins exaltant. Pour peu, il eût brigué une médaille.

Quant au commissaire Lepard, il se serait bien passé de la visite du directeur du Moulin-Rouge, qui entra en trombe dans le commissariat et, bousculant le planton, se dirigea vers son bureau.

Il ne se leva pas et se contenta d'un « bonjour monsieur », indiqua un siège à son visiteur et attendit qu'il parlât le premier.

— Regardez ce que j'ai reçu ce matin.

— Par la poste ?

— Non, c'était glissé sous la porte d'entrée du Moulin.

Il tendit une large feuille sur laquelle avaient été collés les deux dessins du supplément illustré consacrés aux corps exposés des deux victimes. Au-dessous, une légende écrite avec des lettres

---

1. Comme le « cabriolet », « la ligotte », ancêtre de la menotte, est constituée de deux morceaux de bois aux extrémités d'une cordelette, que l'on tordait sur les poignets des prévenus.

découpées dans un journal disait : « La danse macabre continue ! »

— Vous voyez ! C'était bien au Moulin-Rouge qu'ils s'attaquent, et à mes danseuses ! Après Nini, Cigale ! Laquelle sera la prochaine victime ?

— Calmez-vous, monsieur Zidler. C'est peut-être un mauvais plaisant !

Si Lepard voulait rassurer Zidler, ce fut un échec. Il ne fit qu'augmenter sa fureur.

— Et si ce n'est pas le cas ? Comment les protéger d'un fou ? Il nous nargue, c'est évident.

— Laissez-moi ce papier. Je le montrerai à l'inspecteur Berflaut quand il rentrera. Peut-être le Service de l'identité judiciaire pourra en tirer quelque chose. Mais en attendant, monsieur Zidler, mieux vaudrait, par prudence, fermer votre établissement pendant quelque temps.

Zidler bondit.

— Vous n'y pensez pas ! Ce serait la ruine ! Et mes danseuses, de quoi vivraient-elles ? Non, ce qu'il leur faut, c'est une protection le soir à la sortie du Moulin-Rouge.

— C'est impossible. La police ne dispose pas de moyens suffisants, et le préfet ne serait pas d'accord. Soyons sérieux ! Le ministre, comme le public, d'ailleurs, n'acceptera jamais que les fonds de l'État soient utilisés à payer des gardes du corps aux danseuses de cancan.

Lepard faisait des efforts pour que dans cette dernière phrase le ton ne laissât pas passer ce que sa morale bourgeoise lui inspirait à l'égard de ces créatures légères. Il poursuivit :

— Non, si vous avez de telles craintes, fermez

pendant quelque temps, une semaine ou deux, le temps que nous ayons résolu l'affaire, qui n'a peut-être rien à voir avec ce que vous craignez.

Zidler s'échauffait de plus en plus. La fin de non-recevoir du commissaire l'exaspérait.

— C'est bien. Attendons la troisième victime, si c'est cela qu'il vous faut pour vous décider à intervenir. Mais ne vous étonnez pas si la presse apprend le peu de collaboration que vous avez apporté à la protection de ces malheureuses.

Il se leva. Son visage, encadré de larges favoris blancs, paraissait encore plus rouge sous l'effet de la fureur. Il ne laissa pas le temps à Lepard de se lever pour le raccompagner et claqua la porte en sortant.

Lepard resta pensif un moment. Puis il alla trouver Maréchal et lui demanda d'inscrire sur la main courante :

« Monsieur Zidler, directeur de l'établissement Le Moulin-Rouge, a reçu ce jour une lettre anonyme de menaces à l'encontre de ses danseuses. »

Il omit volontairement de faire allusion à la demande de protection formulée par Zidler et du refus qu'il lui avait opposé. Il serait toujours temps, en fonction de l'évolution des événements, d'aviser des mesures à prendre.

31

En cette fin d'après-midi, c'est un ciel de neige qu'apercevait Toulouse-Lautrec à travers la verrière de son atelier. Le jour avare l'empêchant de poursuivre son travail, il abandonna sur son chevalet la toile, un portrait de la clownesse Cha-U-Kao.

La veille au soir, il était retourné rue des Moulins, cette fois pour son compte personnel, mais il avait interrogé Lucie à propos de son client, le maniaque à la montre. En effet, il se reprochait d'avoir renoncé à le faire suivre par Robert sur sa seule intuition que l'homme ne pouvait être le coupable de ces deux meurtres odieux. La jeune femme l'avait rassuré : il lui avait renouvelé sa proposition de l'épouser et de l'emmener dans sa datcha près de Saint-Pétersbourg, mais elle était moins folle que Mireille et ne risquerait jamais semblable aventure. En revanche, elle avait obtenu facilement son adresse parisienne : 18 boulevard Pereire. Il ne semblait absolument pas se cacher, et, selon elle, il était plus grotesque que dangereux. Jamais elle n'avait subi le moindre coup de la ceinture dont il la menaçait au cours de leurs séances. C'était seulement pour s'exciter, ce qui confirmait l'impression qu'avait eue le peintre derrière son judas.

Il avait à peine essuyé ses pinceaux, rangé palette et tubes, qu'on frappa à la porte. C'était Zidler, visite insolite, depuis que le peintre n'avait plus à travailler pour le Moulin-Rouge. Mais Zidler, au sortir du commissariat, tenait à prendre quelqu'un à témoin de sa colère.

Il lui raconta la lettre anonyme, la menace qu'elle contenait, et le refus du commissaire d'envisager une protection pour ses filles. Ne lui avait-il pas conseillé de fermer quelque temps le Moulin ! Il voulait donc sa ruine ! Lautrec le calma de son mieux : c'était peut-être une mesure de sécurité, et ses danseuses devaient commencer à se sentir menacées. Mais peut-être après tout, suggéra-t-il, ce papier était-il simplement le fait d'un mauvais plaisant, à la limite, d'un concurrent jaloux.

Parole malheureuse. Zidler aurait à la rigueur admis l'hypothèse d'un mauvais plaisant, mais pour le concurrent, impossible, le Moulin-Rouge n'avait pas de concurrent !

Il finit par se calmer, et Lautrec lui offrit un verre de vin du château familial. Ils bavardèrent quelque temps sur l'affaire, sur les pistes que suivait la police, et évoquèrent le bon vieux temps.

En se levant pour sortir, Zidler fit le tour de l'atelier, admira le *Salon de la rue des Moulins* et, découvrant sur le chevalet *Cha-U-Kao*, prit une option sur la toile. Apparemment la ruine dont il s'était dit menacé n'était pas si imminente que cela.

Lautrec avait reçu le matin un mot d'Yvette Guilbert priant son cher « petit grand artiste » de venir l'entendre dans son nouveau tour de chant aux *Ambassadeurs,* avenue Gabriel. La chanteuse avait pour lui une grande affection, et lui, une réelle admiration pour « la Sarah Bernhardt des fortifs ». Car son talent était moins dans sa voix, peu puissante et acide, que dans sa diction nette, dans l'intelligence avec laquelle elle détaillait les couplets les plus grivois sans la moindre vulgarité.

Il l'avait peinte à plusieurs reprises, sur scène, jouant de ses longs bras gantés de noir, saluant son public, ou ponctuant quelque couplet osé d'un mouvement de son long cou. Il accepterait l'invitation pour le soir même et décida d'emmener avec lui ses deux voisins, Robert et Marguerite. Ce serait une façon de remercier cette dernière de ses bons dîners.

Au moment où il traversait le palier pour frapper à leur porte, ceux-ci sortaient. Marguerite était nu-tête, chose tout à fait inhabituelle, et seulement enveloppée dans un châle. Robert avait jeté son manteau sur ses épaules.

— Nous allons au commissariat, expliqua Robert. L'inspecteur Berflaut voudrait que ma tante jette un coup d'œil sur les vêtements de Nini.

— Vous voilà donc mêlée à l'enquête ! risqua Lautrec sans savoir si elle avait appris leur équipée de la veille.

Mais un clin d'œil appuyé du jeune homme lui fit comprendre qu'elle n'en savait rien.

— Je voudrais bien servir à quelque chose, dit Marguerite qui n'avait rien intercepté de l'échange. D'abord pour aider à venger ces deux pauvres filles. Ensuite, pour qu'on en finisse, et que Robert songe davantage à son travail. La faculté n'a pas dû le voir beaucoup sur ses bancs, ces derniers temps !

Les deux hommes évitèrent de se regarder. Si Marguerite savait par quel lieu la veille il avait remplacé la Sorbonne, elle ne parlerait plus de sa vie à son voisin. Et les parents de Robert seraient immédiatement alertés.

Le peintre fit son invitation pour les *Ambassadeurs*, acceptée avec plaisir par Marguerite, regrettant que l'inspecteur Berflaut ne pût se joindre à eux. Mais il était trop obsédé par son affaire pour se permettre le moindre divertissement, elle le comprenait fort bien. Comme Lautrec devait aller se changer chez lui, rue Fontaine, et passer embrasser la comtesse sa mère, ils convinrent de se retrouver après dîner au bas de la rue Caulaincourt, pour gagner en fiacre l'avenue Gabriel.

32

Après un long trajet dont la partie la plus difficile avait été la dernière, la montée de la route de Chevreuse, au cours de laquelle les sabots des deux chevaux dérapaient sur le sol gelé, Berflaut et Santier parvinrent au plateau de Châtillon. Le cocher, du haut de son siège, jurait contre le vent glacé qui lui soufflait au visage. Eux-mêmes, bien qu'à l'abri et revêtus d'épais manteaux, étaient frigorifiés.

En cet après-midi d'hiver, Berflaut reconnut à peine la campagne riante où les couples, le dimanche – il était de ceux-là, avec sa jeune femme –, s'égayaient, pique-niquant dans la luzerne, achetant aux horticulteurs des paniers de cerises et de framboises, ou grimpant en haut de la tour Biret pour admirer le panorama, la vue portant jusqu'à la butte Montmartre, de l'autre côté de Paris. La ville disparaissait dans un épais brouillard, et des restes de neige s'accrochaient aux arbustes et aux toits des rares maisons bordant la route.

Ils descendirent devant la dernière d'entre elles, aux volets de laquelle filtrait de la lumière, et Berflaut, traversant le jardinet, alla frapper à la porte.

— Qui est-là ? demanda une voix d'homme, qui se tenait derrière.

La lumière l'avait suivi et s'apercevait par l'imposte vitrée.

— Nous cherchons la maison de M. Victor Lime, c'est bien par ici ?

— Lime ? Oui, plus haut, à gauche, route Pierreuse.

L'homme n'ouvrait pas sa porte.

— À quel niveau ?

— Pas difficile, vous allez jusqu'à ce que ça descende, c'est là. Pas moyen de vous tromper, il y a une grille, et des chiens pour vous accueillir !

Berflaut remercia et repartit sans avoir aperçu celui qui lui avait répondu. Tant mieux. Il n'avait pas eu à répondre à d'éventuelles questions. Mieux valait rester discret et ne pas révéler la présence de policiers dans le coin ; leur gibier l'apprendrait assez tôt.

Courbé sous une rafale glacée, il rejoignit Santier, qui tapait des pieds en bavardant avec le cocher. Celui-ci avait mis des couvertures sur les reins de ses chevaux, et accroché à leurs cous des sacs d'avoine où ils plongeaient leurs naseaux fumants de buée. Lui-même buvait à petites goulées le bouillon de viande qu'il avait emporté dans sa gourde isolante en prévision de l'attente.

Les deux policiers empochèrent chacun leur arme de service et une paire de menottes, puis s'engagèrent dans la route Pierreuse, la bien nommée, longèrent trois maisonnettes de bois et arrivèrent au niveau d'une grosse bâtisse de pierre flanquée d'un hangar.

Un haut mur clôturait le jardin, ainsi qu'une grille, fermée par un verrou. Ils étaient à peine arrêtés que des aboiements furieux se firent entendre, et que deux molosses se précipitèrent, yeux luisants et toutes canines dehors. Au bout d'un moment ils se turent, mais le grondement en basse continu qui émanait de leurs gueules était encore plus inquiétant.

Les policiers remarquèrent que la cheminée fumait, et que la lumière qu'ils avaient aperçue derrière les volets d'une fenêtre s'était éteinte.

Faute de cloche pour sonner, ils appelèrent.

— Monsieur Lime !

Aucune réponse ne leur parvint, à part celle des chiens qui reprirent leurs aboiements furieux.

Santier tenta d'ébranler la grille, en la saisissant assez haut pour n'être pas à la portée des terribles mâchoires.

Les deux policiers se regardèrent. S'il n'était pas impossible de forcer le cadenas à coup de pierres ou d'escalader le mur, en revanche la perspective d'être accueillis de l'autre côté par les molosses ne les tentait guère.

Le simple fait qu'on ne le leur ouvrît pas confirmait leurs soupçons sur la présence de Merquereau. Ils touchaient sans doute au but, et voilà que deux chiens leur barraient la route !

— Tant pis, je tire en l'air, décida Santier. Ça les fera peut-être sortir.

Il prit son revolver et tira. Le bruit dut s'entendre jusqu'au village.

Les chiens bondirent en arrière, effrayés, courbant l'échine, le poil hérissé. Mais au bout d'un moment leur grondement menaçant reprit de plus belle, sans toutefois qu'ils s'approchent de la grille.

La porte s'ouvrit soudain. Un homme parut, fusil en main.

— Vous êtes fous ! Tirez pas sur mes chiens ou je vous abats !

— Rappelez vos bêtes, dit Berflaut, qui montra son arme. Police.

L'homme jeta son fusil à terre. Au fond du jardin, ils aperçurent une silhouette qui s'enfuyait, sautait le mur et disparaissait.

— Reste avec l'homme, dit Berflaut. Tiens-le en respect, je poursuis l'autre. Si quelque chose ne va pas, je tirerai un coup de feu.

Il fit rapidement le tour de la propriété, découvrit sur la gauche un sentier qui descendait en direction du village dont on apercevait le clocher. Le fuyard avait au moins trois cents mètres d'avance, mais courait moins vite que Berflaut, qui, grâce à ses entraînements au bois de Vincennes, quand son métier lui en laissait le temps, n'avait pas trop perdu ses jambes de champion de course universitaire.

Il longea des terrains vagues, des petits jardins ouvriers, une carrière de pierre qui se repérait par les lourds piliers du treuil de remontée.

Soudain le fugitif disparut, comme englouti. Berflaut comprit vite.

Ils étaient arrivés à la hauteur d'une plâtrière, un gros ensemble de bâtiments flanqués de hangars ouverts abritant des wagonnets et des blocs de gypse prêts pour le four. L'homme avait pu s'engouffrer dans cette bâtisse ou bien emprunter la descenderie qui s'enfonçait dans le sol, afin de trouver abri dans ce labyrinthe de galeries obscures.

Il lui fallait se décider très vite. Il choisit la descenderie. À l'entrée étaient accrochées des lampes de mineur, il en prit une et l'alluma, avec les allumettes dont il ne se séparait jamais, en prévision d'une descente en lieux obscurs ou d'une perquisition nocturne.

La première salle était circulaire, avec un plafond bas étayé par un pilier central de bois. De là partaient, à gauche et à droite, deux couloirs qui s'enfonçaient dans la carrière. L'odeur fade du gypse emplit ses narines. Il écouta. Un léger bruit de cailloux dérangés par des pas se fit entendre. L'homme était proche. Il espéra qu'il ne connaissait pas d'autre issue, auquel cas il lui échapperait.

— Merquereau ! Je sais que vous êtes là. Rendez-vous ! Police !

Ses paroles résonnèrent sous la voûte, mais sans réponse.

— Merquereau, je suis armé ! Ne m'obligez pas à venir vous chercher !

Quelques pas se firent entendre, et l'homme apparut, un piolet en main, qu'il jeta au sol. Berflaut reconnut le fameux Gustave au portrait qu'en avaient fait les danseuses. Mais, s'il était assez bel homme, il avait perdu de son élégance, hagard, la veste blanchie par les murs qu'il avait dû longer dans le noir.

— Sûr ? Vous êtes de la police ?

— Évidemment ! Inspecteur Berflaut, de la

Sûreté. Ça fait une semaine qu'on vous cherche, vous vous en doutez bien !

— Mais vous vous trompez, je suis innocent !

— Ça, on verra plus tard. En attendant, tournez-vous.

— Pourquoi ?

— Tournez-vous, nom de Dieu, et mains dans le dos !

Merquereau obéit. Berflaut posa la lampe au sol, l'éteignit, prit les menottes qui claquèrent sur les poignets du souteneur, et ils remontèrent à la surface. Berflaut poussant de son arme le dos de son prisonnier, ils coupèrent sur la droite pour remonter la route de Chevreuse et rejoindre le fiacre.

Debout à côté du cocher, Santier tenait en respect l'autre homme, le sieur Lime, moins impressionnant sans ses chiens. Celui-ci et Merquereau échangèrent un regard d'impuissance. Le cocher assistait à la scène, très intéressé et prêt à intervenir.

— Tenez-les à l'œil un moment, dit Berflaut en lui confiant son arme.

Il s'éloigna de quelques pas avec son collègue, qui lui raconta que Victor Lime se prétendait sûr de l'innocence de son ami. Sinon il ne l'aurait pas hébergé. Mais il ne pouvait pas le laisser en danger. Santier avait demandé pourquoi « en danger », l'autre avait dit qu'on cherchait à tuer son ami.

— Il n'en a pas dit plus ?

— Non. Il semblait avoir peur de parler.

— On le laisse. Il sera toujours temps de le convoquer. Ou d'aller jeter un coup d'œil dans son

431

hangar, qui doit contenir des choses intéressantes, selon mon indicatrice. Puis les policiers revinrent vers les deux hommes.

— Vous pouvez rentrer chez vous, dirent-ils à Lime. On se reverra peut-être. En tout cas, ne quittez pas Châtillon.

L'homme s'en alla sans demander son reste.

Quant à Merquereau, son attitude était étrange. Elle cadrait mal avec la situation d'un double meurtrier. Il semblait presque rassuré. Les policiers le firent monter, toujours menotté, dans le fiacre, s'assirent de part et d'autre de lui, le cocher fit tourner ses chevaux qui prirent au trot la direction de Paris.

Ils restèrent un long moment silencieux. Berflaut réfléchissait à cette ironie du sort qui l'avait conduit à aller chercher sur le plateau de Châtillon un suspect de meurtres commis sur les hauteurs de Montmartre, étrange trajet d'une butte à l'autre, ces buttes qui, il n'y avait pas si longtemps encore, se saluaient des ailes de leurs moulins au-dessus des toits de Paris.

Il faisait nuit quand le fiacre déposa les policiers et leur prisonnier au dépôt. Berflaut signa le bon de transport que lui tendit le cocher. Cette fois la facture serait lourde, mais ça en valait la peine.

Malgré l'heure tardive, Berflaut téléphona au juge Leroy-Lambert à son domicile pour lui apprendre l'arrestation, et il fut convenu que l'interrogatoire aurait lieu le lendemain matin. On lui trouverait un avocat d'office.

33

Pendant que Berflaut et Santier étaient partis à la recherche de Gustave, Robert Fresnot et sa tante descendirent comme convenu examiner au commissariat les vêtements de Nini que Berflaut avait rapportés de la morgue, et qui attendaient dans un placard, enveloppés dans un sac de papier.

Maréchal déplia les tristes dépouilles sur le bureau, et Marguerite eut un mouvement de recul quand, soulevant la jupe, elle vit sur les jupons la large tache de sang séché. Puis elle demanda qu'on approchât une lampe afin de regarder de plus près.

D'abord elle ne vit rien, comme les policiers qui les avaient maniés et avaient eu tant d'autres choses à traiter en urgence qu'ils n'y étaient pas revenus. Mais ensuite son œil de femme, et de couturière, aperçut un détail, presque invisible : dans un des plis du corsage, dans le dos, au niveau de la taille, un petit numéro, le 12, brodé en rouge au point de croix, la fit sursauter. Cela lui disait quelque chose. Elle regarda ensuite le dos de la jupe, sous la ceinture, et vit le même numéro 12, toujours en fil rouge.

Maréchal et Robert, qui l'observaient, attendaient son verdict, mais elle se redressa sans rien dire. Elle n'était encore sûre de rien et ne voulait pas lancer la police sur une fausse piste avant de vérifier son intuition. Elle dit qu'elle repasserait le lendemain en parler à l'inspecteur Berflaut, et qu'il était inutile de déranger le commissaire pour l'instant.

— Tu as vu quelque chose, n'est-ce pas ? demanda le jeune homme quand ils furent sortis.

— Oui. C'est curieux. On dirait la marque que faisait Victoire...

— Victoire ?

— Oui, la patronne de l'atelier, rue Lentonnet, où j'ai travaillé un moment avant d'être engagée à la Comédie-Française. On y confectionnait des déguisements, des costumes pour les bals masqués, ou les petites troupes de théâtre. Pour les retrouver après leur passage chez le teinturier, elle avait fait ces marques, ou des marques identiques.

— Mais alors, il faut aller la trouver !

— Mais Robert, c'était il y a quinze ans, peut-être Victoire est-elle morte ; elle n'était pas de première jeunesse, ou bien elle a fermé, ou vendu ! J'y vais tout de suite.

Et Marguerite, d'un pas décidé, quitta le commissariat en direction de la rue Lentonnet.

34

Dans le fiacre qui le conduisait au Palais de justice, Berflaut lut dans la presse sans plaisir, mais sans surprise non plus, les commentaires sur « le silence de la police révélant son incapacité à trouver une solution aux deux crimes, ce qui n'excluait pas l'éventualité que la série continue ». Il décida pourtant de ne pas communiquer encore aux journaux, même en guise de pâture, l'arrestation de Gustave.

Arrivé au dépôt, il fit sortir son prisonnier, signa la levée d'écrou et l'amena au Palais de justice dans le bureau du juge Leroy-Lambert. L'avocat commis d'office, un grand jeune homme à l'air sérieux, était arrivé. Il se tenait aux côtés de son client, un cahier d'écolier ouvert sur les genoux, prêt à prendre des notes.

L'homme était pâle, mais calme ; il avait dû, au cours de la nuit passée en cellule, réfléchir sur l'avantage qu'il avait à parler. On lui enleva les menottes, le greffier s'installa devant sa machine, et l'interrogatoire commença. Berflaut restait en retrait, n'ayant pas l'intention d'intervenir sauf si on le lui demandait ou s'il entendait un mensonge flagrant.

Le juge fit décliner à Merquereau son nom, son adresse, puis sa profession.

— Représentant de commerce.

— Ah bon ! Pour quelle maison ? Vous avez une carte ?

— À vrai dire, pas en ce moment. Je ne travaille plus.

— Avant ?

— Je représentais une maison de bretelles, de fixe-chaussettes et de ceintures pour homme.

— Pourquoi avez-vous abandonné ?

— Hé bien, voyez-vous, c'était très fatigant pour mes jambes : j'ai des varices, et courir d'un bout à l'autre de Paris...

— Évidemment ! Mais les jambes de vos gagneuses, elles, ne se fatiguent pas à arpenter pour vous le boulevard de Clichy ?

Berflaut sourit d'entendre le jeune juge, si convenable, employer un tel terme. S'était-il entraîné pour mieux communiquer avec ses prévenus ?

— Vous êtes dur, monsieur le juge. Je n'ai pas de gagneuses, juste des amies qui travaillent pour leur compte. Quant à Nini, elle était danseuse ! Je l'aimais, la pauvre fille !

Il crut opportun d'essuyer, en soupirant, une larme fictive d'un revers de main, mais le moment n'était pas à l'émotion. Ni de polémiquer sur le rôle du souteneur. Il serait temps d'y revenir plus tard.

— Monsieur Merquereau, on a trouvé chez vous des bottines appartenant à la victime.

L'homme eut l'air sincèrement étonné.

— Où donc ?

— Sous votre lit.

— Ça alors ! Je croyais bien avoir tout rapporté !

— Expliquez-vous !

— Hé bien nous avions eu la veille de sa mort une discussion chez moi. J'essayais de lui dire de ne pas faire cette folie, partir à l'étranger, mais elle n'a rien voulu savoir. Alors je l'ai fichue dehors, elle est partie.

— Pieds nus ?

— Mais non, voyons ! Ces bottes faisaient partie des affaires qu'elle laissait chez moi, pour se changer en cas de besoin ! Alors, le lendemain, j'ai tout mis dans une valise, mais j'ai oublié les bottines !

— Où les avez-vous rapportées ?

— Chez elle. Mais j'ai frappé, elle n'a pas répondu. Alors je suis redescendu et j'ai jeté la valise dans le cagibi de la cour.

— Pourquoi pas chez le concierge ?

— Je ne voulais pas le mêler à nos histoires. Ces gens-là, moins ils en savent, mieux c'est, croyez-moi !

— Et vous avez disparu ! Pourquoi ?

— Dame ! Quand j'ai appris ce qu'ils lui avaient fait, j'ai eu peur, je ne voulais pas finir comme elle – ni comme l'autre, d'ailleurs ! Et puis j'étais sûr que vous me mettriez ça sur le dos !

— Vous n'avez donc pas d'alibi ?

— Un alibi ? D'abord j'ignore à quelle heure elle a été tuée et, de toute façon, j'étais seul chez moi tout le reste de la journée, j'avais pris un refroidissement.

— Naturellement, personne ne vous a vu chez vous ?

— Évidemment ! Je n'ai pas l'habitude de convoquer des docteurs pour me soigner ! Au lit, un bon grog, le lendemain, il n'y paraît plus !

— Mais le lendemain, vous non plus, vous n'êtes pas réapparu ! Résumons donc : vous vous fâchez avec Nini, vous rapportez le lendemain chez elle une valise de vêtements en oubliant les bottines. Vous la jetez dans un cagibi, et vous rentrez chez vous soigner votre refroidissement. Soit. Maintenant, expliquez-nous ce que vous saviez de son projet, et pourquoi vous n'étiez pas d'accord. Après tout, elle était libre !

— Elle voulait me quitter, pas pour *me* quitter, bien sûr (son ton marquait que pour lui c'était une chose impensable), mais pour arrêter la danse. Elle avait envie de changer de vie, et...

— D'atmosphère ? suggéra le juge, précurseur involontaire d'une célèbre réplique qu'on entendrait, trente ans plus tard, quai de Jemmapes.

Les doigts du greffier s'arrêtaient, suspendus au-dessus du clavier. Il ne savait pas où mettre le *h*. Athmosfère ? Athmosphère ?

— Oui, d'atmosphère, et partir à l'étranger ! Attendez, vous savez pour quoi faire ? Chercheuse d'or en Alaska ! On rêve !

Il regarda les assistants pour les prendre à témoin de cette folie. Ceux-ci restèrent impassibles.

— Elle allait donc partir ? Quand ?

— Oh ! C'était plus compliqué que ce qu'elle pensait ! À cause du passeport.

— Quel passeport ?

— Elle n'avait plus le sien, et elle était furieuse. On n'a pas voulu lui en refaire un autre.

438

— Elle l'avait donc perdu ?

Merquereau regarda le magistrat un long moment, parla à voix basse à son avocat et se décida. Après tout, il fallait qu'ils sachent. Ce serait sa protection.

— Voyez-vous, je peux le dire maintenant, ça ne lui fera pas tort, à la pauvre.

Hé bien, elle l'avait vendu. Et c'est ça qui a tout déclenché : sa mort, celle de Cigale, qui savait, et moi, qui suis au courant, ils me recherchent. C'est pour ça que je me cachais. Pas de vous, d'eux. Ils veulent me faire taire. Prouvez-moi que vous allez me protéger, tenez, même, mettez-moi quelque temps à l'ombre, jusqu'à ce que vous les arrêtiez. Et vous saurez tout.

— Pas de marchandage, Merquereau. Mais si effectivement vous êtes en danger, que vous n'êtes pour rien dans la mort des danseuses et que vous nous aidez à trouver les assassins, nous veillerons à votre protection. Seulement il faut nous en dire davantage.

— Voilà. Il y a un beau trafic, depuis pas mal de temps. Ça se sait dans le quartier. Un passeport de jeune fille s'achète 20 francs.

Il permet de faire passer à l'étranger une mineure, qui se vend, à La Havane, entre 1 500 et 2 000 francs, en Mandchourie jusqu'à 6 000 francs[1]. Beau bénéfice ! D'autant que le passeport sert pour plusieurs voyages. Imaginez le gain au bout d'un an !

---

1. Chiffres fournis par Louis Chevalier, *ibid.*

— Donc si une fille qui a vendu son passeport veut le récupérer, impossible ?

— Vous pensez ! C'est ce qui est arrivé à Nini.

Merquereau, devenu loquace, raconta que Nini avait besoin d'argent, au printemps dernier : un arriéré de loyer à payer et des frais médicaux. (Berflaut se dit qu'il s'agissait sans doute de sa visite à l'avorteuse.)

Elle avait dû en parler à quelqu'un, il ne savait qui, dans un café des environs de la rue de Douai, et avait été abordée peu de temps après par un couple d'une cinquantaine d'années, qu'elle prit d'abord pour des vicieux en quête d'une partenaire complaisante. Après quelques minutes de conversation, ils lui avaient proposé d'acheter son passeport, sans dire pourquoi. Elle ne l'avait pas demandé, d'ailleurs, et elle était allée s'en faire faire un à la préfecture de police, et le leur avait remis contre de l'argent – il ignorait combien – à leur rendez-vous dans le même café.

Mais ensuite, elle avait eu cette idée folle de l'Alaska, et donc avait voulu en obtenir un autre, ce qui lui avait été refusé à la préfecture. Alors elle avait voulu réclamer le sien au couple, elle avait arpenté la rue de Douai à leur recherche, car elle ignorait leur nom et leur adresse. Une marchande de fleurs ambulante avait dû la mettre sur leur piste, mais Gustave ignorait où elle les avait retrouvés.

Comme ils avaient refusé de le lui rendre, elle avait insisté, menacé de porter plainte, de dénoncer leur trafic, ce qui avait signé son arrêt de mort. Et celui de Nini, à laquelle elle s'était confiée et qui pouvait, à tout moment, les dénoncer.

Quant à lui, on chercherait également à le réduire au silence, c'était pourquoi il avait préféré disparaître. Mais pourquoi ils l'avaient ainsi exposée sur les ailes du Moulin, ça, il ne comprenait pas.

Il n'était pas le seul ! pensèrent le juge et l'inspecteur.

Comment expliquer, en effet, ces mises en scène des corps de leurs victimes, surtout la première, qui avait nécessité de l'adresse et des risques à surmonter. Quel besoin avaient-ils eu d'y recourir, simplement pour faire taire deux danseuses ?

Une bande pratiquant la traite des blanches n'avait aucun intérêt à donner à ses crimes une telle publicité.

À moins, justement, que ce ne fût une diversion pour égarer les soupçons, hypothèse à laquelle Berflaut s'attachait depuis quelque temps. Dans ce cas, ils étaient aussi les auteurs de la lettre de menaces reçue par Zidler : « la danse macabre continue », pour accréditer l'idée que c'était l'œuvre d'un pervers ou d'un fou s'en prenant aux exhibitions « scandaleuses » du cancan, et punissant à la fois les danseuses et le Moulin-Rouge.

Mais ils devaient être plusieurs, car ce couple de quinquagénaires avait sûrement eu besoin de complices pour réaliser cette installation. Des complices alertes, forts, avec le pied assez sûr pour tenir sur le toit pointu d'un moulin le temps d'attacher un corps à ses ailes.

Le jeu en valait la chandelle, car la révélation de leur trafic non seulement les ruinait, mais risquait de déboucher sur la découverte de faits relevant des assises : enlèvement de mineures, peut-être même complicité de meurtres, car aucune n'était jamais réapparue.

Leroy-Lambert mit fin à l'interrogatoire. Ils se reverraient très vite.

Berflaut, tandis que Merquereau s'entretenait avec l'avocat, dit à voix basse au juge :

— Il m'est venu une idée. La femme aux gâteaux que nous avons arrêtée la semaine dernière, nous ne nous en sommes plus occupés à partir du moment où le procureur a été saisi de l'affaire. Peut-être est-elle étrangère au trafic, mais ça m'étonnerait bien qu'elle ne sache pas des choses. Dans des commerces du même genre, ils doivent plus ou moins se connaître.

— Excellente idée. Je vais voir lequel de mes collègues est en charge du dossier, et lui demanderai de pouvoir l'interroger à titre de témoin. Je vous appellerai dès que ce sera possible, dit le jeune magistrat.

— En attendant, je vais faire surveiller la rue de Douai, trouver le café et questionner discrètement le patron – en espérant qu'il n'était pas, lui aussi, dans le coup.

— Et le fiacre qu'on a entendu devant le domicile de la deuxième danseuse ?

— Les hommes n'ont pas encore retrouvé le cocher. Je crains que, même innocent du rôle qu'on lui a fait jouer, il n'ait guère envie de se manifester, même à titre de témoin.

Ils se levèrent, se serrèrent la main, Berflaut repartit avec son prisonnier pour lequel le juge

ordonna la mise sous écrou en attente d'un supplément d'instruction.

Puis il reprit la direction de Montmartre pour
aller rapporter à ses collègues ce qu'avait révélé l'interrogatoire.

35

Zidler venait de se ruer une nouvelle fois au commissariat, d'autant plus angoissé qu'il ignorait l'arrestation du souteneur. Il avait alerté la presse la
veille au soir et les journaux ne s'étaient pas privés
d'en faire état : « Menaces sur le Moulin-Rouge »,
« Les danseuses à la merci de l'Éventreur », tels
étaient les titres qui s'étalaient en première page.

Le commissaire Lepard l'avait éconduit assez ver-
tement, en lui assurant toutefois que l'enquête
avançait. Le directeur du Moulin-Rouge s'en était
allé en bougonnant, pas rassuré du tout, d'autant
qu'en dénonçant le refus de protection de la part
de la police, il avait semé la panique dans sa troupe.
Plusieurs danseuses se déclaraient malades, d'autres
exigeaient des gardes du corps. Le spectacle s'en
ressentait forcément : le cancan, réduit à la portion
congrue, perdrait de son entrain, et les spectateurs,
un instant attirés par une curiosité macabre, se raré-
fiaient.

Grille d'égout, elle, semblait garder son sang-
froid, ce qui était tout à son honneur, car elle avait
été vue en compagnie des victimes, avait même
témoigné à deux reprises et pouvait être la cible
prochaine des tueurs. Mais elle disait que, ne
sachant rien, elle ne risquait rien, et que le seul

moyen de ne pas attirer leur attention était de continuer comme avant.

Elle tint au vestiaire un conseil de guerre avec le reste de la troupe dont son énergie et son assurance remontèrent le moral. Elle leur fit valoir qu'elles risquaient de perdre leur public, et donc leur situation, à cause de menaces anonymes qui étaient très probablement le fait de mauvais plaisants. Nini était morte pour une raison précise qu'on découvrirait sûrement, Cigale, parce qu'elle avait été sa confidente. Et c'était tout.

Par ailleurs, la visite de Marguerite à Mme Victoire, la loueuse de costumes avait été fructueuse. À sa grande surprise, elle avait reconnu sa vieille collègue d'atelier. Celle-ci lui avait raconté qu'effectivement la fameuse tenue de cancan avait été louée par une mystérieuse femme, qui n'était jamais venue la rendre. Malheureusement elle avait payé la caution en argent liquide, et sa signature sur le registre était informe. Un détail pourtant, et d'importance : elle avait dû enlever son gant pour signer, et sa main portait une énorme cicatrice de brûlure. L'inconnue avait donc partie liée avec les assassins. C'était déjà ça. Ce serait au moins un moyen de l'identifier, si on la retrouvait.

Mais si quelques pistes s'étaient effondrées, le mystère n'était pas résolu pour autant.

Bien sûr, on avait retrouvé Gustave, qui était probablement innocent. Bien sûr, le maniaque à la montre était exclu des coupables possibles. Bien sûr, après vérification, l'alibi de Smirov tenait, et sa compagne avait bien été identifiée comme une inoffensive dame du monde en quête d'aventures.

Bien sûr, Jack l'Éventreur n'était plus qu'un fantôme dans cette histoire.

Mais il restait un couple de quinquagénaires trafiquants de passeports non identifiés, ces hommes sans visage convoyant Cigale jusqu'au vieux cimetière, le fiacre qui les avait conduits, introuvable...

Restait tout de même l'espoir de faire parler la « femme aux gâteaux » dont le collègue du juge Leroy-Lambert devait autoriser l'interrogatoire.

36

Entre-temps, le juge d'instruction avait délivré le permis d'inhumer pour les deux victimes, dont l'autopsie n'avait plus rien à apprendre.

Aucune des deux n'ayant de famille, leurs pauvres dépouilles étaient destinées à la fosse commune, quand Zidler eut un beau geste. Il décida que le Moulin-Rouge rachèterait une concession échue dans le vieux cimetière, et se déclara prêt à participer aux trois quarts de la somme, ou même au total. Mais les danseuses voulurent y aller de leur écot ; de même Valentin le Désossé, qu'on avait averti, et Toulouse-Lautrec qui tint à participer largement.

Il pleuvait à verse quand le fourgon qui ramenait les corps de la morgue pénétra dans le vieux cimetière. Il n'y avait pas eu de cérémonie, juste une bénédiction qu'accepta de venir donner le brave curé de Saint-Pierre de Montmartre, qui confessait de temps en temps les dames de petite vertu en ne leur refusant pas l'absolution, bien qu'il sût que son « allez et ne péchez plus » n'était de toute évidence qu'une clause de style.

Sur les cercueils, on plaça deux couronnes de roses rouges portant chacune l'inscription : « À Nini, À Cigale, leurs amis du Moulin-Rouge. »

Autour du caveau, les danseuses chapeautées et de noir vêtues se pressaient, très émues. La Goulue était venue, elle aussi, à peine reconnaissable sous le châle noir dont elle avait enveloppé sa lourde silhouette. Seul reste de sa beauté, ses chevilles fines entrevues tandis que, soutenue par son ancien partenaire Valentin, elle enjambait les flaques en relevant sa jupe.

Zidler lança la première pelletée de terre, Lautrec la seconde, puis le reste des assistants, enfin les fossoyeurs achevèrent de combler la fosse, plantèrent deux croix de bois. Nini et Cigale, réunies par le même tragique destin, reposeraient ensemble pour l'éternité.

37

Depuis sa chambre où il travaillait, Robert Fresnot entendait Marguerite préparer le dîner auquel elle avait invité Louis Berflaut et Toulouse-Lautrec en fredonnant le début de la chanson d'Yvette Guilbert qu'ils avaient applaudie la veille.

Madame Arthur est une femme
Qui fit parler, parler, parler d'elle longtemps...

Malheureusement, comme elle n'avait retenu que les deux premiers vers, ceux-ci revenaient régulièrement, si bien que son neveu, agacé, se leva pour fermer sa porte.

Ce fut Lautrec qui sonna le premier. Il tenait par les oreilles un superbe lièvre, on ne peut plus mort, que son père le comte avait rapporté de sa chasse sur ses terres albigeoises, et dans l'autre main, une bouteille du bordeaux familial.

— Bonsoir, Marguerite, reine du civet ! Pourriez-vous vous charger de cette encombrant animal pour une soirée prochaine ?

— Avec plaisir, monsieur le Comte. Mais madame votre mère ?

— Elle est repartie pour Malromé. De toute

façon, elle en a assez, du gibier de mon père, lièvres, perdreaux, biches ou faisans.

Il ajouta entre les dents, pour lui-même :

— Et de ses poulettes aussi, d'ailleurs.

La « sainte femme », en effet, avait fait depuis longtemps son purgatoire sur terre en supportant sans se plaindre les nombreuses incartades de son époux. Ils vivaient désormais séparés tout en se revoyant régulièrement avec affection.

Louis Berflaut sonna peu de temps après et tendit à Marguerite un superbe bouquet de tulipes jaunes. Il semblait fatigué, elle était consciente de l'effort qu'il devait faire pour honorer sa promesse et lui promit que la soirée ne se prolongerait pas. Ils avaient tous besoin de repos.

— Merci, Marguerite. En effet, nous sommes un peu sur les dents en ce moment, mais le fumet délicieux que je hume me rend déjà des forces !

Ce fut évidemment de l'affaire qu'il fut question pendant le dîner. Louis Berflaut remercia Marguerite de sa démarche chez la loueuse de costumes, qui pourrait être un élément de preuve supplémentaire contre les assassins, et résuma la situation pour ses amis. À ce stade de l'enquête, il n'avait rien à leur cacher, d'autant que leurs suggestions et leur aide lui avaient été précieuses. Il raconta la traque et l'arrestation du souteneur, peut-être innocent des meurtres, mais qui avait livré des informations sur le mobile probable : un trafic de passeports risquant d'être découvert, deux danseuses avaient été réduites au silence définitif pour protéger ce juteux commerce.

— Ce que nous cherchons, désormais, c'est ce

couple qu'a rencontré Nini aux environs de la rue de Douai.

Le nom de la rue fit réagir le peintre.

— Tu te souviens, Robert, notre visite chez Olympia ?

Marguerite fronça le sourcil. Olympia ? Qui était cette femme ? Avait-il, contrairement à sa promesse, emmené son filleul chez une courtisane ?

— Rassurez-vous, chère amie. Olympia est un ancien modèle de M. Manet, mais c'est à présent presque une vieille femme, sans danger pour les jouvenceaux !

— En effet ! Elle et sa jeune voisine nous avaient dit qu'on avait vu Nini chercher dans le quartier l'adresse de ce couple !

— Mais ces passeports servant à exporter des mineures, sait-on vers quels pays ils partaient ?

— Probablement vers l'Argentine, le Chili, ou La Havane. Selon la préfecture, il semble que la chair fraîche française soit là-bas très appréciée. J'ai d'ailleurs l'intention d'aller consulter les listes des passagers au siège des deux compagnies maritimes. Si les trafiquants font des trajets réguliers, leur nom doit se retrouver chaque fois sur les registres. Quant aux filles mineures, voyageant avec des passeports achetés, elles portent forcément le nom des anciennes propriétaires de ces passeports ! Donc, on devrait trouver, au moins pour les dernières traversées, une Léonie Rouault, puisque c'est ainsi que se nommait Nini.

— Peut-être ai-je voyagé avec elles cet été sur le *Chili* ! dit Lautrec. Attendez, je reviens.

Il se leva de table, quitta l'appartement, traversa le palier, revint peu de temps après de son atelier avec deux grandes feuilles de dessins à la main.

Robert Fresnot avait compris.

— Vos croquis de voyage ! Le couple !

Les trois hommes s'approchèrent de la lumière. Lautrec montra, sur la feuille où il avait croqué sa *Passagère du 54* et des membres de l'équipage, les silhouettes d'un homme et d'une femme et de deux jeunes filles de dos qu'il avait repérées un seul jour sur le pont. Ce qui l'avait frappé, bien qu'il s'occupât essentiellement de sa belle inconnue, c'est le fait que ces voyageurs ne se mêlaient jamais aux autres passagers. Peut-être ces jeunes filles étaient-elles celles qu'on emmenait, en leur promettant on ne sait quoi, vers les maisons de passe de Buenos Aires, de Cuba, ou d'ailleurs ?

— Il faut que je voie Guibert. Il m'accompagnait et a pris quelques photographies. Avec un peu de chance, nos lascars seront sur l'une d'elles !

— Je n'y crois guère. On ne peut photographier les gens comme ça, vous le savez mieux que moi, et je vois guère notre couple, à plus forte raison avec leurs mineures, ne se sauvant pas en apercevant l'encombrant matériel de votre ami !

— Touché, inspecteur. Mais je m'aperçois qu'en discutant nous oublions de féliciter Marguerite de son somptueux pot-au-feu, et elle doit nous trouver bien mal élevés !

— Merci, chère amie, c'était un régal.

— Monsieur le Comte, votre servante, fit Marguerite en esquissant une plaisante révérence. Et votre vin s'accordait parfaitement à mon plat.

— Merci, également, et pardon, Marguerite, je suis aussi fautif, dit Berflaut. Que voulez-vous, cette affaire nous obsède tous.

Le dîner fini, on ne s'attarda pas. Les deux invités repartirent ensemble, Berflaut soucieux et l'esprit encombré de cet écheveau de pistes qu'il lui faudrait démêler pour arriver jusqu'aux assassins.

38

Il fallait faire vite maintenant, aussi les policiers se partagèrent-ils les tâches : Santier irait consulter les listes des passagers aux sièges des deux compagnies de navigation assurant la traversée de l'Atlantique. Il chercherait à y repérer un couple ayant fait plusieurs fois le trajet accompagné de jeunes femmes, et le nom de Léonie Rouault sous lequel avaient voyagé des mineures depuis l'achat à Nini de son passeport.

Berflaut prit rendez-vous téléphoniquement avec le juge Leroy-Lambert. L'interrogatoire de la « femme aux gâteaux » était prévu en début d'après-midi.

En attendant, il alla faire un tour jusqu'à la baraque de Madame Zoé.

Leur manège habituel se déroula : Berflaut s'approcha en toussotant de la baraque, un coin du rideau rouge se souleva légèrement, mais le toussotement attendu en réponse ne se fit pas entendre, signe que la « Sibylle de Montmartre » était en pleine consultation. Il alla donc s'installer sur le banc le plus proche et déplia son journal dont il eut le temps de lire la première page.

Deux grands scandales politico-financiers en avaient chassé l'affaire du Moulin-Rouge. On publiait les noms des cent quatre députés corrompus dans l'affaire du canal de Panama, et dont le procès allait s'ouvrir en février devant la cour d'assises de la Seine.

Au bout d'un moment, une femme sortit de la baraque, l'air plutôt content. Madame Zoé avait dû lui promettre, pour quelques sous, amour ou fortune.

Puis le toussotement attendu se fit entendre. Il pouvait informer la voyante de ce que sa boule de cristal ne lui avait sûrement pas dit : l'arrestation de Gustave Merquereau.

— L'homme que nous cherchions est en sûreté.

— Coupable ?

— Non, apparemment pas. Mais témoin à coup sûr. On le garde au chaud.

— Ses filles le cherchent. Elles ont peur qu'il lui soit arrivé malheur.

— Qu'elles mijotent un peu. Ça leur apprendra à faire celles qui ne savaient rien quand on le cherchait.

— Autre chose. Une idée qui m'est venue, comme ça. Cette histoire d'installation de la danseuse sur les ailes du Moulin... Tout de même, fallait le faire ! Ça n'a peut-être rien à voir, mais allez donc interroger Fernando, le patron du cirque ; demandez-lui de vous parler d'un de ses anciens acrobates qu'il a chassé il y a pas mal de temps. Il paraît qu'il boit beaucoup et qu'il parle, depuis quelque temps, dès qu'il a un coup dans le nez.

— Merci, Zoé. Et les enfants, ça va ?

— Pas de problème pour le moment. Mon aîné

voudrait vous voir, il a envie d'entrer dans la police, plus tard.

— Qu'il vienne me voir au Quai des Orfèvres un jour, on en discutera ; mais pas avant qu'on en ait fini avec notre affaire. Au revoir, Zoé, et merci. Je te laisse de la lecture.

— Au revoir, inspecteur.

Berflaut se leva, puis sortit un billet de son portefeuille, le glissa dans le journal qu'il alla passer sous le rideau, en se baissant comme pour rattacher son lacet.

Zoé comprit l'intention.

— Merci, inspecteur, dit-elle, et le journal disparut.

Il était temps de se rendre au rendez-vous au Palais de justice avec le juge Leroy-Lambert.

Quand il frappa à la porte du jeune magistrat, celui-ci vint lui ouvrir. Il l'emmena au bureau de son collègue le juge Daubron qui avait fait chercher son inculpée à Saint-Lazare, où elle attendait son procès. Les précédents interrogatoires de la femme avaient confirmé qu'elle exerçait un odieux trafic d'enfants pour le compte d'une maison « spécialisée » de la rue de Rome. Ces fillettes et ces gamins étaient récoltés dans la rue, parmi les troupes de gosses errants et disparaissaient sans que quiconque les réclamât, parfois à jamais. Certains, devenus pubères, étaient lâchés à nouveau dans la rue où ils grossissaient les rangs des bandes de barrière ou tombaient sous la main des souteneurs.

Les charges étaient donc lourdes, le flagrant délit constitué, il restait à établir le nombre de ses victimes ainsi que leur sort. Les savoir vendues et

enfermées dans quelque maison close pour amateurs de chair fraîche n'était, parmi ces horreurs,
que la moindre : on pouvait au moins espérer
qu'elle révèlerait l'endroit de leur séquestration.
Mais si certaines restaient introuvables, l'inculpation pourrait être requalifiée en meurtre, et la
femme risquait sa tête. Elle aurait donc tout intérêt
à se montrer coopérative.

Le juge Daubron était un homme assez âgé,
grand, une barbe noble à la Victor Hugo, des yeux
bleu pâle brillants d'humanité derrière de fines
lunettes.

Il leur serra la main et fit asseoir Berflaut et son
collègue Leroy-Lambert du même côté que lui de
son bureau. Face à cet avant-goût du tribunal, la
prisonnière avait beaucoup perdu de sa superbe,
après cette semaine passée à Saint-Lazare, soumise
à un régime spartiate et à la promiscuité des dor-
toirs où elle devait endurer l'hostilité et les mul-
tiples vexations de ses compagnes : celles-ci, même
les plus viles, acceptaient tout, sauf qu'on s'attaquât
aux enfants.

Ce n'était plus la bourgeoise convenable qu'elle
paraissait lors de son arrestation, et la tenue de prisonnière ne flattait guère son teint ni sa silhouette.
Cheveux gris, à peine réunis en chignon, les traits
tirés, elle semblait réellement terrorisée. Pourtant
elle savait qu'elle n'était convoquée qu'à titre de
témoin, mais Berflaut pensa que le juge avait dû
préparer le terrain en lui faisant entrevoir le spectre
de la guillotine si elle ne coopérait pas.

Le juge Leroy-Lambert commença l'interrogatoire.

— M. le juge Daubron a dû vous dire que nous cherchons les assassins des deux danseuses. Comme ils exerçaient des activités semblables aux vôtres, nous pensons que vous pouvez nous aider à les identifier...

— Mais je n'ai rien à voir avec ces assassins ! protesta la femme d'un air indigné.

— Allons, madame, pas de ça avec nous ! Nous savons très bien que dans ce triste milieu vous vous connaissez tous, alors inutile de jouer les vertus offensées. Il s'agit d'un couple des environs de la rue de Douai. Ils font passer des filles à l'étranger avec des passeports illégalement obtenus.

Une lueur passa dans les yeux de la femme. Elle savait, c'était évident. Mais elle essaya de tergiverser.

— Je n'ai aucun contact avec ces gens-là, j'ai toujours travaillé seule.

Ce mot malheureux lui avait échappé. Berflaut s'en empara aussitôt, rouge de colère.

— Beau travail, en effet, que d'enlever des enfants pour les prostituer ! Êtes-vous inconsciente, ou vous foutez-vous de nous ? Vous connaissez ces gens-là, alors donnez-nous leur nom et leur adresse. Monsieur le juge a dû vous dire que vous n'avez rien à gagner en refusant de parler. Et nous ne vous donnerons pas une autre chance, soyez-en sûre !

— Mais s'ils l'apprennent, ils me tueront !

— Ils ne l'apprendront pas. En revanche, si vous ne dites rien, nous ferons en sorte de répandre le bruit que vous avez parlé, c'est alors que vous risquerez votre peau !

Ce recours au traditionnel chantage amena un sourire discret sur les lèvres des deux magistrats. La femme, toute à sa peur et à ses hésitations, n'avait rien vu.

— Alors vous parlerez pour moi au tribunal ? Ça me sera compté, si je coopère ?

— Oui, mais n'espérez pas tout de même trop d'indulgence, intervint le juge Daubron, parce que vous aurez à répondre de faits très graves. Tout ce que nous pouvons vous promettre, ce serait au moment de la sentence, la prise en compte par le tribunal de votre bonne volonté. Bien sûr, à condition de ne rien cacher du sort de vos petites victimes.

La femme se mit à pleurer, attestant de sa misère qui l'avait conduite à cet expédient, elle qui avait jusque-là mené une vie convenable avant la mort de son cher mari, ruiné par des aigrefins, il fallait bien qu'elle vive, elle avait à sa charge un fils infirme.

Cette comédie écœura Berflaut, qui se leva, comme pour mettre un terme à l'entretien.

— Attendez ! Ne partez pas ! Je vais vous dire ce que je sais ! cria la femme.

Il se rassit, assuré d'avoir gagné.

— Fleury, ils s'appellent. Un couple, mais ils ne sont pas mariés. Avenue Frochot. Le numéro, je ne sais pas. Ils ont un bout de jardin. Ils font un peu de brocante, pour la couverture.

— Bon. Rien d'autre ? Vous savez depuis quand ils font ce trafic ?

— Ça non ! Attrapez-les, ils vous le diront eux-mêmes !

Elle avait repris un peu de son ancienne arrogance, comme si d'avoir parlé la soulageait. Personne ne releva l'insolence.

Le juge Daubron demanda à son collègue s'il pouvait faire raccompagner sa prisonnière à Saint-Lazare. Celui-ci, après avoir consulté Berflaut, le remercia.

Quand la femme, menottée eut quitté le bureau, escortée par le gardien, les trois hommes commentèrent quelque temps la double affaire et se félicitèrent d'avoir réussi à la faire parler.

Connaissant désormais le nom et l'adresse des principaux suspects, on allait pouvoir les arrêter, les confondre, et la justice leur ferait payer très cher leurs crimes.

Les deux pauvres danseuses et toutes les victimes encore inconnues de ce sordide trafic seraient enfin vengées.

39

C'était enfin un jour faste, car, de son côté, Santier avait pu consulter les listes des passagers dans les locaux des deux compagnies assurant la traversée de l'Atlantique. Il y avait très vite repéré le nom d'un couple faisant régulièrement le voyage depuis quatre ans, M. et Mme Fleury, accompagnés de leurs « nièces », dont l'une avait voyagé à deux reprises l'été précédent sur le *Chili*, sous le nom de Léonie Rouault – c'était celui de Nini. Mais, curieusement, les noms des dites « nièces » ne figuraient pas sur les listes de passagers faisant la traversée du retour.

La preuve était faite : c'était bien le nom de Fleury qu'avait lâché la « femme aux gâteaux ». Le passeport de Nini leur avait déjà servi deux fois et allait sûrement, si l'on n'intervenait, servir encore pour d'autres malheureuses dépouillées de leur identité avant d'être conduites vers leur triste destin. D'autres passeports aussi frauduleusement utilisés servaient à entretenir ce juteux commerce : à raison de quatre voyages par an, le bénéfice était appréciable, car on pouvait penser que les acheteurs de chair fraîche assumaient également les frais de transport.

Nini avait payé de sa vie son imprudence, et Cigale avait été réduite au silence pour ne pas révéler ce qu'elle avait compris.

Tout laissait penser que la terrible mise en scène d'exposition du premier cadavre n'avait eu pour but que de détourner les soupçons en accréditant la thèse d'un pervers ou d'un maniaque parti en croisade contre le vice ; l'installation de Cigale en position de cancan sur une tombe du vieux cimetière, puis le billet de menace envoyé au directeur du Moulin-Rouge étaient destinés à renforcer cette hypothèse. C'était également un message d'avertissement spectaculaire pour d'autres filles qui seraient tentées de récupérer leurs passeports.

Le juge Leroy-Lambert décida que l'arrestation se ferait dès le lendemain matin, à l'aube, ainsi que la fouille en règle de leur domicile. D'ici là, les policiers iraient discrètement repérer la maison de l'avenue Frochot.

Ils disposaient, pour amener le couple aux aveux, des preuves de leur présence sur les bateaux en direction de l'Amérique, en même temps que celle des jeunes filles qui, elles, n'en revenaient jamais. Il fallait espérer que, ne se sachant pas encore soupçonnés, ni dénoncés par la « femme aux gâteaux », ils n'avaient pas détruit les passeports, surtout celui de Nini. À titre de preuve supplémentaire, on pourrait se servir des dessins faits par Lautrec à bord du *Chili* et du témoignage de la loueuse de costumes.

Et il fallait très vite trouver l'acrobate, qui pouvait être leur complice, comme l'avait suggéré Madame Zoé.

Berflaut décida de passer au cirque Fernando pour interroger le patron. Il ne doutait pas que la voyante en sût davantage que ce qu'elle avait pu lui dire, mais comprenait qu'elle préférait éviter des représailles : ancienne acrobate, elle était trop mêlée au monde du cirque pour qu'on ne la soupçonnât pas immédiatement d'avoir dénoncé son ancien collègue.

Il était vingt heures et, en cette période de la foire de Noël, le terre-plein de l'avenue de Clichy était couvert de baraques, dont les lumières attiraient, malgré le froid, les premiers badauds de la soirée : manèges, tir aux fléchettes, jeu de massacre, pêche à la ligne, train fantôme, femme à barbe, loteries diverses, et boutiques de guimauve et sucre filé. Des orgues de barbarie débitaient leurs rengaines.

Devant le cirque, une affiche annonçait deux représentations par jour, en matinée à quinze heures, en soirée à vingt et une heures. Berflaut pourrait donc se faire recevoir du patron avant l'ouverture.

Le comptoir était encore fermé, et il dut frapper vigoureusement, et à plusieurs reprises, à la porte. Du fond parvenaient des hennissements de chevaux, des cris d'hommes, des bruits de cages ou de matériel déplacé. Et une puissante odeur de fauves remplaçait dans ses narines le parfum douceâtre des confiseries.

Une vieille femme finit par apparaître.

— C'est pas encore ouvert, pour les places. Dans un quart d'heure.

— Je voudrais voir Fernando, s'il vous plaît.

463

— Il finit de manger, le spectacle va commencer dans peu de temps. Revenez demain.

Le prenait-elle pour un artiste en quête d'engagement ? Un coup d'œil critique sembla l'en dissuader. Elle s'apprêtait à lui refermer la porte au nez, aussi dut-il monter sa carte.

— Police. C'est urgent. Je ne serai pas long.

— Attendez.

Elle laissa la porte entrouverte, disparut dans l'entrée et revint au bout d'un moment avec un grand gaillard roux, la bouche pleine, à moitié habillé, le bas du pantalon noir de M. Loyal, le torse moulé dans un gilet de corps, qui s'essuya les mains sur la grande serviette à carreaux qu'il avait nouée autour de son cou puissant.

C'était le Belge Fernando Beert, fondateur du cirque portant son nom.

— Merci, maman, laisse-nous, va finir de manger, dit-il, histoire de faire comprendre au policier qu'il ne tombait pas au meilleur moment.

Ils traversèrent un couloir tapissé d'affiches de ses spectacles.

Berflaut alla droit au fait.

— Il paraît qu'un de vos anciens acrobates raconte un peu partout des choses assez graves pour que nous désirions l'interroger.

— Ah ! Karl ?

L'homme n'avait pas l'air tellement surpris.

— En effet, il boit beaucoup, c'est pour ça que je l'avais renvoyé. Quand il a bu, il dit n'importe quoi !

— Peut-être, mais comme ce « n'importe quoi »

concerne l'affaire des danseuses assassinées, nous devons absolument lui parler.

— Karl ? Vous ne pensez tout de même pas... C'est un ivrogne, ça c'est sûr, et je ne lui confierais pas mon porte-monnaie, mais de là à participer à un crime !

— Attendez, monsieur Fernando ! Je n'ai rien dit de pareil. Simplement, il sait peut-être des choses qui pourraient nous aider à trouver les assassins. Aussi, il faut que vous me donniez son nom complet, et son adresse.

— Karl Weinberg, il s'appelait. Il faisait partie d'un numéro d'acrobates allemands qui s'est dissous au moment de l'accident...

— Quel accident ?

— Il était porteur, un bel athlète, jusqu'ici parfaitement au point. Mais il y a trois ans, la fille avec laquelle il vivait l'avait quitté, il s'est mis à boire... et un soir, il a raté la prise – il était porteur – et lâché le voltigeur, qui s'est brisé la nuque. Ses partenaires sont repartis à Berlin, sans lui, et depuis il erre dans le quartier, fait la manche, ou, quand il n'est pas trop saoul, essaie d'attirer les badauds avec des cabrioles ridicules, ou un numéro de force, vous savez, rompre des chaînes par ses pectoraux... J'ai bien essayé de l'aider, au début, mais c'est une épave, irrécupérable.

— Encore récemment, on l'a vu ?

— Non, pas depuis un bon moment. On dit qu'il aurait participé à des cambriolages dans les beaux quartiers, quand on avait besoin d'un monte-en-l'air pour passer par les toits. Un de ces jours, il va lui aussi se casser le cou !

— Il habite ?

— Je ne sais pas exactement, une baraque dans le maquis. Vous pouvez toujours y aller, il doit être connu là-bas comme le loup blanc ! Mais qui vous a parlé de lui ?

Berflaut se garda bien, évidemment, de mentionner Madame Zoé.

— Oh, des bruits, comme ça ! A-t-il des bars favoris ?

L'homme éclata de rire.

— Ceux où il arrive encore à se faire offrir un coup ! Mais il doit plutôt aller picoler chez lui avec des bouteilles de gros rouge qu'il achète !

Une voix, celle de la mère, parvint du couloir.

— Fernando, ça refroidit ! Viens finir !

L'homme se leva, serra la main de Berflaut, qui mit quelques secondes à récupérer de cette poigne d'athlète.

— Excusez, inspecteur, faut que j'y aille.

— Merci. S'il vous revient autre chose, ou si vous le voyez passer, je compte sur vous pour me prévenir.

— Promis.

Fernando referma derrière lui, et Berflaut se retrouva sur le terre-plein où se formait déjà la queue devant le guichet.

La baraque de Madame Zoé n'était pas encore allumée, sans doute achevait-elle de dîner avec ses garçons avant d'aller dire la bonne aventure aux badauds en quête de fortune ou de bonnes fortunes.

Berlaut pensa qu'il aurait bien aimé qu'elle lui annonçât le succès de son entreprise, et que les cartes de la mort seraient définitivement disparues du jeu dans lequel il était engagé.

466

40

N'ayant pas, comme son collègue, de contraintes familiales, Santier s'était chargé de repérer dès la nuit tombée le domicile du couple suspect. Ils se retrouveraient le lendemain très tôt – dès six heures – au commissariat pour y organiser l'arrestation.

Il descendit jusqu'à la place Pigalle, traversa le boulevard de Clichy et s'engagea dans l'avenue Frochot, une paisible voie piétonne plantée d'arbres, bordée de petites maisons avec jardins, et de rares immeubles à deux étages.

Il marchait doucement, étouffant le plus possible le bruit de ses pas sur les pavés mouillés. Il ne put cependant éviter de réveiller un chien dans un jardin voisin, dont les aboiements, de principe, se turent vite.

Il ne mit pas longtemps à repérer le pavillon flanqué d'un appentis sur la gauche, et précédé d'une minuscule courette fermée par une grille assez basse, et facile à escalader. Une faible lumière filtrait à travers les volets d'une fenêtre au premier étage : le couple était donc là, ignorant quel serait leur réveil le lendemain.

Au même moment, dans le maquis, un homme, qui tenait à peine debout, décidait de descendre vers le boulevard de Clichy, à la recherche d'un café encore ouvert. Il titubait et faillit s'effondrer sur le tas de bouteilles vides et de cageots accumulés devant sa porte.

Il n'avait plus une goutte à boire et tremblait, non de froid, bien qu'à peine couvert, en cette nuit d'hiver, d'un méchant paletot de toile noire, mais sous l'effet du manque d'alcool. Il avait sorti de dessous sa paillasse quelques sous pour acheter une bouteille de rhum, ou d'absinthe.

Il descendit, s'arrêtant à chaque réverbère pour reprendre son équilibre. Malgré son état, il restait dans sa démarche une étonnante souplesse, et quand il se pencha pour ramasser un mégot tout trempé dans le caniveau, il eut, pour se relever, un geste surprenant, tendant les bras à l'horizontale, comme un funambule pour garder son équilibre.

Il avait attendu la nuit pour n'être pas aperçu, comme il le faisait depuis deux semaines. Il cauchemardait toutes les nuits en revoyant ce corps pantelant qu'il avait dû hisser, puis attacher sur les ailes du Moulin, et cet autre corps, si léger, qu'il avait porté par-dessus le mur du vieux cimetière et installé, horrible profanation, sur la tombe, comme un pantin désarticulé. Le couple qui l'y avait contraint ne s'était pas manifesté après lui avoir payé le prix de son travail, des billets vite dépensés à boire, comme s'il ne voulait rien garder de cet argent maudit.

Mais il se souvenait vaguement qu'il avait trop parlé, l'autre soir, et même pleuré sur la fille du

Moulin. Plusieurs habitués l'avaient regardé d'un drôle d'air, et le patron du bar l'avait brutalement jeté dehors. Aussi chaque regard un peu appuyé le terrorisait et, quand il entendait des pas derrière lui, il craignait d'être rejoint et de sentir une lame s'enfoncer dans son dos. Allaient-ils le faire taire, lui aussi ?

Il traversait le boulevard au moment où passait un fiacre, lancé à toute allure. Le cocher le vit trop tard, tira violemment sur les rênes en hurlant un « ho ! » désespéré.

L'homme avait glissé, un sabot le frappa à la tempe, les roues lui passèrent sur le corps. Quand le cocher descendit, il avait encore les yeux ouverts, et murmura quelque chose qui ressemblait à « Bon Dieu, que j'ai soif ! » Un peu de sang perla à ses lèvres, et il mourut.

Ce fut Maréchal, de garde cette nuit-là, qui fut averti de l'accident. Il se rendit sur les lieux où deux gardiens de la paix avaient fait dégager le corps, relevé la déposition du cocher et de ses passagers, une cocotte et son micheton, moins touchés par le triste spectacle que pressés de partir vers leur nid d'amour.

Le patron du bar voisin était sorti sur le trottoir et reconnut la victime.

— C'est Karl ! Pas étonnant ! Ça devait arriver un jour ou l'autre !

Cette oraison funèbre terminée, le corps fut évacué vers la morgue, et Maréchal regagna le commissariat, ignorant encore le rôle que l'homme qu'on emportait avait joué dans l'affaire de la crucifiée.

Il écrivit donc seulement, de sa belle ronde, sur la main courante :

« Le vingt-deux décembre, à minuit, à la hauteur du cent huit boulevard de Clichy, un homme connu sous le nom de Karl Weinberg, domicilié dans le maquis, a glissé devant un fiacre qui l'a renversé. Selon les témoins, il était ivre, et le cocher, le sieur Alfred Martin, malgré ses efforts, n'a pu l'éviter. L'homme est mort sur le coup et le corps a été transféré à la morgue. »

41

Il faisait encore nuit quand le fiacre déposa les deux policiers à l'entrée de l'avenue Frochot. Ils étaient naturellement armés et portaient à la ceinture une paire de menottes. Le cocher – celui qui les avait emmenés à Châtillon –, avait mission de les attendre et, au cas où l'un des deux criminels leur aurait échappé, de lui barrer la route. Il s'était muni d'un gros gourdin.

Ils s'avancèrent doucement jusqu'à la hauteur de la maison du couple connu sous le nom de Fleury. Ils ne prirent pas le temps de forcer la serrure de la grille, que Santier escalada le premier. Il fit le tour pour s'assurer qu'il n'y avait d'issue que sur le devant, et Berflaut escalada la grille à son tour.

Ils s'approchèrent de l'entrée. Berflaut sortit son pistolet et frappa violemment à la porte.

— Police ! Ouvrez !

D'abord aucune lumière, aucun bruit ne témoignèrent d'une présence. Mais, lorsque Berflaut recommença à tambouriner et à appeler, ils entendirent des pas descendre un escalier, et une lueur se rapprocha de l'imposte.

— Qu'est-ce que vous voulez, bon Dieu ! Vous ne pouvez pas laisser dormir les gens ? dit une voix d'homme furieuse.

— Ouvrez, ou j'enfonce la porte, menaça Berflaut.

Une clé tourna dans la serrure, la porte s'entrouvrit sur un homme d'une cinquantaine d'années, tenant une lampe à pétrole qui éclairait un visage bouffi, et des lorgnons mal ajustés sur le nez. Assez grand et robuste, il était ridicule dans sa chemise de nuit de flanelle arrivant aux mollets, qui le faisait ressembler aux caricatures de bourgeois par Daumier ou Gavarni. Cet homme, pourtant, était très probablement leur assassin.

Ils exhibèrent leurs cartes de police, qu'il regarda à peine, le repoussèrent dans le couloir et Santier ferma la porte au verrou derrière eux.

— Vous faites sûrement erreur, messieurs. Nous sommes d'honnêtes gens ! Je vous en prie, ne réveillez pas mon épouse ! Elle a le cœur malade !

Le ton s'était radouci, l'homme avait du mal à cacher sa peur. Il les emmena dans un petit salon bourgeoisement meublé, dont il ferma la porte, que Santier alla rouvrir, soupçonnant son espoir de dissimuler la fuite de sa complice.

Ils s'assirent dans des fauteuils, et l'homme demanda la permission de passer une robe de chambre ou un manteau. La robe de chambre lui étant refusée, car il aurait, en la prenant, alerté sa femme, il alla, escorté par Santier, décrocher dans l'entrée un manteau noir à col d'astrakan qu'il passa sur sa chemise. Puis il s'assit sur une chaise, juste devant un bureau « dos d'âne », et attendit.

Berflaut prit la parole et annonça qu'ils allaient procéder à une perquisition sur requête du juge d'instruction.

— Mais que cherchez-vous chez nous ? Quel juge ? Pour quelle affaire ? Encore une fois, messieurs, vous faites erreur ! protesta l'homme, jouant l'innocence outragée.

Mais il avait compris. Les policiers notèrent qu'il avait enfoui ses mains dans ses poches pour dissimuler leur tremblement.

— Vous êtes soupçonné d'enlèvements et de meurtres, et de trafic de jeunes filles, annonça le policier.

— Vous êtes fous ! Quel meurtre ? Quel trafic ? Nous sommes d'honnêtes rentiers, je ne sais pas de quoi vous parlez ! Vous devez vous tromper d'adresse !

— Vous vous expliquerez devant le juge, et votre femme aussi. Vous allez nous suivre dès que nous aurons fini notre perquisition.

— Non, pas elle ! Laisse-la en paix ! Je veux bien m'expliquer avec vous, où vous voulez, pour dissiper ce malheureux malentendu, mais laissez-là en dehors de ça, je vous en prie !

Ils ne répondirent pas, seulement ils gardèrent à la main leurs armes, bien en évidence, afin qu'il ne tentât aucune sortie désespérée.

L'homme s'était assis devant le petit bureau, espérant sans doute le masquer à la vue des policiers. Santier lui en demanda la clé, qu'il déclara avoir perdue. Le policier ouvrit les tiroirs avec son passe-partout. Il en retira des factures, qu'il feuilleta rapidement, puis des cartons publicitaires qu'il tendit, avec un regard de triomphe, à ses collègues : c'étaient des prospectus, avec dates et horaires, de

473

la Compagnie générale transatlantique, et des Messageries maritimes. De même un petit carnet couvert de comptes et qu'instinctivement, et ce fut son erreur, le sieur Fleury tenta, en se levant, de saisir au vol.

Le couple, dans sa manie de ne rien jeter, leur facilitait considérablement la tâche !

Fleury était blême. Sans doute venaient-ils de mettre la main sur les preuves qu'ils cherchaient concernant leur trafic. Restait à en trouver celles qui établiraient formellement leur culpabilité dans les crimes.

Si Cigale avait été enlevée chez elle, comme l'état de son appartement l'avait prouvé, elle avait dû être emmenée directement vers le vieux cimetière, et exécutée en chemin dans la tenue de danseuse qu'elle portait encore quand ils avaient fait irruption chez elle. Donc rien ne révèlerait sans doute sa présence chez les Fleury. Mais pour Nini la Sauterelle, il avait bien fallu lui enlever ses vêtements de ville et l'habiller avec la tenue de cancan dans laquelle elle avait été crucifiée. Aucun endroit n'était plus sûr pour cela que cette paisible maison dans cette tranquille avenue.

Berflaut sortit dans le couloir, muni d'une des lampes à pétrole du salon, qu'il alluma tandis que Santier tenait l'homme en respect avec son arme. Celui-ci, face à un seul policier, allait sûrement, comme ils le faisaient tous, tenter de plaider encore l'innocence et d'attendrir celui qui lui semblait – c'était une grave erreur – devoir se laisser ébranler par ses dénégations désespérées.

Berflaut trouva sans problème la porte de l'escalier descendant à la cave. Il commencerait par là avant de monter dans les étages, sachant d'expérience que c'était là que les voleurs ou les assassins dissimulaient les traces de leurs forfaits. D'ailleurs, l'homme, en le voyant depuis le salon s'approcher de cette porte, avait eu un sursaut éloquent.

La lueur de la lampe parcourut les murs, l'étagère de bois remplie de bouteilles poussiéreuses, de vaisselle ébréchée et d'une pile de vieilles revues sentant le moisi. Dans un coin, un tas de charbon et un seau, dans l'autre, du matériel de jardinier, truelle, bêche, arrosoir, rien qui portât les traces d'un crime. Pourtant l'homme avait frémi !

L'inspecteur posa la lampe à côté du tas de charbon, qu'il fouilla avec la bêche. Un coin d'étoffe apparut, il le tira, quelques boulets se répandirent sur le sol, et il dégagea progressivement une robe de femme, dont il voyait mal la couleur, mais qui lui sembla grise.

Grise, comme la robe que devait porter Nini, selon ses camarades, lorsqu'elle se rendait au Moulin-Rouge pour se changer avant le spectacle ! Il secoua la robe pour la débarrasser de la poussière et remonta pour l'examiner dans le salon, à la lumière plus forte de l'autre lampe.

Quand l'homme le vit arriver avec sa prise, il pâlit encore davantage et esquissa un mouvement de fuite. Santier s'approcha de lui, arme au poing. Il se rassit.

Berflaut étala la robe sur la table. Ils regardèrent de plus près le tissu, une serge grise, au niveau de la taille et du ventre, à la recherche de l'endroit où le coup mortel l'avait traversé, et aperçurent la fente, bordée de taches noires, du sang évidemment.

L'homme, tête baissée, n'essaya même plus de se défendre, ni même d'empêcher Berflaut de se rendre au premier étage chercher sa complice, qu'il ramena au bout d'un moment.

La femme, cheveux défaits, en peignoir, aperçut la robe et sursauta. Elle regarda son mari, comprit que toute dénégation, toute résistance étaient impossibles.

Les policiers jugèrent pour le moment inutile de poursuivre la perquisition, à la recherche d'autres preuves comme le couteau avec lequel les deux danseuses avaient été frappées : il serait temps, plus tard, de revenir dans la maison qu'ils feraient mettre sous scellés.

Ils escortèrent le couple dans leur chambre en leur disant de s'habiller au plus vite. La femme passa une robe derrière un paravent, elle ramassa à la hâte ses cheveux gris en chignon, décrocha son manteau et son chapeau de la patère de l'entrée. L'homme fit de même, toujours en silence. On leur mit les menottes sans qu'ils protestent. Ils savaient que tout était joué désormais.

Santier plia la robe pour l'emporter, ferma la maison, et, encadrant le couple, les deux policiers s'engouffrèrent dans le fiacre qui prit la direction du Palais de justice, où ils attendraient l'arrivée du juge Leroy-Lambert, pour le premier interrogatoire.

En chemin, l'homme demanda d'une voix blanche s'ils auraient l'assistance d'un avocat, il

476

n'en connaissait pas, ce qui lui fut assuré. La femme essaya d'attendrir les policiers en leur tendant ses poignets pour qu'on lui épargnât les menottes, ce qu'en d'autres circonstances Berflaut aurait accordé à une prisonnière.

Mais le souvenir des pauvres filles à qui elle n'avait laissé aucune chance, et la vue de la robe souillée de sang de Nini, qu'il tenait sur ses genoux, lui interdit toute pitié.

42

L'interrogatoire commença à dix heures. Le juge Lambert, averti de l'arrestation, les attendait. L'avocat commis d'office assista sans intervenir, apprenant au fur et à mesure des questions et des réponses le déroulement de l'affaire et les charges accablantes qui pesaient sur le couple. L'homme essaya de protester devant le magistrat de cette « arrestation arbitraire », tandis que la femme se murait dans une attitude de victime, la main sur son « cœur malade », blême sous son chapeau à voilette posé de guingois sur sa tête.

Mais quand Berflaut étala sur le bureau du juge la robe tachée de sang, les documents saisis attestant de leur trafic, le carnet où ils avaient scrupuleusement noté leurs rentrées d'argent, prix des mineures vendues, et leurs dépenses, jusqu'à la location de la robe de cancan, ils comprirent que toute dénégation était inutile.

Point par point, question par question, le juge, aidé des interventions de Berflaut, procéda à la reconstitution de l'histoire : la première rencontre avec la danseuse, l'achat de son passeport, sa visite en novembre – elle avait fini par trouver leur adresse, pour le leur réclamer, car elle voulait partir à l'étranger, leur refus de le rendre, « Vous comprenez, monsieur le juge, un marché est un marché », ses menaces d'aller voir la police, ses cris qui ameutaient le voisinage... Si bien qu'il avait fallu la faire taire. Afin de diriger les soupçons vers un crime de pervers, ils avaient imaginé la mise en scène du Moulin avec l'aide d'un ancien acrobate, connu dans le quartier pour son besoin d'argent et sa participation à des cambriolages. Quant à Cigale, elle allait parler, ils le savaient : il avait fallu aussi la réduire au silence. Mais cette fois, ils s'étaient contentés du cimetière pour exposer son corps.

Berflaut admira la patience et la ténacité du jeune magistrat, qui ne laissait rien passer, enfermait l'homme dans ses contradictions, le ramenait au fait. Il avait eu du mal à l'amener à livrer le nom de l'acrobate, dont le témoignage serait accablant.

L'homme hésitait à dire le nom, ce fut la femme qui sortit de son silence pour jeter, d'une voix haineuse :

— Karl Weinberg ! Il habite le maquis ! Vous le trouverez facilement !

Comme ça, devait-elle penser, ils paieraient tous.

Le juge accepta, à la demande de l'avocat qui voulait réfléchir sur le dossier, de remettre au surlendemain l'interrogatoire complémentaire. Il signa l'ordre d'incarcération de l'homme à la Roquette, de la femme à Saint-Lazare, glissa dans un dossier le procès-verbal établi par le greffier, les documents saisis au domicile du couple, et fit enregistrer comme pièce à conviction numéro un la robe dans laquelle Nini avait été tuée. Il délivra également un mandat d'arrestation de Karl Weinberg et de perquisition à son domicile.

Puis les prévenus furent emmenés, toujours menottés, et Berflaut partit en direction de Montmartre, pour passer au commissariat faire son compte rendu à Santier de l'interrogatoire. Puis il partirait à la recherche du fameux Karl, dans le maquis ou les bars des environs. Il ignorait encore l'accident survenu à l'acrobate qui le priverait d'un témoignage important.

— Rien de nouveau ? demanda Berflaut à son ami.

— Juste la visite de votre jeune ami, il voulait des nouvelles. Et M. Zidler, comme tous les jours. Il continue à demander la protection de ses danseuses.

— Vous lui avez dit ?

— Juste que ça n'est plus la peine. Il reviendra demain aux nouvelles.

— Rien d'autre ? Toujours rien du fiacre ?

— Non. Rien. Ah si ! Un accident mortel, boulevard de Clichy, un homme, un poivrot, renversé par un fiacre. Un Karl quelque chose. Tiens, c'est noté, là.

Berflaut se pencha sur la main courante, et sursauta.

— Merde ! C'est leur complice ! L'acrobate ! Un témoin qui nous claque dans les mains ! Est-ce vraiment un accident ? Il disparaît à point nommé !

— D'après les témoignages recueillis par les gardiens de la paix, du cocher, de ses passagers et de quelques badauds, oui. Il a glissé, il était complètement ivre.

Les policiers décidèrent qu'il fallait que le couple ignore la mort de l'acrobate. Ils garderaient donc cette carte dans leur manche quelque temps encore.

Mais ils décidèrent de se rendre immédiatement dans le maquis visiter la baraque de Karl afin de chercher quelque chose qui établirait sa participation au meurtre des deux danseuses et expliquerait la façon dont il s'y était pris pour transporter et disposer les corps.

43

La perquisition dans la cabane de Karl permit aux policiers de trouver une corde dont le diamètre pouvait correspondre aux marques laissées sous les aisselles de Nini, et qui avait servi à la hisser, des liens de cuir tressé analogues à ceux qui l'attachaient aux ailes du Moulin-Rouge, et, sous sa paillasse, un exemplaire du *Petit Journal illustré* représentant la crucifiée. Son dernier exploit. Il avait été content qu'on le sache encore capable d'une si périlleuse acrobatie. Dommage qu'il n'ait pas pu recueillir les applaudissements.

Il avait dû attendre la nuit tombée pour le transport, en brouette, avait sauté le mur des jardins du Moulin-Rouge, aidé du couple Fleury, et traîné puis hissé la victime sur le toit, prestation sans grande difficulté pour lui.

L'homme avait conservé, du temps de sa gloire, des programmes du cirque Fernando le représentant dans son numéro, et un vieux maillot de scène moisi et raidi de sueur. Et, dehors, contre un mur, une grande brouette qui avait servi au transport du corps.

Le lendemain matin, les petits vendeurs de journaux criaient à qui mieux mieux dans toutes les rues :

— Arrestation des assassins des danseuses ! Ils ont avoué leur horrible forfait ! Révélations d'une sordide affaire !

Le second interrogatoire fut rapide. Le couple avoua le meurtre de Cigale, qu'il fallait faire taire, car elle pouvait les dénoncer. Ils n'avaient pas voulu reprendre le risque de la crucifier au Moulin. Ils l'avaient surprise chez elle, enlevée, assommée, puis transportée en fiacre, comme si c'était une femme malade, puis tuée devant le vieux cimetière et installée sur la tombe pour accréditer encore l'acte d'un fou ou d'un pervers.

L'instruction fut rapidement menée et le procès retentissant. Toulouse-Lautrec y assista avec Robert Fresnot et, naturellement, Berflaut, son ami Santier, et le commissaire Lepard.

L'avocat général profita de l'occasion pour dénoncer les sordides trafics et demander au préfet de police de prendre de sévères mesures pour y mettre fin. Pour faire un exemple, la « femme aux gâteaux » avait été condamnée la semaine précédente à la prison à vie. Leur avocat ne put sauver ni l'homme ni la femme Fleury.

Ils furent, un matin de février, guillotinés ensemble devant la prison de la Roquette, où un public nombreux se pressait.

L'homme, hébété, subit le premier son châtiment, la femme se débattit, hurla, appela à la pitié, il fallut que Louis Deibler et ses assistants la maintiennent sur la planche jusqu'au moment où la lame descendit et fit son œuvre. Tandis que la foule, repue, s'éloignait, l'aumônier qui les avait accompagnés et soutenus resta quelque temps à prier. Il avait, deux ans auparavant, pour le journal *Le Matin*, témoigné de sa pénible mission sous le titre « Au pied de l'échafaud ». Toulouse-Lautrec, auteur du dessin de couverture, sans jamais avoir assisté à une exécution, en avait rendu l'horreur d'une façon saisissante.

C'est une tout autre oraison funèbre que Bruant, arpentant son cabaret, écharpe rouge au cou, se remit à chanter.

> *La dernière fois que je l'ai vu*
> *Il avait l'torse à moitié nu*
> *Et le cou pris dans la lunette*
> *À la Roquette...*

La vie à Montmartre reprit comme avant, les jardins du Moulin-Rouge rouvrirent au printemps, avec l'éléphant, les promenades à âne et les spectacles en plein air. Bientôt la foule qui se pressait le soir, place Blanche, oublia cette nuit d'hiver où, là-haut, on avait découvert, crucifiée sur les grandes ailes lumineuses, une pauvre danseuse de cancan.

Bibliographie

Louis Chevalier, *Montmartre du plaisir et du crime*, Robert Laffont, 1980.

Monique Barrier, Martial Leroux, *Châtillon aux portes de Paris*, Maury-Eurolivres, 1998.

Thadée Natanson, *Un Henri de Toulouse-Lautrec*, P. Cailler, Genève, 1951.

Jeanne Avril, *Mes mémoires*, Phébus, 2005.

Jean-Marc Berlière, *Le Monde des polices en France : XIXᵉ et XXᵉ siècles*, Complexe, 1996.

Jean-Marc Berlière, *Le Préfet Lépine. Aux origines de la police moderne*, Denoël, 1993.

Œuvres de Toulouse-Lautrec évoquées dans le roman

Le Moulin-Rouge, affiche, 1891.

Jeanne Avril dansant, huile sur carton, 1892.

Jeanne Avril sortant du Moulin-Rouge, huile sur toile, 1892.

Portrait d'Yvette Guilbert, fusain et essence sur carton, 1894.

Panneaux de la baraque de la Goulue, *La Danse au Moulin-Rouge*, *La Danse mauresque*, huiles sur toile, 1895.

Au salon de la rue des Moulins, fusain et huile sur toile, 1894.

Femme tirant son bas, gouache sur carton, 1894.

Les Deux Amies, huile sur carton, 1895.

Lassitude, album de lithographies, « Elles », 1896.

La Passagère du 54, lithographie, 1896.

Remerciements

À Mme Delphine Cingal, maître de conférences à Paris II, spécialiste du roman policier, pour son soutien permanent.

À M. Dominique Kalifa, de l'université de Paris I, pour les informations qu'il m'a aimablement fournies pour mes recherches.

À M. le professeur J.-M. Berlière, de l'université de Bourgogne, pour ses précieux conseils.

À Gérard, pour sa patiente relecture et ses pertinentes remarques.

À J.-C. Sarrot, qui m'a fait découvrir Nouveau Monde éditions.

MEURTRE AU CINÉMA FORAIN

Méliès, prestidigitateur,
met le cinématographe dans un chapeau
pour en faire sortir le cinéma.

Edgar Morin,
Le cinéma ou l'homme imaginaire.

Jules Marey, les frères Lumière
avaient, tour à tour, donné le mouvement.
Mais Georges Méliès, le premier, a délivré les fées.

Paul Gilson, *Ciné-Magic.*

Ce visionnaire de talent, mêlant surréalisme
et conscience aiguë des maux du temps,
l'un des pères fondateurs du cinéma
dont il ne faut pas oublier qu'il est né
dans les foires et l'amour du spectacle vivant.

Frédéric Mitterrand,
discours du 21 janvier 2011
célébrant le cent cinquantième anniversaire
de la naissance de Georges Méliès.

À mes petits-enfants, habitués aux prouesses des effets spéciaux numériques, pour qu'ils sachent quelles inventions et quels bricolages de génie leur ont, il y a plus d'un siècle, ouvert la voie.

1

Juin 1902

— Attention, Bon Dieu ! La nef s'écroule !

Toute une partie du croisillon sud du chœur de l'abbaye de Westminster chancelait dangereusement. La tribune d'où les pairs et pairesses devaient assister au couronnement d'Édouard VII allait s'effondrer.

Le Roi s'était reculé à temps, ainsi que la Reine, qui poussa un cri, trébucha et se prit les pieds dans sa traîne.

Georges Méliès, en bras de chemise, quittant d'un bond sa caméra, se précipita avec son décorateur et ses deux assistants opérateurs pour redresser et plaquer contre le mur l'énorme décor construit en dur. Réalisé morceau par morceau, puis assemblé, ses dimensions lui interdisant d'entrer dans l'atelier de pose, il avait été placé à l'extérieur, contre le mur nord de la propriété. « Atelier de pose » : c'est ainsi qu'il appelait son studio, une immense verrière qu'il avait construite en 1897 dans le jardin potager de la maison familiale de Montreuil, puis agrandie deux ans plus tard pour offrir un champ plus large à la caméra.

Ce décor était à la merci des intempéries, aussi fallait-il tourner assez vite.

La Reine Victoria était morte en janvier 1901, après un règne de soixante-quatre ans, et son fils, monté sur le trône à soixante et un ans, ne pouvait espérer l'occuper aussi longtemps que sa mère. D'ailleurs cet homme affable, noceur réputé, ne semblait pas avoir jamais rêvé d'un tel privilège.

Après les impressionnantes obsèques de la Souveraine, il fallait offrir à ses sujets le spectacle fastueux d'un nouveau sacre. Méliès avait reçu commande, par l'intermédiaire de son correspondant à Londres, des « vues animées[1] » du couronnement, qui aurait lieu le 24 juin[2].

Le cahier des charges établi par Lord Esher, maître des cérémonies, prévoyait que Méliès tournerait en direct l'arrivée à Westminster, et le départ du cortège. Comme il était évidemment impossible, tant pour des raisons d'éclairage que de protocole, de filmer la cérémonie elle-même, celle-ci serait tournée en studio et réduite à six minutes.

On avait choisi le moment le plus solennel, celui du sacre proprement dit. Méliès s'était rendu à Londres pour prendre des croquis de l'intérieur de l'abbaye, et son correspondant lui en envoyait d'autres, annotés de sa main. L'orgue devait être bien visible, car on jouerait pendant la projection une musique d'accompagnement. Et surtout

---

1. C'est ainsi qu'on appelait les films, ce dernier terme ne désignant que les pellicules.
2. En fait la cérémonie fut retardée au mois d'août à cause d'une crise d'appendicite d'Édouard VII, et allégée pour lui épargner de la fatigue.

– plusieurs notes insistaient sur ce point – l'acteur jouant le Roi devait être plus grand que l'actrice jouant la Reine, alors qu'en réalité celle-ci dépassait son époux d'une bonne tête. Méliès avait aussi reçu des magazines illustrés où le Roi paraissait en grand uniforme, qu'il avait fait reproduire à l'identique dans son atelier de costumes.

Ce que le protocole et Édouard VII ignoraient, c'est que les figurants choisis étaient un garçon de lavoir du Kremlin-Bicêtre, véritable sosie du Roi, et pour la Reine, une danseuse du Châtelet. D'ailleurs, il ne s'en serait sans doute pas offusqué, celui qui, en tant que prince de Galles, avait parcouru l'Europe des plaisirs, longtemps pilier du Moulin-Rouge, où la voix gouailleuse de la Goulue l'apostrophait sans vergogne : « Hé, Galles, tu paies le champagne ? »

Le décor solidement fixé, les trois rangs de figurants, pairs et pairesses, prirent place dans la tribune.

Méliès fit signe aux souverains d'aller s'asseoir dans le chœur sur leurs fauteuils et retourna vers sa caméra. Mais Jehanne d'Alcy l'arrêta net.

— Monsieur Méliès, la robe ! Elle est déchirée !

« Monsieur Méliès ». C'est ainsi qu'elle l'appelait en public, malgré une liaison de bientôt sept ans. Sa petite taille et sa fine silhouette en avaient fait la vedette des tours de prestidigitation et des films de magie, tel *Escamotage d'une dame chez Robert-Houdin*.

Désormais, ayant grossi, elle ne pouvait plus jouer ses rôles d'autrefois. Ah, quel succès elle avait eu dans *Après le bal, le tub*, ses formes audacieusement révélées par un collant couleur chair ! Ce n'était

497

pas sans amertume qu'elle voyait maintenant lui succéder dans les œuvres et dans le cœur de son amant une mince et jolie nouvelle recrue, Bleuette Bernon. Et, comble du supplice, étant désormais responsable de l'atelier de costumes de Montreuil, elle devait habiller sa rivale !

Certes, elle gardait ses privilèges. Méliès lui assurait à Paris une vie très aisée, il lui avait acheté un petit hôtel particulier rue de Trévise, et sa générosité répondait toujours aux exigences de la jeune femme. Mais, malgré sa délicatesse, son regard sur elle n'était plus le même, elle le sentait bien !

Amant comblé, époux heureux, Georges Méliès assumait ses responsabilités de mari et de père envers Eugénie et ses deux enfants, Georgette et le petit André pour lesquels il venait, en même temps que l'agrandissement de son studio, de faire construire une belle villa au fond du grand parc. Ils y seraient plus à l'aise que dans l'appartement de la rue Chauchat et bénéficieraient du bon air de la banlieue.

Cela représentait désormais pour lui un trajet quotidien de plus de deux heures entre Montreuil et ses bureaux du passage de l'Opéra, où il recevait les forains venus lui acheter ses dernières productions, sans compter le théâtre Robert-Houdin qu'il continuait à diriger. Et ce diable d'homme ne semblait jamais fatigué ! Ce roi de la magie était-il arrivé à se dédoubler pour avoir le temps et la force, en tournant un sujet, de penser au prochain, d'imaginer de nouveaux tours, des trucages inédits, et de produire à un tel rythme ses merveilleuses « vues animées » ?

C'est l'enthousiasme qui l'animait, une fièvre de création permanente qui lui donnait cette énergie que tout son entourage admirait, tout en faisant parfois les frais d'une de ses colères quand on ne répondait pas à son attente.

À l'appel de Jehanne d'Alcy, Marguerite Berflaut, une mince et longue femme d'une cinquantaine d'années, au visage plaisant, arriva, aiguille et fil en main, et il ne lui fallut que cinq minutes pour réparer à grands points l'accroc fait dans la robe de la Reine.

À la fin de la journée, le tournage était terminé. Tout le monde avait parfaitement tenu son rôle, Méliès ayant montré à chacun ce qu'il devait faire et où se placer ; véritable homme-orchestre, il avait joué successivement le Roi, la Reine, l'Évêque, le Chambellan.

Tandis que son opérateur allait ranger l'appareil de prise de vues dans l'appentis de l'atelier et qu'on bâchait par précaution le décor, Méliès donna congé aux figurants en les remerciant avec sa courtoisie habituelle. Il leur régla le cachet généreux de vingt francs-or pour leur journée de tournage, assorti d'un supplément pour leur trajet.

Méliès s'approcha de la couturière et s'inclina galamment.

— Merci, madame Berflaut, à bientôt, et faites mes amitiés à l'inspecteur ! Il vient encore de faire un coup d'éclat, à ce qu'on m'a dit !

Marguerite rougit d'être appelée madame Berflaut. Elle n'y était pas encore habituée, ayant récemment, après des années de cour discrète, accepté d'épouser son ami policier.

Celui-ci continuait sa carrière exemplaire, jalonnée d'enquêtes délicates, difficiles et toutes résolues[1]. Quant au « coup d'éclat », elle s'en serait bien passée ! Lancé quelques mois auparavant dans la traque d'une bande d'apaches des barrières, meurtriers de deux officiers de police, il avait été blessé au bras au cours d'une arrestation mouvementée. Les bandits n'échapperaient pas à la guillotine et pour un peu, elle, la douce Marguerite, qui avait horreur du sang et de la violence, serait bien allée devant la prison de la Roquette voir tomber leurs têtes sous le couperet.

Il était seize heures quand elle quitta le studio de Montreuil pour monter à la Croix de Chavaux dans le tramway qui la conduisit à Vincennes, puis elle prit le métropolitain jusqu'au Palais-Royal. En cinq minutes à pied, elle avait gagné la rue du Louvre où ils venaient de s'installer. Louis était à deux pas du Quai des Orfèvres, son second foyer, disait-elle en plaisantant, mais elle savait désormais qu'elle devrait vivre, comme toute femme de policier, dans une angoisse permanente.

1. Voir *Sanguine sur la Butte* et *Danse macabre au Moulin-Rouge*, Nouveau Monde éditions et *Piège de feu à la Charité*, éditions Jacqueline Chambon.

2

Rue du Louvre

Quand elle ouvrit la porte de leur appartement, son mari vint au-devant d'elle, l'aida à se débarrasser de son manteau et l'embrassa tendrement.

— Viens t'asseoir, tu as dû avoir chaud dans le métropolitain ! Je te prépare une orangeade.

Il disparut dans la cuisine tandis qu'elle enlevait son chapeau et rajustait son chignon devant la glace. Elle constata que ses traits étaient fatigués, et elle ne pourrait empêcher Berflaut de revenir à la charge. Ce qu'il fit immédiatement en lui apportant son verre dans le salon.

— Tout de même, Marguerite, ce parcours que tu t'imposes ! Je me demande si tu n'as pas eu tort de démissionner de la Comédie-Française ! Tu en étais à deux pas !

— Louis, tu sais bien pourquoi je l'ai quittée ! N'y reviens pas ! Je suis très heureuse de travailler avec M. Méliès, c'est un homme charmant, attentif et respectueux de son équipe, il sait reconnaître le bon travail et le dire ! Tu entends bien, le DIRE ! En quinze ans à l'atelier de costumes de la maison de Molière, je n'ai pas eu un seul merci ! Ni du chef de l'atelier, ni des comédiens, quand il fallait d'urgence venir avant la représentation réparer le justaucorps déchiré d'Hernani ou élargir le corsage de Célimène qui avait grossi et trouvait que sa robe n'était pas seyante ! Et ne parlons pas des petites rosseries entre rivales, des accrocs mal placés, des coutures habilement défaites, pour qu'elles craquent au moindre mouvement, une guimpe salie au moment de l'entrée en scène...

— Certes, Marguerite, mais cela valait-il que tu démissionnes ! Tu sais, même si on ne te l'a pas dit, combien tu étais appréciée !

— Peut-être, de toute façon je ne regrette rien. Et puis, l'épisode de l'incendie, il y a deux ans, m'est resté sur le cœur. La pauvre Jeanne Henriot morte brûlée vive pour avoir voulu sauver son petit chien, et qui n'a eu pour toute oraison funèbre que : « Elle l'a bien cherché ! On ne remonte pas dans sa loge pour un chien ! Elle a risqué la vie des pompiers pour une bête ! » Je ne l'ai pas supportée, cette indifférence, je l'ai dit, et ça n'a pas plu à certains. Non, crois-moi, Louis, je suis très bien à Montreuil, M. Méliès fait des choses admirables, et grâce à lui le cinématographe va devenir un art véritable, pas seulement une invention technique. C'est un magicien !

Lancée sur le sujet, elle aurait continué si Madeleine Berflaut n'était entrée dans la pièce. La jeune fille, blonde, des yeux clairs, un nez fin, un peu retroussé, ressemblait à sa mère, morte lorsqu'elle avait cinq ans. Sa grand-mère maternelle qui avait aidé Louis Berflaut à l'élever avait disparu deux ans auparavant. Peut-être Marguerite avait-elle, entre autres raisons, après des années de fidélité posthume à son fiancé, fusillé pendant la Commune, accepté d'épouser son ami pour prendre le relais et apporter à l'adolescente une présence féminine au foyer ?

Madeleine alla l'embrasser.

— Bonsoir, Marguerite. Alors, ce tournage ?

— Amusant, je vous raconterai tout à l'heure. Et toi, le lycée ?

— Je suis contente, mes professeurs m'ont dit que je pourrai me présenter au brevet supérieur, et préparer l'École normale d'institutrices.

— Bien ! Très bien ! C'est ce que tu voulais, non ?

— Tout à fait ! À propos, dit-elle à son père, j'ai une composition sur la Justice. J'ai envie de parler de l'Affaire Dreyfus ! Tu peux m'aider ?

— Surtout pas ! C'est un sujet encore trop sensible, et tu ne sais pas de quel bord est ton professeur !

— Tout de même, papa, c'est fini, maintenant !

— Ne crois pas ça !

En dépit de la découverte des vrais coupables, le suicide du colonel Henry et la grâce accordée par le président Loubet[1], les haines couvaient toujours et Zola avait payé d'un procès infamant et de l'exil son courageux « J'accuse ». Cela ne l'avait pas dissuadé de publier récemment *La Vérité*, recueil des articles écrits tout au long du déroulement de l'Affaire, ce qui passait pour une dangereuse imprudence aux yeux de ses amis, et pour les autres, une impardonnable provocation. L'antisémitisme ne

---

[1]. Le mot, qui n'excluait pas sa culpabilité, avait scandalisé les dreyfusards, qui exigeaient que Dreyfus soit totalement innocenté et réhabilité, ce qui n'interviendra qu'en 1906.

désarmait pas et la rage de la bataille perdue ne faisait que l'attiser. Il changerait simplement de cible, il n'en manquait pas[1].

Marguerite se leva pour aller préparer le dîner, et remercia Madeleine qui lui proposait de l'aider.

— Tout à l'heure, remets-toi plutôt à ton devoir. Et toi, Louis, tu pourrais peut-être lui suggérer d'autres exemples, pour la Justice ? Après tout, avec ton métier, tu n'en manques pas !

— J'y pense, j'y pense, dit-il en s'emparant de son journal pour suivre sa femme dans la cuisine.

C'était le moment qu'elle appelait « La Gazette des fourneaux » parce qu'il lui lisait et commentait les dernières nouvelles. Il aimait la regarder officier devant sa cuisinière de fonte aux poignées de cuivre brillantes, et de temps en temps s'approchait pour soulever un couvercle, humer les effluves prometteurs de plats délicieux. Il l'admirait de trouver le temps, avec son travail et ses longs trajets, de les préparer. Elle haussait les épaules : « Il suffit d'un peu d'organisation, mon chéri ! », mais elle rougissait du compliment.

— C'est demain que commence le procès Manda ! J'irai assister aux séances au Palais de justice, ça vaudra la peine, d'après ce que le juge d'instruction m'a dit. Amélie Hélie va faire son numéro, très probablement !

---

1. Les nationalistes les plus radicaux, comme la Ligue des patriotes, continuaient à tenir des réunions secrètes. Les inspecteurs de la Sûreté avaient reçu la consigne d'exercer une vigilance discrète, mais permanente.

Celle que tout Paris connaissait davantage sous le surnom de Casque d'Or avait conquis sa célébrité pour avoir été l'enjeu d'une rivalité entre deux chefs de bandes des Barrières, Manda de La Courtille et Leca de Charonne, rivalité qui s'était terminée par une grave blessure pour Leca, et des représailles entre les deux camps.

— Elle ne se privera pas d'exploiter l'affaire ! dit Marguerite. Il paraît que ses Mémoires vont paraître bientôt en feuilleton[1] !

Ils passèrent bientôt à table et Louis Berflaut fit largement honneur à la cuisine de sa femme. Si largement, d'ailleurs que le regard malicieux de Madeleine se fixa sur le gilet de son père dont les trois boutons du bas étaient ouverts.

— Papa, quand reprendras-tu la course ?

Lorsqu'ils vivaient près du square Montholon, Berflaut trouvait le temps, le dimanche, de prendre l'omnibus pour aller courir au bois de Vincennes. Désormais trop occupé par ses nouvelles fonctions de brigadier de la préfecture de police[2], il avait abandonné cet entraînement, au grand dommage de sa ligne.

Madeleine insista.

---

1. La revue des *Bouffes du Nord* où elle jouait, intitulée *Casque d'Or et les apaches*, fut annulée pour risque de trouble à l'ordre public, à la suite d'une pétition de modistes, « honnêtes ouvrières » qui n'admettaient pas qu'une prostituée notoire tirât partie de sa vie de débauche. Quant au portrait que le peintre Albert Dupré avait exposé au dernier Salon, le préfet Lépine l'avait fait décrocher séance tenante. Tout cela ne ferait qu'attiser la curiosité populaire.

2. Ce grade est supérieur à celui d'inspecteur, mais on le confondait souvent avec celui de brigadier de gendarmerie, ce qui occasionnait parfois des malentendus.

— Si tu dois courir après un malfaiteur, il faut garder le souffle !

Il sourit sans lui dire qu'à part quelques exceptions, dont celle qui lui avait coûté sa blessure, la course aux malfaiteurs se faisait essentiellement, en ce qui le concernait, à partir d'examen de scènes de crime, d'indices confiés au laboratoire de la police scientifique de Bertillon, d'interrogations de suspects, de tractations discrètes avec des indicateurs.

Mais la remarque de sa fille avait porté, et, après avoir regardé dans la glace de l'entrée sa silhouette de profil, il se promit d'aller dès le prochain dimanche courir au Luxembourg.

3

Palais de justice

Une foule dense faisait la queue devant les grilles du Palais de justice. Un contingent de gardiens de la paix tâchait d'empêcher la bousculade et de canaliser les entrées jusqu'au moment où la salle de Cour d'assises serait pleine. Cette foule attendait, depuis les premières heures du matin, pour assister au premier jour du procès de Manda[1], dit « l'Homme », et surtout voir de près la célèbre Casque d'Or. Les marchands de journaux s'égosillaient en circulant le long de la file d'attente :

« Casque d'Or et Manda face à face ! Le duel des bandes apaches ! Tous les détails ! »

À leur voix se mêlait celle d'un camelot moulinant son orgue de barbarie pour accompagner sa complainte :

Pour la belle aux cheveux dorés
Les apaches se font la guerre
À Manda elle a préféré

---

1. De son vrai nom Joseph Pleigneur.

Leca, le roi des barrières.
C'est en vain que pour ses beaux yeux
« L'Homme » sur son rival s'acharne,
À coups de surin, à coups de feu
Pour Leca elle garde ses charmes !

Un dixième seulement de la file d'attente put entrer, les autres repartirent, déçus, en se promettant de revenir le lendemain à l'aube.

Ils avaient au moins vu arriver la vedette de l'affaire. Encadrée de deux inspecteurs, Casque d'Or avait gravi lentement les escaliers, renard bleu au cou, malgré la chaleur. Arrivée en haut des marches, elle s'était retournée vers le public pour jouir de son succès, mais les policiers l'avaient entraînée avant qu'elle ne se lance dans une déclaration intempestive.

Louis Berflaut montra sa carte et s'installa au premier rang du public. Il voulait voir de près les deux protagonistes de ce fait divers qui occupait depuis cinq mois la presse populaire, prenant le pas sur d'autres actualités : l'explosion du volcan de la montagne Pelée, en Martinique, le 8 mai, faisant trente mille victimes, et l'arrestation de Thérèse Humbert, auteur de l'« escroquerie du siècle », dont le procès était prévu en août. Elle serait défendue par maître Labori, qui avait soutenu une plus noble cause en la personne de Zola et celle du capitaine Dreyfus. Mais c'était pour cette affaire d'apaches que se passionnait le public dont le brouhaha emplissait la salle.

Berflaut aperçut, au rang de la presse, Robert Fresnot, qui lui fit un signe en agitant son carnet.

508

Le neveu de Marguerite était affecté à la rubrique judiciaire du *Figaro*. Deux ans passés aux côtés de l'inspecteur dont il avait suivi les enquêtes en y participant avec passion l'avaient familiarisé avec le monde du crime.

Le président imposa silence à la salle et présenta l'acte d'accusation.

Manda, prostré sur son banc, entre ses deux gardiens, écoutait, tête baissée. Il savait l'enjeu de ce procès, et la pensée que Leca, son rival et sa victime, arrêté en Belgique le mois précédent, n'échapperait pas, lui non plus, à une lourde condamnation, ne le soulageait qu'à peine. Il ne jouait pas sa tête, son avocat le lui avait garanti, mais la perspective de terminer sa vie au bagne se profilait au bout de ce procès[1].

Il ne leva la tête qu'à la fin de l'interrogatoire des témoins, quand un murmure accompagna l'entrée de Casque d'Or.

Elle ne manquait pas d'allure, et quand elle balaya la salle du regard, son air effronté plut aux hommes. Mais, si l'on admirait la splendide chevelure, le visage était sans finesse, et les traits vulgaires.

Sa déposition ne le chargea pas. Fidèle, au moins sur ce point, à son ancien amant, elle s'obstina à nier les faits. Elle n'avait rien vu, elle ignorait qui avait blessé Leca. Sûrement pas Manda, en tout cas.

---

1. Manda fut condamné au bagne à perpétuité, où il devint infirmier et se comporta de manière exemplaire. Libéré pour bonne conduite, il ne quitta pas Cayenne où il mourut. Leca fut condamné à sept ans de travaux forcés, resta lui aussi à Cayenne où il fut tué au cours d'une rixe.

— Mais enfin, il est de notoriété publique que Manda et Leca se sont battus à cause de vous !

— Tout cela, monsieur le président, c'est des inventions de journalistes ! C'est eux aussi qui parlent d'apaches ! Les apaches, ça n'existe pas, nous étions tous des copains !

À ce moment, Manda leva la tête, étonné, et sans doute ému, qu'elle ne l'accable pas. Il échangea un long regard avec elle et baissa la tête comme pour lui dire merci. Dès qu'elle quitta la barre, il retomba dans sa prostration, tandis qu'une partie du public, qui attendait peut-être autre chose de cette confrontation, commençait visiblement à s'ennuyer.

La parole fut donnée ensuite à l'avocat général. Son réquisitoire consistait à démentir la version du drame passionnel qui serait sans doute l'argument invoqué par la défense. Amélie Hélie et Joseph Pleigneur n'étaient pas des héros de mélodrame, mais l'une, une prostituée notoire, l'autre, son maquereau, et les deux attentats contre Leca n'étaient pas le fait de la jalousie d'un amant bafoué, mais de la fureur d'un souteneur dépossédé de son gagne-pain.

Quand il eut terminé, il était très tard et le président remit au lendemain la plaidoirie de la défense. La salle se vida très vite.

Berflaut attendit que Robert Fresnot le rejoigne.

— Marguerite et Madeleine te réclament. Peux-tu venir dimanche à déjeuner ?

— Avec plaisir, mais je devrai vous quitter vers quinze heures. Georges Méliès, grâce à Marguerite, m'accorde rendez-vous au théâtre Robert-Houdin.

Tu la remercieras de ma part avant que je le fasse moi-même.

— Tu penses à quitter la rubrique judiciaire ?

— Non, pas encore. Mais tu connais ma véritable ambition !

— La critique d'art, oui, je sais !

Depuis que Toulouse-Lautrec, l'ancien voisin de sa tante rue Caulaincourt, avait fait son éducation de musées en galeries, et décelé chez le jeune homme un véritable œil de professionnel, Robert Fresnot piaffait d'impatience. Il attendait que la rubrique à laquelle un vieux confrère s'accrochait, malgré sa vue de plus en plus défaillante et des goûts désuets qui finissaient par lasser les lecteurs, lui soit confiée.

— Je lui ai suggéré de faire un article sur le « Magicien du cinéma », mais il ne veut pas en entendre parler, il ne cesse de rappeler l'incendie du Bazar de la Charité, causé par cette « invention du diable ». Mais il a, assez gentiment, accepté de me laisser sa place dans sa rubrique, pour une fois seulement.

— Il ne sait pas quel risque il prend ! Mais tu as raison d'en profiter, d'autant que, selon Marguerite, Georges Méliès est un homme charmant et t'apprendra des tas de choses.

Les deux hommes se quittèrent au bas des marches du Palais de justice, d'où la foule et les camelots avaient maintenant disparu.

4

Commissariat de Neuilly-sur-Seine

— Entrez donc, cher ami, dit le maire de Neuilly, en accueillant dans son bureau le commissaire de police de la ville. Les deux hommes avaient l'habitude de se rencontrer pour régler les problèmes qui leur étaient communs au moment de la grande fête annuelle.

Succédant à la Foire du Trône qui rassemblait place de la Nation un public essentiellement populaire, la Fête de Neuilly, étape du calendrier mondain, voyait se côtoyer pendant trois semaines bourgeois, ouvriers, filles, demi-mondaines, artistes, élégantes et gens titrés, ce qui posait parfois, cela s'était vérifié les années précédentes, quelques difficultés relationnelles.

Tout au long de l'avenue de Neuilly, depuis la porte Maillot jusqu'au pont de Neuilly, s'installeraient dans dix jours quelque trois cent cinquante baraques, selon un ordre rituel.

À partir de la porte Maillot, sur le côté gauche, les grandes attractions foraines, manèges mécaniques « à vertige », montagnes russes, puis les spectacles divers, tandis qu'à droite se succéderaient les tirs, les loteries, les manèges d'enfants et les baraques de confiseries, enfin tout au bout, les ménageries, repoussées loin des grands hôtels particuliers à cause de l'odeur et du rugissement des fauves.

Mais à l'intérieur de ce plan théorique, l'attribution des places représentait un casse-tête d'importance, car elle donnait lieu à des récriminations, revendications et plaintes diverses. Le règlement prévoyait cette attribution soit à l'ancienneté, dont témoignait le carnet que chaque forain devait présenter en s'inscrivant à la mairie, soit à l'importance de l'attraction, soit au tirage au sort en absence de critère vérifiable. Mais ce tirage au sort lui-même était faussé par un trafic souterrain, les complaisances tarifées des préposés et les recommandations diverses d'officiels, députés, ministres ou sénateurs, qui s'entassaient sur les bureaux de la mairie.

— Écoutez celle-ci, dit le maire en sortant une lettre de son dossier. *Monsieur le sénateur X recommande vivement à monsieur le maire de Neuilly-sur-Seine mademoiselle Mara, funambule de grand talent, afin qu'il lui soit attribuée pour sa dangereuse exhibition une bonne place, loin du bruit et des trépidations des grands manèges aussi bien que des stands de tir dont le bruit risquerait de la perturber en plein ciel.*

— La jeune funambule a dû faire quelques acrobaties sur le fauteuil de notre sénateur pour lui montrer... son talent !

Les deux hommes rirent en imaginant la scène.

— Et cette autre, d'un député, continua le maire. *Madame Mira, dompteuse aux dix blessures, est une artiste méritante dont la baraque, très bien tenue et d'une hygiène parfaite, mérite d'être placée tout au début des ménageries. Elle n'a pas hésité à affronter les lions les plus cruels pour nourrir ses enfants.* Curieuse formulation, ne trouvez-vous pas ? Leur donne-t-elle ses lions en pâture ?

— Répondez-vous à ce genre de lettres ?

— Jamais. D'ailleurs ceux qui les écrivent doivent être les premiers embarrassés, et doivent se contenter de dire à leurs protégés qu'ils ont bien fait la démarche ! Et vous, quel morceau d'anthologie m'apportez-vous ?

— Oh ! Mes lettres sont d'un autre genre, moins drôles et parfois nauséabondes, c'est le cas de le dire pour celle-ci : *Les riverains de l'avenue de Neuilly mettent en garde monsieur le commissaire contre les romanichels dans leurs infectes roulottes ; en outre les bêtes et les gens ont des besoins naturels qu'ils satisfont sur le sol, et leurs nombreux enfants en haillons et pieds nus mendient aux promeneurs*[1]... Et bien sûr, aucune signature ! Je ne me souviens pas d'avoir reçu ce genre de plainte les années précédentes. Les Neuilléens sont-ils devenus moins tolérants ?

— Peut-être. Il y a eu l'année dernière quelques menus incidents dont je n'ai pas trouvé utile de vous informer, des chapardages dans les jardins, quelques cerisiers dépouillés en une nuit ; pas de quoi enquêter, les preuves du crime avaient disparu dans les petits ventres, et nous n'allions pas rechercher la piste des noyaux ! Cela a suffi pour déclencher la méfiance et le rejet. Mais ce qui m'inquiète davantage, ce sont les haines internes. J'ai reçu des dénonciations contre des photographes ou

---

1. Cette lettre, contrairement aux précédentes, est authentique.

des propriétaires de cinémas, les grands banquistes[1] israélites surtout, auxquels leurs concurrents ne pardonnent pas leur réussite ni leurs roulottes somptueuses.

— Il doit s'agir de propriétaires d'attractions sans succès, jaloux de la concurrence.

— C'est très probable. Le monde des forains est un monde particulier, les rancœurs et les haines se règlent le plus souvent entre eux ; la police n'en a, heureusement, que de rares échos.

Les deux hommes se séparèrent, et le commissaire s'octroya un moment de flânerie avenue du Roule, en fumant une cigarette. Il regardait passer, en ce printemps superbe, les calèches, les cavaliers et les amazones qui revenaient du bois de Boulogne.

Bientôt le quartier allait se peupler de roulottes et de baraques et bruire du vacarme des musiques discordantes des trompettes, tambours et limonaires, des cris des bonimenteurs, du rugissement des fauves, des pétarades des tirs, des hurlements de peur ou de plaisir arrachés aux clients des attractions à vertige, et cette grande voix de la Fête ne se tairait qu'à minuit, au soulagement des riverains.

---

1. Terme synonyme de « forains ».

5

Théâtre Robert-Houdin, 8 boulevard des Italiens

Robert Fresnot était arrivé en avance d'un quart d'heure au théâtre Robert-Houdin pour son rendez-vous. La foule des promeneurs du dimanche défilait boulevard des Italiens, on commençait déjà à faire la queue pour assister à la représentation en matinée du spectacle de magie. Les autres jours de la semaine, sauf le jeudi, jour des enfants, étaient consacrés désormais à la projection des films d'illusionnisme. Georges Méliès avait ajouté au répertoire traditionnel des inventions nées de son imagination fertile, la célèbre et époustouflante *Stroubaïka persane, Le Manoir du Diable, Le Calife de Bagdad* et le terrifiant *Décapité récalcitrant* qui lui avait valu la visite du bourreau Deibler et de son assistant venus « se documenter », désireux sans doute de perfectionner en douceur et en rapidité leur office.

En attendant d'être reçu, le jeune journaliste demanda au préposé à l'accueil de visiter la salle et le foyer. La salle, refaite l'année précédente à la suite d'un incendie survenu dans le laboratoire d'un photographe situé à l'étage supérieur, était décorée sur ses murs de toiles marouflées et au plafond de médaillons consacrés à l'histoire de la magie. La petite scène, fermée de rideaux de velours à frange, s'encadrait de volutes rococo.

Le foyer attenant exposait la collection d'automates de Robert Houdin, parmi lesquels Robert Fresnot admira de près l'« Arlequin », assis sur sa malle, avec son flageolet muet, et l'« Escamoteur mystérieux », enturbanné à l'indienne et vêtu de velours rouge, debout sur un globe de verre, devant sa table. Ses mains tenant leurs cornets de cuir semblaient prêtes à faire apparaître et disparaître les dés. Aucun mécanisme apparent ne révélait les arcanes de leur fonctionnement, et leurs yeux de verre semblaient provoquer le jeune homme : « Tu ne sauras jamais quel secret nous anime ! »

Quel monde merveilleux, pensa-t-il, que celui où rien n'est comme il paraît être, où la raison se révolte devant l'impossible, et la curiosité se heurte aux trucs jalousement gardés !

Georges Méliès vint l'accueillir. Robert Fresnot ne l'avait jamais rencontré et fut frappé par l'élégance de ce bel homme, à la fine moustache et la barbe taillée en pointe, et par l'intelligence et la gaieté de son regard.

— Alors, jeune homme, dit-il en l'introduisant dans son bureau, vous vous intéressez à mes vues animées ? En avez-vous vu quelques-unes ?

— Bien sûr, monsieur ! Il y a un an, à la Foire Saint-Romain de Rouen, votre *Jeanne d'Arc*, et deux « actualités », *Les Obsèques de Félix Faure* et

L'Exposition universelle de 1900. Je ne vous cacherai pas ma préférence pour *Jeanne d'Arc,* encore que le cinématographe soit appelé aussi à se faire le témoin de son temps.

— Vous avez parfaitement raison. C'est pour cela que j'alterne les « actualités reconstituées » et les créations féeriques. Tenez, en ce moment, je mène de front les deux. Je viens de terminer un *Sacre d'Édouard VII,* et je suis en train d'achever un grand sujet, vous pouvez l'annoncer à vos lecteurs : un *Voyage dans la Lune* !

— Inspiré de Jules Verne ?

— Bien sûr, mais pas seulement ! La Lune a toujours figuré dans notre imaginaire, il y a eu déjà des spectacles sur ce thème, notamment une féerie d'Offenbach représentée au Châtelet il y a vingt-cinq ans. Pensez aussi à Cyrano de Bergerac[1] ! Vous l'avez lu ? Pas celui de Rostand, bien sûr, encore que la pièce soit un chef-d'œuvre, mais l'autre ! Non ? Lisez-le, cher ami, vous m'en remercierez : c'était un esprit fort, un libertin au sens philosophique du terme, un véritable pionnier de l'esprit ! Et drôle, avec ça !

— Entendu, monsieur. Je n'y manquerai pas. Et votre *Voyage dans la Lune,* ce sera donc une féerie scientifique ?

— J'aime le terme ! Oui, en effet. Mais vous savez, je prends avec la science de grandes libertés ! En tout cas, ce sera l'une des plus longues de mes vues animées, je ne peux encore le calculer exactement,

---

1. En 1656, Cyrano de Bergerac a publié *L'Histoire comique des États et empires de la Lune.*

environ un quart d'heure, je pense. J'espère que cela ne fera pas peur aux forains, et qu'ils viendront me l'acheter !

— Pourquoi, peur ?

— Simple raison commerciale ! Les métrages courts leur permettent de multiplier les séances et sont donc plus rentables, d'autant que je vends mes productions au mètre. Déjà *Jeanne d'Arc*, avec ses douze minutes de projection, les avait inquiétés. Et ça a été mon plus grand succès, tous l'ont acheté, même les Anglais !

— Peut-être par remords d'avoir brûlé notre Sainte !

— Sans doute ! Heureusement, d'ailleurs, car j'avais besoin d'être renfloué, après mon *Dreyfus* ! Vous avez peut-être su que les préfets en avaient interdit la projection dans leurs départements, à cause des bagarres qu'il déclenchait dans le public ?

— Je l'avais lu, en effet.

— J'aurais dû m'en douter, mais de toute façon, je voulais le faire. En plein procès de Rennes, il fallait témoigner en faveur de cet innocent[1].

— C'était en quelque sorte votre « J'accuse » !

— Si l'on veut, en moins retentissant, tout de même ! Zola a payé cher son courage ! Pour moi, ça a été moins grave, mais tout de même une perte sèche, d'autant que certains forains ont voulu me faire reprendre les bobines ! J'en ai quelques copies et je compte bien les remettre en circulation quand

---

1. Méliès a participé à un défilé en 1898 sous les fenêtres du ministre de la Guerre.

les choses se seront tassées. Pour l'instant, ça ne semble pas encore le cas.

— Je pense que pour le *Voyage dans la Lune* vous allez donner cours à votre imagination et réaliser des trucages inédits !

— Bien sûr ! Mais vous comprenez que je ne puisse pas vous en parler ni – comme un de vos confrères me l'avait demandé – autoriser quiconque à assister aux prises de vues !

— Bien entendu ! Vous voir travailler serait un privilège, mais le plaisir du spectacle en souffrirait si l'on connaissait la façon dont vous vous y prenez pour nous enchanter !

— Vous savez, je suis un homme de magie. Lorsque j'ai découvert, avec l'invention des frères Lumière, les ressources que le cinématographe pouvait m'offrir pour réaliser de vrais spectacles, de vraies histoires, et pas seulement des reportages sur la vie quotidienne, j'ai mis au point des techniques qui me permettraient de transposer à l'écran les scènes d'escamotage que je produisais sur scène : une femme qui disparaît, un homme courant après sa tête qu'emporte un squelette...

— Ne pourriez-vous pas me donner pour mes lecteurs, sans trahir vos secrets, un exemple ?

Méliès réfléchit un instant.

— Je n'entrerai pas, vous comprendrez bien, dans les détails. J'ai déjà été assez copié comme ça ! Disons que la base de la majorité de mes trucages est un arrêt de la caméra qui me permet de procéder à des substitutions. Et savez-vous comment je l'ai trouvé ? Par hasard ! Je filmais la place de l'Opéra quand mon appareil s'est bloqué. Le temps de recoller la pellicule déchirée et de remettre l'appareil en marche, je découvris que l'omnibus Madeleine-Bastille s'était changé... en corbillard !

— Cela a été pour vous comme la pomme de Newton ou la baignoire d'Archimède !

Méliès rit de bon cœur.

— En effet ! Mais je ne vous en dirai pas davantage, et même, je préférerais que vous gardiez pour vous cette petite anecdote. Je dois me protéger des pirates qui me copient honteusement, je vous en parlerai une autre fois, si cela vous intéresse. J'aimerais que certaines choses soient connues du public, vous pourriez m'y aider.

— Bien sûr ! Si je peux informer mes lecteurs des malhonnêtetés dont vous êtes victime, je le ferai bien volontiers.

— Alors c'est entendu ! Mais sans donner de noms, du moins dans un premier temps. Ces gens-là sont puissants et retors ; je ne veux pas, en plus, me voir l'objet de plaintes en diffamation.

Georges Méliès, à ce rappel, commençait à s'échauffer, mais il se reprit rapidement.

— Nous prendrons un autre rendez-vous, mais pas tout de suite, car j'ai encore beaucoup à faire en ce moment.

Robert Fresnot sentit que le moment était venu de prendre congé. Il se leva.

— Je vous remercie, monsieur, de votre accueil. Je vous soumettrai le texte de notre entretien d'aujourd'hui avant de le faire paraître.

— Entendu, jeune homme, dit Méliès.

Il se leva à son tour, lui serra la main, et le raccompagna jusqu'à la porte de son bureau. Depuis le couloir s'entendaient les applaudissements du public que le magicien Legris et ses comparses venaient une fois encore de mystifier.

6

Atelier de Montreuil

— Mesdames les marins, je vous remercie, dit Georges Méliès en s'inclinant devant le groupe des danseuses du Châtelet vêtues en mousses : des mousses dont les formes incontestablement féminines étaient soulignées par des culottes bouffantes sur des collants couleur chair, et des gilets rayés sous un petit paletot. Au lieu du bonnet à pompon, des chapeaux de paille que le moindre vent du large aurait vite emportés.

Il venait d'achever le tournage du septième tableau, avec le défilé des artilleurs, le salut au drapeau et la mise à feu du canon.

Depuis deux semaines une belle lumière pénétrant dans l'atelier de prise de vues avait permis de mettre en boîte les premiers épisodes, le congrès des astronomes, la préparation de l'obus, la fonte du canon géant, l'embarquement, tout avait parfaitement fonctionné. Les décors avaient été installés et changés dans des délais records, les figurants, disciplinés, avaient tenu parfaitement leurs rôles, sous la direction de Méliès, méconnaissable dans son maquillage de Barbenfouillis, le drolatique chef de l'expédition, cassé en deux, avec sa perruque blanche, sa longue barbe et ses moustaches.

Les danseuses remerciées, il regarda sa montre, et le ciel.

— Mettons déjà les choses en place pour demain, dit-il à son opérateur.

Ils durent attendre que les décors soient enlevés et rangés dans le hangar avant de procéder à l'installation du matériel prévu pour les séquences suivantes, celles de l'alunissage.

Entre-temps Barbenfouillis était redevenu Méliès. En bras de chemise, ses croquis préparatoires dans une main, un mètre et une craie dans l'autre, il arpentait l'atelier, mettant quelques repères au sol. Il fallait, pour le trucage qu'il envisageait, une synchronisation et des mesures parfaites, afin d'éviter la moindre erreur de cadrage. Comme pour *L'Homme à la tête en caoutchouc*, le passage progressif du plan lointain au gros plan serait obtenu par l'avance de la Lune vers l'obus, la caméra restant immobile, et le « sujet » se rapprochant peu à peu de l'objectif, tout ceci sur fond d'un épais rideau noir.

Le sujet, pour le tableau 8, « La Lune approche », était un disque de carton sur lequel on avait dessiné trois vagues formes grises évoquant des yeux et une bouche. Il était déjà calé sur le caisson entouré de noir qui s'avancerait sur des rails vers l'objectif de la caméra, « le moulin à café », comme l'appelait Méliès.

— Bon, tout est prêt pour demain matin ! déclara celui-ci en s'époussetant les genoux. Le papier mâché ?

— Oui, c'est fait, il durcira dans la nuit, promit l'accessoiriste.

Il s'agissait de ce qui allait devenir le clou du spectacle, le trucage de génie, l'effet choc longuement médité, avec croquis explicatifs.

Georges Méliès, en traversant le parc, se frottait les mains, riant comme un enfant qui se promettait de bien s'amuser. Il prit dans ses bras le petit André, le lança en l'air, au ravissement du petit garçon :

— Je vais t'envoyer dans la Lune ! répétait-il, dans la Lune !

— Arrête, Georges, il vient de goûter, tu vas lui soulever le cœur ! dit sa femme, inquiète quoique habituée aux mouvements d'enthousiasme de son bouillant époux.

Comme le petit garçon posé à terre en redemandait, son père se mit à quatre pattes et lui fit faire un petit tour dans l'allée. C'est dans cette posture que le surprit sa fille Georgette qui rentrait de son collège. Elle n'entendait pas laisser cette occasion.

— Papa, je ne demande pas la même chose, seulement, et tu me l'as promis, tu t'en souviens, d'assister au tournage d'un épisode. Jusqu'ici je n'ai rien vu, mais demain, je n'ai pas classe, c'est jeudi !

— Tu n'en parleras à personne, juré ? Tu sais combien on cherche à me copier, je n'ai pas envie que mes trucages s'ébruitent. Compris, Georgette ?

— Je te le promets, papa. Bouche cousue !

Méliès sourit. Il était heureux que sa jeune fille s'intéresse à ses recherches et se disait qu'un jour prochain il pourrait, si elle le désirait, en faire son assistante.

Le lendemain matin, il ne tenait plus en place d'impatience, attendant la pleine lumière pour commencer le tournage. Il était dix heures quand le soleil pénétra dans l'atelier. Georgette, qui était prête depuis déjà bien longtemps de peur de rater quelque chose, entra avec son père et salua l'opérateur et le décorateur qui avaient terminé leur installation. Le rideau noir qui servirait de fond était suspendu aux cintres, un obus de carton, modèle réduit de celui qui avait servi au tableau de l'embarquement, était posé sur une table et, à côté, une sorte de masque fait d'un disque en papier mâché évidé en son centre, dont Méliès éprouva la souplesse.

— Parfait. Allons-y, dit-il à l'opérateur.

Il fallut une bonne heure pour que la première séquence le satisfasse. L'obus en était à mi-voyage. La Lune – c'était le premier disque, en carton – apparaissait aux voyageurs avec trois ombres, comme des cratères, sur sa face.

L'opérateur rembobina les toutes dernières images, pour réaliser le fondu enchaîné qui ouvrirait le tableau 9, « En plein dans l'œil ». Pendant ce temps, Méliès, masque lunaire en main, était allé rejoindre la figurante qui attendait dans le petit vestiaire.

Quand ils revinrent dans l'atelier, Georgette éclata de rire. La jeune femme, dont le corps était entièrement dissimulé sous une cape noire, portait autour de son visage le disque blanc, aux contours bosselés, d'où émergeaient ses yeux, ses grands sourcils noirs et sa large bouche. C'était le visage de la Lune, tel qu'il allait apparaître aux passagers de l'obus. La figurante prit place dans le caisson sur rails. Seule sa tête en dépassait.

Il fallut trois prises pour que Méliès se déclare satisfait. Au fur et à mesure de la lente avancée, le second opérateur devait régler la mise au point de l'image. Le rythme était trop rapide la première fois, la seconde, la jeune femme avait cligné des yeux.

— Maintenant, en plein dans l'œil ! déclara-t-il.

Méliès avait tenu à s'occuper lui-même de la dernière installation et du maquillage. Il fit asseoir la figurante, lui demanda de fermer l'œil droit, enduisit son visage d'une sorte de pâte collante blanchâtre, dans laquelle il fixa l'obus de carton et modela quelques larmes coulant de la « blessure ».

L'opérateur rembobina quelques images, pour un second fondu enchaîné, et la caméra tourna. Une seule prise, cette fois. L'obus pénétrait l'œil de la Lune, celle-ci grimaçait horriblement et pleurait de douleur.

— Parfait, messieurs, applaudit Méliès. Excellent travail !

Il s'approcha de la figurante qui s'extrayait de son caisson, regarda longuement le visage masqué, et décida :

— Aucun doute ! Nous tenons notre affiche !

7

Foire de Neuilly

À vingt heures, en ce beau samedi, les guirlandes lumineuses suspendues aux grands mâts formant le portail d'entrée de la foire de Neuilly s'étaient allumées. Dès les premières heures de l'après-midi le public n'avait cessé d'affluer, mais les parents accompagnés des jeunes enfants commençaient à quitter la fête, fatigués et éblouis par la débauche des attractions. Un peu plus tard, après un dîner au *Pavillon d'Ermenonville*, les élégants et les femmes du monde et du demi-monde viendraient terminer leur soirée en s'offrant des excitations et des vertiges de toutes sortes.

Madeleine Berflaut était radieuse. Ses parents avaient accepté de l'emmener, et, n'ayant pas lycée le lendemain, elle avait négocié sans trop de difficultés la promesse de rester jusqu'à minuit, heure de clôture de la Fête. Malgré l'avis de Marguerite elle avait tenu à mettre sa robe des dimanches, qui allait souffrir de la poussière et de la bousculade ; peut-être même serait-elle déchirée dans quelque balançoire ou quelque manège à sensation. Mais elle voulait être belle, car Robert Fresnot les accompagnait, à la grande joie de la jeune fille qui jetait de temps en temps sur lui des regards d'adoration qui n'échappaient à personne, sauf à l'intéressé.

Elle entraîna d'abord son ami vers les « Montagnes du Caucase », richement décorées en l'honneur de l'amitié franco-russe, scellée le mois précédent par la visite officielle du président Loubet à Saint-Pétersbourg. Le fronton s'encadrait de deux statues de hussards chevauchant leurs montures cabrées, et des cosaques en uniforme installaient les passagers dans les traîneaux dorés qui les emportaient dans un infernal tourbillon.

Peu amateurs de sensations fortes, Louis Berflaut et Marguerite attendaient devant l'attraction voisine, un ballon captif qui promettait au public le plaisir sans danger d'une courte ascension de quelque vingt mètres. Mais l'accident mortel du *Pax*, le 15 mai, éclaté au-dessus de Vaugirard, avait refroidi les candidats, et le pauvre forain, malgré les invitations rassurantes imprimées sur un grand calicot, ne faisait guère recette. Le ballon et sa nacelle vide oscillaient tristement au bout de leurs cordes, dans l'attente de clients.

Les deux jeunes gens descendirent des montagnes russes, ravis mais un peu pâles. Madeleine semblait avoir pris goût aux attractions vertigineuses qui lui donnaient un prétexte pour se serrer contre son compagnon.

— Venez, mesdames et messieurs, venez faire un voyage dans la Lune ! s'égosillait un autre forain en invitant le public à s'installer dans les sièges de sa grande roue.

La jeune fille et son ami y prirent place, et bientôt, d'en haut, faisaient des signes joyeux.

— Tu veux, Marguerite ? proposa Louis Berflaut. Le *Voyage dans la Lune*, c'est bien d'actualité pour toi !

— Merci, je préfère celui de M. Méliès, avec lui au moins, pas de mal au cœur !

Soudain un bruit d'altercation attira leur attention. Devant la baraque dont le fronton annonçait « Photographies artistiques », une femme se débattait avec un forain. Voyant dans cette belle femme au lourd chignon doré une cliente potentielle, il l'entraînait de force vers le siège de pose, mais elle se dégagea violemment.

— Non mais, des fois ! En voilà des façons ! Moi, payer pour me faire faire un portrait ? C'est toi qui devrais payer pour photographier Casque d'Or !

Elle parlait assez fort pour que son nom fût entendu, et en un instant les badauds s'étaient rapprochés :

— C'est Casque d'Or !

Le forain, qui ne l'avait pas reconnue tout de suite, n'entendait pas renoncer. Il allait probablement lui proposer de la photographier gratuitement, pour sa propre publicité, et continuait son boniment pour la convaincre, se mettant devant elle pour l'empêcher de partir.

Les curieux se pressaient. On voulait voir de près la femme pour laquelle deux hommes s'étaient battus, mais elle, une fois son effet produit, prétendait poursuivre son chemin.

— Laissez-moi donc passer ! criait-elle à la foule.

Son compagnon avait mis la main à sa poche. Elle l'arrêta.

— Ah non ! Ça suffit comme ça !

Il obéit, le couteau ne sortit pas, mais le photographe recula, et la foule s'écarta prudemment.

— Eh bien, avec un homme au bagne et l'autre qui le rejoindra bientôt, elle se console vite ! dit Marguerite.

Louis Berflaut avait assisté à la scène sans intervenir. Il était là en promeneur, c'était à ses collègues de Neuilly de faire la police. Il en avait aperçu deux qui arpentaient l'allée et, de temps en temps, vérifiaient les livrets des forains, entraient dans les baraques pour contrôler si le décret du préfet de police était respecté[1].

Car sous l'alibi d'éducation scientifique, certains forains, des « professeurs » en blouse blanche, proposaient dans une salle réservée et pour un public uniquement masculin, des personnages et des scènes en cire d'une crudité choquante contre lesquels s'élevaient les ligues pour la défense des bonnes mœurs.

Mais les grands musées anatomiques, tel le musée Dupuytren, restaient dans les limites de la décence et leurs sujets étaient « visibles pour adultes des deux sexes ». Leurs moulages réalistes, sans obscénité, étaient selon leurs slogans, destinés à l'éducation du public : « La Science se perpétue par l'Art », ou « L'Ignorance est un si terrible ennemi qu'on ne saurait trop éclairer l'ombre qui la protège ».

---

1. « Quant aux musées anatomiques, précisons que seules seront autorisées les expositions n'offrant aucun caractère répugnant ou de manière à provoquer de la part des visiteurs des réflexions obscènes ou contraires aux bonnes mœurs. »

Berflaut et sa famille s'arrêtèrent un moment devant l'estrade où était exposée une vénus tétramaze[1] dont les quatre seins se soulevaient au rythme de sa respiration mécanique. Puis ils longèrent les « musées tératologiques » dont les bonimenteurs invitaient à venir découvrir la femme à barbe, les siamoises unies par l'estomac, la femme la plus grosse du monde, le général russe cul-de-jatte (en grande tenue) et autres monstruosités exhibées à la curiosité des spectateurs.

Outre ces phénomènes vivants, l'arrière-salle offrait des bocaux remplis de fœtus, d'organes hypertrophiés d'alcooliques, des cerveaux détruits par les ravages de la syphilis, et autres délicatesses dont l'alibi était l'instruction du public et la prévention contre ces fléaux. Berflaut, dans sa carrière de policier, avait eu à voir assez de corps humains mutilés pour n'avoir aucune envie de tels spectacles, et il entraîna sa famille vers les cinématographes où la foule se pressait.

Alors que, cinq ans auparavant, juste après le drame du Bazar de la Charité des tracts avaient été distribués dans les allées de la Foire de Neuilly : « Plus de cinéma ! Plus de catastrophes ! », un contrôle sévère des conditions de projection avait ramené le public, et les autres spectacles en souffraient. Certains propriétaires de musées scientifiques avaient mis en vente leur matériel. On lisait de plus en plus fréquemment dans *L'Industriel forain* des annonces de ce type : « Occasion unique : un grand et beau musée anatomique en bloc ou par

---

1. À quatre seins.

pièces, entre autres sujets mécaniques, un gorille enlevant une jeune fille ». L'un d'entre eux, ruiné, s'était pendu.

Les dioramas, qui proposaient aux spectateurs, à travers les lentilles grossissantes des hublots cerclés de cuivre, des scènes telles que « l'incendie de l'Opéra-Comique », « l'assassinat de Sadi-Carnot », « les horribles crimes de Pranzini », et autres vieux succès dépassés, ne faisaient apparemment plus recette. Comment ces images fixes pouvaient-elles lutter contre les « merveilleuses vues animées » offertes par les grands banquistes tels Ernest Grenier, Alfred Frank et Jérôme Dulaar ?

Madeleine, qui entendait chaque jour Marguerite Berflaut lui raconter ses journées à Montreuil, n'avait pas encore eu l'occasion de voir les productions de Georges Méliès.

Le *Cinéma mondain* de Jérôme Dulaar, un de ses meilleurs clients, installé en région lyonnaise mais qui ne manquait jamais la Foire du Trône ni celle de Neuilly, en avait trois à l'affiche.

— Entrez, entrez ! Venez découvrir l'époustou-flante illusion de *L'Homme à la tête en caoutchouc* ! Venez admirer les magnifiques décors et frémir à la terrifique histoire de *Barbe Bleue* ! Venez assister à l'effrayante *Éruption de la montagne Pelée* ! De la magie, de la féerie, et l'actualité la plus brûlante ! annonçait le bonisseur, osant cette formule de mauvais goût. Marguerite, qui avait participé à la confection des nombreux costumes de *Barbe Bleue*, était curieuse de voir leur effet sur l'écran.

— On entre, Louis ?

— Attendons la prochaine séance, on sera mieux

placés. Ils vendent les derniers billets, ceux du fond de la salle. J'ai d'abord quelque chose à voir.

— Où ?

— Vers les ménageries. Juste un coup d'œil. Vous venez ?

Marguerite et Madeleine refusèrent. Elles n'avaient pas une folle envie de respirer l'odeur des fauves et préféraient faire la queue devant le cinématographe. Elles prirent donc place au début de la file qui se constituait rapidement.

Un jeune garçon, maigre et l'air triste, s'était approché et, distribuant des prospectus, tentait désespérément d'attirer le public vers la baraque d'un « grand spectacle de vues stéréoscopiques » située à quelques dizaines de mètres de là.

Un mari dont il avait osé prendre l'épouse par le bras le menaça de sa canne en l'insultant. Furieux, le bonimenteur interrompit son speech et descendit de son estrade. Il arracha les prospectus de la main du jeune garçon, le saisit par le col de sa chemise, et le projeta à terre.

— Fiche la paix à mes clients ! Je l'ai déjà dit plusieurs fois à ton père ! La prochaine fois, j'appelle la police !

Le garçon se releva, ramassa ses prospectus dans la poussière et, après un regard de haine, rejoignit la baraque où on le vit expliquer avec force gestes à un homme, son père sans doute, les menaces proférées. Bientôt l'incident fut oublié, mais trois Gitanes qui voulaient lire les lignes de la main des dames, et insistaient, se firent éconduire également, mais sans violence.

Louis Berflaut et Robert Fresnot se dirigèrent

vers le quartier des ménageries. Au passage, ils revirent Casque d'Or et son compagnon à une baraque de tir où ce dernier, sans doute moins habile à la carabine qu'au couteau, ratait systématiquement toutes les pipes en terre. À côté de lui, un jeune dandy abattait toutes les cibles et offrait en riant à sa compagne l'affreuse pendule de faïence vernissée qu'il venait de gagner.

À l'approche des ménageries, on sentait l'odeur puissante des fauves et leurs rugissements faisaient sursauter les passants. Sur l'estrade, les bonimenteurs soulignaient la férocité des lions et des panthères, les blessures infligées au dompteur, dont la chemise entrouverte révélait un torse couvert de cicatrices, au grand émoi de quelques dames friandes de cette virilité sauvage.

— Venez voir le terrible lion Brutus, qui a déchiqueté le bras d'une imprudente comtesse ! disait l'un.

— Venez voir le puma qui a égorgé deux dresseurs ! renchérissait l'autre.

Pour un franc ou un franc cinquante la place, on n'hésitait pas à se donner des émotions fortes, et le public entrait sous le chapiteau, non sans l'inavouable espoir d'assister à un nouvel accident.

Mais Berflaut était venu pour quelqu'un d'autre. Il aperçut, tout au fond de l'allée, une baraque dont le calicot, qui avait connu des jours meilleurs, annonçait : « La Goulue danse au milieu de ses fauves ». Des affiches rappelaient sa gloire passée et des dessins en couleurs de lions à la gueule ouverte flanquaient l'estrade. Quant aux deux panneaux que Toulouse-Lautrec lui avait peints, sept ans plus tôt, quand elle avait quitté le Moulin-Rouge pour s'exhiber dans son numéro de danse orientale, ils avaient disparu, vendus très vite, « un jour de dèche »...

Le peintre, lui aussi, avait disparu, l'année précédente, rongé par la maladie et l'alcool.

C'est à cela que pensaient Berflaut et son jeune compagnon en découvrant la grosse femme, au chignon terne, en bottes et moulée dans un collant couleur chair, qui se tenait à l'entrée de sa ménagerie. Belle ménagerie ! Réduite à deux lions efflanqués qui sommeillaient au fond de leur cage. Une fillette brune, à l'œil vif, juchée sur les épaules de son grand-père, la héla :

— Dites, madame la Goulue, y z'ont de faux crocs, vos lions !

Et le public de rire, tandis que le grand-père lui disait tout bas :

— Tais-toi donc, Léonie !

La Goulue ne riait pas. Elle descendit de l'estrade, s'approcha, et tira les cheveux de la gamine.

— Quoi donc ! Quoi donc ! Viens-y voir[1] !

Le grand-père préféra emmener rapidement l'insolente fillette, tandis que la Goulue prenait à témoin l'assistance de la mauvaise éducation des enfants actuels.

— Ne nous montrons pas, dit Berflaut. Je crois qu'elle n'aimerait pas ça.

---

1. Anecdote rapportée par le fils de la Goulue, secrétaire bénévole d'Arletty (de son vrai nom Léonie Bathiat).

536

Ils s'éloignèrent et partirent rejoindre Marguerite et Madeleine, qui, sur le point d'entrer dans la salle du cinématographe, guettaient anxieusement leur arrivée.

Ils prirent place sur un banc du troisième rang, pour n'être pas trop près de l'écran, et ils n'étaient pas les seuls, certains étant encore marqués par leur peur lorsqu'au cours d'une projection du *Train entrant en gare de La Ciotat,* des frères Lumière, ils avaient vu la machine foncer sur eux.

La lumière s'éteignit et les premières images apparurent.

8

L'Homme à la tête en caoutchouc commençait la séance. Le « savant », joué par Méliès, enlevait sa tête et la posait, souriante, sur une table, reliée par un tube à un soufflet. Il la gonflait jusqu'à la limite de l'explosion, puis la tête, énorme mais toujours souriante, petit à petit se dégonflait. Mais le préparateur du savant voulait essayer à son tour l'expérience et, soufflant à tour de bras, faisait éclater la tête.

Le commentaire du « conférencier » avait semblé redondant à Berflaut par rapport à ces images explicites, mais il fallait couvrir le bruit du projecteur. En tout cas le fracas de l'explosion, bruitée en coulisse, fit sursauter la salle et même le policier, malgré son sang-froid.

Puis ce fut l'impressionnante féerie de *Barbe Bleue*. La danse des clés ensanglantées, les apparitions, dans des nuages de fumée, de démons et de fées provoquaient des murmures de stupeur. Au moment de la lutte finale entre Barbe Bleue et les frères de sa femme, Marguerite se souvint de l'accident du tournage, et pressa le bras de son mari pour qu'il y prête attention. Georges Méliès, dans son ardeur à encourager les deux acteurs à le percer plus fortement de leurs épées, avait glissé et s'était fracturé le fémur en tombant sur la sienne, mais le diable d'homme avait tenu à poursuivre la scène jusqu'au bout, ce qui rendait encore plus convaincantes sa démarche chancelante et la terrible grimace qui déformait son visage.

C'est un pianiste, cette fois, qui accompagnait les images, alternant, selon les scènes, sombres accords et mélodieux arpèges. Le public applaudit longuement, et Jérôme Dulaar, qui venait régulièrement prendre la température du public pour décider des vues animées qu'il allait acheter, put constater, du fond de la salle, le succès de la féerie. Il n'aurait pas à regretter l'investissement qu'il avait fait pour ce long métrage, deux cent dix mètres de pellicule en couleurs à quatre francs soixante-dix le mètre[1] ! Ça faisait une belle somme, mais elle était déjà à moitié amortie.

La séance se terminait par une « actualité reconstituée », *Éruption volcanique à la Martinique*. Berflaut trouva bizarre cette programmation en fin de spectacle de la toute récente catastrophe, au lieu de laisser les spectateurs sous l'emprise de la féerie.

En tout cas le tableau était impressionnant : un cratère en feu, la lave brûlante descendant sur ses flancs et recouvrant peu à peu la ville. L'effet était si saisissant qu'on en oubliait presque qu'il s'agissait d'une simple maquette et que le bruit de l'explosion était produit en coulisse. L'illusion devenait complète : une odeur de brûlé et une fumée semblant venir de l'écran se répandaient dans la salle,

---

1. Le prix en noir et blanc était de deux francs cinquante à trois francs. Il fallait y ajouter un franc soixante-dix pour la couleur.

discrètes d'abord, puis âcres et envahissantes. Les spectateurs toussotèrent en se regardant : quelle nouvelle magie avait inventée Georges Méliès ?

Berflaut comprit un des premiers.

— Sortez vite, dit-il à ses compagnes. Je vous rejoins.

Elles se levèrent, se faufilèrent entre les bancs, gagnèrent la sortie. Les spectateurs, voyant l'opérateur se précipiter hors de sa cabine, réalisèrent que ce n'était plus du cinéma. Des flammes apparurent, dévorèrent l'écran et commencèrent à ramper sur le sol.

Des cris s'élevèrent : « Au feu ! Au secours ! », déclenchant une bousculade, les gens tentant, dans l'obscurité, de se frayer un passage entre les bancs renversés, se battant devant la sortie, les hommes avec leurs cannes essayant de crever la toile du chapiteau. Jérôme Dulaar, sans perdre son sang-froid, avait de son côté soulevé tout un pan de la bâche pour ouvrir une autre issue et multipliait les appels au calme. Berflaut et Robert Fresnot s'efforçaient de canaliser l'évacuation et d'éviter la panique.

Ils avaient encore en mémoire celle qui avait multiplié les morts lors de l'incendie du Bazar de la Charité. Mais là, les spectateurs n'étaient qu'une cinquantaine, que les deux issues dégagées permirent en cinq minutes d'évacuer. Les pompiers arrivèrent très vite, et leurs lances eurent rapidement raison de l'incendie.

Les deux inspecteurs du commissariat affectés à la surveillance de la Foire, après avoir vérifié qu'il ne restait plus personne, s'occupaient à présent à apaiser quelques femmes prises de crises nerveuses, et les hommes qui commençaient à prendre à partie le malheureux projectionniste, et Dulaar lui-même, les accusant d'imprudence criminelle.

Celui-ci les emmena derrière son chapiteau pour leur montrer que le projecteur n'était pas éclairé, comme lors du désastre de mai 1897, par une lampe oxyéthérique, mais par un groupe électrogène qui actionnait une dynamo fournissant le courant nécessaire pour que s'illumine la lampe à arc. Le groupe électrogène étant placé par sécurité à l'extérieur, il n'avait donc pu provoquer ce début d'incendie. Le feu avait manifestement pris de l'autre côté. Restait à comprendre comment.

La foule dispersée, un des deux policiers reprit sa ronde dans les allées tandis que l'autre demeurait en compagnie d'un pompier et de Jérôme Dulaar, qui se ressentait maintenant du choc et ne cessait de dire :

— Ce n'est pas possible ! Je ne comprends pas ! Il n'y a pas de source de feu par là ! Aucune !

— Une cigarette mal éteinte, peut-être ? risqua le pompier.

— Impossible ! Vous savez bien que c'est interdit dans ma salle !

Le pompier se tut. Il savait d'expérience que de nombreux incendies étaient dus au non-respect des interdictions. Dernièrement encore, un forain avait fini par avouer lors de sa deuxième déposition au commissariat que le feu qui avait enflammé sa baraque avait été provoqué par une lampe à pétrole. Or l'éclairage au pétrole était formellement prohibé dans les baraques foraines[1].

Ils entraient sous le chapiteau et se dirigeaient vers le lieu probable du départ de feu lorsque Berflaut avança et montra sa carte.

— Si vous le permettez, puis-je jeter un œil ?

Il craignait de froisser ses collègues en intervenant dans leur enquête, mais il fut rassuré. On acceptait volontiers un regard d'expert supplémentaire, surtout d'un brigadier de la police criminelle !

Berflaut alla d'abord prévenir Marguerite qu'il en avait pour une demi-heure. Robert Fresnot pourrait emmener ses dames se remettre de leurs émotions au café le plus proche, il les rejoindrait ensuite. Le jeune journaliste aurait préféré rester avec son ami pour suivre les constatations, mais il aurait été malvenu et peu galant d'insister.

— Décidément, commenta Marguerite, même le dimanche, il faut que son métier le reprenne. Mais qu'a-t-il donc flairé ?

Berflaut, le policier municipal, le pompier et Jérôme Dulaar approchèrent de l'écran. Le banquiste voulait le faire enrouler et remonter par un de ses employés, mais Berflaut l'en empêcha.

— Ne touchons à rien pour le moment. Allons derrière, en passant sur le côté.

Ce qu'ils firent.

Un chiffon noirci, encore fumant, était par terre.

---

1. Anecdote attestée dans la main courante du commissariat de Neuilly, juin 1902.

Le policier le souleva avec son bâton, le renifla, le passa au pompier puis à Berflaut.

— C'est du pétrole !

— C'est tout de même le troisième départ de feu en une semaine ! dit le pompier. La baraque de billards, celle de l'homme-momie[1], et le cinématographe ! Quelle série ! Heureusement sans accident de personne, mais cette fois c'était de justesse !

— C'est incroyable, incroyable ! répétait Jérôme Dulaar. Il n'y a jamais rien d'entreposé entre l'écran et la bâche !

— Et si ce n'était pas un incendie accidentel ? intervint Berflaut, à la surprise des autres.

Il savait que dans le milieu des forains des jalousies ou des rancœurs pouvaient inspirer des vengeances, parfois simplement mesquines, parfois plus graves. Madame Zoé, par exemple, la diseuse de bonne aventure du boulevard de Clichy, son indicatrice, que Toulouse-Lautrec appelait « La Sibylle de Montmartre », avait eu quelque temps auparavant sa baraque vandalisée, rideaux déchirés, boule de cristal éclatée, parce qu'elle avait obtenu le droit, refusé à des concurrents, de garder sa place en permanence sur le terre-plein même en dehors des périodes de fête.

Ils sortirent pour examiner l'extérieur du chapiteau. La toile n'avait pas été atteinte par les flammes, mais un des piquets qui la fixaient au sol était soulevé.

C'est sans aucun doute par là qu'on avait introduit le chiffon enflammé.

---

1. Incidents authentiques.

Les policiers regardèrent s'il n'y avait pas au sol des restes d'allumettes, ou un briquet, mais l'incendiaire n'avait pas commis une telle négligence. Aucune trace de pas non plus dans la poussière. Sans indices, c'était du côté du mobile qu'il allait falloir chercher.

— Il faut que j'aille prévenir le commissaire, dit le policier municipal. Monsieur Dulaar, vous pourrez passer dès que possible déposer plainte pour acte grave de malveillance.

Il salua Louis Berflaut, qui décida de rester encore quelques minutes avec le forain. L'affaire ne pouvait le laisser indifférent, d'autant que sa fille et sa femme auraient pu y laisser leur vie.

— Vos piquets sont-ils régulièrement contrôlés, monsieur Dulaar ? demanda-t-il.

— Bien sûr ! Chaque matin, et avant le début de la première séance. Après, non, sauf s'il y a eu du vent entre-temps. Et j'ai toute confiance en mes employés. Vous savez, c'est essentiel, avec les chapiteaux, de ne prendre aucun risque d'effondrement !

— Vous connaissez-vous des ennemis ?

— Non, seulement des concurrents, comme Grenier, Frank ou Jeckel, mais je suis en bons termes avec eux, et aucun d'eux n'aurait été capable d'une telle vilenie. Ce n'est pas dans le monde des grands banquistes qu'on agit de la sorte, ce type de vengeance pourrait être le fait de misérables forains, ou de voyous, mais je ne vois pas en quoi ils s'en prendraient à moi.

— La jalousie, peut-être ?

— Possible, après tout. Mon train de roulottes, et le luxe, disons-le, de celle que j'habite, peut faire des envieux. Voulez-vous la voir, inspecteur ?

— Je suis attendu, mais vous me tentez. Juste deux minutes, alors.

— Suivez-moi.

Ils contournèrent le chapiteau et parvinrent devant une roulotte richement décorée où le nom de « Cinématographe Dulaar » s'étalait en lettres d'or. Ils gravirent les marches et se trouvèrent dans un salon lambrissé d'acajou, meublé de fauteuils et de tables chippendale, tapis d'Orient au sol, aux murs des portraits de la famille.

Jérôme Dulaar alluma le lustre de Venise.

— Vous voyez, je vis à l'électricité, j'ai un second groupe électrogène !

Louis Berflaut admira, comme il le fallait, mais il pensait surtout au début d'incendie criminel.

— Et parmi vos employés, n'avez-vous eu aucun incident, aucun litige avec l'un d'eux qui aurait eu envie de se venger ?

Le banquiste réfléchit un moment.

— Oh, bien sûr, cela m'est arrivé deux fois, l'année dernière et il y a trois ans : j'avais engagé un Tzigane comme homme de peine, pour le chapiteau. J'avais eu pitié, il cherchait du travail, mais je me suis vite aperçu qu'il buvait. Un jour, il a renversé le projecteur en pleine séance, et a détruit deux films en laissant échapper les bobines. Je l'avais aussi soupçonné, mais sans preuve, de puiser dans la caisse. Je l'ai donc immédiatement renvoyé. Il est parti en me menaçant dans son sabir, mais je n'ai jamais pensé qu'il chercherait à se venger.

— Vous l'avez revu récemment ?

— Non. Vous savez, ces romanichels sont la plaie de notre profession ! Et je ne suis pas sûr que je le reconnaîtrais, ils ont tous des mines patibulaires !

Berflaut enregistra que le monde des forains avait aussi ses parias et que les préjugés racistes y régnaient comme ailleurs, même chez ceux qui, depuis quelque temps, avaient à nouveau à les subir. Ce riche banquiste juif venait de le lui prouver.

— Et l'autre ?

— L'autre, c'est l'année dernière. Mon projectionniste étant à l'hôpital à la suite d'un accident – il avait été renversé par une calèche –, j'avais dû trouver un remplaçant pour la Foire du Trône. Un homme s'était alors présenté en me disant qu'il avait travaillé à la Foire Saint-Romain de Rouen et chez un confrère de la ville. Je l'avais pris à l'essai, il connaissait bien le métier, je l'ai donc engagé. Une semaine plus tard, le matin, ne le voyant pas arriver, j'ai découvert que la roulotte où je le logeais était vide, et qu'il avait emporté avec lui trois des films que j'avais à mon programme. C'était évidemment avec l'intention de les revendre, comme cela se fait parfois entre nous. J'ai immédiatement mis une annonce dans *L'Industriel forain* pour avertir mes confrères de ce vol au cas où l'homme viendrait les leur proposer, mais je n'ai eu aucun écho. Il est fort possible qu'il les ait emportés à l'étranger.

— Vous avez porté plainte ?

— Oui, mais le nom qu'il m'avait donné était faux, et je n'avais que son signalement. L'enquête est remontée jusqu'à la Sûreté, un de vos collègues m'a même convoqué pour regarder dans le fichier de l'Identité judiciaire si je le reconnaissais, mais ça n'a rien donné.

— S'il n'était pas récidiviste, il était impossible de l'identifier. Par ailleurs, comme il a échappé à l'arrestation, je ne vois pas pour quelle raison il s'en prendrait à vous. Si quelqu'un avait à se venger, ce serait vous, pas lui !

— En effet. Je vais donc porter plainte contre inconnu. Si par hasard on met la main sur un suspect, puis-je compter sur votre témoignage ?

— Bien sûr. L'affaire est grave, et ce n'est pas parce qu'il n'y a eu aucune victime qu'il faut renoncer à trouver le ou les coupables. Je ne peux pour le moment interférer, mais vous pouvez dire au commissaire que l'inspecteur Berflaut, de la Brigade criminelle de la Sûreté, était présent et pense qu'il s'agit d'une tentative d'incendie. Il prendra ou non la décision de saisir la justice.

Les deux hommes se serrèrent la main, et Berflaut redescendit de la roulotte pour rejoindre Marguerite, Madeleine et Robert Fresnot. La soirée était déjà avancée, et après une telle émotion le cœur n'était plus à la fête. Ils quittèrent la Foire et prirent un fiacre qui les ramena à Paris.

À minuit juste les lumières de la Foire s'éteignirent. Les forains avaient depuis longtemps bâché leurs manèges, cadenassé leurs balançoires, fermé leurs baraques, et bientôt les lueurs filtrant à travers les volets ou les rideaux épais des roulottes disparurent.

Un peu plus tard, deux silhouettes furtives s'approchaient de l'une d'entre elles. On frappa doucement.

La porte s'entrouvrit.

Chacun des deux hommes montra ses poings, et celui qui était sur le seuil les imita, puis les fit entrer.

Un profond silence régnait sur la Fête, entrecoupé de quelques aboiements de chiens et de rugissements sourds provenant du quartier des ménageries.

9

Théâtre Robert-Houdin, boulevard des Italiens

Georges Méliès était content. Content, et fier. Le dernier tableau du *Voyage dans la Lune* avait été terminé, et le montage fait avec une avance de quinze jours sur le programme. Ce serait sans aucun doute un énorme succès.

Il avait invité ses meilleurs clients, les deux grands banquistes Jérôme Dulaar et Alfred Frank, à passer au plus vite pour qu'il leur présente le film. La Foire de Neuilly allait se prolonger encore une semaine, Méliès tenait à ce que le *Voyage dans la Lune* soit offert en avant-première au public à cette occasion.

Jérôme Dulaar lui avait téléphoné en s'excusant : il devait aller porter plainte pour le départ de feu dans son chapiteau, et rassurer aussi le public de la Foire pour qu'il ne déserte pas son *Cinéma mondain*. C'était, évidemment la préoccupation de tous ses concurrents, et encore plus, peut-être, celle de Méliès. Le *Voyage dans la Lune* lui avait coûté cher, il fallait l'amortir au plus vite. Bien sûr il pouvait compter sur sa clientèle américaine, mais un succès parisien serait déterminant.

Alfred Frank avait promis de venir, ainsi que Paul

Jeckel, un client fidèle, propriétaire d'un établissement de moindre envergure, le *Palais des vues animées*. Il avait été de ceux qui n'avaient pas renvoyé leurs bandes de *L'Affaire Dreyfus* et il l'avait même mise à l'affiche la première semaine de la Foire, considérant que l'interdiction préfectorale n'avait plus de raison d'être. Il n'y avait eu aucun incident, du simple fait que la salle était pratiquement vide. Mais Paul Jeckel ne renoncerait pas pour autant à la maintenir dans son programme.

Ils se présentèrent ensemble en début de matinée au théâtre Robert-Houdin.

Georges Méliès les fit entrer, les installa dans des fauteuils en leur offrant un rafraîchissement – il faisait à Paris une chaleur accablante depuis deux jours.

Ils ne perdirent pas de temps en bavardages ; les deux forains étaient manifestement pressés, et Méliès avait hâte de les impressionner avec sa dernière production.

Il éteignit les lumières, et mit en route le projecteur. Méliès se contentait d'un bref commentaire. Plus tard il fournirait à ses clients le livret à l'intention du conférencier.

De temps en temps, il guettait sur le visage des deux banquistes l'effet que produisaient les scènes les plus spectaculaires. Alfred Frank, qu'il connaissait pour être difficile à dérider, sourit à plusieurs reprises, Paul Jeckel riait franchement et applaudit à la dernière image.

Le bruit du projecteur cessa, l'écran devint noir, Méliès ralluma la lumière :

— Alors, messieurs ?

Alfred Frank avait tiré sa montre en or de son gousset et la consulta.

— Un quart d'heure ! C'est très long !

— Vous vous êtes ennuyés ? demanda-t-il, piqué de cet accueil, tout en sachant parfaitement que la raison était autre.

— Pas du tout, pas du tout ! C'est excellent ! Mais... combien de mètres ?

— Deux cent soixante.

— Oh là, là ! Quel prix ?

— En couleurs, mille deux cent trente-cinq francs.

— Cher ami, c'est trop cher, bien trop cher ! Pathé est meilleur marché !

Méliès bondit.

— Trop cher ! Mais mes films à moi sont coloriés à la main ! Ce film m'a coûté trente mille francs, et avec un pareil sujet, tant d'inventions nouvelles, vous pouvez compter sur un succès énorme ! Vous allez vite regagner votre argent, croyez-moi !

Paul Jeckel intervint doucement.

— Alfred Frank a raison. Votre *Voyage dans la Lune* est certainement l'une de vos meilleures pièces, mais un tel métrage nous obligera à diminuer nos séances, donc à perdre de l'argent. Il faut que la clientèle tourne vite pour que ce soit rentable !

Méliès n'était pas prêt à renoncer. Il tenait à ce que son film soit très vite connu, et la Foire de Neuilly était le meilleur endroit pour obtenir un succès immédiat qui convaincrait ses clients.

— Faisons un marché, dit-il à Alfred Frank. Je ne vous le vends pas encore, je vous le prête. Mieux, je viens avec vous à Neuilly, vous le mettez au programme de cet après-midi. Nous verrons le résultat. Et vous, dit-il à Paul Jeckel, vous jugerez sur place si vous voulez ou non me l'acheter. D'accord ?

— D'accord, dirent les deux forains.

— Attendez-moi un instant.

Méliès alla chercher une des copies qu'il avait en réserve, l'emballa, prit deux affiches qu'il avait dessinées, représentant l'arrivée de l'obus dans l'œil de la Lune, et les leur donna.

Puis il referma à clé son bureau, et les trois hommes descendirent prendre un fiacre sur le boulevard des Italiens qui les déposerait à l'entrée de la Foire.

*
* *

À leur arrivée, Alfred Frank quitta Méliès pour prévenir au plus vite ses assistants du changement de programme de *L'Olympia cinématographe*. Au lieu de *Jeanne d'Arc*, précédée d'un film comique avec effets de substitution, *L'Omnibus des toqués*, il fit afficher sur un calicot prestement écrit :

« En première vision mondiale, et sans supplément de prix, le *Voyage dans la Lune*, féerie en 30 tableaux de Monsieur Georges Méliès, en présence de l'auteur ! »

À côté, il avait placardé l'affiche dessinée par Méliès, représentant le visage grimaçant de la Lune avec son obus dans l'œil.

L'effet fut immédiat. Les badauds qui passaient sans avoir manifesté l'intention d'assister à une représentation cinématographique s'arrêtèrent ou revinrent sur leurs pas. Une longue file se forma, grossissant de minute en minute.

Méliès, en attendant le début de la projection, alla trouver Jérôme Dulaar pour l'informer, par correction, du marché conclu avec Alfred Frank. Il constata que la foule ne se pressait guère devant le *Cinéma mondain*, probablement dissuadée par l'incident de l'avant-veille et la résurgence des vieilles méfiances, si bien que Dulaar avait dû recourir au bonimenteur pour rameuter le public :

— « Entrez, entrez, venez assister à la célèbre histoire de Barbe Bleue et des sept femmes assassinées, avec effets prodigieux et scènes terrifiantes ! »

En revanche il avait renoncé à projeter *Éruption volcanique à la Martinique* qui lui avait porté malheur.

Le forain restait un peu en retrait, fumant un cigare à côté de sa roulotte, l'air tendu. Rien d'étonnant après la peur qu'il avait dû éprouver et l'inquiétude de voir se raréfier sa clientèle comme après l'incendie du Bazar de la Charité. C'était grâce aux films de Méliès qu'il avait retrouvé son public, comme il le répétait avec reconnaissance : « En 1898, nous allions mourir sur nos appareils : Méliès nous donna à manger. »

— Tiens, monsieur Méliès ! dit-il en l'apercevant. Il est rare de vous voir dans nos foires ! Vous m'avez excusé, j'espère, de n'être pas passé ce matin à vos bureaux, mais je voulais être présent s'il y avait une seconde inspection des lieux après la plainte que j'ai déposée au commissariat de Neuilly.

— Bien sûr, cher ami, vous êtes tout excusé !

C'était donc bien une tentative d'incendie criminel ?

— C'est sûr. On a trouvé un chiffon imbibé de pétrole sur les lieux.

— Vous avez des pistes ?

— Seulement deux vagues souvenirs, pas grand-chose en tout cas, car les individus que je pouvais soupçonner ont depuis longtemps disparu, et je ne connaissais pas leur identité.

— Espérons, pour vous, les forains, comme pour nous, les auteurs de vues animées, que les coupables seront identifiés, et punis ! Sinon le public, par peur, éviterait nos spectacles !

— Un inspecteur de la Sûreté, qui se trouvait parmi les spectateurs avec sa famille, m'a promis qu'il suivrait l'affaire.

— Vous savez son nom ? demanda Méliès en se demandant si le hasard ne faisait pas bien les choses.

— Attendez, j'ai sa carte. Berflaut, Louis Berflaut. Vous le connaissez ?

— Indirectement. Sa femme travaille à mon atelier de costumes. Je pourrai donc facilement prendre contact avec lui, en cas de besoin. Maintenant, je vous explique ma présence ici. J'ai raccompagné deux de vos collègues, Alfred Frank et Paul Jeckel, qui sont venus ce matin à mes bureaux pour que je leur présente le *Voyage dans la Lune*. J'ai proposé à Alfred Frank un marché qu'il a accepté, et que je vous proposerai aussi.

— Lequel ? demanda, inquiet, le forain, craignant – c'était d'ailleurs le cas – d'être devancé.

— Prouver que cette nouveauté extraordinaire

attirera du public comme vous n'en avez encore jamais eu.

— Et comment ?

— Je lui prête la bande pour une séance, il fera une projection dans une demi-heure environ. Regardez là-bas, la longueur de la file d'attente.

Le forain avança de quelques pas et constata, non sans dépit, que son grand rival allait faire salle pleine.

— Et moi ?

— Si l'expérience est concluante, vous viendrez, et vos collègues aussi, m'acheter mon *Voyage dans la Lune.*

— Il est long, si j'ai bien compris ce que vous annonciez ? Deux cent soixante mètres ! Et cher, évidemment, au prix de la pellicule !

— Mille deux cents francs, en couleurs, évidemment !

— Impossible !

— Frank et Jeckel m'ont dit la même chose. Je vous répondrai comme à eux que je ne vous donne pas quinze jours pour rentrer dans vos frais. Ce film à moi aussi a coûté cher, monsieur Dulaar, trente mille francs ! Et je suis sûr qu'il me rapportera, en France comme à l'étranger, vingt fois plus, au bas mot ! C'est le pari que j'ai fait en le réalisant, c'est le pari que je vous propose aujourd'hui. Maintenant, si vous préférez laisser Alfred Frank et Jeckel tenter leur chance les premiers...

L'œil malicieux de Méliès cachait mal qu'il était sûr de son coup. Dulaar ne laisserait pas ses concurrents le doubler sur une telle affaire.

— Merveilleux ! Admirable ! J'y retourne demain avec les enfants !

La foule qui s'écoulait de la salle de *L'Olympia cinématographe,* après avoir longtemps applaudi le film, exprimait son enthousiasme. Certains, qui avaient reconnu Méliès, s'avancèrent pour le féliciter. Jérôme Dulaar, assistant à ce succès sans précédent, se promit d'aller dès le lendemain acheter le *Voyage dans la Lune.*

Georges Méliès, quand il reprit un fiacre en fin de soirée, était heureux. Il avait trouvé le moyen de convaincre ses clients forains, ce dont il n'avait d'ailleurs jamais douté. Le *Voyage dans la Lune* allait connaître un succès mondial, et faire la fortune et la gloire de la Maison Méliès.

10

Georges Méliès était resté pour la nuit dans l'appartement de la rue Chauchat. Sa femme et ses deux enfants étaient partis dans la maison de Mers-les-Bains, et il devait les rejoindre bientôt pour se reposer du travail intense des derniers mois.

Un coup de téléphone du jardinier le réveilla.

— Monsieur, l'atelier a été cambriolé, je viens de trouver une vitre cassée, ils sont entrés pendant la nuit, je n'ai rien entendu !

— Qu'est-ce qu'ils ont volé ? Les appareils de prise de vues ?

— Non, ils sont là. C'est la première chose que j'ai vérifiée. Mais c'est bizarre, ils ont fouillé le magasin aux accessoires, ils ont renversé le contenu des étagères, je ne sais pas ce qu'ils ont pris, et même s'ils ont pris quelque chose ! C'est peut-être du simple vandalisme, des gamins du quartier désœuvrés !

— J'arrive. Prévenez le commissariat, qu'on envoie quelqu'un pour le constat. Ne touchez à rien.

— Mais les débris de verre, je les ramasse ?

— Non, il faut laisser tout en l'état. À tout à l'heure.

Méliès s'habilla rapidement, passa à son bureau

laisser un mot à un de ses assistants pour l'informer de la « visite » de l'atelier. Il l'avertit aussi que trois forains allaient passer acheter des copies du *Voyage dans la Lune*, au prix fixé (ceci pour éviter qu'ils profitent de son absence pour tenter un petit marchandage). Pour gagner du temps et s'épargner, avec la chaleur qui commençait à accabler Paris, le trajet en métropolitain puis en omnibus, il prit un fiacre qui le déposa à Montreuil.

Le jardinier l'attendait devant la porte et les deux hommes se dirigèrent vers l'atelier. Le battant d'une des portes vitrées était brisé sur toute sa hauteur.

Ils enjambèrent les débris de verre et entrèrent.

Sur le plancher, ils remarquèrent des traces de pas menant vers l'appentis et le magasin aux accessoires. Les visiteurs nocturnes n'avaient pas pris garde à la poussière de l'allée. Faible indice, mais Georges Méliès savait que les techniciens du laboratoire scientifique de la Police étaient capables de tirer des indications d'une simple trace de semelle. Bertillon l'avait démontré quelques années auparavant, mais l'affaire était plus simple : ils tenaient un suspect, et avaient pu, en comparant la boue de ses chaussures avec le sol de la scène de crime, prouver sa présence sur les lieux. Ce n'était pas le cas ici, mais mieux valait quand même attendre l'avis du policier qui ne tarderait pas à arriver.

L'appareil de prise de vues était là, heureusement, les objectifs de rechange également. Que cherchaient-ils donc, pour avoir négligé d'emporter ce qu'il y avait de précieux ?

En revanche, les petits accessoires rangés sur les

étagères avaient été renversés et jonchaient le sol : couronnes royales, épées, chapeaux, baguettes de fées, sabres, toques de juges, képis d'officiers, revolvers, masques de diables, bref tout l'arsenal utilisé, avec variantes, pour chaque nouveau film.

Sur une étagère, tout en haut, étaient entreposées provisoirement la série de *L'Affaire Dreyfus* et celle de l'*Exposition universelle de 1900* dans l'attente d'un client qui devait passer deux mois auparavant. Mais il ne s'était plus manifesté, et les bandes avaient été oubliées.

Rien ne semblant avoir été dérangé, Méliès ne jugea pas utile de monter sur l'échelle pour vérifier.

De toute façon si on avait voulu voler des bandes, ça aurait été plutôt des films facilement revendables, féeries, scènes de transformation ou scènes comiques, mais de celles-là, toujours en faveur auprès du public, il conservait les négatifs à Paris, bien protégés dans des caissons de fer.

Une idée traversa soudain son esprit : peut-être le voleur cherchait-il la bande du *Voyage dans la Lune* pour la copier et la revendre à l'étranger ? Ce ne serait pas la première fois qu'il serait ainsi pillé ; sa *Jeanne d'Arc*, entre autres, était sortie en contretype huit jours après sa parution. Mais les « professionnels » de ce genre étaient assez au courant de ses lieux de travail pour ne pas avoir été chercher à son atelier de pose de Montreuil ce qu'ils savaient pertinemment se trouver dans ses bureaux parisiens. Ils avaient d'autres moyens bien plus habiles et moins risqués pour se les procurer. Non, ce n'était pas la signature d'un Zecca, cet homme dont il souhaitait pouvoir un jour tordre le cou[1].

Alors, un simple acte de vandalisme ? Dans ce cas il y aurait eu plus de dégâts, d'autres vitres brisées, les appareils endommagés, les costumes déchirés, et, pourquoi pas, brûlés...

Méliès renonça à comprendre, et lorsque le policier envoyé par le commissariat de Montreuil se présenta, il ne put rien lui dire d'autre. Aucune grosse pierre au pied de la porte brisée : le voleur avait dû apporter un marteau. Quant aux traces de pas, selon l'inspecteur, elles étaient trop floues pour être utilisées ; sans aucun doute un homme, étant donné la taille des empreintes.

Avec l'aide du jardinier, ils inspectèrent le long du mur et de la grille d'enceinte, au cas où de l'herbe ou des plantes piétinées auraient pu marquer l'endroit par lequel le cambrioleur se serait introduit, mais ne virent rien.

— Avez-vous eu des querelles avec vos voisins ? demanda le policier à Méliès.

Il le connaissait depuis assez longtemps pour savoir que cet homme affable n'avait pas dû se faire d'ennemis, sauf si la construction, forcément bruyante, de l'atelier, en 1897, avait indisposé d'autres habitants de la rue.

— Non, aucune. Nous ne voisinons pas beaucoup, je suis trop occupé, ma femme aussi, avec nos

---

1. Cet ancien bonimenteur, engagé par la firme Pathé, achetait en sous-main à un forain client de Méliès le dernier film réalisé et Pathé en faisait immédiatement une contrefaçon. Cela avait été le cas pour *Cendrillon*.

deux enfants, mais jamais personne n'est venu se plaindre de mes activités, cela les intrigue plutôt ! Et si quelqu'un avait voulu me marquer son hostilité, je pense qu'il l'aurait fait de manière plus spectaculaire et significative !

— Un employé renvoyé ?

— Non. Mes collaborateurs, ici, sont dévoués et fidèles, et mon personnel de maison, de toute confiance. Le seul problème que j'ai eu, mais ça remonte à cinq ans, est un associé indélicat qui, à Paris, copiait mes films dans la nuit, et les revendait pour son compte. Je m'en suis aperçu en voyant stagner mes chiffres de vente. J'ai immédiatement rompu notre contrat.

— Vous avez porté plainte ? demanda l'inspecteur, que cette piste intéressait.

— Non, même pas. Donc je ne vois pas pourquoi il s'en prendrait à moi, et surtout de cette façon ridicule !

L'intrusion demeurait inexplicable. Le policier quitta les lieux après avoir demandé à Méliès de le tenir au courant si un nouvel incident se produisait, ou s'il constatait, après coup, la disparition de quelque chose.

Il fallait maintenant faire réparer les dégâts. Le jardinier irait dans l'après-midi chercher le vitrier de Montreuil.

En regagnant Paris, Méliès se mit à repenser au départ de feu de Neuilly, pour le moment aussi mystérieux que cette intrusion, et à l'incendie, celui-là accidentel, qui, en 1896, lors des premières projections du cinéma forain, à la Foire d'Orléans, avait pris dans la baraque qu'il partageait avec

Jacques Inaudi[1]. Quatorze de ses films avaient disparu en fumée.

Tout se passait comme si, et le drame du Bazar de la Charité en était l'exemple le plus dramatique, l'« invention du siècle » attirait sur elle les foudres d'un démon malin et tenace.

---

1. Calculateur prodige qui, lors de ses tournées dans toute la France et en Europe, se produisit en 1880 au théâtre Robert-Houdin.

11

36 quai des Orfèvres

Berflaut avait appris que le commissaire de Neuilly n'avait pas encore saisi la Justice après la tentative d'incendie chez Dulaar, espérant trouver sur place les pistes menant aux coupables avant de porter plainte contre eux. Il avait cependant téléphoné à un de ses cousins, l'inspecteur Freslon, pour lui demander de recevoir Jérôme Dulaar, et de noter son témoignage.

— Madeleine a raison, depuis que j'ai épousé Marguerite et que je profite de sa cuisine, je grossis et je perds mon souffle, pensait Louis Berflaut en constatant qu'il montait moins vite qu'avant les marches menant à la Brigade de Sûreté.

Comme il l'avait promis à Jérôme Dulaar, il passa, avant de gagner son bureau, voir l'inspecteur Freslon.

Ses collègues l'avaient surnommé « le Frelon » à cause du bourdonnement continu et agaçant qu'il émettait lorsqu'il était plongé dans ses réflexions. Il avait été un policier sérieux et compétent, mais, à deux ans de la retraite, il attendait celle-ci sans manifester un zèle excessif pour les affaires qui lui semblaient de peu d'importance. Ce départ de feu dans une foire, à ses yeux, en faisait partie. Pourtant le commissaire de Neuilly avait bien spécifié que, selon le témoignage de Berflaut, l'origine accidentelle était totalement exclue et qu'il s'agissait plus probablement au mieux d'un acte de malveillance, au pire d'une tentative d'incendie criminel. Berflaut voulait faire comprendre à l'inspecteur Freslon qu'il s'intéressait personnellement à l'affaire.

Il frappa à la porte du bureau, et entra sans attendre la réponse. Trois inspecteurs le partageaient. Freslon était le plus âgé. Grand, légèrement voûté, il avait une tête d'oiseau, des yeux gris pâle derrière de fines lunettes. Il se leva et posa le journal qu'il était en train de lire. Berflaut eut le temps de voir qu'il s'agissait du *Pèlerin*. Il savait que le cléricalisme militant de Freslon indisposait ses collègues, surtout en cette période où les questions religieuses étaient l'objet d'affrontements qui ne faisaient que s'aggraver.

— Bonjour, inspecteur ! dit Berflaut en refusant la chaise que Freslon lui tendait. Je passais juste voir où vous en êtes, pour le cinématographe de Neuilly.

— Bonjour, brigadier. Ah oui ! Neuilly ! Vous y étiez, m'a-t-on dit ! Rien de trop grave, apparemment !

— En effet, parce que cela a été détecté à temps. Mais ça pouvait être très sérieux !

— Vous êtes sûr qu'il ne s'agit pas tout bêtement d'un accident ?

— Voyons ! Vous avez lu le rapport ! Vous connaissez des chiffons imbibés de pétrole qui se promènent tout seuls ? C'est bien un début d'incendie criminel. Pour le moment le forain n'a fourni que deux pistes, peut-être d'ailleurs sans rapport avec l'affaire, mais il faut que vous les examiniez.

— Ce forain, un certain Dulaar, doit venir demain après-midi ; je l'entendrai et l'emmènerai au fichier, voir si parmi les incendiaires il reconnaît quelqu'un. Je n'y crois pas trop.

Freslon prit sur son bureau le dossier sur lequel il avait calligraphié *Affaire Dulaar*. Il était fier de sa belle écriture et d'une orthographe infaillible qu'il devait à ses parents, instituteurs. Pour le moment, ce dossier ne contenait qu'une copie de la main courante.

— Effectivement, nous n'avons pas grand-chose, un voleur sous fausse identité, un romanichel non identifié ! Au fait, Dulaar est juif, n'est-ce pas ?

— Peut-être. C'est une famille connue dans le milieu forain. Pourquoi cette question ?

— Oh, pour rien, monsieur !

Berflaut n'insista pas. Il se dit simplement que si les préjugés s'en mêlaient, l'enquête n'était pas près d'aboutir, et qu'il lui faudrait probablement réveiller le zèle de Freslon et empêcher que le dossier reste enterré au fond d'un tiroir.

— À bientôt, inspecteur. Tenez-moi au courant.

— Bien sûr. Comptez sur moi.

Berflaut quitta la pièce, salué de la main par les deux collègues de Freslon, et gagna son bureau.

*
* *

Dans les couloirs on ne parlait que du coup de théâtre de la veille. La perquisition menée par le préfet Lépine en personne au domicile des Humbert, avenue de la Grande-Armée, n'avait découvert qu'un appartement vide, tout comme le fameux coffre censé contenir le testament qui faisait de la dame une riche héritière. On arrivait difficilement à comprendre comment cette femme avait pu pendant vingt ans berner créanciers et banquiers et mener le train de vie d'une reine, sans que personne n'ait douté de son histoire. Trop d'intérêts étaient en jeu pour qu'on ne lance pas immédiatement des policiers à la recherche du couple d'escrocs, et les inspecteurs attendaient, anxieux, de savoir qui serait affecté par Cochefert[1] à cette mission peu excitante qui les enverrait sur les routes de France à leur poursuite.

Berflaut y échapperait, car on réservait ses talents pour les enquêtes difficiles et les crimes de sang. Pour le moment, d'ailleurs, il connaissait une période assez calme, comme si les assassins s'étaient accordé, en ce beau début d'été, quelques jours de répit. Debout devant sa fenêtre, il regardait les barques et les péniches glisser lentement sur la Seine, et sur le quai, quelques pêcheurs installés sur leurs pliants dans l'attente d'une touche, tandis que plus loin deux gamins faisaient un concours de ricochets.

Berflaut ne pouvait s'empêcher de penser encore à l'affaire de Neuilly. L'aurait-elle à ce point frappé s'il n'avait été sur les lieux, si sa famille et lui-même

---

1. Successeur de Goron à la tête de la Brigade du chef, formée des meilleurs policiers de la Sûreté.

n'avaient risqué d'en être victimes ? Probablement pas.

Il sortit de sa poche le petit carnet qui ne le quittait pas et y jeta les idées qui lui étaient venues.

- *Autres cinémas forains, à part Dulaar, Grenier, Frank et Jeckel ?*
- *Rivalité entre eux ?*
- *Forain(s) jaloux, ruiné(s) par le cinéma ?*
- *Rechercher auteur du tract lancé en juin 1897 contre le cinématographe. Lien avec l'incendie du Bazar de la Charité ?*

Toutes ces pistes, il faudrait les suggérer à Freslon sans froisser sa susceptibilité, mais seulement lorsqu'il aurait reçu la plainte de Jérôme Dulaar. Peut-être en sortirait-il quelque chose de nouveau.

12

Foire de Neuilly

Robert Fresnot avait gardé son article sous le coude, préférant le compléter d'un compte-rendu du *Voyage dans la Lune*. Georges Méliès lui avait proposé une projection privée dans la salle du théâtre Robert-Houdin, mais le jeune journaliste, que l'expérience vécue chez Dulaar n'avait aucunement dissuadé de retourner à la Foire de Neuilly, préférait assister à une séance de cinéma forain pour tester les réactions du public.

Il prit l'omnibus de la ligne C place de l'Hôtel-de-Ville, monta sur l'impériale pour profiter, plus au frais, de ce trajet offrant les plus belles vues de Paris, place de la Concorde, avenue des Champs-Élysées, place de l'Étoile, avenue de la Grande-Armée jusqu'au terminus, Porte Maillot, où commençait la Foire.

Il était encore trop tôt pour les premières séances de l'après-midi. Aussi musarda-t-il le long des baraques de la Foire.

Campés sur l'estrade face au public, les lutteurs, moulés dans leurs caleçons noirs et leurs maillots de corps blancs, croisaient sur leurs pectoraux leurs bras aux biceps impressionnants, lançaient des défis aux messieurs qui se gardaient bien d'y répondre, à part quelques imprudents bravaches ou de très repérables compères, les « barons », qui faisaient des clins d'œil aux dames émoustillées.

Un peu plus loin, au quartier des photographes, les décors à trous avaient plus de succès que les portraits « artistiques ». Les clients s'amusaient à placer à travers ces trous leur tête sur le corps d'un gorille, d'un général, d'un clown, de Napoléon ; des couples souriaient fièrement, assis au volant d'une automobile ou à la proue d'un navire. Ils emportaient ce souvenir inoubliable, qu'ils regardaient en riant, assis à la terrasse d'un café.

En revanche, comme il l'avait constaté l'autre jour, personne ne s'attardait devant la baraque des *Tableaux vivants*, dont l'affiche promettait des « acteurs comme taillés dans le marbre », *Soldat blessé*, *Gladiateur mourant*, *Napoléon devant les Pyramides*, *Vercingétorix se rendant à César*, *La Samaritaine d'après Rude*, et autres scènes autrefois prisées du public.

Comment ces attractions figées pouvaient concurrencer la vie, le mouvement ? pensait le journaliste. Il y avait eu d'abord la découverte des images animées, avec *La Sortie des usines Lumière*, *La Pêche aux poissons rouges*, *Le Repas de bébé*, *L'Arroseur arrosé*, *Le Train entrant en gare de La Ciotat*... Mais ces films des frères Lumière dataient, et ne pouvaient rivaliser avec les perpétuelles nouveautés produites par Georges Méliès, ses trucages ébahissants, les scènes amusantes ou impressionnantes de ses comédies, et les beaux décors de ses féeries.

La tristesse se lisait sur le visage du forain, qui, ayant renoncé à son boniment, restait assis sur les marches de sa baraque, regardant passer la foule ou lisant un journal. L'envie aussi, et presque de la haine, sembla-t-il à Fresnot, quand il regardait du côté des cinémas.

Le public faisait déjà la queue devant *L'Olympia cinématographe* de Frank, devant le *Cinéma mondain* de Dulaar et devant le *Palais des vues animées* de Jeckel. L'affiche du *Voyage dans la Lune*, avec son obus en plein dans l'œil de sa face grimaçante, attirait tous les regards.

Méliès avait gagné son pari.

Robert Fresnot alla serrer la main de Dulaar, qui le reconnut.

— Vous étiez avec l'inspecteur de la Sûreté, l'autre jour ! Vous a-t-il parlé de mon affaire ? Depuis que je suis allé déposer au Quai des Orfèvres, je n'ai aucune nouvelle de l'enquête. Il leur fallait sans doute un véritable incendie et des morts, pour la prendre au sérieux !

— Je n'ai pas vu l'inspecteur Berflaut ces jours-ci, mais, même s'il n'a pas été chargé de l'affaire, je suis sûr qu'il la suivra parce qu'il s'y intéresse, ne fût-ce que pour y avoir assisté. Seulement, si j'ai bien compris, les indices sont quasi nuls, et les pistes bien fragiles. Rien ne vous est revenu depuis ?

— Non, rien. Mais j'ai signalé au policier qui m'a reçu, et au commissaire de police de Neuilly, que des tracts ont réapparu dès le lendemain, les mêmes qu'en 1897. Ils ont été glissés la nuit sous mon chapiteau, d'autres ont été collés tout le long de mes roulottes.

Il en sortit un de sa poche.

— C'est toujours le même slogan : « Plus de cinéma, plus de catastrophes ! »

— Les autres propriétaires de cinématographes en ont-ils reçu aussi ?

— Non, seulement moi. Du moins pour le moment.

— C'est étrange. Pourquoi vous seulement ? Donnez-moi un de ces tracts, je le montrerai à l'inspecteur Berflaut.

— Merci. Maintenant, si vous voulez entrer... Naturellement vous êtes mon invité ! dit généreusement Dulaar.

Robert pensa que c'était la moindre des choses, après l'incident de l'autre jour qui l'avait privé du spectacle.

Il choisit une place près de la sortie – on n'est jamais trop prudent – et quelques minutes plus tard il s'embarquait avec le professeur Barbenfouillis et son équipe pour leur épopée spatiale.

À la fin de la projection, tout le monde applaudit. À la sortie, Robert Fresnot nota pour son futur article les commentaires enthousiastes des spectateurs ; il se disait qu'avec cet extraordinaire *Voyage dans la Lune*, le magicien Méliès venait de faire franchir une étape nouvelle à l'histoire du cinéma.

13

Berflaut, après être allé témoigner très tôt le matin au procès des apaches, travaillait à son bureau lorsqu'il entendit frapper. Il aperçut à la porte vitrée la tête de l'inspecteur Freslon.

— Entrez !

Freslon avança, l'air pincé, et déposa sur le bureau un dossier.

— Tenez. Vous êtes chargé des deux affaires.

— Deux affaires ?

— Vous n'êtes pas au courant ? Il y a eu cette nuit un autre incendie à la Foire de Neuilly.

— Comment le saurais-je ? J'arrive à l'instant ! Des victimes ?

— Non, de gros dégâts matériels, encore dans une baraque de cinématographe.

Le ton était méprisant. Ces saltimbanques ne méritaient pas son intérêt, mais on sentait tout de même sa vexation d'en avoir été dessaisi.

Il ajouta :

— C'est le juge Maubécourt qui doit instruire ces affaires, et il a décidé de vous confier l'enquête. Ça pouvait se régler localement, c'est une histoire entre forains, pas de quoi mettre la Sûreté dessus ! Tout bonnement des représailles dans ce milieu de juifs et de francs-maçons !

Berflaut ne releva pas. Il ouvrit le dossier et constata qu'il était aussi vide que la première fois, à part une note épinglée mentionnant la date et l'heure de l'incendie de la baraque, et le nom du propriétaire : Alfred Frank.

Curieusement, comme pour appuyer sa remarque, Freslon avait joint un numéro de *L'Industriel forain* dont l'en-tête, qu'il avait entouré d'un épais trait de plume, affichait les symboles maçonniques.

Berflaut referma le dossier, se leva, libérant ainsi Freslon qui pourrait se replonger dans son journal.

Il se rendit immédiatement au bureau du juge d'instruction Maubécourt. Ils avaient travaillé ensemble sur plusieurs affaires. Le juge appréciait Berflaut pour son flair, sa compétence, et la correction avec laquelle il lui rendait compte au fur et à mesure des faits nouveaux et importants, sans se croire obligé de le faire participer aux menus détails de ses recherches.

— Entrez, cher ami. Bonjour. Je suis content de vous revoir. Vous allez reprendre le dossier de Neuilly. Je viens d'en dessaisir l'inspecteur Freslon.

— Comment l'a-t-il pris ?

— Ça n'a pas semblé l'atteindre. J'avais même l'impression qu'il était soulagé. Cette histoire de forains ne lui semble pas digne de son intérêt !

— J'ai eu la même impression. C'est apparemment un milieu qu'il méprise, de façon d'ailleurs assez visible. Le départ de feu d'un chapiteau suivi de l'incendie de deux roulottes ne mérite pas selon lui de remonter jusqu'à la Sûreté !

— Aussi j'ai tenu à vous charger de l'enquête. Il ne s'agit plus d'un fait isolé ; les deux attentats sont

573

probablement liés et on ne peut exclure la possibilité d'un troisième.

— C'est effectivement à craindre. Je pense que le commissaire de Neuilly va prendre des mesures de sécurité. Reste à découvrir le mobile. S'agit-il d'une vengeance entre concurrents, de représailles de la part d'employés renvoyés, ou bien d'une croisade par le feu contre le cinématographe lui-même ?

— Vous avez des raisons de penser à cela ?

— Un jeune journaliste de mes amis a appris de Dulaar qu'il a trouvé, collés le long de ses roulottes, des tracts analogues à ceux qui avaient été distribués dans les foires après l'incendie du Bazar de la Charité. Il y était écrit « Plus de cinéma, plus de catastrophes ! ». Il va d'ailleurs m'en donner un, que je verserai au dossier.

— Après cinq ans, ils n'auraient pas encore renoncé !

— Je le crains ! Je vais retourner interroger les deux forains victimes des attentats. Le départ de feu dans le chapiteau de Dulaar aurait pu être beaucoup plus grave si nous n'avions pas rapidement évacué le public. Il y a donc une véritable intention criminelle.

— C'est évident. Votre sang-froid et celui du forain, à ce qu'on m'a dit, ont évité le pire. Vous y étiez avec votre famille ?

— Oui, ma fille et ma femme attendront quelque temps avant d'assister à une autre projection !

— Pourtant, je crois savoir que Mme Berflaut travaille pour Georges Méliès ?

574

— En effet ! Mais elle a eu très peur, surtout pour ma fille. Et c'est bien cela – si c'est le vrai mobile – que recherchent les auteurs des attentats : faire fuir le public, ruiner les propriétaires de salles et les réalisateurs de films ! Ils espèrent que le cinématographe, qui a déjà subi une crise sérieuse après l'incendie du Bazar de la Charité, cette fois ne s'en relèvera pas.

— Quelle folie ! Mettre le feu pour dénoncer les dangers du cinématographe !

— Je pense aussi consulter la main courante du commissariat sur les cinq dernières foires ; un incident, jugé mineur à l'époque, pourrait nous donner une piste. Je vais aussi me faire communiquer les lettres anonymes envoyées au maire. Peut-être en est-il qui contiennent des menaces qui n'auraient pas été prises au sérieux.

— Merci, cher ami.

Le juge se leva et raccompagna Berflaut jusqu'au bout du couloir. Le policier sauta dans un fiacre qui prit la route de Neuilly.

*
* *

Quand Berflaut pénétra dans l'allée de la Foire, le public était nombreux, composé surtout de familles ; on faisait la queue devant les manèges, on stationnait devant les parades des ménageries et des lutteurs, mais, à la grande déception de ceux qui étaient venus pour voir le *Voyage dans la Lune,* un cordon entourait le périmètre du sinistre, et un policier interdisait l'entrée des cinématographes.

Reconnaissant Berflaut pour l'avoir vu au

moment du départ de feu chez Dulaar, il alla au-devant de lui.

— Inspecteur, vous êtes au courant ? Ils ont recommencé !

— Oui, je viens pour ça. À quelle heure le feu a-t-il pris ?

— Un peu après minuit. Nous avons immédiatement appelé les pompiers, naturellement. Mais c'était trop tard. Le temps qu'ils arrivent, les deux roulottes étaient complètement détruites.

— Il n'y a pas de victimes ?

— Non, heureusement. Le forain dormait dans une autre roulotte. Celles-là, c'était pour son matériel.

— Personne des environs n'a rien vu, rien entendu ?

— Rien, inspecteur. Les criminels ont dû se faufiler comme des chats.

— Le commissaire a pris des mesures ?

— Oui, avec le maire, ils ont interdit toutes les représentations cinématographiques jusqu'à la fin de la Fête, pour ne pas donner lieu à d'autres accidents.

« Accidents » ? Berflaut ne jugea pas utile de dire que cette hypothèse lui paraissait désormais bien contestable.

— C'est Alfred Frank, lui dit le policier en lui montrant un homme au visage et aux mains noircis, la chemise déchirée, hagard, qui se tenait à côté de deux roulottes, ou plutôt ce qu'il en restait, des squelettes de bois calciné dont le toit avait disparu et les flancs étaient maculés d'un jus noirâtre, l'eau des lances des pompiers mêlée au matériel brûlé.

Par extraordinaire la baraque et le chapiteau de la salle du cinématographe n'avaient pas été atteints par le feu.

Derrière le forain, un petit groupe de femmes, d'hommes et d'enfants, sa famille et ses employés attendaient, debout, on ne savait quoi. Une vieille femme, assise sur un seau renversé, pleurait silencieusement.

Frank, voyant le policier saluer Berflaut, se précipita vers lui.

— Voyez, monsieur l'inspecteur, voyez ce qu'ils m'ont fait ! Tout a brûlé, tout est perdu, mes projecteurs, mes bandes ! Même celle que je viens d'acheter, et cher, a disparu, volée ou brûlée, je n'ai pas pu encore vérifier : le *Voyage dans la Lune* de Méliès ! Ruiné, je suis ruiné !

— Montrez-moi, dit Berflaut.

Ils grimpèrent les quelques marches que l'incendie avait épargnées et entrèrent, si l'on peut employer ce mot, dans la première roulotte. Au sol, des boîtes cylindriques de métal déformées remplies d'une substance poisseuse. Sur un socle de bois calciné, le coffre métallique noirci, l'objectif éclaté, la manivelle tordue, c'était tout ce qui restait du projecteur. L'autre, le plus beau et le plus cher, lui dit le forain, avait disparu, volé par les incendiaires.

Berflaut le laissa se calmer, car il s'était mis à pleurer en revoyant les dégâts, puis il écouta son récit.

Le feu avait pris vers minuit et demi, juste après la clôture de la Foire. Tout le monde était allé se coucher, il avait fermé à clé les deux roulottes contenant le matériel. C'est une lueur aperçue par sa femme, à travers les volets, qui les avait alertés. Elle avait ouvert la fenêtre et aperçu des flammes énormes dévorant une de leurs baraques, ils avaient entendu le ronflement du feu, des craquements affreux et senti l'odeur âcre de l'incendie. Ils s'étaient précipités pour remplir les seaux d'eau destinée à abreuver leurs chevaux, aidés par les forains voisins. Les pompiers étaient arrivés très vite, mais trop tard pour sauver quoi que ce soit.

Berflaut inspectait le sol, remuait du pied quelques débris, un morceau du toit pas totalement consumé. Il se pencha, et de sa main entourée d'un mouchoir, au cas où resteraient des empreintes, ramassa un morceau de verre cylindrique qui pouvait être le manchon d'une lampe à pétrole. À côté, un globe de porcelaine éclaté et un pied de laiton déformé le confirmaient.

— C'est à vous ?

Alfred Frank s'approcha.

— Non ! C'est interdit dans la Foire ! Surtout dans notre métier, ce serait une folie ! C'est donc avec ça qu'ils ont mis le feu !

— Sans aucun doute.

Berflaut ramassa, la main toujours entourée de son mouchoir, les débris qui pourraient servir de pièces à conviction.

— Pouvez-vous me donner une boîte, ou un linge ? Je vais apporter ça au Service de l'identité judiciaire.

Le forain héla sa fille, et elle revint avec un morceau de vieux drap qu'elle tendit au policier. Il y déposa les morceaux de verre et noua les coins en forme de ballot.

Puis les deux hommes redescendirent et Alfred Frank emmena Berflaut dans sa roulotte. Moins luxueuse que celle de Jérôme Dulaar, elle était confortable et joliment meublée.

— Veuillez vous asseoir, inspecteur. Myriam, apporte-nous quelque chose de frais.

Mme Frank, une grande femme brune d'une cinquantaine d'années, dont le visage, assez beau, était encore marqué par l'angoisse, leur servit en silence une limonade et disparut.

— Aviez-vous reçu des tracts, comme votre confrère Dulaar ?

— Pas tout de suite, j'en ai trouvé seulement hier après-midi, avant la projection, par terre, dans mon chapiteau.

— Vous auriez peut-être dû alerter le commissariat de police, ils auraient organisé une ronde.

— Je ne me suis pas méfié, j'ai eu tort, mais je ne pensais pas qu'ils iraient jusque-là. C'est ignoble ! Quel mal leur faisons-nous ?

— Voyez-vous quelqu'un qui pourrait vous en vouloir à ce point ? Des ennemis personnels ? Des employés renvoyés, comme pour votre confrère Dulaar ?

— Non, aucun. Nous sommes des gens paisibles, et mon personnel est uniquement familial : ma femme et ma fille tiennent la caisse, un de mes fils m'aide à la projection, l'autre s'occupe de la salle et de l'intendance.

— Ce serait donc à votre avis dirigé non contre vous personnellement, mais contre le cinéma ?

Le forain semblait hésiter. Berflaut s'en aperçut, mais préféra laisser le silence s'installer.

Frank se leva, s'approcha de la fenêtre, jeta un coup d'œil et revint. Il s'assurait que le petit groupe de curieux s'était éloigné.

— Il y a bien une chose. J'avais oublié. L'année dernière, j'ai écrit au maire. Une lettre signée, je n'envoie pas, moi, de lettres anonymes.

— À quel sujet ?

— Je voulais porter à sa connaissance les honteuses exhibitions dans un établissement de tableaux vivants, qui ne pouvaient que nuire à la bonne réputation de la Foire de Neuilly en attirant une clientèle de dépravés.

— Lesquelles ?

— Dans une arrière-salle, un couple nu jouait Adam et Ève, et croyez-moi, pas seulement au moment de la création, si vous voyez ce que je veux dire !

Berflaut sourit.

— Je vois ! La police ne le savait pas ?

— Un inspecteur du commissariat, révoqué depuis, à ce qu'on m'a dit, avait été payé pour fermer les yeux. Mais le maire a immédiatement fait fermer l'établissement et l'a interdit cette année. Il paraît qu'il aurait fermé sa baraque. Je l'ai aperçu traîner à la Foire du Trône, et il m'a jeté un sale œil. Il doit savoir que je l'avais dénoncé !

— Par qui l'aurait-il su ?

— Pas par le maire ni le commissaire, je pense, mais le policier révoqué a dû parler ! Lui aussi, il a des raisons de m'en vouloir !

— Vous savez le nom de ce forain ?

— Métouvier. Jules Métouvier. « *Tableaux vivants* ». C'est comme ça qu'il appelait sa baraque.

— Savez-vous où l'on peut le trouver ?

— Non. Mais allez donc à la mairie, c'est eux qui délivrent les permis. Ils ont peut-être trace de son carnet de route.

C'est bien ce à quoi Berflaut avait pensé.

— Connaissez-vous des propriétaires d'attractions, tableaux vivants ou dioramas, que votre concurrence aurait ruinés ?

— Il y en avait deux, l'an dernier. Je ne les ai pas revus à la Foire du Trône. Je les plains, c'est dur pour eux, ils n'ont pas senti le vent tourner comme nous. Nous, nous avons quitté la photographie pour le cinématographe, ça a représenté un gros investissement, croyez-moi, mais il était rentable...

Emporté par son élan, il avait oublié que cet investissement venait de partir en fumée, et se remit à parler d'une voix étranglée par la douleur et la colère.

— Tout est foutu. Des années de travail, d'économies ! Inspecteur, trouvez-les, ces bandits, qu'ils paient pour tout cela, qu'ils paient, jusqu'au dernier sou ! Et qu'on les mette en prison !

— Calmez-vous, monsieur Frank. Nous allons enquêter à partir des éléments que vous et M. Dulaar nous avez donnés. Je vais demander au juge d'instruction de vous entendre tous les deux. Il faut aussi que je rencontre vos autres concurrents pour savoir pourquoi ils n'ont encore subi aucun attentat, et les mettre en garde.

— Et pour les deux jours qui restent ? S'ils recommencent chez moi ?

— Il faudra organiser une ronde, la nuit. Le commissaire y a d'ailleurs probablement pensé. Et s'il vous revient quelque chose, appelez-moi à mon bureau de la Sûreté. Voici ma carte.

— Merci, inspecteur. Le maire est venu me voir ce matin avec le commissaire de police. Ils m'ont promis de m'aider de tous leurs pouvoirs, et j'ai confiance en vous. Mes trois concurrents sont aussi venus très vite à mon secours, c'est cela, la solidarité entre forains, même si on est rivaux, ça ne compte pas dans les malheurs.

Tout se sachant très vite dans le monde des foires, Berflaut n'eut pas à chercher Jérôme Dulaar ni Paul Jeckel. Les deux hommes étaient venus aux nouvelles et attendaient devant la roulotte sinistrée.

Jérôme Dulaar était hors de lui ; c'est à peine si Berflaut eut le temps de serrer sa main et celle de Jeckel.

— Je viens de m'apercevoir qu'ils m'ont volé mon *Voyage dans la Lune* ! Les salauds ! Ils savent bien ce qu'ils font, ils vont le revendre assez vite ! Ce sera facile, il y aura des acheteurs peu scrupuleux qui ne regarderont pas leur provenance.

— Pas de vol d'appareil ?

— Tout de même pas ! Je les avais emportés dans la roulotte où je dors. J'ai bien fait !

— Et vous, monsieur Jeckel ?

— Mes projecteurs sont là, mais pour les bandes... Attendez, je vais voir.

Il revint très vite. Il était pâle.

— Le *Voyage dans la Lune*, volé aussi !

— Rien d'autre ?

— Si, les bandes de *L'Affaire Dreyfus*, mais c'est

582

moins grave, elles ont coûté beaucoup moins cher. Pourtant c'est une perte car j'avais commencé à remettre le film à l'affiche, maintenant que les esprits semblent calmés. Mais comment retrouver assez d'argent pour racheter une copie du *Voyage dans la Lune*? Je ne peux pas !

— Mettons une annonce de vol dans *L'Industriel forain*, à tout hasard, proposa Jérôme Dulaar. Et prévenons Georges Méliès, ça le concerne tout de même !

Les forains tombèrent d'accord. Si l'annonce avait une chance, même minuscule, de faire remonter jusqu'aux voleurs, il fallait la tenter.

— Allons ensemble au commissariat de police, dit Berflaut, nous serons plus tranquilles et le commissaire participera à notre entretien. Nous ferons le point sur les différentes informations ou pistes que vous avez les uns et les autres. Mais vous avez un confrère que je n'ai pas encore rencontré, je crois ?

Il regarda ses notes.

— Un certain Ernest Grenier ?

— En effet, dit Alfred Frank. Il est le propriétaire du *Théâtre électrique*. Il est venu m'aider, mais ne s'est plaint d'aucun dégât ni d'aucun vol...

— ... pas encore ! coupa Dulaar.

— Voulez-vous aller le chercher, s'il vous plaît ?

— J'y vais, dit Paul Jeckel. Nous vous rejoindrons là-bas.

Le commissaire de Neuilly accueillit les quatre hommes et les installa dans son bureau.

Il prit Berflaut à part, lui dit qu'il était heureux de faire sa connaissance. Les deux hommes convinrent que le maire avait eu raison d'interdire les projections jusqu'à la fin de la Fête.

— Je vais organiser des rondes, cela rassurera les forains, dit-il. Si vous en êtes d'accord, un de mes hommes pourrait, discrètement, essayer de récolter des informations sur des mouvements nocturnes ou des propos qui auraient échappé à tel ou tel, après boire.

— Excellente idée, merci, commissaire.

Lorsque Jeckel et Grenier furent arrivés, la séance commença.

Ernest Grenier semblait le moins concerné, parce qu'il n'avait été victime d'aucun attentat, vol ou départ de feu. Il n'avait pas encore acheté de copie du *Voyage dans la Lune* et semblait s'en féliciter. Il attendrait, par prudence, la fin de la Foire pour se la procurer. Il ne se connaissait aucun ennemi et ne pouvait donc fournir aucune piste.

Berflaut consigna chaque indication fournie par Dulaar, Frank et Jeckel, sur des rancunes à leur égard qui auraient pu conduire à des vengeances.

La réunion prit fin assez vite. Grenier s'en alla, mais Jeckel, Frank et Dulaar restèrent pour enregistrer leur plainte que le commissaire transmettrait dès le lendemain par voie officielle à la Sûreté.

— Il faudrait, lui suggéra Berflaut, que votre secrétaire relève sur les mains courantes des dernières années les incidents, même mineurs, qui pourraient avoir un rapport avec cette affaire, et demander au maire de vous communiquer les documents des trois années passées : liste des propriétaires des stands de photographie, de tableaux vivants et autres diaporamas en faillite ou disparus,

ainsi que les lettres anonymes reçues, qui pourraient accréditer l'hypothèse d'une vengeance
entre forains.

— Entendu. Nous allons nous en occuper tout
de suite. Je vous les ferai parvenir le plus vite possible.

— Merci. Espérons qu'ils vont s'en tenir là !

— Espérons !

Les deux hommes se serrèrent la main et Berflaut
se dirigea vers le pont de Neuilly à la recherche
d'un fiacre qui le ramènerait Quai des Orfèvres.

* *
*

Vers une heure du matin, dans la Fête endormie,
deux silhouettes se glissaient vers une roulotte du
quartier des cinémas.

Un quart d'heure après en sortait un cri étouffé,
à peine audible parmi les rugissements sourds des
fauves, et les deux silhouettes disparaissaient dans
la nuit.

14

Au retour de la séance au commissariat, Paul Jeckel avait décidé de mettre à l'abri ses deux projecteurs. Le dernier, un « Pathé frères » tout en laiton, lui avait coûté un bon prix, mais il était solide, moins bruyant que l'autre et plus facile à recharger.

Comme il allait commencer leur transport vers sa roulotte-appartement, il se ravisa : il était plus simple de les laisser sur place, et de passer les deux dernières nuits dans celle où était entreposé le matériel. Il prévint sa femme, après le dîner auquel il ne toucha guère, emporta un matelas et une carafe d'eau et alla se coucher, fermant la porte à double tour.

Il eut du mal à trouver le sommeil, et les douze coups de minuit sonnaient dans le lointain au clocher de Saint-Jean-Baptiste, qu'il ne dormait pas encore, préoccupé par ce vol qui annihilait tout le bénéfice de la Foire. Il entendit peu de temps après des pas dans l'allée, ce qui le rassura : c'étaient sûrement les policiers qui faisaient leur ronde. Il faillit passer la tête par la fenêtre, mais, enfin gagné par la torpeur, il s'endormit.

*\
* *

586

À sept heures du matin, Rebecca Jeckel, étonnée que son mari ne l'ait pas rejointe pour le petit déjeuner, décida d'aller le chercher. Elle monta les quatre marches de la roulotte, dont la porte était entrouverte : sans doute Paul venait-il de sortir. Elle avança d'un pas, jeta un coup d'œil pour s'en assurer, ce qui suffit à la faire reculer en hurlant. Elle tomba à la renverse, du haut des quatre marches, inanimée.

Sa fille, alertée par son cri, découvrait à son tour l'abominable spectacle et ressortait chancelante de la roulotte.

— Au secours ! hurla-t-elle.

Un des policiers accourus resta auprès des deux femmes tandis que l'autre partait prévenir le commissaire. Celui-ci arriva très vite, accompagné de deux de ses hommes, qui entourèrent d'une corde la zone du crime et tinrent à distance les badauds.

— Ne restez pas là, c'est inutile et vous gênez.

Le commissaire entra dans la roulotte et en ressortit au bout d'un moment, décomposé.

Paul Jeckel gisait au sol, le visage souillé de sang, l'œil droit transpercé par un piquet de bois planté dans l'orbite, la bouche ouverte d'où un ruban de pellicule cinématographique ressortait en flots, comme vomi par quelque figure monstrueuse de Méduse.

Le commissaire s'approcha, dominant sa répugnance, pour enlever le piquet de cet œil qui pleurait des larmes de sang, et de la bouche le ruban de pellicule. Il voulait, par respect, supprimer ces outrages infligés au malheureux forain.

Mais il résista à ce mouvement pour ne pas supprimer des indices précieux. Les inspecteurs de la police judiciaire devraient pouvoir relever des empreintes et déchiffrer le sens de cette terrible mise en scène. Il prit donc simplement la couverture sur le matelas et en recouvrit le cadavre.

Rebecca Jeckel avait été ranimée et portée dans sa roulotte d'où l'on entendait ses gémissements et ses sanglots. Sa fille et son gendre étaient auprès d'elle, et il était hors de question de les interroger. L'urgent était d'avertir immédiatement la Sûreté.

*
* *

Berflaut venait d'arriver à son bureau, quand il reçut l'appel du commissaire de Neuilly. Au ton de ce dernier il comprit immédiatement qu'il s'agissait d'une mauvaise nouvelle.

Il fut à peine surpris quand il apprit le crime commis dans la nuit, comme si ce meurtre était la suite logique des deux attentats précédents, comme une escalade de la violence. Mais il n'arrivait pas à comprendre l'horreur de la scène, telle que le commissaire la décrivait. Était-ce un message envoyé par l'assassin ?

Il voulut prévenir immédiatement le juge d'instruction, mais celui-ci n'était pas encore arrivé. Il laissa un court billet pour lui annoncer le meurtre ; il partait sur les lieux avec un photographe et reviendrait à son retour lui faire son rapport.

Comme il lui apparaissait de plus en plus évident que les trois affaires étaient liées, il monta jusqu'au Service de l'identité judiciaire de Bertillon demander au technicien du service dactyloscopique si des empreintes avaient été relevées sur les morceaux du globe de la lampe à pétrole ramassés dans la roulotte d'Albert Frank.

On en avait trouvé deux, assez nettes, elles étaient en cours d'analyse. Si elles devaient ne pas correspondre avec une de celles qui se trouvaient au fichier, elles seraient archivées dans l'attente d'un suspect qu'elles pourraient confondre[1].

Berflaut choisit pour s'en faire accompagner le plus âgé des photographes que l'habitude des scènes macabres avait prémuni contre les émotions. C'était un brave garçon avec lequel il avait déjà souvent travaillé, et qui sembla heureux, même pour aller affronter un spectacle affreux, d'échapper à la fournaise de la verrière.

Il mit sa casquette, et, son appareil dans une sacoche de cuir à l'épaule, le trépied télescopique replié sous son bras, il suivit Berflaut qui, sur le trottoir du Quai des Orfèvres, héla un fiacre dans lequel ils montèrent.

Ils parlèrent peu pendant le trajet, le photographe étant affligé d'un bégaiement qui décourageait les longues conversations. Berflaut se contenta de lui dire à quelle scène de crime ils allaient avoir affaire ; il lui faisait confiance pour ne négliger aucun détail.

Le cocher prit la route des bords de Seine,

_____

1. Longtemps réticent à l'égard de la dactyloscopie, utilisée en Argentine et en Grande-Bretagne depuis quelques années, Alphonse Bertillon commence à en découvrir l'utilité, et en octobre 1902, il confondra grâce à elle Scheffer, assassin du domestique d'un dentiste de la rue Saint-Honoré.

longea le bois de Boulogne et les déposa au pont de Neuilly. Deux sergents de ville interdisaient momentanément l'entrée de la Foire au public, d'ailleurs assez rare à cette heure de la matinée.

Les policiers remontèrent l'allée en direction des cinématographes. Des forains, la mine grave, erraient devant leurs baraques désertes. La nouvelle du crime s'était évidemment répandue, et, outre la pitié qu'ils ressentaient à l'égard de leur confrère, ils voyaient s'envoler, en cas d'une fermeture anticipée de la Fête, la perspective des bénéfices des deux derniers jours. Pour le moment aucune décision du maire n'avait été communiquée, on pouvait espérer qu'il maintiendrait seulement l'interdiction des projections pour ne pas donner lieu à d'autres tentatives criminelles.

Le *Cinéma mondain* de Dulaar ne portait plus aucune trace de l'attentat, mais les deux roulottes d'Albert Frank exhibaient leurs carcasses calcinées dont se dégageait une désagréable odeur de bois et de toiles brûlés.

Les deux forains étaient en pleine conversation et s'approchèrent de Berflaut qu'ils avaient reconnu.

— Alors, inspecteur, dit Jérôme Dulaar, cette fois c'est à des meurtriers que nous avons affaire ! Et quels meurtriers ! Il paraît que le pauvre Jeckel n'est pas beau à voir !

— La Sûreté va-t-elle nous envoyer des protections ? ajouta Albert Frank. Les rondes n'ont rien empêché, ils peuvent très bien recommencer cette nuit !

Il parlait haut et fort et prenant le policier par l'épaule, lui montrait la roulotte du crime.

— Pour moi c'est tout simple ! Je lève le camp tout à l'heure avec ma famille ! dit Dulaar.

— Attendez ! Vous ne pouvez quitter la Foire sans y être autorisés, nous avons besoin de vous comme témoins.

— Témoins de quoi ? Nous avons déjà fait nos dépositions, nos plaintes ont été envoyées à la Sûreté, à quoi servirons-nous sinon de prochaines victimes ? Inspecteur, écoutez-moi bien, si vous nous maintenez ici contre notre volonté, si vous n'envoyez pas de renfort aux deux gardiens, nous allons monter la garde nous-mêmes. Nous avons des fusils, des vrais, pas des carabines du stand de tir, et croyez-nous, nous n'hésiterons pas à tirer sur quiconque s'approchera de nos installations !

— Messieurs, dit Berflaut en se dégageant, laissez-nous d'abord faire notre travail, nous discuterons après.

Et, suivi du photographe, il écarta le cordon de sécurité auprès duquel se tenait un inspecteur du commissariat, qui dit, bien inutilement : « C'est là », en montrant la roulotte.

La pièce leur parut d'autant plus sombre qu'ils avaient les yeux éblouis par la lumière extérieure. Quand Berflaut ouvrit les volets, le photographe et lui découvrirent le corps et l'abominable mise en scène. Le sang qui avait coulé de la blessure s'était figé en larmes noires et maculait le cou et le col de la chemise du forain.

Au bout de quelques minutes les réflexes professionnels revinrent. Berflaut, accroupi, tâtait les bras pour vérifier si la rigidité cadavérique avait commencé, et regardait, sans le bouger, le crâne, pour vérifier qu'aucune blessure n'avait précédé celle de l'œil. Le photographe ouvrait son trépied, installait sa lampe à magnésium sur son appareil, et le plaçait au-dessus du corps pour prendre des clichés à la verticale. Puis il prit des photographies de la pièce pour accompagner le relevé topographique que faisait Berflaut, et enregistrer les indices qui auraient pu dans un premier temps échapper au policier. C'était un travail d'équipe auquel les deux hommes étaient depuis longtemps rodés.

Berflaut, avant d'en avoir fini, chargea un planton d'aller téléphoner à la morgue pour qu'on envoie un fourgon mortuaire. Il fallait évacuer vite le corps de Jeckel pour épargner à la famille de voir à nouveau la victime, et pour que le légiste puisse entreprendre l'autopsie avant que la chaleur de cette fin de juillet ne fasse son œuvre.

En sortant de la roulotte, il trouva les deux forains calmés par la présence du maire et du commissaire. Celui-ci leur avait promis que deux de ses inspecteurs armés passeraient la nuit sur place dans une roulotte de la suite de Dulaar et que des rondes supplémentaires seraient organisées.

Dulaar et Frank, pour s'excuser de leur accueil, assurèrent Berflaut de leur confiance entière pour sa conduite de l'enquête. Bien que n'ayant rien à ajouter à leurs dépositions concernant les attentats dont ils avaient été victimes, et n'ayant pas d'autres pistes à lui fournir que les affaires de renvoi d'employés voleurs, pour Dulaar, et pour Frank, de plainte contre un forain pour spectacle obscène et proxénétisme, ils resteraient à sa disposition jusqu'à la fermeture de la Foire.

Le maire et Berflaut restèrent un moment à commenter les conditions de ce meurtre et le sens que pouvait avoir cette mise en scène.

L'hypothèse d'un ennemi du cinématographe apparaissait de plus en plus probable. Mais cela ne donnait qu'un mobile, pas de piste certaine : était-ce la vengeance d'un forain ruiné par le cinéma, ou d'un parent d'une victime du Bazar de la Charité ? Il ne fallait pas oublier que les fameux tracts, « Plus de cinéma, plus de catastrophes ! » étaient apparus lors de la Foire de Neuilly en juin 1897, c'est-à-dire un mois après le drame. Peut-être quelqu'un continuait-il à nourrir une haine mortelle à l'égard de l'invention qui aurait causé la mort de sa femme ou de sa fille, et avait trouvé les sanctions des responsables trop légères. Mais pourquoi s'en prendre à d'innocents forains ?

Le commissaire tendit une grande enveloppe au policier.

— Comme vous l'aviez demandé, j'ai fait relever par mon secrétaire tous les incidents, même mineurs, impliquant des forains, apparus les quatre dernières années pendant la Foire. J'ai quelques noms, peu d'adresses. Évidemment, ce sont des nomades.

— Et moi, dit le maire, je vous ai apporté les lettres reçues pendant la même période. Vous verrez, la plupart sont anonymes, pas toutes, en tout cas si les circonstances étaient moins tragiques, vous auriez parfois de quoi sourire.

— Merci de votre rapidité, messieurs, dit Berflaut. Je pense que s'il y a une logique dans ces attentats, il faudrait particulièrement renforcer la vigilance autour de l'établissement de Grenier, c'est le seul qui n'ait encore rien subi.

— En effet, je vais aller le prévenir, sauf si vous désirez le faire vous-même.

— Non, je dois vite retourner au Palais, j'ai juste deux ou trois questions à poser à vos hommes. Dites-lui seulement, sans trop l'affoler, de se tenir sur ses gardes, et que lui et ses installations feront l'objet d'une surveillance particulière.

Les trois hommes se séparèrent. Le photographe était resté un peu à l'écart et photographiait quelques baraques tandis que Berflaut interrogeait les inspecteurs chargés la veille de la surveillance nocturne.

Ceux-ci avaient fait leur ronde à tour de rôle deux fois chacun dans la nuit, entre minuit et quatre heures du matin. Ils n'avaient remarqué aucun mouvement particulier, aucun aboiement suspect, ni entendu le moindre appel au secours, aucun cri. Jeckel avait dû être surpris dans son sommeil sans avoir le temps de comprendre ce qui lui arrivait.

Berflaut ne jugea pas utile de leur recommander une vigilance accrue. Il les quitta, accompagné du photographe, pour aller prendre un des fiacres qui stationnaient devant l'entrée de la Foire.

Ils parlèrent aussi peu qu'à l'aller, mais le policier s'aperçut que son compagnon semblait plongé dans ses pensées. Le questionner allait déclencher une série de bégaiements, mais il voulait savoir si ces réflexions ne rejoignaient pas les siennes.

— Vous pensez à l'affiche ?

Le photographe sursauta, comme s'il croyait Berflaut soudain devenu médium.

— Oui, ll... la ll... ll... Lune ! Mm... mé...

Berflaut le coupa.

— Oui ! La Lune ! L'affiche de Méliès !!!

15

Pendant le trajet de retour en fiacre, les deux hommes parlèrent à peine. Ce n'était pas seulement à cause du bégaiement du photographe, mais l'évident rapport entre le visage de la victime et l'affiche du *Voyage dans la Lune* les poursuivait.

Pouvait-on en déduire que Méliès était visé à travers ses clients ? Il fallait l'informer du dernier crime, et lui demander s'il n'avait reçu aucune menace ni subi aucun attentat.

Arrivés Quai des Orfèvres, ils se séparèrent. Le photographe, encombré de son appareil, montait lentement les escaliers menant au Service de l'identité judiciaire, où il allait développer immédiatement ses clichés. Il les apporterait au bureau du juge d'instruction chez qui l'attendrait Berflaut.

Celui-ci passa d'abord à son bureau pour prendre le dossier presque vide qu'il avait hérité de l'inspecteur Freslon. Il y consigna son rapport sur la découverte du crime, ainsi que les quelques notes prises pendant le trajet de retour sur les diverses hypothèses que les trois affaires lui avaient inspirées. Il y joignit la transcription des incidents consignés dans la main courante. Il allait consacrer sa soirée à les étudier ainsi que les lettres anonymes reçues par le maire.

Il restait à souhaiter que de tout cela jaillisse une piste sérieuse.

Le juge Maubécourt vint au-devant de Berflaut et lui serra la main.

— Bonjour, inspecteur. Vous avez l'air épuisé. Asseyez-vous, et prenez le temps de boire quelque chose. Voulez-vous une citronnade ? Elle est bien fraîche, ma femme a tenu à ce que je dispose d'une glacière dans mon bureau, et en cet été torride, j'apprécie ce confort.

Il lui apporta un verre que Berflaut but lentement pour que le froid ne réveille pas son ulcère, qui sommeillait depuis quelques mois. Cette boisson était la bienvenue : pressé de regagner le Palais de justice, il ne s'était pas accordé de pause dans un café à la sortie de la Foire, et le photographe, qui ruisselait de sueur, n'avait osé rien dire.

Berflaut, une fois désaltéré, entreprit de décrire la scène du crime, et l'analogie qui venait de les frapper entre le visage de la victime et l'affiche du *Voyage dans la Lune* de Méliès, placardée sur les trois établissements touchés par les attentats.

— Je ne suis pas très amateur de cinématographe, dit le juge ; bien sûr, comme tout le monde, j'ai vu les films des frères Lumière, mais ce ne sont, au-delà de la prouesse technique, que des photographies animées, et cette invention, ils l'ont dit eux-mêmes, n'a aucun avenir commercial[1]. Jamais rien ne remplacera le théâtre.

— Ni l'opéra !

---

1. Le propos est d'Antoine Lumière.

Berflaut connaissait la passion du magistrat pour l'art lyrique. Il avait été de ceux qui avaient soutenu, lors de la première en avril à l'Opéra-Comique, contre les huées et les sifflets, le *Pelléas et Mélisande* de Debussy.

— En effet ! Jamais un écran ne remplacera la scène, ni la présence des artistes et la communion avec le public. Bien sûr, Georges Méliès ne m'est pas inconnu, ne serait-ce que pour les incidents qu'a causés sa série sur l'Affaire Dreyfus. Je sais que votre épouse travaille pour lui, et peut-être un jour me déciderai-je à découvrir une de ces « féeries » ou de ces films de magie dont on dit tant de bien, et, bien sûr, le *Voyage dans la Lune* dont parle votre ami Robert Fresnot dans *Le Figaro*.

— D'après ma femme, qui a travaillé aux costumes, ce sera un spectacle merveilleux. Je compte bien le voir au plus tôt. Mais c'est un spectacle moins plaisant que vous allez découvrir : le photographe va vous apporter les clichés de la scène de crime, et également de l'affiche placardée sur la roulotte. Sur le moment, il n'avait pas remarqué l'analogie. Vous verrez qu'elle est évidente.

— Le commissaire et le maire, je pense, ont interdit toute projection ?

— Naturellement, ne serait-ce que pour protéger la vie des autres forains. Ils vont organiser des rondes. Je crains qu'un comité de défense sauvage ne s'organise ; certains ont des armes, et pas seulement celles des stands de tir. Tout peut arriver. Je ne vous cacherai pas que je suis extrêmement inquiet.

— Votre enquête sur place n'a encore fourni aucune piste sérieuse ?

— Trop et dans diverses directions, ce qui rend pour le moment improbable l'hypothèse d'ennemis communs aux trois banquistes. En effet, le dernier crime ne vise que l'un d'entre eux. Jérôme Dulaar, dont l'établissement a subi un départ de feu criminel, avait congédié un employé indélicat ; Alfred Frank, dont la roulotte a brûlé, avait dénoncé un propriétaire de tableaux vivants pornographiques, mais Paul Jeckel, la victime du meurtre ? Qu'a-t-il fait de plus grave qu'eux, au point d'être sacrifié de cette manière ? Je n'arrive pas à comprendre.

— Cher ami, je suis désolé de vous avoir embarqué dans cette histoire. D'autre part, à entendre ce que vous me racontez, je me félicite d'avoir dessaisi Freslon de l'affaire. Il n'avait ni les compétences, c'est une évidence, ni surtout la conscience professionnelle pour faire face à un tel imbroglio. Mais peut-être pourrais-je au moins vous soulager de tâches mineures en vous affectant un adjoint. J'aurais pu le désigner, mais il ne mettrait aucun zèle à vous aider. Cochefert me donne toute latitude pour puiser dans son vivier.

— Je vous remercie, monsieur le juge. J'y aurai recours en cas de besoin.

On frappa à la porte. C'était le photographe. Il apportait les clichés, encore humides du bain de rinçage.

Le juge débarrassa son bureau pour qu'on y étale les photographies. Il y en avait cinq. D'abord, l'intérieur de la roulotte, avec le lit défait, dont avait dû se lever le forain quand l'assassin avait pénétré dans la pièce ; puis, pris d'en haut, le corps étendu ; ensuite deux clichés du visage, terribles. La dernière photographie était celle de l'affiche.

— C'est affreux, dit le juge, penché sur les clichés. Et vous avez raison, il a, ou ils ont, voulu reproduire l'affiche de Georges Méliès, à part cet ajout de pellicule dans la bouche ; est-ce une insulte gratuite ou un message supplémentaire ?

— Je n'en ai encore aucune idée. Je n'ai pas voulu l'enlever avant que le légiste pratique l'autopsie, mais évidemment il faudra relever les empreintes. L'assassin doit ignorer que nous pouvons maintenant les utiliser.

— Bertillon a mis du temps pour en reconnaître l'utilité, sans doute parce que la découverte n'était pas la sienne[1] !

La remarque malicieuse du juge fit sourire Berflaut, alors que le photographe pinçait la bouche, scandalisé de cette plaisanterie à l'égard de son patron.

— Puis-je aller finir de traiter mes clichés ?

— Oui, et merci, ils sont excellents, dit le juge. J'aimerais que vous m'en donniez un jeu, afin que je réfléchisse sur le sens de tout ça. Berflaut m'a dit que vous aviez fait les mêmes remarques que lui.

— Bien entendu, monsieur le juge, dit le photographe, rasséréné par le compliment par lequel le magistrat avait voulu lui faire oublier sa plaisanterie sur Bertillon.

---

1. Essentiellement due au médecin écossais Sir Edward Henry.

Je vous les rapporterai dans deux heures, et un jeu pour vous aussi, naturellement, dit-il à Berflaut.

— Prenez votre temps, je dois partir tout de suite assister à une audience. Demain matin suffira, merci.

— À moi aussi, ajouta Berflaut. Je veux passer à la morgue récupérer la pellicule que le légiste a dû extraire de la bouche de la victime et l'apporter à vos collègues du laboratoire anthropométrique.

— Et Georges Méliès ?

— Ma femme me communiquera les numéros de téléphone de son bureau parisien et de sa maison de Montreuil. Il faut le prévenir, assurer sa protection.

— À demain donc, vous aurez eu entre-temps le rapport d'autopsie, et nous pourrons l'examiner ensemble.

— À demain, monsieur le juge. Je vous ferai savoir s'il y a eu du nouveau.

*
* *

Passant de la chaleur intense du square de l'Évêché à l'atmosphère glacée de la morgue, Berflaut eut un léger frisson. Malgré une longue habitude, il n'y entrait jamais sans malaise. Il n'arrivait pas à comprendre l'attrait qu'exerçait l'exposition des corps nus sur la foule du dimanche qui se pressait le long de la vitre de la salle de reconnaissance. Ultime humiliation infligée à ces morts, les femmes, surtout, objets de fascination obscène et de propos salaces[1].

Dans la salle d'autopsie, il trouva le légiste en train d'enlever ses gants et son tablier, maculés de sang. Un aide rinçait la table de pierre et l'eau rougie s'écoulait par les rigoles.

— C'est votre dernier client, dit le légiste.

Berflaut s'approcha du corps étendu sur la table voisine et ne le reconnut pas tout de suite. Il avait du mal à retrouver, dans cette face livide, le masque sanglant et terrible du forain tel qu'il l'avait découvert dans la roulotte. C'est que le médecin avait enlevé le piquet de l'œil et le rouleau de pellicule de la bouche, et lavé les larmes de sang.

— Drôle d'artiste, celui qui a fait ça ! Vous avez une idée ?

— Pas encore, mais je dois déchiffrer le message qu'il nous envoie. Vous avez pu fixer l'heure de la mort ?

— Vers une heure du matin. Il a eu la nuque brisée, il est mort sur le coup ; c'est seulement après qu'on lui a enfoncé un piquet dans l'œil. On dirait un piquet de tente, n'est-ce pas ?

— Oui, j'ai vu les mêmes chez Dulaar. Donc ce piquet n'est que pour la mise en scène ?

— En effet. Je n'ai rien trouvé sous ses ongles,

---

1. « La morgue est à la portée de toutes les bourses, que se paient gratuitement les passants pauvres ou riches. La porte est ouverte, entre qui veut. Des ouvriers entraient, en allant à leur ouvrage, avec un pain et des outils sous le bras ; ils trouvaient la mort drôle. Parmi eux se rencontraient des loustics d'atelier qui faisaient sourire la galerie en disant un mot plaisant sur la grimace d'un cadavre. », Émile Zola, *Thérèse Raquin*.

mais voici vos deux accessoires. Peut-être ceux de l'Identité judiciaire les feront-ils parler.

Il montra un sac, estampillé du tampon de la morgue, avec sa signature et la date de l'autopsie. Il y avait mis le piquet et la bande de pellicule.

— Voulez-vous que je les fasse porter tout de suite chez Bertillon ?

— Volontiers, merci.

— J'en ai fini avec lui. Vous pouvez dire à sa famille qu'elle peut venir, j'ai fait de mon mieux pour le rendre présentable. Vous avez une idée, pour cette mise en scène ?

— C'est une copie macabre de l'affiche du dernier film de Georges Méliès, le *Voyage dans la Lune*. Il vient d'en donner la primeur à la Foire de Neuilly, chez un des trois forains qui ont été victimes d'attentats : un départ de feu, l'incendie de roulottes, des vols d'appareils et de bandes cinématographiques... et ce crime.

— Comment est cette affiche ?

— Le visage de la Lune qui grimace, parce qu'elle a reçu un obus dans l'œil. Mais la bande de pellicule dans la bouche est un rajout qui renforce le message : nous avons probablement affaire à des ennemis du cinématographe.

— Ou de Georges Méliès ?

— C'est très possible. Les trois forains étaient ses clients.

— Vous me tiendrez au courant ?

— Bien sûr !

Berflaut avait l'habitude d'informer les légistes avec lesquels il travaillait, considérant que cette intimité avec un corps, en cas de meurtre, leur donnait le droit d'apprendre pourquoi on lui avait infligé une telle violence.

Les deux hommes se serrèrent la main, et Berflaut, en quittant la morgue, respira longuement, heureux de retrouver le monde des vivants.

16

Berflaut quitta l'île de la Cité par le pont au Change, traversa la place du Châtelet où un agent, brandissant son bâton blanc, réglait autour de la fontaine du Palmier le ballet des omnibus, calèches et fiacres. Rue de Rivoli, en approchant de leur appartement, il leva la tête, et aperçut Marguerite, accoudée à son balcon, qui le guettait. Elle avait pris cette habitude depuis le jour où un policier avait sonné à sa porte, lui annonçant que son mari, blessé en service, était à l'Hôtel-Dieu, « une blessure pas grave, rassurez-vous, madame Berflaut ! » Elle avait eu très peur, sachant que parfois on n'ose annoncer le pire.

Berflaut leva le bras et lui sourit.

— Tiens, Marguerite, tu vas être contente ! dit son mari en lui tendant un numéro du *Figaro* acheté au petit crieur du boulevard du Palais, une sorte de Gavroche monté en graine dont la voix qui était en train de muer avait parfois de curieux ratés.

Elle regarda le gros titre de la une :

« *Combes ordonne la fermeture de 300 établissements d'enseignement religieux. Vive agitation en Bretagne.* »

— Pourquoi serais-je contente ? Que Combes ferme des établissements religieux, ou que la Bretagne s'agite ?

« Veuve » d'un fiancé fusillé pendant la Commune, Marguerite avait, certes, le cœur à gauche, mais ce n'était pas à ce titre qu'elle devait se réjouir, d'autant que l'anticléricalisme radical du gouvernement risquait de réveiller des passions et de donner prétexte à l'extrême droite pour réagir.

— Non, regarde page 5, l'article de Robert sur deux colonnes !

Marguerite enleva promptement son tablier, quitta la cuisine, prit ses lunettes et alla s'asseoir dans un fauteuil pour lire la prose de son neveu.

Georges Méliès, le magicien du cinéma

Monsieur Méliès a bien voulu nous recevoir dans son bureau du théâtre Robert-Houdin qu'il continue à diriger malgré le temps qu'il consacre désormais à ses réalisations cinématographiques, pour nous parler de son Voyage dans la Lune.

Cette féerie en trente tableaux, avec ses trucages spectaculaires, ses inventions permanentes et sa poésie fantastique a ébloui le public de la Foire de Neuilly qui a bénéficié de la primeur de cette présentation. Elle semble devoir dépasser le succès de sa Jeanne d'Arc. Monsieur Méliès a évoqué à ce propos les honteux plagiats dont certains de ses concurrents se sont rendus coupables et contre lesquels il entend bien désormais se prémunir.

Quels progrès a fait le cinématographe depuis l'invention des frères Lumière ! Georges Méliès en a développé, avec une imagination et une technique en perpétuelle évolution, toutes les possibilités, si bien qu'on peut désormais l'appeler le Septième Art.

*Mais l'Histoire ne se réduit pas au passé, et le cinémato-
graphe a aussi pour mission de rendre compte des événements de l'actualité, tel, tout récemment, le sacre de Sa
Majesté Édouard VII, ou, datant de cinq ans mais toujours vivante dans les mémoires, l'Affaire Dreyfus qui doit
être prochainement réinscrite au programme de certains
forains comme témoignage des erreurs auxquelles peut
conduire un fanatisme aveugle.*

— Eh bien ! dit Marguerite en refermant le
journal, Robert s'est peut-être fait un ami avec
M. Méliès, mais je ne suis pas sûre que tout le
monde appréciera ses dernières lignes !

— Moi non plus, dit Berflaut. Ton fougueux
neveu est toujours prêt à monter sur les barricades,
et je m'étonne que *Le Figaro* n'ait pas censuré cette
allusion. En tout cas Méliès, à qui Robert a soumis
son texte, n'en a pas demandé la suppression ! Il
faut que nous allions le voir, ce fameux *Voyage* !
Méliès n'a pas prévu une projection privée pour
son équipe ?

— Si, naturellement, mais les danseuses sont en
répétition au Châtelet, les acrobates en tournée, et
Jeanne d'Alcy en vacances. J'attendrai septembre.

— À moins que les projections ne soient remises
au programme à la Foire Saint-Germain. Mais je
pense que les forains, même s'ils ont pu racheter
ou louer le film, hésiteront à prendre un tel risque,
du moins en ce moment.

Malgré le baiser qu'ils avaient échangé en
arrivant, elle avait remarqué son air soucieux. Mais
elle ne lui posait jamais aucune question avant qu'il
ne se soit mis à l'aise et détendu.

607

Quand il eut changé son costume pour une chemise fraîche et un pantalon d'intérieur, et se fut installé dans son fauteuil, elle lui apporta un verre de sancerre et quelques olives.

— Merci, Marguerite. Mais où est Madeleine ?

— Elle prépare son exposé chez son amie. Elle sera là pour dîner.

— Sais-tu si Georges Méliès est encore à Paris, ou à Montreuil ?

— Il devrait partir bientôt rejoindre sa famille à Mers-les-Bains, pourquoi ?

— Il faut que je l'appelle demain, du bureau, à la première heure. Tu as bien son numéro ?

— Oui, les deux. Celui de Paris et celui de Montreuil. C'est l'affaire de Neuilly, encore ?

— Oui, mais cette fois, c'est un meurtre !

— Qui a été tué ?

— Un forain propriétaire d'un cinématographe, concurrent de celui où nous avons échappé au départ de feu. Et tué d'horrible manière, permets-moi de t'épargner les détails, *Le Petit Journal illustré* s'en chargera !

— Tu penses que M. Méliès pourrait être lié à tout ça ?

— Peut-être. Ce sont ses clients qui ont été visés, sauf un seul, qui étrangement n'a rien subi.

— Pas encore... !

— Ah ! Marguerite, je t'en prie, n'attire pas le mauvais sort !

Elle se leva, alla l'embrasser pour se faire pardonner sa plaisanterie, et disparut dans la cuisine. Berflaut n'osa pas lui dire qu'entre la chaleur subie pendant toute la journée, le spectacle macabre découvert dans la roulotte et sa visite à la morgue, il craignait de ne pas faire honneur au dîner. Mais Marguerite semblait l'avoir deviné, et l'assiette de charcuterie qu'elle avait préparée lui permit d'en terminer assez vite. Il s'excusa de quitter la table, il devait étudier les documents remis par le commissaire et le maire de Neuilly.

Madeleine était rentrée et s'était enfermée avec sa belle-mère pour lui confier sans doute quelque secret de jeune fille, car elles avaient baissé le ton. Il percevait depuis son bureau des échos étouffés de leur bavardage complice.

Il travailla jusqu'à minuit passé, sans avoir pu découvrir la moindre piste solide à la lecture des incidents consignés sur la main courante, et recopiés scrupuleusement par le secrétaire du commissaire, si zélé qu'il n'avait pas cru utile d'éliminer les incidents sans rapport avec les derniers attentats.

Il y avait des voies de fait contre un agent de la force publique, des accidents divers, un homme renversé par un cheval, une femme blessée à l'épaule par le tir d'une carabine ayant percé la plaque de la cible, mais l'essentiel était constitué de vols à la tire, tel le grand classique : « *Hier vers six heures du soir à la Porte Maillot je regardais un acrobate (...) à un moment je constatai la disparition de ma montre* », quelques effractions de roulottes ou de tentes, plusieurs incendies, mais accidentels.

Une seule évoquait une vengeance :

« *Monsieur Charles Larrue, directeur du théâtre des Attractions modernes, avenue de Neuilly, face au*

numéro 117 déclare : des malfaiteurs introduits dans mon
établissement en détachant les cordes, ont lacéré à coups
de couteau les tentures en velours garnissant le contrôle.
Un employé, garçon de baraque, que j'avais renvoyé avait
menacé d'y mettre le feu[1]. »
METTRE LE FEU !

C'était ainsi qu'on se vengeait entre forains !
Détruire la roulotte de l'ennemi c'était le mettre
à la rue ! Était-ce ce qu'avait décidé de faire l'employé malhonnête que Dulaar avait chassé, ou le
forain dénoncé par Frank pour exhibitions obscènes ?

Quant aux lettres anonymes communiquées par
le maire, c'était toujours pour lui une occasion de
mépris et de dégoût de lire ces lignes pleines de
fiel, sous le couvert d'une démarche qui se prétendait civique. Certaines étaient envoyées par des
habitants de Neuilly dont la Foire troublait la tranquillité et qui se plaignaient du voisinage de ces
« romanichels, sales et voleurs », d'autres émanaient de
forains jaloux du succès de leurs concurrents, en
prétextant qu'ils ne respectaient pas les règlements
sanitaires ou mettaient en danger leurs clients à
cause de la vétusté de leurs installations. Certaines
d'entre elles, dirigées contre des photographes,
leur reprochaient leur façon d'agripper les clients.

L'une des dernières lettres, datées du 16 juin de
l'année précédente, attira son attention, parce que
le nom de Paul Jeckel y figurait.

---

1. Cette lettre, comme la précédente, est authentique.

« *Monsieur le commissaire, Monsieur le Maire,*

Je tiens à vous prévenir que Jules Boudeau, propriétaire de la baraque du jeu de massacre, a l'intention de ressortir les figures que vous aviez interdites il y a deux ans, à savoir les caricatures grossières d'Émile Zola, du commandant Picquart, du capitaine Alfred Dreyfus et de son avocat, qu'il veut à nouveau offrir en cible aux coups et aux insultes du public. Je l'ai vu en train de les repeindre et de refaire les ressorts sur lesquels elles reposent. Ce serait insulter tous ceux qui ont lutté pour faire reconnaître l'innocence de Dreyfus. Nous espérons que vous allez sévir comme il convient et chasser de la Fête ce forain qui fait honte à la profession. Veuillez croire, Messieurs », etc.

Au bas de la lettre, il était écrit à l'encre rouge : « *L'auteur de cette lettre anonyme est Paul Jeckel, propriétaire du Palais des vues animées.* »

La note était signée : *Inspecteur G.F.*

Berflaut était perplexe : les auteurs des lettres anonymes étaient par nature non identifiés, d'autant que le scripteur avait utilisé, comme d'habitude en ce cas, des majuscules.

Pourquoi, lors de la réunion au commissariat, Jeckel avait-il affirmé ne pas se connaître d'ennemi, et n'avait-il pas mentionné cette lettre ? Probablement avait-il honte d'avouer qu'il l'avait écrite. Avait-il su qu'il avait été reconnu et désigné comme son auteur ?

Apparemment, cet « inspecteur G.F. » avait voulu faire connaître à Jules Boudeau le responsable de sa dénonciation. Dans quel but ?

Berflaut se souvint qu'Albert Frank avait parlé d'un policier révoqué pour n'avoir pas signalé au commissaire les exhibitions scandaleuses offertes dans son arrière-boutique par Métouvier, le propriétaire des *Tableaux vivants*. Ce pouvait être le même, ce mystérieux G.F., complice, sans doute acheté, des deux forains, Métouvier et Boudeau.

Si des mesures d'expulsion et d'interdiction à leur encontre, et de révocation pour le policier, avaient été prises, ils pouvaient tous trois avoir décidé de se venger.

Après de longues heures d'insomnie, Berflaut finit par sombrer dans un cauchemar où l'attendait, grimaçant comme pour le narguer, le masque sanglant de la Lune.

17

Quand il arriva à son bureau, Berflaut n'eut même pas à téléphoner à Georges Méliès. Celui-ci l'attendait dans le couloir en s'entretenant avec Freslon dont la présence le surprit. Sans doute voulait-il en savoir davantage sur le dernier meurtre, par pure curiosité, car plus l'affaire se compliquait, plus il devait se réjouir d'en avoir été dessaisi. Quand le commissaire de Neuilly avait rencontré Berflaut, il n'avait fait aucune allusion au fait que son cousin avait été mis sur la touche. Il devait être sans illusion sur son zèle, et préférer, surtout depuis le meurtre, qu'un policier sérieux en fût chargé.

Berflaut salua Georges Méliès et le fit entrer, sans inviter Freslon à les suivre.

La mine grave de Méliès indiquait qu'il avait appris l'assassinat de Jeckel.

— Jérôme Dulaar m'a téléphoné hier au soir et m'a raconté l'horrible mise en scène du crime. Comme deux autres forains, qui étaient aussi mes clients, ont été victimes d'attentats, je me suis dit que j'étais peut-être indirectement visé. C'est pour cela que je viens vous parler d'un incident étrange que je n'avais pas cru utile de faire remonter jusqu'à vous.

— Quel incident ?

— Une effraction nocturne dans mon atelier de Montreuil. On a brisé une vitre et mis en désordre mon magasin d'accessoires, mais aucun vol n'a été commis : mon appareil de prises de vues était là, heureusement. Peut-être était-il trop lourd et encombrant pour qu'ils le fassent passer par-dessus le mur de ma propriété. Ou alors il s'agirait d'un simple acte de vandalisme.

— Des vols de bandes ?

— Non, pourquoi me demandez-vous ça ?

— Ils en ont volé à Neuilly. Notamment celles de votre *Voyage dans la Lune*.

— Je sais, Dulaar me l'a dit. Ils sont fous de rage. Ils venaient, Frank, Jeckel et lui, de me les acheter, après avoir hésité à cause du prix. Les malfaiteurs vont essayer de les revendre, et nous avons décidé de mettre une annonce conjointe dans *L'Industriel forain* informant des vols. Pour moi, la perte sera considérable si ces bandes tombent entre les mains de mes concurrents qui vont immédiatement les contretyper et les mettre sur le marché sous leur nom.

— Comment est-ce possible ? Vous n'avez aucune protection contre les plagiaires ?

— J'ai pensé à faire graver à la fin de la pellicule ma marque de fabrique, l'étoile de la *Star film*[1], mais ils trouveront bien un autre moyen de

---

1. Ce qu'il fit en décembre 1902, bien tard pour éviter les contre-types d'Edison aux États-Unis. Mais les pirates n'eurent qu'à effacer l'étoile des pellicules.

contourner cet obstacle ! C'est seulement pour cela qu'ils sont inventifs !

— Et à Montreuil, vous avez vérifié ?

— Il n'y a rien que des anciennes bandes : une série sur *L'Affaire Dreyfus* et une sur *L'Exposition universelle* qu'un client devait prendre. D'ailleurs je l'attends toujours ! Celles du *Voyage dans la Lune* sont dans mes bureaux parisiens.

— Ils ont aussi volé à Neuilly des bandes de *L'Affaire Dreyfus*, vous le saviez peut-être ?

— Non, Dulaar ne m'en a rien dit ; pour eux ce n'est pas une grosse perte. D'ailleurs depuis l'interdiction de projection, elles sont pratiquement invendables. J'en ai l'original à Paris et une copie à Montreuil, que je garde pour des temps meilleurs, quand les passions seront calmées.

— Pouvez-vous vérifier quand même ?

— Je le ferai dès que possible, mais je ne pourrai aller à Montreuil avant deux jours. J'attends des clients de province, et je dois terminer la mise en boîte des bandes du *Sacre d'Édouard VII* avant de les apporter à Londres pour la cérémonie.

— Bref, vous l'avez couronné par anticipation !

Méliès sourit.

— C'est cela. Sa Majesté m'a d'ailleurs invité pour une projection à la Cour, après le sacre.

Le sourire s'effaça. Il pensait à nouveau au pauvre Jeckel. Il se fit raconter en détail la découverte du corps et la sinistre parodie de son affiche. Il n'était pas au courant de la réapparition des tracts contre le cinéma, qui ajoutait une autre dimension à l'affaire.

— Heureusement, la Foire ferme après-demain,

je ne vous cacherai pas, dit Berflaut, que tout le monde en sera soulagé. Malgré les rondes triplées, tout peut arriver, le quatrième forain n'a encore été l'objet d'aucun attentat, et n'en mène pas large.

— Grenier ? C'est pourtant aussi mon client ! Pourquoi donc n'a-t-il rien subi ?

— Je l'ignore. Peut-être n'ont-ils pu approcher de son établissement ? En tout cas il règne là-bas un climat de peur et de suspicion, et, certains ne me l'ont pas caché, ils sont armés et prêts à tirer à la moindre alerte, vraie ou fausse. Tout de même, retournez à Montreuil et vérifiez encore. Je ne crois pas tellement aux effractions gratuites.

— Entendu, inspecteur. Dès mon retour je vérifie. Merci de m'avoir reçu, et faites mes amitiés à Mme Berflaut, c'est une excellente costumière.

— Je n'y manquerai pas.

Quand Berflaut eut raccompagné Georges Méliès jusqu'à l'escalier, il retourna dans son bureau et prit son carnet. Il se sentait, pour la première fois de sa carrière, totalement désemparé. Son ami Santier lui manquait. Après tant d'années passées ensemble et au moment où celui-ci allait enfin quitter le commissariat de la rue Caulaincourt pour le rejoindre à la Sûreté, il avait dû prendre sa retraite à la suite d'une grave crise cardiaque.

C'est à lui qu'il aurait volontiers eu recours pour l'aider dans ses recherches, et surtout il aurait aimé discuter avec lui des pistes à creuser ou à éliminer dans cette affaire qui partait dans toutes les directions.

Contrairement à l'époque où tous deux travaillaient au commissariat de la rue Caulaincourt, il n'avait aucun réseau d'indicateurs dans ce milieu très particulier des forains, et l'univers de Madame Zoé, sa très efficace et fidèle informatrice, se bornait au boulevard de Clichy, et aux rues hautes de Montmartre.

On frappa à la porte de son bureau. Il reconnut à travers la vitre le technicien du laboratoire de l'Identité judiciaire.

— Bonjour, inspecteur. J'ai pensé que vous aviez hâte de savoir, pour les empreintes. Malheureusement celles du piquet sont illisibles, à cause du sang séché. Si je le lave, tout disparaîtra.

— La pellicule ?

— Elle a été enfoncée n'importe comment dans la bouche de la victime ; il y a quelques traces, mais à peine discernables. Je reviendrai vous dire s'il apparaît quelque chose.

— Merci, en tout cas, d'être passé.

— À bientôt, inspecteur.

Le technicien repartit, et Berflaut resta songeur. Quelque chose affleurait de temps en temps à sa conscience, une chose essentielle qu'il aurait dû demander à Georges Méliès, à propos de cette bande de pellicule, mais il n'arrivait plus à la retrouver.

18

— Qu'a donc Madeleine ? Elle a l'air triste, elle n'a pas ouvert la bouche de tout le repas.

Louis Berflaut avait rejoint Marguerite dans la cuisine, pour l'aider à la vaisselle du dîner. Sa fille, après avoir débarrassé le couvert, s'était retirée dans sa chambre, alors qu'habituellement elle restait dans le salon à lire à côté de ses parents ou à bavarder avec eux.

Marguerite ouvrit la porte et jeta un œil dans le couloir.

— Peines de cœur ! chuchota-t-elle.

— Hein ? Déjà ?

— Louis, elle a quinze ans !

— Quinze ans ! C'est bien trop jeune !

— Trop jeune ? As-tu oublié Alfred de Musset ?

— Musset ?

— *Quinze ans, ô Romeo, c'est l'âge de Juliette !*

Mais Berflaut se moquait bien de Musset, de Romeo et de Juliette.

— Madeleine est encore une enfant !

— Louis, tu réagis en père qui ne voit pas grandir sa fille, ou plutôt qui ne veut pas la voir grandir. Pourtant, dans ton métier, tu en as vu, des filles plus jeunes, des petites ouvrières vivant en couple dans des garnis, et d'autres, des malheureuses mises sur le trottoir. Quinze ans... moi-même...

Elle s'interrompit, laissant passer en silence le souvenir du matin où, à peine plus âgée, elle avait découvert, parmi les corps criblés de balles alignés le long du mur des Fédérés, celui de son fiancé.

Berflaut avait compris et n'insista pas. Seulement, il voulait savoir.

— Et à cause de qui, ces peines de cœur ?

— Elle ne voulait rien nous dire, ni à toi, ni à moi, mais j'ai compris l'autre jour, à la Fête de Neuilly.

— À la Fête de Neuilly ?

— Enfin, Louis ! Un bon policier comme toi, qui ne voit pas ce qui saute aux yeux !

— Robert ?

— Évidemment, Robert !

— Mais c'est impossible ! Ton neveu a presque trente ans, ils sont comme frère et sœur...

— À tes yeux, sans doute, peut-être aussi aux siens, mais pas à ceux de Madeleine !

— Et pourquoi ce chagrin ?

— Robert vient moins régulièrement dîner à la maison. Son travail l'occupe, c'est certain, mais il doit avoir une amie.

— Se doute-t-il de la passion qu'il inspire ?

— N'ironise pas, Louis, ta fille est malheureuse. Je ne pense pas que Robert s'en soit aperçu.

— Vas-tu lui parler ? Pas à Robert, évidemment, à Madeleine !

— Quand je la sentirai prête aux confidences. L'autre jour, j'ai bien cru qu'elle allait se décider, elle tournait autour du pot, me parlait d'une de ses amies fiancée, me questionnait sur ma jeunesse. Je la laissais venir, mais elle en est restée là.

— Bon, tu as bien fait. Elle va partir avec toi en vacances, ça lui changera les idées.

— Et toi ?

— Je vous rejoindrai le plus vite possible, il faut d'abord en finir avec cette affaire qui me préoccupe.

Ce que ne lui dit pas Berflaut, c'est que pour le moment il n'entrevoyait, dans ce faisceau de pistes, aucune qui fût plus fiable que les autres, et qu'il allait sans doute devoir les laisser seules une bonne partie du mois d'août, sinon davantage. Heureusement, Madeleine retrouverait ses cousins et cousines à Noirmoutier.

Marguerite, qui lisait auprès de lui dans le salon, le regardait de temps en temps. Elle lui avait rarement vu, même lors d'enquêtes difficiles, l'air aussi sombre.

Ce n'était tout de même pas d'apprendre que sa fille était amoureuse qui le tourmentait à ce point ? D'ordinaire il lui résumait succinctement chaque soir les étapes de ses recherches, parfois même il en discutait avec elle, mais ce soir-là il demeurait sans ouvrir la bouche, jetant sur son calepin des notes qu'il rayait rageusement la minute d'après, ou restant de longues minutes à fixer le plafond, comme s'il s'attendait que s'y inscrive la solution de l'énigme qui le tourmentait.

Au bout d'un moment, avec un léger soupir, elle quitta la pièce pour aller se coucher.

Il était passé minuit quand il la rejoignit dans leur chambre.

Au milieu de la nuit, tandis qu'il cherchait en vain le sommeil, un souvenir vieux de cinq ans lui revint en mémoire. Ce souvenir, en entraînant un autre, lui ouvrait une piste à laquelle jusque-là il ne s'était guère attaché. Il en parlerait dès le lendemain au juge d'instruction.

Quelque peu soulagé, il finit par s'endormir, non sans avoir déposé un baiser sur le front de Marguerite pour se faire pardonner d'avoir été un bien maussade compagnon.

*
* *

Le lendemain matin, en se présentant chez le juge Maubécourt, il apprit de ce dernier que Cochefert ne pourrait lui adjoindre personne en renfort pour son enquête, du moins pas avant une semaine.

— C'est trop long, monsieur le juge, beaucoup trop long ! Nos criminels, s'ils font partie de la Foire de Neuilly, se préparent à la quitter ; et si l'Identité judiciaire a relevé des empreintes, mes autres pistes risquent de refroidir !

— Écoutez, faute de mieux, il reste l'inspecteur Freslon ! Ce n'est ni une lumière ni un modèle de zèle, mais au moins il est disponible et si vous le chargez de recherches qui demandent seulement du temps, pas du génie, vous serez allégé de quelques démarches, d'autant, si j'ai bien compris, qu'il est parent du commissaire de Neuilly ?

— En effet. Il pourra peut-être sur place bénéficier de l'aide des inspecteurs du commissariat pour interroger à nouveau les forains avant qu'ils ne partent pour la Foire des Loges à Saint-Germain. Mais je crains que, ayant été dessaisi de l'affaire, il ne renâcle à m'y aider surtout pour enquêter dans un milieu qu'il méprise manifestement !

— Des vengeances entre forains, c'est toujours une de vos pistes ? Les voleurs de Dulaar, par exemple ?

— Ceux-là, je n'y crois guère, ils n'ont aucune raison de se venger, trop heureux d'avoir échappé à des poursuites ; ensuite, remonter jusqu'à eux relève de l'impossible. Le romanichel n'avait bien entendu aucune adresse fixe, l'autre voleur a donné un faux nom et de fausses références, et Dulaar ne l'a pas reconnu au fichier de l'Identité judiciaire. En revanche, le propriétaire des *Tableaux vivants* dénoncé par Frank pour obscénité, et celui qu'a dénoncé Jeckel, le patron d'un jeu de massacre antidreyfusard, un dénommé Jules Boudeau, ont beaucoup perdu en se faisant exclure de la Foire. Et il y a aussi un ancien inspecteur du commissariat qui a été révoqué pour avoir fermé les yeux sur des exhibitions obscènes. Pour tous les trois, ce serait un mobile, mais tout de même, songer à une telle mise en scène !

— En effet ! Mais vous pensiez aussi aux ennemis du cinématographe ?

— Oui. Dès le début j'avais envisagé cette piste, mais je n'y croyais guère. Mais cette nuit un souvenir m'a ramené à cette hypothèse : celle d'un parent d'une victime du Bazar de la Charité que la douleur aurait rendu fou. Il pourrait être l'auteur des tracts apparus immédiatement après l'incendie, et aurait voulu venger par le feu ceux que le feu avait tués.

— Quel souvenir ?

— Vous vous rappelez cet homme qui avait perdu sa femme et ses deux fillettes dans les flammes, et qui, lors du procès des responsables, s'était précipité en pleine audience vers le banc des prévenus, revolver en main ? Il avait été ceinturé avant d'avoir pu tirer sur l'un d'entre eux.

— En effet. Ce que j'ai oublié, c'est ce qu'il est devenu. Vous avez raison, il faudrait savoir s'il a été arrêté, ou si, par égard pour sa douleur, il n'a pas été donné de suites judiciaires à ce geste désespéré.

— C'est possible.

Le policier n'avait pas l'intention de mentionner le drame privé qu'il avait découvert en enquêtant sur deux morts suspectes pendant l'incendie du Bazar de la Charité. Parmi les actes de lâcheté commis par les jeunes gens du « meilleur monde », le fiancé d'une jeune fille, qui, au lieu de la secourir, l'avait sauvagement frappée pour s'échapper du brasier, avait été le lendemain du drame poignardé par le père de cette dernière[1]. Berflaut avait décidé de garder le secret sur cette vengeance à ses yeux légitime ; pour la première fois de sa carrière, il avait couvert un meurtre, sans la moindre mauvaise conscience.

— Je vais chercher dans les archives du procès, et vous tiendrai au courant. Nous aurions un vrai

---

1. *Piège de feu à la Charité*, Éditions Jacqueline Chambon.

mobile, mais ce qui ne « colle » pas, c'est ce délai : pourquoi cinq ans après le drame ?

— Effectivement, c'est ce que je me suis dit. Et pourquoi la Foire de Neuilly et pas une autre, celle du Trône où se produisent les mêmes cinématographes ? Et surtout, pourquoi s'en prendre à d'inoffensifs forains, et pas aux vrais responsables, qui aux yeux de l'opinion publique n'ont pas payé assez cher leur négligence ? Il était plus facile de les atteindre une fois le procès fini que dans une salle d'audience.

— Vous avez raison, mais c'est tout de même une piste à ne pas négliger, nous n'en avons pas d'autres plus fiables. Pour en avoir le cœur net il faut retrouver la trace de cet homme.

— Sur la main courante du commissariat des Champs-Élysées, il figure certainement, ainsi que son adresse, parmi la liste des victimes et des proches qui les ont reconnues. J'irai demain. J'ai travaillé pour une enquête criminelle avec le commissaire, il était au cœur du drame et aura peut-être des renseignements à me communiquer.

— Retrouvons-nous demain soir à mon bureau. Et dites bien à l'inspecteur Freslon que je le charge de vous seconder jusqu'à la fin de l'enquête.

— Entendu.

Berflaut quitta le bureau du juge et, avant d'aller prévenir Freslon de sa nouvelle mission, monta à l'Identité judiciaire pour voir où ils en étaient pour les empreintes.

— Il y a plusieurs traces, dit le technicien, à différents endroits de la bande ; celle-ci fait seulement un mètre, l'assassin ne pouvait pas sans doute en enfoncer davantage dans la bouche de la victime. Je les ai isolées, mais rien ne dit qu'elles ne sont pas celles de Georges Méliès. S'il manipule lui-même ses films pour opérer des coupes et des raccords, cela n'aurait rien d'étonnant !

— Il faudrait donc faire relever ses propres empreintes ! Je m'en veux de ne pas avoir pensé à l'accompagner à votre service quand il est venu à mon bureau ! Et maintenant, il est peut-être déjà parti pour la Normandie !

Mécontent de lui, après avoir serré la main du technicien, il redescendit à l'étage des inspecteurs de la Sûreté et alla trouver Freslon dans son bureau. Il lui semblait plus diplomatique de se déplacer au lieu de le convoquer, comme sa position hiérarchique le lui permettait. Autant ménager sa susceptibilité avant la démarche délicate qu'il avait à faire.

En frappant à la porte, il aperçut le policier dans son occupation favorite, en train de lire son journal.

Freslon leva la tête, reposa le périodique, sans se lever ni proposer à Berflaut de s'asseoir. Celui-ci prit une chaise et s'installa en face de lui.

— Bonjour inspecteur.

— Bonjour, brigadier.

Cette fois encore il utilisait le titre, plus par provocation que par déférence.

— Vous allez devoir travailler pour moi.

C'est volontairement qu'il avait dit « pour moi » et pas « avec moi ». La nuance n'échapperait pas à Freslon, à qui il voulait rendre la pièce de son insolence.

— Mais j'ai été dessaisi de l'affaire !

— Le juge Maubécourt vous a désigné en renfort.

— Pourquoi moi ?

Berflaut se retint de lui dire « parce qu'il n'y a personne d'autre qui soit disponible ».

— Vos liens de parenté avec le commissaire de Neuilly faciliteront vos démarches.

— Quelles démarches ? Vous êtes allé deux fois sur les lieux, que trouverais-je que vous n'ayez déjà trouvé ?

Le ton était acide, le duel s'engageait. Mieux valait revenir sur un terrain moins agressif si l'on voulait qu'il collabore.

Il expliqua donc que deux pistes étaient apparues qui nécessitaient des recherches dans les archives du commissariat et de la mairie : il s'agissait de découvrir l'adresse des deux forains évincés de la Foire.

— Pourquoi sont-ils suspects ?

— Ils ont été dénoncés par les propriétaires de deux cinématographes, Alfred Frank et Paul Jeckel, et pouvaient vouloir se venger.

— Si je comprends bien, ce joli monde vit dans la délation !

Berflaut ne releva pas. Il préféra enchaîner :

— Les forains écartés de la foire s'appellent Métouvier, le propriétaire des *Tableaux vivants*, et Boudeau, qui tenait le jeu de massacre. Leur adresse doit figurer sur leurs lettres de demande d'emplacement envoyées à la mairie lors des foires précédentes.

— Pourquoi ont-ils été exclus de la Fête ?

— Métouvier, pour un spectacle qu'il offrait dans son arrière-salle, Adam et Ève en pleine action, l'autre, pour son jeu de massacre avec les figures du capitaine Dreyfus, de son avocat Maître Labori, du commandant Picquart et d'Émile Zola,

— Belle brochette en effet !

Cela non plus, Berflaut ne le releva pas, au prix d'un gros effort.

— Et si je les trouve, ces adresses ?

— Il faudra aller leur demander leur alibi pour la nuit de l'incendie des roulottes et celle du meurtre. Et puis, trouver aussi, mais cela, le commissaire le sait sûrement, qui est cet agent municipal qui a signé G.F. Ce sera plus facile, lui n'est pas un nomade.

— J'irai dès demain matin et viendrai vous rendre compte.

— Merci. À bientôt.

Cette fois, Freslon déploya sa grande et maigre carcasse et fit le tour de son bureau pour raccompagner son visiteur.

Ce faisant, il fit tomber le journal qu'il y avait posé. Berflaut fut plus rapide pour le ramasser et le lui tendre, non sans avoir regardé la couverture. C'était *Le Pèlerin illustré*.

Le dessin en couleurs, pleine page, représentait, sur fond d'église, un homme, crucifix en main, les yeux levés vers le ciel. Il était tenu en laisse par deux minuscules personnages dont l'un disait à l'autre :

Ne tire pas trop sur la corde ! Si malheureusement il avait l'idée de regarder un peu en bas, nous ne pèserions pas lourd !

En rouge, au-dessous, la légende explicative : *Juifs et Francs-maçons, 200 000. Catholiques : 34 000 000*[1].

Berflaut regarda Freslon, qui soutint son regard, et reposa, sans commentaire, le journal sur le bureau.

— J'attends votre rapport le plus vite possible, dit-il en quittant la pièce sans avoir serré la main tendue du policier.

---

1. Dessin paru en août 1902 sous la signature d'Achille Lemot.

19

Le lendemain matin, Berflaut prit l'omnibus jusqu'aux Champs-Élysées. Il s'arrêta un moment pour admirer la perspective offerte sur les Invalides par la large avenue Alexandre-III prolongée par le pont magnifique dont les trente-deux candélabres étincelaient au soleil.

Il entra dans le commissariat où il n'était pas revenu depuis le drame du 4 mai 1897. Le planton avait changé, mais le commissaire Prélat était toujours là et son visage s'éclaira quand il reconnut le policier.

— Inspecteur Berflaut ! Quel plaisir de vous revoir ! Et dans des circonstances moins terribles ! Quel bon vent vous amène ?

— Justement, c'est encore à propos du drame, mais seulement par acquit de conscience. J'ai une vérification à faire : une sale histoire à Neuilly, des roulottes brûlées, un forain assassiné, où les propriétaires de cinématographes semblent visés. Je me suis rappelé ce jeune mari et père, fou de douleur, qui avait tenté de tirer en plein tribunal sur les responsables de l'accident. Vous vous souvenez sans doute ?

— Bien sûr. Pauvre homme ! Mais il n'y a pas eu de suites, je crois ?

— Non. Mais je voudrais vérifier ce qu'il est devenu. Son adresse doit figurer avec la liste des victimes et de leurs parents dans votre main courante ?

— Sûrement. Pouvez-vous l'apporter ? demanda-t-il à son secrétaire.

Celui-ci revint moins d'une minute après et déposa sur le bureau le long cahier noir portant l'étiquette : *Mai 1897.*

Berflaut s'assit et consulta la liste funèbre, découvrant page après page tous les drames privés cachés dans la catastrophe collective qui avait endeuillé Paris cinq ans auparavant.

Très vite, il retrouva le nom qu'il cherchait :

5 mai 1897, Reconnues par Xavier Martigny, 29 avenue du Roule à Neuilly :

Hélène Martigny, 30 ans, Juliette Martigny, douze ans, Jeanne Martigny, huit ans.

Neuilly !... simple coïncidence, probablement. Berflaut commençait à se sentir honteux de soupçonner cet homme, parmi tant d'autres parents de victimes, parce qu'il avait été le plus durement atteint dans ce drame, et à cause du geste fou qu'il avait eu, lors du procès des responsables. Pourtant, il le savait, une immense douleur inspirait souvent des gestes insensés.

Berflaut remercia le commissaire Prélat et son secrétaire, et héla un fiacre qui remontait le Cours-la-Reine. Il se fit déposer devant l'immeuble de l'avenue du Roule, dont la porte cochère s'encadrait de deux belles caryatides. Sur la plaque de cuivre étaient gravés quatre groupes d'initiales, dont X.M. et P.M. La famille Martigny, sans doute.

Il pressa le bouton, la porte cochère s'ouvrit, et il pénétra dans le vestibule donnant sur une grande cour. Il frappa à la loge, le concierge ouvrit son guichet.

— M. Xavier Martigny ?

L'homme le regarda curieusement. Puis, après un moment d'hésitation :

— Il n'est pas là.

— Où puis-je le trouver ?

Nouveau silence. Le visage s'était fermé. Berflaut montra sa carte de police.

— Il est encore arrivé quelque chose ?

— Pourquoi dites-vous cela ?

Le concierge sembla regretter sa question.

— Il vaut mieux que vous voyiez M. Paul Martigny. C'est son père. Escalier A, premier étage à droite.

— Merci.

Au palier du premier étage, deux appartements se faisaient face. L'un, à gauche, aux initiales de X.M, l'autre à celles de P.M. Il sonna.

Ce n'est qu'au bout d'un long moment qu'il entendit des pas se rapprocher. La porte s'entre-bâilla et un visage de femme apparut. Cheveux gris, la cinquantaine, des yeux pâles, l'air sévère d'une directrice de pensionnat.

— Que voulez-vous, monsieur ? M. Martigny n'attend personne.

— Je suis inspecteur de police, madame. Je désire avoir un entretien avec M. Martigny.

Le visage de la femme se décomposa.

— C'est pour Monsieur Paul ?

— En effet.

— Est-il... ?

Elle n'acheva pas, et se précipita vers le fond du couloir.

— Attendez un instant, inspecteur. Je préviens M. Martigny.

Décidément, on craignait quelque chose. Ce qui fut confirmé quand un grand homme aux cheveux blancs apparut et, la voix nouée d'angoisse, demanda :

— Inspecteur, qu'est-il arrivé à mon fils ?

— Rien, rassurez-vous, monsieur. Je désire seulement lui parler.

Le visage et le regard de M. Martigny exprimèrent un intense soulagement.

— Lui parler ? Ignorez-vous qu'il est depuis cinq ans hospitalisé dans une maison de santé ?

— Je l'ignorais, en effet, monsieur. Mais je sais le malheur qui l'a frappé.

— Sa raison n'y a pas résisté. Aussi, quand vous vous êtes présenté, j'ai craint qu'il n'ait réitéré un geste... Il a déjà tenté de mettre fin à ses jours à deux reprises, et nous l'avons retrouvé de justesse.

— Retrouvé ? Il avait quitté la maison de santé ?

— Il a échappé à la surveillance de ses médecins. Comme il semblait aller mieux, il avait la permission de sortir dans le jardin et en a profité pour disparaître. La première fois – c'était deux ans après le drame –, il a été retrouvé au cimetière du Père-Lachaise, allongé sur la tombe de sa femme, un couteau plongé dans la poitrine. Mais un gardien l'avait remarqué, et a donné très vite l'alerte. Il a donc été sauvé.

Il se tut un moment, puis reprit :

— La seconde fois, ne le trouvant pas au Père-Lachaise, nous avons pensé qu'il était allé se jeter dans la Seine, comme il avait dit plusieurs fois en avoir l'intention, mais il avait projeté quelque chose de plus affreux : il s'était procuré, sans doute dans les réserves de la maison de santé, un peu de pétrole et des allumettes, et si des passants ne l'avaient remarqué, rue Jean-Goujon, pleurant à genoux sur le terrain du drame, il allait s'immoler par le feu, « pour mourir comme elles », nous dit-il après. Il se sentait responsable de ne pas les avoir accompagnées ce jour-là au Bazar de la Charité comme sa femme le lui avait proposé, et il était persuadé qu'il les aurait sauvées.

Berflaut écoutait, plein de compassion pour la souffrance de cet homme, mais le policier n'avait pu s'empêcher de noter qu'avant tout Xavier Martigny avait quitté la maison de santé à deux reprises.

— Dans quelle maison de santé est-il soigné ?

— Celle du docteur Pascal, à Passy. On nous a laissé peu d'espoir pour qu'il en sorte guéri, hélas. Mais il est soigné dans les meilleures conditions possibles.

— Cette deuxième fugue, pardonnez-moi le terme, remonte à quand ?

— La semaine dernière. C'était la date anniversaire de sa fille aînée. Il a disparu pendant deux jours. Ses médecins, comme il n'avait pas fait d'autre tentative depuis trois ans, avaient relâché leur surveillance. C'est pour cela qu'en vous voyant arriver, j'ai craint une récidive. Mais je ne comprends pas pourquoi vous désiriez le rencontrer puisque son geste désespéré au tribunal n'a pas eu de suites judiciaires.

Berflaut ne s'était jamais senti aussi gêné. Comment dire à cet homme qu'il pouvait soupçonner son fils d'incendie criminel et de meurtre ? Pourtant cette fugue avait eu lieu au moment des attentats de la Fête de Neuilly. Coïncidence, sans doute, comme le choix du feu... il voulait en tout cas l'espérer.

Il inventa un prétexte qui n'aurait pas convaincu quelqu'un de moins perturbé : le juge d'instruction qui avait conclu par un non-lieu l'épisode du tribunal l'avait chargé de prendre de ses nouvelles. C'était tout.

Il pria M. Martigny d'accepter ses excuses pour cette visite et l'assura qu'il était de tout cœur avec lui dans cette épreuve.

*
* *

Il prit rapidement congé, presque honteux d'avoir ravivé par sa visite le chagrin de cet homme. Mais il fallait, pour en avoir le cœur net, vérifier quelque chose.

Il prit un fiacre qui le déposa rue de l'Assomption, devant l'hôtel particulier abritant la clinique du docteur Pascal. Ce médecin, ancien disciple de Charcot, à la Salpêtrière, était une sommité reconnue dans le domaine des maladies mentales.

Un infirmier, le voyant pénétrer dans le hall, alla au-devant de lui :

— Ce n'est pas l'heure des visites, monsieur.

— Non. Je désire parler au docteur Pascal. Je suis inspecteur de police.

— Veuillez me suivre. Il vient juste de finir sa tournée des patients.

L'infirmier précéda Berflaut dans un long couloir dont les baies vitrées donnaient sur un grand jardin ombragé. Quelques solitaires marchaient lentement, d'autres, agités de troubles compulsifs, gesticulaient, ou tournaient en rond. Deux gardiens, appuyés contre un arbre, bavardaient en les surveillant.

L'infirmier frappa, ouvrit la porte et annonça :

— Un inspecteur de police désire vous parler.

— Faites-le entrer.

Le docteur Pascal, un homme d'une soixantaine d'années, barbiche grise, des yeux sombres et attentifs derrière de petites lunettes, était en train de se défaire de sa blouse blanche et apparut en civil.

— Bonjour, inspecteur, veuillez vous asseoir.

Berflaut se demanda pourquoi les médecins des esprits, qui n'avaient pas à soigner des corps, portaient cette tenue. Était-ce pour en imposer davantage à leurs patients, ou gagner leur confiance ? Après tout, se confesserait-on aussi facilement à un prêtre ne portant pas sa soutane ?

— En quoi puis-je vous être utile, inspecteur ?

— Nous enquêtons sur des incendies criminels survenus dans deux baraques foraines, à Neuilly.

Le médecin haussa les sourcils, manifestement intrigué.

— J'ai appris de son père qu'un de vos patients, M. Martigny, a échappé deux fois à la surveillance de ses gardiens pour des tentatives suicidaires. La dernière semble avoir eu lieu au même moment que les attentats, et comme il s'apprêtait à avoir recours au feu, nous voudrions être sûrs qu'il n'y a aucun lien entre...

Le médecin sursauta, enleva ses lunettes et fixa Berflaut droit dans les yeux.

— Vous ne le croyez tout de même pas capable d'actes aussi déments ! Il est profondément dépressif, certes, mais aucunement dangereux, en tout cas pour les autres. C'est à sa vie qu'il veut porter atteinte, et je ne vous cache pas que c'est pour moi un très gros souci.

— Tout de même, docteur, au moment du procès des responsables de l'incendie...

— Son geste désespéré avait, si j'ose dire, une bonne raison. On venait de causer la perte de sa famille. Mais aller s'attaquer à des forains, pourquoi ?

— Peut-être, tout simplement, parce qu'ils sont propriétaires de cinématographes ?

Le docteur Pascal regarda Berflaut comme s'il avait en face de lui un de ses malades en pleine extravagance.

— C'est à cause de cela que vous le soupçonnez ?

— Docteur, je vous accorde bien volontiers que

cette hypothèse est très peu fiable, mais je suis obligé de l'éliminer pour suivre d'autres pistes. Croyez que je suis tout à fait conscient que votre patient ne peut-être vraisemblablement capable d'un tel geste...

— Donc vous voulez savoir quels jours il a disparu ?

— En effet.

Le médecin ouvrit le grand registre de cuir noir qui était sur son bureau, tourna quelques pages.

— Voilà. Nous avons constaté sa disparition le 20 juillet à dix-huit heures, il a été retrouvé le 22 dans la matinée.

Berflaut soupira, soulagé.

— Alors les dates ne coïncident pas. M. Martigny n'a donc rien à voir dans cette affaire, et croyez-moi, j'en suis heureux. Je vous remercie, et j'espère que ce malheureux retrouvera grâce à vos soins, à défaut du goût de vivre, la force suffisante pour surmonter son désespoir.

Il se leva, le médecin le raccompagna jusqu'à la porte.

— Inspecteur, dit celui-ci, je comprends très bien. Vous et moi faisons, chacun à notre manière, de notre mieux pour éviter que des hommes soient soumis à des pulsions destructrices, ou pour réparer les dégâts qu'elles auront causés. Je vous souhaite de mettre la main sur les coupables, peut-être de simples pyromanes, qui relèvent de l'hôpital psychiatrique. Dieu merci, nous ne soignons pas ce genre de cas.

Les deux hommes se serrèrent la main, et

Berflaut, en longeant le couloir vitré, regarda les patients errant dans les allées. Une grande tristesse le saisit à l'idée que Xavier Martigny se trouvait peut-être parmi eux, prisonnier d'une douleur qui ne s'éteindrait qu'avec sa vie.

20

Rien d'urgent ne l'attendant à son bureau, Berflaut décida de regagner à pied le Quai des Orfèvres en empruntant à partir du pont Mirabeau, les berges de la Seine.

Malgré les taquineries de sa fille sur son début d'embonpoint, le veston porté sur le bras, il marchait d'un bon pas.

Mais il avait compté sans la chaleur, et, quand il arriva au niveau du pont Alexandre III, l'envie le prit de remonter vers les jardins des Champs-Élysées à la recherche d'un café, quand une voix le héla :

— Inspecteur Berflaut, voulez-vous notre fiacre ?

C'était un policier de la Brigade fluviale[1] qui l'avait reconnu tandis qu'ils remontaient la Seine ; il fit signe à son collègue de rapprocher le bateau de la berge.

— Volontiers !

Berflaut saisit la main tendue et sauta dans le canot.

— Pas de prises ?

_____

1. Créée par le préfet Lépine à l'occasion de l'Exposition universelle de 1900, elle était affectée à la police du fleuve et au secours aux noyés.

— Non cette semaine personne n'a eu l'idée de se noyer. Seulement quelques exhibitionnistes, des filles racolant sous le square du Vert-Galant, un vieil homme pleurant son chien qu'on lui avait sûrement – disait-il – jeté dans la Seine avec une pierre au cou... Bref le quotidien tranquille. Et vous ?

— Oh, une sale affaire, incendies de baraques foraines et meurtre à la Foire de Neuilly.

— Vous n'en revenez tout de même pas à pied ?

— Non, j'avais un alibi à vérifier à Passy.

En peu de temps, le bateau était arrivé au niveau de la « Tour pointue[1] », Berflaut remercia ses collègues et sauta sur le quai.

Il fallait absolument qu'il se désaltère avant d'aller travailler. Une bière prise au comptoir d'un café du boulevard du Palais étancha sa soif, et il regagna son bureau que la chaleur de l'après-midi, fenêtres fermées, avait transformé en étuve. Un court billet signé de l'inspecteur Freslon l'informait qu'il était passé lui rendre compte de sa mission, et qu'il se tenait à sa disposition.

Berflaut décida d'aller le trouver sur-le-champ. Il avait hâte d'apprendre ce que Freslon avait découvert.

Malgré la chaleur étouffante de son bureau, et contrairement aux deux collègues avec lesquels il le partageait, l'inspecteur Freslon n'était pas en manches de chemise.

Attendait-il sa visite ? En tout cas il n'y avait aucun journal sur son bureau, seulement un

_____
1. Il s'agit du 36 quai des Orfèvres.

dossier, assez plat d'ailleurs, sans doute son rapport. Il se leva, cette fois, pour accueillir Berflaut.

— Voulez-vous que nous allions chez vous ?

— Inutile, merci. Nous pouvons très bien faire le point ici.

Berflaut s'assit, Freslon s'installa à son bureau, montra le dossier dont la couverture portait en titre, de cette belle écriture avec pleins et déliés dont il était si fier,

Affaire de Neuilly

— Je viens juste de rentrer. J'ai consulté les mains courantes et toutes les demandes d'emplacement reçues par le maire ces trois dernières années. Ça a pris du temps pour pas grand-chose.

Berflaut avait décidé de ne pas s'énerver. Il se retint de lui demander si cet effort inhabituel ne l'avait pas trop épuisé.

— Et ce « pas grand-chose », qu'est-ce que c'est ?

— Pour l'employé qui a volé Dulaar, j'ai bien retrouvé sur la main courante la plainte du tourneur[1], mais c'était une plainte contre X. Apparemment ce monsieur Dulaar ne prenait pas la peine de vérifier l'identité ni les références des gens qu'il employait.

— C'est en effet dommage. Mais cela, inspecteur, je le savais déjà de Dulaar lui-même. Mais vous pouviez au moins aller faire un tour à la Foire, interroger quelques forains...

---

1. Autre nom des forains propriétaires de cinématographes.

— Mais vous m'avez seulement demandé d'examiner les mains courantes et les demandes d'emplacement ! Ça m'a pris la journée, je n'aurais de toute façon pas eu le temps d'aller traîner là-bas !

Berflaut respira longuement, pour éviter d'exploser devant le manque d'initiative et la mauvaise volonté de Freslon.

— Ce qui m'intéresse, ce sont les propriétaires des *Tableaux vivants* et du jeu de massacre. Ils ont, eux, un carnet de route, plusieurs roulottes, ils ont été interdits à la Foire de Neuilly l'an dernier, cela doit bien figurer quelque part dans les archives de la mairie ou du commissariat !

— Effectivement j'ai trouvé trace de leur interdiction ; ce sont eux qui ont été dénoncés par Albert Frank et Paul Jeckel ? J'ignorais qu'entre forains ce genre de procédé avait lieu ! Apparemment, Judas a recruté des apôtres !

Il rit, manifestement heureux de son mot.

Cette fois Berflaut n'y tint plus. Il n'allait pas laisser passer cette dernière bassesse. Il se leva, faisant tomber sa chaise. Les deux jeunes inspecteurs qui travaillaient dans le bureau quittèrent rapidement la pièce.

— Bon Dieu, Freslon, de quel côté êtes-vous ? Des victimes ou des assassins ? Je vous rappelle qu'un de ces « Judas » a trouvé une mort atroce, et que nous sommes, vous comme moi, chargés de trouver celui ou ceux qui l'ont tué. Vos opinions ne m'importent pas, je vous ai confié une enquête, menez-la convenablement, et vite.

Freslon comprit qu'il était allé trop loin. Un mauvais rapport sur lui, si près de la retraite, pouvait compromettre son traitement. Il reprit donc sur un ton plus amène.

— Aucune adresse, ils sont tous deux marqués « itinérants ». J'ai appris que beaucoup d'entre eux campent dans la plaine Saint-Denis ; je me proposais d'y aller demain chercher le propriétaire des *Tableaux vivants.*

— Et surtout, celui du jeu de massacre. C'est lui qui avait des raisons d'en vouloir à Jeckel, au point, peut-être, de le tuer. S'ils ont été interdits à Neuilly, ça ne signifie pas qu'ils le soient ailleurs. Ils vont sans doute s'inscrire à la Fête des Loges qui commence la semaine prochaine. Il est urgent, avant que la Fête de Neuilly ne ferme, d'interroger des forains ; il doit bien en avoir qui les connaissent ! Et ensuite, aller faire un tour à la plaine Saint-Denis.

Berflaut savait que la recherche serait difficile. D'ordinaire les suspects ou les témoins peuvent être plus ou moins vite localisés : les concierges, les indicateurs finissaient par parler, il avait des moyens de les y inciter. Mais dans ce milieu nomade, ayant quelques points d'ancrage épisodiques...

— Mais au moins avez-vous pu retrouver la trace du policier ?

— Quel policier ?

— Enfin, Freslon, l'inspecteur du commissariat dont les initiales sont G.F., révoqué pour avoir couvert leurs activités ! Lui, il a un nom, un domicile, le commissaire a dû vous en parler !

— Vous aviez surtout évoqué deux forains. Pour moi, le policier n'a rien à voir dans cette histoire. Je n'ai pas cru que c'était important !

— L'important, inspecteur Freslon, c'est moi qui

en décide. « Rien à voir ! » Vous n'avez donc pas compris que c'est par lui, qui est leur complice, que nous avons des chances de les localiser ? Je vous avais expressément chargé de demander à votre cousin le nom et l'adresse de l'inspecteur qu'il a fait révoquer. Vous allez y retourner dès demain matin à la première heure.

Berflaut se leva, saisit le dossier que lui tendait Freslon. Il était aussi vide que celui qu'il avait ouvert au nom de « *Affaire Dulaar* ». Les deux seules feuilles qu'il contenait étaient la copie des plaintes de la main courante et de la lettre anonyme attribuée par « l'inspecteur G.F. » à Jeckel.

Il le jeta sur le bureau et quitta la pièce sans ajouter un mot.

21

Quand il rentra chez lui, il leva comme chaque fois machinalement la tête et aperçut Marguerite qui, penchée au balcon, lui faisait de grands signes, du genre « Dépêche-toi ! ».

Il eut soudain très peur. Était-il arrivé quelque chose à sa fille ? Il monta comme un fou les deux étages. Marguerite l'attendait sur le palier. Elle avait compris qu'il fallait le rassurer.

— C'est Robert ! Il est blessé !

Berflaut soupira. Madeleine n'avait rien. Mais que son jeune ami soit hospitalisé l'inquiéta.

— Qu'est-ce qui lui est arrivé ? Un accident ?

— Je ne sais pas.

— Où est-il ?

— À l'hôpital Beaujon. Il t'a fait prévenir à la Préfecture et comme tu n'y étais pas, ils sont venus ici t'avertir.

Madeleine apparut, elle était en larmes. Berflaut comprit alors que sa fille était réellement amoureuse.

— Ne t'inquiète pas, ce ne doit pas être grave, puisqu'il était en état de me faire prévenir, et de donner mon adresse !

Il les embrassa rapidement et s'engagea dans l'escalier.

— J'y vais. Ne m'attendez pas pour dîner.

Il n'y avait pas loin de chez eux à Beaujon[1] et il y parvint en dix minutes. Il se fit indiquer la salle où était installé Robert Fresnot. Une vingtaine de lits s'y alignaient, les malades ou blessés étaient tous des hommes, jeunes ou vieux, assis ou allongés. Certains semblaient assoupis, d'autres, conscients mais amorphes, contemplaient le plafond, d'autres, assis, regardaient le visiteur ou l'infirmier qui circulait en distribuant des soins ou des médicaments. Des rideaux protégeaient quelques lits, cachant les agonisants à leurs voisins.

Une momie, du fond de la salle, lui fit un signe. Il s'approcha et reconnut, entre les bandages qui enveloppaient sa tête, les yeux de son jeune ami.

— Robert ! Qu'est-ce qui t'est arrivé ? Un fiacre t'a renversé ?

— Non, on m'a attaqué.

La voix, un peu pâteuse, était assourdie par les pansements.

— Où ? Quand ?

— Hier soir. À la sortie du *Figaro*.

— Un seul, ou plusieurs ?

— Ils devaient être deux. Je n'ai rien vu venir. Ils m'ont attaqué par-derrière.

— Ils t'ont détroussé ?

— Même pas ! Pourtant quand j'étais par terre j'ai senti qu'on se penchait sur moi et qu'on fouillait dans mes poches. Mais mon portefeuille y est toujours, ma montre aussi.

— Peut-être quelqu'un les a-t-il mis en fuite ?

_____

1. À l'époque, l'hôpital se trouvait rue Saint-Honoré.

646

— Peut-être. Pourtant il me semble que la rue était déserte.

— On t'a peut-être pris pour un autre ?

— C'est possible. Pourtant je crois que celui qui me palpait a dit : « C'est bien lui. » En tout cas, ils n'y sont pas allés de main morte ! Heureusement j'ai le crâne solide. Les médecins m'ont dit qu'à part une grosse plaie au cuir chevelu, il n'y a pas de fracture.

Berflaut réfléchissait.

— S'ils voulaient te tuer, ils ont raté leur coup. Mais peut-être voulaient-ils seulement te donner une leçon.

— Une leçon ? Pourquoi ? Je n'ai pas d'ennemis !

Berflaut n'en était pas aussi sûr. Il pensait à l'article écrit par le journaliste après son entretien avec Georges Méliès.

— As-tu reçu des lettres anonymes au journal ?

Robert Fresnot sursauta, et ce mouvement lui arracha un gémissement.

— Oui, deux. La semaine dernière.

— À quel sujet ?

— L'une me reprochait d'occuper la rubrique des arts pour parler de cinématographe ; c'était une simple technique, qui n'apportait rien, que la mort. Je te passe le couplet habituel sur l'incendie du Bazar de la Charité ! Quant à Méliès, à qui je faisais trop d'honneur, ce saltimbanque devait retourner à ses tours de magie.

— Et l'autre ?

— L'autre, plus virulente, s'en prenait à la fin de mon article où j'évoquais le film sur l'affaire

Dreyfus, « *Comment osez-vous citer ce film honteux à la gloire d'un traître juif, souillant la mémoire du colonel Henry, ce noble soldat poussé au suicide à la suite du complot orchestré par un écrivain obscène et apatride ?* »

— J'étais sûr que tu y étais allé trop fort, je l'ai dit à Marguerite. Ce n'était pas le moment de réveiller les haines. Ces lettres se terminaient-elles par des menaces ?

— Non, sinon je me serais tenu sur mes gardes.

— Tu ne les as pas jetées, j'espère !

— Si mais elles sont toujours dans ma corbeille. Je les ai reçues au journal, mais je les avais emportées chez moi. Je ne voulais pas que quelqu'un les trouve et que ça remonte à la rédaction en chef.

— Tu me les montreras. Peut-être Georges Méliès a-t-il reçu les mêmes. Il doit revenir demain de Normandie et je lui avais demandé de m'appeler dès son retour pour me dire s'il n'avait rien trouvé de nouveau dans son atelier.

— De nouveau ?

— Ah, c'est vrai, tu ne le savais pas, nous ne nous sommes pas vus depuis, mais il y a eu effraction à son atelier de prises de vues de Montreuil, étrangement sans aucun vol constaté. Ce n'est probablement qu'un acte de malveillance, mais Georges Méliès devait vérifier si aucun de ses anciens films n'avait disparu. J'y ai pensé à cause des vols de bandes chez les trois forains. Tu sais tout de même – la presse a dû le rapporter – qu'après le départ de feu chez Jérôme Dulaar auquel nous avons assisté, deux roulottes ont été incendiées, celles d'Alfred Frank, et que l'un d'eux, Paul Jeckel, a été assassiné ?

— Oui, j'ai lu des entrefilets, mais la presse ne semble pas avoir accordé à cette affaire beaucoup d'importance.

— Parce que j'ai demandé le secret total sur la mise en scène du meurtre ; je ne voulais pas donner aux assassins la publicité qu'ils doivent attendre. Mais tôt ou tard cela va se savoir, il y a eu trop de témoins, et je te parie que, dans sa prochaine édition, *Le Petit Journal illustré* va nous sortir une de ses premières pages en couleurs !

Berflaut décrivit le masque sanglant du forain, le piquet dans l'œil, la bouche crachant le morceau de pellicule.

Robert Fresnot écoutait, vivement intéressé par l'énigme posée par cette mise en scène couronnant les différents attentats.

— Ce serait le fait d'ennemis du cinématographe ou seulement de Georges Méliès ?

— C'est ce que je cherche à comprendre. Ça aurait peut-être un rapport avec les lettres anonymes que tu as reçues, et même avec ton agression. J'ai un moment pensé à un parent de victimes de l'incendie du Bazar de la Charité et je t'avoue que j'ai été soulagé de constater que je m'égarais sur une fausse piste. Reste à voir si l'effraction chez Georges Méliès est liée avec tout le reste.

— Quand a-t-elle eu lieu ?

— Lundi dernier.

— Alors, avant la parution de mon article ! Je préfère. Je pouvais craindre d'avoir déclenché quelque chose, réveillé quelques phobies ou quelques haines.

— Haines sur lesquelles je crains d'avoir une idée, et dans ce cas nous allons tomber sur quelque chose de plus grave.

— Quoi ?

— Je ne veux pas t'en parler encore, j'attends quelques vérifications.

— Tu n'as tout de même pas peur que j'en parle dans mon journal ?

— Bien sûr que non, mais la chose est encore trop peu claire dans mon esprit que je préfère pour le moment la garder pour moi. Peut-être ce que je suis en train d'imaginer est-il totalement irréaliste. Quand tes médecins te permettront-ils de partir ?

— Demain, ils m'enlèvent mon bandage.

— Pas d'imprudence, surtout ! Tu as tout de même reçu un choc !

— Oui, mais même si sur le coup cela m'a étourdi, je m'en tire avec une grosse bosse. Ils ne voulaient probablement pas me tuer, seulement m'assommer. Mais je vais passer mon temps à regarder derrière moi !

— Je ne pense pas qu'ils récidivent, ils ont voulu, je crois, te donner un sérieux avertissement.

— Je l'espère ! En tout cas cette affaire mystérieuse m'intéresse. Je pourrais t'aider, par exemple faire des recherches pour toi comme au bon vieux temps !

— Bon vieux temps ! Tu parles comme un vieillard ! Robert, c'était seulement il y a six ans ! Mais c'est vrai, tu m'as été bien utile et tu pourrais effectivement l'être encore en me faisant gagner du temps, car l'adjoint que l'on m'a collé est un paresseux et un incapable. J'accepte, si tu me promets de te borner à ce dont je pourrais te charger, et ne prendre aucune initiative, aucun risque ; c'est d'accord ?

— Promis !

— Voilà. Il s'agit de retrouver deux forains qui pourraient être impliqués dans les attentats de Neuilly. J'ai envoyé mon incapable chercher des témoins à Neuilly et à la plaine Saint-Denis où certains d'eux campent entre deux foires. J'ai aussi pensé que ceux qui ont décidé de changer d'activité ou de se retirer mettent en vente leur matériel par des annonces sur leur journal...

— *L'Industriel forain* ?

— Oui. Tu te souviens que la Goulue y avait mis en vente sa baraque, six mois seulement après la Foire du Trône, parce qu'elle n'avait pas eu le succès espéré ? Donc il faudrait que tu te rendes au journal et consultes leurs archives des deux dernières années. Si tu trouves les noms de Jules Boudeau, le propriétaire d'un jeu de massacre, ou de Jules Métouvier, celui des tableaux vivants, regarde l'adresse qu'ils indiquent. S'ils ont seulement mis « écrire au journal », nous leur écrirons comme si nous étions des acheteurs intéressés ou bien, s'ils donnent une adresse, j'irai voir.

— Je pourrais peut-être t'accompagner ?

— Nous verrons. Pour le moment va éplucher tous les derniers numéros, et viens ici, ou à la maison, le plus tôt possible, me dire si tu as trouvé quelque chose. N'oublie pas non plus de m'apporter les lettres anonymes que tu as reçues, je les confierai au service de Bertillon ; si l'on mettait la main sur un suspect, les techniciens pourraient comparer les écritures.

— Crois-tu qu'ils en tireront quelque chose ?! D'abord c'est écrit en majuscules, ensuite, Bertillon a bien montré, dans son expertise de celle de Dreyfus, les limites de ses compétences !

Berflaut sourit. Il n'avait pas été le dernier à rappeler à Bertillon les conséquences tragiques de son erreur, et surtout de son entêtement.

Il serra la main du jeune journaliste et quitta la salle, interpellé par quelques gisants qui, le prenant pour un médecin, réclamaient qu'il s'occupe d'eux.

De retour chez lui, il rassura ses deux femmes, qui l'attendaient, anxieuses, sur le sort de leur ami.

Mais cette histoire le tint longtemps éveillé. Cette agression n'avait peut-être aucun rapport avec son affaire mais il fallait très vite reprendre contact avec Georges Méliès pour le mettre sur ses gardes.

22

Georges Méliès, après avoir travaillé dans son laboratoire au dernier montage du *Sacre d'Édouard VII*, vint retrouver dans son bureau son secrétaire-comptable qui travaillait au bilan du mois.

— Toujours pas de nouvelles de New York ?

— Pas encore.

La copie du *Voyage dans la Lune* destinée au marché américain devait être arrivée à New York, et Méliès attendait le télégramme de son correspondant local.

Les ventes parisiennes étaient bonnes, les forains de province s'étaient précipités pour acheter le *Voyage dans la Lune*, ainsi que les derniers films de trucage les plus réussis, *L'Omnibus des toqués* et *L'Homme à la tête en caoutchouc*, et le marché londonien, selon les nouvelles données par son correspondant en Angleterre Charles Urban, était plus que satisfaisant.

Le secrétaire semblait soucieux, et gêné.

— Il y a eu un client inconnu, assez bizarre. Il n'a donné ni le nom de son établissement, ni la région où il se produit. Voyant mes réticences, il a fini par dire que c'était pour son frère qui a un théâtre à Alger. J'ai un moment hésité, mais comment refuser ? Il a tenu à payer en liquide, et n'a pas discuté le prix. Je n'aurais pas dû ? dit-il en voyant Méliès froncer les sourcils.

— En effet. Si j'avais été là, je ne le lui aurais jamais vendu, son histoire semble en effet très louche. Vous auriez dû attendre mon retour. J'espère que ce n'est pas encore un coup de Zecca ! Bon, ce qui est fait est fait. Mais méfiez-vous la prochaine fois. Nous avons assez de clients réguliers pour ne pas risquer de tomber encore sur des escrocs. Maintenant je vous laisse, je vais passer à Montreuil pour vérifier quelque chose que m'a demandé l'inspecteur qui suit l'affaire de Neuilly. Téléphonez-moi dès que le télégramme de New York arrivera.

— Entendu, monsieur.

C'est en fiacre que Méliès gagna sa maison de Montreuil. Le jardinier l'attendait.

— Pas de nouvelle visite ?

— Non, heureusement. Les vitres ont été remplacées, le policier de l'autre jour est revenu demander si rien de nouveau ne s'était produit. D'après lui, c'était soit une tentative de vol interrompue, soit un acte de vandalisme gratuit.

— Probablement. Mais nous n'avions pas besoin de son flair de limier pour parvenir à ces conclusions ! Bon, pouvez-vous m'apporter votre échelle ?

— Pourquoi, monsieur ? Attention, si je peux me permettre, vous êtes juste remis de votre chute !

— Ne vous inquiétez pas, je veux seulement vérifier quelque chose pour un inspecteur de la Sûreté.

Le jardinier revint un moment après avec une

échelle qu'il prit le soin de caler, et de tenir lorsque Méliès commença à en gravir les échelons.

La dernière étagère était sûrement le royaume des araignées, car leurs toiles emprisonnaient les boîtes de fer contenant les bobines oubliées depuis deux mois de *L'Exposition universelle* et de *L'Affaire Dreyfus.*

Il s'aperçut que la poussière à un certain endroit était comme essuyée, et qu'une toile d'araignée était percée au niveau des bobines de la série de *L'Affaire Dreyfus.* Elles avaient manifestement été déplacées, mais le compte y était. Il saisit l'une d'entre elles, la trouva légère, l'ouvrit. Elle était vide. Même chose pour les autres, sauf une feuille de papier qu'il trouva dans l'une d'elles, mais ne put distinguer, faute de lumière, ce qui y était inscrit.

Il descendit, s'épousseta, et regarda la feuille en s'approchant du jour.

C'était un dessin, sans légende, juste deux poings fermés.

Le jardinier s'approcha pour regarder à son tour.

— On a volé les bandes de *L'Affaire Dreyfus*, et regardez ce qu'ils ont mis à la place.

— Alors l'effraction, c'était pour ça ?

— Sans doute. Pour le vol, je comprends, mais si ce dessin est un message, il est incompréhensible ! Deux poings ! Est-ce une menace ? Mais dans ce cas, comment savaient-ils que j'allais le trouver ? Ils pouvaient le mettre plutôt en évidence ! Si l'inspecteur de la Sûreté ne m'avait pas demandé de vérifier, leur dessin pouvait rester des mois encore sans être découvert !

Il fallait déclarer le vol des bandes au commissariat de Montreuil. Méliès était furieux de cette intrusion dans son studio mais ce vol n'aurait pas de conséquences : les négatifs étaient conservés sous clé dans son bureau parisien, à l'étage. En revanche ce dessin qui le narguait devait être montré à l'inspecteur Berflaut. Il le surprendrait sans doute davantage que le vol lui-même auquel il avait semblé s'attendre.

Il retourna dans la maison pour téléphoner à la Sûreté. Berflaut n'était pas là, mais un des inspecteurs prit le message. Georges Méliès allait passer le voir le lendemain matin au sujet de l'effraction de Montreuil.

Il déjeuna rapidement d'un repas froid qu'avait improvisé la femme du jardinier et se régala d'une tarte aux pêches du jardin, avant de reprendre la route de Paris.

23

Berflaut avait attendu toute la matinée que Freslon vienne lui rendre compte de sa visite de la veille à Neuilly. Exaspéré, il décida d'aller le trouver, mais il était absent, et les deux inspecteurs qui partageaient son bureau ne l'avaient pas revu non plus.

Furieux et inquiet, il se reprochait d'avoir confié cette mission à un homme qui y mettait toute la mauvaise volonté possible. Car même si l'expédition à Neuilly ou au campement de la plaine Saint-Denis avait échoué, la moindre des choses était de venir immédiatement l'en informer. Ou bien les deux forains étaient totalement innocents des attentats et du crime, et on les retrouverait facilement ; ou bien ils étaient coupables, et ils avaient déjà pris la route pour échapper aux poursuites.

Mais « l'inspecteur G.F. » ! Il était peut-être au cœur de l'affaire, et lui, facile à débusquer ; le commissaire qui avait été son chef avait dû fournir à son cousin son nom et son adresse ! Berflaut avait insisté sur l'urgence qu'il y avait à mettre la main sur lui ! Alors, pourquoi ce silence, pourquoi Freslon ne s'était-il pas présenté ce matin ?

Il ne voulut pas attendre davantage et prit le téléphone pour appeler le commissaire de Neuilly.

— Commissaire, ici l'inspecteur Berflaut. J'avais chargé votre cousin l'inspecteur Freslon de passer vous voir hier...

— Oui, il est passé. Pourquoi ? Il n'est pas venu vous faire son rapport ?

— Non, et ce qui me préoccupe c'est qu'il n'est pas non plus à son bureau. C'est inhabituel de sa part, il est, paraît-il, toujours le premier à arriver.

Berflaut ne crut pas bon d'ajouter que c'était pour y lire son journal.

— C'est bizarre. En tout cas, il a fait un tour à la Foire, mais elle était en train de fermer. Vous lui avez demandé, je crois, d'interroger quelques forains pour retrouver les deux qui pouvaient être mêlés à l'affaire. Je ne sais pas s'il a obtenu des renseignements. Beaucoup sont partis, les deux derniers jours ont été très décevants. Mes hommes ont fait des rondes de nuit en permanence, ils sont éreintés, mais heureusement rien ne s'est produit. Je crois que Freslon devait aller ensuite plaine Saint-Denis, peut-être y est-il parti ce matin ?

— C'est possible. Mais votre inspecteur révoqué ? Il devait vous demander pour moi son nom et son adresse !

— Comment ? Mais je les lui ai donnés ! Il ne vous les a pas transmis ?

— Non.

— Tout de même ! C'est incroyable, cette négligence ! Il s'appelle Gaston Fourcat, il habite, en tout cas il habitait, à Suresnes, 3 rue du Mont-Valérien. Je voulais vous appeler, mais il a dit qu'il s'en chargeait. Vous savez, il est très susceptible, et je ne voulais pas...

— Je comprends, commissaire. Ce qui m'étonne, c'est qu'il ne l'ait pas fait. Il savait pourtant que c'était urgent, parce que jusqu'ici les autres pistes ne donnent rien. L'Identité judiciaire travaille sur des empreintes, mais pour le moment sans résultat. Nous n'avons rien à quoi les comparer. Je crois que le mieux, si l'inspecteur Freslon ne se manifeste pas, est que j'aille voir moi-même à Suresnes. Ça ne peut plus attendre.

— Je suis désolé, mais je pense que vous avez raison. Entre nous mon cousin – que je n'avais pas revu depuis deux ans – a manifestement perdu le feu sacré. Je regrette d'avoir fait appel à lui pour le premier attentat, ne connaissant personnellement personne d'autre à la Brigade de Sûreté. Il était déçu de n'avoir pas eu la promotion escomptée, peut-être est-ce la raison de son peu de zèle pour vous aider, mais oublier à ce point son devoir !

— Dès le début, j'ai bien senti qu'il était peu concerné par le meurtre d'un simple forain.

— Prévenez-moi quand il réapparaîtra. J'aurai des comptes à lui demander. Ah ! Je voulais vous dire, j'ai prévenu mon collègue de Saint-Germain-en-Laye et le maire de me prévenir si Jules Boudeau vient s'inscrire pour la Foire. Je vous en avertirai aussitôt.

— Merci, commissaire, je me proposais justement de le faire.

Après avoir raccroché, Berflaut passa au bureau du juge d'instruction. Celui-ci n'était pas là, mais son secrétaire transmettrait le message : l'inspecteur Berflaut viendrait le soir lui rendre compte de ses recherches.

En descendant l'escalier, il croisa Georges Méliès qui montait.

— Vous partiez, inspecteur ?

— Je vous en prie, remontons dans mon bureau. Que se passe-t-il ?

— Eh bien, vous aviez raison ! On m'a bien volé des films !

— Comment vous en êtes-vous aperçu ?

— En vérifiant à Montreuil comme vous me l'aviez demandé : trois boîtes sont vides. Et devinez lesquelles ?

— *L'Affaire Dreyfus*, je suppose ?

— En effet ! Comme pour le malheureux Jeckel. C'est à croire qu'ils veulent nous empêcher de le remettre au programme ! Ils ignorent que les négatifs sont en lieu sûr, dans mon bureau parisien ! En revanche, le vol du *Voyage dans la Lune* est une perte sèche pour mes clients Frank et Dulaar ! Je songe d'ailleurs à leur remplacer gratuitement les bandes, pour les dédommager du sinistre qu'ils ont subi. Pour Jeckel, hélas, à part quelque chose pour sa veuve, je ne peux rien faire.

Les vols avaient manifestement des mobiles différents : la valeur marchande pour le *Voyage dans la Lune*, mais pour celui de *L'Affaire Dreyfus*, les deux hommes convinrent que le complot, c'était désormais évident, visait à travers ses forains Georges Méliès et la cause qu'il avait soutenue.

Georges Méliès tira un papier de sa poche.

— Regardez ce qu'ils ont mis à la place !

Berflaut prit la feuille, regarda le dessin de ces deux poings serrés dans une sorte de blason...

— C'est un rébus ?

— Qu'en sais-je ?

— Une allusion à un de vos films de trucage, peut-être ?

— Non, inspecteur, je coupe parfois les têtes, comme dans mon *Décapité récalcitrant*, à Robert-Houdin, mais pas les mains !

Berflaut regarda encore. Ce dessin lui rappelait quelque chose.

— Je le garde. Nous allons monter au Service de l'identité judiciaire pour relever vos empreintes. Je voudrais les comparer avec celles qu'ils ont relevées sur le morceau de film retrouvé sur les lieux. Si ce ne sont pas les vôtres, ce sont celles de l'assassin.

Ils gagnèrent le dernier étage, traversèrent la salle des sommiers où des employés en toque et blouse noire circulaient entre les rayons chargés de dossiers, et parvinrent au service anthropométrique, éclairé par une immense verrière.

Méliès s'arrêta longuement devant les instruments de mesure – pieds à coulisse, compas d'épaisseur destinés à établir de façon précise les traits distinctifs des individus – et contempla les tableaux synoptiques des différentes formes d'oreilles et de nez permettant d'affiner les « portraits parlés ».

Dans l'atelier de photographie, les « sièges de pose » avec leur appuie-tête de métal qui les faisait ressembler à des chaises de supplice, lui inspiraient de nouveaux trucages : la tête du prévenu qu'on y avait installé disparaissant soudain pour être remplacée par la sienne, les nez et les oreilles se détachant de leurs planches synoptiques pour danser un furieux ballet autour des policiers...

La voix de Berflaut le tira de son rêve.

— Monsieur Méliès, mon collègue est prêt à relever vos empreintes.

Le technicien fit approcher Méliès de la table et lui demanda d'appuyer ses doigts sur un tampon encreur ; après lui avoir tendu un chiffon pour les essuyer, il se mit à étudier les empreintes sous un microscope.

Il lui fallut peu de temps pour revenir.

— Ce sont les mêmes que celles que nous avons relevées sur la pellicule.

Méliès sourit.

— C'est bien la première fois sans doute que celui qui est soumis à pareille comparaison n'a pas à s'inquiéter du résultat ! En effet, je manipule mes bandes à main nue. Ce sont les seules que vous avez trouvées ?

— Oui. Les assassins portaient sans doute des gants.

— C'est d'ailleurs curieux, dit Berflaut, parce que la dactyloscopie n'en est chez nous qu'à ses débuts et le grand public l'ignore. Pour avoir pris de telles précautions, l'assassin est peut-être déjà passé dans vos services !

Soudain Berflaut se souvint d'une idée qu'il avait eue après la première visite de Méliès et qu'il n'arrivait pas à retrouver. Il alla dans la pièce voisine et rapporta le sachet étiqueté des pièces à conviction, recueillies dans la roulotte de Paul Jeckel.

— Monsieur, pouvez-vous regarder ce bout de pellicule ?

Méliès saisit délicatement la bande que lui tendait l'inspecteur, non sans un frisson à la vue des taches sombres qui la maculaient. Il s'approcha du jour pour regarder en transparence les photogrammes. Il ne lui fallut pas longtemps pour les reconnaître.

— Venez voir. C'est un morceau de *L'Affaire Dreyfus*.

Berflaut s'approcha. On voyait un homme étendu dans ce qui semblait une cellule de prison, et trois policiers autour de lui.

— C'est la scène du suicide du colonel Henry. Ou bien c'est un hasard, ou bien ils ont choisi l'épisode. N'oubliez pas que Henry a été considéré comme un martyr par les antidreyfusards, et qu'on avait même engagé une souscription pour lui ériger une statue et venir en aide à sa veuve !

— Mais enfin, l'affaire est close, Dreyfus est innocenté, et mon film date de trois ans, pourquoi y revenir maintenant ?

— Peut-être un concours de circonstances. Un journaliste en a parlé dans *Le Figaro*, et il a subi peu après une agression qui y semble liée. Le bruit a couru, paraît-il, dans la Foire de Neuilly, que Paul Jeckel allait le remettre à son programme, et cela a peut-être signé son arrêt de mort. Enfin, Émile Zola n'a pas caché son intention de publier prochainement le recueil des articles qu'il a écrits pendant toute la durée de l'Affaire. Il n'en a pas fallu davantage probablement pour réveiller les haines.

Méliès soupira. Selon ce que sous-entendait l'inspecteur, l'effraction de son atelier, le vol des films, les attentats contre ses clients forains et le meurtre dépassaient le cadre d'une simple affaire criminelle ; il était de plus en plus probable que les enjeux étaient d'une tout autre nature.

Les deux hommes, après avoir remercié le technicien, descendirent ensemble les escaliers et se séparèrent sur le trottoir du Quai des Orfèvres. Méliès retournait à ses bureaux, et Berflaut héla un fiacre pour se faire conduire à Suresnes sur les traces du policier de Neuilly révoqué, Gaston Fourcat.

24

La chaleur était insupportable, et le ciel plombé qui recouvrait Paris en cet après-midi n'annonçait rien de bon. Au moment où le fiacre allait s'engager sur le pont de Suresnes, l'orage éclata, si soudain et si violent que, le temps que le cocher descende et mette la capote, son passager était trempé.

Le fiacre s'engagea dans la rue du Mont-Valérien, une rue étroite et en pente qui rappelait au policier celles de Montmartre, et les sabots du cheval, dont le trot s'était ralenti, glissaient de temps en temps sur les pavés. Arrivé devant le numéro communiqué par le maire comme étant l'adresse de Gaston Fourcat, Berflaut régla la course et descendit. Le fiacre tourna bride et disparut.

La pluie avait cessé, aussi soudainement qu'elle était arrivée. L'air était devenu léger, dégageant une odeur de végétation mouillée.

Berflaut se trouvait devant un petit pavillon précédé d'un jardinet envahi d'herbes folles. Les volets étaient fermés. Un chien apparut, un bâtard de taille imposante mais l'air inoffensif, qui ne se donna même pas la peine d'aboyer et se dressa debout contre la grille, langue pendante, pour accueillir le visiteur.

Berflaut tira la cloche, mais personne ne vint. Il tourna la poignée de la porte et se risqua à mettre un pied dans le jardin, en s'assurant que le chien n'avait pas changé d'avis et ne lui sauterait pas dessus. Il fit, suivi de la bête, le tour de la maison.

Un des deux volets de l'arrière était entrouvert, et la fenêtre également. Il jeta un œil et aperçut une chambre au lit défait. Il pourrait entrer par là tout à l'heure, mais il préférait interroger d'abord le voisinage.

Il quitta le pavillon, refermant la grille pour que le chien, décidément en quête de compagnie, ne le suive pas, et il se dirigea vers le bâtiment voisin.

C'était un hôtel-restaurant dont la façade annonçait, en lettres lie-de-vin :

HÔTEL DU MONT-VALÉRIEN
CHAMBRES – VINS, CAFÉ, RESTAURANT
SALLES POUR MARIAGE – BIÈRE

Berflaut poussa la porte du café. À une table, deux vieux jouaient aux dominos et se retournèrent en l'entendant arriver. Le patron, un homme corpulent et au teint rougeaud, s'exclama en le voyant s'essuyer les pieds sur le paillasson et secouer son chapeau ruisselant.

— Eh bien ! Vous en avez pris, une saucée ! Entrez donc ! Qu'est-ce que je vous sers ? Pas de l'eau, en tout cas, c'est déjà fait !

— Une bière, s'il vous plaît. Et vous trinquerez bien avec moi ? proposa Berflaut, sachant d'expérience que cette entrée en matière déliait souvent mieux les langues qu'une carte de police.

Le patron revint avec une chope de bière pour Berflaut, et pour lui un ballon de rouge.

La salle donnait sur un jardin aménagé en terrasse qui, en des temps plus cléments, devait être une étape agréable pour les promeneurs du dimanche venus chercher le frais sur les hauteurs.

— Vous n'êtes pas d'ici, constata le patron plus qu'il ne le demanda.

— En effet. Je viens de Paris.

— À pied ?

— Non, j'ai pris un fiacre. Je voulais voir votre voisin, Gaston Fourcat, mais ses volets sont fermés, il n'est pas là, il n'y a que son chien.

— Bizarre ! Vous vouliez lui parler ? À Fourcat, pas à son chien, évidemment !!

(Gros rire).

— En effet. Vous l'avez vu récemment ?

— Hier, il est même passé régler sa note de boissons, car il avait une ardoise chez moi, à la semaine. Un brave homme, pas causant, vous savez qu'il a été policier ?

— Oui. C'est pour cela que j'ai besoin de son témoignage pour une affaire que je traite. Moi aussi, je suis policier.

— S'il a laissé son chien, c'est qu'il n'est pas parti bien loin ! C'est une affaire grave ?

Les deux vieux avaient cessé de jouer. On n'entendait plus le bruit de leurs dominos.

Mais un ballon de rouge offert n'autorisait pas les confidences. Berflaut ne répondit pas.

— Vit-il seul ?

— Oui. Je crois qu'il est veuf.

— A-t-il des amis, des relations par ici ?

— Je ne sais pas. De temps en temps, des hommes viennent le voir, mais jamais il ne les amène ici. Tiens, au fait, hier matin il y en a un qui est venu le trouver. Il est reparti assez vite.

— Vous l'avez vu de près ? Vous pourriez me le décrire ?

— Vous savez, je l'ai vu que très rapidement. Rien de particulier. Il est pas du coin en tout cas, il est venu comme vous en fiacre.

Une idée commençait à se faire jour dans l'esprit de Berflaut. Une idée dérangeante, mais pas absurde.

— Vous pourriez éventuellement le reconnaître, si vous étiez en face de lui ?

— Pas sûr. Pourquoi, vous pensez à quelqu'un ?

— Non, c'est juste au cas où... Quand M. Fourcat reviendra, dites-lui que le commissaire de Neuilly voudrait le voir pour un témoignage.

Il préférait ne pas évoquer une convocation à la préfecture de police. Cela aurait pu mettre Fourcat sur ses gardes s'il avait quelque chose à se reprocher.

Il paya les deux verres, remercia le patron, et sortit.

Il attendit quelques minutes avant de revenir vers le pavillon, ne tenant pas à être surpris en train d'y pénétrer.

Le chien l'accueillit avec des démonstrations d'amitié, et le suivit jusqu'à l'arrière de la maison, sans se scandaliser ni aboyer en le voyant enjamber l'appui de la fenêtre. Il semblait seulement avoir faim et attendre quelque chose du visiteur.

Dans la cuisine, un peu de vaisselle sale dans

l'évier, dans le garde-manger quelques restes de pain et de fromage encore frais attestaient que le propriétaire n'avait pas quitté les lieux depuis longtemps.

Berflaut lança la nourriture au chien, qui faute de pâtée, devrait s'en contenter.

La bête semblait en effet affamée et engloutit l'ensemble en un instant.

Dans la chambre, au-dessus du lit, une photographie montrait un couple en habits de mariés, l'air plus renfrogné que joyeux. L'imposante épouse, qui ne semblait pas de la première jeunesse, portait une couronne de fleurs d'oranger, sans doute celle qui, sous globe, était posée sur le dessus de la cheminée. L'homme, moustaches conquérantes, croisait les bras sur son torse, une position de lutteur de foire plutôt que de jeune époux. S'apprêtait-il à de rudes combats avec sa moitié ?

Il fallait faire vite, Gaston Fourcat pouvait revenir d'un moment à l'autre.

Berflaut ouvrit l'armoire où pendaient deux costumes en bon état ainsi que les tiroirs de la commode où du linge de corps était soigneusement rangé. Celui du haut renfermait des boutons de manchette en argent, une montre-oignon sans remontoir, des allumettes, une pipe, un portefeuille décousu, un livret militaire, une carte de police, un revolver, sans doute une arme de service du temps où il avait appartenu à la police municipale[1]. Une

_____

1. Contrairement aux inspecteurs de la Sûreté, les policiers municipaux étaient dotés d'armes de service.

boîte en métal contenait des pièces de monnaie et quelques insignes et médailles ; l'une d'entre elles attira son attention ; il l'empocha, ainsi que deux cartes postales, et une carte de membre d'une ligue dont l'emblème le fit sursauter. C'était le dessin trouvé par Georges Méliès dans son atelier et qui l'avait intrigué ! Comment avait-il pu ne pas le reconnaître ! Même si lors de ses enquêtes il n'avait pas eu l'occasion de voir ce genre de document, il avait au moins entendu parler par ses collègues des « Recherches » du symbole et du mot d'ordre qu'il signifiait ! Décidément, sa mémoire donnait des signes de défaillance ! Ce dernier indice confirmait l'hypothèse qui s'était imposée à lui depuis un moment.

Il poursuivit sa visite.

Le salon était petit, meublé d'un fauteuil, d'une table, de trois chaises et d'un coffre rustique sur lequel s'entassaient quelques journaux récents. Il feuilleta la pile : la plupart étaient des exemplaires du *Petit Journal illustré* ou du *Pèlerin*. Il décida d'emporter ce dernier en raison de sa couverture qu'il avait reconnue tout de suite pour l'avoir vue récemment sur le bureau de Freslon. Le coffre lui-même était vide.

Il s'aperçut que la porte de la cave était fermée à clé. Elle aurait mérité pour cela une visite, mais Berflaut ne voulait pas s'attarder au cas où Fourcat le surprendrait.

Il n'avait pas encore de motif d'interpellation, et il risquait, si l'homme avait quelque chose sur la conscience, de le pousser à fuir.

Même si aucune preuve matérielle ne l'impliquait dans les attentats de Neuilly, il était pour le moment la seule piste permettant de remonter jusqu'aux deux forains suspects. Par ailleurs les documents retrouvés chez lui pouvaient orienter l'enquête vers une tout autre direction. Il fallait donc espérer qu'il allait revenir – ne serait-ce que pour s'occuper de son chien –, et qu'il obéirait sans méfiance à sa convocation « à titre de témoin » au commissariat de Neuilly. Dès qu'on aurait mis la main sur lui, il serait entendu dans les locaux de la préfecture de police.

Berflaut quitta le pavillon discrètement, suivi jusqu'à la grille par le molosse reconnaissant et de plus en plus affectueux. Il redescendit la rue du Mont-Valérien et finit après un long moment par trouver un fiacre qui le ramena à Paris.

25

Pendant tout le parcours Berflaut avait médité sur ce qu'il venait de trouver chez Fourcat et dont il allait rendre compte au juge d'instruction qui devait l'attendre, malgré l'heure tardive. Arrivé dans son bureau, il troqua sa veste encore humide de l'averse reçue à Suresnes contre celle qu'il avait en permanence dans son vestiaire.

Au moment où il sortait dans le couloir, Robert Fresnot arrivait. Il était pâle mais semblait très excité, et essoufflé.

— Robert ! Tu viens de monter quatre étages, sans doute au pas de course, dans ton état, après ce choc à la tête, c'est imprudent ! Entre, assieds-toi et dis-moi ce que tu as trouvé. Car tu as trouvé quelque chose, n'est-ce pas ? Les forains ?

— Oui, du moins un des deux, mais d'abord, regarde ça. Quand ils m'ont rendu mes vêtements, à l'hôpital, j'ai trouvé ce papier dans une de mes poches. Mes agresseurs ont dû l'y glisser quand j'étais à terre, je croyais qu'ils cherchaient mon portefeuille.

Il tendit une feuille à Berflaut. Ces deux poings brandis... C'était le même dessin que celui qu'avait trouvé Georges Méliès dans son atelier de Montreuil.

Et l'illustration de la carte découverte chez Fourcat, avec l'emblème de leur ignoble devise !

— Alors ? Tu as compris ?

— Oui, j'ai compris. Mais attends un peu, avant de t'expliquer, je dois d'abord interroger un collègue de la Brigade des Recherches...

— Fichtre !

— ... et retourner chez le juge d'instruction. J'espère me tromper. En tout cas n'écris plus rien dans *Le Figaro* dans le genre de ton dernier article.

— C'est si grave ?

— Peut-être. Je te le promets, dès que j'y verrai plus clair, je te dirai tout. Bon, et maintenant, ta découverte ?

— Rien sur le propriétaire du jeu de massacre ; même sous un autre nom, je n'ai vu aucune annonce de vente pour une attraction de ce genre. Mais regarde sur quoi je suis tombé ! Le forain des tableaux vivants !

Berflaut saisit le journal, curieux de voir comment pouvait se vendre le matériel d'un spectacle de tableaux vivants puisque par définition c'étaient des modèles humains qui posaient, parmi lesquels le fameux couple « Adam et Ève en action » qui avait valu à Métouvier son exclusion pour exhibition pornographique.

L'annonce était ainsi libellée :

« *À vendre à bas prix pour cause de retraite, superbes costumes et décors pour tableaux vivants :* La Mauresque d'Alger, Le Réveil de Vénus, Diane au bain, La Mort de Cléopâtre *et autres sujets mythologiques.*

S'adresser à J. Métouvier, 39 rue du Télégraphe. »

673

Berflaut se retint d'embrasser son jeune ami.

— Bravo ! Je vais rendre visite à ce monsieur dès demain.

— Tu ne veux pas que je t'accompagne ?

— Non, Robert. À deux, nous éveillerions sa méfiance. N'oublie pas que je serai censé être un forain en quête de matériel, et il sera déjà suffisamment étonné qu'en cette période de crise pour ce genre d'attractions, son annonce ait pu lui attirer des clients. Maintenant, je vais chez le juge. Donne-moi tes deux lettres anonymes, je les porterai chez Bertillon. Passe demain soir à la maison, j'en saurai peut-être davantage, et cela rassurera Marguerite et Madeleine qui se sont tellement inquiétées pour toi. Et fais attention à toi !

— Toi aussi ! Je te trouve imprudent d'aller seul voir ce Métouvier. S'il a participé à l'affaire et se méfie... Pourquoi ne te fais-tu pas accompagner de loin par « ton incapable » ?

— Ah non ! J'ai de bonnes raisons pour ne lui faire aucune confiance. Ne t'inquiète pas. À demain !

*
* *

Berflaut, avant de se rendre chez Maubécourt, alla rapidement interroger un de ses collègues de la Brigade des Recherches[1], qui confirma le bien-fondé de son hypothèse. Il pouvait maintenant en

1. Service de la préfecture de police chargé de la lutte contre les mouvements d'extrême gauche, les anarchistes ou les nationalistes.

faire état auprès du juge. Il frappa, et passa la tête. Le juge était seul.

— Inspecteur Berflaut ! dit celui-ci. Y aurait-il du nouveau ? Je vous trouve l'air bien sombre ! Vous n'allez pas m'annoncer un autre meurtre, j'espère !

— Non, monsieur le juge. Seulement quelques petites découvertes qui, mises bout à bout, pourraient orienter l'enquête vers une piste sérieuse, et grave. Elle paraît d'ailleurs plus que probable au collègue de la Brigade des Recherches que je viens d'interroger.

— Vous pensez donc à une piste politique ?

— Oui. J'avais été frappé dès le début par le fait que les attentats et le meurtre n'avaient visé que les banquistes juifs, alors que l'autre propriétaire de cinématographe, Grenier, n'avait rien subi. Mais c'était peut-être une simple coïncidence : les criminels n'en voulaient probablement qu'au cinématographe, comme les tracts réapparus « Plus de cinéma, plus de catastrophes ! » pouvaient le faire supposer.

Pourtant quelque chose me semblait bizarre. Vous vous souvenez que deux des victimes, Frank et Jeckel, avaient dénoncé deux forains, l'un, Métouvier, pour exhibitions obscènes, l'autre, Boudeau, pour un jeu de massacre avec les têtes de Dreyfus, de Maître Labori, du commandant Picquart et d'Émile Zola. Pourquoi le policier qui les avait couverts – ce qui lui a valu sa révocation – avait-il désigné sur la main courante du commissariat Paul Jeckel comme l'auteur de la lettre accusant Boudeau, sinon pour inciter celui-ci à se venger ?

675

— Donc ce policier ne se serait pas contenté de les couvrir, moyennant finances, il aurait eu un autre mobile ?

— C'est ce qui me semble probable. C'est pourquoi j'ai voulu le retrouver – il s'appelle Gaston Fourcat – et l'interroger. Le commissaire de Neuilly m'a donné son adresse. En passant, je vous signale que l'inspecteur Freslon, à qui il l'avait communiquée, ne me l'a pas transmise.

— C'est étrange, il faut qu'il s'en explique.

— Il n'a pas réapparu à son bureau depuis que je l'ai renvoyé à Neuilly chercher d'autres informations. C'est très inquiétant. Ce n'est pas son genre. Incompétent, mais ponctuel.

— Vous avez raison, il faut mettre la main sur ce Fourcat au plus vite.

— Je me suis rendu à son domicile à Suresnes. Il n'était pas chez lui. Je suis entré...

— Par effraction ? sourit le magistrat, prêt comme toujours à couvrir le policier quand il franchissait les limites, sachant que son intuition était rarement en défaut.

— Non. Une fenêtre était ouverte ! Je n'ai pas trouvé de preuve directe l'impliquant dans l'affaire, mais regardez ceci :

Il plaça sur le bureau le jeton de bronze, les cartes postales et la carte d'affiliation qu'il avait trouvés dans le tiroir. Le juge saisit le jeton et le regarda.

C'était une médaille de la Ligue des patriotes. Sur un côté, un soldat mourant, soutenu par une France en marche, avec à gauche deux dates : *1870... 18...* et à droite : *Quand même.* Sur l'autre,

676

un drapeau, sur fond de soleil, un canon et au-dessus : *Qui vive ? France !*

— Je sais, ça remonte à vingt ans, dit Berflaut en voyant l'air perplexe du magistrat. Après tout, rien n'interdit de conserver des souvenirs ! Mais cette carte-là est plus récente. Regardez :

C'était une carte du Grand Occident de France[1]. L'en-tête portait comme emblème deux poings brandis et comme devise : *Un poing dans la gueule des Juifs, l'autre dans la gueule des Francs-maçons.*

— Mon collègue de la Brigade des Recherches vient de me confirmer qu'ils n'ont jamais renoncé, et qu'en sous-main ils ne rêvent que de venger Guérin. L'un de ses observateurs[2] rapporte que dans leurs réunions secrètes, on entend de plus en plus régulièrement évoquer le programme de leur « comité exécutif des chefs » qui prévoyait il y a trois ans « des exécutions militaires en masse contre les dreyfusards les plus en vue ».

— Je l'avais entendu dire, en effet, mais je voulais croire à de simples rumeurs ! Bon sang ! Vous avez raison, cette affaire de forains débouche sur quelque chose de plus grave !

— Il y avait encore ça, pour compléter le tableau !

— Je connaissais ces caricatures ; si je me souviens bien, elles datent de 1899 ?

---

1. Ligue antimaçonnique et antisémite fondée par Jules Guérin. Celui-ci, après le siège de Fort Chabrol, fut condamné en 1899 en Haute Cour au bannissement. Sa peine fut commuée en dix ans d'emprisonnement.
2. Ce que l'on appellerait de nos jours des « infiltrés ».

— En effet. Elles sont parues au moment du procès de Rennes.

Ces cartes faisaient partie d'une série intitulée *Musée des horreurs*. L'une, représentant Alfred Dreyfus en monstre marin avec plusieurs tentacules, avait pour légende « Le traître » ; sur l'autre, Émile Zola, en porc, assis sur un pot de chambre, badigeonnait d'excréments une carte de France. La légende était : « Caca international ».

— Maintenant, voyez ce que Georges Méliès a découvert en lieu et place des bandes volées à Montreuil, et mon ami le journaliste dans sa poche, après l'agression dont il a été victime : toujours ce dessin des deux poings, pour signature !

— Mais pourquoi le journaliste ? Pour Georges Méliès, à la rigueur, à cause de son « actualité reconstituée » sur l'Affaire Dreyfus. Votre jeune ami a donc été agressé ?

— Oui, assommé dans la rue, et il vient comme moi de comprendre, avec ce papier glissé dans sa poche, que c'était à cause d'un article qu'il a écrit dans *Le Figaro* à propos du film de Georges Méliès sur Dreyfus.

— Serait-ce la reprise des attaques contre « les dreyfusards les plus en vue » ?

— C'est possible. À la Brigade des Recherches ils ont mis en garde Émile Zola, qui a confirmé avoir reçu encore récemment des lettres de menace. Mais c'est devenu pour lui chose courante. D'ailleurs, comment, à moins de s'expatrier, pourrait-il échapper à un attentat ? Sa maison de Médan n'est pas une forteresse, et son domicile parisien non plus.

— Pour en revenir à notre affaire, Fourcat pourrait être lié aux attentats de Neuilly ?

— C'est probable. C'est pour cela que je veux retourner chez lui, et ouvrir cette porte qui descend à la cave. Peut-être y a-t-il autre chose de caché. Ah, j'oublie, mais c'est moins important, même si ça complète le personnage.

Il montra au juge l'exemplaire du *Pèlerin* avec le dessin d'Achille Lemot.

— Il y avait le même sur le bureau de l'inspecteur Freslon.

— Tiens ! Et vous en déduisez ?

— Rien encore. Ce journal a beaucoup de lecteurs, qui ne sont pas pour autant des complices d'assassinats ! Mais il se pourrait – c'est une simple hypothèse ! – que, connaissant Fourcat, et partageant ses idées, il ait décidé de ne pas me transmettre les informations le concernant.

— Ce n'est pas impossible. Notre police compte encore pas mal de sympathisants de l'extrême droite. Vous vous souvenez du peu de zèle qu'ont mis les agents municipaux à assurer l'ordre lors de l'agression d'Auteuil ou pendant le siège de Fort Chabrol[1] !

— En effet ! Et selon mes collègues de la brigade des Recherches, il y aurait également quai des

_____

1. Une partie de la police municipale, recrutée parmi d'anciens militaires, était notoirement nationaliste et antidreyfusarde. En 1899, aux courses d'Auteuil, le président Loubet avait été frappé d'un coup de canne lors d'une manifestation en faveur de Déroulède sans que la police l'ait protégé. Pendant le siège du Grand Occident de France rue de Chabrol, à Paris, on a vu des officiers de la paix lire ostensiblement *La Libre Parole*, journal d'extrême droite fondé par Drumont.

Orfèvres quelques sympathisants plus ou moins avoués.

— Cela m'a été dit, en effet. Donc, si je comprends bien, trois choses sont à faire d'urgence : aller interroger le forain... (il consulta ses notes) Métouvier rue du Télégraphe, demander des explications à l'inspecteur Freslon quand il réapparaîtra, trouver Fourcat et visiter sa cave. J'aimerais que votre collègue de la Brigade des Recherches vous accompagne. Dites-lui que c'est une demande de ma part. Et je vais moi-même prévenir le procureur dès demain matin que l'affaire s'annonce très délicate.

— Bien, monsieur le juge. Bonne soirée.

— À vous aussi. Et surtout, ne prenez aucun risque. Tout cela prend une tournure inquiétante.

26

En ce début de matinée, rares étaient les passants dans la rue du Télégraphe : seulement des visiteurs du cimetière dont certains s'arrêtaient devant la boutique du marbrier située en face de l'entrée pour acheter des pots de fleurs naturelles ou artificielles. Dans la vitrine était exposé un choix de plaques funéraires où se lisaient les éloges des défunts et les protestations douloureuses, sobres ou lyriques, prêtes à honorer tel ou tel futur pensionnaire d'en face, au choix de sa famille.

Le numéro 39 que cherchait Berflaut était justement celui du marbrier. Métouvier était passé, curieuse reconversion, du monde de la fête à celui de la mort.

Berflaut s'approcha de la femme qui arrosait les fleurs menacées par la chaleur de l'été.

— Bonjour, madame. Jules Métouvier habite bien ici ?

La femme se redressa. Son visage était marqué d'une tristesse due peut-être à son funèbre commerce : il fallait accueillir les parents en deuil avec une expression de circonstance.

— Vous venez pour l'annonce ?

— Oui.

— Alors il faut monter. Il est couché. Suivez-moi, monsieur.

Ils pénétrèrent dans la boutique. Le cimetière étant beaucoup plus simple et sa « clientèle » moins bourgeoise que celle du Père-Lachaise, les modèles de dalles proposés étaient davantage en aggloméré grisâtre qu'en granit. Sur les étagères, des vases de plomb, des bouquets et quelques angelots de plâtre attendaient d'orner les tombes.

Arrivée au bas d'un escalier, la femme ouvrit la porte et cria :

— Jules ! Un monsieur pour toi ! Il vient pour l'annonce !

D'en haut, une voix parvint :

— Fais monter !

Dans une chambre, Jules Métouvier était assis sur son lit. La pièce puait le tabac. Le visage de l'homme était pâle, mangé par d'épaisses « roufla-quettes ». Sa chemise s'ouvrait sur un torse maigre. Sa jambe gauche était emprisonnée dans un énorme plâtre.

— Une pierre tombale a glissé et m'a écrasé la jambe, expliqua-t-il. Elle est cassée en trois morceaux. Ça se remet mal, que dit le docteur.

À moins qu'il ne s'agît d'une mise en scène – car Berflaut dans sa carrière avait connu des malfrats ayant essayé de se forger un alibi avec un tel expédient – le forain pouvait être mis hors de cause par cette jambe plâtrée. Mais pourquoi, non prévenu d'une visite, se serait-il méfié ? Sauf s'il n'avait pas la conscience tranquille... Il fallait en tout cas savoir la date de l'accident.

— Mon annonce vous intéresse ? Vous savez,

c'est du matériel très cher, en très bon état. Des costumes qui peuvent servir au théâtre ! Vous êtes donc du métier ?

Le policier décida de renoncer à son mensonge.

— En fait, je suis policier. Je voudrais vous parler de ce qui s'est passé à la Foire de Neuilly il y a dix jours. Vous êtes au courant ?

L'homme opina, sans trahir la moindre gêne.

— Oui, par *Le Petit Journal*. Des incendies et un meurtre, qu'il paraît ?

— En effet. Vous connaissiez peut-être une ou plusieurs des victimes ? Messieurs Dulaar, Frank et Jeckel ?

Cette fois, un éclair de haine se lut dans son regard.

— Ah ! Ces propriétaires de cinématographe ! Bien sûr que je les connaissais ! Ils nous ont raflé notre clientèle, se sont enrichis sur notre dos – vous avez vu leurs roulottes ? – et ont causé notre ruine. La mienne, en tout cas, avec mes tableaux vivants qui n'attiraient plus le public ! C'est pour ça que j'étais étonné que quelqu'un s'intéresse à mon matériel ! Qui maintenant pourrait encore tenir une attraction de ce genre ? Vous savez, j'ai des collègues qui se sont pendus ! C'est pour ça que j'ai décidé de me retirer. J'ai vendu ma roulotte et mon cheval, je travaille maintenant avec ma sœur et mon beau-frère. Au moins là, la clientèle ne manquera jamais !

Il eut un ricanement auquel Berflaut crut devoir répondre par un sourire.

Berflaut nota que le forain ne faisait évidemment

683

pas allusion à la vraie raison de son départ. Il fallait tout de même y venir.

— L'année précédente, vous étiez à Neuilly ?

L'homme cette fois devint méfiant.

— Oui, pourquoi vous me demandez ça ?

— J'ai appris que vous aviez été interdit de Foire à cause d'un spectacle inconvenant...

— Inconvenant ! C'était un tableau esthétique, pour adultes, et seuls les messieurs y étaient admis ! D'ailleurs, Adam et Ève, il n'y a que ça dans les musées !

Berflaut se retint de lui faire remarquer que dans les musées Adam et Ève restaient sagement immobiles de chaque côté de leur pommier.

— Alors, quel mal je faisais ? reprit le forain. Vous croyez que Dulaar et compagnie avec leur femme nue dans sa baignoire[1] ne sont pas plus scandaleux ? Et ils ne le projettent pas dans une salle réservée, mais devant le grand public ! C'est immoral, ça !

Cette conception à sens unique de la moralité amusa Berflaut.

— C'est l'un d'eux, m'a-t-on dit, qui vous a dénoncé ?

— Oui, Alfred Frank, et je suis bien content que sa roulotte ait brûlé ! Ça va lui coûter un paquet, et...

Il s'interrompit, devinant soudain où le policier voulait en venir.

— Au fait, vous n'allez pas penser que c'est moi !

---

1. Film de Méliès (1897) intitulé *Après le bal. Le tub.* Avec Jehanne d'Alcy qui n'est pas nue, mais vêtue d'un collant couleur chair.

D'abord ce n'est pas mon genre de m'en prendre au matériel ! J'aurais pu lui casser la gueule, ça oui, mais ça se serait retourné contre moi. Et puis, voyez ma jambe ! Au moins mon accident servira à quelque chose !

— Quand est-ce arrivé ?

— Il y a quinze jours. Vous voyez, j'étais déjà dans ce lit ! Et j'en ai pour un mois encore, c'est vraiment ma veine ! Je ne peux plus travailler, mes économies ont fondu, et je ne pourrai pas rester à la charge de ma sœur ! C'est pour ça que j'espérais bien vendre mon matériel. Mais depuis six mois que j'ai mis mon annonce, personne ! J'ai cru avoir enfin une touche, mais ce n'est pas pour ça que vous êtes venu, mais pour me dire, je l'ai bien compris, que vous me soupçonniez !

— Pas plus vous qu'un autre, mais vous aviez des raisons d'en vouloir au moins à celui qui vous avait dénoncé ! Vous avez tout de même perdu dans cette histoire votre place à la Foire de Neuilly, et peut-être aussi ailleurs !

Métouvier se redressa, très digne.

— Inspecteur, je suis un honnête homme, certes j'ai mes colères, mais jamais je n'aurais fait des choses pareilles ! J'ai mon honneur de forain !

— Je veux bien vous croire, mais peut-être connaissez-vous d'autres personnes qui avaient comme vous des motifs de se venger de l'un ou l'autre de ces tourneurs ?

Métouvier hésita un peu avant de répondre.

— Vous savez, ils se sont fait pas mal d'ennemis, ceux qu'ils ont ruinés et d'autres qu'ils ont dénoncés, comme ils l'ont fait pour moi, juste par méchanceté, car quel mal leur faisions-nous ?

— Vous pensez à l'un d'entre eux ?

— Inspecteur, je ne suis ni un assassin ni un mouchard. Après tout, ils l'ont bien cherché ! J'avais bien entendu des choses, qui se disaient...

— Quelles choses ?

— Qu'un jour ils allaient payer très cher, au moment où ils ne s'y attendraient pas. Mais jamais je n'aurais pensé qu'ils iraient jusqu'à tuer.

— Vous avez des noms à me donner ?

— Non, inspecteur, vous savez, ça remonte à un an, et je ne me souviens plus de rien de précis.

Berflaut sentit qu'il ne tirerait rien de plus de lui. L'homme avait-il peur ?

— Si ça vous revient, voici mon téléphone. Faites-moi prévenir à la Brigade de Sûreté de la préfecture de police, je viendrai vous voir. Et ça restera confidentiel.

— Entendu, inspecteur.

Berflaut était presque déçu, en tout cas déconcerté. C'était donc uniquement une affaire de vengeance entre forains ! Sans rapport avec l'attentat contre le journaliste, ni l'effraction de Montreuil !

Il allait quitter la chambre quand il entendit Métouvier l'apostropher :

— Au fait, pourquoi ils ont fait ça, à Jeckel ? On dit que c'était pas beau à voir, il paraît, cet œil crevé !

Le policier s'arrêta net. C'était la phrase de trop. Jamais l'information n'avait été diffusée, la presse n'en savait rien. Il retourna dans la chambre et s'approcha très près du lit, fixant le forain dans les yeux.

— Comment le savez-vous ? Personne n'en a parlé !

L'homme pâlit. Il avait compris son erreur.

— Écoutez, inspecteur. Je veux rester en dehors de tout ça. Ils sont allés trop loin, cette fois, je leur ai dit...

— « Leur » ai dit ? À qui ? On est donc venu vous trouver ?

— Je ne peux rien vous dire, inspecteur. Ils me tueraient !

— Mais moi, je peux vous faire transférer au Dépôt, jambe cassée ou pas ; et croyez-moi, une complicité d'assassinat, même passive, vous coûtera cher ! Qui sont-ils, ceux que vous redoutez ?

Métouvier resta un moment silencieux. Ses mains tremblaient. Puis il se décida à parler.

Il avait fait partie d'un comité d'action, issu du Grand Occident de France, contre « la juiverie et la franc-maçonnerie qui prenaient en otage la République française ». Un des membres de ce comité était venu lui annoncer les attentats de Neuilly, il les avait appris de quelqu'un...

— Ce quelqu'un, donnez-moi son nom !

— C'est un policier qui était sur les lieux...

— Son nom ?

— Inspecteur, je vous jure que je ne le sais pas ! Vous vous doutez que dans ces comités, on essaie d'en dire le moins possible aux autres. Question de sécurité !

Déjà, s'ils apprennent que j'ai parlé, je suis un homme mort !

— Si vous vous taisez aussi ! Je peux très bien faire courir le bruit que vous avez parlé ! Immobilisé comme vous l'êtes, vous ne pourrez guère leur échapper ni vous défendre s'ils viennent vous trouver !

Ce chantage classique fit son effet.

— Gaston Fourcat.

C'était donc lui ! Tout se tenait, maintenant !

— Il fait partie de votre comité ?

— Oui.

— Il a participé au meurtre ?

— Ça, je n'en sais rien, vous vous doutez bien qu'il ne s'en serait pas vanté !

— Donc ces attentats, ce ne serait pas uniquement par vengeance ?

— Aussi. Ils veulent faire des actions spectaculaires en s'attaquant aux dreyfusards, et ils ont saisi l'occasion de donner des leçons à ces tourneurs juifs qui ruinent les autres forains. D'ailleurs, en confidence, inspecteur...

Il hésita un moment, puis lâcha :

— J'ai entendu dire qu'ils prépareraient autre chose pour bientôt.

— Autre chose ?

— Qu'en sais-je ? Vous savez, ce genre d'actions, ça se décide en haut lieu. Mais pour moi, c'est bien fini, j'ai rendu ma carte, je ne veux plus avoir affaire à eux. Oubliez-moi, inspecteur, je vous ai dit tout ce que je sais !

— Pas encore. Jules Boudeau, celui du jeu de massacre, en était aussi ?

L'homme comprit que Berflaut en savait assez pour ne plus supporter ses atermoiements. Il confirma d'un signe de tête.

— Où est-il ?

Métouvier n'hésita pas longtemps. Après tout, chacun pour soi !

— Il a décidé de quitter les foires et de travailler avec un ami, qui a une entreprise de fumisterie.

— Où donc ? Le nom de l'entreprise ?

— Je n'en sais rien, je vous jure. C'est à Paris, en tout cas.

— C'est tout ?

— Je vous le jure, inspecteur. Mais vous m'avez promis de ne pas donner mon nom, n'est-ce pas ?

— Oui. Sauf si j'apprends que vous m'avez caché quelque chose. Si quelqu'un de votre comité reprend contact avec vous, tâchez d'en apprendre davantage. Sur le crime et sur ce qu'ils préparent. Je reviendrai vous faire bientôt une visite.

Berflaut quitta la chambre, descendit l'escalier et faillit se heurter à la femme qui avait tenté de surprendre la conversation.

Il traversa la rue. L'air était frais. C'était le point le plus haut de Paris, d'où Claude Chappe avait en 1773 fait les premières expériences de télégraphe optique.

Le gardien n'était pas dans sa loge ; il l'aperçut, au bout d'une allée, qui orientait un visiteur. Il se dirigea vers lui, passant devant le monument pyramidal érigé à la mémoire des gardiens de la paix fusillés par les communards en 1871.

Au Père-Lachaise, c'était le mur des Fédérés qui

rappelait l'autre versant de ce triste épisode de notre histoire. Chaque cimetière avait ses martyrs.

Berflaut se présenta, et le gardien porta la main à sa casquette. Il ne comprit pas pourquoi un policier de la Sûreté s'intéressait à un accident survenu dans son cimetière, mais il confirma la jambe écrasée du marbrier – c'était pas beau à voir ! – et la date.

Métouvier était, du moins pour les attentats de Neuilly, hors de cause.

C'était maintenant aux deux autres qu'il devait s'intéresser, et au plus vite.

27

Il fallait avertir sans plus tarder Georges Méliès. La reprise évoquée de son *Affaire Dreyfus* et les sympathies qu'il avait affichées pour la cause de l'officier pouvaient le désigner comme une cible aux membres du « comité d'action » des partisans de Guérin désireux de reprendre la lutte. Et cette lutte pouvait prendre les formes les plus violentes ; on se souvenait du cri étalé à la une de *La Croix* à propos de Zola : « Étripez-le ! »

Quand Berflaut téléphona à son bureau parisien, le secrétaire lui apprit que Méliès était à Londres, pour la cérémonie du couronnement ; il devait rentrer le lendemain.

— Dites-lui de passer dès son retour à la préfecture de police, l'inspecteur Berflaut veut lui parler, c'est très important.

— Entendu.

— Il n'y a pas eu d'autres tentatives de vol, ni d'effraction ?

— Aucune. D'ailleurs ici nous avons fait poser des verrous supplémentaires, et à Montreuil le gardien fait des rondes la nuit.

Le comptable devait se retenir de demander ce

qui motivait un tel avertissement mais il n'ajouta rien. Berflaut le remercia, sans juger utile d'en dire davantage, d'autant qu'il était pressé d'aller trouver le juge d'instruction.

Celui-ci était absent. L'inspecteur laissa un mot pour lui au secrétaire l'informant de ce qu'il avait appris à Belleville. Il reviendrait lui rendre compte au retour de sa visite chez Gaston Fourcat.

Quand il passa à la Brigade des Recherches, l'inspecteur Maurice Veillard lui donna les informations qu'il avait obtenues.

— J'ai appris de mes « casseroles[1] » que des réunions reprennent, organisées par deux des sept anciens lieutenants de Guérin. La reprise prochaine d'attentats antisémites se confirme. Il est très probable effectivement que votre affaire de Neuilly en soit un, sous les apparences d'une vengeance entre forains, ou de représailles contre le cinématographe et ses exploitants.

— Autre chose. Je ne sais pas si Freslon est réapparu, et je n'ai pas le temps de lui demander des comptes sur son étrange silence. Je le soupçonne d'être du même bord et d'avoir voulu protéger Fourcat en ne me transmettant pas son adresse. Mieux vaut donc ne pas l'alerter si je veux trouver l'oiseau au nid.

— Pas « je », « nous ». Je vous accompagne.

— Bien volontiers, merci. Tout de suite, si vous pouvez.

— Je suis prêt, le temps de prévenir mon chef, je vous rejoins en bas.

---

1. En argot de la police : « indicateurs ».

— Prenons nos armes[1], l'homme est peut-être dangereux.

Un quart d'heure plus tard, les deux policiers montèrent dans un des fiacres qui stationnaient devant la préfecture de police. Il était dix-sept heures quand ils arrivèrent à Suresnes devant le domicile de Fourcat. Le cocher devrait les attendre le temps qu'il faudrait.

Ayant aperçu le fiacre qui s'arrêtait, le patron de l'hôtel du Mont-Valérien vint à leur rencontre. Il n'attendit même pas la question.

— Je ne l'ai pas revu, mais il a dû passer cette nuit, la porte du jardin était ouverte, et le chien errait dans la rue et aboyait. La pauvre bête était affamée, je lui ai donné une pâtée. Tout de même, c'est bizarre, non ?

Manifestement l'homme commençait à se douter que ces deux visites de la police avaient un autre motif que celui d'un simple témoignage, d'autant qu'ils étaient deux cette fois. Il les suivit des yeux quand ils pénétrèrent dans le jardin, suivis par le chien qui avait retrouvé son ami de la veille et jappait de contentement.

La porte du pavillon était fermée. Ils frappèrent, par acquit de conscience, mais personne ne se montra.

Aller chercher un serrurier dans ce coin perdu aurait pris trop de temps.

Berflaut ramassa une pierre de la bordure de

---

1. « Les inspecteurs de la Sûreté n'étaient pas armés par l'administration (...) Ils pouvaient s'armer à leurs frais. » (J.-M. Berlière, *Le Monde des polices en France...*, éditions Complexe, pp. 104 et 237).

l'allée, et cogna un coup contre l'imposte vitrée, passa le bras par l'ouverture, et tira le verrou intérieur.

Le bruit de verre cassé avait dû être entendu du cabaretier, mais il ne se montra pas. Il devait être aux aguets depuis son jardin, séparé de celui de Fourcat par une haie épaisse.

Nullement scandalisé par cette intrusion, le chien se glissa devant eux dans l'entrée, et son souffle amical les accompagna dans le salon et dans la chambre. Les tiroirs de la commode étaient ouverts. Fourcat avait dû remarquer l'absence de ses cartes et de son jeton de bronze. L'armoire était vide de vêtements, ce qui était mauvais signe.

Des cendres dans la cheminée du salon attestaient qu'on y avait brûlé récemment quelque chose. Berflaut les remua avec un tisonnier mais n'aperçut rien, qu'un bout de journal racorni, mais en s'approchant il crut sentir comme des vapeurs nitreuses.

La porte de la cave était cette fois ouverte. Ils descendirent. Un soupirail y fournissait assez de jour pour en permettre l'inspection. À part quelques bouteilles vides, un tas de bois que Berflaut fit s'écrouler d'un coup de pied, un seau et du matériel de jardinage, rien ne justifiait qu'elle ait pu être la veille fermée à clé. Peut-être contenait-elle quelque chose de compromettant que Fourcat aurait emporté ?

Ils commençaient à remonter quand Berflaut, jetant un dernier regard, remarqua que la partie métallique d'une bêche, sur laquelle jouait un rai de lumière, était recouverte de terre dans le bas. Il redescendit, s'approcha, toucha du doigt : la terre était fraîche. La bêche avait servi récemment.

Il s'en empara et rejoignit son collègue, lui montra ce qui l'avait alerté.

— Allons voir dans le jardin. Je ne pense pas que notre homme ait fait cette nuit des plantations.

Toujours suivi du chien, ils passèrent derrière la maison, supposant que si quelque chose avait été fait, c'était plutôt hors de la vue d'éventuels passants ou voisins.

Il n'avait pas tort. Derrière un massif, le long du mur du fond, le sol avait été retourné.

Voulant de nouveau se rendre utile, le chien se mit à creuser avec énergie, projetant la terre sur les pantalons des policiers qui l'éloignèrent à grand-peine.

Très vite, la bêche rencontra une résistance, accompagnée d'un bruit métallique. Apparut une large boîte ronde et plate, que saisit Berflaut. Son collègue lui prit la bêche des mains et s'approcha pour lire avec lui l'étiquette. Très salie, elle portait un numéro, et un titre : *Affaire Dreyfus*.

Il l'ouvrit. Elle était vide. Tout comme celles, porteuses de la même étiquette, qui étaient enterrées à côté ou au-dessous. C'était le produit du vol fait aux forains. Manquaient les bandes du *Voyage dans la Lune*. Elles pouvaient être facilement revendues à des tourneurs de province pas trop regardants sur l'origine de la marchandise.

Mais celles de *L'Affaire Dreyfus* devaient disparaître. Où, et comment ? Les deux policiers ne tardèrent pas à le savoir, à cause de l'odeur de vapeurs nitreuses qu'ils avaient sentie dans le salon.

Dans la cheminée, Fourcat et ses complices avaient voulu supprimer les traces de ce plaidoyer en faveur de l'officier injustement condamné. Ils ignoraient que d'autres bandes étaient conservées dans le bureau de Méliès.

Le chien, nullement découragé par les rebuffades, voulut de nouveau se rendre utile en se remettant à fouiller la terre. Cette fois il parvint à ses fins, tenant dans sa gueule un morceau de tissu, la manche d'une veste apparemment, qu'il continua à dégager. Le vêtement était sale et humide, et des traces sombres apparaissaient sur le devant. C'était probablement le sang de Jeckel, qui avait éclaboussé son assassin.

Ils retournèrent dans le salon, en emportant la veste maculée et les boîtes, que le collègue de Berflaut nettoya avec un torchon de la cuisine. La cheminée fit l'objet d'une seconde inspection au cas où un morceau de pellicule aurait échappé au feu. Mais ils ne trouvèrent rien.

À défaut de tenir encore les meurtriers, ils avaient en main les pièces à conviction qui établiraient sans conteste au moins la culpabilité de Fourcat. Et Berflaut savait d'expérience que dans un crime collectif de cette gravité, il n'était pas très difficile d'amener le premier suspect à dénoncer les autres.

Ils réunirent les boîtes et la veste tachée dans un sac de jute trouvé dans la cave et montèrent dans le fiacre sous l'œil intéressé du cabaretier.

— Si je le vois, je lui parle de votre visite, inspecteur ?

— Inutile, merci, il s'en rendra compte. Prévenez-nous si vous le voyez revenir. Mais je n'y crois
pas. Occupez-vous du chien, c'est une brave bête !

*
* *

Après avoir enfermé à clé dans un bureau le sac
contenant les pièces à conviction, qui seraient
ensuite enregistrées au greffe, Berflaut et Veuillard
quittèrent le Quai des Orfèvres. Il était trop tard
pour aller rendre compte au juge Maubécourt. Ils
se présenteraient à son bureau le lendemain matin.

28

Maubécourt, après avoir entendu des policiers le récit de leurs découvertes, décida que la dimension politique de l'affaire nécessitait d'associer officiellement la Brigade des Recherches à la suite de l'enquête.

— Je vais avertir le procureur, et Puybaraud[1] puisque nous avons besoin que deux de ses services travaillent ensemble. Je vous délivrerai un mandat d'amener pour Gaston Fourcat ainsi que pour Jules Boudeau, même si aucune preuve ne l'implique encore. Voyez-vous un moyen de le retrouver ?

— Un seul : Métouvier. Il faut lui faire donner le nom de celui qui est venu l'avertir du meurtre et qui fait partie du même comité que Fourcat et Jules Boudeau. Peut-être que si vous m'accompagnez, monsieur le juge, serait-il davantage impressionné, et comprendrait qu'il a tout intérêt à collaborer.

— Entendu. Je vais me libérer d'une audience et venir l'interroger avec vous. Pour Gaston Fourcat, je pense qu'il n'y a aucune chance désormais de le prendre à son domicile. S'il est revenu chez lui, il a

---

1. Directeur de la Direction générale des Recherches dont faisaient partie la Brigade de Sûreté pour les affaires criminelles et la Brigade des Recherches pour les affaires politiques.

sûrement découvert que les objets qui l'incriminent sont entre nos mains. Il est donc trop tard pour monter une souricière. Et vous, inspecteur, demanda-t-il à Veillard, pensez-vous obtenir des informations sur les comités d'extrême droite ?

— Le problème est qu'il y en a plusieurs, assez cloisonnés entre eux tant par sécurité qu'à cause de leurs stratégies différentes. Mais mon indicateur a des contacts un peu partout.

— Vous avez confiance en lui ? S'il parle, autant dire que la piste sera perdue.

— Aucun danger. Il est très fiable, d'autant qu'il m'est redevable de quelques services...

— Dont je n'ai pas à connaître, sourit le magistrat, qui savait bien quels marchés peu légaux permettaient de recueillir des informations capitales. Mais il reste une chose à éclaircir : le comportement de l'inspecteur Freslon. Vous l'avez revu ?

— Non. J'ignore s'il a fini par réapparaître, et je veux éviter de le rencontrer pour le moment. Il faut qu'il ignore que je le soupçonne d'être allé avertir Fourcat au lieu de me donner son adresse. Et je dois savoir d'abord jusqu'où il est mouillé dans l'affaire. Fourcat et lui appartenaient-ils au même comité ? Était-il au courant des attentats prévus ou a-t-il seulement voulu le protéger après coup ?

— Vous avez raison. Peut-être votre indicateur, dit le juge à l'inspecteur Veillard, pourra-t-il essayer de s'informer à son sujet ?

— Peut-être, mais rien n'est moins sûr. Dénoncer un inspecteur de la Sûreté peut lui paraître trop risqué.

— Bien, conclut le juge. Dès que vous avez du

nouveau, passez me voir, ou laissez un message à mon bureau. Et nous, dit-il à Berflaut, retrouvons-nous demain, disons à neuf heures, pour aller interroger Métouvier.

Les deux policiers se levèrent, serrèrent la main du juge et retournèrent dans leurs bureaux respectifs.

Berflaut était soulagé. Même si personne ne devait remplacer son ami l'inspecteur Santier, il savait pouvoir compter désormais sur l'aide de son collègue des Recherches pour affronter les perspectives inquiétantes qui se profilaient.

*
* *

Georges Méliès revenait satisfait de son voyage-éclair à Londres. Il avait projeté devant la famille royale et la Cour le film du couronnement, qui avait plu à Leurs Majestés, et la réception au château de Windsor avait été brillante et chaleureuse. Le Roi avait plaisanté en découvrant des séquences filmées à Montreuil et qui avaient été supprimées du cérémonial à cause des suites de son indisposition.

« Quel merveilleux appareil que le cinématographe, monsieur Méliès, avait-il dit. Il réussit même à présenter des scènes qui n'ont pas eu lieu[1]. »

Son correspondant londonien avait enregistré immédiatement d'importantes commandes.

Aussi fut-ce pour Méliès une douche froide quand, passant à son bureau parisien, il apprit de son comptable que les ventes aux États-Unis pour

---

1. Madeleine Malthête-Méliès, *Méliès l'enchanteur.*

le *Voyage dans la Lune* étaient quasi nulles, parce que des copies frauduleuses circulaient déjà.

C'était une catastrophe. Il comptait sur le marché américain pour combler ses finances après les énormes frais engagés pour la réalisation de son film, et la rage le prit d'avoir été une fois de plus victime de pirates qui allaient écouler sans qu'il puisse les en empêcher leurs contretypes frauduleux.

Il n'était pas homme à se laisser abattre. On lui faisait la guerre ! Il allait se défendre, trouver un système rendant impossibles les contretypes. Mais aussi, continuer à créer ! Pas seulement pour renflouer les caisses, mais parce que, à peine un film fini, il pensait déjà au prochain. Après le *Voyage dans la Lune*, c'était à d'autres voyages qu'il allait se consacrer : ceux de Gulliver ! Il pourrait s'en donner à cœur joie dans les trucages pour jouer sur l'échelle des personnages !

Puis la colère le reprenait de se voir honteusement dépossédé de ses idées, de son travail ! S'il les tenait, ces bandits, il leur tordrait le cou !

C'est d'un pas rageur qu'il pénétra sous la voûte de la Préfecture. Le planton regarda d'un œil surpris cet homme élégant, marmonnant sous sa moustache, et faisant des moulinets avec sa canne. Il ne pouvait soupçonner les pensées meurtrières qui l'agitaient tandis qu'il entrait dans les locaux de la Sûreté.

Quand il le vit frapper à la vitre de son bureau, Berflaut se leva pour l'accueillir, et lui expliqua la raison de cette convocation.

Sans entrer dans les détails, il lui confirma que d'après les dernières découvertes, les mobiles des attentats de Neuilly étaient bien d'ordre politique et visaient non pas le cinématographe en tant que tel, mais ses exploitants juifs les plus en vue, ainsi que les personnalités qui avaient manifesté leur soutien à la cause dreyfusarde.

— C'est à ce titre que vous pourriez être concerné, et peut-être l'effraction de votre atelier et le message laissé n'étaient-ils qu'un premier avertissement.

— Quel message ? Le dessin ? Vous l'avez déchiffré ?

— Oui. Mon ami le jeune journaliste a reçu le même. J'ai tardé à le reconnaître, mais regardez cette carte :

Il alla ouvrir un tiroir où il avait gardé les indices recueillis lors de sa première visite chez Gaston Fourcat et tendit à Méliès le document de la Ligue antisémite, où il put reconnaître les deux poings brandis.

— C'est vraiment immonde ! dit-il en découvrant la légende. Mais, inspecteur, si ces dessins expliquent le meurtre de Jeckel et les attentats contre Alfred Frank et Jérôme Dulaar, je ne pense pas qu'ils me visent personnellement.

— Je le souhaite, mais n'oubliez pas qu'ils vous ont tout de même laissé ce message !

— Peut-être voulaient-ils seulement me faire comprendre qu'ils me volaient mes bandes de *L'Affaire Dreyfus*, comme ils l'ont fait aux forains, pour me punir, et en empêcher la projection ? Ils ont eu ce qu'ils voulaient, du moins le croient-ils, car ils me connaissent mal ! Ce film, j'en suis fier, il a été ma façon de témoigner, il le sera encore, tant que la réhabilitation complète de Dreyfus n'aura pas été prononcée.

— Encore faudrait-il trouver des forains assez courageux pour le remettre à leur programme ! De toute façon, je crains que, connaissant les raisons du drame de Neuilly, le préfet de police ne maintienne, plus que jamais, l'interdiction !

Le bouillant Méliès dut se rendre à l'évidence. Berflaut lui avait fait entendre que le moment était mal choisi pour reprendre la lutte, d'autant qu'en haut lieu on voulait éviter, en cette période troublée, toute résurgence de l'Affaire.

— Bon, inspecteur. Je prends note. J'attendrai des jours meilleurs !

— Et restez vigilant, surtout à Montreuil où vous êtes plus vulnérable, d'après ce que Marguerite me dit. Votre atelier, évidemment, mais votre maison aussi ! Un bon chien de garde serait peut-être utile ?

— J'y penserai. Merci de m'avoir prévenu. Mes amitiés à Mme Berflaut. Qu'elle profite bien de ses vacances, du travail l'attend pour la rentrée !

— Je n'y manquerai pas.

Les deux hommes se serrèrent la main. En descendant les quatre étages, Méliès ne put s'empêcher de penser aux autres malfaiteurs, pas des assassins, bien sûr, mais des voleurs et des faussaires, en face desquels, avec ou sans chien de garde, il était complètement désarmé.

29

Le matin du rendez-vous, Berflaut, sans passer par son bureau, attendit le juge Maubécourt au bas des marches du Palais de justice. Le juge ne tarda pas à le rejoindre et un fiacre les déposa rue du Télégraphe, assez loin de la boutique de marbrerie funéraire, pour ne pas attirer l'attention.

La sœur de Métouvier reconnut Berflaut, et l'apostropha sur un ton agressif :

— Qu'est-ce que vous lui voulez encore ? Depuis que vous êtes venu, il ne dort plus, chaque fois que quelqu'un entre dans la boutique il croit que c'est pour lui parce qu'il vous a parlé ! Laissez-le tranquille, à la fin !

Maubécourt l'écarta du bas de l'escalier dont elle barrait l'accès.

— Madame, je suis le juge d'instruction. Je pouvais très bien faire venir votre frère au Palais de justice, même sur un brancard, ou le conduire à l'infirmerie du Dépôt. Si je suis venu, c'est pour assurer la discrétion de notre entretien. Alors laissez-nous monter, s'il vous plaît.

Berflaut apprécia la mention de « l'infirmerie du Dépôt » destinée à impressionner la femme.

De fait elle s'effaça, et cria du bas des marches :

— Jules ! C'est deux messieurs de la Police !

Berflaut et Maubécourt montèrent l'escalier et entrèrent dans la chambre qui empestait toujours autant le tabac. Métouvier était sur son lit, et regarda avec défiance l'homme qui accompagnait l'inspecteur.

— Vous m'aviez promis de me laisser tranquille, je vous ai dit tout ce que je savais. Qu'est-ce que vous me voulez, et d'abord, qui c'est celui-là ?

« Celui-là » ne releva pas l'insolence et se présenta calmement.

— Je suis le juge d'instruction Maubécourt. Vous avez des informations dont j'ai besoin. J'ai noté votre bonne volonté à collaborer avec la Police... (Métouvier opina, sans saisir l'ironie du ton et du propos)... et je vous renouvelle l'assurance formelle que si vous n'êtes pas mêlé aux attentats de Neuilly vous ne serez pas inquiété.

— Mais j'ai tout dit à l'inspecteur ! Je ne sais rien de plus !

— Allons, Métouvier ! Vous avez bien dit à l'inspecteur Berflaut que vous avez appris le crime par un membre de votre comité ?

— Ce n'est plus mon comité !

— Peut-être ! Mais il me faut le nom de celui qui vous a prévenu !

— Il n'y est pour rien ! Ces jours-là, il était sur les toits à travailler sur des cheminées ! Ça aussi, je l'ai dit ! Et je ne sais pas comment il s'appelle, seulement son prénom, Henri. Il a une entreprise de fumisterie.

— Où donc ?

— Dans le quartier de la Bastille, je crois bien. Mais l'adresse, je ne l'ai pas. Vous savez, on en sait le minimum sur les autres, on ne raconte pas nos vies, là-bas !

— Il avait bien la vôtre ! Où ? Là-bas ?

— Là où nous nous réunissions. Un café, justement dans le quartier de la Bastille.

Berflaut et le juge échangèrent un regard. Ils tenaient enfin quelque chose !

— Ce café, il s'appelle ?

— *Au Génie de la Liberté.* Vous savez, à cause de la statue.

— Oui, merci. C'était, je pense, dans une arrière-salle ?

— Évidemment, après la fermeture !

— Donc le patron était au courant ? Il était des vôtres ?

— Sympathisant, c'est tout.

— Vous êtes nombreux ?

— Une dizaine. C'est des petits comités de quartier, vous savez !

— Vous vous réunissez à quel rythme ?

— Une fois par mois. Le deuxième vendredi.

— Bien. Donc la prochaine réunion, c'est vendredi prochain ?

— Sans doute ! Vous savez, tout ça pour moi c'est de l'histoire ancienne !

— Allons, Métouvier, pas si ancienne, tout de même ! Dites-moi maintenant, poursuivit le juge, Gaston Fourcat en est ?

Le forain ricana.

— Bien sûr ! C'est le chef !

Berflaut et Maubécourt échangèrent un regard. Fourcat ! Évidemment !

— Et Jules Boudeau ?

— Il en est aussi, mais quand il avait des foires, comme moi, il ne venait pas.

— Ce sont eux seuls les coupables des attentats ?

— Avec un troisième qui les a juste pilotés et qui n'était pas d'accord, un forain, je ne sais pas lequel, il n'était pas du comité. D'ailleurs jamais on n'avait prévu qu'ils iraient aussi loin, il s'agissait juste d'intimidations, pas de meurtre ! La réunion va être chaude, s'ils se présentent, mais rien n'est moins sûr. Peut-être qu'ils sont en fuite !

— Vous n'avez revu personne depuis ma visite ? demanda Berflaut.

— Non, personne. Et j'espère que personne ne vous a vus entrer ! Je risque gros, à cause de vous ! Et si votre inspecteur l'apprend, je suis foutu !

Berflaut et le juge réprimèrent un sursaut.

— Quel inspecteur ? Pourquoi « mon » inspecteur ?

Métouvier avait-il lâché cette dernière phrase par imprudence, ou avait-il décidé pour se dédouaner totalement de donner le plus de gages possible ? Il n'hésita pas.

— Quelqu'un de votre Maison, il n'a jamais dit son nom et ne venait pas régulièrement. Je vous en prie, n'allez pas chercher qui c'est. Si vous le trouvez, il saura que ça vient de moi !

— Rassurez-vous, il n'en saura rien. Allons, soignez votre jambe, je vous souhaite de bientôt remarcher, en évitant le quartier de la Bastille, évidemment !

Sur ce sage conseil, Berflaut et le juge Maubé-court quittèrent la chambre et sortirent de la boutique, suivis par la sœur qui voulait s'assurer que personne ne les avait aperçus ; elle resta sur le seuil jusqu'au moment où elle vit disparaître le fiacre au bout de la rue.

30

Le lendemain matin, Berflaut et Veillard attendaient devant son bureau l'arrivée du juge d'instruction pour décider avec lui des modalités de leur
intervention au café de la Bastille. S'ils voulaient
mettre la main sur Gaston Fourcat et ses complices,
il fallait profiter de l'effet de surprise. Mais comment
pénétrer discrètement de nuit dans l'arrière-salle
d'un café fermé ?

Ils étaient en train d'en discuter quand le juge
arriva, la mine sombre.

— Entrez, messieurs. Je viens de chez le procureur.

Ce préambule et l'air tendu qui l'accompagnait
n'annonçaient rien de bon.

— Comme je le redoutais, nous aurons des difficultés pour poursuivre l'affaire comme nous vou-
lions le faire. Le procureur a averti Lépine – c'était
normal – que l'affaire de Neuilly débouche en
fait sur une résurgence des complots nationalistes
et antisémites. Lépine lui a nettement fait comprendre qu'il était hors de question d'en faire état,
et même de pousser plus avant notre enquête si elle
devait réveiller les passions. « Nous avons, a-t-il dit,
assez de problèmes actuellement pour ne pas
prendre un tel risque. »

— Ce qui veut dire ? Nous n'allons tout de même pas annuler la descente ?

— Non, mais vous devez procéder à une arrestation discrète des coupables. La presse ne connaîtra jamais les mobiles réels des assassins. Il s'agira de vengeances entre forains, un point c'est tout.

Les deux inspecteurs étaient accablés. La raison d'État ! Cette raison d'État qui avait depuis sept ans tout mis en œuvre pour empêcher que la vérité soit reconnue ! Elle leur liait à présent les mains !

— De toute façon, dit Berflaut, les coupables ou leurs avocats auront tout intérêt à revendiquer ce meurtre comme un acte politique, à se servir du tribunal comme tribune pour justifier leurs actes et s'abriter derrière une cause qui est encore très partagée, à tous les niveaux !

— J'y ai pensé. À moins que nous transigions pour une condamnation moins lourde.

— Mais ce sont des assassins !

— Bien sûr, ce sont des assassins, et de sang-froid. Croyez-moi, tout comme vous j'enrage que les auteurs de ce crime pourraient échapper à la guillotine. Mais les ordres sont là. Il faudra bien que nous nous en accommodions.

L'inspecteur Veillard intervint.

— Et si l'arrestation se passait mal ?

— Que voulez-vous dire ?

Pure clause de style. Le magistrat avait déjà compris.

— Vous parlez bien de légitime défense, n'est-ce pas ? Seulement de cela ?

710

— Bien sûr, monsieur le juge ! Ce sont de dangereux fanatiques. Ils n'ont pas hésité à tirer sur maître Labori[1]. S'ils se voient démasqués, ils savent ce qu'ils risquent et peuvent très bien faire feu sur nous. Leur chef possède une arme, l'inspecteur Berflaut l'a vue chez lui.

— Il est quand même peu probable qu'ils viennent armés à cette réunion.

— Sauf s'ils se méfient. Gaston Fourcat est peut-être repassé à son domicile. Il a dû apprendre du cabaretier ou découvrir notre visite et sait que nous sommes à sa poursuite. L'inspecteur Freslon l'a probablement d'ores et déjà averti.

— C'est bien lui, en effet, dit Veillard ; mon indicateur, que j'ai vu ce matin, me l'a confirmé.

— Je le convoquerai plus tard. Pas avant votre descente à la Bastille. Il ne faut pas l'alerter s'il ne se sait pas découvert.

Le juge se leva. Les policiers l'imitèrent.

— Pas d'imprudence, messieurs.

Ils quittaient le bureau lorsque le juge les rejoignit.

— Vous avez, bien sûr, des armes ? Alors, prenez-les.

*
* *

Berflaut passa chez lui pour prévenir sa femme qu'il avait une « planque » en nocturne.

Mais Marguerite ne s'en laissait pas conter.

---

1. L'avocat de Dreyfus a reçu une balle dans le dos en 1899, au moment du procès de Rennes.

— Où vas-tu, Louis ? Et pourquoi es-tu armé ?

— Surveiller un café de la Bastille. Il y aura une réunion secrète à laquelle mes suspects doivent participer. Cette arme, c'est seulement pour les intimider, si nous avions à nous montrer.

— Tu n'y vas pas seul, alors ?

— Bien sûr que non, Marguerite. Un collègue des Recherches m'accompagne.

— Santier t'aurait été bien utile !

« Sans aucun doute », pensa Berflaut.

Il y avait eu entre Santier et lui une telle intelligence qu'ils réagissaient au même moment et de la même façon, devinant ce qu'attendait l'autre, sans avoir besoin de communiquer sinon par un regard ou par un signe. Mais Veillard était un policier de confiance, rompu aux surveillances des sociétés secrètes et c'était en cette occasion le meilleur partenaire qu'il pouvait souhaiter.

Il posa un baiser sur le front courroucé de Marguerite.

— C'est un excellent collègue, ne t'inquiète pas, mais ne m'attends pas, ça peut durer très avant dans la nuit.

Mais il savait pertinemment qu'il la retrouverait assise dans leur lit, veillant, un livre en main, jusqu'à son retour.

Madeleine avait entendu son père et vint l'embrasser. La jeune fille avait l'air un peu triste. Robert Fresnot n'était pas passé les voir depuis sa sortie de l'hôpital ; c'était probablement la cause de cette mélancolie.

— Sois prudent, papa !

— Bien sûr, ma chérie. Nous allons terminer très

vite cette affaire et nous partirons tous les trois en vacances. Vous avez tenu à rester à Paris avec moi malgré la chaleur, l'air de la mer vous fera du bien !

Puis il ajouta :

— Nous pourrions inviter Robert à passer quelques jours avec nous, lui aussi, il a besoin de se remettre, après sa blessure !

Il quitta brusquement l'appartement pour échapper aux cris de joie de Madeleine et ne pas rougir devant Marguerite de cette soudaine faiblesse paternelle.

31

Selon les informations de l'indicateur, la réunion était prévue à vingt-deux heures, après la fermeture du café. Plutôt que de faire irruption en pleine séance, les deux policiers se présentèrent en avance, pour trouver le cabaretier seul. Ils attendirent pour se montrer qu'il ait fini de ranger les tables et les chaises de sa terrasse et s'assurèrent d'un coup d'œil rapide qu'il n'y avait personne à l'intérieur.

— Police. Laissez-nous entrer, dit Berflaut en montrant sa carte.

L'homme, surpris, essaya de s'opposer, mais les policiers, le repoussant, pénétrèrent dans le café.

— Qu'est-ce que vous me voulez ? Je suis en règle ! J'ai ma licence !

Tandis que Veillard fermait à double tour la porte d'entrée et allait éteindre les lampes au-dessus du comptoir, Berflaut se dirigeait vers l'arrière-salle, où une dizaine de chaises entouraient une table sur laquelle étaient disposés des bouteilles de vin et des verres.

— Tiens ! Vous attendez du monde ?

— Non, pas ce soir, mais demain matin j'ai une réunion, des clients qui jouent aux cartes...

— À huit ? Drôle de jeu ! dit Veillard. Allons,

inutile de raconter n'importe quoi, nous savons très bien qui vous attendez.

— Mais qu'est-ce que vous me voulez, à la fin ?

Il avait compris, ses yeux inquiets allant d'un policier à l'autre le prouvaient.

Berflaut alla se planter devant lui.

— Ce que nous voulons ? Arrêter les criminels que vous recevez et dont vous êtes le complice !

Le cabaretier tremblait mais il essaya, sans conviction, une dernière parade.

— Des criminels ? Moi, leur complice ? Je suis un honnête commerçant, ils m'ont demandé mon arrière-salle pour une réunion politique ! Je n'allais pas leur demander un brevet de moralité pour leur servir à boire !

— Ne vous moquez pas de nous ! dit Veillard. Nous savons très bien ce qui se passe chez vous, et vous aussi. Alors inutile de nous faire perdre notre temps. Si vous essayez de les alerter quand ils arriveront, vous serez embarqué avec eux au Dépôt, avant de vous retrouver aux assises.

Devant la menace, l'homme capitula.

— Croyez-moi, je n'avais pas prévu ce qu'ils allaient faire, et j'allais leur dire que je ne voulais plus les recevoir ici. Même si j'ai eu les mêmes idées politiques, jamais je n'aurais accepté qu'on en vienne à la violence ! D'ailleurs ils ne me tenaient pas au courant, je n'assistais pas aux réunions, je prêtais ma salle et c'est tout !

— C'est très étonnant que vous n'ayez rien entendu, rien surpris de leurs projets. Derrière une porte, on entend des choses !

— Je vous jure ! Je savais rien ! C'est par les

journaux que j'ai appris l'affaire de Neuilly, et j'ai compris que c'était eux ! Écoutez, je suis prêt, pour vous montrer ma bonne foi, à faire tout ce que vous voulez, mais promettez-moi de me laisser en dehors de tout ça !

— Nous vérifierons plus tard si ce que vous dites est vrai. Pour le moment, nous allons attendre leur arrivée dans cette pièce. Si vous leur faites le moindre signe, vous êtes embarqué, compris ?

— Compris.

— Vous les accueillerez comme d'habitude. Quand ils frappent à la porte, ont-ils un code particulier ?

— Juste deux coups. Puis très vite, trois autres.

— C'est tout ?

— Oui.

— Il n'y a pas d'autre porte de sortie ?

— Si, au fond, sur la cour.

— Allez la fermer.

Le cabaretier s'exécuta.

— Leur chef, vous le connaissez ?

— Les noms, on ne me les dit pas. Mais je crois que c'est un ancien policier.

C'était bien lui. Sans doute le plus dangereux, s'il était armé.

— Que faites-vous d'habitude quand vous les attendez ? Vous allumez la salle ?

— Non, juste comme ça. Et je passe un balai, j'essuie les tables.

— Alors essuyez. Nous allons attendre, et encore une fois, aucun signe, aucun regard ne nous échappera.

Avertissement de pure forme. L'homme avait bien compris son intérêt à collaborer.

Une demi-heure après, il astiquait encore son comptoir, quand plusieurs silhouettes se profilèrent devant la vitre, et frappèrent. Le patron alla ouvrir.

Quatre hommes entrèrent, suivis très vite par quatre autres. Par la porte entrebâillée, Berflaut les vit lever les deux poings en silence. C'était le signe de ralliement, celui de la carte et des dessins.

— Il n'y a plus personne ? demanda le patron d'une voix mal assurée. Il dut s'en rendre compte, car il se mit à tousser comme pour faire croire à un rhume.

— Vous pouvez fermer, merci.

Tous se dirigèrent vers l'arrière-salle, et découvrirent soudain, en même temps que jaillissait la lumière, les deux policiers l'arme au poing.

*
* *

Le cabaretier profita de la surprise pour disparaître par la porte donnant sur la cour, dont il prit la clé pour la refermer derrière lui. Il préférait laisser ses hôtes aux prises avec la police, son établissement dût-il subir quelques dommages si l'arrestation était mouvementée.

Les huit hommes s'étaient immobilisés, et Berflaut n'eut pas à demander lequel était Gaston Fourcat. Il reconnut l'ancien policier à la manière dont il passa la main sous sa veste pour sortir son pistolet que Veillard, qui s'entraînait régulièrement à la boxe française, fit tomber d'une savate élégante autant que précise. L'arme glissa sur le carrelage et

Veillard la ramassa, tandis que Berflaut tenait la petite bande en respect.

C'étaient des hommes de trente à cinquante ans, costumes bourgeois pour tous sauf l'un d'entre eux que sa veste de toile et le teint hâlé par le plein air pouvaient identifier comme le forain qu'ils recherchaient.

Ce fut le pari de Berflaut.

— Jules Boudeau ? Vous êtes en état d'arrestation pour le crime de Neuilly.

Il ne se trompait pas. C'était bien lui. L'homme tressaillit, fit un mouvement pour fuir, mais Fourcat le retint.

— Laissez, Boudeau, c'est une erreur. Ces messieurs n'ont rien à faire ici.

Il avait décidé de jouer le tout pour le tout et de traiter d'égal à égal avec des « collègues ». Il exigea de voir leurs cartes de police et il leur demanda à quel titre ils se permettaient d'intervenir dans une réunion privée. Il était policier lui aussi et répondait de M. Boudeau, un honnête homme et un ami. Quant aux membres du groupe, ils étaient tous d'honorables citoyens qui pourraient se plaindre en haut lieu de cette intrusion illégale. Pour ce crime de Neuilly, il ne savait pas de quoi ils parlaient. C'était une lamentable erreur dont ils auraient à répondre.

Berflaut était stupéfait de cette arrogance. Car enfin Fourcat ne pouvait plus ignorer que la police avait découvert son rôle dans l'affaire ; le fait d'être venu armé prouvait d'ailleurs qu'il se savait démasqué. Aucun des deux policiers ne répondit à cette provocation.

Berflaut remit son arme dans sa poche, s'approcha de Jules Boudeau et lui ligota les mains dans le dos. L'homme, muet, abattu, ne se débattit même pas.

Gaston Fourcat, lui, ne perdit pas de temps. Au moment où Veillard se dirigeait vers lui, il se retourna, bondit vers l'entrée du bar, sourd aux sommations des policiers qui tentaient d'écarter ceux qui se trouvaient dans leur ligne de tir. Il lança une chaise dans la porte, passa à travers la vitre brisée, et disparut dans la nuit.

Veillard partit à la poursuite du fuyard, tandis que Berflaut continuait à surveiller le groupe. Il nota leurs identités et les renvoya, sauf le forain menotté qui avait compris qu'aucune fuite n'était possible et se laissa tomber sur une chaise. Le silence de Berflaut le rendait de plus en plus nerveux ; c'était bien l'intention du policier de le laisser ruminer sans savoir quelles charges exactes pesaient sur lui et quelles preuves avait la police.

Ils attendirent plus de trois quarts d'heure le retour de Veillard, et Berflaut commençait à craindre que son collègue, bien qu'armé, ait subi un mauvais coup.

Enfin le policier réapparut. Il était seul, et s'approcha de son collègue. À voix basse, il lui dit :

— Il faut avertir la Brigade fluviale. Qu'ils aillent au bassin de l'Arsenal.

— Que s'est-il passé ?

— Il a filé par le boulevard Bourdon, je l'ai rejoint au bord du quai. Il allait sauter sur un bateau amarré, j'ai fait les sommations, deux fois, mais il ne s'est pas arrêté. Alors j'ai tiré, aux jambes, autant que j'ai pu savoir dans la nuit ; il a basculé en arrière et j'ai entendu le bruit de son corps tombant dans le canal. J'ai regardé, rien en surface, aucun mouvement. Je suis resté un moment à écouter, à guetter un bruit de nage, rien. Il a dû couler à pic, ou c'est un expert en nage sous-marine.

— Peut-être l'avez-vous davantage atteint que vous le vouliez ?

— C'est possible.

Berflaut ne lisait aucune expression de regret de cet échec sur le visage de son collègue.

Le forain guettait de loin cette conversation et devait se perdre en conjectures sur le sort de son complice. Le mieux qu'il pouvait espérer serait qu'il ait pu s'échapper. Il pourrait plus facilement tout rejeter sur l'absent lors de l'interrogatoire.

L'hôtelier était revenu et découvrait sa vitre fracassée et les policiers emmenant Jules Boudeau menotté.

— Allez nous chercher un fiacre, et vite.

L'homme disparut et revint au bout de dix minutes. Il en avait trouvé un sur la place de la Bastille.

— Il attend, mais moi ? Qui va me payer ma vitre ? Faudra me faire un certificat !

— Mais bien sûr, ironisa Veillard. Passez donc me voir à la Sûreté, vous m'expliquerez en même temps la présence chez vous de ces deux criminels, peut-être aussi vos liens avec ce comité que vous receviez régulièrement dans votre établissement !

Le cafetier n'insista pas. Au fond, s'il s'en tirait comme ça, mieux valait se faire oublier. Les deux inspecteurs encadrant le forain montèrent dans le fiacre qui les déposa Quai des Orfèvres.

Après avoir conduit Jules Boudeau au Dépôt, ils allèrent Quai de la Tournelle trouver leurs collègues de la Brigade fluviale pour rejoindre avec eux le bassin de l'Arsenal, à la recherche du corps de Fourcat. Il fallait faire vite avant l'ouverture de l'écluse sur la Seine.

32

Trois, quatre fois, un policier de la Brigade fluviale avait plongé sans succès. La nuit était trop sombre, il fallait attendre le lever du jour.

Berflaut et Veillard rentrèrent chez eux, après avoir réveillé l'éclusier : ils lui interdirent d'ouvrir l'écluse avant d'en avoir reçu l'ordre. Un corps était peut-être au fond du canal.

Comme il s'y attendait, Berflaut trouva Marguerite éveillée. Voir son mari partir avec une arme était assez rare pour justifier ses inquiétudes, et elle poussa un soupir de soulagement quand elle entendit sa clé dans la serrure.

Il lui résuma brièvement les faits tandis qu'elle lui servait un verre de lait froid ; c'était pour lui le meilleur garant du sommeil au retour de missions difficiles.

Le lendemain matin à la première heure, il retrouva Veillard devant le bureau du juge d'instruction. Celui-ci, qui s'attendait à une visite matinale, était arrivé le premier.

C'est Berflaut qui se chargea du récit jusqu'au moment où Veillard prit le relais pour raconter la poursuite, les sommations, le tir et la chute de Fourcat dans le canal.

Berflaut, qui surveillait l'expression du juge, crut discerner une lueur dubitative et presque ironique dans son regard. Cette disparition de leur suspect numéro un était vraiment opportune.

— Il faudra tout de même s'assurer que Fourcat, peut-être indemne ou légèrement blessé, ne s'est pas échappé. Vos collègues de la Brigade fluviale ont dû reprendre leurs recherches. Quant au forain, laissons-le mijoter au Dépôt, cela lui fera le plus grand bien. En attendant, je vais de ce pas rendre compte au procureur.

Il prit un temps avant de poursuivre :

— S'il apprend que vous avez tiré après sommations et blessé, peut-être mortellement, votre suspect, il ne pourra pas vous en vouloir d'avoir réduit au silence un homme qui aurait pu, lors de son procès, faire des aveux dérangeants.

Veillard et Berflaut ne dirent rien. Ils s'étaient tous les trois parfaitement compris.

Une mauvaise surprise les attendait au bassin de l'Arsenal. Les trois hommes de la Brigade fluviale attendaient au bord du quai, sans qu'on vît de brancard chargé d'un corps ni de fugitif sous bonne garde.

— Rien, évidemment, puisque vous avez fait rouvrir l'écluse ! dit avec colère leur chef.

— Comment, rouvrir l'écluse ? Bien sûr que non ! Qui vous a dit ça ?

— L'éclusier ! Quelqu'un est venu de votre part à cinq heures ce matin lui en donner l'ordre. Comme nous n'étions pas là, il a obéi ! Alors, vous pensez, le corps, si corps il y a, est maintenant bien

loin ! Le courant l'aura entraîné à plus d'un kilomètre, et impossible de le retrouver sauf quand il
remontera, une fois gonflé par les gaz ! Pas avant
trois jours, au mieux ! Et où ?

Berflaut et Veillard étaient atterrés. La preuve de
la mort de Fourcat leur échappait.

De deux choses l'une : soit il avait été mortellement touché et on avait fait disparaître son corps,
soit il était indemne et avait réussi à s'enfuir ; dans
ce cas quelqu'un qui avait intérêt à les décourager
de le poursuivre avait trouvé ce moyen de les laisser
dans l'incertitude. Et ce quelqu'un, ce ne pouvait
être qu'un complice au courant de l'épisode de la
nuit dernière. Quelqu'un qui était suffisamment au
fait des procédures policières pour avoir prétendu
agir sur leur ordre.

Ils avaient deviné, mais allèrent interroger
l'éclusier pour en avoir le cœur net.

— Inspecteurs, dit celui-ci, je n'y suis pour rien,
moi, votre collègue a dit que je pouvais rouvrir
l'écluse, que votre suspect avait été retrouvé ailleurs.

— Ce collègue, vous pourriez le décrire ?

— Je ne l'ai pas bien vu, il avait un chapeau qui
cachait le haut de son visage ; assez maigre, des
lunettes...

Cela n'avait guère la précision d'un « portrait
parlé », tel que les services de Bertillon l'avaient
codifié, mais il faisait à peine jour et le visiteur avait
dû éviter de se montrer trop longtemps. On
pourrait toujours sortir du fichier des inspecteurs
la photographie de Freslon et la montrer à
l'éclusier pour être fixé.

Ça ne pouvait être que lui, prévenu par les témoins de l'arrestation de Boudeau au *Génie de la Liberté* et de la fuite de Fourcat. L'un d'entre eux avait pu suivre de loin la poursuite, entendre les coups de feu et la chute du corps.

Or Freslon savait que Fourcat, vivant et arrêté, pouvait négocier avec le juge en le dénonçant, et qu'il risquait gros pour avoir fait obstacle à l'enquête. Mieux valait donc que Fourcat ne soit jamais retrouvé, ni vivant ni mort. Faire ouvrir l'écluse découragerait ses collègues de poursuivre leurs recherches.

Les hommes de la Brigade fluviale remontèrent dans leur canot, tandis que Berflaut et Veillard regagnaient le Quai des Orfèvres.

Décidément, tout leur filait entre les doigts : après les consignes d'étouffer l'affaire, leur suspect numéro un disparaissait, peut-être à jamais. Restait le forain. Jules Boudeau ne devrait pas apprendre que Fourcat leur avait échappé. On pourrait faire état, si besoin était, de prétendus aveux de son complice.

* *

En fin de matinée, ils se retrouvèrent dans le bureau du juge d'instruction. On laissa Boudeau attendre dans le couloir, menotté et encadré de deux policiers, le temps que le juge Maubécourt leur rapporte sa rencontre avec le procureur. Celui-ci avait paru soulagé à la nouvelle de l'arrestation d'un des suspects et de la disparition de l'autre dans les eaux du bassin de l'Arsenal, mais n'avait posé aucune question ni fait aucun commentaire.

— Il y a autre chose, monsieur le juge, dit Berflaut.

Et il raconta l'ouverture de l'écluse sur ordre de Freslon, le corps probablement entraîné dans la Seine.

— Vous aviez raison, c'est un aveu manifeste de complicité, et je vais le convoquer immédiatement, avant même d'interroger Jules Boudeau.

Il sortit dans le couloir et dit à un des gardes :

— Allez prévenir l'inspecteur Freslon, de la Sûreté, que j'ai besoin de l'entendre, dans le cadre d'une enquête. S'il est là, ramenez-le.

Dix minutes plus tard, le policier revenait, seul.

— Il n'est pas dans son bureau. Ses collègues l'ont vu ce matin, il a dit qu'il allait aux Archives et serait de retour bientôt.

C'était une bonne chose : s'il était revenu travailler, c'est qu'il ne se sentait pas soupçonné ou avait décidé de nier toute implication dans l'histoire. Mais comment allait-il se justifier d'avoir caché à Berflaut l'adresse de Fourcat ? Et s'il pouvait se croire débarrassé d'un témoin gênant, ignorait-il que son intervention auprès de l'éclusier serait rapidement découverte ?

— Faites entrer le prévenu, dit le juge aux policiers, et attendez dans le couloir.

Toujours menotté, Jules Boudeau fut conduit jusqu'à une chaise en face du bureau du juge, encadré de Berflaut et de Veillard.

Et l'interrogatoire commença.

Tandis que le juge prenait son temps, ouvrait son dossier, déplaçait quelques accessoires de son bureau, choisissait un porte-plume, ouvrait et refermait un tiroir, manège habituel destiné à accroître l'angoisse du prévenu, Berflaut examinait Jules Boudeau, qu'il n'avait que sommairement regardé la veille.

Le forain semblait avoir rétréci pendant sa nuit au Dépôt. Tassé sur sa chaise, les épaules basses, il regardait ses mains menottées. Le hâle avait comme disparu, l'homme était blême, un tic agitait ses joues, et ses mâchoires semblaient crispées. Il sentait affreusement la sueur.

Le juge commença, après avoir fait décliner au prévenu son nom, son âge, sa profession et son adresse. La machine à écrire du secrétaire crépitait.

— Vous êtes ici pour répondre de plusieurs délits très graves commis à la Foire de Neuilly au mois de juillet dernier, ainsi que d'autres faits sur lesquels je vous interrogerai plus tard. Ces faits sont : incendie des roulottes et chapiteaux de messieurs Jérôme Dulaar et Alfred Frank, meurtre de Paul Jeckel et vol de bandes cinématographiques appartenant à ces trois forains.

Jules Boudeau se souleva de sa chaise, mais Berflaut le maintint assis d'une pression sur son épaule.

— C'est faux ! Je ne sais pas de quoi vous parlez ! Je n'étais pas à la Foire de Neuilly cette année !

— Pas en tant que forain, ça, je le sais, mais en

tant que visiteur nocturne décidé de commettre, avec un ou des complices, des attentats !

— Quels complices ? Quels attentats ?

— Je viens de vous les dire. Quant à vos complices, l'un d'entre eux vient d'avouer et vous a désigné formellement.

— Qui donc ?

— Gaston Fourcat.

— Il n'a pas pu me dénoncer, il s'est enfui !

Le juge et les policiers notèrent que l'homme ne niait que la seconde assertion : qu'on ait pu le dénoncer, pas le fait qu'il était coupable !

— Gaston Fourcat a été retrouvé cette nuit, je viens de l'interroger, il a tout avoué, affirma le juge avec un aplomb dans le mensonge inspiré sans doute de celui des nombreux prévenus qu'il avait auditionnés.

Il continua, fixant Fourcat droit dans les yeux.

— Mais sachez qu'il vous a dénoncé comme complice et que sa version des faits vous accable !

Boudeau se mit à hurler.

— Il ment ! Je n'ai plus rien à voir avec ces gens dont vous parlez ! J'ai vendu ma roulotte, je travaille maintenant à Paris ! Pourquoi j'aurais incendié ces baraques et tué Jeckel ?

— Pourquoi ?, dites-vous, mais parce que vous aviez des raisons d'en vouloir à Jeckel qui vous avait dénoncé ! Et inutile de nier que vous êtes venu à la Foire et avez participé aux attentats, nous avons des preuves de votre présence sur les lieux !

— Et lesquelles ?

— Des empreintes relevées, qui vont vous confondre. Sur la lampe à pétrole avec laquelle vous avez incendié la roulotte d'Alfred Frank, et d'autres, chez Paul Jeckel.

Autre coup de bluff. Le juge ignorait encore à qui appartenaient ces empreintes, il fallait les comparer avec celles de Boudeau, qu'on allait relever.

— C'est celles de Fourcat, pas les miennes ! Qu'est-ce que vous en savez, d'ailleurs ? Faudrait pas croire tout ce qu'il raconte ! C'est lui, l'assassin, pas moi ! C'est de lui, l'idée du piquet et de la pellicule !

— Comment le savez-vous, si vous n'étiez pas là ?

Berflaut, très attentif à cette passe d'armes, nota au passage le bel alexandrin que le juge venait d'asséner au prévenu.

En tout cas, l'effet fut immédiat. Jules Boudeau comprit qu'en voulant se défendre, il en avait trop dit. Après un long moment de silence, il se décida :

— Oui, ils avaient décidé de punir les forains, d'abord de leur réussite, qui leur enlevait leur clientèle, ensuite de les avoir dénoncés, lui et Métouvier, un autre forain, causant leur interdiction de Foire, ce qui signifiait la ruine. Quant à Fourcat, c'est à cause d'eux qu'il avait été révoqué de la police, sans traitement.

Ils avaient donc voulu se venger en brûlant et en détruisant leur matériel, et en leur volant le nouveau film de Georges Méliès qui devait leur assurer un gros profit. Mais ils n'avaient pas décidé de tuer, ils voulaient juste des attentats spectaculaires, mais que l'on attribuerait à des ennemis du cinématographe. D'où les tracts « Plus de cinéma, plus de catastrophes ! » qu'ils avaient placardés sur leurs roulottes.

Quant à Jeckel, c'était un malheureux concours de circonstances. Ils ne savaient pas qu'il allait passer la nuit dans la roulotte pour surveiller ses appareils. Quand ils étaient entrés, il s'était réveillé et allait donner l'alerte aux gardiens de nuit. Alors Fourcat avait voulu le faire taire, ils avaient lutté, et dans la lutte Jeckel avait eu la nuque brisée. Lui-même avait assisté impuissant à la scène, et avait en vain tenté d'arrêter Fourcat qui ne se possédait plus. C'était lui, Fourcat, l'assassin. C'était de lui aussi, l'idée du piquet dans l'œil et du film dans la bouche, pour faire accréditer la piste des ennemis du cinématographe.

— Mais ce morceau de film, c'était une partie de *L'Affaire Dreyfus*, était-ce délibéré ?

— Ah ! Vous avez remarqué ? Fourcat l'avait pris la veille chez Jeckel et détruit chez lui, mais il avait gardé quelques morceaux sans me dire ce qu'il en ferait. Il devait l'avoir dans sa poche, je crois qu'il voulait en envoyer un à Georges Méliès, dans une lettre anonyme.

— Nous y voilà, dit le juge, en arrêtant d'un signe le prévenu. Vous ne nous avez dit qu'une partie de l'affaire, mais nous savons très bien ce qui se cache derrière. Et ce qui se cache, c'est le mobile, cette haine antisémite qui vous anime, vous – votre jeu de massacre en est la preuve – et tous ceux de votre méprisable mouvement ! Ce n'était pas seulement parce que ces propriétaires de ciné-matographes avaient réussi, mais parce qu'ils étaient juifs, que vous avez programmé ces atten-tats !

Jules Boudeau opina silencieusement, mais le juge surprit dans son regard une lueur mauvaise. L'homme, même confondu, n'allait pas abdiquer facilement.

— Parlons donc justement de ces lettres anonymes ! reprit le juge. Qui les a envoyées ?

— Ceux du comité. On s'était réparti les tâches. Il y en avait qui ne voulaient pas prendre de risques à Neuilly, ils se sont chargés d'envoyer les lettres...

— Celles qu'a reçues le journaliste du *Figaro*, c'était eux ?

— Oui, parce que dans son article il avait soutenu Méliès et son film sur l'Affaire Dreyfus.

— Ce sont eux aussi qui, après l'avoir assommé, ont mis dans sa poche ces dessins reproduisant le symbole du Grand Occident de France ?

— Oui.

— Et les mêmes dessins que Georges Méliès a trouvés à Montreuil dans son atelier à la place des bandes que vous avez volées, eux encore ?

— Oui.

— Comment saviez-vous qu'il y avait une copie du film à Montreuil, alors qu'elle devait être comme les autres conservée dans le bureau parisien de Georges Méliès ?

— Deux mois avant, l'un du groupe, en se faisant passer pour un client, a prétexté qu'il préférait les prendre à Montreuil pour les emporter en province. On savait que ce serait plus facile de cambrioler un atelier que des bureaux en étage.

— Ces films sur l'Affaire Dreyfus, vous pensiez en détruire toute trace, n'est-ce pas ?

— Oui. On avait décidé d'en finir avec tous ces ennemis de la Nation française, avec ce traître, gracié uniquement par politique, et avec tous ceux qui l'avaient soutenu !

Le juge laissa passer un long moment de silence. Il fit signe au secrétaire d'arrêter sa machine et de quitter le bureau. Le procès-verbal s'arrêterait là. Le reste devait demeurer confidentiel.

33

— Tiens, Robert ! Nous ferais-tu le plaisir de dîner avec nous ? dit Berflaut en découvrant le jeune homme qui bavardait dans le salon avec Marguerite et Madeleine. Sur la table dressée de la salle à manger s'épanouissait un gros bouquet de roses rouges.

— Je ne me suis pas fait longtemps prier ! En fait je venais vous demander des nouvelles des lettres anonymes que j'avais reçues. Le service de Bertillon en a-t-il tiré quelque chose ?

— Non, rien. Mais ça n'a plus d'importance. Tu n'en as plus reçu d'autres, je pense ?

— Aucune. Et pour les attentats de Neuilly, vous avancez ?

— Écoute, Robert, pour le moment je ne peux pas t'en parler. Plus tard, je te promets. Tout ce que je peux c'est te confirmer aujourd'hui ce que je t'ai laissé entendre la dernière fois : les enjeux dépassent le cadre d'une simple affaire criminelle, et la Brigade des Recherches y est associée. Sache seulement, et vous aussi, mesdames, dit-il en se tournant vers Marguerite et Madeleine qui ne perdaient pas un mot de la conversation, que l'enquête sera rapidement close et que d'ici quelques jours je serai en mesure de partir en vacances avec vous. Et toi aussi, Robert, si tu veux nous accompagner.

— Deux semaines, pas plus ! dit Marguerite, car du travail m'attend au retour. Georges Méliès aura besoin très vite de costumes pour son prochain film.

— Encore ! Il vient de finir le *Voyage dans la Lune* ! À ce que tu m'as dit, c'était un sacré travail ! Il ne se repose jamais, cet homme ?

Marguerite se garda bien de lui faire remarquer qu'il était mal placé pour faire ce genre de remarques.

— Tu sais, il a perdu beaucoup d'argent avec le piratage américain de son film, et veut commencer dès septembre le tournage des *Voyages de Gulliver*. À l'atelier, nous avons à faire plus d'une trentaine de costumes pour les Lilliputiens.

— Comment va-t-il trouver dans Paris tant de Lilliputiens ? plaisanta Madeleine.

Berflaut, Marguerite et Robert éclatèrent de rire. Ils étaient d'accord pour penser que Méliès allait se surpasser en virtuosité technique pour réduire les figurants en personnages minuscules, et Gulliver en géant.

La conversation se poursuivit à table. Robert Fresnot avait étudié Swift en Sorbonne et expliqua longuement à Madeleine la leçon de relativisme et de subversion morale et politique qui se cachait derrière le récit. Elle l'écoutait passionnément, moins sans doute pour Swift que pour le plaisir d'être l'objet de l'attention du jeune homme sous le regard amusé de son père et de Marguerite.

Dès le dessert terminé, Berflaut s'excusa : il avait eu une journée lourde, et devait retourner à son bureau très tôt le lendemain.

Robert Fresnot prit congé, embrassa sa tante et Madeleine, un peu déçu de n'en avoir pas appris davantage sur l'affaire de Neuilly, mais bien résolu à arracher à son ami, en lui jurant le silence, quelques renseignements sur le développement mystérieux de cette affaire.

34

Le juge Maubécourt rencontra longuement l'avocat commis d'office chargé de la défense de Jules Boudeau pour lui faire comprendre que, sur ordre du gouvernement, la vérité devait être sacrifiée à l'ordre public.

Cette décision, imposée par les circonstances, bafouait la justice mais tournerait à l'avantage de son client. Le procès-verbal de l'interrogatoire devait rester secret, comme cet entretien lui-même.

C'est ainsi que la disparition de Fourcat, considéré, sans que soient vérifiés les dires de son complice, comme seul coupable du meurtre, et dont on ne devait jamais retrouver le corps, éteignit de fait toute action judiciaire.

Jules Boudeau ne fut poursuivi en correctionnelle que pour dégradations et vol, le seul mobile retenu étant une vengeance entre forains. En mettant ses convictions en sourdine, il avait évité les assises comme complice actif de crime.

On ne chercha pas à remonter jusqu'aux autres membres de son comité de la Bastille, qui, après cette chaude alerte, avaient dû se terrer. On espérait qu'ils renonceraient à cette « autre chose qu'ils projetaient pour bientôt » évoquée par Métouvier.

Quant à l'inspecteur Freslon, quand il apprit l'arrestation de Boudeau, il comprit qu'il allait être mis en cause par le forain : citer un inspecteur de la Sûreté comme complice serait pour lui un élément de défense. Il savait que sa démarche à Suresnes pour prévenir Fourcat et son intervention à l'écluse pour faire disparaître son corps dans la Seine étaient établies. Cela signifiait pour lui la radiation de la Police, sans pension, et le déshonneur.

On le découvrit la nuit suivant l'arrestation de Boudeau, dans la salle des Archives ; il s'était tiré une balle dans la poitrine. La lettre qu'il avait laissée sur son bureau fut immédiatement brûlée, et on enleva la médaille de la Ligue des Patriotes qu'il tenait serrée dans sa main gauche.

Épilogue 1

Quelques semaines après...
le 28 septembre 1902

Émile Zola quittait à regret sa maison de Médan pour rejoindre Paris.

L'été finissait, d'autres tâches l'attendaient qui nécessitaient sa présence dans la capitale. Tandis qu'Alexandrine terminait leurs bagages, mettait leurs deux chiens en laisse et donnait des ordres aux gardiens, il s'approcha de la baie vitrée de son bureau de la « tour Nana », pour jouir une dernière fois de la vue sur la Seine.

Il entendait régulièrement, quand il travaillait, passer en contrebas l'express Paris-Le Havre. C'était la ligne où se déroulait toute l'intrigue de *La Bête humaine*, cette épopée du rail, dont la locomotive *La Lison* était la mythique héroïne. Vingt-deux ans déjà ! Le cycle des Rougon-Macquart était terminé. De celui des *Quatre Évangiles*, les deux premiers volumes, *Fécondité* et *Travail*, étaient parus. Il allait terminer les deux autres, *Vérité et Justice*.

Vérité, Justice... Que d'injures et de menaces lui avaient valu ces beaux mots depuis cinq ans ! « Mort aux Juifs et à *ceux qui les soutiennent* » ! C'était l'insulte qui revenait le plus souvent. Et voilà que la veille, une nouvelle lettre venait de lui parvenir :

« *Sale cochon et vendu aux Juifs, je sors d'une réunion où on a décidé de ta crevaison.*

Pour le comité, signé Aubert. »

La signature devait être fausse. Tout comme ce « comité » anonyme, probablement !

Mais la menace était-elle, cette fois, réelle ? En voulait-on vraiment à sa vie ?

Il y avait eu pourtant une courte accalmie, après l'attaque à coups de pierres de leur voiture à la sortie du palais de justice de Versailles, en mai 1898. Mais en 1901, une bombe artisanale avait été placée sous leur porte cochère et désamorcée à temps.

Ses ennemis ne désarmeraient-ils donc jamais ?

Il fallait espérer que cette lettre n'était qu'un dernier cri de haine ; c'est ce qu'il avait dit à sa femme pour la rassurer, sans trop y croire lui-même.

Ils arrivèrent rue de Bruxelles en début d'après-midi. Jules, leur domestique, avait allumé une flambée pour chasser l'humidité de leur chambre, mais la cheminée ne tirant pas, il laissa les derniers boulets se consumer.

— Nous ferons venir demain le fumiste, décida Alexandrine.

Le lendemain matin, Jules et la bonne, s'inquiétant de leur silence, trouvèrent dans leur chambre le couple inanimé. Alexandrine allait survivre, mais Émile Zola était mort.

Le lendemain, *La Libre Parole* titrait : « *Un fait divers naturaliste : Zola asphyxié*[1]. »

---

1. Bien que des éléments troublants aient pu dès les premières constatations faire douter de l'origine accidentelle de la mort d'Émile Zola, l'enquête ne s'attarda pas à envisager la piste criminelle. Le juge d'instruction, sur ordre probable du gouvernement qui voulait éviter tout nouveau désordre, classa l'affaire.

Bien des années plus tard, un homme, fumiste de métier, nommé Henri Buronfosse, membre de la Ligue des patriotes, avoua que, voulant « enfumer le cochon », lui et des complices avaient bouché intentionnellement la cheminée de l'écrivain la veille de son arrivée, puis l'avaient débouchée le lendemain après la découverte du corps. Cette version est désormais admise, au moins comme « très probable », par la plupart des spécialistes de Zola.

Épilogue 2

Georges Méliès était revenu heureux de ses vacances passées en famille. Il avait édifié pour le petit André des châteaux de sable autour desquels se pressaient, admiratifs, les enfants de la plage et leurs parents, sans reconnaître en ce père si inventif et habile dans ses constructions le génial magicien du cinématographe.

Après l'énorme déception et la colère causées par le pillage américain du *Voyage dans la Lune*, il allait se remettre à la tâche et veillerait désormais à protéger son œuvre en confiant à son frère Gaston la direction de leur succursale de New York.

À Paris, les forains se pressaient pour acheter ses dernières créations. Cette année 1902 était la plus féconde de sa carrière et déjà il avait imaginé, en regardant la mer, de nouvelles histoires.

Postface

Ces variations policières autour de l'œuvre de Georges Méliès respectent le plus possible sa biographie et l'histoire de son œuvre, mais comportent des épisodes qui relèvent de la pure fiction, tels le cambriolage de son atelier de pose et le vol des bandes de l'Affaire Dreyfus. Mais des incidents réels de même nature peuvent en autoriser l'invention.

En ce qui concerne les Foires, les incendies volontaires et le meurtre sont bien sûr imaginaires. Trois des forains cités, Jérôme Dulaar, Alfred Frank et Ernest Grenier ont existé. En revanche, Paul Jeckel est un personnage fictif.

Bibliographie

Jean Bedel, *Zola assassiné*, Flammarion, 2002.

Jean-Marc Berlière, *Le Préfet Lépine. Vers la naissance de la police moderne*, Denoël, 1993.

Jean-Marc Berlière, *Le Monde des polices en France : XIXᵉ et XXᵉ siècles*, Complexe, 1996.

Louis Lépine, *Mes souvenirs*, Payot, 1929.

Jacques Malthête-Méliès, Laurent Mannoni, *Méliès, magie et cinéma. Catalogue de l'exposition de l'Espace Électra*, Paris Musées, 2002.

Jacques Malthête-Méliès, Laurent Mannoni, *L'Œuvre de Georges Méliès*, La Martinière, 2008.

Madeleine Malthête-Méliès, *Méliès l'enchanteur*, Hachette, 1973.

Christiane Py, Cécile Ferenczi, *La Fête foraine d'autrefois*, La Manufacture, 1987.

Jean-Claude Zylberstein, « Zola a-t-il été assassiné ? », *Le Magazine littéraire*, mai 1967.

Site Internet : Lionel Allorge *Association La Lune Rouge* <//www.lunerouge.org/>

Archives municipales de la Ville de Neuilly.

Archives de la préfecture de police.

Remerciements

À M. Jacques Malthête-Méliès pour ses précieuses informations, suggestions, corrections, qu'il m'a transmises, sans se lasser, tout au long de l'élaboration de cet ouvrage, tant sur les techniques que sur la biographie de Georges Méliès, ainsi que pour sa très attentive relecture.

Au professeur Jean-Marc Berlière, pour les documents et les précisions historiques qu'il m'a régulièrement fournis.

Certaines des libertés que j'ai prises pour les besoins de mon intrigue tant à l'égard de l'histoire de la police et de la situation politique qu'à l'égard de certains épisodes de la vie de Georges Méliès ne leur sont pas imputables.

À l'équipe de Nouveau Monde pour la confiance qu'ils m'accordent, à Catherine, vigilante correctrice et particulièrement à Sabine Sportouch pour sa relecture et ses pertinentes remarques.

Et, bien sûr, à Gérard, qui, comme toujours, a suivi, à mes côtés, mes recherches et l'écriture de ce récit.

*Composition et mise en pages réalisées
par ÉTIANNE COMPOSITION
à Montrouge.*

Achevé d'imprimer par GGP Media GmbH, Pößneck
en août 2013
pour le compte de France Loisirs, Paris

N° d'éditeur : 73987
Dépôt légal : juillet 2013
Imprimé en Allemagne